【木清歌】作品

一生一世 上

歌尽桃花

新世界出版社
NEW WORLD PRESS

图书在版编目（CIP）数据

一生一世：歌尽桃花：全2册 / 木清歌著. -- 北京：新世界出版社，2015.9

ISBN 978-7-5104-5414-1

Ⅰ.①一… Ⅱ.①木… Ⅲ.①言情小说－中国－当代 Ⅳ.①I247.5

中国版本图书馆CIP数据核字（2015）第218304号

一生一世：歌尽桃花

作　　者：	木清歌
策划编辑：	张铁成
责任编辑：	袁　静
责任印制：	李一鸣　黄厚清
出版发行：	新世界出版社
社　　址：	北京西城区百万庄大街24号（100037）
发 行 部：	（010）6899 5968　（010）6899 8733（传真）
总 编 室：	（010）6899 5424　（010）6832 6679（传真）

http://www.nwp.cn
http://www.newworld-press.com

版 权 部：	+8610 6899 6306
版权部电子信箱：	frank@nwp.com.cn
印　　刷：	三河市南阳印刷有限公司
经　　销：	新华书店
开　　本：	710mm×980mm　1/16
字　　数：	319千字　印张：26
版　　次：	2015年10月第1版　2015年10月第1次印刷
书　　号：	ISBN 978-7-5104-5414-1
定　　价：	58.00元（全二册）

版权所有，侵权必究

凡购本社图书，如有缺页、倒页、脱页等印装错误，可随时退换。

客服电话：(010)6899 8638

目录 [上]

第一章 家生剧变 / 1

第二章 湖畔初遇 / 8

第三章 带我离开 / 14

第四章 笑傲江湖 / 23

第五章 凤求凰兮 / 34

第六章 江府疑云 / 46

第七章 戎城之遇 / 61

第八章 倾城进宫 / 71

第九章 一见倾心 / 83

第十章 筹备寿典 / 101

第十一章 狩猎惊魂 / 111

第十二章 皇后交易 / 125

第十三章 再见奕然 / 145

第十四章 御剑山庄 / 164

第十五章 医谷求药 / 187

目录 [下]

第十六章　又入翊宫 \ 205

第十七章　宫女流苏 \ 219

第十八章　夜用私刑 \ 231

第十九章　倾世皇妃 \ 243

第二十章　惊天阴谋 \ 259

第二十一章　吾妻倾城 \ 272

第二十二章　庄主玄夜 \ 283

第二十三章　兄弟同心 \ 299

第二十四章　瑾儿安之 \ 322

第二十五章　庄主夫人 \ 337

第二十六章　记忆碎片 \ 349

第二十七章　真爱谎言 \ 359

第二十八章　玄夜之死 \ 371

第二十九章　故人归来 \ 380

第三十章　执手天涯 \ 393

尾声 \ 407

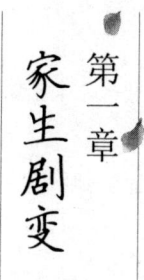

第一章 家生剧变

　　杨柳青青，柳絮飘舞，三月的茹州，一片美好的景象。

　　"小姐，您慢点，小心摔着！"一个声音焦急地说道。

　　"青儿，我都十五啦！又不是小孩子，难不成走路都会跌倒？"闻声望去，只见说话的年轻女子一身白衣，轻纱般的裙摆随风摆动。她拉着手中的线，月白的小靴稍稍后退了几步，不时仰望着空中的风筝。

　　"小姐，您就别再为难青儿了！您可是老爷和夫人的掌上明珠，您若有什么闪失，青儿可承担不起……"

　　"青儿，你可真啰嗦！你又不是不知道，爹娘管得我那么紧，今天好不容易说服他们让我出来踏青，岂能不好好玩玩儿！"

　　"可是，小姐……"

　　"小姐，时候不早了，我们该回府了。"看着已经西下的太阳，随从上前说道。

　　"好吧好吧。"顾倾城爽快地点头答应。

　　"小……小姐？"丫鬟青儿看着身旁的人满脸惊奇，小姐居然同意现在回府？今天的太阳是从东边落下的吗？

　　顾倾城坐在轿子里，一双灵动的眸子缓缓闭上。可是仅一会儿，她就又睁开眼睛，晶亮的眸中闪过一丝狡黠。

　　"停轿！"她掀开轿帘，"青儿，我要去小解，让他们在这里等着吧，你陪我去。"

　　"可是小姐，还有几盏茶的工夫就到府了，您……您就不能忍忍嘛？"青儿有些为难。

　　"哎哟，我就是忍不了了嘛！"还没等青儿回答，顾倾城就跳下轿子拉着她跑了，只留下一群木愣愣的轿夫和随从。

　　"小姐不是要去小解吗？怎么跑到这儿来了？"青儿被顾倾城拉到了大街上，街上人来人往，好不热闹。

　　"嘿嘿，若不这么说，我怎么能逃出来呢！"顾倾城狡黠地笑道。

　　就知道小姐不会这么爽快地答应回府……自己怎么就没想到小姐这葫芦里卖的是什么药呢？唉！真是笨……青儿自顾自地抱怨着。

　　"青儿，这支钗好看吗？"顾倾城将青儿拉到卖钗的小摊铺前，"小姐，府里什么样的钗没有？您非要到这小摊上买，我才不觉得好看呢！"青儿噘噘嘴，小姐也真是的，府里什么样的珠钗都有，就算没有，只要小姐想要，老爷都会叫人买回来，何必要自己来挑呢？况且这小摊上的东西也确实不敢恭维。

　　"青儿，你不知道，"顾倾城伸手点了点青儿的脑袋，"东西要自己买才有乐趣呀！"

　　"哎！青儿，那有好多人，我们去看看！"说着顾倾城兴高采烈地拉着青儿就往人多的地方奔去。

　　拨开围观的人群，只见一位摆摊老人正坐在地上哭诉，他旁边是一个被打烂的摊子。

　　"您这样还让小的怎么活呀！小的老伴病重，就等着小的摆摊挣钱给她抓药呢……您就行行好吧！"

　　见如此情景，围观的人们无不为老人唏嘘不已，但站在一旁打烂老人摊子的人却不屑地向老人吐了口吐沫，"老东西，别给你大爷我装可怜，明天还不交保护费的话就让你儿子给你收尸吧！"那人一身缎面丝绸的衣服，华贵之极。顾倾城平生最厌恶这种仗势欺人的小人了，便忍不住冲上前去。

　　"小姐！"青儿伸手却已经来不及拦住这个充满正义感的小姐了。

　　"你难道不觉得羞耻吗？这样欺负一个老人家！枉你穿得如此华贵，却是个衣冠禽兽！多少钱？我帮他付！"

　　听着身后传来辱骂的声音，那人刚要发火，回头一看却是个美若天仙的年轻姑娘。他是官宦子弟，自然见过不少貌美的女子，但今天的这位却像仙女一般清新脱俗。男子的随从刚想上来收拾这个胆大包天的小姑娘，却被主人给拦住了。

　　"哦？你帮他付？好呀，二十两纹银。"男子贪婪地向顾倾城伸出手。

　　"大爷，小的哪里欠您这么多呀！"

"老不死的，别给我废话！"男子狠狠地踹了老人一脚，转眼又看向顾倾城说道："姑娘，你给吗？"

不就二十两嘛！对她顾倾城来说，这二十两算什么！"青儿！"她向后伸出手，"拿二十两过来。"

"小……小姐……青儿没有带钱袋……"青儿无奈地说。

"什么？"顾倾城尴尬地朝她瞪了瞪眼。"青儿怎知道小姐您今天会到街上来……"青儿的声音越来越小。

"哦，姑娘你没带钱啊？那你要拿什么来付我呢？算了，本少爷我很好说话的，不如……"男子淫笑道。

"不如什么……"顾倾城已经隐隐地感觉到了什么，微微地皱眉。

"不如就用姑娘你来付吧！"男子突然向她走近一步。

"什么？"顾倾城虽隐约感道了，但当真听他从口中说出，却着实被吓了一跳！

"不用怕，本少爷会对你很好的……"男子淫笑着向她走近。

"糟了，死定了。随从们都不在，身边就只青儿，怎么办呢？"顾倾城有些慌张地退到了墙角，吓得闭上了眼睛。

她咬紧了牙，准备迎接可怕的事情降临，可是过了很长时间，却不见有什么动静。她缓缓地睁开眼，却看到男子和他的随从们都定定地站在原地动弹不得。

青儿愣愣地回过神，连忙跑到倾城身边，"小姐，你没事吧？"

"青儿，这是怎么回事啊？"她有些困惑地问道。

青儿也不解地摇摇头。这时只见一个穿着玄色衣服的男子从对面的酒楼上一跃而下，站在了她们面前。

男子走到顾倾城面前，她只愣愣地仰头看着。天哪！这是世间的男子吗？他的脸庞俊美无比，浑身散发着高贵的气质。那是种什么气质呢？对，王者！顾倾城恍然大悟般，他身上居然散发着王者的气质！

"姑娘，你没事吧？姑娘，姑娘？"顾倾城被眼前的男子深深吸引，根本没有听到他的问话。

"小姐，这位公子在跟你讲话呢！"青儿连忙推推顾倾城。

"哦，我没事。敢问，可是公子相救？"

男子颔首微笑，算是默认了，"在下和姑娘一样，只是看不惯刚才那人的言行罢了。"

顾倾城点点头，看了看地上零星散落的花生米。莫非这位公子在楼上是用花生米点住了那些人的穴位？看来这位公子的功夫真是高深莫测呀。

"公子，真是谢谢你了，要不是你，我们家小姐恐怕是要落入虎口了！"青儿连忙代替她家还在发愣的小姐感谢道。

"姑娘不必言谢，方才之事随便哪个有正义感的人遇上，肯定都会如此。"玄衣公子莞尔一笑地说道。那一笑，仿佛要倾倒了众生，顾倾城不禁看得失了神……

"哎呀！都快过申时了！小姐，我们得赶紧回家了！老爷夫人该着急了！"青儿急急地说道，"公子，我们先走了！"还没等顾倾城回过神来，青儿早已拉着她走开了。

玄衣男子看着顾倾城匆忙离去的背影，嘴角不禁扬起笑意……

"你们……你们是怎么搞的？小姐怎么会不见了呢？都这么晚了，小姐还没有回来，如果出了什么事，你们就全都回老家吧！"还没进正堂，就听见茹州知县顾如海在训斥下人。顾倾城抿嘴朝着青儿笑了笑。可青儿却笑不出来，她这会儿吓得脸都紫了。

"爹！我回来了！"顾倾城笑着走进正堂。

看见小姐进来的那一刻，所有的随从都松了口气。天哪！这小姐可总算是回来了！要不然还不知道老爷会动多大怒呢！

"你……你还知道回来？你知不知道你是知县千金啊？城儿呀，还有几年你就要出阁了，可不能再这么胡闹了！知道吗？"顾如海嘴上虽训斥着女儿，但眼神中却流露出满满的关爱。

"爹，女儿不嫁人！"顾倾城说着撒娇似的挽起顾如海的臂弯，"女儿永远要和爹娘待在一起！"

"你……那怎么行呢！天下间的女子到了出阁的年龄都是要嫁人的，其实爹娘也舍不得你呀！"顾如海有点伤心。

"那女儿就不嫁啦！"顾倾城说得坚定。

"城儿！不要任性！"顾如海的声音中有了一丝恼怒。

"好啦！老爷！不要动怒，城儿现在不还没到出阁的年龄嘛！先不要谈这件事，好不好？"杜婉柔赶紧出来打圆场，"城儿，你先去梳洗吧，等会儿出来用饭。"

"好，娘！青儿，我们走。"顾倾城刚准备带着青儿进房，只听身后传来一声怒喝，"站住！青儿，你过来。"

顾如海如此一叫，青儿顿时害怕起来。她拉了拉顾倾城的衣袖，怯怯地走到了顾如海面前。

"青儿，你身为小姐的贴身丫鬟，和小姐从小一起长大，怎么还如此不懂规矩！让小姐这么晚才回来？"顾如海铁青着脸问青儿。

"奴婢，奴婢……"青儿低着头抬眼看了一眼顾倾城，向她求救。

"爹！这不关青儿的事，是……是女儿拉着她出去玩儿的！"

顾如海看了看女儿，有些无奈，想了想说："就让青儿到市集买你娘最爱吃的云泥糕以示惩戒吧！"

"爹！"顾倾城欢喜地看着自己的父亲。爹爹可真够疼自己的，知道青儿就像自己的亲妹妹一样，她是断然不会让爹处罚青儿的，所以才想了这个不算惩罚的惩罚吧。

"这个处罚好呀。"杜婉柔笑吟吟地说道："老爷，我们也去准备用饭吧！其他人都散了吧！"说着便挽了顾如海走出了正厅。

青儿向顾倾城翻了翻白眼，好像在说"虽然这个处罚不重，但怎么样都是小姐你害的……"

顾倾城也向青儿吐了吐舌头，上前拉住她的手，撒娇似的摇晃道："好啦，青儿……"

到了用饭时间，青儿却还没回来。顾倾城撇了撇嘴，这丫头八成是在集市上玩儿得忘了回来了吧！哼哼！到时候爹如果再发火，自己可不替她求情了。

顾倾城来到饭堂，刚准备坐下。早已就座的顾如海瞥到她的腰际，忽然神色一变，"城儿，你从小佩戴的那块玉佩呢？"顾如海的声音明显透着些许慌张。

"在房里呢！女儿刚才梳洗，就把玉佩先摘下了。"

"唔——"顾如海点点头，"城儿，等用完饭后立即回房将它戴起来。记住，无论任何时候，你和玉都要形影不离，知道吗？"顾如海说得很认真。

"女儿知道了，爹放心吧。"即使不明白爹为何这样说，顾倾城还是乖乖答应道，只为了不想他老人家担心。

饭都吃完了，青儿这丫头怎么还不回来？顾倾城坐在房里想着，难不成有什么好玩儿的让她都忘了回府了？

她低头看着手里的玉佩，多年的困惑不禁又涌上心头。自记事起，这玉佩就一直戴在自己身上，爹和娘更是在意这块玉佩。还记得小时候有一次自己贪玩儿，将玉佩弄丢了，爹爹因此大发雷霆，那是爹爹第一次对她发那么大的脾气。后来，费了好大劲才将玉佩找回来。

她端详着手里的玉佩，玉身通体纯洁透亮，一看就知道是块上等的好玉。但玉身上什么也没有，既没有雕花，也没有刻字。

顾倾城很是奇怪，这样的玉府里多得是，为什么爹偏偏对这块如此重视呢？她想不明白，不过既然爹爹如此吩咐了，自己照做也就是了。

今天的那位玄衣公子，那清逸俊美的身影出现在顾倾城的脑海里。他身手过人、容颜俊朗、气质不凡……顾倾城微微红了脸。哎呀！怎么就忘了问他的名字了呢！都怪青儿莽莽撞撞的，顾倾城想想没有问到玄衣公子的姓名就一阵儿后悔，开始埋怨起青儿来。

忽然从院里传来吵闹声，夹杂着犬吠声……

出什么事了？顾倾城刚要出去看看到底出了什么事，就看见杜婉柔慌慌张张地走了进来。

"娘，发生什么事了？怎么这般吵闹？"顾倾城很是疑惑。

"城儿，快！快走！"杜婉柔显得很是着急惊慌。

"娘，出什么事了？"此时顾倾城也发现了事情的严重。

"城儿，娘来不及跟你解释了。你听话，快从后院的小门走吧！"

"可是爹爹和娘亲呢？不和城儿一起走吗？"顾倾城不愿同爹娘分开。

"听娘的话，你必须走！"杜婉柔将顾倾城带到小门口，"城儿，你记住，一定要将那块玉佩戴在身上！一定要活下去！无论发生什么，爹和娘都永远爱你！"说着杜婉柔慌忙将顾倾城推出小门，然后将小门迅速关上。

"娘！娘！"顾倾城大叫着拍打着小门，然而回答她的却只有门里的吵闹声，狗叫声，还有不时传来的婢女们的惊叫声。

到底发生什么事了？她不明白这是怎么了？爹爹是茹州的知县，向来清正廉明，娘亲也是茹州县的名门千金，与世家大族一向交好。

"是不是还有人逃跑了？来人啊！给我追！"顾倾城忽然听到门里传来凶狠的声音。心中一惊，想起娘刚刚对自己说的话，于是连忙逃离。

等青儿拿着云泥糕回到府里时，她愣愣地站在府门前，缓缓地走进却发现府里一片狼藉。小姐，老爷，夫人都不见了，连那些婢女，随从也都没了踪影。这……这是怎么了？

第二天，顾倾城随人群走到城门下，只见城墙上贴了一张告示，茹州知县顾如海因私通宇国余孽，皇上亲自判处叛国罪，诛九族，昨晚已行刑。

顾倾城踉跄着后退了两步，不敢相信这一切。她从来就没听说过什么宇国，更不相信自己的爹娘会私通宇国余孽。突然，她在告示下看到了自己的画像，官府要缉拿她！她赶紧低下头走开。

站在河边，顾倾城想起昨日还其乐融融的一家，如今却只剩自己孤零零一人，心中不禁万分酸楚。爹爹和娘亲既然都不在了，她独自一人存活于世还有什么意思呢？她苦涩一笑，不如就随爹娘去了。想到这里，她闭上眼睛，慢慢地朝前走去。

"城儿，你一定要活下去！无论发生什么，爹和娘永远爱你！"顾倾城的耳边突然响起了娘亲最后和她说的话。她蓦地睁开眼,不!我不能死!我要为爹爹和娘亲报仇!身侧的小拳头不禁紧紧握起。

她来到城门口,只见很多官兵在审查过往人员,看来是想抓她……

顾倾城清楚地知道,她必须得出城,如果不出城,就一定会被抓住。她的眉头不禁微微皱起,可是,有官兵在审查,要怎么出城呢?正在忧虑之际,她忽然瞥到城墙拐角处的泥土。嗯,有了!

顾倾城走到城墙拐角处,却又皱起眉,真的要将这些黑黑的泥涂满脸和衣服吗?又臭又脏!可是只有这个方法才能逃过审查。想起爹娘的死,自己要为爹娘报仇,她顾不上多想抓起一把泥土就往自己的脸上和身上抹起来……

她走到城门口,低头看了看自己,满身泥污,还散发着臭味,连自己都快认不出自己了!

"站住!"一个官兵忽然叫住了她,"过来给我瞧瞧!"官兵说着展开画像。顾倾城缓缓转过身,双手紧紧握着拳,一颗心紧张地怦怦乱跳,感觉就快提到嗓子眼儿了。看着顾倾城的满身泥污,官兵皱了皱眉。

"这哪会是什么千金啊!听说人家知县千金貌美如花,宛若仙子,哪像这个呀,浑身又脏又臭,小叫花子一个!"另一个官兵上前拍着先前官兵的肩膀说道。拿着画像的官兵打量了顾倾城一眼,点了点头,道:"放行!"

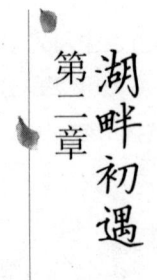

第二章 湖畔初遇

顾倾城走出城门，不禁长长地舒了口气。谢天谢地，终于走出来了……

可是，在城外走着走着，她就发现不对劲了，怎么过往的人都用厌恶的眼神看着她呢？她连忙低头看看自己的衣服，这才反应过来，这满身的泥污和臭气，大家怎么会不厌恶她呢！还是赶紧找个地方洗洗吧！

走了近一炷香的工夫，顾倾城终于找到了一条清澈的小河，河水波光粼粼，泛着银光。若是没有发生那件事，她就可以带青儿一起来垂钓了。想到这，她不禁低下了头，也不知道青儿现在怎么样了呢？幸亏她去了集市买云泥糕，上天保佑，保佑青儿平安无事……

看四下无人，顾倾城便脱了衣服缓缓地走进河里。她先是将身上洗干净了，然后又洗起了衣服。

这水虽有点凉，可对于刚刚被吓得出了一身冷汗的她来说，也算得上是放松了。

终于洗好了，顾倾城穿上拧干的衣服正准备上岸。

"姑娘就不怕冻着吗？"被这突如其来的声音吓了一跳，顾倾城连忙循声望去，只见一名白衣男子悠闲地坐在树下，他样貌清秀，气度不凡，但一双俊朗的眸子却充满调侃之意。

"你……你在这多久了？"顾倾城没好气地问道。

"在下一直都在这。"男子笑笑回答。

"那……那你不什么都看到了？！"顾倾城羞得涨红了脸。

"在下一直都在树下午睡。"

"呼——"长长舒了口气，还好没被看见。正高兴之际，却听男子又补充道："但姑娘入水时的声响却把在下给吵醒了……"

"你，你……你怎么可以这样！偷看女子洗澡！不要脸！"顾倾城涨红着脸气急败坏地说。

"姑娘你这话就不对了，在下在树下午睡，是姑娘将在下吵醒了。姑娘为何在沐浴之前不先看好有没有人呢？"白衣男子说得一本正经。

"你！我刚才明明看了，周围都没有人的！"顾倾城也据理力争。

"那应该是姑娘你眼神不好吧，哈哈哈哈！"白衣男子大笑起来。

"你这个淫贼，还强词夺理！""算了，姑娘，就算我是淫贼好了，看了你也要对你负责，要不我就娶了你当妾得了！"

"你！"顾倾城一时不知如何回应。这登徒子，居然说要娶自己！惹不起我还躲不起嘛！想着她便愤愤掉头离开。

"九弟，怎么了？刚才那位姑娘是谁？"一青衣男子闻声而来。这青衣男子的相貌和白衣男子有一些相似，同样俊美非凡，但相比白衣男子似乎多了一些冷峻。

"二皇……二哥。"白衣男子说着连忙改口，"你来啦！刚才我看见一个有趣的女子，她说我偷看她洗澡，还骂我淫贼。我就说对她负责，大不了娶她当妾，她就气呼呼地走了，真的很有趣！"白衣男子笑着向青衣男子说道。

"九弟！"青衣男子皱了皱眉，"你还未成婚，哪来的妾室，真是胡闹！"青衣男子有些无奈地说道。

"好玩嘛！那女子的容貌算得上秀美，但却很天真，哦，不！是很笨！刚才真是乐死我了！"

"淫贼！大淫贼！"顾倾城仿佛将手中的稻草当作了刚才的白衣男子，不断地揉搓。老天真是白给他那么一张好看的脸了！那么无赖，哪里有……她又想到了当日救她的玄衣男子，她还会不会遇到他呢？

说了要替爹娘报仇，可是自己一介女流，又不懂武艺……倾城垂着头心中无力地想道。

"咕——"突然肚子叫了起来。她忽然觉得好饿，从今天早晨就没再吃过东西了，现在身上又没有任何财物，就只有那块玉，可是爹爹说过，那玉无论如何要与自己在一起。

踱步来到酒楼前，饥饿地坐在酒楼前的台阶上，闻着从酒楼里飘来的香味，顾倾城好像感觉更加饿了，可是自己又没钱。

"小姑娘,饿了吧?是不是没带银子?我请你到酒楼里吃吧!"说话的是一中年女子。

"不,不了,我不饿……"顾倾城连忙摆摆手。

"你是怕我是坏人吧?你看我这样,哪里像坏人?"中年女子笑笑说。

顾倾城仔细打量了她一番,长得还算好,笑起来也很和善的样子。

"你若不信,我陪你一块吃便是!"中年女人倒也说得豪爽,丝毫没有在意她的怀疑。

顾倾城有些犹豫,却又饥饿难耐,没办法,最后只好点点头,"好,好吧,谢谢了。"

在酒楼里,顾倾城狼吞虎咽地吃着,中年女人不停地给她夹着菜。也许是太饿的缘故,感觉甚至比府里的还好吃!

"好吃吧?好吃就多吃点。"那个中年女人只是笑吟吟地看着她。

怎么突然感觉好困?顾倾城使劲儿晃了晃脑袋,眼前的饭菜变得越来越模糊……

这是哪里?头好痛。顾倾城缓缓地睁开眼,看了看周围陌生的环境,自己这是怎么了?只记得刚刚一位好心的中年女子请自己进酒楼吃饭,然后就什么都不知道了……

"老板娘,那丫头醒了。"一个粗犷的声音说道。

"醒了?"这个声音好熟,是那个中年女人!

顾倾城努力地想直起身,才发现自己的手脚都被绑着,这是怎么回事?

"小姑娘,你也别怪我心狠,啧啧,谁叫你遇上我了呢?"中年女人上下打量着顾倾城说道,"这丫头长得不错,叫人给她梳洗梳洗,换件好看的衣服,再来见我。"

"你快放了我!"顾倾城挣扎的同时被带到一个房间里,有几个穿着妖艳的女子来帮她化妆穿衣。

"你,你们这是在干什么?啊!别,别碰我!"顾倾城惊恐万分。她们虽是女子,但她从小到大只有让娘亲和青儿帮她换过衣服,哪能习惯别人来换呢!

"这位妹妹,你也别闹,想想我们当时也是这么过来的,现在我们还不是生活得很好?其实这样的生活你习惯了就好了!"帮顾倾城换装的女子"苦口婆心"地说道。

"你们是什么生活?我为什么要过你们的生活?"顾倾城皱眉问道。

"哎哟!妹妹,你还不知道啊!看来妈妈还没告诉你呢!我们的生活就是给男人乐子。哈哈哈哈……"那些女子都笑起来。

"什么!你们……你们这是青楼!"顾倾城顿时觉得自己进了狼窝,慌忙站起身想要逃走,却被门口的大汉挡住。

"放我出去，放我出去！"

那几个妖艳的女人来到她身旁，"妹妹呀，你就别叫了，没有用的！"

片刻，几个女子将顾倾城带到了中年女人面前。顾倾城抬头看了看她，看来这女人就是那些女子口中喊的"妈妈"吧！

"哟！瞧瞧，瞧瞧，这小姑娘长得还真是不错呢！我梅姑没看走眼，瞧瞧这脸蛋，多漂亮啊，保准叫那些个男人发疯！"梅姑似乎对顾倾城很满意，"把她带到我房里去吧！"

一会儿工夫，几个黝黑的大汉便把顾倾城又带到了另一间房里，随即关上门走了出去。顾倾城正觉得疑惑呢，这时梅姑从珠帘后笑盈盈地出来了。

"你知道你这样是犯法的吗？小心我告你们逼良为娼！"顾倾城挣扎着威胁道。

"哎呀，一听就知道是外县的，你不知道吧，这县老爷可是我亲哥哥！这里就是我的天下！"梅姑很是得意地说道。

她走近了倾城，一把将她按在了榻上。

"你，你要干什么？"顾倾城不停地挣扎，可是手脚都被捆住了，根本动弹不得。

"别担心，不会把你怎么样的，只是检查检查。"梅姑说着解开了顾倾城脚上的绳子。

"哟！小姑娘不仅人长得漂亮，还是个未开口的甜瓜嘛！哈哈，这次可有的赚了！"

晚上，顾倾城被关在房间里，房门外还有两个彪形大汉在站岗，她想逃也没法逃。

"爹爹，娘亲，城儿好害怕，城儿到底该怎么办？"她觉得好无助，从小到大，她从来就没觉得这么无助过……想着想着，意识渐渐模糊，然后便睡着了。

第二天，顾倾城还未睡醒，就又被一帮穿着妖艳、行为风骚的女子拉起来打扮。

"青儿，别闹，我困……"顾倾城喃喃道。忽然，一股浓郁刺鼻的脂粉味冲进了脑子里，她一下就清醒了。

"你们又要干吗？"

"还能干吗，帮你打扮好让你接客啊！今天妈妈让你坐镇呢！"其中一个女子说道。

"我不要，我不要！你们放开我！放开我！"顾倾城奋力挣扎。

哐！一盒胭脂被打翻在地。

"姐妹们，把她给我按住！"顾倾城被按得服服帖帖，丝毫劲儿也使不上。

约莫两个时辰，总算是画好了，妖艳女子们都松了口气。

顾倾城被绑在椅子上，然后连人带椅子一起被抬到了大厅中间的楼梯上。

楼梯下的大厅里早已是人山人海。因为梅姑昨天就放出风声说今天有个绝世小美人卖身，谁价钱出得高，那小美人就归谁。听说啊，这绝世小美人长得可跟仙女儿一般，还是个处子之身，你说怎能不惹人垂涎？县里的富家子弟在这大厅里可等候多时了！

楼梯下的男人们见着顾倾城眼神早已不能收回，仿佛魂儿都要被这小美人给勾了去。

椅子上的顾倾城惊恐地看着下面那群如狼似虎的男人，眼中早已噙满了泪水。楼下的男人看了不由得心生爱怜之心，瞧那小模样，把人看得心都要化了。

"一千两！"楼下已有人按耐不住喊了起来，随即便引起了一片骚动。"两千两！""三千两！""五千两！"

梅姑听了喜笑颜开，没想到这丫头这么值钱！"陈公子五千两！还有哪位公子想把这个小美人带回家？"

一听梅姑这话，下面的男人心里都痒痒的，"八千两！""一万两！""三万两！"

"……"

"张公子三万两！"梅姑笑得早已找不着北了。

"五万两！"此言一出，在场的人都安静了。五万两，可不是一个小数目，大概能买五十个丫鬟了。等了许久，还不见有人开口。

"好！那位公子出五万两买下了这个小美人。"

顾倾城闻声抬起泪眼，一时不禁愣怔在原地。公子！那位玄衣公子！玄衣公子！怎会是他？来青楼这种地方的全都不是好人！难道他也和那些男人一样？真是枉费了自己对他的一片倾慕之情！顾倾城愤恨地看着玄衣男子。

"来人啊！把这小美人带到刚才那位公子的房里。"梅姑笑得乐开了花。

很快，顾倾城被带到屋子里，大汉们关上门离开。她的手脚都被绑着，只好无助地躺在榻上。怎么办？怎么办？自己就要被人糟蹋了吗？她还没有喜欢的人，她还没有成亲，幸福的日子都还没过呢。我不要……顾倾城想着想着不自觉地流下泪来。

"吱呀——"门开了，顾倾城看到那身着玄衣的人走了进来。脸庞还是那么俊秀，气质还是如此不凡。心心念念想再次与他相遇，可万万没想到竟是在这样的情况下。若早知是这样，她宁愿再也不要遇到他……

"公子，是我顾倾城看错你了，原来你也与外面的那群男人一样，低俗！肮脏！"顾倾城对玄衣男子大声吼道。男子却并未说话，只是慢慢走近她。

"你要干吗？别过来！"顾倾城很害怕。而男子却并未停步，他走到榻前，弯下腰，温柔的脸庞慢慢向顾倾城靠近。

顾倾城害怕地闭上了眼，紧紧屏住呼吸。

忽然顾倾城感觉手上的绳子松了。她睁开眼，只见自己手上的绳子被解开了，玄衣公子正在解自己脚上的绳子。

"你，你干吗？"顾倾城很疑惑。

"你走吧。"玄衣男子说得很平静。

"你放我走？"顾倾城在想到底是自己耳朵坏了，还是这公子傻了？

"你真的放我走？"顾倾城不敢相信，毕竟自己是这位公子花了五万两银子买回来的，这么轻易就将她给放了？还是公子觉得她不漂亮而不要她？

哎！哎！顾倾城摇摇头，现在不是想这个的时候，既然他肯放了自己，那还是赶快走好了，免得他反悔。顾倾城脸微微一红，撇过头去轻声道："公子，刚才是我错怪你了！"

她快步走到门口，转过头来看看玄衣公子，他正坐在桌旁端着茶杯优雅地品着茶，丝毫不理会顾倾城。不知怎地，顾倾城有种被忽视的感觉。她忽然想起自己在换衣时被梅姑搜走的玉佩。"那个，公子……"

"姑娘还有何事？"玄衣公子终于转过头来。

"能否请公子到梅姑那儿把我的玉佩给拿回来？那是爹爹和娘亲给我留下的唯一一件东西。"顾倾城的眼眸渐渐地暗淡了下去。

男子不禁心中一震，只说了一个"好"字。

顾倾城独自呆坐在房里。真的是自己错怪他了，他根本就不是那样的人，早在第一次遇见时，她就觉得他的眼里充满了善良和正义。"我就知道他不是那样的人嘛！"她忽然感觉到一丝高兴。

不到一炷香的工夫，玄衣公子便拿着玉佩回来了。

他将玉佩轻轻放进她的掌心，在收回手时，他碰触到了她的手，一种很奇妙的感觉在他心里扩散，柔柔的软软的……

顾倾城紧紧地握着玉佩，有点温热，似乎还带着他的体温。

她站在门口道："公子，能告诉我你的名字吗？"

她竟问了他的名字！他忽然有一点惊喜，却不露声色般淡淡地回答："奕然，萧奕然。"

"萧公子，再见了！"顾倾城走出房间。再见？还可以再相见吗？

第三章 带我离开

顾倾城独自一人在路上走着，有点漫无目的。

自己如今已没有了家，父母双亡，青儿也不知在什么地方。还想着为爹爹和娘亲报仇，只是现在连怎样生存都是问题，还怎么提报仇呢？人们虽都是重男轻女，但打自己记事起，爹爹和娘亲就万般疼爱自己，一点儿都不在乎她是女儿身。

但如今，顾倾城却第一次嫌弃自己为何是女儿身？为何从小没有学习武艺？就凭自己现在这样又如何为爹娘报仇？她越想越感觉前路是那么渺茫……

天色已晚，必须得找个落脚的地方。顾倾城来到一座破庙前，她微微地皱了皱眉，眼前的庙宇破败不堪，角落里满是蛛网，就连佛像也不知去了何处。虽然从小养尊处优，过着衣食无忧的生活，但如今的她，早已不计较那些了。她将稻草铺在地上，就准备休息。

"大哥，咱今天就在这破庙里待一晚吧！"庙外传来一个男人的声音。随即，顾倾城听见了有两个脚步声朝庙里走来，循声望去是两个健壮的男人。

两人一进庙就看见了坐在地上的顾倾城，他们不禁愣住了，这荒山野外的怎有这等美人？这女子有着倾国倾城的容貌，脸上虽没涂抹脂粉却嫩滑得犹如凝脂，两颊微微泛着红晕，像刚采摘下来的樱桃。这女子有如此的容颜，又孤身一人在这破庙中，对他们这种江湖汉子，又是很长时间没碰过女人的江湖汉子来说，是怎样的诱惑呀？两人忍不住吞了吞口水。

"小姐，你一个人在这破庙中难道不害怕吗？"被叫做"老大"的人对顾倾城笑笑说。

顾倾城看看破庙四周，又看看进来的两个人，不安和恐惧顿时涌上心头，她立刻站起身想要跑出庙去。

"唉，小姐，你怕了吗？""老大"突然抓住顾倾城的手腕，"不是还有我们嘛！我们兄弟俩安慰安慰你就不会怕了……"

"放开我！""老大"伸过手来摸顾倾城的脸，那嫩滑得呀，仿佛连他的手都要给化了，这样一个绝世美人他们兄弟俩又怎能错过！

啪！顾倾城咬住牙狠狠地打了"老大"一巴掌，从小到大，她从来就没有打过人，但如今却使出了浑身的劲儿。

"臭丫头，敬酒不吃吃罚酒！陪老子睡那是你的福气！""老大"在被打后立即变了一副嘴脸，满脸凶相。

"对，老大，女人就是这样，不能给她们好脸色看！"那个貌似小弟的在一边插嘴道，同时也助长了"老大"的暴虐之心。

"老大"将顾倾城狠狠地摔在墙角，随后向她走去。

痛，好痛，仿佛是被摔断了骨头一般。这次，怕是不会有人再来救自己了吧？

"老大"大步走来，将已经直不起身的顾倾城压在墙角，他开始急切地解开顾倾城的衣带。

"不要！不要！求求你，不要！"顾倾城拼命哭喊着，撕心裂肺般地。

哐！

"好汉饶命，好汉饶命！""老大"和他小弟的声音很是惊恐。

"还不快滚！"一个男子的声音异常冷峻。

"好好……"

"顾小姐，顾小姐……"有人轻拍顾倾城的肩膀。

"不要！不要！"早已泪流满面的顾倾城紧闭着双眼，蜷缩着身子用手紧紧地护着自己。

"顾小姐，是在下，萧奕然。"

"萧奕然？萧奕然！"顾倾城恍然睁开眼，"萧公子，你真的又来救我了！"顾倾城立马上前，紧紧环抱着萧奕然的颈。

"没事了，没事了……"萧奕然轻拍着顾倾城的背，感觉到她是那么的瘦小和柔弱。

在安静地抱了一阵后，顾倾城总算停止了哭泣。她松开抱着他的手，看着萧奕然那张俊美无比的脸，她的脸颊不禁泛红。

他又何尝不是，只是她没有发现罢了。

"顾小姐，你现在没事了吧？"萧奕然关切地问道。

"嗯。"她红着脸点点头，"多谢萧公子再一次相救。萧公子这样的恩情，倾城真是无以为报。"这不是客套话，她真的是很感谢他，他三番两次解救自己于危难之中，仿佛是自己的保护神一般。

"小姐不必言谢，既然小姐无恙，在下也就不打扰了，告辞。"萧奕然说着站起身准备离开。

"我，可以跟着你吗？"

萧奕然突然停住脚步，转过头来，愣怔的表情仿佛是没有听清她的话。

"我，我是说，你可以带着我一起走吗？"顾倾城低下头，用手绞着自己的裙带。

"什么？"萧奕然有点儿手足无措。

"顾小姐，你要跟着在下？"萧奕然仿佛是听到了什么惊天秘密般地吃惊。

"萧公子，可以吗？"顾倾城想着报仇路途遥远，过程艰辛，自己一个弱女子定然不能自保，只有萧奕然可以保护自己，他就是自己的保护神。这也算是自己的一点私心吧。

"可是顾小姐，萧某是，是一个剑客，一路上会有许多凶险，你一个女子跟着在下怕是会有危险。"萧奕然看上去很为难。

"萧公子，我不怕！我也不会给你惹麻烦的，我保证！你就带上我吧，好吗？"顾倾城用撒娇似的语气恳求萧奕然。

以前在家时，爹爹如果不答应自己的要求，她就这般撒娇，到最后，无论如何爹爹都会答应的，不知这萧公子会不会答应呢？

萧奕然看看窗外已是戌时，"顾小姐，现在天色已晚，你还是先睡下吧，不用怕，有萧某在这儿保护你，你就安心睡吧！"

"可是……"顾倾城刚想再求他，萧奕然却早已走出了庙去。

"师父，不知您来，所为何事？"庙外，萧奕然恭敬地对一位蒙面人说道。

"然儿，你不是去茹州打探消息了吗？怎会在冀州？"一位长者的声音响起，那声音虽然有些苍老，但却浑厚如钟。

"那个女子是？"长者瞥了一眼在破庙中熟睡的顾倾城。

"哦，那是徒儿在途中救下的一位小姐。这位顾小姐父母双亡，早已没了依靠。她想跟着徒儿。"萧奕然同情地看看熟睡中的顾倾城。

"那你答应了吗？"蒙面长者声音忽然严厉起来。

"师父息怒，徒儿还没有答应。"萧奕然诚惶诚恐。

"嗯，然儿啊，要知道你身份不凡，且还有更重要的使命，无论如何不能被儿女私情所牵绊，明白吗？"蒙面长者声音严厉却又语重心长。

"徒儿明白！"萧奕然点点头，为了大业，他又怎会被儿女私情牵绊。

"那是什么？然儿，你将那东西拿来我看看。"蒙面长者忽然瞥见顾倾城的腰间垂着一件东西，是那样熟悉……

萧奕然将顾倾城腰间的玉佩呈给蒙面长者。

"这……"蒙面长者的表情倏地变得很奇怪，只是有黑布蒙着，他看不出那到底是什么表情。

蒙面长者细细打量着那块玉佩，半响说道："然儿，你就让这位姑娘跟着你吧！她会对你夺回皇位提供很大帮助的！"

"师父？徒儿不明……"萧奕然困惑，刚想问明白，但蒙面长者早已不见了踪影。

"不要！不要！"睡在庙里的顾倾城忽然叫起来，萧奕然闻听快速走进庙内。顾倾城并没有醒来，只是做了噩梦。见到如此，萧奕然慢步轻声地走到她身边坐下。

只见她眉头紧蹙，好像很害怕的样子，额头冒出涔涔冷汗。"爹爹，娘亲！你们不要丢下城儿！"萧奕然心头一紧，暗想到顾小姐这几天经历的只怕是一般姑娘所不能承受的。她到底是谁？到底经历了什么？

还记得第一次见到她时，她正满脸正义地为摆摊老者讲公道。如果没错的话，那时她还是高贵的大小姐，可如今为何又会变成这般？

那城墙上的告示，说茹州知县私通宇国余孽，被诛九族，那顾如海可是她父亲，对！那画像上的就是她！只有她才有如此容颜，虽然画像和真人的差别还是很大，但那种特殊的气质，只有她才会有。可是就算她确是知县小姐，古往今来，这样朝廷官员被判刑的也很多，为何只有她如此特别？

萧奕然想不明白，索性不想了，他摇摇头，将玉佩放回原处。

"萧公子，真的谢谢你，谢谢你……"顾倾城喃喃道。

萧奕然一愣，这才认真地端详着顾倾城的脸。她竟睡得如此香甜，难道真的对自己如此放心？她熟睡的脸上泛着微红，长长的睫毛随着呼吸的韵律上下扑闪，饱满秀挺的鼻子，尖尖的下巴，还有粉嫩欲滴的香唇……他竟不自觉地想要吻下去。

不！他恍然回过神，转过脸去，自己若是这样做了，和那些禽兽又有什么分别？看了身旁的人一眼，他起身走出破庙。

喔，好舒服！好久没有睡过这么好的觉了！顾倾城揉了揉眼，看看窗外已经透着蒙蒙亮了。萧公子是走了吗？难道他不想带着自己这个累赘，就趁她睡着时跑了？想到这，她不禁失落地低下头。看来自己到哪儿都是个麻烦精儿，小时候爹爹就这样说过自己，看来长大了还是没有改变。忽然一阵脚步声传进顾倾城的耳朵，她转过头，只见一袭翩翩玄衣踏着晨光走进破庙。

"萧公子！你没有丢下我！"她惊喜地站起身。

"萧某当然不会丢下顾小姐独自一人，萧某说过会保护小姐，就请小姐相信萧某。"萧奕然淡淡地说。

萧奕然将手中的干粮递给顾倾城，顾倾城接过干粮就狼吞虎咽地吃起来。

"顾小姐，你慢点吃，小心噎着。"萧奕然淡淡的语气中带着一丝关切。可是顾倾城实在是太饿了，根本顾不了那么多，自打从青楼逃出来就没吃过饭了……

好饱！顾倾城满足地伸了伸懒腰，回头望见萧奕然安静地坐在门口，不知在想些什么。现在还要再和他提带自己走的事吗？昨晚萧公子已经说得很明显了，还是算了吧，自己就一个人，走到哪儿算哪儿吧。

"顾小姐……"

"嗯？"

"顾小姐若不嫌弃就跟着在下吧，萧某会竭尽全力保护你的！"

顾倾城还处于混沌之中，一时之间竟有些反应不过来，"什么？真的？萧公子你说的都是真的？我的耳朵没坏吧？"

见她如此模样，萧奕然忽然露出微笑，轻轻地点点头。

萧公子竟同意让自己跟着他了！可是昨晚他不是不太愿意吗？顾倾城在高兴之余也觉得很疑惑。不过，萧公子能让自己跟着他就可以了，也许是萧公子很有同情心呢！她没有多想，只是开心这一路可以有人陪伴了。

吃饱喝足之后，萧奕然便带着顾倾城上了路。她在前面欢快地走着，蹦着跳着。

"萧公子，你看，前面有一片花田！"顾倾城欢快地跑进花田中。

春天呀，真是一个美好的季节，一路上都生机勃勃，这百亩的花田都开满了鲜花。

"好漂亮啊！"顾倾城深深陶醉在这一片鸟语花香之中，但，沉醉的又何止她一人！

萧奕然静静地站在长满青青绿草的阡陌上，远远地望着花田中的顾倾城，一袭白裙在百花中飞扬，微微的暖风拂起她的长发，花田中那些娇艳的花儿早已映红了她柔嫩无瑕的脸庞。

那是百花仙子吗？萧奕然为如此的画面如此的人儿沉醉……

"萧公子，送你。"回过神，一大束鲜花递到了自己面前。

"给我的？为何？"

"因为萧公子你是我的恩人呀！"眼前的人笑得很天真，很无邪。

"唔——"萧奕然有点儿尴尬地接过花，她又欢快地跑在了前面。

"很好的女子呢！只是……"萧奕然喃喃自语。

他是越国太子，父皇早已拟旨，驾崩后将皇位传与他。但他的叔父却纠集了朝中权贵，篡夺了皇位，还下了皇榜说他勾结敌国，企图覆国，下令要追杀他。如今他正在翊国寻找替他复国重新夺回皇位的力量。

想来，顾倾城跟着自己也是危险，不知何时何地就会遭遇刺杀，自己武艺虽说过得去，但她毕竟是个娇弱女子，不过倘若她一人就更加危险了。如此单纯的美貌女子一定会遭遇很多危险，至少现在让她和自己在一起，自己定然会竭尽全力保护好她的。

萧奕然的师父，就是那个蒙面老者，没有人知道他的真实身份，就连萧奕然也从来没有见过他的脸，只知道师父从小就教自己武艺并且很照顾自己。就算如今自己什么都不是了，也只有师父还会帮助自己。所以萧奕然对那位蒙面老者很是敬重。

走到淇县时，差不多已到了傍晚时分。

"顾小姐，我们今晚就入住这家客栈如何？"

顾倾城抬头一看"集缘客栈"。是啊，集缘，萧公子和自己不就是集下了满满的缘了吗？于是笑着点头，"萧公子觉得合适就行。"

顾倾城和萧奕然一走进客栈，便成为全场的焦点，吸引了所有人的目光。穿玄衣的男子相貌不凡，身上的王者之气震慑着店里的每个人；着白衣的女子面容姣好，淡淡的柳眉下一双灵动的大眼睛泛着秋波，秀挺的玉鼻、娇艳欲滴的香唇，没有丝毫的矫揉造作，令人只觉清新雅致，仿佛是天上的仙子一般。在客栈吃饭的人都看得傻了眼。

"麻烦要两间上等客房。"萧奕然淡淡地说。

小账房看得早已失了神。

"喂，你怎么了？"顾倾城在小账房眼前晃了晃自己玉葱般的手。

"哦哦，两位客官，请问打尖还是住店？"小账房这才回过神来，只是淡淡的清香还萦绕鼻尖。

"要两间上等的客房。"萧奕然皱了皱眉说道。

小账房查了查账台上的账簿，为难道："真不好意思公子，只有一间上房了。"

"那中等房呢？"

"也没有了。"

"下等房？"

"对不起，小店都客满了，就只剩下一间上等房了。"

"顾小姐，我们还是换一家吧！"萧奕然向顾倾城询问道。

"公子，小姐，不瞒你们说，因为这淇县只是一个小县，所以只有小店这一个客栈，因此人才会这样多。如果你们想要另换一家，就要走上五里地，到邻县去。"小账房好心地提醒道。

"这？"萧奕然很是为难。

"公子，小姐，看你们如此相配，应该是一对眷侣吧？既是一对，住一间房又如何？"

顾倾城顿时红了脸。

"咳咳——"萧奕然也不太自然。

萧奕然看看门外，天已经快黑了，顾倾城也走了一天的路了，自己倒是无碍，可顾小姐只是一弱女子，怎能承受这样的苦？于是看向身旁的人，"不知顾小姐如何？"

"这，好，好吧……"顾倾城红着脸答应。

小二将两人领进房间。

"顾小姐，还请谅解萧某如此唐突的决定，顾小姐今晚就睡在床上，萧某在椅子上休息就行了。"

"这……"自己睡床上，让萧公子睡在椅子上？这不太好吧？可是现在又只有一张床……

萧奕然看见顾倾城为难的神色说道："顾小姐请放心，萧某绝不会乘人之危的。"他哪知道顾倾城担心的才不是这个呢！

"哦，不是，我对萧公子的为人很放心，我知道萧公子断然不是那种人。"顾倾城急忙解释。萧奕然的为人哪里用得着她担心？经过这几次的相救，萧公子是什么样的人，她早就了然于心了。

顾倾城铺好被子准备入睡。

萧奕然将他的射日剑放在椅子旁。

"萧公子！"顾倾城突然叫道。

"不知顾小姐有何事？"

"我，可以叫你奕然吗？"顾倾城有点害羞地低下头。

萧奕然一愣，"唔"地应了一声，却不知道要将自己的眼睛往哪里看。

"真的？"顾倾城很惊喜，她不知道萧奕然会那么快答应，"其实，你也可以不用叫我顾小姐的。"顾倾城迅速转过脸睡下，她害羞地用被子将脸蒙起来，因为她从没有如此大胆地向男子说过这样的话。

萧奕然愣了愣，她的意思是要叫她倾城吗？会不会有点太冒失了？

萧奕然会不会觉得自己太不矜持了？会不会觉得自己是那种女子？她越想越不安，都怪自己太唐突了！

渐渐地，顾倾城在对自己的指责中进入了梦乡……

半夜，萧奕然忽然睁开双眼。有人！他吃了一惊，怎会如此之快？

哐！七八个黑衣蒙面人破窗而入。顾倾城瞬间被惊醒。

"萧公子！奕然！"在漆黑的房间里只有刀剑的摩擦声和迸发出的火花，看不见萧奕然，顾倾城很害怕。

突然，有个人将自己抱起，"顾小姐不用怕，有我保护你。"

随即听到有刀划开肉的声音，顾倾城只感觉抱着自己的身子一颤，"萧公子，你没事吧？"顾倾城紧张地问道。

"嗯，我没事，放心！"

萧奕然抱着她破窗逃离。

县外的庙中，萧奕然将顾倾城轻轻放在地上。

"顾小姐，你没事吧？"萧奕然慌乱地检查着顾倾城的身体。

"我……我没事……"顾倾城咬了咬唇，果然他还是不愿叫自己的名字。

"怕了吗？"萧奕然低声问道。

"没有！只要有你在，我就不怕！"顾倾城回答得很坚定。是的，她觉得只要萧奕然在她身边，她就感觉很安心。

萧奕然吃了一惊，若是一般女子，早已吓得没了魂了吧！难得她还如此勇敢。

顾倾城忽然感觉自己手上有点温热，黏黏的，有点像血！是血！她这才注意到萧奕然的左臂被划开了好大一道口子。

"你流血了！"顾倾城慌乱起来，有点手足无措。

"不用担心，小伤，不碍事的……"萧奕然微笑着回答，可是顾倾城看他明明笑得很吃力。

"我帮你包扎。"

"不用了，没事的。"萧奕然笑笑。

"怎么可以！你看，那么深！"顾倾城很担心，"快啦！听话！"

萧奕然无奈地摇摇头，拗不过她，只好让她包扎。

她小心帮萧奕然清洗着伤口。伤口是那样的深，肉都向外翻开了，鲜红可见。都是因为自己，萧奕然是为了保护自己才受伤的！

"嗒"一滴热泪滴在萧奕然的手臂上。

萧奕然吃惊地看着顾倾城，晶莹的泪珠滑过她嫩滑如玉的脸，滴在他的手臂上，滴进他的伤口里，温热的，有点疼。

她，是第一个为自己流泪的女子。他闭上眼，静静感受着眼泪滴在伤口里的疼痛，感受着一个女子对自己的心。这是一种很奇妙的感觉！自己却从来没有感受过。

"我弄疼你了吗？"见他的模样，顾倾城慌张地问道，以为是自己粗手粗脚，将他弄疼了。

"没有。谢谢你，倾城！"萧奕然微笑地用手轻轻擦拭着她脸上的泪痕。

倾城！她蓦地一愣。他叫自己倾城了！心中涌上一股说不清的喜悦。

"萧……奕然，你，不怪我了吗？是因为我，你才会受伤的。"顾倾城很自责。

"怎会？"他微微一笑，"我说过会保护你的，你难道忘记了吗？"他笑得是那样温柔，温柔得足以融化一切。

顾倾城也释怀地笑了，她将自己的裙摆撕下，帮萧奕然包好伤口，心里有说不出的甜，自己这是怎么了？！

顾倾城睡着了，萧奕然脱下外套轻轻地给她盖上。

看着熟睡中的顾倾城，他不禁担心起来。今天这样的刺杀还只是个开始，他知道叔父已经痛下杀手，想杀了他以绝后患。那倾城跟着自己该是多么的凶险，不知她能否承受？可是，无论如何，自己都会保护好她的！

为何师父说你能帮助我复国呢？倾城，顾倾城，你究竟是怎样的一个女子？可是因为自己的使命，我们是注定不能在一起的……

第四章 笑傲江湖

　　看看窗外，天已经大亮了，但顾倾城却仍睡得很香。萧奕然无奈地摇摇头，哎，让她再睡会儿吧，经过昨天的事，想来她也累得够呛。
　　父皇母妃你们放心吧，皇儿一定会夺回皇位的！萧奕然暗下决心，他绝不能让父皇辛苦打下的江山毁于荒淫无道的叔父手中！
　　"萧……奕然，你醒啦。"顾倾城坐起身揉揉自己惺忪的睡眼。
　　"嗯。"他温和地点头。
　　"……"
　　"我们走吧。"
　　"……"
　　"奕然，这里是什么地方？这样热闹？"顾倾城在车水马龙的大街上左瞧右看，好奇之情溢于言表。这条大街可是比他们茹州的街市还要热闹许多。
　　"这是除了翊国帝京外最为繁华的市镇——青州。"萧奕然淡淡地解释。
　　帝京！帝京！那就是皇帝住的地方喽！"我们现在离帝京还远吗？"顾倾城忽然激动地问道。
　　"不远了，只要再过两个市镇就能到达帝京炎州了。"萧奕然不明白为何她听到帝京会有如此大的反应呢？
　　"哦——"顾倾城不再说话，她想着自己的仇人就在帝京，她想要快一点到达。可是，到了帝京又该怎样报仇呢？要知道，皇帝可是住在皇宫，而皇宫又戒备森严……

萧奕然侧过头看着顾倾城，蹙起的眉头，淡淡的忧伤和仇恨。这一点都不像平时那个活泼可爱的小丫头。倾城，到底是什么事，令你这样愁眉不展？

很快，顾倾城回过神来，却发现萧奕然不知去了哪里。遍寻四周的人群，仍不见萧奕然的身影。

奕然！奕然！你在哪儿？张望着，寻找着，在嘈杂的人群中，顾倾城开始慌乱，开始焦躁，心底涌起越来越多的恐惧与不安，她害怕萧奕然就这样将她丢下，就像当初爹爹和娘亲那样突然地离开。奕然，奕然……

忽然，顾倾城的眼前一亮，一袭玄色瞬间跳入她的视野，是奕然！

"怎么了？"萧奕然见顾倾城的眼眶红红的，不明所以地问道。

"奕然！你去哪里了？好多好多人，你突然就不见了，我怎么也找不到你！"她早已在眼眶中打转的眼泪汹涌而出，"我好害怕……"

萧奕然见状吓了一跳，他哪里知道女孩子这么容易哭，况且自己也只不过走开那么一会儿工夫，"我，我……"他一时语塞，不知该如何回答。

"呜——"眼前的人儿忽然冲进他的怀里，"我真的好害怕，好害怕……"

萧奕然愣了愣，缓缓伸出手，轻轻拥住了顾倾城那柔弱无骨的娇弱身躯，他的心顿时就软了。萧奕然轻拍着怀中人儿的肩膀，认错似的说道："是我不好。"突然，他想起了那个东西，"这个送你！"

"送我？"顾倾城微微一愣，接了过来。那是一支银质的发簪，柔美的牡丹被刻画得栩栩如生。"好漂亮！"顾倾城笑了起来，纵然眼角还挂着泪珠。

看到顾倾城破涕为笑了，萧奕然悬着的一颗心总算是放下了，温柔地伸手将她眼角的泪珠轻轻拭去。

"你？刚才就是去买这个？"

"嗯。"萧奕然面色微红，"刚才路过时，因为觉得很好看，很适合你的气质，所以就去买了……"

"谢谢！"

萧奕然将牡丹发簪轻轻为顾倾城戴上。在阳光的映照下，银质牡丹花熠熠发亮。微风吹来，顾倾城那如青丝般美丽的长发，随风飘舞，轻轻拂过她娇美的脸庞。此时的她，真的犹如仙女下凡般清丽脱俗。真的很美丽，似乎比自己的母妃还要好看……

顾倾城看这么久没有动静，便抬起头来，正好迎上萧奕然那灼灼的目光，带着微微痴迷，她悄悄红了脸。

"奕然，看，那里好多人呀！"顾倾城指着不远处的一家酒楼，酒楼的大门前挤满了人。

"去看看吧！"一看到顾倾城这么好奇的样子，萧奕然就忍不住好笑。如果不去看看，还不知道这个好奇宝宝会如何呢！

说着二人便朝着酒楼的方向走了过去。

"这可是青州第一才女柳飘絮设的试题呢！听说，只要谁能答出这三道题呀，就能和这个第一才女共度一晚！现在，全翊国的才子都来到青州了，为的就是一睹这第一才女的芳容。"

"听说这第一才女不仅才艺出众，更是位绝色美人呢，如果能与她共度一晚，这辈子也就值啦！哈哈！"在酒楼门口的人七嘴八舌地说着。

"哈哈哈哈哈哈……"大家听了这样的话也都笑了起来。

"青州第一才女"？想她顾倾城，虽算不上茹州第一才女，但从小琴棋书画也是样样精通。她倒真想会会这个所谓的"青州第一才女"。况且还说她是个绝色美人，自己怎能不长长见识呢！她这样想着便来了兴致。

"奕然，我们也进去吧！"顾倾城兴奋地说道。

"可是……"如此一来便会受到很多人的关注，那他们的行踪岂不是要暴露了？想到这儿，萧奕然不禁犹豫起来。

"去吧去吧，里面看样子很好玩儿呢！我们就进去吧！"顾倾城撒娇似的摇着萧奕然的手臂。

哎，真是拿她没办法。低头看看正在撒娇的顾倾城，萧奕然无奈地点点头，"嗯。"

"太好了，太好了，可以去看第一才女了。"她高兴得手舞足蹈，飞也似的就往酒楼里跑，却不想被萧奕然拦了下来。

"怎么了？奕然，你反悔啦？"顾倾城不满地看向萧奕然。

"不是。"萧奕然顿了顿，"只是你这般进去，那第一才女还是第一美女的还以为你是来踢馆的。"

"噢！"顾倾城恍然大悟，还是奕然想得周到！要不然到时候被轰出来，该多丢人呀！她不好意思地笑了笑。

一会儿工夫，顾倾城便从成衣店里走出来了。呵！好一位俊俏的小公子！唇红齿白、明眸善睐，引得过往的女子都要侧目看一看。

这是倾城第一次在自己面前以男装出现，虽没了女装时的那份柔美，但却多了一份坚毅与干练之姿，仍是那样让人心动。萧奕然在心里这样想着。做男人可真不好，头发要梳得这么高，衣服这么大这么长，还这么难看，她忍不住撇了撇嘴，"奕然，现在我们可以进去了吧？""嗯……"

萧奕然抬头看了看酒楼上的匾额，凤仪阁。有凤来仪，看来这里面的人非富即贵，要小心才是。

　　一踏进凤仪阁，顾倾城就被里面豪华的装修给惊呆了。珠光宝气的琉璃灯，晶莹剔透的白玉瓷瓶，汉白玉雕花壁，玻璃莲花宫灯……她不禁倒吸了一口气。

　　萧奕然虽从小在宫中长大，这些自然是见惯了。但他也觉得很奇怪，这些原本应该在宫中的器物怎会在这酒楼出现？

　　坐在大厅里，吃着香甜的瓜果，喝着爽口的凉茶，听着台上的小曲儿，倒也乐得悠闲。

　　"奕然，你说那个什么第一才女的怎么还不出来出题呀？"顾倾城明显有些不耐烦了。

　　"再等等吧。"萧奕然拎起茶壶，帮顾倾城的茶杯蓄满茶。

　　"真是烦死了！"顾倾城抓起桌上的葡萄往嘴里塞。

　　"好香啊！"忽然，厅中充满了香气。"你看，还有好多花瓣呢！"花瓣也纷纷飘落。大家充满惊叹。

　　呵！这排场可真够大的！她倒要看看这第一才女到底是有怎样不俗的才学和过人的姿色！顾倾城越发好奇了。

　　只见一把纱帐长椅从天而降，缓缓落在唱台上。粉红色的轻纱帐将整个椅子包围着，透过纱帐隐约可见一个曼妙身影慵懒地躺在长椅上。

　　"那就是第一才女？"顾倾城不可置信地看看萧奕然。萧奕然微微点头。

　　"这叫什么第一才女呀！怎么跟青楼的……"萧奕然瞪了她一眼，她才没将那两个字说出来。

　　什么呀！这么妖媚，哪里像什么第一才女？顾倾城有些轻蔑地想着。

　　"很高兴厅中在座的能够赏脸来到小女子的酒楼，小女子在这里给各位见礼了。"柳飘絮缓缓起身，侧身向台下轻轻作了个揖。娇滴滴的声音听得顾倾城有些头皮发麻。

　　"小姐下面开始出题！"长椅旁的小婢女说道。

　　"开始了，开始了！"厅中微微骚动。要知道，谁不想和这第一才女兼第一美女共度一晚呢？

　　"第一题，对联。"

　　对联？这也太简单了吧！想当年，我顾倾城可是以对联闯天下呢！对联怎难得倒我？顾倾城不屑地笑了笑。

　　"哦，顾兄，看来对对联颇为精通呀！"萧奕然见顾倾城小人得志的样子便打趣地说道。

　　"哪里哪里，萧兄过誉了，在下只不过小有研究。"顾倾城也装得有模有样，"不过嘛，"她故意顿了顿，"对付这等无知鼠辈倒也足够了。"

萧奕然汗颜，这个倾城……"那就看顾兄好戏喽！"

"公子们，小女子的上联是'天柱峰，峰上栽枫，风吹枫动峰不动'。"

"这……"厅中一个个抓耳挠腮，冥思苦想。

"有了！'海滨路，路边宿鹭，露打鹭惊路未惊'。"顾倾城第一个答出。

"好！""好！"厅中一片叫好。

"这位小公子对得真是又快又工整！敢问小公子贵姓？"柳飘絮很是赞叹。

"免贵姓顾。"就这还能难得倒我顾倾城？她心中轻笑，看来这青州第一才女也只不过是浪得虚名！

"这位顾公子首先晋级，可进入下一关。"

"奕然，你也对一联吧！"顾倾城得意之情溢于言表，便唆使萧奕然也对一联。

"还是不要了。"萧奕然可不想在这么多人面前露脸。

"就对一联嘛！"顾倾城撒娇似的哀求道。

受不了顾倾城这般撒娇和哀求，萧奕然只好答应，"嗯。"

他优雅地起身，"前南峪，峪中藏鱼，雨打鱼躲峪不躲。"对后萧奕然又优雅地坐下。

"好！""好！"厅中又是一片喝彩声。

柳飘絮惊讶地向刚才这个优雅又充满磁性的声音方向看过来，一袭玄衣，身材挺拔伟岸，有一种说不出的感觉。虽然隔着轻纱帐，但却也可以感觉到，相比刚才那位娇小俊俏的顾公子，这位公子明显多了一份沉稳和特殊的魅力。

"公子贵姓？"柳飘絮的声音更加娇媚。

"在下姓萧。"

"这位萧公子所对之联比刚才那位顾公子还略胜一筹，简直就是绝对！如此才智，小女子深感佩服。"

"奕然，看来你还不错嘛！也不知道刚才谦虚个什么劲？"真是，刚才还一副自己不行的模样，却未曾想比自己还更胜一筹。

萧奕然哭也不是笑也不是，刚才明明是你顾大小姐让自己去对的呀！现在对上了却还要说酸话。

"还有哪位公子能对出下联来？"

在顾倾城和萧奕然的头阵下，陆续开始有人对出下联。

"我有！'锦绣谷，谷中置鼓，棒打鼓鸣谷不鸣。'"

"差强人意。"

"张某对一联，'茂林山，山中有衫，闪打衫焚山亦焚。'"

"这位张公子对的可谓妙哉！"看来今天真是人才济济呀！柳飘絮娇媚地躺在长椅上想着。

"在下也有一联，'黑水庙，庙里站鹕，缈大鹕跑庙未跑。'"

"好！"

……

"刚才答出题的公子们可以进入下一关。"

第一题结束，小婢女将刚才对出下联的人带进了一间房。第一题下来能进来的人也只有顾倾城，萧奕然，张廷威，杜建如，李湘奇，吴羽建，王永成六位。张廷威是翊国户部员外郎的亲侄子，杜建如是青州知府的公子，李湘奇是青州第一才子，而这吴羽建则是吴王世子。

六人在房中品着刚刚采自西湖钱塘的新茶。顾倾城打量着整个房间，这间房富丽堂皇却又不失典雅庄重，到处都闪着耀眼的金光。

"这美人到底什么时候出来呀！从来都是人家等本世子，还从未有过本世子等人的时候呢！"吴羽建不耐烦地说道。

"请世子稍等片刻，先品茶吧。"小婢女客气地说道。

一看就是个山野莽夫，无大作为。顾倾城不屑地瞥了吴羽建一眼。

又过了一会儿，连顾倾城都有点沉不住气了，心想"怎么还不出来？"

萧奕然倒是不焦急，也不烦躁，悠闲地喝着茶。反正他也没真想和那第一才女共度一晚，只是顾倾城怂恿，才无奈作陪罢了。

"这柳飘絮到底是出不出来呀？！"吴羽建似乎有点发怒了。

正说着，一袭香气便扑鼻而来，一抹粉色魅影缓缓走了进来。柳飘絮虽用粉色纱巾将脸蒙上了，但透过轻薄的纱巾，却也能看出她姣好的面容。

"美人，出第二题吧！"闻着柳飘絮身上的香气，吴羽建早就迫不及待了。

"让公子们久等了，下面飘絮出第二题。"柳飘絮娇声娇气地说，招手唤小婢女过来。

"下面，第二题，作诗。"小婢女柔声说。

作诗？顾倾城皱起眉无奈地摇摇头，早知道就不进来了，只要是读过书的谁不会作诗呀！还真是无聊！

萧奕然看了看身边的顾倾城，一副无奈又志在必得的样子，一抹笑意不禁爬上嘴角。

"下面请各位公子们来作诗。"

作诗？谁不会呀！在场的人都觉得这样的题太简单。

柳飘絮顿了顿说道："说是作诗，其实是对诗，一人一首，后一位公子以前一位的末句为首句。"

"这才像样嘛！要不然太简单了，没意思，这样就有的玩了。"顾倾城侧脸对萧奕然小声说道。

"小女子先出，'绿柳晴荫浮梦华，白云团影遮渔家，篾篷布帆惊艳处，越女西施正浣纱。'"柳飘絮竖起兰花指娇媚一笑，"小女子真是献丑了。"

"哪里哪里！谁不知晓柳小姐是青州第一才女！这所出诗句自然也是妙句呀！哈哈，哈哈！"吴羽建谄媚地说道。

"拍马屁。"顾倾城小声嘀咕。

"那，不知哪位公子还有其他妙句呢？"

"越女西施正浣纱，碧江尽处西阳下。无边黑夜遮天起，轻起罗裳各还家。"李湘奇在稍加思索过后便一气儿对上。

"李公子真是才思敏捷呀！"柳飘絮大加赞赏。

不愧为第一才子，对仗平仄竟如此工整。对这个第一才子，顾倾城不禁从心底里佩服起来。

"吴世子，您有何妙句？"柳飘絮用她那双媚眼送去缕缕秋波。

"这……这……"吴羽建一时语塞。

哼，莽夫一个！世子有什么用，还不是如此无知无能！顾倾城是打心眼儿里看不起这个吴王世子。

"哦，吴世子暂未想出。那其他公子呢？"

顾倾城一听这话，便开始想诗。轻起罗裳各还家……她看着柳飘絮那一袭粉色衣装和妖娆身姿，有了！

"轻起罗裳各还家，倩影修长映日斜。杨柳轻摇婀娜处，公子满目尽桃花。"嘿嘿，怎么样！顾倾城得意地看看众人。

"好一个'公子满目尽桃花'呀！顾公子将柳小姐喻作'桃花'，岂不妙哉！"李湘奇很欣喜，青州果然人杰地灵，顾公子小小年纪便有如此才学，可谓翊国日后之栋梁。李湘奇虽是一介书生，却对报效国家有着满腔热忱。

"李公子，过奖过奖。"顾倾城抱拳道。

唉，这个倾城……

"奕然，你也接一首吧！"顾倾城推了推萧奕然，在下面小声说道。

"还是算了。"萧奕然低声摇头。

"萧兄，在下听闻萧兄你才学出众，这样的对诗应该也不在话下吧，我看你就不要再谦虚了！"顾倾城看萧奕然不肯，便大声说道。

"倾城，你……"萧奕然有些生气地瞪着顾倾城，顾倾城却悠然地哼着小曲转过头去。

柳飘絮一听这话也看向萧奕然。没有了轻纱的阻隔，她看清了萧奕然的脸，坚毅俊秀的脸庞，挺拔伟岸的身姿……这不就是她想要寻找的人吗？想到这她的脸微微泛红。她也很想听听这位非同一般的萧公子会对出怎样绝妙的诗句来。

萧奕然一看大家都向他看来，无奈只好对诗。唉！这个倾城啊！"公子满目尽桃花，玉指抚琴目不暇，若是两情心相悦，邀得闲庭赏月华。"萧奕然说完不自觉看了一眼顾倾城。

"若是两情心相悦，邀得闲庭赏月华。"顾倾城听来不禁脸红。奕然喜欢自己吗？不可能！像萧奕然这么优秀的男子，自然喜欢的是像柳飘絮这样又有姿色又有才学的女子啦，哪像自己，这么喜欢胡闹……

"若是两情心相悦，邀得闲庭赏月华。两情相悦，哪管它贫穷富贵天上人间。只要两个相爱的人在一起，即使是带月荷锄而归，在自家小院中赏月，那也是神仙眷侣般的生活！萧公子，飘絮佩服公子的才学！"柳飘絮喜上眉梢，这样的男人，既有样貌又这样才学出众，是她心中最为中意的人选。

"吴世子，张公子，杜公子，已经一炷香的时间过去了，公子们还没有想出来吗？"柳飘絮柔声对仍在苦思冥想的三人说道。

"再容小王想想。"吴羽建这可犯难了，这怎么想呀！真不知道那三人的脑子是怎么长的，这么短的时间里就能想出那么绝妙的诗句来，但是自己也不想就此被淘汰呀！

"好了，时间到了，请三位公子到楼下就坐吧。"柳飘絮打发吴羽建三人到厅中。

软的不行，来硬的还不行嘛！自己可是吴王世子，来强的谁敢不从？先前不过是为了给这小娘子面子。杜建如和张廷威汕汕地下楼去，只有吴羽建还在位子上不肯走。

"吴世子，请吧，她们会在下头好好伺候您的！"柳飘絮依然柔声道。

"本小王就不走！嘿嘿，我要你伺候我！"吴羽建眯起眼睛说道。

真是恶心！怎么还有这一出？顾倾城对这个吴王世子更是厌恶至极。

"哦？世子不走？"

"嗯，说什么也不走！"吴羽建摆手继续喝茶。

"来人！把吴世子给我'请'下去！"柳飘絮的柔声里夹杂了些许厉声。

一声令下，六七个大汉就将吴羽建给抬了下去。

"我可是吴王世子！"任凭吴羽建再怎么喊叫，就是没人理睬。

"噗嗤——"顾倾城看吴羽建被抬出去的狼狈样，忍不住笑了出来。

这柳飘絮到底是什么人？竟有如此大的能耐，居然连吴王世子都不放在眼里。还有这凤仪阁中的装饰，也不是一般人能够拥有的，萧奕然心中充满了疑问。

柳飘絮回过头来看看剩下的三人，侧身说道："不好意思，让三位公子见笑了。下面就请三位随我来吧。"

说着，三人随柳飘絮来到了酒楼的最顶层。抚琴阁？萧奕然瞟了一眼牌匾，三人进了房间，这间房全没了下面那些房的奢华，但整间房布局合理，格调优雅，顿时给人一种心旷神怡之感。

"小莲。"柳飘絮示意小婢女出题。

"第三题，抚琴。"

抚琴？自己没听错吧？男子怎会抚琴？李湘奇不禁犯了难。一旁的萧奕然只是稍稍惊讶，他想不到这柳小姐竟会出这样的考题。

"飘絮也知抚琴对公子们来说有点为难，可飘絮出的题就是如此，望公子们谅解。"柳飘絮看李湘奇犯难的表情说道。

"男子抚琴有何难？"顾倾城此言一出四下皆惊。因为她不是男子嘛！女子当然会抚琴啦！

"哦？顾公子会？"柳飘絮原本没抱什么希望，但听顾倾城这么一说，顿时来了兴致，而更多的却是好奇，她最想看的是男人如何抚琴。

"当然！琴呢？"也不想这几年被关在家干什么的，还不是跟娘学琴和女红什么的。女红嘛，自己是没怎么学会，但这抚琴难度却不是太大。

"顾公子就用飘絮的'凤求凰'吧。"柳飘絮命婢女将琴摆好。

凤求凰？似乎在哪里听过，萧奕然皱起了眉。

好漂亮的琴！琴身墨黑却泛着金光，琴的左上角和右下角分别有一只凤和凰。突然，顾倾城有一种很熟悉的感觉，难道自己以前看过它？可是，不会呀，应该没看过才是呀！

"顾公子请开始吧。"

"柳小姐有什么要求吗？"顾倾城询问道。

"呵呵。"柳飘絮娇媚地掩口一笑，"原本叫男子抚琴就已经很有挑战了，哪里还敢有什么要求啊，只要公子将您最擅长的曲调弹出即可。"

最擅长的曲调？是最擅长的曲调吗？那就弹那首娘亲每天都会检查的曲子吧。

玉指落，妙音起，琴声悠扬，似高山流水缓缓而下。

恍惚之间，萧奕然仿佛又看见了那个徜徉在花田之中的女子，纯洁美丽，神圣无比。

众人不禁都沉醉其中，唯有柳飘絮皱起了眉头。

一曲毕，顾倾城站起身，众人竟还未回过神来。

"咳——"她故意咳嗽了一声，大家方才反应过来。

"顾公子的琴音真是绕梁三日，犹如仙乐呀！"李湘奇由衷地赞赏。此曲一闻，其他曲子在自己心中恐怕再无地位。

"哎哎哎，过奖过奖！"顾倾城喜不自禁，"那么……柳小姐，这一局该是顾某胜出吧？那有什么奖品呢？"

"当然是您胜出。可是……"柳飘絮一顿，低沉了声音道："飘絮不知该叫您顾公子还是顾小姐？"

"啊？那，那也是我胜出了！"完了，完了，被人拆穿了！就是你让我女扮男装的，现在好了吧！顾倾城假装生气地瞪瞪萧奕然。

见柳飘絮居然认出顾倾城是女子，萧奕然也很是惊讶。

"可是你是女子！女子当然会抚琴！"柳飘絮自在地在房内踱着方步道。

"你也没说过女子不能参加呀！"顾倾城叉腰道。

"你！"柳飘絮一时语塞，"来人，把李公子和萧公子带到大厅好生伺候。"

这顾公子怎么突然就变成女子了？李湘奇还在思考中却已被小婢女带下了楼。

"柳小姐，倾城的冒犯实属无意，她只是贪玩想来凑个热闹，并非捣乱的，望小姐见谅。"萧奕然颔首向柳飘絮赔罪。

"你们认识？该不会是夫妻吧？"柳飘絮想着最糟的情况。

他看了身旁人一眼，有些语塞，"不，不是……萧某和顾小姐只是朋友。"

"呼——"柳飘絮轻轻呼出一口气。

听到萧奕然这样回答，顾倾城心里有说不出的失落，同时又有些许担心，这柳小姐不会是看上奕然了吧？倾城微微皱眉。

"不过你怎么知道我是女的？"真是奇了怪了，难不成这柳飘絮有透视眼不成？

"这有何难？"柳飘絮掩口一笑继续说道，"一般男子都不会抚琴，而你会，这就是第一个疑点；而后，在你抚琴时我注意到你的芊芊玉指，洁白莹润，哪有男子的手是如此的？还有，你在我身边时我总是闻到阵阵清香，试问哪个男子会涂胭脂水粉呢？"

"柳小姐果然是蕙质兰心，观察入微啊！想来我俩打扰得也够久了，而且还有要事在身，就先告辞了。"萧奕然感觉这是个不宜久留之地。

"我看两位先不要着急，留下来再吃口茶吧！"话毕，房间四周立刻围满了家丁。

"奕然，怎么办呀？"顾倾城拉拉萧奕然的衣袖，这次真是闯大祸了。

"不用怕。"

"本小姐问你，那《凤求凰》你是怎么会弹的？全曲不是失传已久了吗？"柳飘絮再没了先前的那份温柔，厉声问道。

"什么《凤求凰》？那是我娘亲教我的。"顾倾城不解地说道。

《凤求凰》？原来刚才那曲子也叫《凤求凰》，萧奕然暗想。他突然想到师父曾经跟自己讲的一个故事。

"你娘亲？难不成你是……你娘亲是不是叫叶雨眠？"柳飘絮激动地问道。

"才不是，我娘叫杜婉柔。"顾倾城很疑惑。

"难道你不是……"柳飘絮陷入了沉思。

"你管我是不是，我们要走了！"顾倾城说着就拉萧奕然往外走。

"我看你们今天是走不了了……"柳飘絮阴声说道，只见很多家丁涌进房来。

"哦？那就试试。"萧奕然道，"倾城，待在屋角！"

萧奕然拿起射日，但并未拔出鞘，因为他不想伤人。

"奕然小心！"顾倾城在屋角叫道，她很怕奕然再次受伤，再次为她受伤。

萧奕然躲过家丁的偷袭，用射日将他打倒在地。

"倾城，我们走！"萧奕然将顾倾城拦腰抱起，迅速从凤仪阁三楼的窗户飞出。

楼下的众人抬头看见此景，皆一阵惊呼，那是神仙眷侣吗？

"哼！"看着两个远远离去的身影，柳飘絮气得直跺脚，狠狠地说道："我们等着瞧！"

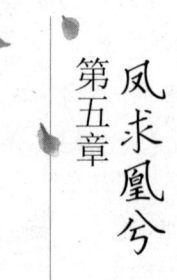

第五章 凤求凰兮

在奕然怀里的感觉好安心。看着萧奕然俊秀的侧脸,顾倾城的心跳忽然加快。

两人赶路到了青州边界的小客栈。

进了客栈,"哟!二位客官,要几间房?"客栈掌柜殷勤地问道。

"两……"

"一间。"顾倾城原本想说两间的,却被萧奕然的话给打断了。

"好嘞!小洪子,给两位客官带路。"

一间?现在有房为什么奕然还只要一间房?难不成……脸微微一红。顾倾城摇了摇头,应该不会吧?奕然哪里是那种人。

进了房间,萧奕然回头看见顾倾城在呆呆地傻笑。

"倾城,倾城?"

"啊?啊?"顾倾城突然回过神来。

"刚才傻笑什么?"

"啊?有吗?没有啊!你一定是看错了!"

"你,为什么只要一间房呀?"顾倾城鼓起勇气问道。

萧奕然忽然面色一正,眉头紧皱着道:"我只要一间房是为了保护你,若是刚才的那些人追来,我也好及时带你离开。"

"哦,哦——"原来是这样,她为自己刚才的可笑想法而感到脸红。

"倾城……"萧奕然想了很长时间,还是决定问出口。

"嗯？"

"你怎么会弹《凤求凰》的？"

"不是说了嘛，是我娘教我的。"顾倾城看了看萧奕然，"难不成你不相信我？"

"怎么会？"萧奕然摇了摇头，眉头却还是紧皱着。

"你娘叫杜婉柔而不是叶雨眠？"

"是呀。"

萧奕然陷入了深深的沉思中。

"你到底是怎么了？"顾倾城很奇怪，今天到底是怎么回事？

"倾城，"萧奕然顿了顿，还是决定说出来，"我给你讲一个故事。"

"嗯。"

"十七年前，宇国还未灭亡时，宇王江玄宇爱上了风尘女子叶雨眠。叶雨眠虽出身风尘，但却自重自爱，拒绝了许多达官贵族英雄豪杰的求爱，唯独爱上了当时化装成穷书生的宇王，并和宇王私定了终身。在得知江玄宇是皇帝时，觉得自己受了欺骗便一气之下出走到了翙国。

"在一次偶然的相遇中，翙王易南天也爱上了叶雨眠。后来宇王找到叶雨眠向她道歉，并为她创作了一曲被称为'天上人间'之曲的《凤求凰》。而翙王也命能工巧匠为叶雨眠连夜造了一架琴，亦名'凤求凰'。

"凤求凰乃男子向女子求爱之意，表明两位帝王不惜自降身份，只为博美人芳心。谁知，第二天，当翙王带琴到达叶雨眠住处时，她已和宇王回到宇国。

"翙王一气之下便出兵攻打宇国，要求宇王交出叶雨眠，宇王不应。在宇国都城城门被攻破之际，宇王携叶雨眠双双从忘情崖上跳下。而翙王也为自己的一时冲动，后悔至极。后宇国灭亡。"

"为，为什么告诉我这个故事？"顾倾城的身体微微颤抖，她不知道自己是怎么了。

身旁的人没有说话，只是蹙眉看着她。

"你，你是说，我有可能是叶雨眠的女儿？"她缓缓说出口。

"嗯！"

"怎么会！我爹是茹州知县顾如海，娘是茹州名门望族的杜氏，我怎么可能是叶雨眠的女儿呢？"怎么可能嘛！难不成自己还会是宇国公主？这也太荒谬了吧！

见她这样激动，萧奕然安慰道："这也只是猜测，你说'凤求凰'怎么会在柳飘絮手中？"

"我怎么会知道呀！八成是她偷来的吧。"

"竟瞎说。"萧奕然笑笑，这丫头真会奇思妙想。可是倾城她，他摇摇头，算了，不想了，她就是自己认识的那个顾倾城。

"你在想什么呢？"

"没有，"萧奕然摇摇头，"快睡吧。"

顾倾城独自躺在床上，一闭上眼就想起奕然说过的故事，自己会是叶雨眠和宇王的女儿吗？

"谁？"感觉到身边的气场有些变化，萧奕然立马警惕了起来。

只是一闪，蒙面人便已到了萧奕然面前。

"师父，徒儿不知是您，还望恕罪。"萧奕然一看是师父便恭敬地抱拳说道。

"为师听说今晚在凤仪阁有人弹出了《凤求凰》？"蒙面人问道。

萧奕然看了一眼睡在床上的顾倾城说道："是的，师父。"

蒙面人扭过脸来看了看顾倾城，"哦，是她吗？"

"是，师父……"

"看来，我猜的没错！"

没错？是什么意思？师父到底在说什么？萧奕然看着师父深不可测的眼神。

蒙面人走到床边，凝视了顾倾城一会儿，又缓缓拿起她腰间的玉佩仔细观望。

顾倾城感觉到有什么动静，于是惊醒过来，"你，你是谁？"她惊慌地看着床边的蒙面人。

"倾城，不要害怕，这是我师父。"萧奕然走到床边坐下，安慰顾倾城。

师父？奕然的师父？怎么这么没礼貌啊？在人家睡觉的时候盯着人家看，顾倾城虽心里这么想，但毕竟他是奕然的师父呀！也不好多说什么。

"你叫倾城？"还没等顾倾城想好要叫什么，蒙面人就先开口问道。

"是。"

"我问你，这块玉佩是从哪来的？"蒙面人指着玉佩问道。

"从我记事起就戴着它，应该是我爹或我娘给的吧。"到底什么意思呀，这个怪老头！

"你爹娘？那你娘叫？"话被打断。

"你要问我娘是不是叫叶雨眠？不是，我娘叫杜婉柔！怎么都问这个问题呀？"顾倾城瞥了萧奕然一眼。

"怎么会？"

"啊！你干什么？"蒙面人突然拉起顾倾城的手。

"剑。"

"师父！"

蒙面人摆摆手让萧奕然安心，示意自己不会对她怎么样的。

萧奕然递上射日，担心地看着倾城。

"啊！好疼！"看着自己被划破的手，顾倾城有些不满地看着蒙面人。

鲜红的血滴下，滴在玉佩上，慢慢地，玉佩上竟出现了一个鲜红的字！

"字？"自己的玉佩上怎么会有字？自己很小的时候就看过呀，没有字啊！

"果然没错！"蒙面人低低地说。

"你到底在说什么？"

"倾城！"萧奕然摇头示意她不要说话，走过来帮她包扎伤口。

"你，是宇国的公主。"蒙面人突然说出一句。

"什么？"顾倾城和萧奕然同时惊呼。

"你是宇国公主。"还是一样的平静。

"你，你有什么证据吗？"顾倾城发觉自己的话语竟有些颤抖。

"你手上的玉佩就是证据。只有宇国皇室的血液才能使玉佩上的'宇'字出现。"蒙面人顿了顿瞥了一眼倾城，"而且，你会弹全曲《凤求凰》。"

"我，真的是公主？"那她之前是什么？茹州知府的千金？爹爹和娘亲难道不是真正的爹爹和娘亲吗？可他们又是谁？那么地疼她……江玄宇？叶雨眠？爹爹和娘亲？

"公主，难道你就不想为你的双亲报仇？"蒙面人看了一看萧奕然，对顾倾城说道。

"报仇？"顾倾城抬起头，擦了擦脸上的泪，"向谁报仇？"

"当然是翊王易南天了！老夫听说公主的养父母也是被易南天颁下一纸诏书，蒙冤屈死的。"

易南天……顾倾城想了想，"可是我要怎样才能报仇呢？"易南天是皇帝，她连接近都是问题，又怎么去向他报仇？

"公主不必担心，我会让然儿助你进宫帮你报仇的。"蒙面人轻拍了拍顾倾城的肩膀。

"师父！"

蒙面人摆了摆手，示意萧奕然不要再问。

"然儿，为师走了。"

"可是师父……"萧奕然还未问出口，蒙面人早已不见了踪影。

"絮儿，朕听说凤仪阁里有人弹出了《凤求凰》？"龙椅上易南天蹙额品茶。

"是的父皇，是一位姓顾的女子。"柳飘絮跪在殿下说道。

"嗯，朕知道了，你先下去吧。"易南天摆了摆手，示意柳飘絮先下去。

"儿臣告退。"柳飘絮俯了俯身。

"嗯。"

待柳飘絮退下，易南天缓缓放下茶杯，慢慢站起身来。太监总管原祥立即上前搀扶。

"原祥啊，你知道朕为何认絮儿为义女又赐她'凤求凰'吗？"易南天望着远方的御花园说道。

"回陛下，奴才不知。"原祥低头回答。

"唔——因为啊，絮儿眼睛长得很像雨眠。朕曾一度以为她是雨眠的女儿，可是后来才知道她不是。当年啊，都是朕太冲动了，要不是朕，雨眠也不会死。"易南天说着不禁落下泪来。

"陛下节哀，龙体为重。"原祥安慰道。唉！这叶雨眠到底是怎样的女子，竟让陛下如此？要知道陛下铮铮铁骨，作战负伤时都不曾落一滴泪，而每每想到叶雨眠却都会落泪……原祥看见主上伤心的样子摇了摇头。

乾坤殿外，柳飘絮回头看了看，难不成那位姑娘真是叶雨眠的女儿？

走在皇宫汉白玉铺成的路上，柳飘絮想着初次见到易南天时的情景。当时，自己还是个小女孩，因为家乡闹饥荒，母亲带着自己和弟弟来炎州讨饭，到炎州不久母亲就病死了，而弟弟也与自己失散。

就在自己饿得快不行的时候，一个热乎乎的肉包子出现在了眼前，抬头一看，竟是一位衣着光鲜的公子。就在他看到自己的脸时，他的眼中似乎出现了一丝惊讶。随后就将自己带回了家。到了他家是才知道他就是皇上，而皇宫就是他的家。

自己就这样被收为了翊王的义女，等同公主。后来才从一位老宫婢口中得知了翊王和叶雨眠的故事。因为知道自己根本就不是叶雨眠的女儿，所以一开始很不踏实，但在翊王也知道自己不是叶雨眠的女儿时，他仍对自己一如既往地疼爱。

"飘絮姐姐！"突如其来的声音让柳飘絮吃了一惊。

"瑾灏。"柳飘絮转过身，笑看着身旁的人。

"飘絮姐姐，你在外面见着什么好玩的没有？整天待在这宫中真是闷死了。"清澈的眼眸，浅浅的小酒窝，还向自己撒娇。柳飘絮最喜欢的就是这个弟弟了，就好像自己的亲弟弟一样，宫中的人都看不起自己的出身，也只有九殿下和二殿下不会看不起自己。

"都多大了，还撒娇啊！"柳飘絮宠溺地瞥了瑾灏一眼道。

"因为瑾灏最喜欢飘絮姐姐了！"身旁的人咧开嘴儿，露出洁白的牙齿。

"殿下！殿下！八殿下叫您和他去对弈！"身后，小太监拉长了细嗓子喊道。

"八殿下叫你呢，快去吧！"柳飘絮踮起脚摸摸瑾灏的头，这小子都长这么大了，还记得刚进宫时，瑾灏比自己还矮一个头呢。现在，都比自己高好多了！

仔细看看瑾灏，真是长大了：眉如浓墨；眼若星辰；高挺的鼻子；白皙的皮肤……如此俊美，真的比那位萧公子还要略胜一筹！此等地位和相貌，相信瑾灏日后定会引来许多王公臣女的青睐。柳飘絮满意地笑了笑。

"瑾凌每次都不服输，真是懒得跟他玩！"易瑾灏皱皱眉头。

"九殿下！"

"来了!来了！"易瑾灏一边抱怨，一边看向柳飘絮，"那飘絮姐姐，我先走啦！"

目送易瑾灏远去，柳飘絮静坐在御花园的水曲桥上，不禁想起那个人——萧公子，我们还会再相见吗？

"倾城，你真的要去皇宫吗？"萧奕然突然停下了脚步。

"嗯。"顾倾城顿了顿，"我要杀了那个昏君！因为他，我的爹娘才会死的！"她的眼中充满了仇恨的怒火。

"倾城。"他默默地看着身旁的人，自己难道真的要亲自将她送入到那个龙潭虎穴般的皇宫吗？

一路上，顾倾城没有再说一句话，她只想快点到达翊国都城炎州。萧奕然虽也没有说话，但心里还是很担心顾倾城。

苍山如海，残阳如血。

"天色晚了，我们找个住处吧，倾城？"萧奕然转过身对顾倾城说道。

"嗯。"

很快，在山脚下，他们发现一个小草屋。

"倾城，我们今晚就在这里将就一下吧？"萧奕然询问顾倾城的意见。

"嗯。"顾倾城的目光还是有些恍惚，仿佛一切都跟自己没有关系。

萧奕然打开小屋的门，擦了擦桌椅上的灰尘，让顾倾城坐下，又用火折将那个落满灰尘的烛台点亮。

"那，我去找点水。"没有动静，萧奕然靠着门框边看着顾倾城微微地叹了口气，便拿了水袋外出找水。

倾城，你到底是怎么了？因为自己的身世吗？还是因为仇恨？师父告诉你身世究竟是对还是错？也许，你不碰到我就不会如此了，你还会是那个快乐的小丫头……

草屋外，两个黑色身影一闪而过，躲进了草丛。

"黑鹰，那个和太子在一起的丫头在屋里？"秃鹫小声问道。

"嗯，不过太子不在。要不我们先进去把那小娘们儿办了，然后就坐等太子的大驾。"黑鹰轻轻地笑了笑，眼里闪过一道凶光。

"对，一个一个地办！解决了太子之后我们的荣华富贵就享之不尽了！皇上可是答应过我们的，只要杀了太子，以后就飞黄腾达。呵呵呵——"秃鹫一想到以后的富贵生活，不禁笑出了声。

"谁？"顾倾城听见屋外草丛里传来奇怪的声响，便站起身来向外看去。

"你个蠢货！"黑鹰狠狠地敲了一下秃鹫的头，"上！"

看着两个身着黑衣的蒙面人突然从草丛中跳出，顾倾城吃了一惊。

"你，你们是什么人？"顾倾城惊恐地问道。

"我们？我们是来杀你的人！"黑衣蒙面人恶狠狠地说道。

奕然！奕然！倾城环顾四周，却忽然想起奕然刚刚说去取水了，奕然不在屋里！看着蒙面人冲进屋来，顾倾城慌忙地举起椅子想要抵挡。

哐！大刀砍在椅子上。

谁知刀嵌在椅子里拔不出，秃鹫向黑鹰求助。"蠢货！"黑鹰赶紧上前帮忙。就在这时，倾城使出全身的力气用椅子将两人推到墙边。看两人被压在墙边，倾城立马松开椅子，飞快地向屋外跑去。

"奕然！奕然！"顾倾城边跑边不停害怕地朝后张望，只见两人正向她追来。

"啊！"脚下忽然一绊，她重重地摔在了地上。

萧奕然捧着满袋的水，开心地想着，这山里的水真好，还有甜味，倾城一定会喜欢的！忽然，有一种不祥的预感涌上心头。

"糟了！"萧奕然心知不好，赶紧扔下水袋，向草屋跑去。

蒙面人步步逼近，"姑娘，你就别跑了，跑也是没有用的。"黑鹰说道："对呀对呀！"秃鹫在后面补充，"姑娘啊，你也别怪我们，我们哥俩都是奉命行事。"说完便举起了刀。

看着刀即将落下，顾倾城心如死灰，闭上了眼。死就死吧，自己早该死了……

当的一声，大刀被"射日"挡下。

"太子！"两人向后退了两步。

萧奕然将倾城扶起。

"倾城，你没事吧？"萧奕然关切地问道。

见是萧奕然，顾倾城绝望的脸上露出了笑容，"呜——奕然……"

"秃鹫，我们上！"黑鹰看着萧奕然和顾倾城两人喝道。

"倾城，你先走！"萧奕然将顾倾城推到一边。

三人打斗起来，黑鹰和秃鹫两人都是大内侍卫，武功自然不错。顾倾城站在一边紧张地看着三人，不敢离开。她好害怕奕然有什么事，像上次一样……

终于，在激烈地打斗之后，萧奕然将"射日"收回剑鞘。

"奕然，你没事吧？"顾倾城紧张地看着奕然。

"这，应该是我问你吧！"萧奕然轻松地笑笑说。

"奕然！"顾倾城一下扑进萧奕然的怀里，"我好怕你出什么事，真的好怕……"

"没事了，没事了……"萧奕然轻拍她的纤背安慰道。

秃鹫趴在地上，艰难地转头看了看黑鹰，黑鹰已经被割断了喉咙，血正在从喉管往外汩汩涌出……在他刚进宫时，黑鹰像哥哥一样照顾他，闯祸时，都是黑鹰帮他担着，而现在……不！他要为黑鹰报仇。想到这里，秃鹫费力地用刀撑起身子，提刀踉跄着向相拥的两人走去。

突然，顾倾城看见那个满脸是血的人提刀向他们砍过来，"奕然，小心！"说时迟那时快，还没等萧奕然反应过来，她纤弱的身躯已先一步挡在了他前面。

萧奕然在惊愕中眼见着那把大刀插进她的身体……

"不！"萧奕然大叫，随即一掌震开了秃鹫，秃鹫倒地哆嗦了两下就没了气。

"倾城！倾城！你怎么样了？"萧奕然将顾倾城紧紧地拥入怀中，看着她胸前伤口上的血止不住地流出，他第一次感觉到那么的惊慌失措。

顾倾城靠在萧奕然的怀里，感觉到他的怀抱好温暖……只是她感觉好累，眼皮变得好沉重。

"为什么？为什么要这么傻？"看着怀里几乎被鲜血染透的人儿，萧奕然变得几近疯狂。

"因为，因为我不要你死呀……"顾倾城艰难地扯着嘴角向上扬，她的呼吸开始变得微弱。

"不要！不要！倾城你不要死！"萧奕然迅速地将顾倾城抱起，疯狂地跑向小草屋。他将她轻轻放在小木床上，是那般小心翼翼，就好像怀抱着稀世珍宝一样。

"倾城，倾城你不要睡。"萧奕然轻摇着顾倾城，但她好像真的睡着了一般。萧奕然见状就知道情况不妙，他扶着顾倾城让她坐起，现在想救她唯一的方法就是用自己的内力护住她的心脉。

萧奕然双手贴住倾城的后背，提起一股真气，用力将内力传送到顾倾城体内。

"嘤——"顾倾城痛苦地发出呻吟。

她没练过武，当然抵挡不住这样强劲的内力。萧奕然想着逐渐减小内力。

一盏茶的工夫，萧奕然已满头大汗，他缓缓地收回手掌，倾城无骨般地轻轻瘫倒在他怀里。

现在顾倾城总算无性命之忧了，但伤口处仍需处理。可是，倾城还是个未出阁的少女，这样如何使得？他轻轻地皱眉有些为难，但低下头看看顾倾城满身的血迹，又缓缓地伸出手。

他轻轻地解开顾倾城的外衣，随即那件早已被鲜血染红的亵衣就映入了他的眼帘，他不禁红了脸。微微地撇过脸，温柔地为她将亵衣脱下，她柔嫩白皙的肌肤上大块大块的鲜红让他惊心。轻轻地为她擦拭着伤口上的血渍，她那秀眉微微一皱，便紧紧牵动他的心。

包扎好伤口，萧奕然为她披上自己的外衣，让她躺下休息。端详着她苍白的小脸，他的心开始疼痛起来。

"冷，好冷……"顾倾城微微皱着眉，似乎正在经受很大的痛楚。

萧奕然一惊，可能是她体质太弱，经受不住刚才那股突如其来的内力的缘故。

她的额头开始渗出涔涔的冷汗，"好冷……"好像在向谁求助，又像轻声地自喃。

萧奕然的大脑已经无法思考，他紧紧地将她拥在怀中，他能感觉到她纤弱的身体在微微颤抖。

都是因为自己，倾城才会受如此大的折磨。萧奕然内心满满的自责令他痛苦不已。

他的下颌轻轻地顶在顾倾城的头顶，淡淡的清香就这样飘入鼻中。顾倾城也贪婪地享受着萧奕然温暖的怀抱，紧紧地贴在他的胸口，怎会如此温暖？思绪迷糊的顾倾城想着，是初春的太阳吗？那样温暖的感觉……

望着呼吸渐渐平稳的顾倾城，萧奕然一直悬着的心总算放了下来，但他依旧紧紧抱着她。

看着怀中熟睡的人儿，脸色依旧惨白。萧奕然觉得她好像是一个纸片人儿，会突然被风吹走，下意识地他又将拥着顾倾城的手臂紧了紧。倾城，为何我会如此？这样的心情就好像，就好像当年我看着母妃离世时的伤心和害怕。

倾城，你说我是不是爱上你了呢？总是担心你受伤害，总是想时刻都能看到你，我想这应该是爱吧？我知道这样是不行的，可是我控制不住自己。萧奕然低下头，轻轻吻上了顾倾城的唇，只轻轻一点，萧奕然就已知道，拥有倾城便此生不换。

他缓缓闭上眼，想着刚才的感觉。倾城的唇，冰冰凉凉的，但有种甜甜软软的感觉，仿佛怎样都尝不尽。

猛地一惊，萧奕然睁开眼睛。倾城！他颔首看到依旧安稳躺在怀中的顾倾城，紧张的情绪稍稍好转。他轻轻抓起顾倾城的右手,两指搭在她纤巧的手腕上片刻。嗯,脉象较为平稳,应该已经没事了。

顾倾城软软地躺在萧奕然怀里,柔顺的秀发弄得萧奕然的脖颈有点痒儿。萧奕然看着天已经亮了,想去给她找点吃的。他小心翼翼地准备将环着倾城的手抽出,才刚一动,倾城便皱了皱眉,表示不满,随即双手环上他的腰,软软地向他怀里钻去。

看着她如此可爱的模样,萧奕然宠溺地点了点她的俏鼻,又将她拥紧。她在他温暖的怀里感觉异常舒适。

不知过了多久,萧奕然感觉怀中的人儿有了动静。

"倾城,你醒啦!"

"嗯。"顾倾城揉揉惺忪的眼,突然大惊,"我,我怎么会在你怀里?啊!我,我的衣服呢?"

"倾城,别动。"萧奕然说得很温柔。

顾倾城想从萧奕然的怀中离开,毕竟男女有别。她才轻轻一动,就感觉胸口撕心裂肺地疼,"嘶——"

"倾城,叫你别动——"萧奕然缓缓松开倾城,慢慢将她扶起。

"我这是怎么了?"

"倾城,你难道忘了昨晚你为了我而受了伤?"不会是脑子也受伤了吧?萧奕然皱皱眉。

"唔——"顾倾城这才想起昨天的事来。她忽然低头看向自己的胸口,大惊道:"那也是你帮我换的衣服?"

萧奕然先是一愣,然后轻轻"嗯"了一声,他红着脸微微侧到一边。

"啊!"那他不是什么都看到了?真是羞死人了,顾倾城的眼睛不知该往哪里看好。

"对不起。"见她一副想死的委屈模样,萧奕然的心微微一沉,倾城听了会有这种反应,想必她是不喜欢自己的吧?

"没,没,没关系……"她撇过通红的脸,不敢看他。

二人尴尬地沉默了一会儿,"倾城,你饿了吧?我去找点吃的。"萧奕然的声音依旧那么温柔。

"我也去!"顾倾城叫道。一来是怕昨晚的事再发生,如今自己这样跑可是跑不了了;二来自己也不想和奕然分开呀!

"不行!倾城,你的伤还没好,不宜走动!"

"那,如果再有坏人来怎么办呢?"

"这?"萧奕然想这倒是有可能,无论如何,不能再让倾城受伤了!

"好吧！"

萧奕然扶着顾倾城走在山间的小路上。

山间的风景可真好！要不是自己受伤了，就能好好享受这明媚春光了！顾倾城想着朝着天空看了一眼。

突然，一个白色的影子轻盈地一闪而过。萧奕然一个箭步，上前一把将那团白色的东西抓住。待提到顾倾城面前她才看清，原来竟是只雪白的小兔子！萧奕然提着那小东西的耳朵，可怜的小东西不停地眨着红眼睛。

"好可爱的小兔子啊！"顾倾城欢喜地接过小兔子，小兔子的毛柔柔的软软的，摸上去舒服极了。她温柔地抚摸着手掌上的小兔子，宽大的衣裳罩在她身上，更显出她的娇小。好美！那是落入凡尘的仙子吗？萧奕然不禁问自己。

"奕然，你在干什么？"顾倾城手托着小兔子问道。

"当然是生火烤兔子啦！"萧奕然拿起地上的树枝，悠闲地说道。

"什么！烤兔子！不行不行！"顾倾城听了急忙说道。

"可是，倾城你受伤了，要补点儿营养……"

"不要！我才不吃小兔子！"顾倾城嘟起饱满的粉唇。

"倾城，听话。"

"不要不要！"顾倾城使劲摇着头，"我不听！吃点野果也可以的！我才不要吃小兔子！要不然我就不理你了！"

"……"

"倾城，吃饱了吗？"

"嗯！"顾倾城正开心地喂着小兔子。

萧奕然无奈，是小兔子吃饱了吧。

"奕然，我们继续赶路吧！"顾倾城抬起头朝他欢快地说道。

"可是你……"萧奕然想着她身体虚弱，不可以这么劳累。

"没事的。"

倾城报仇的心就这么急切吗？那，自己和倾城还有几日可以在一起呢？萧奕然抬起头，略带忧伤地看了看正在高兴玩着兔子的顾倾城。

唉——没想到受伤了走路原来这么累，她感觉胸口闷闷的，然后放下了小兔子，"小兔子，你走吧，我知道你不喜欢跟我们在一起，去找你的家人吧。"圆滚滚的小家伙，一蹦一跳地钻进了草丛里。

"倾城，你不是很喜欢吗？为什么放了它？"萧奕然好奇地问。

"因为它并不属于我们的世界啊！"顾倾城笑笑说。

看着如此善良的倾城，萧奕然微微一笑。

"倾城。"

"嗯？"

"你累了吧？"

"啊！"还未等顾倾城开口，已经被萧奕然横抱在了胸前。

脸好烫，想必现在一定红得不像话了吧？顾倾城不自觉地摸了摸自己的脸。

"想睡就睡吧。"萧奕然温柔的声音响起，像是一句咒语，缠绕在倾城心间，她便开始昏昏入睡。

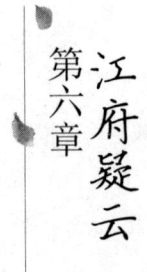

第六章 江府疑云

"嗯——"真舒服！顾倾城揉揉眼睛。

"你醒了。"萧奕然低头对怀中的人儿温柔地说道。

"你，你就这样一直抱着我？"她仰面有些惊讶地问道。

"嗯。"萧奕然含笑点头。

顾倾城双颊泛红眼波低垂，"放我下来吧。"声音细若蚊蝇。

萧奕然缓缓地将她放下。

两人安静地走在小路上。

奕然他很累吧？为了不吵醒我，抱着我一直走了这么长的路，顾倾城眼眸轻轻一瞥。奕然，奕然他会喜欢我吗？器宇轩昂、气度不凡的奕然，我能配得上他吗？

"倾城，你看。"萧奕然指着前方，"快到郴州了！"

顾倾城朝着他手指着的方向望去，城门上"郴州"二字远远可见。

进了城门，大街上，小贩们大声叫卖着，两旁酒楼客栈林立。

"倾城，我们找一家客栈住下吧。"

郴州果然是郴州，好繁华，街上的人来来往往，好不热闹！顾倾城兴奋地左看右看，要知道，离开青州以后就再没到过这么繁华热闹的地方了！

"倾城。"

顾倾城循声看向萧奕然，他正站在一家裁缝店的门口，示意她进去。

"干什么啊？"顾倾城很疑惑地看着在店里左挑右看的萧奕然。

"就这件吧。"萧奕然付完钱，将一件水蓝色的衣裙递给顾倾城。

"换上？"

"是呀，难道你还要继续在大街上穿着男子的衣服吗？"萧奕然轻捏她的鼻尖。这时，她才发现原来自己一直都穿着萧奕然的外衣在城里溜达，怪不得刚才有好多人奇怪地盯着自己看呢！

一盏茶的工夫，顾倾城的衣服换好了。

"奕然。"背后柔声传来。

萧奕然回头，水蓝色的衣裙恰到好处地显露出她窈窕的身姿，淡雅的水蓝色将她的清新与美好映衬得淋漓尽致。她露出莲花般的笑靥，飘逸的青丝上那支银色牡丹发钗，在阳光下闪着耀眼的光……

萧奕然的脸忽然烫了起来，他赶紧转过头。

"怎么，奕然，不好看吗？"顾倾城上前低头轻声问道。

"不！很好看。"他微微垂眸，眉眼含笑。

突然，地面好像颤抖起来，"闪开闪开！"远处尘土飞扬，马匹嘶鸣，行人纷纷闪躲。

"球球，球球。"一个两三岁留着寿桃头的小孩，追着小球来到路中间。

"小宝！"一个紫衣女人惊声尖叫。

驾，驾，驾！眼看奔腾的马匹就要呼啸而来。

"奕然！"顾倾城看着冲向路中间的萧奕然惊呼。

马匹飞驰而过。

"小宝！我的小宝！"一个女人失声痛哭，似乎比刚才那个尖叫的女人还要伤心。

"奕然……"顾倾城感觉周围的一切都静止了。

"娘，娘。"奶声奶气的声音从灰尘中传来。

"小宝？小宝！"女人停止哭泣，但依旧不敢相信刚才听到的声音。

待灰尘消失后，一个英俊秀美的男子抱着小孩出现在路中央。

奕然！

"谢谢你，谢谢你少侠！"少妇接过小孩连声感谢。

"举手之劳而已。"萧奕然淡淡地说。

"奕然！"顾倾城拨开人群，飞也似的冲到萧奕然面前，"你知不知道，刚才我有多害怕？"粉嫩小拳轻捶在萧奕然的胸前，泪早已流下。

"倾城……"萧奕然抓住顾倾城的手，将她拥在胸前。

"嗯——"顾倾城捂住胸口，皱眉颔首，轻轻咬唇。

"你怎么了倾城？胸口又疼了吗？"萧奕然紧张地问道。

"没什么大碍，只是刚才突然疼了一下。"她缓缓仰起头对他微微笑着说。

"天色不早了，少侠如果不介意，就到寒舍去住吧！"少妇微笑说道。她又看向顾倾城，"再说夫人，身体也抱恙，就去我家休息几日吧，也算是感谢少侠对小儿的救命之恩。"

顾倾城听了少妇的话便红了脸，但也未辩解。萧奕然看了看顾倾城，心中微喜，于是道："那……就多谢夫人的美意了。"

在回府的过程中，少妇牵着小宝和紫衣女人在前面走着，身后跟着几个婢女，顾倾城萧奕然则走在最后。

"云儿，叫你看好小宝，你是怎么看的！"少妇对刚才的紫衣女人厉声喝斥。

"姐姐，姐姐，是云儿错了，还请姐姐处罚……"紫衣女人唯唯诺诺道。

"好了，念在你对江家这几年的贡献，就这么算了！"少妇叹气。

"萧公子，萧夫人，这就是我家了。"少妇领萧奕然和顾倾城进到府中。

"哇！好漂亮！"进了江府顾倾城就被眼前的情景惊得目瞪口呆。这江府也太豪华了吧——汉白玉的地砖，大理石的台阶，碧玉雕的假山，还有雕金的画廊，皇宫也不过如此吧。

"萧夫人过奖了。"少妇笑笑说，"我带二位去参观参观。"

"好啊！"顾倾城连连点头，这院子都这般豪华了，更何况房间和亭台楼阁呢？真是迫不及待地想去看啊。顾倾城顿了顿，"不如夫人就叫我倾城吧。""夫人"听着还真别扭……

少妇微笑着点点头，便开始领着二人在府中参观。

"奕然，你看，好大的花园啊！你看你看！这里的花也很漂亮！"顾倾城几近欢呼雀跃。

江府的花园近百亩，里面种着各种花卉，百花竞相开放，蝴蝶与蜜蜂在花丛之中自在飞舞。花园里还有一望无际的莲湖，现在正值初夏，莲湖中的莲花含苞待放，莲叶上的水珠浑圆透亮，在阳光的照射下晶莹剔透，微风吹过，阵阵莲香扑鼻。

"萧公子，这是你们的房间，如果有什么不满意，就向我说来。"少妇客气地说。

又住同一间房？唉——谁叫他们装夫妻呢！顾倾城白了一眼萧奕然，都是你，当时不说清楚……

见她的模样，萧奕然心中微微酸楚。倾城对自己，并不如自己对她一般吧？

"江夫人安排的房间很好，真是谢谢江夫人了。"萧奕然颔首致谢。

晚上，萧奕然和顾倾城被请到厅堂吃饭。

"萧公子，倾城啊，这是我家老爷。"江夫人向他们介绍。

"江老爷好。"萧奕然抱拳道。

"就是萧公子救了老夫的儿子？哎呀，萧公子你的恩情叫我江某何以为报！小宝是我唯一的儿子，如果他出什么事，我也就不活了！"江老爷紧紧抓住萧奕然的手，差点就老泪纵横了。

萧奕然礼貌地抽回手道："还请江老爷不要在意，在下只是略尽绵力，不足挂齿，何况还要在贵府叨扰几日，实在过意不去。"

"哪里哪里，萧公子和夫人只需安心住着就好。"江老爷笑得眼角的褶子都出来了。

顾倾城看了看江老爷，心想，江夫人这么年轻，这江老爷怎么这么老啊！老得都可以当江夫人的爹了！

那紫衣女子换了件藕色衣裙，唇红齿白，风姿绰约。

"请坐请坐，萧公子萧夫人请用餐。"

原来，这江老爷可是郴州的首富，祖上曾任翊国左相，后世代都受朝廷庇护，再加上这江老爷的商业头脑较好，所以成了首富。

这江夫人并不是江老爷的原配，江老爷原配容氏早逝，没有为江老爷留下一儿半女，后来江老爷便娶了现在的夫人甄氏。成亲好多年才有了一个儿子，可谓老来得子，所以，江老爷疼儿子可疼得紧。

随后，江老爷又娶了二房秦氏。原来那紫衣女子并不是江夫人甄氏的妹妹，而是江老爷的小妾秦氏。

"奕然，吃得好饱……很久都没吃这么好了！"回到房间，顾倾城坐在床上抒发感想。

"嗯。"萧奕然看着满脸舒服状的顾倾城，"只要你喜欢就好。"

萧奕然侧脸看看窗外的月色，明明不是十五，但今夜的月亮却是那么的圆。小的时候，自己最喜欢和母妃一起在御花园里看月亮了。母妃说，"不管是开心还是悲伤，是无奈还是难过，在夜晚，月亮总会陪伴着你。月光没有阳光那么强烈，在柔和的月光下，总有说不出的舒适。"母妃总会亲着自己的笑脸说，"然儿，母妃最爱你了。"

"倾城。"

"嗯？"顾倾城看向望着窗外月亮微笑着的萧奕然。

"我们去花园走走吧。"

"好啊！正愁我吃得太饱了呢！"顾倾城揉揉自己的肚子。

花园里，花香阵阵，她真是喜欢这种被花儿紧紧拥抱的感觉。

两人漫步花园，微黄的月光下，衣裙翩跹，腰带摇曳，两个身影有着说不出的暧昧。

两人来到花园的莲湖边，见巨大的莲湖中莲叶紧簇，莲花骨朵儿亭亭玉立。

"奕然,你看那有朵莲开了!"顾倾城拽着萧奕然的衣襟开心地叫道。之前来时莲还未开放,现在不过几个时辰就有开的了,她有说不出的兴奋。

萧奕然微笑不语,看美景是一种享受,特别是有她在身边……

那朵初开的莲花在水榭旁。顾倾城开心地上了水上连廊,朝水榭跑去,萧奕然慢步跟于后。

她在水榭上仔细观察着那朵初开的莲花,那是一朵纯洁的白莲,亭亭茎直,莲瓣上还有几滴晶莹的露珠。

"奕然,好看吗?"顾倾城看着白莲欣喜地问道。

他微笑着,眼眸中映着她水蓝色的背影,"嗯,很好看。"嘴角微微上扬,划出优美的弧度。

"那,好吧。"顾倾城突兀地说了一句。

她用手抵着水榭的石椅,倾斜纤体,伸出纤纤的藕臂,想要够到那朵白莲。

"倾城,你要摘那朵莲?"萧奕然奇怪地问道。

"是啊。"

"那我来吧。"

"不要,还差一点了……"她要将白莲摘下送给奕然,她要亲手摘下,还差一点了,再往前一点就可以了……

她前倾着身体,努力地伸手。突然,脚下一个不稳,整个人便向湖里倒去。这时,一只有力的大手绕上她的纤腰,她的手腕则被另一只手牢牢抓住。她感觉到手上一紧,便跌进了一个温暖的怀抱。

双手附在那结实的胸膛,顾倾城不禁感觉浑身都热起来。

微风吹拂,怀中的女子鬓发飘扬。绯红的脸颊,有些迷离的眼眸,银牙轻咬着粉唇。他内心开始躁动起来。

她心跳如鼓,垂下头,轻推了下那个结实的胸膛。

萧奕然感觉到胸口被轻轻一推,仿佛小猫在挠着,他的心好像在燃烧。

莲香阵阵,淡雅清香,宛如最好的催情药。

"奕……"尾音淹没在唇边,粉唇早已被温热的唇贴紧,她惊讶地瞪大了眼睛,紧抓着萧奕然的衣襟。

他则贪婪地吮吸着她唇上的甜蜜,轻轻地撬开她的唇瓣,将舌尖灵巧地滑入。

顾倾城感觉到一股浓烈的阳刚之气涌入鼻腔,她闭上眼慢慢环上了他的颈。她轻咬他的唇,他用舌尖回应,双手在她纤腰上游移,尽情地享受着她的美好。

在一阵缠绵后,萧奕然依依不舍地放开了手。

她垂下头脸红到了耳根。奕然，奕然他这是喜欢我吗？想到这儿，内心不禁狂喜。

萧奕然抿嘴看着如此害羞的倾城，一只手轻轻扬起她的下巴。她不敢正视他的眼，萧奕然见状又缓缓收回手。

"奕然，我喜欢你！"顾倾城抬起头鼓足了勇气说。微风拂乱了她的发。

萧奕然心中微微一震，愣怔之后，嘴角缓缓上扬。他走近顾倾城，伸出手，将她被风拂乱的头发别到耳后，低头在她的额头上轻轻一吻，"我也喜欢你。"

"我也喜欢你。"淡淡一句，竟引起她心中滔天的波澜。

"什么！"顾倾城抬头直视他的凤目，眼眸里闪出熠熠光彩。

萧奕然微笑地揽顾倾城入怀，在她耳边吐着热气，"我喜欢你！真的喜欢你……"

顾倾城感觉到耳边的热气，有点痒痒的，从耳朵一直痒到了心里……

"不好啦！不好啦！"江府传来家丁的吵闹声，两人松开相拥的手。

"出什么事了？"顾倾城问道。

"去看看。"萧奕然答道。

两人跟着慌乱的家丁来到江老爷的房间，看见先前还活蹦乱跳的小宝如今脸色发紫地躺在床上，一动不动，一个大夫模样的人正在给小宝做检查。

"大夫，我儿怎么样？"江老爷声音颤抖，江夫人早已泣不成声。

"唉——"大夫摇头，"令公子，危在旦夕，命不久矣。"

"还请郭大夫救救我儿啊！"江老爷老泪纵横，紧紧握住大夫的手。

"还望江老爷恕郭某医术尚浅，无能为力啊！"郭大夫无奈地摆摆手，离开了。

"小宝啊！我的儿！"江老爷伏在床边痛哭，江夫人坐在床边以丝绢掩面，秦氏则皱眉担忧地站在一旁。

"江老爷，能否给在下瞧一瞧？"萧奕然走到床边。

"好好……"江老爷擦着泪起身，大夫都说没治了，让这萧公子瞧瞧也无妨。

顾倾城站在门边，看见萧奕然两指搭在小宝的脉门上，又看了看小宝的眼睛。

"江夫人，能否将令郎身上的衣物暂且褪下？"萧奕然看向江夫人。

"好好。"江夫人令婢女帮忙将小宝身上的衣物脱下。

萧奕然仔细端详了小宝的前胸和后背，"中毒？"

"中毒？"江老爷大惊失色，屋中的人都很吃惊。小宝是江老爷唯一的儿子，疼他都还来不及，谁有这么大的胆子敢下毒呢？"萧公子，那还有得救吗？"江老爷似乎抓住了一线生机。

萧奕然没有说话，只是将小宝扶着坐起，提起一股真气，将真气集中于掌心，向小宝后背注去。

"噗——"从小宝口中吐出一口黑血。

"小宝！"江夫人大惊，却又不敢去惊扰。

萧奕然起身，"江老爷可有纸笔？"

"有有有，来人啊，笔墨伺候！"

他在纸上写下了几味药。

"江老爷，麻烦您命人给小少爷抓这几味药。记住，要用莲叶上的露水煎服，每天早中晚各一次，在下包公子三天后又能和以往一样。"萧奕然将药方交给江老爷。

"萧公子，你两次救小儿性命，江某人真是无以为报。萧公子你有什么要求就说出来，江某定当达成！"江老爷抱拳致谢。

"江老爷言重了。"淡淡一句。

"奕然！"顾倾城欣喜地走到他身边。"江夫人江老爷，我与内人先回房了。"萧奕然搂住顾倾城的纤腰，惹得她一阵脸红。

"好好，萧公子慢走。"江老爷送两人至门口。

在回房的路上，两人走在连廊中。

"奕然，你好厉害！"顾倾城崇拜地望着萧奕然。

"……"

"奕然？"顾倾城侧过脸来。

"奕然！你怎么了？"顾倾城看见萧奕然额头上汗涔涔的。

"我没事，倾城。"萧奕然温柔地看向她。

"真的没有事吗？"顾倾城不禁担心起来。

"嗯。"刚说完，萧奕然便瘫倒在地。

"奕然，奕然！你不要吓我啊！"顾倾城伏在萧奕然身边惊恐地叫着，"快来人啊！"

"大夫，大夫，他怎么样了？"顾倾城激动地问着郭大夫，这郭大夫回家不过一盏茶的工夫，就又被叫来江府了，谁叫人家是有钱人呢！

"是啊，郭大夫，萧公子他怎么样了？"闻讯赶来的江老爷也很焦急，毕竟是萧公子救了自己的儿子，现在萧公子若有什么不测，那他该如何是好啊。

"嗯——"郭大夫收回把脉的手，摸着胡子道，"这位公子乃习武之人，近来耗费了大量真气和体力，导致身体太过虚弱，近而才会昏厥。"他又顿了顿，"不过不碍事，只要好好调理就可以了。"随后，郭大夫开了张方子让小厮去抓药。

"萧夫人，能否随老夫来一下？"郭大夫唤顾倾城出门。

门外。

"不知大夫有何事？"

"萧夫人可知萧公子身中奇毒？"郭大夫问道。

"奇毒？"顾倾城只觉脑袋嗡的一声。

"这么说夫人不知？"郭大夫打量着顾倾城，"萧公子中的这毒老夫在小时候听过，可一直都不相信是真的。

今日老夫帮萧公子把脉，发现萧公子的脉象竟和那奇毒描述的一样！"郭大夫捋了一把胡子，"曾听老大夫说过，这种毒的潜伏期很长，在潜伏期中，此毒不会致命，但中毒者会感到难以忍受的疼痛，每月十五的子时和午时会各发一次。"

"若是毒发会怎样？"

"筋脉俱断，疼痛力竭而死。"

呼——手中一松，丝绢随风飞起。

"那……那可有解？"顾倾城似乎感觉到自己的心在颤抖。

"据说是有解，但谁也不知道具体有没有……还有……"郭大夫看着她说道，"听说夫人也是刚刚受过伤，老夫看夫人的气色不太好，还是要注意调养才是啊……"

"谢谢大夫关心……"顾倾城有些恍惚。

颤抖着进屋，顾倾城脑中一片混乱。奕然身上怎么会有奇毒，那他会死吗？

"萧夫人啊！都是因为小儿，才让萧公子如此的，江府定会好好补偿你们的！这几日你们就安心在府里住下，好好为萧公子调理身体，有什么需要的尽管说。"江老爷对顾倾城万分感激地说道。

"江老爷，你不用这么说，这也不完全都是令公子造成的。"还有她，要不是她上次受伤他花费了太多真气和体力的话，他也不致如此。

"萧夫人，时候不早了，江某就先回去了。"

"江老爷慢走。"顾倾城走到门边俯了俯身。待江老爷走后，她只觉脚下一软，就瘫坐在了地上。

奕然怎会中毒……还是那样奇怪的毒，连有没有解都不知道……如果奕然有什么事，她也不会独活！十五，后日就是十五了，到时候奕然会受到怎样的疼痛煎熬呢？无论如何，她都会陪着他。

顾倾城缓缓起身，走向床边坐下。

她端详着那张敲动她心弦的俊脸，那么静默，房间里只听得到他的呼吸声。她的胸口轻轻抽痛，紧紧握住他的手，轻轻躺在他的胸前，听着他的心跳，她就感觉无比安心。

清晨，一缕阳光照在他的脸上，他皱了皱眉，缓缓睁开眼，只觉胸口重重的，低头一看，顾倾城发丝散乱地伏在他胸前，小脸上还挂着泪痕。

这时，顾倾城也醒了，她揉揉眼，嗯？自己昨天就这么睡着了？她慢慢起身。

"奕然，你醒了！"她看见萧奕然温柔地看着自己。

"嗯。"同样温柔地回答。

"你，你饿了吧，我去给你准备点吃的。"

"不用了……"他轻轻抓住她的手，"你在这里陪了我一夜吗？"

"嗯。"她红着脸，点了点头。

"你身上还有伤。"看着她，萧奕然微微心疼。

"你不用担心我。"她笑了笑，"你现在这么虚弱，一定要吃得饱饱的！"她站起身，再也不给他什么借口，"我去取些早点来！"

一会儿工夫便回来了，然后将萧奕然慢慢地扶到椅子上。"海鲜鲍鱼粥，可香了！啊——"顾倾城示意萧奕然张开嘴。

"倾城，不要了吧……"萧奕然略微红了脸。

"要的要的！"

"真的不要了……"

在萧奕然的执意坚持下，她只好把粥给了他。

"好吃吧！"顾倾城双手托着下巴，开心地看着萧奕然喝粥。

"嗯，"萧奕然微笑，喝粥的样子依然优雅。

"奕然，你究竟中了什么毒？"看着他安静吃饭的模样，她终究还是没忍住。

萧奕然拿勺子的手停在半空，半晌，他缓缓开口，"云裳散。"

云裳散？多么好听的名字，可是怎会如此恶毒？

"倾城，我想出去走走。"看着愁容满面的顾倾城，萧奕然轻轻地放下碗，对她微笑道。

"可是……"念着他的身体，她皱了皱眉，"好吧……"

院中。

"今天天气真好，你说呢，倾城？"萧奕然闭上眼睛感受着清晨的阳光照在身上的感觉，如此温暖。只是，不知这样的温暖还会持续多长时间呢？

顾倾城愁眉紧蹙，仿佛失去了往日的欢乐。

"倾城，不要担心，你看我现在不是很好嘛！"萧奕然笑得很自然，似乎是想让她觉得自己是在多虑。

两人在院中继续散步。

"小少爷，您慢点儿！"远处，小丫鬟们在陪小宝荡秋千。

"再高点，再高点！"小家伙在秋千上玩儿得不亦乐乎。

萧奕然侧脸看看顾倾城，见她满脸羡慕，看来也眼馋了吧。

"倾城，想玩儿吗？"萧奕然笑笑问道。

"才……才不想！小孩子玩儿的东西，我才不稀罕！"对上那双凤眸，她好像被看穿心思一般尴尬。

"没事，我去跟小宝说一下，让他让给你玩儿一下，哈哈！"萧奕然说着往小宝方向走去。

"哎哎哎！"她见状连忙上前想要阻止。

"小少爷！"就在萧奕然快走近的时候，只听众人一阵惊呼，小宝从秋千上飞了出去。

一踮脚，飞出，萧奕然将小宝稳稳地接住。

"呼——"所有人都松了一口气。

"萧公子，让我抱小少爷回房吧，小少爷看起来受了惊吓。"叫小红的丫鬟从萧奕然手中接过小宝。

待他们走后，萧奕然看了看断了的秋千绳，又去秋千的附近看了看。

"奕然！你没事吧？"顾倾城扑到萧奕然面前。

"嗯，我没事。倾城，你随我来。"

厅堂中。

"老爷，求您，别打了！小红也不知道那绳子为何会断，呜呜——"小红跪在地上向江老爷求情。

"还敢狡辩！看我怎么收拾你！"江老爷手拿藤条正气愤地抽打着小红。

"还请江老爷手下留情……"萧奕然和顾倾城来到厅堂。

"哎呀！原来是萧公子和夫人啊！"自早晨萧奕然又救了小宝一次后，这江老爷对萧奕然就更是恭敬，简直把他俩视为最尊贵的座上宾。

"我说萧公子，我们老爷在这处理家事呢！还请萧公子不要干涉啊！"秦氏不满地说道。

"云儿！"江老爷一声呵斥，那秦氏便低下头不吱声了。

"江老爷，此错不在小红。"萧奕然顿了顿，"江老爷，那秋千平日只有少爷一人玩吗？"

"是是是，那是专门为小儿所做，旁人是坐不得的。"江老爷也是个聪明人，一听便知道事情不简单，"江某不才，还望萧公子说明。"

"在出事后,在下仔细观察了秋千绳子的断裂处,绳子的断口非常平滑,应该是被利器所割断。于是在下又在附近的草丛查找,找到了这个……"萧奕然拿出一把精致的小刀。

秦氏一看,血色全无。

"这是上次西域商人和我贸易时赠予我的纪念品,当时云儿说那刀很精致,我便赏了她。这么说……"江老爷脸色一变,"云儿,是你!？"

"怎么会是云儿!？"江夫人不敢相信。

"老爷,姐姐,我是被冤枉的……"秦氏跪地掩面哭诉,"也许是哪个丫鬟对我不满,在我房里偷了那刀故意嫁祸于我!对对,一定是这样!"

"这……"江老爷面露难色,毕竟秦氏说的也有可能。

秦氏看到老爷如此,嘴角拉起了一道弧度。

"江老爷,在下问过早晨与少爷一起玩的丫鬟们,一开始是小红抱着少爷一起玩的,秦夫人也在一旁。若说,当时绳子就有问题,那断然不能承受两人的重量。

而后,江夫人叫丫鬟们去办事,秦夫人就独自留下照顾少爷,所以秦夫人最有时机。接着丫鬟们归来,秦夫人借口有事离开,这样就能脱离嫌疑。"萧奕然凤眸转向秦氏,"秦夫人,在下说得对吗？"

"老爷,老爷,我没有啊!"秦氏还想狡辩。

"好,秦夫人,先不谈这件事。"萧奕然笑笑,"还记得少爷中毒的事吗？"

秦氏一听,更加脸色苍白。

"那夜在下给少爷治疗时发现了少爷是中了毒。秦夫人,你可知少爷中的是什么毒？"萧奕然剑眉一挑。

"我……我自然是不知……"

"哦,不知？那在下告诉秦夫人,少爷中的是'天香散',中毒者满脸青紫,若两个时辰内得不到解药就会七窍流血而亡。"萧奕然顿了顿,"据在下所知,那'天香散'是南陵秦氏的独门毒药。"

秦氏猛然一震,"我虽为南陵人,也姓秦,但萧公子怎知我就是那会制毒的秦氏？我也可能是普通人家啊!"

"哦,普通人家!？在下本来还不确定,但刚才,在夫人跪地之时,在下看见夫人腰中别着个东西,请问夫人能否让众人一观？"萧奕然笑得越发轻松。

"云儿!拿出来!"江老爷一声呵斥,惊得秦氏浑身发抖。

秦氏将腰间的物件拿出,那是一块通体翠绿的玉,玉身上刻着个"秦"字。

"江老爷这就是南陵秦氏的身份代表。"

"云儿！枉我待你这么好，你真是太令我失望了！"江老爷愤怒地吼道。

"云儿，枉我一直拿你当亲妹妹一般，你居然对小宝下如此毒手！呜呜——"江夫人也失声哭泣。

"亲妹妹？"听了江夫人的话，秦氏忽然激动起来，"你仗着大夫人的地位霸占着老爷，还让我这么多年都没有子嗣！这样也能说是亲妹妹？凭什么只有小宝能够受这么多人宠爱？如果小宝死了，那老爷也不会爱你了，那我就有机会有自己的孩子了！到时候我的孩子就会更受老爷疼爱！都是你！都是你！"秦氏看自己的阴谋被戳穿，也不再掩饰。

"家门不幸，家门不幸啊！"江老爷仰天长啸，"来人啊！把这个恶妇给我逐出门去！"

"老爷不要啊！老爷！老爷……"声音渐渐变小。

"萧公子，多亏了你，我们江家才不至于绝后啊！"江老爷老泪纵横地跪在萧奕然面前。

"江老爷快请起！"萧奕然见状赶紧将江老爷扶起。

"奕然，你为什么没有跟江老爷说那天小宝差点被马踩死，也是因为那秦氏呢？"房内顾倾城拉着萧奕然的胳膊说道。

"倾城，有些事并不用太说明，我想秦夫人已经得到了应有的惩罚了。"萧奕然轻轻呷了一口茶。

"奕然，你真的好厉害！"顾倾城充满崇拜地看着萧奕然。

"呵呵——"奕然笑道，"怪只怪那秦夫人事做得太绝，三番四次要致小少爷于死地，如若她知错，我也不会告知江老爷这件事了。"

"奕然，你太善良了……"

第二天。

"奕然，我们去正厅用饭吧。"顾倾城对着萧奕然笑说。

"你去吧倾城，我还不饿，想在房里歇歇。"萧奕然的神色有些不对劲儿。

"嗯，那好吧，我先去了。"顾倾城并没有注意到萧奕然神色的不对，她也忘记了，今天就是十五。

萧奕然看看窗外的树影，就快到午时了……

"呃——"随着一声低沉的吼叫，疼痛开始在全身蔓延开来。萧奕然想盘腿运功来减缓疼痛，可是还未等他运功，疼痛就使得他浑身都使不上劲来。

手上好疼……

砰一声闷响，萧奕然将一记拳头砸向坚硬的墙壁，"啊——"他想用拳头的疼痛缓解手上的疼痛，可是丝毫不起作用。

　　巨大的疼痛使得萧奕然体力不支地倒在地上，蜷曲着身子，狠狠地咬着牙。

　　"啊——"疼痛的身体推倒了椅子。

　　哐的一声茶壶从桌上掉下，摔成了碎片。

　　"奕然，我回来了！你看我给你带了什么好吃的！"顾倾城边说边推开门，看见萧奕然头发凌乱，表情痛苦地蜷曲在地上，身体还不住地颤抖，她手中的东西掉了一地。

　　"奕然！"她惊慌地瞪大了眼，她竟然忘记今天就是十五，是云裳散发作的日子！

　　顾倾城跑到萧奕然身边，想要上前将他扶起，却被萧奕然一手甩到了桌边。

　　"嘶——"她倒吸一口气，手上传来钻心的疼。

　　"倾城……对……对不起……"萧奕然看着顾倾城被茶壶碎片划伤的手，痛苦地说道，"呃——"又是一声低吼。

　　"奕然……都怪我，都怪我没有陪着你！"她眼眶噙着泪水，不是因为手掌心的疼痛，而是因为自己没能分担他的痛楚。

　　顾倾城将萧奕然扶到床上。

　　"倾城，你不要管我！"萧奕然低吼。

　　"我怎么可以不管你？奕然！你说我怎么可能不管你呢！"倾城哭泣道。

　　渐渐地，萧奕然觉得身体不是那么疼了，是时辰过了么？

　　"奕然……奕然你好些了吗？"顾倾城关切地问。

　　"嗯，好多了。"萧奕然轻声说。

　　"你的手……"他忽然看到了顾倾城受伤的手，心中一疼。

　　"没事。"顾倾城微笑着将手背在身后。

　　"给我看看。"

　　"不要。"

　　"听话！"

　　他拉过顾倾城的手，仔细查看受伤情况。那伤口很深，但血已经不再流了，伤口已经结了痂。

　　"奕然，你干什么去？"顾倾城看萧奕然突然站起，问道。但萧奕然却没有说话。

　　一会儿，他端来一盆水。

　　用毛巾轻轻擦拭她受伤的手掌，"嘶——"她皱皱眉头，疼得想要收回手。他温柔地抬头看看她，"倾城，我会轻轻的……"

　　包扎好伤口，顾倾城便邀萧奕然去花园。

花园中，两人手牵手漫步，微醺的花香，恬淡的幸福。走到莲湖边，顾倾城不禁想到那晚两人在花园的情景，如凝脂般的脸上便飞上了两朵红云。人世间最幸福的不过是和心爱的人在一起吧！可是自己还要进宫报仇，那样就要和奕然分开了吧……突然，她对报仇的信念有了一丝动摇。

"在想什么？"顾倾城觉得自己的鼻子被刮了一下，侧脸看见萧奕然正狡黠地看着她。

"哼！不告诉你！"

"真的？"

"当然！啊哈哈哈。"

"还不告诉我吗？"

"不告！除非你抓得到我！"

莲湖中的莲不知在什么时候已完全开放……

"奕然……"

"嗯？"萧奕然转过脸看向顾倾城。

"下个发作时间是子时，对吗？"倾城低头问道。

盯着顾倾城看了会，萧奕然回答，"嗯。"

"奕然，"顾倾城抬起头看向萧奕然，"我会陪你一起度过。"

萧奕然一怔，然后温柔地笑着轻轻揉着她的发。

两人用完晚餐后，就在房中安静地等待，等待着那个时刻的到来。

渐渐地，顾倾城的眼皮开始变得沉重，好困……而萧奕然却一直安静地看着窗外皎洁的月亮。

"哐——"远处街巷传来打更的声音，倾城随即清醒过来。

"呃——"萧奕然身上每个细胞都在疼痛着，因为子时已经到了……

"奕然，你没事吧？"顾倾城手足无措地看着蜷曲在床上颤抖的萧奕然。萧奕然握紧了拳头，手上的青筋已根根暴起。

"啊——"痛苦地低吼，为什么叔父要对自己下连他自己都没有解药的毒呢？难道叔父就那么想致他于死地？而这云裳散如此厉害，解药又在何处呢？听师父说，解药就在翊皇宫。

"奕然……"我到底该怎么办？到底该怎样才能让你不痛？顾倾城心中焦急万分。

就在萧奕然被疼痛折磨得痛不欲生的时候，一双纤巧的手从背后将他揽入怀中。顾倾城紧紧地拥住他，就像在自己受伤时他紧紧拥住自己一样。萧奕然靠在清香柔软的怀中，似乎疼痛真的在那一刻减轻了。

渐渐地，萧奕然在顾倾城的怀中安静下来。

萧奕然轻轻闭上眼，这感觉柔柔的，软软的，而且香喷喷的，就像小时候在母妃的怀里一样。小的时候父王总是很忙，自己总是见不着父王，而母妃则总是陪在自己身边，一直到自己长大。他最幸福的就是有一个疼爱自己的母妃，她是世上最漂亮的女子，所以虽然父王有那么多妻妾，但他还是最爱母妃。

跪着的顾倾城低头看着安静的萧奕然，浓密的睫毛在他的脸上投下淡淡的阴影，白皙的脸庞，嘴角还泛着甜甜的微笑。她的奕然果真是这天底下最好看的男子！她原本只是想低头仔细看看萧奕然，但却忍不住低头，低头，再低头，轻轻地触上了他的唇。可不要被他发现了！顾倾城刚准备收手，却发觉双唇被温热的感觉所包围。

"唔唔——"萧奕然含住了她的唇，顾倾城睁大了眼睛，却发现萧奕然满脸坏笑地看着自己。顾倾城暗自懊恼，刚才还自以为神不知鬼不觉……

顾倾城喘着气说道："原……来子时……已，已，已经过了啊！"

萧奕然直起身，无辜地说："不是啊，刚刚才过而已啊……"

"你！"顾倾城狠狠地瞪了萧奕然一眼。

第二天清晨。

"江老爷，江夫人，这几日我夫妇二人在府上多有打扰，实在过意不去，现在，我们准备离开了。多谢江老爷对我们的盛情款待。"萧奕然颔首向江老爷致谢。

"萧公子，这是哪儿的话！多亏萧公子才使得小儿性命得保，萧公子的大恩大德江某是没齿难忘！不如萧公子再多住几日，江某人再与萧公子把酒言欢！"江老爷说道。

"请江老爷不必挽留，在下和内人还有要事要处理，还请江老爷见谅。"

"那……既然萧公子有要事在身，江某人也不便挽留了。"

江老爷和甄氏将顾倾城和萧奕然送到门口。

"萧公子，这是江府对你的谢礼。"江老爷递给萧奕然一个装满金锭的礼盒。

萧奕然推过盒子，轻挑了下眉毛，"江老爷这是看不起在下？"

"不不不！"江老爷惶恐，连忙说。

"如果江老爷当在下是朋友，还请尊重在下，收回这些。"

"这……"江老爷迟疑地将礼盒递给后面的小厮拿着。

"萧公子，珍重！"江老爷抱拳道。

"江老爷也是，珍重！"萧奕然也抱拳。

走在郴州的大街上。

"奕然，我们现在是要去戎城吗？"

"嗯。"

第七章 戎城之遇

"奕然，你快看！那儿有人抛绣球！"顾倾城一看那么热闹，就兴奋地拉着萧奕然往人群里钻。

人群的另一边，"二哥，我们去看看，这样的热闹在皇宫可是见不着的！"易瑾灏对易瑾轩说道。

"小姐……"楼上小丫鬟担心地看着她家小姐，这老爷也真是的，说什么要抛绣球定亲，倘若小姐抛了个老头儿或哪个地痞可怎么办啊！

贾莲秀紧张地搓揉着丝绢。

"秀儿啊！吉时已经到了，可以抛了！"贾于提醒女儿。

就听天由命吧！贾莲秀猛地站起身，朝窗台走去。

"看啊，看啊！那贾家女儿长得可真不错！谁能把她娶回家那可是天大的福分啊！"贾莲秀一露面便引起了楼下一阵骚动。

"二哥，我看那女子还不错，要不……你就去接绣球吧！"易瑾灏用胳膊捅捅易瑾轩。

"别胡闹！"易瑾轩黑了脸。

那贾莲秀看见各色的男子不禁慌了神，她索性闭上了眼，高高举起绣球，准备往下扔。

"扔了！扔了！"楼下的人又是一阵骚动。

"二哥你去接吧。"

"休得胡闹!"易瑾轩沉声对瑾灏说。

大家看着那绣球从贾小姐手中脱落,在空中划出一道美丽的弧线,楼下的人早已准备就绪。

"二哥,你不接,那我替你接!"说着易瑾灏脚前一个轻踮,便朝绣球飞去。

"好厉害的轻功!"萧奕然看见轻松飞起的易瑾灏说道。

"比奕然你还厉害?"顾倾城歪着头问道。

"不相上下……"

易瑾灏轻松地拿着绣球飞回到瑾轩身边。

贾莲秀睁眼一看,见接绣球的是一位年轻俊秀,英武不凡的少年,她便放心地舒了口气。

贾于一看也大喜,那位少年不仅气度不凡,而且凭他多年来阅人无数的经验来看,那少年衣着光鲜,家世肯定是非富即贵啊!看来自己为女儿抛绣球选婿的决定没错!他连忙带人下楼,亲自迎接自己未来的金龟婿。

"二哥,给你。"瑾灏笑盈盈地将绣球递给瑾轩。

"我不要……"瑾轩的脸更黑了。

旁边的人听得是一愣一愣的,这两人是呆子还是傻子啊?抢到了绣球反而不要,况且这贾小姐也是美人一个,要在别人身上那还不笑疯了?

"公子,敢问姓甚名谁?从现在起你就是我贾家的女婿了!"贾于笑盈盈地对易瑾灏说。

"什么?我?"易瑾灏吃惊地指着自己。

"是啊!"贾于以为他是太高兴了。

"错了错了!不是我!我接这个绣球是为了给我二哥!"易瑾灏指了指瑾轩。

"啊!公子,你可知谁接了绣球谁就要当女婿这一说?这绣球哪里是可以转送他人的啊!"贾于瞪眼说道。

"二哥,你倒说句话啊!"

易瑾轩冷峻的脸上露出一抹笑意,这叫自讨苦吃!

一听说有人接了绣球又不承认,顾倾城便来了火,往人群那边冲去。

"倾城!倾城!"任萧奕然在后面怎么叫也没用。

"我说了,不是我要去抢的,我是为我二哥!"易瑾灏百口莫辩,跟这些市井小人讲话真费劲。

"反正公子我就认定你是我女婿了!"贾于也来了气。想他贾于虽不是什么达官贵族,但在这戎城也算是有头有脸,况且自己的女儿也是美若天仙,现在却被人当众拒婚,这对他来说是多大的侮辱啊!

"反正我就不当!"

"啊!是谁?"易瑾灏只觉自己的头被重重地敲了一下,虽然不太疼,但他还是很生气,毕竟他九皇子易瑾灏的头,还没几个人敢敲,谁这么大胆想找死?虽然母妃早逝,但他自小就由皇后抚养,且与二皇兄一起长大,宫里的那些人还是要给他几分面子的。

"你这小毛贼,抢了绣球居然还拒婚!"一个义愤填膺的声音从身后响起。易瑾灏愤然地转过身。

"是你!"两人同时叫出了声。

"怎么,瑾灏,你和这位姑娘认识?"易瑾轩问道。

"哦,二哥,她就是我那日在湖畔跟你说的那个傻姑娘,哈哈!"

听着瑾灏放肆地大笑,顾倾城顿时有种被羞辱的感觉,于是气儿不打一处来,狠狠地踢了易瑾灏一脚。

"啊!你这个疯子干什么啊!"被重重踢了一脚,易瑾灏吼道。

"谁叫你狗嘴里吐不出象牙!"

"谁狗嘴?你说我狗嘴?臭丫头,想死吗你?"易瑾灏听顾倾城说他狗嘴便怒火中烧。

"好了,瑾灏!"眼看自己的九弟快发狂了,易瑾轩连忙拉住他。

见顾倾城差点没跟人家打起来,萧奕然便飞身站在了倾城面前。

"在下姓萧,倾城有什么事得罪了二位,还请二位见谅。"萧奕然向两人颔首说道。

"哟!还带帮手了啊!臭丫头……"易瑾灏不屑地说。

"你你你你……"原本奕然都来道歉了,这小子却还这么猖狂,顾倾城被气得一下子说不出话来,更加不依不饶。

"你什么你啊!你口吃啊!"易瑾灏打掉顾倾城指着自己的手。

"瑾灏!小心我告诉父……父亲。"易瑾轩冷不丁地说道。

瑾灏一听便蔫了下去。

"哟!原来你怕你爹啊!真是太好笑了!哈哈哈哈——"顾倾城故意夸张地大笑起来。

"你……"易瑾灏原本想给这臭丫头点儿颜色瞧瞧,但瞥了一眼二皇兄便不再说话。

"倾城,你也别胡闹了。"萧奕然无奈地看了看顾倾城。

"那……那好吧……"哼！既然奕然叫我不闹那我就不闹了，就放你这臭小子一马！

易瑾灏不屑地瞥了顾倾城一眼便准备走。

"哎哎！公子！你还要和小女成亲呢！"贾于叫道。

易瑾灏摇了摇头，"这样行了吧！"说着扔给贾于一个大金锭。

"行行行……"贾于看着手里的大金锭乐开了花。

"你也太瞧不起人了吧！"顾倾城拦住易瑾灏。

"喂！臭丫头，你还想怎么样？"

顾倾城走到贾于身边，看着瑾灏道："贾老爷，把金锭还给他，让他这么瞧不起人！"

见没动静，顾倾城侧脸看看贾于，只见贾于正两眼放光地看着手中的金锭，好似根本就没听见她说的话。

"喂！贾老爷！你也太没骨气了吧！"顾倾城愤愤地说道。

"既然人家都没意见了，你这毛丫头还在这鬼喊鬼叫的干吗……二哥，我们走！"说完，易瑾灏便头也不回地和易瑾轩走了。

"你！"留下顾倾城在那里气得直跺脚。

易瑾轩回过头来看看顾倾城，她的眼睛很像……很像……对了！她的眼睛很像飘絮……她该不会是飘絮的妹妹吧？但从没听飘絮说她有妹妹，只听说她有个弟弟。

顾倾城萧奕然二人找了个客栈住下。

"倾城，你今天也太胡闹了。"萧奕然端着一杯茶微微地皱眉道。

"奕然，你不知道，那小子……那小子……"顾倾城想起那日在河边的情景就红了脸。

"那位公子怎么了？嗯？"萧奕然呷了一口茶，"你和他认识？"

"才……才不认识！谁会认识那种无赖啊！"顾倾城使劲拍着桌子。

"别拍了，都快塌了！"萧奕然同情地看着桌子。

"哼！"

"咦？没水了？"倾城咒骂得口渴了，于是拎起茶壶想倒杯水喝。

"奕然，我下去倒杯水啊。"

"还是我去吧，天色已经不早了，恐怕会有危险……"萧奕然不放心地说道。

"危险？这大晚上的，小客栈里哪会有什么危险啊！我不过是下去倒杯茶而已，放心吧。"

走在客栈的小楼梯上，虽然楼下点着灯，但那烛光飘飘忽忽的，着实有些诡异。

顾倾城倒完茶准备回房，转身之际，突然一张脸出现在她面前。

"啊！"哐！房外传来顾倾城的叫声和茶壶摔碎的声音，萧奕然拿起"射日"便冲下楼去。

"你叫什么？我都还没叫呢！"易瑾灏没好气地说道。

顾倾城这时才看清了面前的这张脸，"你这么晚在这干什么，吓死人了！"

"哈！早知道你这么胆小，我就吓死你了！"易瑾灏笑着说。

"你！"要知道她顾倾城天不怕地不怕就是怕鬼啊……

"倾城，你没事吧？"萧奕然拔出"射日"挡在顾倾城面前。

"我没事啊。"

"九弟！"易瑾轩也闻声下楼，却只见一旁的萧奕然，"萧公子也在？"

"二哥，她肯定是爱上我了，所以才会跟踪我到客栈的！"

"你要不要脸啊！我爱上你？你说我会爱上只蛤蟆吗？无赖……"顾倾城别过头道。

"你……那你说你怎么会在这？"

"我住在这个客栈啊！怎么，就许你住不许我住？一定是你这个无赖跟踪我！"顾倾城跳到瑾灏面前指着他的鼻子说道。

"什么！我只是下来倒杯茶而已！"

"这么巧？我也是！"

看着两人你一句我一句地吵着，萧奕然和易瑾轩都无奈地摇摇头。

"什么？你骂我母驴？我看你是找死了！"顾倾城真的发怒了，上去就给易瑾灏一脚。一看顾倾城就知道她不会武功，所以易瑾轩也只在一旁看热闹。而萧奕然也看出易瑾灏丝毫没有伤害顾倾城的意思，所以也未出手。

"你以为你踢得到我吗？来啊来啊！"易瑾灏得意地眉飞色舞，而顾倾城气得可谓是花枝乱颤。

"你该死！"顾倾城上前。

"倾城，别胡闹了！快回房吧！"萧奕然对顾倾城说，而顾倾城一心只想给那臭小子点颜色瞧瞧，并没有听萧奕然的话。

"二哥你先回房吧，我跟这丫头玩玩，放心，我不会闯祸的！"易瑾灏转头对易瑾轩说道。

趁着他转头说话的工夫，顾倾城就向他挥起小拳头。易瑾灏眼疾手快地一躲，让倾城扑了个空。

"哈哈！"易瑾灏正开心地看着顾倾城就快倒下了，谁知顾倾城一把抓住他的衣襟。

咚！两人齐齐倒地。

倾城睁大了眼睛看着易瑾灏，易瑾灏也瞪大了眼睛看着顾倾城，两人双唇紧紧相贴。

一旁的易瑾轩也惊讶地睁大了眼睛。

"倾城……"看着眼前的画面，萧奕然蹙起眉，只觉心中堵得慌，收起"射日"一个人向客房走去。

易瑾轩见萧奕然如此，便知晓他喜欢这个叫倾城的女子。

"你！大淫贼！"顾倾城推开易瑾灏，使劲擦着自己的嘴。

易瑾灏坐在地上，"喂，明明是你拉住我的好不好……"他嘴上虽这样说着，却明显感觉自己的心已开始不受控制地疯狂乱跳。

顾倾城见萧奕然回了房，便起身追了上去。

"奕然，奕然，你等等我！"

房里，沉默的空气让顾倾城有些不舒服。

"奕然，你生气了？"她小心地开口。从来不见奕然如此，一遍又一遍地擦着"射日"。

"奕然……"还是没有理睬。

顾倾城轻轻上前，握住萧奕然正在擦剑的手。"奕然，我知道错了……可是我也不是故意的……都是那个臭小子！"

良久，萧奕然动了动紧闭的唇，"倾城，我爱你。"

顾倾城先是一怔，然后脸上露出甜甜的微笑，"奕然，我也爱你啊！"

另一间客房里。

"你现在闹够了吗？"易瑾轩坐在床边冷着脸严肃地说道。

"二皇兄，你该不会真的告诉父皇吧！"瑾灏试探地问。

"不会？早知就不应该和你一起出来！若是被别人知道你堂堂翊国九皇子居然占人家一个小姑娘的便宜，还不引起轩然大波！？"

"哎呀！二皇兄，我知道你是不会告状的！"瑾灏笃定地说。

"真的？"易瑾轩一挑眉毛。

"哼！二皇兄，你如果告我的状，我便说是你带我出来的！"瑾灏狡黠一笑。

"……"

第二天，客栈门口，两个冤家再次碰面，又免不了一场恶战……

战后，顾倾城拉着萧奕然走出门。

"淫贼……"顾倾城骂了句。

看着两人远去，"臭丫头，有本事你别走啊！"易瑾灏气急败坏地说。

"二皇兄，好像那丫头叫倾城是吧？"

"嗯，好像。"

"二皇兄，回宫我想叫父皇发谕旨，全国通缉那臭丫头，把那丫头抓到我面前好好折磨！嘿嘿！"

"瑾灏！"

"开玩笑……"

"倾城……"路上，萧奕然开口。

"怎么了，奕然？"倾城吃着手中的糖葫芦。

"没……没什么……"就快要到炎州了。

"救命！救命！"身后传来呼喊救命的声音。

嗯？这大街上还有人喊救命。两人回过头来，看见一个七八岁的小女孩慌慌张张地跑了过来，还有两个拿着竹棍的男人在后面追着。小女孩拼命地跑着，嘴里还喊着救命，但街上都是瞧热闹的。

小女孩跑到两人面前。

"哥哥姐姐，救救我吧！"小女孩跪在顾倾城的面前。

她长得很瘦弱，身上的衣服也破破烂烂的。顾倾城原本就热心肠，再一看小女孩这样，正义感立即就上来了。

"奕然……"顾倾城询问萧奕然，毕竟他们的身份也不能外露。

"嗯……"奕然以示答应。

"臭丫头，我看你跑到哪去！"很快，那两个五大三粗的男人便追到了两人面前。

"救救我……"小女孩害怕地躲到顾倾城的后面。

"请问两位大哥这是在干什么？"萧奕然看了看两人手中的木棍。

"这是我女儿，在家老不听话，所以我这个当爹的当然要教训教训啊！"其中一人说道。

"他不是我爹！"小女孩连忙叫道。

"臭丫头，瞎说什么！过来！"说着便要去把小女孩强拽到自己身边。

"喂！臭小子，你干什么你！"看见自己的手被抓住，男人叫了起来。他想用力挣开，却怎么也使不上劲。

"大哥！……你这小子，真是敬酒不吃吃罚酒！"另一个男人看见同伴被抓住，也来了火，向萧奕然扑去。

"啊——"一声闷哼,那男人也被萧奕然踩在脚下。

"小妹妹,告诉姐姐这是怎么一回事。"顾倾城蹲下身问小女孩。

"我……我是被他们拐骗来的,我听说今天他们要卖我,所以才趁他们不注意时跑了出来。"

"臭丫头,别瞎说!我是你爹!"男人被萧奕然踩在脚下却还不老实。

"我放她回家可以吗?"顾倾城向两人问道。

"当……当然不可以!……除非你把她买回去!"

"哎哟!你还敢不老实?还说是她爹?哪有当爹的会卖自己女儿的!"顾倾城重重地踢了那人一脚。

"怎么!我卖女儿不行啊?"那人还蛮横起来。

"哟哟哟,我的手!"萧奕然突然地加大了手上的力道。

"怎么?放还是不放?"

"放放放!"

"小妹妹,你走吧……哦,这些盘缠,够你回家了吧?"顾倾城从钱袋里掏出几两银子。

"哥哥姐姐!"小女孩突然又跪下了,"请你们也救救其他人吧!"

"怎么?还有其他人?"萧奕然问道。

"嗯。呜呜——"小女孩哭道。

"喂!快带我们去!"顾倾城朝两人喊道。

"好好好……"

两人将顾倾城和萧奕然带到了一间房子前面。

"就是这儿了。"小女孩说道。

推开门的一刹那,顾倾城被眼前的景象惊呆了,满屋子的孩子和女人,都窝在地上,房间里脏乱不堪,还散发着霉味。

里面的孩子和女人显然也被突如其来的几人给吓到了,一个个惊恐不安。

"大家不要害怕!哥哥姐姐是来救你们的!"小女孩开心地在门外叫道。

房间里出现了一阵骚动。

"谢谢恩公!谢谢恩公!"房里的人都向两人磕头。

"不用不用,大家快回家吧!你们的家人一定很着急!"顾倾城说道。

房里的人在听了顾倾城的话后,都争先恐后地跑了出去。

突然一个熟悉的身影在她眼前闪过。

"青儿?"顾倾城难以置信地叫道。

那人顿时停住了脚步，缓缓地回过头来。

"小姐……？"

"青儿，青儿，真的是你！"顾倾城上前搂住青儿。

"小姐！青儿好想你……"青儿愣了愣，这才趴在顾倾城肩上大声哭泣。

"我也很想你啊！青儿！呜——好在……好在找到你了……"

"倾城，这两个家伙怎么处置？"萧奕然将两人扔到顾倾城面前。

顾倾城擦干了泪，道："将他们的罪状写下来，扔到衙门口！"

帮青儿换了身干净衣服后，三人便踏上了前往炎州的路。

路上，顾倾城问清了青儿被拐骗的原因。原来，那日青儿买完云泥糕回家，看见府中已是一片狼藉，便在府外过了一夜。第二天，青儿从告示上看到顾倾城没有被抓住，便踏上了寻找顾倾城的漫漫旅途。她一路上问人，也就一路寻找而来，但因涉世不深，刚到郴州就被人骗了去。

"小姐，我们为什么要去炎州呢？"青儿问道。

"因为……因为……"想到自己与青儿亲如姐妹，于是顾倾城便把一切都告诉了青儿。青儿听后很震惊，因为老爷和夫人是那样地疼爱小姐，含在嘴里怕化了，捧在手里怕摔了，她不敢相信小姐竟不是老爷和夫人的亲生女儿。

"青儿，我告诉了你这么一个大秘密，现在在翊国，我就是宇国的余孽，和我在一起也许会有杀身之祸……你还想跟着我吗？"顾倾城神情严肃地对青儿讲着。

青儿握住顾倾城的手，"小姐，我不怕，不管怎样青儿都要和小姐在一起！"青儿说得很坚定。

顾倾城心里满是感动，也紧紧握住青儿的手说道："青儿，从此以后我们就是姐妹，你也不要再叫我小姐了，你叫我姐姐就可以了。"

"姐姐，你和那萧公子……"青儿露出狡黠的笑容。

"我们？我们没什么的！"顾倾城红着脸辩解。

"没什么？那姐姐你脸红什么？"青儿戳戳顾倾城的脸蛋。

"我……我哪有！"哎呀！就这样被这个小丫头给算计了。

不顾顾倾城的大叫，青儿便自顾自地说了起来，"也对，那萧公子英俊潇洒，武艺超群，又三番四次地救姐姐你于危难之中，没有哪个女孩子能抵抗住这样的诱惑的。姐姐，你是不是也对萧公子一见倾心啊？"青儿打趣地问顾倾城。

顾倾城也并未否认，的确，自己也许早就爱上了奕然，她偷偷看向坐在不远处的萧奕然，奕然连喝水的样子都是那样魅力无法抵挡，她看着看着就醉了。

看着顾倾城如此模样，青儿便心中了然，"姐姐，你是不是思春了啊？"说完便跑开了。

顾倾城回过神来，脸上一红，追上去，"臭丫头别瞎说，看我不打你！"

看着两个女子开心地打闹，萧奕然心里却想着另外一件事。师父说倾城进宫杀了易南天有助于自己复国，但倘若易南天死了，那他的儿子也还是会继位，这样到头来还是一场空啊。那师父又为何一定要让倾城进宫杀了易南天呢？莫非师父让倾城杀易南天另有所图？

从戎城出发，走了不过半天的路，便到达了翊国的帝京炎州。

一到达炎州，顾倾城和萧奕然便都沉默了，因为他们都知道，炎州将是他们分离的地方……

找了一家客栈住下。晚上，顾倾城和萧奕然皆无法入眠，因为，明天，顾倾城就将赴翊皇宫……

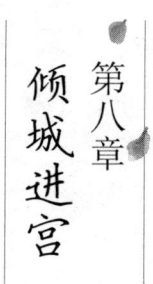

第八章 倾城进宫

"倾城,你真的准备进宫?"萧奕然灼灼地看着顾倾城。

对上萧奕然灼灼的目光,像自责又似无奈,顾倾城低头不语。为了父王也为了疼自己的爹爹娘亲,她定要杀了那个昏君!所以……奕然,对不起。

"是。"倾城又对上那双凤眸,"奕然,对不起,你可以等我吗?"

"好。"只一个字,但顾倾城却听到了他心中的承诺。

"姐姐,你要进宫那带上青儿吧!"青儿紧紧地抓着顾倾城的手。

顾倾城反握住青儿的手,"青儿,皇宫里很危险的,姐姐不要你有危险。"

"青儿说过了,姐姐在哪儿,青儿就在哪儿。青儿是多么千辛万苦才找到姐姐的,现在,姐姐你想抛下青儿吗?"

"青儿……"不是她舍不得抛下青儿,而是皇宫里实在太危险,自己能不能出来还是未知。

"姐姐,你就带上我吧!别忘了我以前做过丫鬟啊,现在做宫女还不是一回事!"青儿拍了拍自己的胸口说道。

"可是青儿……"

"姐姐,你就别再'可是可是'的了,我跟定你了!"青儿说完就拉住了顾倾城的手臂。

"倾城,让青儿随你去也好,正好有个照应。"算是私心吧,萧奕然想着有人能照顾倾城也好让他放心些,毕竟那是龙潭虎穴般的翊皇宫……

"那好吧……"顾倾城最后勉强答应。

太和门前。

"公公,我的两个妹妹想到皇宫当宫女,这是孝敬您的,还请公公通融通融。"萧奕然故作谄媚。

老太监掂量了下手里的钱,尖声尖气道,"嗯,放……"

顾倾城牵着青儿颤抖的手踏进太和门。

一步一回头。

再让我看看吧,看看我爱的奕然,也许,这是最后一次……

远处,那个一颦一笑都会牵动着自己心的身影越来越模糊,渐渐地……消失……

"哟,你可够疼你妹子的啊!"老太监打量着萧奕然。

没有说话,萧奕然转身,迈步,离开。

倾城,我会等你,我会等你,这世上也只有你才值得我萧奕然等待。

"师父,您来了。"萧奕然回到客栈,看见蒙面人正坐在床边。

"嗯,怎么?进去了?"苍老低沉的声音问道。

萧奕然心中猛地一缩,缓缓点头,"嗯。"

"进去就好。"蒙面人似乎对这个结果很是满意。

"师父,能告诉徒儿为什么吗?"

"何事?"

"为什么让倾城进宫,您也知道,她不会武艺,若让她刺杀翊王,是有如上青天的事儿,为何还要如此?您大可以派一个武艺超群的女子去……为何会是倾城……"

"嗯——"蒙面人站起身走向萧奕然,"然儿啊,你也知道她是叶雨眠的女儿,而且据为师所知,她和她母亲的容貌甚似。你想啊,那易南天当年为了叶雨眠不惜与翊国世代友好的宇国开战,若是如今见到一个和她极为相似的人会怎样?"蒙面人捋了捋花白的胡子。

"可是,她杀了易南天又有什么用?易南天还会将他的皇位传给他的儿子们,那又对然儿复国有何帮助?"

蒙面人似乎愤怒地甩了下袖子说:"为师自有考虑!"

忽然间,他感觉一阵后悔。他后悔了,真的后悔了,从一开始就不应该答应送倾城进宫!那翊皇宫是何等地方?倾城那样单纯的女子在皇宫生存下去都是难事,又谈何去刺杀翊王呢?是自己亲手将最爱的倾城推入了深渊!不!我要救倾城出来!

"然儿，据南方军报，越国已开始动乱，南方正在起事。然儿，你快速速随我去征召义军。"蒙面人突然说道。

"可是师父……"

"然儿，你可知要以大事为重，儿女私情暂且丢在一边！"严厉的口吻，不容反驳的语气，萧奕然知道自己此刻是不能去翊皇宫了。

因为她们是走后门的关系，进宫并没有人领路。

"姐姐……我们都在这宫里走了半天了……"青儿有些担心地问。

"青儿你就放心吧，我认识路的！"顾倾城自信地拍拍胸脯说道。可是她自己心里却没有底，明明是照奕然说的方向走，但为何连御膳房在哪都找不到？奕然帮她们安排在御膳房工作，一来为了减少和易南天碰面的机会；二来也可在御膳中下毒。

"姐姐，我看你也不认识吧。"

"怎么会！"顾倾城看见前面有一座建筑，"你看，我说我认识路吧！"

顾倾城拉着青儿来到建筑门口。

"宜安殿？姐姐，是这？"青儿有点怀疑地问道。

"这个……问问吧……"

两人刚准备问门口的小太监，"真是气死啦！"一个身影忽如一阵风似地冲进门，正好将顾倾城撞倒。

"喂，你没长眼睛啊！"顾倾城揉着自己疼痛的屁股，青儿将她拉起。

那人猛然停住脚步，缓缓转头。

"是你！"就像是上次，两人相视同时叫出声。

她简直不敢相信自己的眼睛，这也太巧了吧……居然在皇宫也能看到这小子。

"我说你是爱上我了吧，追我都追到皇宫里来了。"易瑾灏突然喜笑颜开。

"你……"顾倾城把脸转向小太监，"大哥，这小子是个无赖，还请大哥将他赶出去。"

小太监早就吓得两腿发软了，跪地道："奴奴才……给给给九殿下请安……"

九殿下？翊国九皇子？这小子？不会吧……这回可真是闯了大祸……

易瑾灏笑盈盈地看着顾倾城。

顾倾城觉得还是走为上策，"九……九殿下，我想我们刚才打扰了，现在我们走了。"

她拉着青儿刚要转身，就听见那个万恶的声音在背后响起，"急什么，我们也是老相识了，不如就在我这儿住下怎么样？我会'热情款待'你的……嗯？"

"不不不了，我们还要去御膳房报到呢，我想我们现在已经迟了……"顾倾城就想尽快脱身，否则她就真的死定了！

"不用了，明日我差人去跟御膳房说一下，你们就留下吧。"

"九殿下？"

不容分说，那个充满磁性的声音又再度响起，"来人，带她们去更衣。"

"哦，慢着，你叫什么？"易瑾灏指着顾倾城问道。

"我？顾……顾倾城……"倾城忐忑不安地回答。

"嗯，下去吧。"

宫女带着两人进了宜安殿。

完了……真的是完了，落在这小子手上，应该生不如死吧……

看着那个进殿的身影，易瑾灏的嘴角不禁扬起邪恶的微笑……顾倾城是吧？

一会儿工夫，宫女带着两人出来。

易瑾灏瞥了顾倾城一眼，"还不错！"

顾倾城朝他翻了个白眼，什么还不错……宫女服能好看到哪里去。

"嗯，既然是宫女，那就应该做些宫女该做的事。嗯——做什么好呢？你就去后院劈柴好了。"易瑾灏微笑着说道。

"你这是公报私仇！"顾倾城愤愤地说。

易瑾灏笑得越发肆无忌惮，"是公报私仇又如何？"

"殿下，您还是让奴婢去吧，我家姐姐身子弱，做不得这些事的。"青儿恳求易瑾灏。

"她身子弱？我看她踢我很大劲儿啊！"易瑾灏用眼瞥瞥顾倾城，"你叫青儿是吧？你就去厨房帮她们吧。"

后院。

看着如小山般的木桩，顾倾城不由得倒吸了一口凉气儿。

她费了很大的力气才举起斧头，只劈了几段，就已上气不接下气。

"怎么？不行了？"顾倾城抬起头一看，那个万恶之首正慵懒地靠在树旁。

顾倾城擦了擦额头的汗，不接话，费力地提起斧子。

易瑾灏一惊，看着那柔弱的身影和坚毅的眼神，这样的女子他还是第一次见到。但自己完全被无视的感觉真是不好，于是扬了扬眉道："好啊，既然你这么厉害，那就把这些全都劈完吧，不劈完不可以吃饭！"

"你！"顾倾城满眼愤怒，果然，有其父必有其子。

"你慢慢干吧，本皇子不打扰了。"易瑾灏说完潇洒地转身。

真的好累，快要坚持不住了，双腿已经开始打颤，一点力气都没有了，胸口隐隐作痛。奕然，你想我了吗？我好想你啊……你都不知道这个九皇子多么可恶。等我报了仇，我们成亲好不好……想起萧奕然，她不禁弯起嘴角，微微地笑了起来。

"还有力气笑？"耳边一个声音响起。

她一愣，只见那个九殿下正站在不远处看着自己，于是瞪了他一眼说："关你什么事！"

易瑾灏愣了愣，露出笑意，"饿吗？饿就求我吧，我这个人很大度的！"

"求你？你觉得我会求一个无赖吗？"顾倾城直起腰身道。

"那就随便你了。"本想让她求自己，却未曾想吃了个瘪儿，易瑾灏愤愤地回了房。

"姐姐……"青儿不忍看到顾倾城如此受罪，但没有九殿下的允许，是没有人敢给姐姐送饭的。可是也不能让姐姐这么饿着呀，毕竟那堆木桩还要砍好长时间。

"殿殿殿下……"青儿战战兢兢地走到正在读书的易瑾灏身旁。

"何事？"易瑾灏放下书，缓缓地回答。

"还……请殿下放过……姐姐吧。"青儿带着哭腔说道。

"为何要我放过她？我只是叫她干活而已。"易瑾灏拨弄着衣袖上的白玉纽扣道。

"殿下！"青儿跪在易瑾灏面前，"那么多的木桩要劈好久，一个男子尚且费力，何况我姐姐是个女子呢！而且到现在她还滴水未进。姐姐她身体不好，因为之前受过很重的伤，所以身子很虚弱……青儿还请殿下开恩！"

"她受过重伤？"瑾灏心中一惊，立即起身向后院走去。青儿一看殿下去了，也便跟着向后院快步跑去。

到了后院，只见皎白的月色下，躺着一个纤弱的身躯。

"姐姐，姐姐，你醒醒啊！"青儿摇晃着倒在地上的顾倾城。

她……晕倒了？易瑾灏上前将顾倾城抱起，对青儿说："快去叫太医！"

这是自己第一次抱一个女子，怀中很柔软，很轻盈。易瑾灏将顾倾城轻轻地放在自己的榻上。

榻上，一个娇小的人儿，微微皱着眉，额上还有晶莹的汗珠。易瑾灏轻轻地整理着顾倾城额前的乱发，眼前的人儿不再是那个总和自己叫嚣的丫头，而是一个惹人疼爱的娇弱女子。两腮微红，长长的睫毛随着呼吸起伏，柔嫩的脸庞有着说不出来的味道。瑾灏慢慢俯身。

"殿下，太医来了！"易瑾灏回过神来。

太医把过脉，瑾灏问道："胡太医，她可有大碍？"

太医捋了捋胡子，"回殿下，并无大碍，只是过于虚弱，调养调养即可。"

"好，你先下去吧。"

"倾城，倾城……"

奕然，是你吗？梦中，奕然的脸庞越来越模糊……

"奕然！"顾倾城想要去追，却突然惊醒。

"喂，你干什么啊！吓了我一跳！"易瑾灏从桌子上突然爬起说道。

顾倾城看清楚了眼前的这个人，虽然也很好看，但他不是奕然。

"不是奕然……"顾倾城喃喃自语。

"谁是奕然？是在戎城和你在一起的那个家伙？"

这个人是那个可恶的九皇子……她脸上没有好气，"你怎么会在这里？"

"我怎么会在这里？你现在在我的床上唉！"易瑾灏不满地撇了撇嘴，我把床都让给你睡了，自己贵为皇子趴在桌子上将就，你这丫头还对本皇子大吼大叫的。

"我在你床上？"顾倾城看了看身上的被子，"我为何会在你床上？"

"喂，你叫什么叫！我又没占你便宜……"易瑾灏显然也有些生气了，"你现在走就是了！"

顾倾城二话没说，掀开被子起身。

顾倾城走后易瑾灏依然没有动，她，真的好特别，倘若是别的女子，能睡在他九皇子的榻上，早就求之不得。而她，那么地气愤，那么地不屑……

"姐姐，你醒了！"青儿看见顾倾城气呼呼地冲进房间。

顾倾城一屁股坐在床边，"青儿，我怎么会在那家伙的床上！？"

"姐姐，你劈柴昏倒了，是九殿下，把你抱到他榻上休息的。"

"啊！？他抱我？"顾倾城突然起身，"真是要疯了！那家伙抱我！？天哪！"

"姐姐，你怎么了？"青儿看着奇怪的顾倾城。

"青儿，你不知道我有多讨厌那家伙！"一想到那家伙，就一肚子气。要知道那次在客栈还在奕然面前被这家伙占了便宜。

"姐姐，其实我觉得九殿下不是坏人。"

"他不是坏人，但他是个无赖！"

想到怎么样也不能改变倾城对九殿下的看法，青儿便转了话题，"姐姐，你身体觉得好些了吗？"

"嗯，好多了，我只是觉得现在好饿哦。"顾倾城揉着肚子道。

"那我去给你拿点吃的。"

夜深了，但顾倾城却睡不着。

奕然，你现在在干什么呢？你在想我吗？我想你了……

"倾城！"萧奕然从梦中惊醒。胸口心脏的部位，隐隐作痛。母妃，你说然儿真的错了吗？居然会为了复国而将自己最爱的女子送入到那龙潭虎穴般的翊皇宫。而如今，他后悔早已来不及。

萧奕然静静地看着那个从怀中掏出的东西，那是一束头发，是倾城的头发。那日，他趁倾城熟睡，轻轻地割下了她的一束头发。握着那束头发，就好像倾城还在自己身边一样。

自从那次晕倒，三日以来那个讨厌的家伙都没来找过自己的麻烦。没有那家伙，自己在宜安殿住下还不错，正好找机会向那易南天报仇。

在宜安殿没什么事，顾倾城和青儿还有别的宫女一般不用干什么事，所以大多时间在房间聊天，也闲得很。

才几日，顾倾城就和她们混熟了。燕儿为人很和善，吟儿嘴上虽不饶人，但内心却很善良，小灵小巧是一对姐妹，两人年纪尚幼，很是活泼可爱。

这日，几人在顾倾城与青儿房中聊天。

"咳咳——"一声咳嗽声从门口传来。

"殿下……"除了顾倾城外，一屋子的人全都跪了下来。顾倾城虽然不愿意跪，但想到他好歹是主子，于是也不情愿地跪了下来。

"嗯，都起来吧……"易瑾灏盯着顾倾城说道。

看到易瑾灏盯着自己，倾城不满地皱了皱眉。

"今天天气好，大家都去放纸鸢，怎么样啊？"易瑾灏微笑着询问。

"好呀好呀，殿下！"众宫女拍手道好。

易瑾灏取了纸鸢后便领着大家到空地上。

"姐姐，这九殿下还真没有架子，还能同宫女一起放纸鸢！"坐在一旁的青儿看着和小灵小巧放着纸鸢的易瑾灏说道。

顾倾城没有讲话，只是静静地看着放着纸鸢的易瑾灏，也许自己误会他了，毕竟他并没有对自己做什么。看着玩耍着的几人，她微微垂眸，对奕然的思念一天比一天严重，这几日她想着奕然甚至都很难入眠。

"殿下，再放高点，再放高点！"小灵拍手开心地叫道。

易瑾灏拉着手中的线，侧脸看着顾倾城，她静静地坐在一旁，安静得一点也不像那个老是和自己嚷嚷的丫头。他把手中的线交给小灵，朝倾城走来。他轻轻坐到倾城身边。

"怎么不去玩？"易瑾灏微笑说道。

顾倾城侧脸瞥了他一眼，他微笑的样子很好看，但没想到有时候却那么令人讨厌。

"不了，你去玩吧。"顾倾城淡淡回答。

"走吧！"不容倾城拒绝，瑾灏便拉起了她。

易瑾灏将纸鸢给了顾倾城，倾城拉线想将纸鸢放起，但老天好像故意捉弄她似的，纸鸢总是放不起来。

"喂，怎么这么笨……我来我来。"易瑾灏嘟囔着走到顾倾城身边。

"你才笨呢！"倾城嘟起嘴，"你这个大蠢……"话音淹没在顾倾城的惊愕中。易瑾灏从背后环住她，抓着她的手教她将纸鸢放高。

"这只手拽着，这只手再轻拉。"耳边的热气让顾倾城有些晕。

"喂！怎么了你？"易瑾灏用手在顾倾城面前晃了晃。

"啊——你玩吧。"顾倾城回过神来，红着脸回到青儿身边。

瑾灏看了看往回走的倾城，她怎么了？

"殿下，快来啊，吟儿的纸鸢快掉下来了！"众宫女们唤着易瑾灏。

"来了！"瑾灏转身向她们跑去。

青儿看到顾倾城双颊通红地回来，调笑道，"姐姐，你这是怎么了？难不成是殿下……"

"青儿你别瞎说！才没有……"顾倾城忙辩解。

也是，刚才自己是怎么了？为什么心跳会那么快？那个无赖九皇子又不是奕然，自己又怎么会脸红？哎呀！都怪那个无赖！又占了她一次便宜。

待大家玩得都累了，才尽兴地回殿。

用完膳，易瑾灏躺在榻上，想着白天自己是怎么了？怎会与那丫头做了如此亲密的动作？难不成自己……瑾灏摇摇头，不会的，不会的，就那臭丫头？

顾倾城静静地靠在树旁，仰望着天空。奕然，真是对不起，我向你保证过了，不会再与别的男人那样亲密，你又怪我了吧？现在，好想你皱着眉，再轻轻捏捏我的鼻子……

这天，青儿在房内收拾，倾城独自一人坐在桂树下，看着手中的牡丹银钗发呆。

进宫已经快一个月了，说实话，这一个月的日子过得还算好，只是身边少了奕然，就怎么样也不觉得快乐。

初秋，桂花树上点点桂花已经开了，散发出幽幽的香味。午后，阳光透过树枝叶片投射在身上，有着说不出的舒服。顾倾城有些困了，眯了眯眼。

突然，她感觉到手中一抽，睁眼一看，牡丹银钗已到了易瑾灏手中。

"喂，还给我！"顾倾城伸手道。

"我看看，是什么让你这么宝贝。"易瑾灏低下头仔细端详手中的银钗，"这样的货色你都稀罕……你若是喜欢我就送你比它更好的！"瑾灏笑嘻嘻地对倾城说着。

"你给我！"顾倾城上前想将银钗抢回来。

"都说了送你更好的了！"易瑾灏将银钗举得高高的，就是不给倾城。

"你懂什么！重要的不是送什么东西，而是送东西的人！"倾城重重地推了他一把。

"送东西的人……这东西是那个叫萧奕然的送给你的吧？"易瑾灏忽然面色一僵。

"关你什么事！快还给我！"

"不给！"他说着便跑了出去。

"喂，你给我站住！"倾城紧追其后。

易瑾灏跑到一棵大树下停下了脚步，他抬头看了看，纵身飞上了树。

"你快给我！！"倾城仰望着他焦急地大叫。

易瑾灏一个纵身便跳了下来，"有本事自己去拿啊！"报复似的说完便拍拍手回了殿。

倾城仰望，那银钗被插在树的中央，起码有十几米高。她一个不会武功的女子，这可如何是好……不行，一定要把它拿下来，不能让那家伙小瞧了自己！

她找来几块石头垫在脚下，双手紧紧地抓住树的枝干，一点一点地向上爬。糙厚的老树皮蹭得手生疼，但她也没有放弃。她踩着一截一截的枝干努力地向上爬，手掌心都磨出了血，但她只想着要拿到银钗，便什么也不顾了。再向上一点啊，就快到了……再登上一截枝干……拿到了！倾城欣喜，用力拔出银钗。

奕然，你看我拿到它了……倾城小心翼翼地将银钗放入怀中，慢慢地准备下去。

"啊！"脚下的树枝突然断了，顾倾城仿佛折了翅的蝴蝶一般坠落。没有预期的疼痛，倾城睁开眼，一张冷逸俊美的脸映入眼帘。是那日和易瑾灏在一起的男子！既然易瑾灏是九皇子，而易瑾灏又叫他二哥，那……顾倾城挣脱了那个男子的怀抱。

"奴婢见过二殿下。"她跪下低头说道。

"起来吧。"声音仿佛没有一丝温度。

易瑾轩拉起倾城的手，"跟我来。"顾倾城惊异地抬头看着易瑾轩，而他却无视。

就这样，顾倾城被易瑾轩拉着手腕来到瀚海宫。

"坐下。"

"可是二殿下……"倾城犹豫，毕竟身份有别。倾城看向瑾轩，他未说话，只是看了她一眼，但只一眼却令她感受到了什么叫做不容反抗，她乖乖坐下。

很快，瑾轩取来药箱。

"伸手。"

"嗯?"倾城疑惑地看向他,对上他直直注视的眼。"哦。"她乖乖将手伸出。

他轻轻为她擦药,小心翼翼。

"嘶——"倾城皱眉。

"疼么?"他停手,没有抬头低声问道。

"嗯。"她老实地点点头。

他又从药箱里拿出玉露膏,为她擦上。倾城想这玉露膏也神奇,擦上后果真就不那么疼了。但她不知,这玉露膏是止疼药中的珍品,是翊王赐给他最疼爱的儿子的。

易瑾灏回到房间后心里怎么也静不下来。刚才自己怎么会如此反常?听到那银钗是萧奕然送的以后就这般生气?很奇怪的感觉,好像从前都没有的……还有倾城,那丫头不会真的上树去拿吧……她又不会武功……万一她上树了,一个不小心掉下来了怎么办呢!

翻来覆去还是放心不下,易瑾灏便去寻倾城。

"好了。"瑾轩帮倾城包好了手。

"殿下,谢谢您。"

"不用。"又是冷冷地回答。

"你怎会进宫?"低沉的声音敲击着她的心房。

"我……"抬头对上那双冷眸,倾城不禁一阵心虚,慌忙垂眸,"爹爹想让我与妹妹进宫当宫女……也好减轻些家里的负担……"

心中慌乱着担心着眼前人的再次追问,她连忙站起身,"我要回去了!"

"……"还是没什么反应。

"二殿下,奴婢就先走了。"她走到门边,嘴里嘀咕道,"再迟些还不知道那个无赖会怎样呢!"

"无赖?你在谁那儿做事?"瑾轩微微皱眉问道。

"九殿下。"倾城回答得有气无力。

"我送你。"淡淡的一句。

"啊?"倾城刚要拒绝,却见易瑾轩已经向门外走去。

易瑾灏来到树下,嗯?那丫头不在?但树上的银钗也已经被取走了。她既不在这里又不在殿里,那她会去哪呢?宫中她又不熟悉……他看向前方,远远的,有两个人影朝这边走来。

"二皇兄?"他看清了,原来是易瑾轩和倾城。

"喂,你到哪去了!?"易瑾灏朝着倾城大嚷。

"关你什么事!"倾城推了他一把,气呼呼地回了宜安殿。

"二皇兄,你怎么会和倾城在一起?"易瑾灏问道。

"只是碰巧。"声音冷淡，说完便准备离去。

易瑾灏扯住瑾轩，"二皇兄不到九弟的殿里坐坐吗？"

瑾轩轻轻挣开胳膊上的手，"不了，父皇找我还有事。"

"哦。"易瑾灏讪讪地应声。

易瑾轩来到乾坤殿前。

他在殿前驻足，抬头仰望，只见"乾坤殿"三个金色大字在月光下熠熠发光。殿内灯火辉煌，却一片寂寥。他缓缓踏进乾坤殿。

"父皇。"瑾轩抱拳对殿上那人行礼。

"轩儿，你来啦！"易南天招手要瑾轩来到御桌前。

"你看父皇写的字怎么样？"易南天指指桌上自己刚写完的字问道。

"父皇的字苍毅遒劲，笔画工整，是难得一见的好字。"易瑾轩端详着那幅字说道。

"好字？"易南天将手背到身后，"老喽，父皇老喽！"

瑾轩不语。

"轩儿，你知道为什么寡人要让你们叫寡人为父皇而不是父王吗？"易南天背对着瑾轩问道。

"儿臣不知。"瑾轩领首。

"那是因为我想让自己成为可以统一各国的帝王，这样可以激励我。但是……"易南天默然，"寡人可能是不能完成了……咳咳，咳咳——"接连的咳嗽声打断了易南天的话语。

"父皇……"瑾轩看着眼前这个曾叱咤风云的男人，头发已花白，眼角的皱纹不知什么时候爬了上来，身体也一日不如一日。父皇，真的，已经老了。

"轩儿，你是寡人最疼爱的儿子……你，也是翊国国君最适合的人选。"易南天轻拍瑾轩的肩。轩儿的肩膀已经变得那么厚实了，他也不再是曾经的那个少年，如今，他已长大，自己也该放心了……

"父皇！"瑾轩惊异地看着易南天。

易南天摇了摇头，"轩儿，如果你大皇兄还在，我也放心将皇位交与他。所以，你现在是最合适的人选。"

"可是父皇……"

"嗯，下去吧……父皇困了……"易南天背过身，缓缓向后寝走去。

易瑾轩缓缓地走出乾坤殿，再回头看看，这乾坤殿，从来都不是自己向往的地方……

"陛下……"原祥有点担心地看着易南天。

"咳咳，咳咳——"易南天不住地咳嗽。

"陛下，要不要叫太医？"

"咳咳——"易南天摆摆手。

近来咳得越来越厉害了，胸口也越来越疼，看来自己已经时日无多了吧！

"咳咳，咳咳——"原祥递来用金线绣着金龙的手绢。

"啊！陛下！"原祥看到那白色的手绢上开着点点的鲜红的梅花。

"不碍事，不碍事，你下去吧！"

原祥担心地看着易南天，可是又不能做什么，于是慢慢离开。

果真是时日无多了，易南天想着，眠儿，很快我就可以再见到你了……躺在龙榻上的易南天缓缓闭上眼。

宜安殿。

"喂，你别走那么快！"易瑾灏在倾城身后喊着。

"你别跟着我好不好！"倾城朝身后大叫。

"我进自己的殿，哪里是跟着你！"

"……"

"让开。"易瑾灏一个跟头就站到了倾城面前。

"你告诉我，你为什么会和我二皇兄在一起？"易瑾灏就这么居高临下地看着倾城。

"还不都是你！我为了拿银钗，不小心从树上掉了下来，我还以为自己要死了，幸亏二殿下救了我！然后二殿下就带我到瀚海宫去擦药。"倾城白了他一眼，真不知道他今天发什么疯。

"臭丫头，你为了银钗不要命啦！"说完瑾灏敲了一下倾城的头。

"啊！"倾城痛叫道，"都怪你啊！"

"你说二皇兄带你到瀚海宫去擦药？"易瑾灏像看怪物一般地看着倾城。

倾城不明是什么事，点了点头，"是啊。"

"这就奇怪了……二皇兄从不会让不熟悉的人去瀚海宫的……"瑾灏摸着下巴说道，"你不知道我二皇兄的性格很奇怪的！"

倾城白了他一眼，"依我看，比你好！"

"反正你以后就知道了。"

躺在床上，脑海里不断浮现出那丫头的模样。易瑾灏难以入眠地坐起身，自己怎么会如此在意那丫头。想起她那日不求饶地拼命砍柴，还有今日不要命地去爬树……她越是如此，自己就越觉得她与众不同。

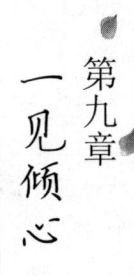

第九章 一见倾心

大好的艳阳晴日。

倾城坐在后院中晒太阳,突然瑾灏跳到眼前。

"你别神出鬼没的好不好!"倾城不满地瞪了他一眼。

瑾灏微笑,"你就说'神出'就好了,这'鬼没'就不对了。"

"……"

"倾城,你为什么会来宫中?"瑾灏在倾城身旁坐下。

这家伙为什么突然问自己?该不会知道什么了吧……倾城皱眉。

"因为……"倾城刚准备说上次说给易瑾轩听的理由就被他给打断。

"我知道!"

"嗯?"倾城侧脸有些惊讶地看着瑾灏。

"就说你是爱上我啦!在戎城就是,所以你就追随我进宫了,是不是?"瑾灏笑嘻嘻地说。

"我……"

"哎哎,不用解释,我都知道。"瑾灏也侧脸对倾城笑着说。

天哪!这是什么人啊!倾城觉得似乎解释了也没用,于是干脆闭上眼。

"我说……"易瑾灏推了倾城一下。

"你还有完没完了啊!"倾城怒视着瑾灏。

"喂,你可是宫女啊!有宫女对主子这么嚣张的吗!我以九皇子的身份命令你去打扫书房。"被她这么一呵斥，易瑾灏有些恼，双手抱胸地说道。

倾城看了他一眼，不想理睬。于是起身拿上抹布和水桶朝书房走去。

打开书房，倾城被满屋的书给吓到了。书桌上放着兵法、医药、修身一类的书，兵法医药还好，这家伙还会看修身的书，真是……都修成什么样了，一点礼貌和皇子的样子都没有……

倾城弄湿了抹布，擦着书橱。真是一点灰尘都没有，还不是那家伙整自己……

好了，这边擦好了，现在擦那边，倾城转过身。

"啊！"倾城大叫，他看见易瑾灏就站在面前，"你干什么啊，吓死人了！"

"我来看书啊。"

真不知道他脑子里是什么，自己在打扫卫生，他来看书？倾城无奈。

"那你现在在干什么？"她没好气地问道。

"拿书啊。"易瑾灏说完就伸手拿书，但另一只手却撑着书橱把倾城拦在自己的身前。

两人几乎近在咫尺，透过薄薄的衣服，他的体温正向她传来。倾城突然动弹不得。

"喂，你要拿书就快点！"倾城的声音有点颤抖。

瑾灏收回拿书的手，也撑在书橱上，将倾城锁在两手和书橱之间。

"你你……"看着距自己如此之近的人，她有些慌乱。

从没有这么近地看过她，肌肤果真是吹弹可破啊，柳叶眉微皱，水灵灵的大眼睛有些惊恐，又长又浓密的睫毛，微微颤动着。他心里忽然升腾起一股奇怪的感觉，仿佛是不由自主，身体缓缓地前倾。

"你让……"最后一个字被淹没，倾城的眼睛瞪得更大了。唇被紧紧地堵住，眼前的人闭上了眼睛，好像在尽情地享受着，这样的他，根本不像平时那个讨人厌的小子。龙涎香淡淡的味道涌入鼻腔，有着说不出的好闻。然而只愣了一会儿，倾城突然反应过来，拼命地想要将眼前的人推开。可是那人用双臂紧紧地锁住自己，一丝儿也动弹不得。她急切地狠狠用力，咬上他的唇，咸咸的血腥味在口腔中扩散。

"呃——"瑾灏微微吃痛，这匹小烈马……嘴角一扬，便更加热烈地撬开她的唇，乘胜追击，将舌头一下滑入。倾城拼命地抵制，唇舌之间的较量，最终还是瑾灏获得了胜利。

他感觉倾城不再反抗，只是微微地颤抖着，他便在她口中尽情地索取。突然，一滴咸咸的液体滑落口中。他睁开眼，她正在哭泣，很伤心……

他愣愣地缓缓放开她，身前的人就毫无力气般地从靠着的书橱缓缓地滑下，最后柔弱无骨似的跪倒在地上。

倾城……看着这眼前默默流泪的人，瑾灏默然，从没见过她这么伤心地哭，仿佛都要将天给哭塌一般。

"奕然……呜呜呜——"倾城之前的伤心仿佛就在这一刻全部宣泄而出。

又是萧奕然！易瑾灏心中升腾起一股无名火，眼前自己倾心的女子伤心地痛哭，而且是为了另一个男子。是的，自己倾心于她！虽然一直都不想承认，但只要看到她，就违背不了自己的心。他不知自己在何时爱上她，也许在河边的第一眼，他便已对她一见倾心。

易瑾灏轻轻地抚摸她颤抖着的纤背。

"别碰我！"倾城对他吼道。

瑾灏艰难地收回手，起身缓缓地离开。

"奕然，奕然……你不要怪我好不好？呜呜呜——更不要……不要……不要我呜呜呜——"倾城哭泣地说道，仿佛萧奕然就在面前。"奕然，我好想你……呜呜呜——我不要这样了，不要了……只要和你在一起就都足够了……呜呜——"

易瑾灏痛苦地靠在门外听着这一切。萧奕然在倾城心中的位置一定很重要吧！要不然倾城也不会如此……明知道她有爱的人，却不能自控地爱上她……

易瑾灏艰难地扯了扯嘴角，这是老天在耍他吗？他易瑾灏第一次爱上的人竟是不属于自己的……

易瑾灏擦了擦嘴角的血，迈着沉重的脚步离开书房，他想着，现在的背影一定比任何时候都落寞吧。

易瑾灏，你到底在做什么？他将拳头狠狠地砸在桌子上。

是我做错了吗？可是难道爱一个人也有错吗？我不懂，为什么要让我遇到倾城？还是在萧奕然之后遇到。也许，也许，若早早遇到她，她爱的可能会是自己……瑾灏将头埋进双臂里。

三天后。

"姐姐，你这几日好不对劲啊。特别是对殿下，那眼神儿青儿看着都有点害怕。"青儿手里拿着针线歪着头问倾城。

倾城一愣，随即又笑了起来，"青儿，你不要瞎想啦，我才不会有什么事呢。"

"嘿嘿，青儿也没说姐姐你有什么事啊。姐姐你是不打自招！"

"青儿你！"倾城站起身，想要给这乱说话的小丫头点儿颜色瞧瞧。

"哎呀——好姐姐，青儿不说了……"青儿连忙抱头。

"啊！"倾城突然感觉从手指尖传来锥心的疼，果真是十指连心啊！原本那个不见血的小针眼现在渗出了很多血，那血儿红得有些刺眼。

青儿看到便慌了神，"姐姐，我不是故意的，我给你去拿药箱去。"

"青儿，我没事的，不用了。"倾城笑笑，虽然真的很疼。

"不行，你等着。"青儿赶紧跑出房。

"青儿？你在找什么？"踱着步走进来的易瑾灏，看见青儿在橱柜忙乱地找些什么，便问道。

"啊，九殿下。"青儿侧身行礼，"倾城姐姐的手指流血了，我在找药箱去包扎呢。"

"流血！？"瑾灏心中一惊，便直往倾城房里走去。

"青儿，我真的没事！"倾城听见门口传来焦急的脚步声说道，待她一抬头便呆住了，是他……

"倾城……你没事吧？"瑾灏双眼灼灼，陡然看到她指上鲜红的血迹，便走到倾城身边坐下，将她流血的手指轻轻地放入口中。

"你干什么呀？"倾城感觉手指苏苏麻麻的，想要拿出，却被瑾灏的大手牢牢按住。

"姐姐，药箱拿来了。"瑾灏看青儿来了，这才缓缓放下倾城的手。

"我来吧。"瑾灏接过药箱。

"我自己来。"顾倾城有点坚持地说道。

青儿见两人如此，便道，"还是我来吧。"

两人相视，尴尬地笑了笑。

"那我走了……"瑾灏说道。

"青儿就不送九殿下了。"青儿正在帮倾城认真地包扎，瑾灏回头看了看，有青儿的照顾，自己也就放心了……

顾倾城看着他默默离去的背影，忽然觉得自己有些狠心，自己并不是真的要这么对他，只是，自己已经有了奕然就不该这般。

可是啊，在宫中已三个月了，也还未找到报仇的机会。而奕然，也未有任何的音讯。顾倾城忽然觉得奕然好像离自己越来越远，说不定什么时候，奕然就会离开自己的生命。她忽然有一种不真实的感觉，竟有些觉得先前与奕然的一切会不会是自己做的一场梦？

瑾灏在房中呆呆地看着桌上的茶杯，刚刚，倾城的血，咸咸的略带些腥味，自己帮倾城吸了血，那她的血岂不是留在了自己的身体里，和自己血液相融？他想着不禁有些欣喜。

"九弟！"八皇子易瑾磷来到瑾灏房中。

瑾灏回过神来。

"瑾灏，你可是很久都没找过我玩了。"易瑾磷有些不满地说着。

"啊，我前段时间有些事……"

易瑾磷在瑾灏房间一直待到吃晚膳的时辰。

"姐姐，你去叫殿下来用膳吧。"青儿对顾倾城说道。

"为什么是我？平时不都是燕儿去吗？"顾倾城显然不想去。

青儿摇摇头，"姐姐，你也真是，殿下对你那般好，你却这么不领情！"

"青儿……"顾倾城皱眉，"难道你忘了，我们来宫中是为了找易南天报仇，而九殿下是他的儿子。"

"姐姐……"青儿拉住她的手，"青儿知道姐姐是善良的人，所以报仇只要找易南天就好，而九殿下，我们只需好好待他。"

"青儿……"

顾倾城不情愿地来到瑾灏房前，轻轻敲门。

"进来。"是他的声音，她听来莫名地一惊。

"九殿下，该用晚膳了。"顾倾城低头说道。

"倾城！"瑾灏突然起身，惊讶地看着她。

见易瑾灏这般模样，瑾磷便心中了然，"九弟，我说你不找我玩呢！原来是金屋藏娇啊！哈哈哈——"

"八皇兄。"

顾倾城一看八皇子也在，便有礼貌地说道："既然八殿下也在，那就留下一起用膳吧。"

瑾磷一听，便喜笑颜开，"甚好甚好！"

用膳时，顾倾城和其他宫女们站在一旁服侍，却令瑾灏感觉很不自在。

瑾磷见状便道："这偌大的桌子只有本殿和九皇弟也太冷清了，大家都来坐下吧！不必拘礼。"

"八殿下，主仆有别，此举似乎不太妥当，奴婢们谢谢八殿下了。"顾倾城俯身说道。

"本殿说不必拘礼！九皇弟啊，你殿中的宫女真是很执拗啊！"瑾磷摇摇头。

瑾灏一听便听出了话里的意味，便道，"燕儿，你带她们都坐下吧，既然八皇兄都已开口，倾城，你也坐。"

顾倾城知道如若再不坐下，就会引来八皇子的大怒，便坐下用餐。正巧，顾倾城的对面正是易瑾磷，易瑾磷打量着顾倾城，良久，道："果真是难得一见的佳人，就连用膳都如此美丽动人，九皇弟啊，你真是艳福不浅啊！"

"八皇兄哪儿的话，皇兄殿上不也有许多貌美如花的女子吗？"易瑾磷虽和瑾灏从小玩得甚好，但却性情古怪，虽说不会对他怎么样，但会对倾城怎样就不知了。

总算一顿饭结束，大家都松了口气。燕儿，吟儿，小灵，小巧都知道，这八殿下是怎样的人，他甚爱美女，虽不得宠，但母妃却是翊国富甲一方的张氏。他有时待人极好，有时却又暴虐成性。

晚上，房中。

"姐姐，为何殿下对你这么好，姐姐却好像不领情啊？"

"青儿，你不懂……"顾倾城黯然。

"我懂的！姐姐心里只有萧公子，可是萧公子呢？姐姐就不怕他把姐姐给忘了？"

忘了？会忘吗？奕然会忘了我吗……不会的，不会的！奕然承诺过，要等我，他说他会一直等我。可是，又为何这么长时间都杳无音讯呢？哪怕一封飞鸽传书也好。

"姐姐，你哭了吗？"

顾倾城轻轻擦掉眼角的泪，"没有，睡吧。"

"皇后姐姐，我昨个儿听磷儿说瑾灏喜欢上个丫头，您知道吗？"容妃张氏坐在一旁对坐在凤座上的肖皇后说道。

"丫头？灏儿喜欢个丫头？"皇后皱起眉头。这皇后年近四十却宛如三十出头的少妇一般年轻，风韵犹存。

"是啊，磷儿昨儿个亲口说的。那丫头啊是个宫女，虽出落得闭月羞花，但这身份实在不合啊！"张氏一本正经，想着看这回皇后还不好好训训这九皇子。

"哦，是个宫女……"皇后轻轻端起茶杯，翘起兰花指用茶壶盖刮了刮茶上的泡沫，"好了，你下去吧！"

这九皇子虽不是自己所生，但打小儿就在自个儿身边长大，又甚是惹人喜爱，自己早就把他当成亲生儿子了。这样的大事她这个做母后的自然要重视。

张氏讪讪地俯了俯身，"臣妾告退。"

"小蓉。"肖皇后招呼贴身宫女小蓉，"你去查一查刚才容妃说的那个宫女。"

"是，皇后娘娘。"

"姐姐，你把这些书都捧出去吧。"青儿说着又在书房里拿出另外一些书。今天天气好，阳光明媚，正适合把一些发了霉的书拿出去晒晒。

"这么多？"看着眼前的书，倾城咂嘴儿。

"嫌多啊？"青儿看了看书房，对着顾倾城吐了吐舌头，"还有那么多呢！"

顾倾城看着正在忙碌的另外几人，就更不好意思叫她们来帮忙了。她费力地捧起地上堆积的书，那书高得连前面的路都给挡住了。唉！谁叫她这么命苦呢。她捧着如小山般儿的书，往院子走去。

"啊！"顾倾城撞到一个人，怀中的书像下雨般纷纷掉落到在地。

"怎么办，怎么办……"顾倾城慌张地捡着地上的书。

"你没事吧？"头顶上方传来一句富有磁性的声音。

"二殿下！"顾倾城大惊，刚才竟忘了看撞了谁。

易瑾轩优雅地俯身，帮忙捡拾。

顾倾城看着瑾轩低垂的眼眸，"殿下，奴婢自己来就行了。"

他没有说话，只是静静地捡书。

哐当。从倾城的袖中掉下一支牡丹银钗。顾倾城朝瑾轩尴尬地笑笑，将钗拾起。

终于还有最后一本了，顾倾城舒了口气。她一惊，两人居然拿着同一本书。"殿下，还是奴婢来吧。"

瑾轩松开了手中的书，同样优雅地站起身。

"你上次不要命，就是为了这支钗？"他居高临下地看着顾倾城。

"嗯？"倾城抬头看着他，那双眸和奕然居然有些相似，她缓缓地站起身，"嗯。"

"是在戎城的时候，那位和你一起的萧公子送的？"

对着易瑾轩的眼眸，顾倾城竟感觉有点儿恍惚，"是。"

易瑾轩微微皱眉，随即又舒展开，"晒书？"

"是啊。"

"我帮你。"总是不多的话语，却让她安心。

"啊？"顾倾城在想是不是自己听错了，"哦，哦，不用，不用。奴婢自己来就可以了。"

易瑾轩没有说话，直接接过了顾倾城手中的书，正色道："不要再在我面前自称'奴婢'。"顾倾城呆呆地看着他抱书离去的背影，这个二皇子真的和易瑾灏是兄弟吗？

易瑾轩将书一本一本地平摊在院中的桌上，顾倾城则在一旁给他打着下手。看着易瑾轩如此认真平和的样子，倾城想着，他日后一定会是个勤政爱民的明君吧！自己的仇人只有易南天一人，他虽是他的儿子，但和他却截然不同。

"二皇兄？你怎么来了？"瑾灏走到桂树下问道。

"怎么，我不能来吗？"瑾轩并不抬头。

瑾灏看着瑾轩身旁的倾城，"你怎么能让我皇兄晒书呢！你偷懒是吧！"瑾灏打趣儿倾城。"我哪有……"倾城嘟嘴，但却很开心，他，还是那个易瑾灏。

看着满桌子的杰作，倾城很开心。

"看你笑得嘴都歪了，又不是你弄的，得意个什么劲……"瑾灏坐在桂树下说着风凉话。倾城愤愤地瞥了他一眼，便走进了屋。

瑾灏房中。

"二皇兄，你今天来有什么事吗？"

"瑾灏，你喜欢倾城？"

"什么！连你都看出来了？难道真这么明显？"瑾灏侧头问着。

"不可以。"声音冷得出奇。

"为什么？"易瑾灏很震惊，他没想到自己最亲近的二皇兄会这么说。

"母后已经知道了，她是不会容许的。"

"为何？为何我连自己的幸福都主宰不了？"易瑾灏狠狠地攥紧了拳头，内心又澎湃着汹涌的火焰。

"因为，你是翊国的九皇子。"

易瑾灏哑然，是啊，自己是九皇子，父皇和母后是不会同意他娶倾城的。他第一次觉得自己的翊国九皇子身份是那么悲哀，悲哀得连自己的幸福都主宰不了。突然，他的脑海里浮现出一张脸，桂树下，微风吹拂，她发丝飘舞……

"不！今生，我的身边，只能是她。"

"瑾灏……"易瑾轩皱眉，"这样会伤了她，也会伤了你自己……"

凤仪殿。

"查到了吗？"幽幽的声音在偌大的凤仪殿中回荡。

宫女小蓉跪身禀报，"回皇后娘娘的话，那宫女名叫顾倾城，几个月前与妹妹青儿被其远房表兄送入宫中当了宫女，原本是在御膳房当差，但不知怎的，九殿下就向御膳房将人要了去，安放在宜安殿中。别的奴婢再怎么查，也都查不到了，还望娘娘恕罪。"

"嗯——"肖淑云双眼微闭，若有所思，"你先下去吧。"

小蓉侧身行礼，"奴婢告退。"

"别的都查不到了……"肖淑云自言自语。

"姐姐，再过几天就是乞巧节了，你绣了什么样的荷包？快让我看看。"青儿一脸兴奋，因为乞巧节就是所有未出阁的少女许愿想要嫁得好郎君的节日。传说，乞巧节当天，谁的荷包绣得最好，谁的愿望就最易成真。

顾倾城看着青儿如此兴奋的样子笑笑，"我还没绣呢。"她也真就没打算绣，绣了又有什么用呢？天上的仙女也不一定会让自己称心如意。

"什么？姐姐你居然没绣！"青儿大惊，连自己女红活这么差的人都已经绣好大半，姐姐居然都还没绣！要知道很多女子一年就等着这一天呢！

顾倾城微笑不语，因为她心中早已有了奕然……绣与不绣又有什么关系呢。

瀚海宫。

"瑾轩，你别老是这么冷淡好不好？"柳飘絮冲着易瑾轩不满地叫道。

"是啊，二皇兄，这样会老得快！"瑾灏在一旁打趣儿地插嘴。

易瑾轩依然无语，只是优雅地端起了茶杯，低头呷了一口茶。

"喂！我难得来找你玩儿一次，你就不能高兴点吗？"柳飘絮气得站起身，俯视那个依然面无表情的人。

瑾灏无奈地摇摇头，"二皇兄你也真是……"

"瑾轩，你记不记得曾经那个叫叶雨眠的女人？"

"叶雨眠？"这一次易瑾轩有了动静，他放下茶杯，直直地看着柳飘絮。

哈哈，终于肯说话了吧！柳飘絮心里别提有多得意了。"对啊！就是那个引起翊国和宇国战乱的女人。"

"嗯，怎么了？"易瑾轩静静等待下文。

"对啊对啊，她怎么了？"瑾灏心中也满是好奇。

"你知道前段时间父皇让我到青州去吧？在凤仪阁有个女子居然会弹全曲《凤求凰》！"

"你是说……"易瑾轩微微皱眉。

"对，那女子可能是她的女儿！"柳飘絮显得有些自信满满。

"女儿？飘絮姐姐，那后来呢？"瑾灏有些迫不及待。

谁知柳飘絮摇摇头，一脸失落，"我原本想将她抓回来的，但却被另一个男子所救。"想起他，柳飘絮心中便一阵微颤，萧奕然，我想我们还会再见吧……

"飘絮姐姐你在思春？"易瑾灏顽皮地戳了戳柳飘絮的脸。

柳飘絮美目圆睁，"你这死小子！欠扁是不是！？"

看着打闹的两人，易瑾轩渐渐地进入了沉思：叶雨眠，那只是父皇众多女人中的一个，为何父皇还会让飘絮去查找她女儿的下落？明知道那是她和江玄宇的女儿，却又为何如此执着？难道真的是得不到的才是最好的？还是真的对她有很深的爱？

可是一代帝王，又有谁只会对一个女人如此深爱呢？说出去谁也不会信吧！这也许就是帝王的悲哀，连自己的幸福都不能主宰。他也将成为帝王，是否也会是那样的命运……

突然，他脑子里闪过一个身影，月白色的衣裙，低垂的眼眸。顾倾城？为何想到的会是她……他知道自己是不能的，且不说他将是翊国未来的王，单说她是九弟喜欢的女子，也是不能够的……

"飘絮姐姐，既然你心中已经有人了，那还不赶快绣荷包，待乞巧节那天好许愿啊！"易瑾灏对柳飘絮俏皮地眨眨眼。

绣荷包？自己也想绣啊，可是就她那手艺……柳飘絮苦着一张脸。

乞巧节当日，皇宫张灯结彩，举行隆重表演。

"姐姐，你真的不去吗？"青儿惋惜地看着顾倾城，真不知道她是怎么想的，今天皇宫里可热闹了，但姐姐却想去后山放灯。

顾倾城微笑，"你和燕儿她们快去吧，迟了可不好。"想来自己也不适合那么热闹的场合，后山清静无人也还自在舒适。

待青儿一干人走后，顾倾城提起笔，在刚扎好的宫灯上题了诗。等墨渍干后，便独自一人提着灯来到后山。

后山果真寂静无人，只有草丛中的小虫鸣叫，小溪中的流水叮咚。

抬头仰望那轮有点氤氲的明月，顾倾城不禁想到萧奕然。以前，每次看到月亮，奕然的目光都会变得很温柔，就像那柔柔的月光一样。

还记得在江府的那夜，柔美的月光下，清幽的莲湖畔，那个吻，自己永远也不会忘记……突然眼角微凉，倾城这才意识到，自己早已流下了热泪。

看台上，易瑾灏眼神流转于宫女之间，焦急地寻找那个熟悉的身影。远远的，看着青儿她们来了，却始终也不见顾倾城。

"倾城呢？"瑾灏向青儿询问。

"回殿下，姐姐去后山放灯去了。"青儿如实回答。

"放灯？"

擦干泪，顾倾城用火折点亮了宫灯，轻轻地将它放入溪流中。看着明亮的宫灯往下游流去，顾倾城的心儿似乎也被带走了。

可以将她的思念就这么带给奕然吗？她看着宫灯流去的方向愣愣出神，却微微叹息地转过身，准备离去。

"玲珑骰子安红豆，入骨相思知不知……"

顾倾城猛然怔住，奕然！她缓缓转身，眼眸氤氲，连前方的景象都看不清了。月下，那袭玄衣赫然出现在前方的溪旁，倾城再也控制不住，提起裙边飞快地一路小跑而去。

"倾……"还未等他说话，顾倾城早已抱紧了他。眼泪如绝了堤的洪水般汹涌奔腾，身子不停地颤抖着。

"你为何这么长时间都没有消息？……你知道我有多想你吗！？"小粉拳急急地落在他胸口，他只觉心中一阵微颤儿。

"我是……"话还未说出口，却又被打断。

"我好想你……没日没夜地想，为何你却杳无音讯？……我不要这样了，我放弃了，我只要你！……呜——只要和你在一起！呜呜呜——"顾倾城想要在他的胸前多停留一下，哪怕一秒也好。她紧紧地靠在他的胸膛，听着他的心跳就感觉好安心。

其实他是多么想抱住她，但是他知道，她只是把自己当作萧奕然了。"我是易瑾轩。"冷冷的口吻。

"奕然，你胡说什么啊！"顾倾城不想睁开眼，依然伏在他的胸前。

易瑾轩狠狠地将她推开，"看清楚！我是易瑾轩！"

易瑾轩？二皇子！倾城猛然睁开眼，"二殿下，是你……"她只觉胸口的地方疼痛得很，"奴婢失礼，还望殿下恕罪……"他，不是奕然。

"我说过，不要在我面前自称'奴婢'！"满满的冷酷和不悦。

"是，殿下为何在此？不去观看表演吗？"顾倾城赶紧转移话题。

"我不爱。"简单的三个字却有森森的冷意。

"哦，那奴……我，先回去了。"顾倾城想要快点离开，她不想看到那双与奕然相似的凤眸，看到他仿佛儿有看到奕然的错觉。

正擦身而过时，易瑾轩忽然抓住了她的手腕。

"殿下？"顾倾城侧脸，但瑾轩却没有看她。他侧脸的线条优美，也很像是奕然……倾城恍然间失了神。不！他不是！倾城猛地摇头，试图说服自己。

"殿下请您自重。"倾城突然变得有些生气。

易瑾轩非但没有放开她，反而加重了手上的力道，抓得她手腕生疼。见他没有放手，顾倾城便来了硬的，想要使劲挣脱。

前几天刚下过雨，山里的泥土又湿又滑，特别是这溪边的。在她手腕逃离"魔掌"的那一刻，她感觉脚下一滑，便下意识地来拽瑾轩。瑾轩丝毫没有注意她会来这一手，便毫无防备地也被她拖下了水。

两人双双倒在小溪中。衣服早已湿透，易瑾轩紧紧地压着顾倾城，这样的画面要多暧昧有多暧昧。

　　瑾轩就那么静静地看着身下的她，潮湿的发丝湿漉漉地黏在脸颊，衣衫微开，微见粉色的亵衣。这样的她别说有多迷人了，他喉头微微干涩。

　　顾倾城脸微微潮红，"殿下，你……"

　　"倾城，二皇兄！你们！"前来后山寻找顾倾城的易瑾灏难以置信地看着二人。

　　易瑾轩见易瑾灏到来，赶紧站起身将顾倾城扶起，"瑾灏！"

　　"我不要听！"易瑾灏双眼仿佛要喷出火来，对着二人怒吼般地跑开。

　　"九殿下！"倾城不知道为什么，看着易瑾灏如此，心中会有种难过的感觉。

　　"九殿下！"倾城想上前去追瑾灏，"哎呀！"谁知却应声跌倒。

　　"你没事吧？"看见她跌倒，易瑾轩上前询问。

　　"好像是脚扭到了，好疼啊！"顾倾城揉着脚踝，泪水在眼眶里打转，看样子是真的很疼。

　　"上来吧。"易瑾轩蹲下身子，让顾倾城趴到自己背上来。

　　看着瑾轩背对着自己，顾倾城确是万分的不愿，一来男女授受不亲；二来人家还是翊国二皇子，翊国未来的王，要王背自己，那可真是活得不耐烦了……"不用了殿下，我可以的。"于是她努力地想要站起来，"啊！"可是脚踝处又传来钻心的疼，让她根本起不了身。

　　易瑾轩看着她无奈地摇了摇头，索性将她打横儿抱起。

　　"二殿下……"还未等倾城反应过来，却早已进入了瑾轩的怀中，"殿下，快放我下来！"任凭顾倾城怎样喊叫，易瑾轩仍无动于衷，还是将她紧紧抱于胸前。

　　挣扎了很长时间，顾倾城见这样没什么用，遂放弃了挣扎，乖乖靠在瑾轩怀中。她将耳朵靠近他的胸膛，听着他强而有力的心跳声。

　　"你在干什么？"头上传来冰山一样的声音，着实将她吓了一跳，"没，没，没……"在他的怀中，顾倾城感觉很安心，就像在奕然的怀中一样，渐渐地，倾城就在他的怀中睡着了。

　　易瑾灏一路狂奔到了月湖，双手扶着连廊，看向湖中，那一幕又在湖中出现。

　　"二皇兄，为何……为何你会如此！？"瑾灏瘫倒在地，紧紧闭上了眼，"倾城……为何无论我怎么对你好，你都不肯接受！？"

　　咔嚓！一道雷电闪过，接着就是势不可挡的狂风和暴雨。

　　瑾灏就在那雨中，静静地，静静地闭着眼……

　　暴雨下了整整一夜。

　　快至天明时，瑾灏一身湿漉漉地回了宜安殿。

"天哪！殿下，您一夜未归怎么就成这般儿模样！？"青儿看到这样失魂落魄又浑身湿嗒嗒的瑾灏很是吃惊。

"怎么……倾城她还没回来吗？"瑾灏试探地问着。

"嗯，也不知姐姐怎么了，还没回来。殿下，你说不会出什么事了吧？"青儿对顾倾城很担心。

"出事？"瑾灏冷笑两声，"有人陪着，她怎么会出事呢！"说完便一个人走进房里。

好舒服，顾倾城惬意地伸了伸懒腰，这床真是好软，被子还带着淡淡清香。忽然，她猛然睁开眼，……这是哪里？

这时，门被推开了。

"二殿下！"顾倾城很吃惊。

"你醒了啊。"淡漠的回答。

"我怎么……"顾倾城突然想起昨晚在他怀里睡着了，该不会……她看看被子里，"啊！我的衣服呢？"

"湿了，所以换了。"

"换了！？"倾城更加瞪大了眼。

"是宫女换的。"易瑾轩脸色略微尴尬。

"呼——"倾城长长地舒了口气。"那我一晚上都在这儿？"

"嗯。"

"你为什么不叫醒我！？"顾倾城简直欲哭无泪啊。

"你昨晚睡得很熟，而且下了一整夜的雨。"想起昨晚她熟睡时那张可爱的笑脸，他不禁有些不自然地红了脸，不过幸亏倾城未发现。

易瑾轩拿来已经洗净晾干的衣服让倾城穿上。

"昨晚我已经帮你擦过药了，现在再帮你擦一遍，休养几天就会痊愈了。"说着易瑾轩已拿来药箱，倾城乖乖伸出脚，因为她知道，如果他不帮她擦药的话，自己可要疼上好些天呢！

瑾轩秀美修长的手拿着棉签，轻轻帮她擦着药。倾城看着他认真的模样，觉着他一点也不像翊国二皇子，更不像个储君。虽然平时的他很冷漠，但此刻，倾城却真实感受到了他内心的温柔。

"你应该经常笑笑，我想你笑起来应该会很好看。"倾城微笑地对瑾轩说。他微微一顿，片刻又恢复，"好了。"掉头收起药箱。

倾城回到宜安殿，本想先回房去。"你终于回来了。"熟悉却又冷漠的声音在身后响起。

倾城回头，"九殿下！你的脸色怎么这么苍白！？"她看见瑾灏苍白的脸和有些摇摇欲坠的身体惊声问道。

"不用你管。"他紧紧地扶住门边，好像没有门边自己就会跌倒一样。

倾城见状想要上前去扶他，"这么烫！"倾城刚碰到他，却被他挥臂甩开。

"啊——"倾城重重地倒在地上，要知道她的脚伤还未完全好，这样一摔可是不轻。

看见倾城摔倒，瑾灏心中一紧，想要上前，却挪不动脚下的步子，接着眼前一黑，也倒在了地上。

"九殿下，九殿下，你怎么了？！青儿！燕儿！快来啊！"倾城见瑾灏昏倒便紧张地大声叫道。

"倾城姑娘，九殿下受了风寒，是否昨夜淋了雨？"王太医捋着胡子问道。

倾城一惊，淋雨！？"奴婢不知……"倾城侧身以表歉意。

"哦，姑娘请不必自责，殿下服下这帖药再捂出一身汗就无大碍了。"说完便开了一张药方给倾城。

"谢过王太医了。"倾城俯身颔首，又回头道，"青儿快送送王太医。"

倾城拿着药方去太医院抓药。

"姐姐，还是我来吧。"看着倾城在院内捣鼓而又手足无措的样子，青儿忍不住说道。

"不用，我自己来。"倾城专心研究着面前的药钵，九殿下这样都是因为自己，所以这药今天她是煎定了！青儿看着她摇了摇头，叹道："看来就快陷进去了吧……"

"咳咳，咳咳——"在被熏得分不清东南西北后，倾城终于煎好了那一小碗的药。她将药端入房间，瑾灏还在熟睡，一只胳膊早就放在了被子外面。倾城上前，想要替他掖好胸前的被子。

"倾城，不要走！"瑾灏突然抓住她的手，倾城被吓了一跳。

"殿下？"倾城试探地叫着他，想要挣开他的手，却被抓得更紧。

"不要走，不要走，不要离开我……"梦语般的呢喃。

倾城缓缓地在他的榻旁坐下，任由他握着自己的手。她侧过脸，静静地看着他，浓浓的剑眉，疏落有致的睫毛，高挺的鼻子，洁净白皙的脸庞。她用另一只手摸了摸他的额头，嗯，太好了，已经不太烫了，烧退了，看来只要喝完药，风寒就可以祛除了吧。

"你干吗！？"瑾灏睁开眼看见倾城的脸居然离自己这么近。

"我我我……"倾城也不知他会突然醒来，吓得连说话都不利索了。

"我什么我呀！你结巴啊你！"又来了……

"是你抓着我的手！"倾城叫道。

"啊？"瑾灏低头，果真，自己正紧紧地抓着她的手，忽然有些心虚，"我……我没说什么吧？"瑾灏试探着问道。

"没！"倾城没好气地回答。

她一瘸一拐地走到桌边，端来刚煎好的药。

"快喝了。"倾城将药递给瑾灏。

"怎么这么难闻啊！我不要！"瑾灏皱着眉说道。

"什么？你说你不要！？"自己辛苦煎了那么久的药，他竟说不喝！倾城一听他这么说就气不打一处来，便想强行给他灌下去，"喝！快点喝！"

"不要！"瑾灏大手一挥，药碗便粉身碎骨，药汤也洒了一地。

"你……"倾城噙着满眼的泪水，失望地看着瑾灏。

"怎么了？怎么了？"青儿闻声而来，而倾城却掩面跑出了房间。

"也没什么，只不过是药太难闻，我不小心把它打碎了。"瑾灏无所谓地摆摆手。

"你你你你……你打碎了？"青儿瞪大了眼，"姐姐的脚扭伤了，昨晚还照顾了你一夜，然后没闭眼又去为你煎药，还差点把手给烫伤了。殿下，你真太让人伤心啦！我不理你了！"说完也离开了瑾灏的房间。

瑾灏听了青儿的话愣住了，她扭伤了脚还照顾了我一夜？为我煎药还险些烫伤手？我不会是在做梦吧？如果这都是真的，那她和二皇兄又……瑾灏摇摇头决定不再想乞巧节那晚在后山看到的事。

瑾灏决定去找倾城，他颤颤巍巍地站起身，觉得身子晃晃悠悠的，但相比于昨天可是好多了。他朝后院走去，果不其然，倾城正站在桂树下仰望着月亮。藕色衣裙被浮上温柔的月色，裙摆流苏摇曳，衣带荡漾，青丝飘舞。

"倾城……"瑾灏柔声地叫道。

听闻身后有声，倾城先是一愣，然后擦了擦眼角的泪，转过身来，"有事？"

"没有……对不起……"瑾灏低头。

"您是主子，主子怎么能和下人说对不起呢。"倾城语气淡淡的。

"倾城，你可不可以不要和我这么生疏？你可不可以不要把我当作九皇子……"瑾灏目光灼灼地看着她。

"九殿下……"

"叫我瑾灏吧……"易瑾灏走到桂树下，静静地看着顾倾城。

倾城心中一惊，瑾灏的脸慢慢靠了过来。轰。两人轰然倒地。

"喂！很疼啊！"倾城揉着自己的屁股。

"呵呵，不好意思，刚才头有点晕，站不稳，你知道的。"

"你！"倾城无奈。但闻着他身上的龙涎香，却感觉很舒适。

瑾灏也静静闻着她发上的清香，有点意乱神迷。倾城突然感觉到他身上的不对劲，红着脸急急地推开了他，走进自己房中。

"然儿，现在西南和西北的义军已为我们所用，一半越国已经在我们手中了，我想，你复国的理想指日可待。"蒙面人轻拍萧奕然的肩头说道。

"既然这样，师父，倾城她……"还未等萧奕然说完，蒙面人就打断了他，"然儿，别忘了，你还有更重要的事要做！"

看着师父走出去的背影，萧奕然心中却满是牵挂。

倾城，这一别快半载了吧！你知道吗？就算是行军作战，我也还是整日整日的想你。满脑子都是你，永远都不能忘记花田里的那一抹儿纯白，还有你微笑的脸庞……

我快要疯了！天知道我有多想你！如果换做现在的我，一定不会把你送进宫去！我会用自己的实力复国，也会替你报仇，而你，只要永远陪在我身边就好了。

你在宫中过得还好吗？在那个危机四伏的皇宫里，我好怕你会被人欺负，因为你是那么单纯，没有心机。皇宫里的丑恶我从小见得多了，一个个都是吃人不吐骨头的，也不知你能不能应付。

真不知道师父是怎么了？好像总是不想让我和你在一起，真是搞不懂。不过，倾城你放心，再过不久我就去接你，到时候我们就永远在一起，再也不分开。

萧奕然抬头微笑地看着月亮，仿佛那月亮就是倾城美丽的脸庞。

顾倾城低头擦着厅堂里的桌子，突然一双月白色金线绣边的长靴映入眼帘。她抬头看，"是二殿下啊，怎么不要外面的人通报一声？"

"不必。"

看见他这样冷冷的样子就来气，"二殿下，你可不可以不要总是这么冷漠？你不知道，看得人可难受了呢！"倾城皱着眉头说道。

易瑾轩看着倾城不语，等着她还要说些什么。

"殿下，你知不知道一个人时常保持微笑，不仅可以改善与他人的关系，还能有利于自己的身体健康。你微笑呢，别人就会感觉你很容易亲近，所以自然就会和你拉近距离啦！"倾城说完走近了他，那么近，似乎一低头就可以吻上她的额头。倾城两手扯着他的嘴角，使劲向上。

易瑾轩皱眉，有些惊讶地看着眼前的人。

"好了！"倾城拍拍自己的手，向后退了几步欣赏着自己的作品。瑾轩微微皱了皱眉。

"不行，太僵硬了！"倾城摇着头说道。

"那么，是这样吗？"只见他嘴角微微上扬，露出一个温暖的笑容，倾城不禁看呆了。怎么会有如此迷人的笑容？仿佛一道和煦的阳光，穿过树叶，照射在心房，使整个身体都感觉暖暖的。

看见倾城不说话，易瑾轩便收敛了笑容，重新板回了脸，"难道还僵硬吗？"

倾城回过神来，"啊啊？不不，一点也不僵硬，你看，你笑起来多好看啊！老是板着一张脸会老得快的！"

瑾轩无奈，这是什么谬论……

"二皇兄，你来啦。"看见倾城和易瑾轩正在交谈，瑾灏心里明显不怎么舒坦。

"嗯，九弟，找你谈点事。"

"谈事？……倾城，你快到后院去，青儿找你帮忙。"瑾灏催促着倾城离开，因为他一点儿也不想看到倾城和二皇兄在一起。

"帮忙？"倾城满脸狐疑，这个瑾灏，不知肚子里装的是什么坏水，但又碍于他是皇子，所以只能遵从地走了出去。

"二皇兄有何事儿？"

"母后的生辰就快到了，父皇让我们俩准备母后的寿典。"

"寿典？以前不都是内务总管准备的嘛，为何今年变了？"瑾灏疑惑。

"可能父皇是想我们给母后一个惊喜吧。"

"那……二皇兄还有事吗？"瑾灏问道。

"没了。怎么了？"轮到瑾轩疑惑了。

"既然没什么了，那就请二皇兄先回吧。我有点不舒服，咳咳——"瑾灏唯恐瑾轩不相信，还装模作样地咳了两声。

这也有些太假了吧……易瑾轩心中好笑，"嗯，既然九弟身子不爽，那为兄就先走了。"

"好好好。"瑾灏将瑾轩送到门口。

"九弟一定要保重身体！"临走，瑾轩还不忘叮嘱一句。

"咳咳咳，是是是，弟弟我多谢皇兄关心。"

"喂！青儿根本就没有找我，你敢骗我！"从瑾灏身后传来倾城的怒叫。

唉——刚送走二皇兄，这个麻烦又来了，啧啧……瑾灏无奈地摇摇头，"哦？她没找你？那儿，那肯定是我记错了！要不然就是吟儿找你！"

"还敢骗我！？"倾城怒气冲冲而来，"别跑！"瑾灏看倾城这架势早已跑得无影无踪。

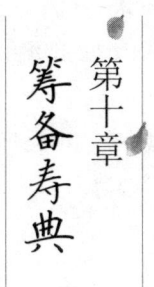

第十章 筹备寿典

"倾城,你说该怎么筹办母后的寿典呢?"瑾灏一脸犯难地看着倾城。

"我怎么知道。"倾城没好气地回答。

"你好歹也给我出个主意啊!"

倾城摆摆手,叹道,"我只是个小宫女,这些事哪轮得到我来插手啊!"

"嗯——本殿特批你顾倾城参与此次寿典筹办!"易瑾灏说得一本正经。

"噗嗤——"倾城掩嘴笑道,"好了,好了。嗯——这样吧,不如就把庆贺场地挂满大红色的绸缎,用绸缎扎成各样的花式,剪成各样的彩条,这样既感觉热闹,场面又不失华丽,你说怎样?"

"看不出来啊,你这丫头脑子还真灵光!"易瑾灏侧脸装模作样地打量着倾城。

"你看不出来的事情还多着呢!"倾城不屑地说,说完便朝后院走去。

瑾灏含笑看着那离去的一抹儿月白色的倩影,心中早已溢出满满的幸福。

傍晚时分,宜安殿。

"喂,你干什么啊,找人运来这么多红绸缎?"倾城看着满屋子的红绸缎不解地问易瑾灏。

"不是你说的么,要用大红色的绸缎来装饰庆贺场地。难不成你记性不好,又给忘了?"易瑾灏边说边摆弄着满地的红绸缎。

"我是说了呀,但没要你弄到殿里来啊!"满屋子的红绸缎让倾城有些晃眼。

易瑾灏整理着地上的绸缎，"你想啊，这是给母后的惊喜，如果找宫里的太监宫女们弄，那母后不就一早都知道了？那还算什么惊喜呀！"

　　"你的意思是说……"顾倾城看着满地的红绸缎咽了口口水，"让我们来弄？"

　　"是啊！"瑾灏高兴地点点头。

　　接下来几天，紧锣密鼓的工作开始了。虽然顾倾城一开始不怎么太愿意，但经过易瑾灏一顿威逼利诱后，终于还是不敌而妥协。

　　"青儿，把那边的缎子给我！"

　　"小巧，把剪刀给我！"

　　"吟儿，条尺呢？"

　　晚膳后。

　　"哎，怎么就你一个人啊？青儿她们呢？"瑾灏进到厅堂看见只有倾城一人在弄着绸缎，唉，青儿那些丫头们一定是去偷懒了。

　　顾倾城抬头见是瑾灏来了，道："她们啊，都到后院休息去了！"

　　易瑾灏弯腰拾起地上已经扎好的一个大绸缎花来，"那你为何不去？"

　　倾城朝他白了白眼，"九殿下，您不是说要快点嘛！奴婢当然不敢怠慢啦。"

　　听了倾城的话，易瑾灏心中有了一小点的感动，"我来帮你吧。"于是两人在一片红色的绸缎中忙得不亦乐乎。

　　"啊！总算做好一个！"易瑾灏将自己刚刚扎好的花拿起好好欣赏了一番。

　　"你弄的那是什么啊！这么丑？"倾城看着那张自我陶醉的脸就想要打击，"狗尾巴花吧！"

　　"臭丫头！居然说我的花是狗尾巴花？我这可是正宗的国色牡丹！"易瑾灏气得脸都紫了，这丫头居然说自己的杰作是狗尾巴花！

　　"还国色牡丹？我看就是路边的狗尾巴花吧！哈哈哈——"倾城瞥着瑾灏手上的花说完后便哈哈大笑起来。

　　"你……"瑾灏气不过，拿起地上的花就朝倾城扔去。

　　"啊！你扔我！？好啊……"倾城也抓起身边的绸缎向瑾灏扔去，"叫你扔我……"瞬间厅中乱作一团，只有两个"疯子"和满屋的红绸缎。

　　"九弟？"易瑾轩一进宜安殿就看见满屋的凌乱。

　　"二皇兄，你怎么来了？"易瑾灏暂时停止了"战争"。

　　"奴婢见过二殿下。"倾城一看易瑾轩来了，也连忙起身行礼。不知怎么的，在二殿下面前总不如在瑾灏面前那么放松。

"嗯。"易瑾轩皱了皱眉，明明要她不要在自己面前自称"奴婢"的，怎么又……虽然有些许不满，但碍于瑾灏在，便也没有说什么。

　　"你们这是……"

　　"哦，二皇兄，这是为母后寿典准备的，用红绸缎扎成好看的花，挂在礼场既热闹又好看，为了给母后一个惊喜，所以我决定不让宫里的人来做。"

　　瑾灏在易瑾轩面前滔滔不绝地说起来，却丝毫未提这主意是倾城想出来的。倾城看着瑾灏不满地白了白眼。

　　"嗯，九弟，这主意不错。"易瑾轩大加赞赏。

　　"呵呵，二皇兄，这不算什么的……"他边说还边朝倾城这边看来。

　　这家伙……倾城不满地撇过头去。

　　"挂高点！"倾城在下面指挥着木梯上的易瑾灏。今天就是肖皇后的生辰，晚上就要进行表演了，一帮人正在抓紧筹划准备当中。

　　"对，再往旁边去点。"

　　"再往右边一点。"

　　"左边左边。"

　　"喂，你有完没完啊！"瑾灏显然是没了耐心，被倾城这么指挥真是没有面子，自己好歹是个皇子，就被这般呼来喝去。

　　"做事要尽善尽美，知道吗？"倾城双手抱在胸前，一副统帅的样子。

　　"尽善尽美？"易瑾灏挑了挑眉毛，"我觉得这样挺好啊！"

　　"你眼睛有问题？"倾城叉腰瞪眼地说道。

　　"臭丫头……"瑾灏跳下梯子，"那你来啊！"

　　"来就来。"倾城慢慢爬上了梯子。妈呀，怎么这么高！倾城爬到顶端向下一看，腿都吓软了。自从上次从树上掉下来，就特别恐高。现在在这么高的地方还要踮着脚挂红绸……不过不往下看就行了。倾城摆弄着大绸缎花，调整着它的位置。

　　易瑾灏抬头看着正挂着花的倾城，纯白衣裙上的络缨在风中微颤，衣带翩跹，佳人的荑夷高高举着，大红的绸缎映得她柔白的脸泛着微红。在这宫中只要和她永远这样就足够了，有她相伴，自己的人生也就有了意义。

　　"呼——"总算是挂好了，倾城欣赏着自己挂好的绸缎花，"怎么样？好吧……这就叫尽善尽美。"倾城得意地低头对下面的易瑾灏说道。

　　不看还好，一看下面倾城便觉得一阵头晕目眩，"哎哎哎！"她突然感觉脚下的梯子在摇晃，"梯子怎么在晃啊！？"

"嗯？没有啊！"瑾灏纳闷，梯子明明就没有晃，其实是倾城自己在晃罢了。

这时，梯子一歪，倾城失去重心，整个人坠了下来。嗯？居然不疼？倾城缓缓地睁开眼，看见自己正在瑾灏的怀里。"呼——"她放心地舒了口气。

"你该多谢我吧！要不然你的屁股就开花了！"易瑾灏嬉笑着朝她调侃道。

"哼！"倾城将他推开，"肯定是你刚刚在梯子上动了手脚，要不然梯子怎么会晃起来！"

"臭丫头，救你还不识好人心了！？"易瑾灏使劲地敲了一下顾倾城的头。

"你敢敲我的头！？九皇子了不起？看我不收拾你！"

"唉——"青儿看着两人无奈地叹了口气，真是一对冤家……

"总算完工了！"倾城坐下端起茶杯喝了口茶。

易瑾灏瞥了她一眼，抱怨道，"要不是某人捣乱，恐怕早就完工了！"

"你说谁呢！"倾城瞪向他叫道。

"瞪什么瞪，又没说你，难不成你承认了？"易瑾灏狡黠地对倾城眨了眨眼。

"你……"

晚上，寿典正式开始。

各皇子、公主、文武百官开始进场。

"呵！这弄得可真气派！"

"啧啧，不愧是皇后娘娘的生辰啊！多喜庆！"

听着大家的称赞，倾城心里高兴不已。

"皇上皇后驾到！"太监的一声喝，全场都安静了。只见易南天一身明黄色的龙袍，束着金冠，被原祥搀扶着，和肖淑云一起来到了轩辕门前。肖淑云则是一身绛紫色金凤和牡丹大花图案用金线镶边的凤衣。

满场人都齐齐下跪，"参见陛下，娘娘。"

"呵呵——都平身吧！"易南天笑说，"皇后，你看这场景布置得还不错，听说是小九布置的？"

"是啊陛下！还真不错！"肖淑云看着满场的红色满心欢喜，没想到小瑾灏做事还如此令人满意，也不枉自己从小那么疼爱他了。

远远地，倾城看到了那个身穿龙袍的男人，面色苍白，哪里还有什么叱咤风云的气势？如若脱去龙袍，他也只是个普通的男人罢了。

倾城的身体有些颤抖，深秋的夜晚有点寒冷，喉咙开始干涩起来，她紧紧地握了握自己的手。看着远远座上欢笑的人们，倾城狠狠地咬着唇，自己到底在做什么？不是要报仇吗？为何还为仇人准备了寿典？为何？这是为何？

"倾城，你在干什么呢？母后很高兴，就连父皇也很高兴呢！二皇兄安排了很精彩的表演，我帮你找了个好位置，走，跟我来。"易瑾灏的突然出现让倾城再也控制不住。

"我……我有点不舒服，先回去了。"倾城从干涩的喉咙里挤出这几个字。

"不舒服？没事吧？我送你回去。"易瑾灏看着倾城不对劲儿的表情，不禁有点儿担心。

"不用。"倾城慌张地掉过头去小跑着离开。

远处，八皇子易瑾磷见倾城独自一人离开，也跟人打了招呼，悄悄离了席。

表演开始了，易瑾轩请来了翊国最好的戏班和表演团。

"好好！"台下一阵阵喝彩。

"陛下，你看哪，多好看！"肖淑云用金丝云缎绢掩面，观看着表演。

"咳咳，咳咳——"传来易南天一阵阵的咳嗽声。

"陛下，您没事吧？"肖淑云关切地问道。

"嗯，朕身子有点不爽，就先回了。原祥……"易南天示意原祥扶他回宫。

肖淑云俯身道："臣妾恭送陛下回宫。"

倾城坐在桂树下，看着手中的银钗。奕然，我做不到……做不到！你快来啊，来带我走！我不要在这皇宫中！倾城心中痛苦万分，她或是惧怕报仇，抑或是，怕爱上皇宫中的某个人。

忽然，一个人影出现，倾城一惊，赶忙回头。

"是……是八殿下啊，您怎么不去观看表演呢？来这里做什么？况且九殿下也不在殿中啊！"倾城看见易瑾磷站在自己身后，便有了不好的预感。

"表演有什么好看的，不如美人好看啊！我又不找瑾灏，碍他何事？"易瑾磷嘴角泛起邪邪的笑。

"不……不知八殿下来来……殿中有何事……"倾城开始连声音都颤抖起来，看那八皇子就不是什么好人。

"何事？哈哈，本皇子当然是来看美人你的呀！"易瑾磷一步步地走近，倾城一步步地后退，直到退到了树下。

树下倾城的纯白色衣裙被镀上柔和的黄色，她紧紧地靠着树，惊恐地瞪大了眼，长长的睫毛因为害怕而微微颤抖，紧张地搅动着手中的汗巾。如此模样，真是我见犹怜！易瑾磷看到这样的倾城，心中的欲火烧得便更加凶猛了。

倾城开始害怕起来，想要大叫，却想到大家都在轩辕门看表演，宜安殿里一个人都没有。

"怎么？想找人救你？不用怕，像你这般的美人，本殿好好疼爱还来不及呢！"话音刚落，易瑾磷整个人便朝倾城扑去。

"啊！殿下，放开我！放开我！"倾城拼命地挣扎却起不到任何作用。易瑾磷疯狂地吻着倾城，并开始撕扯起她的衣服。

"呜呜——放开我……"倾城用手紧紧地护住自己的身体，心里只想着，瑾灏，快来救我！

轩辕门。

"九弟，倾城没有来么？"易瑾轩看见瑾灏的身边并没有倾城便问道。

"哦，她身体不舒服，回宜安殿了。"

"身体不舒服？没有事吧？"易瑾轩一听倾城身体不舒服便担心起来。易瑾灏一见瑾轩如此便非常不舒服，"冰山二皇兄"居然对一个宫女这么关心，更何况那个宫女还是自己喜欢的。

"那我回殿看看吧。"瑾灏回答。

此时倾城已哭成了泪人，但易瑾磷却丝毫不为所动，依然撕扯着她的衣服。

"嘶！"倾城虽万般挣扎，但衣服仍已被撕开，露出粉色的亵衣。易瑾磷看着这样让人热血沸腾的场景，便更加像极了一头饿狼。就在他将淫手伸来之时，倾城狠狠咬了上去。

啪！手上吃痛的易瑾磷一巴掌将倾城甩倒在地上，然后揉着自己的手怒骂道，"臭丫头，别以为自己有几分姿色就可以开染坊了！别装得这么清高，想和我八皇子睡的女人多了去了！"

嘴里充塞着腥咸的味道，倾城擦了擦嘴角的血，努力地想要支起身，却只觉脑袋一阵儿嗡鸣。易瑾磷步步向倾城逼近，呵——这次再也不会有人救我了……倾城心中苦笑。

就在易瑾磷的魔掌快要伸向倾城时，一个声音在后面响起。

"易瑾磷！你在干什么？"瑾灏！是瑾灏！倾城心中狂喜，模糊中，她看见不远处，白衣临立，器宇轩昂。

"干什么？你不是都看见了么？难不成一个宫女我还要跟你讲？"易瑾磷看着瑾灏满脸的不屑，"我可是你皇兄。"

"混蛋！"瑾灏冲上前去，一拳将易瑾磷挥倒在地。

"易瑾灏！不要以为有皇后娘娘和二皇兄保护，你就可以无法无天！"易瑾磷这么说是因为自己的武功根本比不上易瑾灏。

"滚！"瑾灏愤怒地大吼。

瑾灏快步走到倾城面前，"倾城！倾城！"他扶起倒在地上的顾倾城，将她搂在怀中，她就那么软弱无力地，柔若无骨地躺在自己怀里。瑾灏心疼地为她拭去嘴角的鲜血。

倾城微微闭眼，朦胧中，自己刚才想着的那张脸清晰可见，"瑾灏……"

"倾城，你怎么了！？醒醒！快醒醒！"眼前的倾城微闭着双眼，虚弱地躺在易瑾灏怀中，暗淡的脸色没有了往日的神采。

"王太医，倾城，她，她怎么样了？"易瑾灏看见王太医紧紧蹙着眉头不禁有些担心。

"唔——倾城姑娘只是受到了些惊吓，有些皮外擦伤，并无大碍。"听王太医这么说道，易瑾灏的心这才放下。

送走王太医后，易瑾灏便又回到床边。

这丫头，真不让人省心，还好没出什么事，要不然自己会自责一辈子。易瑾灏如此想着，伸手轻轻抚了抚倾城的额头，将她凌乱的发理顺。

"不要！不要！……救我！"倾城突然惊恐地大叫起来。

"倾城，没事了，不要怕。"易瑾灏在床边轻拍着倾城，想要将她安抚下来。

"救我，救我！"倾城蹙着眉头，紧紧地握着拳头。

"没事了，没事了，倾城乖，乖……"当说出这话时，易瑾灏自己都不敢相信是自己说的，那声音听起来要多温柔就多温柔。瑾灏抚上她的脸颊。

倾城只觉脸上有很温热的触感，很温暖，很舒适，便紧紧抓住了那只手，慢慢地安静了下来。

"我就知道你一定会来救我的……"倾城喃喃。

易瑾灏微微苦笑，她八成以为自己是那个萧奕然吧！虽然她离自己这么近，但她的心却总是属于另一个男人。易瑾灏感觉心脏的部位有些疼。

"我知道你会来……"倾城微微弯起嘴角，"瑾灏……"

易瑾灏猛然一怔，瑾灏？是否是自己听错了？她叫着自己的名字！难道她之前一直想的都是我？易瑾灏狂喜，原来，倾城心中是有我的！无法形容心中的喜悦，易瑾灏便将它付诸行动。俯身，吻向那粉嫩的唇。

"唔唔——"沉睡中的倾城忽然感觉唇上有些微疼，接着便觉得喘不过气来。

"唔！"忽然，倾城睁开了眼，"你，你，你干吗！？"倾城退缩到床角。

易瑾灏显然不知道她会这么快醒来，所以也被吓下了一跳，"我……我……"

"我什么我！看你就是在占我便宜！"倾城暴跳如雷。

"你，你，你！"易瑾灏显然还是没缓过来。

"你什么你！你还想狡辩不成！？"倾城挪动到瑾灏面前，瞪眼叉腰地说道。

"你就不要再装了，"瑾灏狡黠地朝倾城一笑，"我都知道了……"

"知道什么了？"倾城一愣，丈二和尚摸不着头脑。

"这事我就不挑明了，怕你一个女子家的不好意思。"易瑾灏得意地摇头晃脑。

"我有什么不好意思了？你说呀！你说呀！"看见易瑾灏这小人得志的样，倾城就觉得分外不舒服。

"你……"易瑾灏坐到了她面前，"喜欢我。"

倾城一愣，顿时红了脸，随即脸色由红变白，"谁喜欢你了？你别胡说！看过不要脸的，还没看过你这么不要脸的，还是个皇子呢！"倾城将脸别到一边。

"不要害羞……这也不是什么见不得人的事，况且本皇子还这么英俊潇洒，风流倜傥的。"易瑾灏越说越得意，越说越兴奋。

"你！"看见易瑾灏伸手想要上前搂自己，倾城大叫，"你干什么呢你？"

易瑾灏一愣，红了红脸低声道，"我……我只是想抱抱你……"

"别碰我！"

"我好开心……"他微笑着上前，低声说着。

"啊！"

"怎么！？我弄疼你了！？……哪里疼？我，我不是故意的……"听见倾城的叫声，瑾灏立即又紧张起来。

"都怪你啦！"倾城抱怨着，之前被易瑾磷摔的那一下一定是摔着哪里了，害得自己现在浑身都疼。

"没有事吧？"瑾灏小心翼翼地问着。

"死不了啦！"倾城虽嘴上还是很凶，但心里却是暖暖的。

午时，宫安殿。

"李公公，有什么事吗？"易瑾灏看见皇后身边的小李子来了，便知有事。

"皇后娘娘请您去凤仪殿一趟。"小李子细声细气地说道。

"唔——"瑾灏皱了皱眉，"李公公先回，本皇子一会儿就到。"

凤仪殿。

"儿臣给母后请安。"易瑾灏下跪行礼。

"嗯，起来吧，灏儿。"肖淑云说得慵懒。

易瑾灏起身看见瑾轩、瑾磷都在殿中，便知事情不妙。

"灏儿，昨个儿母后生辰，你布置得很好，甚得母后心意。说吧，你要什么赏赐。"肖淑云翘着兰花指理了理自己的头发。

"能为母后办事是儿臣的荣幸，儿臣不敢要什么赏赐。"瑾灏疑惑，今天叫他来不会就是说赏赐的事吧……

"唔——"肖淑云凤目看了看易瑾磷，随即又转到瑾灏身上，"灏儿，磷儿脸上的伤是你弄的？"

"姐姐，这还用问嘛！一定是他，您看，把我磷儿都打成什么模样了……"张氏用丝绢掩面装可怜道。

"嗯！？"肖淑云转头向张氏睨了一眼，张氏随即便不敢再出声。

"灏儿，母后问你话呢！"肖淑云又用慵懒的声音问道。

"是。"瑾灏低头。

"唔——那是为何事呢？"

"是……"瑾灏支吾着，不知该不该说出来。

"皇后娘娘，瑾灏打我就只为一个叫倾城的宫女！"易瑾磷早已将事情说了出来。

"哦？"肖淑云直了直身，"一个宫女？……倾城？"

"回皇后娘娘，确是！"易瑾磷抱了抱拳，得意地看了一眼身旁的瑾灏。

"为区区一个宫女犯不着兄弟反目啊！……这样吧，就把那宫女给了磷儿如何？"肖淑云看向易瑾灏正声说道，一派翊国主母的模样。

"不可！"瑾轩和瑾灏同时喊出声。肖淑云很吃惊地看着两人，片刻又恢复了慵懒的表情。

"为何？"

"母后。"易瑾轩上前，"儿臣曾听九弟说，这个叫倾城的宫女活儿做得非常好，而且照顾人也很尽心，九弟还说如若有一天倾城不照顾他了，他还会感觉不舒服。"瑾轩朝瑾灏看去，"九弟，你说是么？"

"啊？是，是……"瑾灏看了他一眼，连忙点头，"母后，正是这样。"

"这样么……？"视线从易瑾轩身上掠过，肖淑云眼里闪过一丝光，"既然这样，磷儿，你就在我殿里挑一个宫女儿吧。容妃，我们去御花园逛逛。"

肖淑云带着张氏出了殿，殿中只留下了瑾轩，瑾磷，瑾灏三人。

"九弟，你非要和我争吗！？"易瑾磷怒气冲冲地对瑾灏说道。

"瑾磷！"易瑾轩想要阻止两人争吵，便朝易瑾磷呵斥道。

听见易瑾轩的呵斥，易瑾磷非但没有停止，反而将矛头转向了他，"二皇兄，你今天可是一反常态啊！平常都是惜字如金，为何今日只为了一个小宫女，你居然大方地一

109

口气说了这么多话。难不成……"易瑾磷微微地眯着眼看着瑾轩,"二皇兄也喜欢那个倾城?"

易瑾灏心中一怔,二皇兄也喜欢倾城?

"瑾磷,你休要胡说!"看见瑾灏脸色有变,瑾轩立马大声喝住易瑾磷。

"好,我闭嘴,我闭嘴。"易瑾磷哈哈笑着,谁都知道二皇子易瑾轩将是翊国未来的王,所以他再狂妄也不敢和储君叫板。

御花园。

"姐姐,你难道真相信二殿下说的话吗?"张氏有点气愤地问道,毕竟自己的儿子被打了,还讨不回公道。

"你当我是傻子吗?"肖淑云将食物碾碎,抛向玉池里的锦鲤。"我只是在给轩儿面子,他可是难得求我呢!"

张氏虽然满心的不如意,但却也不能表现在脸上,还只是笑盈盈地站在肖淑云一旁。

回宜安殿的路上,易瑾灏一直都在想着刚刚瑾磷说过的话,二皇兄真的喜欢倾城么?如若他也喜欢,自己又该怎么办……他可是自己最敬爱的二皇兄啊!而倾城也是自己心中的挚爱……

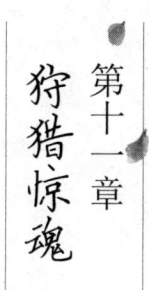

第十一章 狩猎惊魂

"喂,你去哪了?大半天也不见人影……"一阵熟悉的声音唤回了思绪游离的易瑾灏。抬头,对上那双似有水波的眸。

"怎么,我去哪还要你这个小宫女管吗?"不知为何,他说话的语气很冲。

"你!你吃火药啦!"倾城朝着他大叫,"平时也不见你这么正经。"

易瑾灏看着她并未说话,良久,朱唇微启,声音低沉,"倾城,你喜欢我吗?"

倾城瞪大了眼看着他,英挺的眉微微蹙着,如此认真的模样,好像让人不能拒绝。

"我……"有些犹豫,不知如何回答,喜欢他吗?……那奕然呢?倾城为难地将头低垂下去,轻轻地拨弄着手指,看着脚上的绣花鞋。

看着眼前人如此为难的模样,易瑾灏心中抽疼,故作淡然道:"好了,你先回房休息吧,我也累了。"

倾城抬起头,有些诧异地看着他,他脸朝一旁别去,眉毛拧成了个"川"字。

"好。"倾城目送着他的背影,"瑾灏……"

冬天到了,翊国下了一场大雪,大得出奇。

清晨。

"姐姐,姐姐,你快来看啊!好大的雪!好像片片儿鹅毛!"青儿兴奋地叫道。

倾城披了件粉色披风走出房门,看着天上的雪花飘落,看着满眼的白色,她微微眯了眼。

是啊，都已经下起雪了，与奕然分别已经六个月了，到现在还是没有他的消息。奕然，你是把我忘了吗？还是你又有了心爱的人……

　　倾城坐在了连廊上，伸出手，雪花一片，两片，三片，落在手心，凉凉的，从手里一直凉到心里。

　　自那日后，易瑾灏就好像一直刻意与她保持着距离。

　　转角处，易瑾灏看着连廊上的倾城，不禁苦笑，是否，你还在想他？

　　自从爱上了倾城，自己就再也不是以前的自己了，心里总是装着事。因为他想不透，倾城爱的到底是谁，萧奕然？二皇兄？只是，也许唯独没有自己吧……

　　乾坤殿。

　　"好大的雪啊！翊国很久都没有下这么大的雪了。"易南天手扶着栏杆，看着窗外。整个翊国都被覆盖在白雪之中，一派银装素裹的景象。"原祥，你说明个儿弄个狩猎怎么样？在雪顶山。"

　　"陛下不可，这天寒地冻的，您这身体可受不住啊！"原祥忠言阻止。

　　"你放心，我这把老骨头啊，想去也去不了喽！我说的是那些个皇子王孙。"

　　"这……"原祥有些迟疑，"陛下，这雪太大了，明天雪顶山一定会有很深的积雪，奴才怕……"

　　"那些个皇子王孙缺的就是历练，明天正好是个机会！"易南天笑看着远方说道。

　　"是，奴才这就宣旨下去。"

　　"什么？父皇让我们明天去雪顶山狩猎？"易瑾灏惊讶。

　　"嗯，原公公说每个皇子可以带一名宫女去伺候，而且每个皇子都不可缺席。"易瑾轩缓缓地放下茶杯说道。

　　"青儿，叫你早晨出去看雪，现在好了吧，都发烧了……"倾城责怪着青儿，但语气中却透着满满的关心。

　　"姐姐，我身体好，没事的！想当年，我在府里时，发了烧只睡了一觉就好了。"青儿想要起身，却被倾城一把按下，"你就安稳些吧！"

　　"咦，姐姐，燕儿姐姐和吟儿姐姐呢？"青儿想着中午以后就再也没见过燕儿和吟儿了，不禁奇怪地问道。

　　"哦，她们啊，明天是她们回家探亲的日子，所以晚膳后她俩就收拾东西先回家了。"

　　"是这样啊。"青儿点头。

　　"九殿下。"青儿看见易瑾灏走进了房。

"九殿下。"倾城起身行礼。瑾灏皱了皱眉,自从那日后,不觉中他就和倾城这般生疏了,"这么晚了,请问九殿下有何事吗?"

"哦,明天父皇组织了狩猎,每位皇子需带一名宫女。"易瑾灏想着小灵小巧都还太小,不适合带去。于是便来了她们房中。他的目光扫过倾城,"青儿,就你明天陪我去吧。"说得淡淡的。

"我……"青儿看了一眼倾城。

"怎么?"

"青儿她发烧了,需要休息,明天去不了。"倾城低头回话。

"唔——"易瑾灏皱了皱眉,"我去问问燕儿和吟儿。"便准备掉头出去。

"难道殿下忘记了吗?明个儿是燕儿姐姐和吟儿姐姐回家探亲的日子,她们今晚就已经走了。"倾城提醒,易瑾灏停住了脚步,这是上天的安排吗?

瑾灏幽幽地开口,"那就你吧,顾倾城。"

第二天清晨,轩辕门外号角长鸣。原祥领队,大队人马已准备就绪,各皇子王孙都坐于马上,等待出发。

易瑾灏坐于千里马"追风"之上,头发高高束起,白色长衫,银色长靴,披着银狐毛皮的披风,威风凛凛。易瑾轩一袭黑衣,身披黑色有金色祥云图案的披风,一身的黑色就好像是他冷毅的性格,他跨上黑色的"斥电",在这满眼白色中格外显眼。

倾城身穿月白小袄,正坐在一匹小白马上。因为知道她不会骑马,所以易瑾灏特意选了一匹性子较温顺的小马来当她的坐骑。

"出发!"易南天在轩辕门上一声令下,大队人马便开始浩浩荡荡地前进。

约莫行进了半天后,车马来到了雪顶山。此时,原本树木茂密的雪顶山已被厚厚的白雪完全覆盖。

车马选了一个较好的地点开始安营扎寨。待到驻扎完毕,已经到了傍晚时分,看天色已经不早了,原祥便让大家在各自帐中休息,待明日再进行狩猎。

易瑾灏从帐中走出,看见正在火堆旁搓着手的倾城,心里微微愧疚,这样的天气让她一个姑娘家来山上也真够难为她了,"倾城。"

倾城闻声转过头来,"嗯?殿下,有什么事吗?"

"今晚你就睡在我帐中吧。"

倾城直直地看着他,摇了摇头,"不用了,那帐篷是专门给皇子住的。"

易瑾灏怎么忍心让倾城在宫女睡的帐篷中过夜呢!那帐篷可是又挤又冷,真不是人住的。他情急之下道,"我……我需要你伺候我!"

倾城走进易瑾灏的帐篷中就感觉一阵温暖,果真是皇子住的帐篷,还真是舒适得很!

天渐渐地黑了下来,该是休息的时间了。

"倾城,你睡在榻上吧。"易瑾灏将榻上的被子铺好说道。

"不用了,我睡在地上就好了。"易瑾灏转过脸看向倾城,她早已在地上将被子铺好了。

"你还是到榻上来睡吧,地上凉。"易瑾灏微皱眉头,这丫头,倔脾气就是改不了。

"主仆有别,若是九殿下再这般,倾城只好去宫女帐中休息了。"倾城将被子放下,也不看易瑾灏那张有点泛青的脸。

她起身将灯吹灭。整个帐篷里一片漆黑,什么也看不见,在这安静的帐篷里唯一有的只是两个人的呼吸声。

夜里,山上传来狼的嚎叫声,倾城便是怎么也睡不着。忽然,倾城感觉有什么东西掉在了自己的脸上,一摸,原来是瑾灏的被子。

倾城无奈地笑笑,都这么大人了,却连被子也盖不好……于是起身将被子捡起,帮榻上的人盖上。

倾城帮他盖好被子,正准备回去继续睡,刚转身却没想被一只手紧紧地抓住了自己的手腕,轻轻一拉,倾城便整个人跌进一个温暖的怀抱。

"你……"倾城有些惊慌。颈边有热气拂过,微麻,她浑身一颤。"放开我!"

瑾灏没有出声,只有重重的喘息。

良久,倾城见没有动静,便想要挣脱,"不要动,就让我这样抱着你,好让我觉得,这一刻,你是我的,只是我一个人的……"耳边传来瑾灏微醺的声音。倾城只觉得自己的身体又被抱得更紧。

"瑾灏……"

易瑾灏闻着从她身上传来的幽香,有些沁人心脾,让他陶醉其中。他多想就这样一直抱着她,一直,一直……他好想这一刻能够静止,好让她在自己的怀中直到永远……慢慢地,他闭上了眼。

第二天,天刚蒙蒙亮,号角声便响了起来,呜咽地的声音在山上回荡。

"瑾灏……"倾城轻推身旁的易瑾灏,"醒醒。"

"嗯?"易瑾灏睁开朦胧的睡眼。

"该起床了。"倾城在他耳边细语。

易瑾灏总算松开了紧抱着倾城的手,要知道,昨晚他可是抱了一夜。倾城从他的怀里出来,连忙穿上了月白小袄,谁知她转身之后却依然看到易瑾灏睡眼惺忪地坐在床上。"还不快起床……"说着，忽然她的脸竟变得比天边的朝霞还要红。

"你怎么了？"看见倾城双颊的红云，易瑾灏很奇怪。倾城撇过脸指了指他的胸膛后轻咬薄唇，低下了头。

"嗯？"易瑾灏顺着倾城手指的方向低下头，原来是因为昨晚睡觉将倾城拉入怀中的缘故，衣襟大开着，露出了结实的胸膛。"呵呵——"易瑾灏不好意思地一笑，随即低头将衣襟理好。

待到两人出帐时，各皇子王孙早已准备就绪。易瑾磷看着两人冷笑了一声，而一旁的易瑾轩却皱着眉头，害得顾倾城被看得好不自在。

"好了，各位皇子少爷们，现在可以上山狩猎了。到太阳落山之前，要在此地集合。"原祥清了清嗓子说道，"山上积雪很厚，大家一定要注意安全！"待原祥说完后，大家便都迫不及待地、一股脑地策马驰向林中。

"你在帐里等我吧，山上太冷，而且很危险。"易瑾灏跨上马背对倾城说，语气中充满了关切。

"可是你……"倾城一听说山上会有危险便不禁担心起瑾灏来。

易瑾灏见倾城如此，心中不禁欣喜，她，这是在关心我吗？"放心，我会没事的。"说完，易瑾灏丢给她一个醉人的微笑后便扬鞭而去。

倾城在帐外的雪地里看着瑾灏的背影久久不肯离开。远处，马背上的易瑾轩冷面看着这一切，心中一阵抽痛。

易瑾灏在树林中搜寻，忽然，一个灰黄色的身影一闪而过，是一头鹿。鹿天生警觉，有一点风吹草动便抬起头来，四处张望，头上两只灵巧的耳朵听着来自四面八方的动静。易瑾灏从背后抽出一支箭，将弓拉满，箭矢瞄准雪地中正在觅食的鹿。

只听"嗖"地一声，那头鹿便应声倒地。鹿在地上只挣扎了一会儿，便没了气息，瑾灏开心地将它挂上马脖子。

易瑾轩心里好像堵着一口气，他骑着"斥电"在树林里漫无目的地走着，一点儿打猎的心情也没有。

他不知道自己是怎么了。顾倾城，一个普普通通的小宫女，为何自己会对她如此上心？她虽有着一定的美貌，但在有着诸多环肥燕瘦般美女的宫中，自己为何就会那么在意她……

从小到大，自己就从未爱过别人，因为自己的孤冷性格，就连父皇和母后都不太去亲近，又为何会对一个顾倾城如此在意？而且明知道是九弟喜欢的女子，他一向最疼爱的就是这个九弟了，甚至可以将皇位让给他，为何又会喜欢上他所爱的女子呢？

营地，倾城一个人在帐中闷得紧，于是出帐来透透气。她看到帐篷后面好像有什么，就去查看。

"啊！"倾城欣喜，原来是一只雪白的兔子！要知道在这一片茫茫白雪中，又是隆冬，要找到一只白兔可是很难哦。看着眼前的小东西，她忽然想起了受伤那日与奕然一起找到的小兔，想起萧奕然的模样，她轻轻地咬唇，摇了摇头，不愿让自己再想起从前的画面。

"饿了吧？"她蹲下身子抚摸着兔子柔软的毛问道。忽然她好像想到了什么似的，便回了帐篷里，一会儿，出来时，手上便多了一片菜叶。倾城拿着菜叶高高兴兴地来到帐篷后面，却不见了小兔子的踪影。

"小兔子，你在哪里？我给你找了好吃的！"倾城四处寻找，忽然，她看见了那个小小的身影，"原来你在这里呀！"她向小白兔走去，谁知，刚走到小兔子跟前，它便一蹦一跳地走了。

"你要去哪？等等我！"倾城追着小兔子走进了树林。

"小兔子，你在哪里……不要跑……"倾城看着周围越来越浓密的树木开始紧张起来，待到她想回营地时，早已没了来时的路。

"怎么办……"一丝儿害怕涌上心头。"有人吗？"倾城大叫，希望有人听到她的叫声可以救她出去，但换来的却是自己一声声冰冷的回音。

在漫无边际的树林里走着，约莫已经过了两个时辰了吧。她会不会再也出不去了……她会不会死在这里……倾城小声地啜泣起来，她害怕自己走不出树林，害怕再也见不到那个人。

易瑾轩游离的思绪被草丛中的动静给召回，他定睛一看，原来是一只银狐。他刚想拉弓放箭，那银狐好似知晓似的，便跑进了草丛。

驾！易瑾轩扬起马鞭，追了上去。追到一个地方，忽然不见了那银狐的踪影。正在他心生离开之念时，却看见草丛里有白色的东西在晃动，于是，易瑾轩将弓拉满，上了翎箭准备射出。

忽然，那草丛大动了一下，一个人影出现在草丛里。倾城！瑾轩心中一惊，但手中的箭已经飞驰而去。

"啊！"倾城看着朝自己飞来的箭尖叫。"砰"的一声，翎箭射进倾城后面的树上，倾城吓得瘫软在地上。易瑾轩见状赶紧跳下马，快速到她跟前，俯身检查道，"你没事吧！？"要不是刚才自己在箭射出时，使方向偏离，现在被射中的就是她，而不是那棵倒霉的树了。

"我……我没事……"倾城连说话都不利索了，看来被吓得不轻。

"你怎么会在这里？你，不是在营地吗？"易瑾轩皱眉，对她突然出现在树林中很是不解。

"我……我来追小兔子，可是到了树林后它就不见了，然后我就迷路了。"倾城无辜地撇撇嘴说道。

易瑾轩见她如此模样，顿生笑意，"你啊……"

从没有见过瑾轩这般的微笑，和上次温暖的微笑不同，这次的微笑好像和煦的春风一样。倾城有些痴迷地看着，春风般的微笑，好像奕然……心中微微一疼，她抿了抿唇。

"你怎么了？"易瑾轩看见她痴痴的样子很是奇怪。

"啊？啊，没没没什么……"倾城回过神来。

"那我们回去吧。"

"好。"

易瑾轩将"斥电"牵来，将倾城抱上马，然后牵着"斥电"往营地走去。

"你在找什么？"易瑾轩侧脸见马上的人有些焦急地掏着衣袖。

"我的银钗掉了！"

"银钗？"易瑾轩的心微微一沉，"是萧公子送与你的那支牡丹银钗吗？"

"嗯。怎么会不见了呢？难不成是在树林里丢了？"倾城自言自语道，"二殿下，我要下马。"

"嗯？"易瑾轩有些惊讶地看着她，"可是太阳就快下山了。"

"我要回去，我要去找它。"倾城说得很坚定。

"天色暗下来后，山上会很危险的。"易瑾轩也一脸严肃。

倾城见易瑾轩没有要让她下马的意思，便一个翻身下了马。

"倾城，听话，我们回去。"易瑾轩皱着眉说。

"不，我一定要找到它！"倾城顿了顿，"要不二殿下就请先回吧，我自己去找。"

"它……对你真的这么重要？"易瑾轩说着，他不知自己说的是银钗还是萧奕然。

倾城一惊，随后说道，"嗯，很重要！"

易瑾轩咬了咬唇，牵着"斥电"走到她身边，"走吧。"

"什么？"

"去找那支对你很重要的钗。"易瑾轩淡淡地说。

倾城心中一喜，"二殿下，你真是太好了！"

两人往回走去，要在这冰天雪地里找一支银钗，就像是在大海里捞针，但倾城决不放过任何一个可能的地方。

不知不觉，太阳已经落到了山头上，山上也越来越冷。"倾城，我们回去吧。"易瑾轩看着周围越来越暗的环境，不禁有点不安。

"不，我一定要找到它。"话音刚落，忽然狂风大作，乌云聚拢，太阳也不见了踪影，天上开始下起雪来。

"怎……怎么了……"倾城有些害怕地抓住瑾轩的衣袖。

"看来是变天了，此地不宜久留，我们快走！"易瑾轩表情很是严肃，因为他知道，如果被困在山上意味着什么。

"可是……"还未等倾城说完，瑾轩就抱着她上了马。"驾！"易瑾轩驾着"斥电"想要快速回到营地。

轰——突然一阵震耳欲聋的巨响从后面传来。

"那是什么！？"倾城害怕地躲在瑾轩怀中。

看着身后向他们吞噬而来的大片雪白，易瑾轩大惊，"是雪崩！"

"怎么办！"倾城看到一向无惧的瑾轩此刻也会如此色变，便更加害怕起来。

"驾！"易瑾轩想让"斥电"跑得更快些，也许能逃过一劫，可是"斥电"驮着两个人，原本跑得就不是太快，哪里还能快得过雪崩的速度。

"倾城，快下来！"易瑾轩抱着倾城下了马，想要跑过雪崩，谁知后面的雪却越来越近，最终将二人吞没……

山下营地。

"原祥，山上怎么了？"易瑾灏边将猎物放在地上边看着山上疑惑地问道。

"看样子是雪崩了，还好大家在太阳下山之前都回来了。"原祥长长地舒了口气道，"我们也该走了，九殿下，您去叫宫女收拾收拾您的东西吧。"

"嗯。"

"倾城！倾城！"易瑾灏朝帐篷里叫道，但并无人回应，他便进了帐篷去看。倾城不在帐篷中！易瑾灏不禁心中一紧，倾城会去哪里呢？不会……不会是到山上去了吧！

"原公公！"易瑾轩的宫女惊慌地从帐篷里跑了出来，"原公公，不好了，二殿下不在帐篷中！"

"什么！"原祥一听便知道出事了，二皇子可是出了名的守时，说好是太阳落山之前回到营地，要不是出什么事了，他绝不会如此！这二皇子可是陛下最疼爱的儿子，是翊国未来皇位的继承人，他若出了什么事，自己这脑袋也就不保了！

"快派人上山去找二殿下！"原祥大吼。"可是公公，山上刚刚发生了雪崩，现在上山怕是很危险……"一个士卒低声说道。

"别给我放屁了！危险也得去！快去找！"

二皇兄也没回来？会不会跟倾城在一起？易瑾灏想着，母妃，你一定要保佑倾城和二皇兄不要出事才好……

"九殿下，你不能去啊！山上太危险了！"士卒劝阻道。

"给我滚开！"易瑾灏大吼，他怎么能不去找倾城？在这营中叫他如何坐得住？

"还请殿下三思啊！"

"给我滚开！"易瑾灏朝着士卒大声吼道，并一把将他推到了一旁。

易瑾灏走在搜救队的最前头，山上的草木大都被积雪掩埋了，眼前什么都没有，有的只是漫山遍野死气沉沉的雪……

"倾城！二皇兄！"易瑾灏焦急地大声叫着，此刻的心情坏到了极点，他不想同时失去两个对他来说最亲的人。忽然，他感觉脚下踩到了什么硬物似的，于是弯腰去看，是牡丹银钗！倾城的牡丹银钗！

"九殿下！"那边又有人叫着，"这边发现了二殿下的"斥电"！"

"斥电"！易瑾灏心中一惊，"斥电"是二皇兄的坐骑，而且"斥电"通人性，和二皇兄的情感非同一般，怎会独自在这里？莫非，二皇兄遇到了什么不测？那倾城呢？有没有和二皇兄在一起？易瑾灏心中的恐惧越来越浓，他将银钗放入怀中，又开始疯狂地寻找起来。

"嗯——好疼……"倾城睁开眼，觉得眼前漆黑一片。她感觉身上被什么东西压着，伸手摸索着，忽然触到一缕长发，二殿下！对！刚才雪快要压来时，二殿下用身体紧紧地护住了自己！

"二殿下！二殿下！"倾城吃力地将易瑾轩挪到一边，扶他靠在墙边，将他身上的雪掸净。"二殿下，你醒醒啊！"

"唔——"易瑾轩微微地皱眉，缓缓地睁开眼，"倾城，你没事吧？"

"二殿下！"倾城心中大惊，醒来的人非但不关心他自己的身体，反而关心起她来……"嗯，我没事……"

"嗯，没事就好。"易瑾轩坐正了身子。

"二殿下，这是哪里啊？黑漆漆的，什么也看不到。"

"这大概是一个山洞，刚才雪快过来时，我看到了这个山洞，于是就把你推了进来。"

倾城没有说话，黑暗中，看不清她的表情。

"我们要怎么才能出去呢？"倾城失望地看着洞口，已经完全被厚厚实实的积雪封死了。这时候天已经完全黑了下来，洞里可真的是伸手不见五指啊。

"不知道。"易瑾轩回答，他说的是实话，他自己也不知道怎样出去。这样的情况，除非外面的人找到他们，否则，他们便只有死路一条。

"呜！"洞外传来狼的嚎叫声，倾城不禁打了个寒颤。忽然,洞里响起一些声响，好像有什么东西过来了。"啊！"倾城大声尖叫，一群东西从她头顶飞过，她害怕地钻进易瑾轩的怀里。"那，那是什么！？"

　　易瑾轩在碰触到倾城的一刹那先是一惊，随后恢复正常，"是蝙蝠。"

　　"蝙蝠！？"倾城脑子里立马浮现出那些长着翅膀的，身体毛茸茸的，黑黑的，像老鼠一样的东西来，真的好恶心啊。忽然，倾城好像意识到什么似的，立即离开了刚刚那个怀抱，"二，二殿下，对……对不起！"

　　"没什么……"感觉怀中一空，易瑾轩心中不禁一阵失落，怀中还残存着她的体香……

　　"倾城！二皇兄！你们在哪里！？"易瑾灏仰天长啸，他们就快找遍整个山头了，可是依然没有发现两人的踪迹。

　　"九殿下，您休息一下吧。"士卒看见易瑾灏已寻了半天，却片刻都不曾休息过，甚至连口水都没喝。

　　"休息？休息什么？还不快找！！"易瑾灏朝士卒大吼。

　　"是是是……"士卒着实吓得不轻，从未见九皇子这般过。

　　翊皇宫。

　　"什么！？雪顶山雪崩了？轩儿还在山上，现在生死未卜！？"易南天只觉得一阵头晕目眩，便无力地瘫坐在龙椅上，"陛下！"身旁的小太监吓了一跳。

　　"快派人去找！如若二皇子出了什么事，你们一千人等全部人头不保！"易南天怒发冲冠。轩儿，他的轩儿啊，翊国未来的希望……

　　"是是是……"殿下的人连忙应着退了出去。

　　夜深了。

　　好饿……倾城的胃开始难受起来，浑身一点力气都没有。因为饿的缘故，加之雪顶山山上的夜晚异常寒冷，倾城浑身忍不住地颤抖起来。她挪到易瑾轩身边坐下，因为这样会让她感觉不那么冷。

　　易瑾轩感觉到身旁的人儿在颤抖，"冷吗？"

　　"嗯——"倾城有些虚弱地如实回答。

　　看着她冷得蜷缩在一边，易瑾轩不禁有些心疼，于是一把将倾城拥入怀中。

　　倾城虽觉得不太好，但也未拒绝，因为自己实在是太冷了，而他的怀里又好温暖。

　　易瑾轩轻轻地将倾城拥在怀里，想要给她自己的温暖。清新的发香飘入鼻中，他有些陶醉。怀中的人儿渐渐停止了颤抖，就这样软软的靠在他怀里。他好像觉得是在做梦，可是又很真实，如果这是梦，他好想永远都不要醒……

"冷，好冷……"不知过了多久，倾城忽然在易瑾轩怀中低喃起来。

"冷吗？"易瑾轩见倾城这般，有点担心，在这冰天雪地里，他一个练武之人尚且觉得寒冷，更何况倾城这样一个弱女子呢？

"冷……"倾城的身体不停地微微颤抖，好像风中摇曳的树叶一般脆弱。易瑾轩见状忙脱下自己的外衣，给她裹上。宽大的衣衫将她娇小的身躯裹得严严实实。

渐渐地，倾城不再颤抖，只是嘴里喃喃自语般地说着"好困……"

易瑾轩一听便知道情况不妙。"顾倾城，倾城！"他轻轻地摇晃着倾城，可是倾城却依然说着，"好困……别吵我……"

"倾城，你不能睡！快醒醒！"易瑾轩拍着她的脸道。

"青儿，不要吵了……"倾城开始渐渐变得意识不清。

怎么办？若是再没有人来救援的话，只怕他们俩都要葬身在这雪顶山的洞窟中了。易瑾轩紧紧地蹙着眉，此时，他也没有任何办法，洞口被积雪堵得严严实实，他们只有坐着等待救援。

"倾城！二皇兄！"山上易瑾灏带人已经寻找了一整夜，却仍不见任何蛛丝马迹。易瑾灏虚脱地瘫倒在雪地上，"倾城，二皇兄，你们其中任何一个我都不能失去……可是为什么现在，你们两个都不见了！"

易瑾灏紧紧地咬着自己的唇，唇上的疼痛让他感到绝望，仿佛在提醒着他，这一切都是真的！二皇兄和倾城都遭遇了雪崩！

"倾城，你知道我为何都不过问你的身世吗？因为，你是我认定的女子，这一生，都不会再有第二人，所以不管你是谁，我只知道我爱你，也相信你……可是为何，你也不见了呢？你知道吗？没有你，我活不了！我的世界一定要有你！如若没有，我想，我的世界也将不复存在……"易瑾灏紧紧闭上眼，脑海里浮现出倾城美丽的长发，甜甜的微笑，清澈的眼眸……

"殿下，喝点水吧。"士卒见易瑾灏如此，也感到非常心疼，便递了水来。易瑾灏接过水，只喝了一小口，便又起身，"继续！"

"大家去那边看看！"易瑾灏满眼血丝，嘴唇干裂，却依然指挥寻找。

"九殿下！"突然有人大叫。

"何事？"

"那边，那边……"通报的人上气不接下气，还未等他喘过气来，易瑾灏便朝他指的方向跑了过去。那边，"斥电"在一堆雪旁拼命地用后蹄刨着土，还不时发阵阵嘶鸣声。

"殿，殿下，'斥电'一直这般，任我们去拽它，它也不走。"刚才通报的人追了上来，将刚才的情况告与了易瑾灏。

易瑾灏觉得事情不一般，便转身朝后面的人大吼道："快给我挖！"易瑾灏自己也上前，在厚厚的早已变得坚硬的积雪上用手疯狂地挖着。

大约挖了两个时辰，大家看见九殿下的手都挖得出了血，两手背冻得通红，那血滴在雪地上，好像一朵朵的红梅，凌寒开放……

众人见了便都不舍，劝道，"殿下，您就休息一会儿吧！"易瑾灏却是充耳不闻，继续挖着，他知道，二皇兄一定在里面，而倾城，也会在里面。他的直觉告诉他，他们现在很危险。

终于，又过了两个时辰，在大家的共同努力下，积雪被挖开了。隐隐地，易瑾灏看见洞里有两个倒在一起的人影，"倾城！二皇兄！"易瑾灏冲进洞中，伸手探了探两人的鼻息，很微弱。"快！快来救人！"他朝洞外大喊，自己却将倾城一把拥入怀里。她的身体冰冷，脸色惨白，易瑾灏脱下披风将她包起，把她抱出了山洞，又朝众人道，"快救二皇兄！"

易瑾灏抱着倾城疯狂地跑下山，倾城，倾城你不能有事啊！坚持住，我会救你的！易瑾灏心中呼喊着，脚下一步不停。

翊皇宫。

"二殿下回宫啦！"小太监朝乾坤殿跑去。

"什么！？"易南天突地站起，"轩儿，他回来了？"激动得那花白的胡须竟有些颤抖。

"是是，小的亲眼看到的。"小太监跪地回答。

"快！备驾，去瀚海宫！"

瀚海宫。

"淑云，轩儿他怎么样了？"易南天一进宫就看见肖淑云坐在易瑾轩的床头。

"陛下。"肖淑云起身行礼，"轩儿他并无大碍。"

"哦——"易南天走近易瑾轩，却看见他依然静静地躺在榻上，"既然无碍那为何轩儿到现在都不曾醒来？"该不会有什么事吧……不，他的轩儿不能有事！

"回陛下，轩儿只是受冻挨饿的时间太长，过于虚弱，御医说只要调养就可以了。"肖淑云柔声回答，她心里很高兴，没想到易南天竟如此疼爱她的轩儿。

"唔——"易南天仔细端详了瑾轩一会儿，便对肖淑云道，"既然轩儿没什么事了，那孤也先走了。"

肖淑云听了立即起身，"臣妾恭送陛下。"

宜安殿。

"王太医，她怎么样了？"易瑾灏紧紧抓住王太医的袖口。

"九殿下不必担心，倾城姑娘无碍。"

"她没事就好。"易瑾灏喃喃地说道。

"可是殿下，老奴有一个疑问，倾城姑娘身体这么差，为何还能在那样恶劣的环境下活下来？"王太医缕缕胡子，"啧啧——还真是个奇迹啊！"

"嗯，可能是吧。"易瑾灏没有想太多，只要倾城平安无事就好。

"嗯——"榻上的人儿有了动静，易瑾灏急忙上前。

"倾城，你醒啦！"易瑾灏将她扶起，并在她身后垫起一个枕头，让她靠着。

"嗯，我好饿。"倾城舔了舔唇畔看着易瑾灏，"有东西吃吗？"

"哦，有有！"易瑾灏转身将桌子上早已准备好的红枣燕窝粥端过来。

"好香！"倾城伸手想要接过瑾灏手上的粥，但没想却被瑾灏给挡下了，"你坐着就好，我喂你吧。"说着便将汤匙吹了吹，小心送到倾城嘴边，"小心烫……"倾城一怔，看着他缓缓张嘴。不知为什么，这样看着瑾灏心中有着满满的幸福感……

"还想吃吗？"易瑾灏微笑着问道。

"倾城？"见倾城神情微微有些呆滞，易瑾灏将手在她面前晃了晃。

倾城回过神来看向他。

"还想吃吗？"

"不了，我饱了。"她说着低下头，细若蚊蝇的声音响起，"谢谢你。"

"……"

"瑾灏！"她好像忽然想起了什么大叫起来。

"怎么了！？"易瑾灏还以为她出了什么事，赶忙走到榻前。

"二殿下他怎么样了！？"倾城紧紧握着他的手，神情很是焦急和担心。

易瑾灏见他如此模样，心中不禁有点疼，你有一天也会如此担心我吗？"二皇兄他没事，现在在瀚海宫休息。"

"那就好。"倾城放下一颗悬着的心，还好二殿下没事，要不然自己可就成千古罪人了！

易瑾灏紧握着拳，看见她听到二皇兄没事后放心的表情，他就觉得自己很悲哀，悲哀得连自己都觉得可怜，他不明白自己为何要这样。易瑾灏转身想要离开，忽然,他想到一个东西。

"这个还你。"他从衣服里掏出一个东西。

"银钗！"倾城看见银钗不禁惊喜，要知道自己可就是为了找这支钗才会险些丧命，所以，此钗失而复得对她来说是一件天大的喜事。但她这样的表情在另一个人眼里却不是这么回事了。

看见倾城这般高兴的样子，易瑾灏心中的妒忌和气愤便更加旺盛了，他紧紧地扣住倾城的肩，"顾倾城，你到底爱的是谁！你为何要这般折磨我！我不是你的玩偶！我是人啊！你为何让我一次又一次地伤心！我，真的不懂你……"易瑾灏疯狂地摇晃着倾城，流火的双眼，好似要把倾城烧化一般。

"你弄疼我了……"倾城低低地轻叫，她从没看过如此疯狂的易瑾灏。

听见倾城疼痛地低叫，易瑾灏恢复了些许理智，松开她的肩膀，"对不起！"他将头深深埋进手里，"对不起！倾城……"

倾城见他手上满是磨破的伤口，心中满是心疼和不舍，便抓起他的手问道："你的手怎么了！？"

"没什么……"易瑾灏赶忙抽回手。

"疼吗？"倾城关切地问。

易瑾灏无语，与其说手疼，还不如说心里更疼……

"你等着。"倾城快速下床拿来了药箱，帮他包扎。他伸出手，乖乖地放着，默默地看着倾城认真地帮他包扎着伤口。

"是你弄疼了我的心呀！"易瑾灏用只有自己听得见的声音说了一句。

"什么？"

"没有……我什么话也没说……"瑾灏朝她微笑。她怔怔地低下头，其实她听到了，都听到了，瑾灏……其实我也搞不懂自己到底是怎么想的。

第十二章 皇后交易

又是几个月过去了，春天悄悄地来临了。看着已经抽出绿芽的桂树，此刻的倾城又想到了那个被深埋在心底的人。

奕然，还有几个月就满一年了吧？你到底在哪里呢？你说你是一个剑客，剑客是不是很风流呢？而你，又会不会如此呢？是不是该忘了你？我想，忘记就不会痛苦了吧……可是这次，似乎是我应该说对不起，倾城苦涩地一笑，若当初她没有坚持进宫，今天也就不会如此了。

"姐姐，姐姐！"青儿满脸兴奋地跑来。

"我刚才在御花园看到一个绝世美女哦！"青儿说着夸张地瞪大了眼睛，以表示她看到的人有多么好看。

倾城微笑地看着激动的青儿，配合道，"哦，绝世美女？那有多绝世呢？说来听听。"

"那美人啊，长着柳叶弯眉，细细尖尖的；眼睛大大的，忽闪忽闪的；鼻子高高的；嘴巴小小的；皮肤粉嫩粉嫩的……"说着说着，青儿已经陶醉其中了。

"噗嗤——"倾城看着她这般花痴的样子一下笑了出来，"你这丫头，眼光一向差得很！还记得小时候你和我说街头有个小美男，谁知我去一看，竟是秃顶歪嘴满脸雀斑，还是个卖烧饼的！"倾城想起从前的事儿就不禁觉得好笑。

"哎呀！姐姐！那是青儿小时候不懂事，审美能力还很欠缺，自从我看过萧公子，九殿下和二殿下后，审美能力便有了大大的提高！"青儿自豪地说着。

"你这丫头……"

"瑾灏哥哥，瑾灏哥哥？"院外传来动听的呼唤，接着，一个窈窕的身影便走了进来。"你是……"倾城看着眼前的女子，一袭绿衫，黛眉弯弯，双眸水灵，正如刚才青儿口中的那个"绝世美女"。

"姐姐，我刚才说的那个绝世美女就是她。"青儿小声地在倾城耳边说道。

"大胆！居然以'你'来称呼我！？你可知道我是谁吗？我的姨母就是当今的皇后娘娘！"美貌女子叉着腰叫骂道，全然一派盛气凌人的架势。

倾城一听便知得罪不起，赶忙下跪道："小姐请恕罪，奴婢是去年才来的，所以不知……"

"嗯，起来吧。"绿衫女子听了，觉得情有可原，毕竟自己已经五年没在宫中了，这个新来的宫女不知道她是谁也是情理之中的事。"我问你，我瑾灏哥哥去哪里了？"

瑾灏哥哥？是说易瑾灏吗？倾城一愣，她叫得好是亲密。

"倾城！我回来了！"厅里传来易瑾灏充满活力的声音。

"瑾灏哥哥！"易瑾灏刚走进后院，便感觉有个人紧紧地黏在了自己身上，而这个人绝对不可能是倾城。

"走开啦！"易瑾灏一把将脖子上缠绕着的胳膊给拿开，"你是谁啊！？"看着眼前这个美貌的女子，易瑾灏问道，他不记得自己认识这样一个人啊。

"瑾灏哥哥，你不记得我啦！？我是小蝶衣啊！"女子娇嗲道。

"小蝶衣？谁啊？不认识……"易瑾灏又迅速在脑海里搜索了一遍，确实不认识啊！

"瑾灏哥哥你真坏！我要告诉皇后姨母去！"绿衫女子使劲儿跺着小脚，娇嗔着朝瑾灏叫道。

"啊！"瑾灏突然恍然大悟地大叫。

"瑾灏哥哥，你记得我啦！"绿衫女子见瑾灏记起的样子很是高兴。

"你不就是那个以前整天跟在我后面的那个跟屁虫玉蝶衣嘛！咦？你以前不是还挂了两条毛毛虫吗？怎么没了？"易瑾灏仔细地看了看玉蝶衣的鼻子。

"瑾灏哥哥！人家现在长大了嘛！"玉蝶衣晃动着易瑾灏的胳膊嘟着嘴撒娇道，却又令人感觉无比可爱。

看着眼前如此亲近的两人，倾城不禁皱了皱眉，觉得心里有点酸。"九殿下，玉小姐，我们还有事，就先告退了。"倾城俯过身，赶紧拉着青儿离开了后院。

"嗯，走吧走吧。"玉蝶衣高兴地看着易瑾灏，无视倾城的存在。

"倾城……"易瑾灏看向倾城离开的背影，想要追上去，但玉蝶衣却像粘在他身上一般让他动弹不得。

凤仪宫。

"姨母！"玉蝶衣亲昵地叫着肖淑云，上前抱着她的颈。

"嗯，好好，蝶衣，让姨母好好看看，五年不见可想死姨母了！"肖淑云乐呵呵地笑着说道。

下面的易瑾灏皱着眉，平时也不见母后说话如此恶心，只有见到这丫头才会这般。

"哎呀，我们蝶衣长成大姑娘了！瞧瞧，多漂亮，就像天上的仙女儿！"肖淑云满脸笑意地看着自己的外甥女开心地说道。

"姨母过奖啦！姨母才是仙女下凡呢！"玉蝶衣乖巧地依偎在肖淑云怀里。

"哟！瞧我们蝶衣这张甜嘴呀，真是甜死人了！对了，蝶衣呀，你也不小了，姨母帮你找个好夫婿怎么样？改天我叫皇子王孙们一起觐见，让我们蝶衣好好挑挑！"

肖淑云还真是喜欢这个外甥女。要知道，他们这个男尊女卑的社会从来都是男挑女，哪有女挑男的！

"不用了，姨母……"玉蝶衣双颊绯红。

"哦？不用了？"

"是，蝶衣喜欢……喜欢……"玉蝶衣害羞地转过身，"蝶衣喜欢瑾灏哥哥。"

瑾灏一惊，喜欢我？这下可真是大祸临头了！

肖淑云听后心中欢喜，瑾灏也算是自己的半个儿子，况且自己从小看着他长大，瑾灏的人品她再清楚不过了，"好啊，既然蝶衣喜欢瑾灏，那哀家就赐婚好了。"

"好啊！""不行！"两个声音在第一时间同时响起。

"瑾灏哥哥……"玉蝶衣有点伤心地看着他。

"哦？灏儿，你不愿意？"肖淑云有些诧异地看着瑾灏，心里也有几分恼怒。哀家的蝶衣有什么不好？人那样乖巧，模样那样标致……但她不知，纵使真的是天女下凡也进入不了易瑾灏的心，因为他的心早就满了，被那个叫做顾倾城的女子装满了。

易瑾灏跪在堂中，"是的，儿臣不愿。还请母后恕罪。"

肖淑云缓缓地起身道："灏儿啊，枉母后这么疼爱你啊，你太让母后失望了！回去好好想想！"说完便拉着玉蝶衣进了内院。玉蝶衣回头，有些幽怨地看了看易瑾灏。

"瑾灏，你太不懂事了！"易瑾轩有些责备地说着他。

"二皇兄，你不懂……"

易瑾轩看着眼前的瑾灏，不禁疑惑，这还是自己那个永远长不大的九弟吗？良久，他缓缓开口道："生于皇家，身不由己。"

易瑾灏一怔，果真身不由己吗？他偏偏不信这个邪，他要主宰自己的幸福！

"姨母不要嘛……我就要瑾灏哥哥娶我！！"玉蝶衣摇晃着肖淑云的膀弯，不停地央求着。

"好了好了，蝶衣乖，姨母会给你想办法的！"肖淑云轻抚着玉蝶衣的头安慰她。

宜安殿。

倾城在宜安殿的大堂内来回踱着步，好像在等待什么。忽然，一串脚步声由远及近随即进了殿，她转身一看，果然是他。

"你去哪里了？这么长时间……跟那个玉小姐干什么去了？走了都不打声招呼……"倾城向易瑾灏嘟着嘴，气呼呼地问了一连串的问题。

"呵呵，怎么？想我了？吃醋了？"易瑾灏呵呵地笑着。

"臭美！谁会想你！还吃醋！？啧啧——不过我还……"口中的话戛然而止，因为易瑾灏猛地拉过倾城，将她紧紧地搂在怀中。

龙涎香的香味又传入鼻中，倾城的身体有些瘫软，柔柔地靠在他的胸前。易瑾灏闭上眼，轻轻地吻着她的发丝，温唇轻轻地摩挲着她的发，磁性的男音低低地从头顶上方传来，"倾城……我想娶的是你。"

"瑾灏……"她的心仿佛在这一刻融化，再不能伪装，再不能逃避，这也许是注定吧！倾城闭上眼，依偎在他的怀里，眼眸低垂，朱唇轻启，"瑾灏，我爱你！"

易瑾灏猛然一怔，什么？她在说爱我？她说爱我是吗？倾城她爱我！易瑾灏睁开眼，对准那个娇艳欲滴的粉唇狠狠吻下，因为，倾城，她让他等太久了……

"唔——"倾城感觉自己的唇被猛然堵住，先是一惊，随后，缓缓地闭上眼睛享受这一切，纤手也慢慢环上了他的腰。

感受到倾城的接受，易瑾灏更是有了动力，在那粉唇上尽情地汲取，舌尖轻巧地撬开贝齿，享受着她口中的香甜。大手在那纤细的腰肢上不安分地游移，倾城有些颤抖，觉得浑身都开始燥热。

房中，两人火热的激吻还未结束。倾城有些喘不过气来，便侧过脸来贪婪地呼吸久违的新鲜空气，还未等她缓过来，双唇随即又被堵上，"唔唔唔——"任凭她再怎么挣扎也毫无作用。

易瑾灏轻轻地解开倾城的衣带，待她意识到，那粉红的亵衣早已暴露无遗，易瑾灏有点儿热血沸腾。

"瑾灏！"倾城惊呼，想要系上衣带，却被温暖的大手牢牢地按住。看着身下有些惊恐的人儿，易瑾灏的每一根神经都被挑动着。

"嗯——瑾灏……"口中不自觉地呻吟出声,"不可以……嗯——"听着倾城低叫,他吻向她的香肩,轻咬着她的肩胛骨。"瑾……灏……嗯——"轻声地唤他。

她感觉好像有什么硬物顶着自己的小腹,突然间,她恍然大悟,终于反应过来,猛地将他推开,用小得不能再小的声音说道,"灏……现在还不可以……"说完两颊绯红。

瑾灏微愠,"为何不可?"要知道他可是忍得够辛苦的。

倾城低眸不语,随后将衣衫整理好。

易瑾灏看到她走向门边,急忙问道,"你要走了吗?"

倾城开门微顿,轻轻低头,"嗯——"

易瑾灏听了,一阵失望。

"我爱你,瑾灏。"

易瑾灏木愣愣地看着倩影离去,良久,他才呵呵傻笑道:"小妖精,我也爱你啊……"

凤仪宫。

"灏儿,想好了吗?你可愿与蝶衣成婚?"肖淑云眯着眼问易瑾灏。玉蝶衣站在肖淑云身边,心儿都快提到了嗓子眼儿了。

易瑾灏嘴角微微上扬,我的幸福要由我来做主,"回母后,儿臣不愿。"

瑾灏哥哥……玉蝶衣手中的丝绢瞬间滑落。

"什么?"肖淑云大惊,然而随即便恢复,"哦,为何?"

"因为儿臣早有了深爱的人……"脑海里浮现出倾城的样子,易瑾灏就感觉到万分幸福。

"灏儿有深爱的人?哦?是哪家小姐?"肖淑云问道,其实她心中早就有数。

"是儿臣殿中的宫女,名唤倾城。"

玉蝶衣紧紧地咬着唇,她已经想起了那个叫倾城的宫女,没有自己出身高贵,没有自己美丽,可是为何瑾灏哥哥不喜欢自己,反而喜欢她?

"哦?我倒想见见这个宫女,看是什么样的女子让我的灏儿如此神魂颠倒。小蓉啊,你去宜安殿领那叫倾城的丫头到凤仪宫来,我瞧瞧。"肖淑云对身旁的宫女小蓉说着,易瑾灏看不出她脸上的表情,也猜不透她所想。

不一会儿,倾城来到凤仪宫。

"奴婢顾倾城参见皇后娘娘。"倾城跪身道。

"嗯。"肖淑云缓缓地扬手,"抬起头,哀家看看。"

倾城缓缓地抬起头,肖淑云看着下面的人儿,不禁一惊,她的眼睛和飘絮很像,一样灵动，一样美丽……该不会……不不不会的。肖淑云摇摇头。

"你是顾倾城？"

"是。"倾城很奇怪，为何皇后会突然把她叫来？是不是自己的身份已经暴露了？

"你好大的胆子！"肖淑云突然变脸，倾城被突如其来的大吼吓了一跳。

"母后！"易瑾灏也不知肖淑云是怎么了。

"大胆宫女顾倾城，居然以美色引诱九皇子，来人啊！给我施以杖刑！"

许多拿着杖棍的太监走到倾城身边，将她压在地上，倾城惊恐万分。

"母后，您误会了！儿臣和倾城是真心相爱的！而且是儿臣先喜欢倾城的，根本没有什么她引诱我。"易瑾灏向肖淑云大声解释道。

"灏儿不必多说，行刑！"肖淑云一声令下。

"啊——"杖棍一声声地落下，倾城惊叫着。她只觉得背后传来剧烈的疼痛，好像皮肉被撕裂了一般。

听着倾城惨烈的叫声，易瑾灏连忙跪下向肖淑云求情道，"母后，求求您饶了她吧！"

肖淑云没有说话，只是轻轻地闭上了眼。她听着那一声声的惨叫，犹如仙乐。她想着，就算你不是她的女儿，但谁叫你和她长得像呢。

见皇后没有回应，易瑾灏也不能就这样看着自己爱的人受如此大的折磨，于是上前将那些行刑的太监都推倒在地。

肖淑云听见安静了下来，"嗯？怎么没了声儿？"

"回皇后娘娘的话，九殿下拦着奴才们呢！"下面一个太监回禀肖淑云道。

"嗯——"肖淑云轻捏了捏鼻梁，"灏儿啊，你不可以这么不懂事的……来人啊，把九皇子拉到一边去！继续行刑。"

"九殿下，得罪了……"

"母后！"易瑾灏朝着肖淑云大叫，"啊！"

"倾城！"听见倾城的惨叫后，他又绝望地看向倾城，"不要……"他绝望地叫着。

"啊！"耳边传来倾城声声的惨叫，就好像一把把锋利的刀，生生地插进他的心脏……

瑾灏……倾城艰难地抬起头看向易瑾灏，他慌乱失措，无奈绝望。呵呵——瑾灏，我知道你也是爱我的……这也就足够了……虽然背上的疼痛还在拉扯着我的神经，而且我能清楚地听到杖棍打在背上的声音……但是我不怕……因为，有你……

"倾城……"易瑾灏被太监抓着，瘫倒在地上。

易瑾轩踏进宜安殿，不知为何，今天的宜安殿格外地安静。

"二殿下，你来找九殿下吗？"青儿突然看到易瑾轩站在厅堂中，便问道。

"嗯。"

"九殿下被皇后娘娘叫去凤仪宫了。"青儿告诉易瑾轩。

母后叫九弟去凤仪宫干什么？还是因为昨天的事么？易瑾轩想着。

也许是看出了易瑾轩心中的疑问，青儿又说道："对呀，也不知叫九殿下什么事，这不，刚刚还把姐姐给叫去了。"

"什么！你说倾城也被叫去了凤仪宫？"易瑾轩大惊。

"是啊……"青儿看着易瑾轩这样很奇怪，"二殿下，怎……"还没等青儿说完，易瑾轩便往凤仪宫跑去。

易瑾轩一踏进凤仪宫就看见凳子上的人儿背后早已被鲜血染红，奄奄一息了，而一旁的易瑾灏虽奋力反抗，但却被几人牢牢地按住，无能为力。

"住手！"易瑾轩大喝，肖淑云朝门口望去，见易瑾轩双拳紧握，嘴角不禁扬起一丝弧度。

"停……"肖淑云将手轻轻地抬了抬，又满脸笑意地朝易瑾轩望去，"轩儿，你怎么来了？这种血腥的场面你可瞧不得！"

易瑾轩心疼地看着身旁奄奄一息的顾倾城，向肖淑云道："母后，快叫太医来吧！"

"叫太医？轩儿，你可知道这个大胆的宫女胆敢勾引你九弟？按道理应该当场杖毙……还为她叫太医？"肖淑云轻描淡写地说着，好像一条命对她来说不算什么。

"母后！"易瑾灏声嘶力竭地叫着，"儿臣说过了，儿臣与她是真心相爱的！"

看着瑾灏如此，易瑾轩缓缓地跪下，沉声道："母后，请您看在儿臣的面上，放了她吧！"

看着眼前的人，肖淑云狭长的凤眸闪过一丝阴光，摆摆手，"罢了，既然我皇儿都替她求情了……来人啊，宣太医！"

"母后……"易瑾轩很吃惊，母后为何会如此爽快地答应？

"不过……"肖淑云拉长了尾音，"这条件就是轩儿你要和林左相之女林香儿成婚。"从前就和轩儿讲过这件事，但轩儿极力反对，看得出轩儿对这丫头也有意思，那今天就赌一把。轩儿，母后可都是为你好哇，你不要怪母后啊……肖淑云这样想着。

"母后……儿臣……"

"怎么样？轩儿，母后可不勉强你。"

"好……"易瑾轩淡淡地回答。

"好！"肖淑云大喜，"那么在半年内成婚！"

"二皇兄……"易瑾灏呆呆地说，没想到二皇兄为了倾城竟会答应皇后的条件……他对倾城竟是这般情深，为了倾城，他竟甘愿牺牲自己一辈子的幸福……

"二殿下……"倾城虽被折磨得神志不清了，但隐约中却听到了刚才的话。她不想要二殿下为她牺牲，却什么话都已经没有力气说出来了。

宜安殿。

"怎么会这样？姐姐，姐姐！"看着满身是血的倾城被九殿下抱回来，青儿惊呆了，明明去的时候还好好的……

看着榻上紧紧地闭着双眼的人儿，易瑾灏不禁自责，"倾城，都是我不好……要不是我，你就不会遭这份罪……"他紧紧地握住那双小小的手，放在唇边轻轻吻了吻，低声道："倾城，我易瑾灏此生定不负你！"

他让太医开了最上等的药材，希望对倾城虚弱的身体有所帮助。

第二天。

倾城觉着有些刺眼，微微睁开眼，原来已是日出时分了。

"好疼……"她轻轻地挪了挪身子。嗯？瑾灏？她看见易瑾灏趴在她床前睡得正香。

倾城微微地凑上前，仔细端详起眼前熟睡的脸庞，剑眉英挺，皮肤白皙，睫毛随着呼吸微微跳动。

倾城情不自禁地伸出一只手，上前轻轻地刮了刮他高挺的鼻子。她微笑，呵呵——真可爱……忽然，她想到了自己也曾这般看过奕然，当时，以为那就是永远，谁知，一朝分别竟再无音讯……

也许是感觉到了脸上的异样，易瑾灏忽然睁开了眼。

"倾城你醒啦！"易瑾灏满脸兴奋地说道，"还疼吗？"他心疼地问道。

"嗯——"倾城看着他，"瑾灏，二殿下他……"

"你昨天都听到了？"

"嗯。"倾城点头。

易瑾灏沉默了片刻道："倾城，二皇兄他，很爱你……也许，并不亚于我……"

"瑾灏！"倾城一惊，二殿下怎么会……爱自己？

"嗯。"易瑾灏轻轻点头。相信谁都看得出二皇兄爱倾城吧！只有她自己这个傻丫头还没有察觉。他敬佩二皇兄，他为了倾城可以如此付出，明知没有回报，却又这般义无反顾。

可是，自己不是二皇兄，没有他那么广博无私，他的爱是需要被回报的，需要对方用同等的爱来回报……他微笑地看着倾城，"你很快就会没事了……"然后轻轻地吻上她的额。

那些药果真有效，才不过几日，倾城背后的伤已经结痂，而且也不那么疼了。

想起易瑾轩，倾城心中便一阵愧疚。那么冷漠的二殿下却有着一颗如此温柔的心，相信那个林香儿日后一定会很幸福吧……倾城这般想着。

可是她殊不知，易瑾轩的温柔与付出只会给一个人，那就是傻傻的顾倾城。

为了表达自己的感谢之情，倾城一早便去厨房做了糕点，想要送给易瑾轩。

可她到了瀚海宫却不见易瑾轩的身影。嗯？二殿下会去哪儿了呢？她想着。忽然，瀚海宫后花园传来了悠扬的箫声，倾城便闻声而去。

到了后花园，只见易瑾轩正立于水榭旁优雅地吹着玉箫，他凝望着假山旁的一片紫竹林，神情专注，箫音袅袅，紫竹吵吵。微风掠起他金色的发带和黑色的衣角……顾倾城看着这样有些落寞的易瑾轩，不免伤怀。

感觉到有人看着自己，易瑾轩放下玉箫。他定定一看，是……倾城！他的身体有些紧绷，因为事到如今，他最不想见到的人就是倾城。

倾城向他走近，"二殿下，刚才的箫声很好听。"她露出动人的微笑。

好听？易瑾轩自嘲，每奏一曲，都像是尖刀戳在心上。倾城，你可知？刚才我心里想的满满的都是你！

见易瑾轩没有说话，倾城便将手中的糕点推到他面前，"二殿下，这是我亲手做的，尝尝吧。"

易瑾轩看着倾城，正准备伸手，只听见她低头小声说道："谢谢你上次救了我……对不起！都是我，你才会……"

易瑾轩放下微抬的手，冷冷道："不必了，你回去吧。"

"可是，二殿下……"

"你走吧，算是我一时的头脑不清。"

"二殿下……"倾城感觉得到他内心的痛苦。

"走！"易瑾轩有些狂吼。

倾城默默地看了他许久，慢慢地转过身，正要离开。

"不要！"她的身体被猛然拉入一个怀抱，"哐！"盘子和糕点都粉身碎骨。

易瑾轩痛苦地将脸埋入倾城的发中，"不要走……"低低的近乎乞求的声音从她肩上传来。

易瑾轩紧紧地抱着倾城，好像要把她揉进自己的身体一般。倾城有些微微吃痛，毕竟背后的伤还未完全愈合，但她并未作声，因为她知道此刻的易瑾轩是他这一生中最爱的人。

良久，易瑾轩放开了怀中的人儿，一切又恢复正常，"你爱瑾灏吗？"他不带任何感情地问着，就像问一个陌生人。

倾城想了想，瑾灏的模样跃然脑海，一抹儿微笑悄悄爬上嘴角，"嗯。"她坚定地点点头，"我爱他。"

她确定自己对瑾灏的心意，如此这般，就好。"你走吧。"易瑾轩淡淡地说，平静的脸上看不出一丝表情。

"嗯？嗯……"倾城看着他犹豫了片刻，转身，离开。

易瑾轩默然地伫立着，目送月白色的身影离开，就这么久久地，久久地，直到那抹倩影消失在视线中。九弟，倾城，祝你们幸福——易瑾轩扬起嘴角的微笑，真心地祝福——心中的疼痛却令他捂住胸口，抑制不住地皱眉。

二殿下，对不起……倾城想起刚才易瑾轩的模样儿便一阵心疼，是自己伤了他呀！她有些苦涩地笑了笑，不知自己是幸运呢，还是不幸！居然会让翊国的储君那样伤心。二殿下，祝福你吧，希望以后能遇到真心爱你的人……

顾倾城一踏入宜安殿，易瑾灏就将她揽入怀中，宠溺地问："倾城，你去哪里了？叫我好担心……"然后静静地闻着她的发香。

"我……去了瀚海宫。"倾城想了一会儿，还是决定告诉易瑾灏，"我做了糕点想送给二殿下，以表谢意。"

倾城只感觉拥着自己的怀抱一松，然后听到易瑾灏有点不自然的声音，"然后呢？"

"然后……然后他祝福我们……"倾城觉得还是不要全部告诉瑾灏的好。

"嗯——"瑾灏有些陶醉地闻着淡淡的发香。

倾城靠在他胸前，听着强有力的心跳，耳边，传来他微醺的声音，"倾城，我爱你！永远都不要离开我。"

又是三月，柳絮飘舞。

萧奕然在朱雀门前将其叔父斩首，并成功即位，成为新的越王。

"九弟，你快看。"易瑾轩一早来到宜安殿。

"二皇兄这么早前来是有何事？"

易瑾轩展开手中的画像，"九弟，你看，这是新的越王。"

易瑾灏只觉得画上的人眼熟，便在脑海里搜索起来，"萧奕然！"他突然想起，这画像上的人不就是萧奕然吗！

"嗯。"易瑾轩冷着面点了点头。

"没想到他居然是新的越王……"易瑾灏想着，"那倾城……"

"恐怕还不知情。"易瑾轩推测道，因为他不相信倾城会是萧奕然派进宫的奸细。

"那此事……"

"还是暂且不要与她说的好。"

"嗯。"

傍晚。

看见易瑾灏拿着张纸对着窗外发呆，倾城轻笑，这家伙又不知道在寻思什么。于是，轻轻地上前蒙住了他的眼睛，"猜猜我是谁？"俏皮的声音从背后传来。易瑾灏轻抚上眼睛上的那只小手，"我最爱的倾城。"

倾城心中一甜，却又佯作无趣道："真没意思，每次都被你猜出来……"双眸一瞥，瞧见他手中的纸，"是什么？给我瞧瞧！"便夺了易瑾灏手中的画来。

"倾城！"易瑾灏想要阻止，却为时已晚。

当倾城看到画像的瞬间，便面色发白，颤颤道："这……不是奕然吗？"

"嗯。"

倾城看向他，"那你怎么会有奕然的画像？"

易瑾灏想着，这件事也不能再隐瞒倾城了，便道出了实情，"萧奕然是越国新的王。"

"什么？"倾城瞪大了眼，"你说什么？"明明已经听得很清楚了，却又不想相信这个事实。

"不！不会的！奕然说他只是个剑客！"倾城大叫道，她不信奕然会骗他……不信！

"倾城，我没有骗你。"易瑾灏的大手抚上她的肩头。

"为什么？难道奕然一直都在骗我？"倾城伤心地呆坐在地上，自言自语。曾经那么深爱的奕然，居然一直以假身份骗着自己……曾经还以为，他就是自己一生的托付，原来，原来全都是假的！

看倾城的这般模样，她应该并不知道那萧奕然就是越国太子，易瑾灏暗暗地想着。待倾城情绪稍稍平复，他终于问出了口，"那，倾城，你，到底是谁？"

"瑾灏……"听着他的问话，倾城猛然抬头，撞上那双眸，她心里慌乱，"我……我……"

"倾城，告诉我！我不想深爱的人也那么欺骗我。"易瑾灏用手托起倾城的脸，看见她凝脂般的面颊上还残留着泪痕，那么梨花带雨，那么楚楚动人。

"我……"倾城颔首低眉，"奕然的师父说我是宇国公主，是江玄宇和叶雨眠的女儿。"

"你是宇国公主！"易瑾灏大惊，怪不得……怪不得她的眼睛和飘絮姐姐的那么相似。

待到倾城将一切都告与了他，易瑾灏低低地问："那么你来宫中……"

"是为了杀你父皇……"倾城如实道出。

"你！"易瑾灏更为震惊，猛然起身。

"瑾灏，我不是故意要骗你的！"倾城也起身解释。

"可是你居然想要杀了我的父皇！"易瑾灏大怒。

"可是你的父皇也杀了我的父母！"倾城咬着唇有些颤抖地叫道。

"那你进宫接近我……"易瑾灏微微地颤抖着身子，他不知道自己是怎么了，是害怕倾城会说出接近他只是为了报仇的话吗？

"不……不是的！我没有故意接近你！我来到宜安殿都是阴差阳错！"倾城慌张地解释。

易瑾灏看着眼前紧握双拳的人儿默然，"那，你，爱我吗？"

倾城抬头，看着那双清澈的眸，"我爱你！瑾灏。"

易瑾灏将她拥入怀中，轻轻地在她耳边低语，"这就足够了……"

"让我们都忘了，好吗？"

倾城靠在他的肩上，缓缓地闭上眼睛，心中渐渐平静，"嗯——"

"瑾灏！瑾灏！"柳飘絮来到宜安殿

她之前也得知了这瑾灏小弟弟为了自己所爱的人，居然公然反抗皇后。虽然自己真的很不喜欢那个肖皇后，但好歹人家也是国母呀，总要给点面子吧。

啧啧——没想到这个小瑾灏也有喜欢的人了，真是长大了呀。我倒要看看是什么样的女子竟让瑾灏这般……柳飘絮轻笑道。

一进厅堂，就看见一个水蓝色的身影在擦着桌子。那优美的腰身，曼妙的身段，不禁让柳飘絮也啧啧称赞，想来是个美人吧！

"九殿下去哪里了？"柳飘絮向那个背影问道。

"九殿下啊……"倾城转身刚要回答，就看见柳飘絮惊讶的表情。

"是你！"柳飘絮大惊。

"你是柳飘絮！"显然倾城也反应了过来。

"你怎么混进宫来的？"柳飘絮责问道。

"我……"倾城支吾着，一时语塞。

"你混进宫来一定有不可告人的阴谋！"柳飘絮上前一把拉住她，"跟我走！"

"你放开我！"倾城奋力挣扎，却也始终不能逃脱。

"姐姐，怎么了？"青儿见状大惊，便上前想要救出倾城，"你放开我姐姐！"

"大胆！"柳飘絮面色一正，"我可是当今的飘絮公主！要带这个女子面见陛下，难道还得听你的不成？"

青儿一愣，飘絮公主？待到她回过神来，倾城已被带出了宜安殿。

"青儿，怎么了？"见青儿面色焦急而来，易瑾灏疑惑地问道。

"飘絮公主把姐姐带走了，说是……说是要去见陛下……殿下，求您救救姐姐吧！"青儿跪地哭求道。

易瑾灏一惊，连忙跑出殿，飞快地朝乾坤殿跑去。

乾坤殿。

"飘絮公主求见陛下。"原祥向易南天禀告道。

"嗯，宣。咳咳——"

"陛下宣飘絮公主进殿！"

易南天笑呵呵地瞧着柳飘絮进殿，"飘絮啊，你可好久没来啦！……你旁边的这是什么人啊？"易南天瞥见了一旁的倾城。

"把头抬起来！"柳飘絮朝倾城说道。

倾城咬着唇，缓缓地抬起头来。在易南天见到倾城脸的一刹那，开始颤抖起来。"眠儿……眠儿……""陛下……"易南天缓缓地走下殿，慢慢地朝倾城走近。

"眠儿……"易南天在倾城面前蹲下身，伸手轻抚她的脸颊，"眠儿，我的眠儿……你终于肯见我了……"倾城惊诧地看着他，发现面前的中年男人早已热泪盈眶。

"父皇，她……"柳飘絮刚想说她不是叶雨眠，易南天却摆手让她不要出声。

"父皇！"这时易瑾灏也赶到了乾坤殿。易南天同样摆摆手，让他不要说话。

"眠儿，这些年，你一点都没有变，还是那么美丽……"易南天抚摸着倾城的脸庞说道。

突然，他站起身，快步走回龙座前，激动地说："眠儿，做我的皇后吧！孤立刻拟旨！"易南天拿起笔来就准备拟圣旨。

"噗！"突然，一口黑血从口中喷出。"陛下！"原祥大叫，只见龙笔在他手中缓缓地滑落，易南天向龙座倒去。

"父皇！"易瑾灏和柳飘絮两人同时大叫着朝易南天跑去，只留倾城一人在殿下愣愣地跪着。

良久，原祥悲痛道："陛下驾崩了！"

他死了？顾倾城呆呆地跪着，看着上面的人手忙脚乱的样子，这才意识到，原来，他真的死了。

宜安殿。

倾城走进易瑾灏的房间，见他一人呆呆地坐着。易瑾灏感觉有人轻抚他的肩，回过神来，原来是倾城。

"瑾灏，我……"倾城想要说对不起，如果不是她，易南天也许不会死。

"不是你的错。"易瑾灏打断她，"我都看见了，这不是你的错。"易瑾灏双眸黯然，"可是父皇却去了……"

看着他伤心的模样，倾城心疼地上前紧紧抱住了他，如玉般的下巴轻轻地顶着他的头，"瑾灏，你还有我。"

翊王易南天驾崩，王位传与二皇子易瑾轩，月末进行了登基大典。

看着高高在上的易瑾轩，一身明黄色的龙袍，衣身前后金龙腾飞，脚着祥云龙靴，头发用金灿灿的王冠高高地束起。倾城微笑，他一定会是个勤政爱民的好帝王。

越国皇宫。

"师父，翊国传来消息，易南天已经死了，现由其第二子易瑾轩继承王位，那倾城是不是就可以回来了？"萧奕然有些激动地问着蒙面人。

他死了，易南天真的死了！蒙面人有些得意地狞笑，不过还是让他快活了这么多年。

"师父？"见师父并没有理睬自己，萧奕然又尝试地叫了叫。

"嗯？"蒙面人回过神来。

"徒儿说倾城是不是可以回来了？"

"倾城？"蒙面人听了为之一怔，随即又笑道："看来然儿真的很喜欢她呀！"

"嗯？"萧奕然诧异，他没想到师父会说出这样的话来，"是。"他颔首，"我真的很喜欢她……不，是爱！她是第一个走进我心底的女子。"

蒙面人见他这般模样，无奈地摇了摇头，"然儿，还有最后一件事。"

"何事？"

"你去翊皇宫，杀了易瑾轩。"蒙面人从牙缝中挤出这几个字，不带有一丝温度。

"师父……"萧奕然有些不懂，为何一定要自己去杀易瑾轩，就像一定要让倾城去杀易南天一样，然而蒙面人下面的一句话却让他欣喜，"杀了易瑾轩，你就可以将顾倾城带回来了。

"真的，师父？"

"嗯，为师何时骗过你？"

晚上，萧奕然满脑子想的都是倾城。他坐在水榭里静默地想着，倾城，时间过得好快，一别就快一年了，不知你是不是特别想我呢？你知道吗？我每天都在想你，想念你的微笑，想念你的发香……

他掏出放在衣服里的那一束发，发上系着粉红的蝴蝶结，他久久地凝望着手中的发，温柔地微笑。不过倾城，我们很快就又可以相见了。

待我杀了易瑾轩后，就带你逃出那个鬼地方。我带你来越国，到时候我会让你成为我萧奕然唯一的皇后！

"轩儿啊，准备何时与左相千金大婚啊？"肖淑云问道。看见儿子穿着明黄色的龙袍在殿上认真地批阅着公文，她很是欣慰。

"缓缓吧，儿臣这段时间实在太忙。"易瑾轩淡淡地说着。他真想就这样一直拖着，最后，一辈子都不与那个林香儿成婚。

"唔，也是。"肖淑云点点头，但她心中可是了然得很啊！她转过头露出精明的一笑，母后一定会让你们尽快成婚的。

宜安殿。

"姐姐，我们出宫吗？"青儿在房中小声地问倾城。

"出宫？"倾城愕然，是啊，当初进宫就是为了报仇，现在易南天都已经死了，自己还要留在宫里吗？可是……她似乎已经离不开了……她更不想重蹈和奕然的覆辙……

"姐姐，我知道你心中的不舍。"青儿微笑，"要不，我们就待在宫里吧！"

"青儿？"倾城惊喜。

"嘿嘿，姐姐，这近一年的时间，我和燕儿、吟儿还有小灵、小巧都有了很深的感情，要分开，我可舍不得呢！"青儿夸张地说着。

青儿……倾城看着青儿心里很是感动，她知道，青儿这样都是为了自己。

"姐姐，你怎么了？"青儿的小手在倾城面前晃了晃。

"没事。"她会心地微笑，"睡吧。"

"滴答，滴答——"窗外的雨从昨晚下了就不曾停过。雨滴从飞檐上滴下，落在树叶上，声音是那样清脆、悦耳。倾城手扶着窗框，安静地听着雨声。

忽然，房中走进一个人影，还未等倾城反应过来，一巴掌早已赏了过来。

"飘絮公主？"倾城惊愕地叫道。

"啪！"又是一巴掌。

"你为何打我？"倾城显然也生气了。

"为何打你？真是好笑……"柳飘絮冷笑道，可是眼角却流下泪来，"都是因为你！不是你父皇就不会死！"柳飘絮伤心欲绝，易南天是最疼爱她的人，而如今他却不在了……

"不是我！"倾城想要辩解。

"不要狡辩了！"柳飘絮疯狂地朝她大叫。

"我说了，不……"倾城刚想说，却被柳飘絮掐住了脖子，使劲将她朝窗边推去。

"不是……我……"倾城想要辩解，却感觉脖子被越掐越紧，呼吸也越来越困难。

"我要你给父皇陪葬！"柳飘絮愤怒地将倾城的身体向窗外推去，她的大部分身子已然在窗外了。雨滴落在她的额头上，冰冰凉凉的，有些惊心。倾城颤抖的身体好像风中摇曳的树叶。

忽然，身体嗖地一下被拽回了室内。"咳咳——"脖子上的枷锁也没了，倾城委屈地揉着早已被掐红的脖子。

"飘絮，你疯了吗？"易瑾轩如保护神般挡在倾城面前，气愤地对柳飘絮说道。

"瑾轩，你让开！我要杀了她！都是因为她父皇才……"

"飘絮，你误会了！倾城她没有……"

"没有？"柳飘絮冷笑道，"看来你也被她迷惑了！她就是个狐狸精！"

"啪！"一记响亮的耳光猛地响起。

"易瑾轩，你打我？你居然为了她打我！"柳飘絮愤恨地看着易瑾轩。

"飘絮公主！"倾城眼看着柳飘絮哭着跑开。

易瑾轩颔首看着地上，也许刚才那一巴掌太重了……

"你没事吧？"他转过脸来询问倾城。语气虽然平淡，但其中包含的关心，倾城能够听得出。

"没事。"倾城揉了揉脖子，摇摇头。

他没有说话，只是将手慢慢地伸向她有点发红的脖颈。倾城感觉脖子上凉凉的，原来他的手竟是这般冷。她就这么看着他，看着那双与奕然相似的眸。

"我……没事了。"倾城眼眸低垂，"二殿下，你去看看飘絮公主吧。"

易瑾轩收回了手，静静地看着她起身，握紧了拳，"自己保重。"淡漠的声音传来。倾城一愣，二殿下，对不起……

这是……倾城低头猛然瞥见脚边有一块玉佩。拾起一看，上面是飞龙雕身，整块玉雪白而又透着金光,这一定是二殿下刚才落下的吧。她将玉佩握在手里,想着趁他现在还未走远,应该还能追得上!

御花园。

"瑾灏哥哥!"娇滴滴的声音从背后传来,易瑾灏便有了不好的预感,"啊,是你啊……"

玉蝶衣撒娇似的嘟起了小嘴,佯装生气道:"看来瑾灏哥哥见到蝶衣不是很开心啊。"

本来就不开心!易瑾灏心中暗自这样想着。

"瑾灏哥哥?"

"嗯?"易瑾灏回过神来。

"瑾灏哥哥,你还记得咱们小时候的事吗?"玉蝶衣娇嗔着问道。

"小时候?小时候有什么事吗?"易瑾灏很是疑惑,没记得小时候和这丫头有什么事啊。

"哼!瑾灏哥哥你真坏!你忘了八岁那年说长大后要娶我的!"玉蝶衣嘟起小嘴对易瑾灏表示不满。

"啊?"易瑾灏震惊,自己什么时候说过这话啊?

随即忽然想起,八岁那年,有一天,他为了去宫墙边抓蛐蛐,便逃了学,谁知被玉蝶衣这丫头发现了,偏要去向母后告状。于是,自己便千求万求,最后她终于答应了,条件却是要自己答应她,长大后要娶她为妻。

当时只想着逃课的事不要被母后知道就好,就随便答应了,况且自己也压根就没打算兑现,谁知道她到现在还记着啊。

"八岁啊……"

"瑾灏哥哥你记起来了?"玉蝶衣甚是欣喜。

"蝶衣啊,那只是小孩子间的玩笑。"

玉蝶衣一听他这话,便吵闹了起来,"瑾灏哥哥你不守信用!你说过要娶我的!你说过的!"

这事看来有点难办,易瑾灏很是为难。

忽然,玉蝶衣的脸色一变,便开始哭泣起来,"呜——瑾灏哥哥,我知道你不喜欢我……我知道我脾气不好,但你说出来啊!我改还不行吗?我肯定改!呜呜——"

"蝶……蝶衣……"瑾灏显得有些手足无措,缓缓伸出手轻放在玉蝶衣的肩上,想要稍微安慰她一下。

"瑾灏哥哥！"谁知玉蝶衣忽然就顺势扑进易瑾灏的怀中，"瑾灏哥哥，你知道我有多喜欢你吗？呜呜——蝶衣从很小的时候就开始喜欢你了……并且这么多年，蝶衣的心从来就没有变过。呜呜——"

　　玉蝶衣越哭越伤心，最后干脆就完全伏在易瑾灏的胸前抽泣。

　　"蝶衣……"易瑾灏心中多少有些动容，毕竟一个女孩子可以这样放下自尊向他表露爱慕之情，是需要一定勇气的。但他心中已有了倾城，并且满满的，都是她，再没有位置留给别人。易瑾灏将玉蝶衣从自己怀里拉起，"蝶衣，对不起，我爱的是倾城！"

　　"倾城？就是那个宫女吗？她有什么好？既没有我漂亮，也没有我身份高贵，瑾灏哥哥你为何会喜欢她！？她这般低贱，根本配不上瑾灏哥哥！"玉蝶衣咬牙切齿地说着，她打第一眼儿就不喜欢那个叫顾倾城的宫女。

　　"住口！"易瑾灏怒叫道，"我不许你这样诋毁倾城！"

　　"瑾灏哥哥……"玉蝶衣恐怕是从未见过这样的易瑾灏，脸上露出惊恐之色。

　　"我走了！"易瑾灏气愤地说着，恐怕再在这儿也是多说无益。

　　"瑾灏哥哥！"玉蝶衣连忙拽住了他的袖口，不让他走。

　　"松开！"易瑾灏低吼道。

　　"我不！"谁知这玉蝶衣也是这般倔强。

　　"啊！"易瑾灏愤愤地将手臂一甩，因为刚刚下过雨的缘故，御花园的土地特别的湿滑，玉蝶衣被他这么用力一甩，便整个人仰面朝后倒去。

　　"蝶衣！"易瑾灏见玉蝶衣快要跌倒，便上前一手环着她的腰，一手将她拽了起来。

　　玉蝶衣则就这样顺理成章地靠在他结实的胸前，有些害羞，但更多的是喜悦，她的瑾灏哥哥还是关心她的！

　　"你……"哐当！易瑾灏刚想说话，却被远处的一阵吵闹声打断。他朝吵闹声传来的方向望去。

　　"你是哪个宫里的？没长眼睛啊！"一个小太监边捡着地上的碎瓷片边叫骂道。

　　"对，对不起……"一个月白色的身影在说了这句话后就逃也似地慌忙跑开。

　　"倾城！"易瑾灏赶紧放开玉蝶衣，因为他认出了那个熟悉的身影，是倾城……于是他连忙朝着倾城跑开的方向追去。

　　"哼！顾倾城！我会让你好看的……"看着易瑾灏离去的背影，玉蝶衣一改平时的乖巧可爱模样，面露凶相地说道。

　　"呜呜——"一路上倾城都在用手捂着脸哭泣。刚才，刚才她看见瑾灏抱着玉蝶衣是那么亲密，他们看起来是那么般配。

　　瑾灏是皇子，玉蝶衣也身份高贵。而自己呢？现在什么也不是，只是一个低贱的宫女,自己如何能配得上瑾灏?纵使瑾灏爱她,但那又能怎么样呢?他毕竟是皇子,是"身份高贵"的皇子!

"倾城!"后面瑾灏焦急的声音传来。是瑾灏!倾城加快了小跑的速度,她不要让瑾灏看到她现在这副模样。

倾城快速跑进宜安殿,将自己关在房里。

"倾城!倾城你开门啊!"门外,易瑾灏焦急地敲着门,而倾城却只抵着门哭泣。

"倾城你不要误会了,我和玉蝶衣没什么!刚才只是她要跌倒时我拉了她一把。"易瑾灏在门外努力地解释着。

"呜呜——"房内的倾城泣不成声,"我没有误会,我也没资格误会。呜呜——瑾灏,对不起,我配不上你!"倾城咬牙说出了这让自己泣血的话。

"倾城……"易瑾灏的心也跟着痛了一下,他想不到倾城会这样想,"倾城,我爱的是你!只是你!不管你是谁,我只知道我易瑾灏爱的都只有你顾倾城一人!"

倾城心中一动,却也始终不开门。

渐渐地,门口没了动静,倾城苦笑着自嘲,他该走了吧?走了也好,他与玉蝶衣原本就很相配,我算什么呢?

"姐姐,姐姐快开门,我是青儿!"青儿银铃般的声音传来。

是青儿。倾城起身,无力地将门开启。在门开启的一刹那儿,一个高大的身影突然闯了进来,不是青儿!倾城心中一惊,来人紧紧抱着她,那感觉是那么熟悉——瑾灏。

"倾城,我爱你!真的很爱你!所以,请你不要离开我好吗?没有你我会活不了的。"耳边传来幽幽的男声。

"瑾灏……"忽然,倾城感觉耳朵有些酥麻,她软软地伏在易瑾灏的胸前,易瑾灏轻舔着她的耳垂,用舌尖戏弄着,将它含入口中。

"我爱你……我爱你……"耳旁不时地传来瑾灏深情的告白声,倾城便彻底妥协了。

"我……"她的唇被堵住,他的舌尖灵巧地探入,空气瞬间变得粉红,暧昧的气息在整个屋内蔓延……

"哎呀!"门外的青儿尖叫了一声,倾城赶紧离开瑾灏的怀抱,但脸上依旧泛着红晕。青儿不好意思似地呵呵笑着,捂上眼道:"我什么都没看见,什么都没看见……"

"都怪你!"倾城红着脸对瑾灏一阵娇嗔。

"嗯?"瑾灏顿觉万分无辜,便向青儿抛了个无辜的媚眼,而青儿却假装没有看见。

院中月下。

两人坐在桂树下看着天空中的月亮。

"倾城，你说那月亮是不是很美呢？"易瑾灏微笑地看着天空，眼里装满温柔。

"嗯。"不知为何，每次看到月亮都会想起奕然。想起和奕然的相遇，就好像是一场梦，一场很美好的梦，一如奕然般美好……曾以为他就是那个可以陪自己共度一生的人，可是一切都好像是自己的想象，不切实际……为何与她有关系的男子身份都如此特殊呢？如果可以选择，她宁愿他们都是普通人，过着普普通通却又幸福快乐的生活。

"倾城？"耳边传来瑾灏温柔地呼唤。

倾城微笑，"嗯，很美。"她轻轻地靠向瑾灏的肩膀，感觉那里就是她的避风港。易瑾灏颔首，轻轻地吻了吻她的额。月下，两人都各自在心中说了一句"我爱你"。

凤仪宫。

"姨母，我不管！我一定要嫁给瑾灏哥哥！姨母！"玉蝶衣轻扯着肖淑云的衣袖哭闹道。

"哦哦，蝶衣乖……"肖淑云轻抚玉蝶衣的头，脸上露出难得一见的慈祥之色，像安慰小孩般安慰着玉蝶衣，"蝶衣放心，姨母一定会让你如愿的！"肖淑云向玉蝶衣打了包票，一副胸有成竹的样子。

"真的？"玉蝶衣欣喜地睁大了双眼。

"是啊！姨母什么时候骗过蝶衣了？"肖淑云侧脸看着玉蝶衣，"快，擦擦小脸上的泪水，都不漂亮了！"说着便用自己的丝绢轻轻地擦着玉蝶衣的脸。

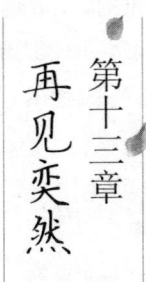

第十三章 再见奕然

倾城收拾着床铺准备就寝,忽然碰到床单下有什么硬物,掀开一看,竟是当日易瑾轩的玉佩。倾城懊悔,竟然把这事给忘了,原本那日就该还回去的,却不想……都怪瑾灏!倾城愤愤地想着。

她看了看窗外,天已经很黑了,不过看这玉佩这么华贵,还是早早还回去的好吧!

乾坤殿。

易瑾轩坐在书桌前看着这几天的奏折,殿内很安静,因为他喜欢清静,所以调离了一些贴身的侍卫和太监。

一阵风轻轻吹过,桌上的烛火抖了抖。易瑾轩微微地皱了皱眉,又低头看向奏折,随后用冰冷的声音说道:"出来吧。"

话音刚落,一个黑色的身影便从窗子翻入,也用冷冷的声音说道:"翊王好功夫。"

"你也不差,能逃过外面这么多的士兵,不是吗?"易瑾轩露出带着寒意的微笑,抬起头。

"是你!"萧奕然一惊,怎么会是他……

"怎么?你认识我?还是以前见过我?"易瑾轩挑眉。因为萧奕然蒙着面,所以易瑾轩并未认出他是谁。

萧奕然微微一笑,道:"对不起,无可奉告。而且,你,永远也不会知道了!"

"是吗？"易瑾轩眼角寒光一闪，拿起身旁的玉箫"墨竹"一下跃过书桌。萧奕然眉眼一聚，拔出"射日"。房间内刀光剑影，顿时充满了杀气。萧奕然一剑向易瑾轩劈来，却见易瑾轩灵巧一躲，剑便劈向了桌上的那盏灯，灯被劈得粉碎，屋子一下被黑暗淹没了。黑暗中两人都是靠着听觉来辨别对手的方位，两人武功不相上下，打了一阵却难分伯仲。

"哼哼，功夫不错嘛！是个不错的对手！"萧奕然手持"射日"笑着说。

"你也不赖。"易瑾轩淡淡地赞着。

"虽然不错，但是……"萧奕然拖长了尾音，"今天就是你最后一次施展了！"说完便扬起"射日"。

"是吗？"易瑾轩举起"墨竹"迎上。

咦？怎么乾坤殿内黑漆漆的？没有人吗？可是二殿下一般都在啊……乾坤殿外，倾城看见漆黑的殿内疑惑地想着。

"二殿下！二殿下你在吗？"

"倾城！"易瑾轩心中不禁一惊，她这时怎么会来？

倾城！是倾城！萧奕然心中狂喜，可是他一想，现在还不是见面的时候，他不要让倾城见到他这般模样，至少要让他解决了易瑾轩以后。于是萧奕然又对易瑾轩发起了进攻，想要速战速决。

嗯？难道二殿下不在？会去哪里了呢？倾城犹豫着要不要在这等他回来。

哐当！打斗中一个茶杯被打碎在地。

什么声音？……难道二殿下出事了？倾城立即跑向乾坤殿，推开房门。

"二殿下！"倾城担心地叫着。

"倾城！"听见易瑾轩叫着自己的名字，倾城松了一口气，他没事。

"二殿下，你没事吧？"倾城关切地问道，"为何不点灯？"

"嗯。因为……"

听见倾城对易瑾轩如此关心，萧奕然心中便燃起了一把怒火，他又提起刀，猛地向易瑾轩刺去。

当当！倾城听见利器碰撞的声音，不禁紧张了起来，"二殿下，你怎么了？"倾城摸着黑向声音传来的方向走去。

"啊！"因为看不见，倾城被什么东西绊倒了。

"倾城！"躲开萧奕然的剑，易瑾轩急忙向倾城走去，将她扶起。倾城！萧奕然心中一惊，手中一松，当的一声，他手中的射日应声落地。

看见易瑾轩如此地担心倾城，便知他对倾城的感情不浅。想到这儿，萧奕然不禁身上充满杀气,他拔出靴中的小匕首快速走向易瑾轩。易瑾轩感觉有人走来,立即护在倾城身前。

"噗——"倾城感觉脸上一阵温热,怀里顿时一沉,血腥味顿时从鼻腔弥漫开来。

"二殿下!二殿下你怎么了?"倾城惊慌地摸索着。

"有刺客!有刺客!"顿时吵闹声喧天,火光四起,殿外的火光照亮了黑暗的乾坤殿。倾城看见易瑾轩虚弱地倒在自己怀里,胸口处还插着一把匕首。"二殿下!"

宜安殿。

"青儿,倾城呢?"易瑾灏看了看屋内,倾城不在,便问道。

"姐姐刚刚出去了,好像是去了乾坤殿。"

"乾坤殿?"易瑾灏心中微微一沉,倾城去找二皇兄何事?

"哎!殿下,你去哪里啊?"青儿看着跑出房的易瑾灏叫问道。

"乾坤殿!"

路上,忽听有人喊着"有刺客",易瑾灏便跟着他们先去抓刺客。

萧奕然见来了很多侍卫,便拿起"射日"想要先逃出去。走到窗前,他定定地看了一眼抱着易瑾轩的倾城。倾城……

倾城感觉有什么异样,便抬起头。她看见一个黑衣蒙面人站在门口正看着自己。是他,就是他伤了二殿下!萧奕然看见倾城看向自己便准备离开。

"不许走!"倾城上前准备抓他,但他身手太快,倾城只抓住了他的面巾。

在看到面巾下的那张脸时,倾城脸上顿时血色全无。

"倾城……"萧奕然有些痛苦地叫着。

"抓刺客呀!"屋外传来叫喊声,萧奕然回过神来,破窗而逃。

"倾城……"地上易瑾轩虚弱地叫着倾城的名字,倾城也回过神来,"二殿下!"她将易瑾轩轻轻地拥在怀里,"二殿下你怎么样了?"

"我……噗——"易瑾轩又吐出一大口血。

"二殿下,呜呜呜——你不要吓我啊!"倾城慌乱地擦着易瑾轩嘴角的血迹。她握住匕首想要将它拔出,谁知易瑾轩又吐出好大一口血。

"二殿下!"

"倾城,好好地照顾瑾灏和自己……瑾灏……瑾灏将是翊国的希望,叫他好好治理国家……当个好帝王……"易瑾轩艰难地说着。

"二殿下,你说什么呢?二殿下!"倾城害怕极了,她很害怕易瑾轩就这样死去。

"倾城……你知道吗?我……和瑾灏一样……爱你……"易瑾轩露出从未有过的温

柔的微笑。

"二殿下！呜呜呜——"倾城早已泣不成声。

"可以叫我瑾轩吗？……咳咳——就这一次……"易瑾轩虚弱地请求着。

"呜呜——瑾轩……呜呜——"

"呵呵——"易瑾轩忽然满足地笑起来，"再见了，倾城……"

他的手慢慢滑落，身体也渐渐失去原有的温度。

"瑾轩！瑾轩！"倾城疯狂地摇着易瑾轩的身子。

哐当！有人破门而入。

"倾城！"易瑾灏只见眼前一片狼藉，满地鲜血，"二皇兄！二皇兄！"易瑾灏走近易瑾轩，"倾城，我二皇兄他怎么了！？"

"二殿下他……他……他死了！"倾城伤心地痛哭起来。

"不会的！不会的！"易瑾灏不敢置信地直摇头。

"瑾灏……二殿下他真的死了！呜呜——他还叫你要当一个好帝王……呜呜——"倾城悲痛地说着。

"二皇兄！二皇兄！你不要丢下瑾灏！"易瑾灏拼命摇晃着易瑾轩的尸体，希望他能有所反应……倾城悲痛地看着瑾灏，她明白易瑾轩的死给他带来的将会是多么沉痛的打击。

"为什么会这样？为什么？"到底是谁？到底是谁杀了二皇兄？忽然，易瑾灏看见了倾城沾满鲜血的手和手中握着的那把匕首。

易瑾灏想起刚刚青儿说的话，倾城来乾坤殿找二皇兄有事。难道是……易瑾灏眼光骤然变冷，咬着牙问道："倾城，你看到是谁干的了吗？"他的语气前所未有的冰冷。

"我……我……"倾城支吾着，她不能说出那个人就是奕然，因为奕然现在是越国的王，如果瑾灏知道是他杀了易瑾轩，肯定会举兵报仇，到时候翀国和越国的人民都将承受无尽的战乱之苦。

"是谁？"易瑾灏抬高了声调。

"我没有看见……"倾城低下头去。

"你说你没有看见，可我听青儿说你很早就来乾坤殿了，难不成刺客会隐形不成？"易瑾灏看着他，冰冷的脸上没有一丝表情。

倾城骤然抬起头，"瑾灏……你怀疑我？"

"人赃并获！"易瑾灏示意她看自己的手上。

"啊！"倾城看见手中的匕首惊吓得一把扔了出去，"你误会了！不是我！"

易瑾灏双拳紧握，背过脸不看她，"来人，将这个刺客押入天牢！"

"瑾灏！瑾灏！"任凭倾城再怎么呼喊，易瑾灏始终不曾回头，倾城，你为何……瑾灏狠狠地咬唇，血缓缓地流入口中，腥咸的气味在口中蔓延。

天牢。

"瑾灏……我没有……"倾城失望地看着牢门，她不知为何瑾灏会怀疑自己，她的心好痛，既痛心易瑾轩的离去，也痛心萧奕然的无情，更痛心易瑾灏的不信任……

"放开我！你们放开我！"牢门外传来一个女声。

牢门被打开，"进去吧！"随之一个小小的身子被扔了进来。

"青儿！"待看清来人是谁后，倾城赶紧上前将青儿扶起，"青儿你没事吧！？"

"姐姐！？姐姐你怎么也在这里？九殿下怎么了，为何会将我们关在这里？"青儿揉揉膝盖不解地问道。

"他，居然将你也抓进来了……"倾城默然，看来他果真以为自己就是杀二殿下的凶手。

"姐姐，这到底是怎么回事？"

"二殿下被杀了……"

"什么？"青儿很震惊，"怎么会……难道……"青儿看向倾城，"莫非九殿下以为是你……"

"嗯——"

"九殿下怎么能这样！"青儿很气愤地叫道。

倾城低下头来，看着自己沾满鲜血的手，"这也不怪他，二殿下毕竟是他最敬爱的人，是他会用生命保护的人……"

"轩儿啊！我的轩儿！！你可叫母后怎么活下去啊！！"撕心裂肺的哭喊声传来，肖淑云悲痛地伏在易瑾轩的灵柩上恸哭不已。

全皇宫的人都穿着素白的孝衣伏地而跪，因为翊王的驾崩，翊国举国哀悼。

号角哀鸣，该入皇陵了。

"二皇兄，永别了……瑾灏一定会为你报仇的，不管他是谁……"看着瑾轩含笑的面庞，易瑾灏有些疑惑，为何二皇兄这么坦然？这样的微笑就连他在世时也未见过几次……

"入葬！"法师的声音传来。

"轩儿，我的儿！"肖淑云想要去阻拦，却被易瑾灏等人拦住，"呜呜呜——"这是一位母亲对儿子的爱，纵然这个母亲是母仪天下的皇后。

"是谁，是谁杀了轩儿？"肖淑云对着易瑾灏愤怒地大叫，仿佛他就是杀害易瑾轩的凶手。

"母后请放心，儿臣一定会找到凶手的！"易瑾灏对肖淑云抱拳道。他没有告诉肖淑云倾城的事，因为他还不能最后确定，可是证据就在眼前，要他该如何相信她是无辜的？

乾坤殿内。
"都处理好了吗？"低沉的声音传来。
"是，殿下，那天看到的侍卫已全部灭口。"御前侍卫总管风尘颔首抱拳说道。
"嗯，很好。你先下去吧。"
"是。"
一切都处理妥当了，易瑾灏眯了眯眼，现在就只剩下一件事了……
天牢。
"吱呀——"刺耳的声音传来，是牢门打开的声音，有什么人来了吗？倾城抬起头，对上那双熟悉的眸，只是，今天的这双眸，带着深深的冷漠和怨恨。
"九殿下！"青儿看见易瑾灏显然有些激动。
而易瑾灏却不理睬，只是摆摆手道："把她先带下去。"
"想好了吗？"冷冷的声音响起。
倾城有些震惊。这，还是那个她曾经熟悉的瑾灏吗？还是那个在月色下温柔低语地说永远爱她的瑾灏吗？怎会，如此冷漠？难道二殿下的死对他的影响如此之大？
"瑾灏……"倾城轻唤道。
"住口！不要叫我的名字！"易瑾灏朝她怒叫道，"是不是你早有预谋，嗯？"
"瑾……"倾城顿住，她不想这样的话竟从瑾灏口中说出，"我没有……"看着这样对她咆哮的瑾灏，她觉得心好疼，疼得就快要没法呼吸了……
"没有？那我二皇兄是怎么死的？"易瑾灏有些激动，他双手握拳，有些颤抖。
我不可以说出来……
"嗯？"见倾城不说话，易瑾灏暴怒地将她一把抓起，"你说啊！是不是……当初进宫时，你就谋划了要刺杀二皇兄？"
"不是……"倾城满眼含泪，不知是因为手腕的疼痛还是眼前的人……
"瑾灏……"倾城紧紧咬住唇，心疼得更厉害了……
"你说啊！快说啊！"只感觉身体被猛烈地摇晃，倾城不敢看那双漂亮的眸，依旧低头看着满地的稻草。

"为何要这么做……"声音有些悲痛，倾城猛然抬起眼，望见那眸中满是悲伤与愤怒。

"我没有……"泪水不争气地从面颊上滑落，倾城微闭着双眼。

"那是谁？"质问的声音从上方传来，带着愤怒，带着疯狂。

不能说……倾城将头撇向一边。只感觉自己的身体被狠狠地抛向墙边，砰！是身体撞击墙面的闷响。

呃——好疼……倾城只觉头疼欲裂，艰难地用手撑起身子，却又虚弱地倒下。

"说！"易瑾灏的声音变得更加疯狂和沉闷。

瑾灏……倾城咬牙，不作声。

"你……哼！"易瑾灏愤怒地一甩衣袖，离开了天牢。

宜安殿。

"我……我到底对倾城做了什么？"易瑾灏悲痛地抓着发，可是一想到易瑾轩的死，他又开始变得冷漠起来，到底，是不是她……

"嘤嘤——"安静的天牢传来伤痛的哭声。倾城伏在地上哭泣，身上虽疼痛，但身上的疼却远比不上心中的疼痛……瑾灏请原谅我不能告诉你其中的真相，不是为了奕然，而是为了天下的百姓。

瑾灏，我爱你，真的很爱你。我明白你心中的痛，也明白你现在对我的恨，我不怪你……

就用我的死来结束这一切吧！让我带着你对我的恨离开这个世界吧！倾城缓缓拿起地上的碎瓷，这是她今天早上用早膳时故意打破的，她微笑着用碎瓷划过莹白柔嫩的手腕……

渐渐地，眼皮变得越来越沉重，呵呵，就快去另一个世界了吧……再见了，瑾灏，再见了，奕然……

感觉门被重重的踹开，"倾城！倾城！"是在叫自己吗？嗯？是谁呢？倾城努力地睁眼，却始终看不清那人的脸。

眼前白茫茫的一片，倾城四处张望，这是哪里呢？忽然，就在白茫茫的中间，出现了一个人影，是谁呢？就在倾城疑惑时，人影儿慢慢地转了过来。

"瑾灏！"倾城欣喜地叫出了声。

"我说了，不要叫我！你不配！"只见易瑾灏满脸愤怒地朝她大喊着，说完便要转身离开。

倾城上前拉住他的手腕，哀求道："不要走……"

"是你杀了我的二皇兄！"瑾灏背对着她怒吼。

"我没有！我没有！"

"那是谁？！"易瑾灏又问道。

"我……我不知……"倾城慢慢地低下头。

突然手中的那只手被抽落，易瑾灏狠狠地说了句，"顾倾城，我不会放过你的！"然后，头也不回地朝前方走去。

"瑾灏！瑾灏！"倾城在他身后声声呼唤，却怎么也挽留不住他离开的脚步。"瑾灏……"背影消失在眼前，倾城伤心地哭倒在地。

易瑾灏看见天牢的门被破开，那个关着倾城的牢间空无一人。"顾，倾，城！我不会放过你的！"看着空空如也的牢间，易瑾灏咬着牙一字一顿地说着。

"不要走……不要走……"听见倾城梦语般的呢喃，萧奕然走近她，慢慢地坐到她的床前。瞥见她手腕上层层缠绕着的白布，萧奕然很是心疼。大夫说，倾城有必死之心，因为她手腕上的划痕是那样的深，不到万分绝望，一般人是不会那样做的……见她眉头紧锁，萧奕然缓缓地伸出右手，轻轻地抚上她的柳眉，慢慢地将眉头抚平。

"瑾灏……不要离开我……"萧奕然的手停在半空中，倾城，她在叫"瑾灏"？那个九皇子？难道她爱上了易瑾灏？

"好疼……"倾城皱眉低语。

"哪里疼？"萧奕然关心地问着。

倾城在睡梦中轻抚上了自己的胸口，"这里……心好疼……"

"倾城……"萧奕然垂眸，他到底在你心里留下过什么？他抚上倾城那只放在胸口的手，倾城，你终于又回到我身边了。

"嗯——"她的手轻轻一动，萧奕然看向倾城，她缓缓睁开眼，像是自言自语道："我还没有死？"

萧奕然微笑，"倾城，我不会让你死的……"闻声，倾城抬眼望去，浑身血液顿时凝固，"是你！"

"是的，倾城，是我，我回来了！"萧奕然紧握着倾城的手说道。"倾城？"手中的荑夷慢慢地抽离，萧奕然满脸震惊地看向倾城。

倾城抬眸，眼里没有一丝温度，"你为何要杀二殿下？"

凝视她的双眼，不再似往昔那般快乐，"我想要你回到我身边……"

"哈哈哈——"倾城突然大笑起来，豆大的泪珠从脸颊滑落，"想我回到你身边？非得用这种方式吗！？二殿下是无辜的，他会是个勤政爱民的好帝王！可是你却将他杀了！"

"还因为我是越国的王……"略微冰凉的声音响起，萧奕然将头撇过去，不再看倾城。

"哼哼，终于说出来了吗？你是越国的王？你不是那个善良的剑客了？"倾城冷笑。

"倾城！"萧奕然看向她，"我不想骗你的……"

"出去……"倾城不看他。

"倾城，难道你现在就这么讨厌我吗？"萧奕然的眼里充满了悲伤。

"是。"

萧奕然皱眉看着倾城，然后缓缓地转身，出门。倾城，难道我真的做错了吗？从一开始就错了吗？是，我错了，错在不该让你进宫，不该让你离开我……

"萧奕然！"房内突然传来倾城的叫声，萧奕然连忙跑回房。

"怎么了，倾城？"

"青儿呢？你为何未将青儿救出？"倾城紧紧地抓着他的手臂，紧张地问道。

萧奕然低头，"来不及……只能先将你救出……"

"那青儿现在还在天牢中？"

"嗯。"

臂上的手缓缓地滑落，萧奕然看向倾城，倾城眼中满是焦虑与担心。怎么办？怎么办？青儿还在翊皇宫，如今的瑾灏已非原来的瑾灏，那青儿会不会有危险？萧奕然感觉手臂又被抓紧，"救救青儿……"

"倾城……"奕然的手缓缓地抚上她的面颊，"嗯。"

倾城环顾四周，房间很精致，到处都画龙雕凤。"这里应该就是越国皇宫了吧……"倾城自嘲地笑道。

一年前的自己怎么也不会想到自己爱的那个奕然，温柔的奕然，深爱自己的奕然，居然会是越国的王……是命运捉弄自己吧，为何她的命运会和娘亲叶雨眠一模一样。

第二日清晨，房门被轻轻叩响，声音小心翼翼，好像生怕会吵到什么似的。

"倾城，起身了吗？"屋外传来奕然熟悉的声音。

没有声音。其实倾城早已起身，只是她还不能原谅萧奕然所做的一切。

"那我进来了？"门应声被推开。萧奕然看见虚弱的人儿静静地坐在床上，白色的衣衫更衬得她面色的不佳。

萧奕然看着，突然感觉心儿有点疼，"倾城，你已起身了啊。为何刚才不出声？"

倾城没有回应。

"饿了吧，我给你端来了燕窝银耳粥。"萧奕然微笑着走近床边，将勺子放在嘴边吹了吹，缓缓地送到倾城毫无血色的唇边。"乖！张嘴……"温柔宠溺的声音仿佛能把一切冰霜融化。

倾城将头掉向一边，因为她不想看到，不想看到这样温柔的奕然，她怕自己会心软。

"倾城……"轻声唤来，似有些愠色，却又充满温柔。

"我不想吃。"冷冷的一句，依旧不看他。

"自从你醒过来还没有进过食，这样对身子不好，况且你的身子又这么虚弱。"萧奕然心疼地看着眼前的人儿，面庞消瘦，就连那双黑眸都没了昔日的神采。

"我说了我不吃！"倾城倔强地扭过头来，与他皱眉相对。

他沉下脸来，低声地道："你若不吃，我便不帮你救出青儿。"

"你！"倾城有些惊讶地看向他，然后慢慢地垂下眼眸低声道："好，我吃。"

"来，张嘴……"萧奕然温柔地说道，仿佛在哄孩子一般。

一口，一口，倾城看着眼前细心给自己喂粥的男子，眼眸低垂，清澈的眼儿仿佛是不见底的深潭，里面暗藏着无尽的温柔。

二殿下……看见这双眸，她不禁又想到了易瑾轩，那个冷酷的男子，总是冷漠地看着一切，好像什么都与他无关。

但对她，他会帮她擦药，帮她晒书，还会对她露出最温柔的微笑……

而现在，这一切都不会再有了，他永远的离开了……这，也是因为她，若是他不来保护自己，那他就不会死……她有些悲痛地看向萧奕然，奕然，为何是你……

"啪嗒。"萧奕然微微一愣，一滴热泪滴在了他的手上。他想起了倾城第一次为他流泪的样子，自那时起，他已想好了要一辈子保护这个女子，不让她受到一点伤害。

而今，她的泪又是为谁而流？他轻轻地放下手中的碗，上前，轻轻地吻着她脸上的泪痕。熟悉的味道在倾城的四周弥漫开来，她缓缓地闭上眼。

忽然，龙涎香的味道好像划过鼻尖，瑾灏！她猛然睁眼，将头撇到一边。

倾城……萧奕然有些愣愣地看着她，伸手，将她凌乱的发别到耳后，"好好休息，我先出去了。"

倾城呆呆地看着手腕上缠绕着的白布，平整地包裹着她纤细的手腕。伸手将它解下，结痂的伤痕赫然映入眼帘，那样触目惊心。

瑾灏，对不起！我其实一点儿也不想离开你。只是，我们好像永远都不能走到一块去，你和我之间似乎冥冥中有什么在阻隔。

答应我，要快乐好吗？我不想看到一个整天只会愁眉深锁的瑾灏。还有，你将是翊国未来的国君，可不能再和以前一样玩世不恭了，你要管理好国家，成为一个人人都爱戴的明君。"

傍晚时分，萧奕然再次来到房内。他看到倾城依然如之前般那样地坐着，不禁惊呼，"你就一直这样坐了一下午？"快步走过去，将她扶着躺下。

偶然瞥见了那纤细的藕臂，"倾城，腕上的绷带呢？你将它解开了？"他赶紧拿来药箱，小心地将她的手牵来放在自己的腿上，只见深红色的血痂凝结在雪白的手腕上，那样的丑陋，惊心。

仔细地涂上药膏包扎好后，又小心地将它放入被中。他心疼地看着倾城的小脸，她眼神儿空洞地不知看向何方，好像一个任人摆弄的木偶。

天哪，这还是我的倾城吗？萧奕然满眼的心疼，他缓缓地俯下身，轻轻地在她额上留下一吻。

"什么？没有？再给我找！"乾坤殿中传来充满怒气的声音。易瑾灏看向手中的一只白玉耳环，这是那日在天牢中找到的。"顾倾城，我发誓一定会找到你的！"他将白玉耳环紧紧地握在手中。

"瑾灏哥哥……"娇滴滴的声音从门外传来，一抹儿粉色的倩影跃入乾坤殿。

"你来干什么？"看见玉蝶衣的到来，易瑾灏感觉有些心烦。

听见易瑾灏有些愠怒的声音，玉蝶衣走近抓着他的手臂撒娇似地摇晃道，"嗯，瑾灏哥哥……"

"呼——"易瑾灏深深呼出一口气，"你来有何事？"

"呵呵，听姨母说，瑾灏哥哥马上要成为翊国的王了，蝶衣好高兴啊！"玉蝶衣环着瑾灏的脖颈，开心地说道。

"你高兴？"易瑾灏皱了皱眉。

"是啊！呵呵——"玉蝶衣轻笑，因为我就将成为翊国的皇后了！

"蝶衣，你先出去吧，我还有事要处理。"易瑾灏有些不耐烦地将脖颈上的藕臂拿下。

"嗯，瑾灏哥哥，那我走了，不要太劳累啊！"玉蝶衣趁他不备，上前在他俊逸的面颊上一吻。

"你！"易瑾灏有些愠怒地看着离开的人。坐在书桌前，刚才的香味儿还残留在身边。他静默了，他只要倾城，只要闻她发上的清香……

在床上已经睡了好几天了，倾城穿好衣服准备出房门看看。

"倾城姑娘，你怎么下床了？陛下让我们在这儿好好服侍你，你身体弱，还是回到床上休息吧。"刚推开门，立于门两侧的婢女就这样说道。

"我……我只是想出去走走……"倾城有些羞涩地说着，毕竟人家也是在关心自己。

"这……"婢女有些为难，陛下可是交代过的，若这倾城姑娘出了什么事，那罪过可是不轻的！

"可以吗？"细细的声音透着些许恳求，"好……好吧，不过我们还是要在姑娘身边服侍你的！"

"嗯！"倾城的眼里闪过一丝神采，人也变得快活起来。

两个婢女看见眼前的女子竟都呆愣住了，这倾城姑娘脸色虽然还不是很好，但闪动的眼眸却透着熠熠的神采，眉尖黛黛，长睫扑闪，一头秀美的青丝没有梳理，但却柔柔地披挂在肩上，宛若瀑布般倾泻而下。

"……我们可以走了吗？"倾城小心翼翼地问着二人。

"啊啊！？哦哦，可以可以！"两人回过神来尴尬地回应。

"好漂亮！"倾城伏在湖心小筑的栏杆上向前方眺望。四周是清清的湖水，湖面上玲珑的莲叶紧密地排列着，再前面则是百亩的花田，里面种满了各样的花朵。这不是……倾城有些哑然，静静地看向小筑前的水榭小亭。

"倾城姑娘，这里好看吧！"其中一个婢女很自豪，好像这就是她家一般。见倾城有些发呆，她又自顾自地说了起来，"皇宫里本来是没有这个地方的，大概在几个月前，就是陛下登基后第二天，他就命人赶造了这个仿佛人间仙境般的地方。"

倾城环顾四周，这和郴州江家的后院如出一辙，但却比那更美丽优雅，不仅湖面扩大了好几倍，就连花田里的花都多了很多，其中还有很多平时见不到的奇异花朵。

"倾城姑娘，你在哪儿？"刚刚光顾着陶醉了，没有注意，怎么倾城姑娘一眨眼儿就不见了？两婢女忙四下张望，只见倾城竟已穿过了水榭，去到了那小亭中。"呼呼——"两婢女喘着粗气赶紧跑到小亭中，却见倾城静静地坐在那儿。

奕然，你还记得……你居然又在这里打造了一个和江府一样的莲湖花田……那晚的情景又浮现在了倾城眼前。那朵初放的莲花，那个甜蜜的初吻，那个俊美的男子，那晚温柔的月光……一切仿佛就发生在昨天……倾城缓缓闭了眼，奕然，我们真的回不去了……

"你叫什么名字？"倾城微笑着问向刚刚在门口第一个同她说话的女子。

"我叫晴儿。"那个叫晴儿的婢女笑着说道。

"那你呢？"

"我……我叫小楚……"这个叫小楚的婢女显然有些害羞。

"晴儿、小楚，我们去花园逛逛吧。"倾城扬起美丽的微笑，朝花田跑去。

"倾城姑娘，你慢点！"身后传来两人有些担心的声音。

站在花田中，倾城缓缓地闭上眼，享受着这一切。春风吹拂着她的发，淡淡的花香萦绕着鼻尖，仰面听着小鸟的歌唱，再看看身旁蜜蜂的飞舞……此刻，仿佛什么烦恼都消失了，没有皇子，没有皇宫，也没有自己那个奇异的身世。

忽然，倾城感觉一阵儿晕眩，便跌入一个温暖的怀抱。

"奕然……"倾城轻声唤出眼前这个俊美男子的名字。

"奴婢见过陛下。"晴儿和小楚跪身行礼。

"你们先下去吧。"萧奕然淡淡地说道。

"是。"

"倾城。"和刚才淡淡的语气截然不同，而是充满了温柔和宠溺，"没事吧？是不是累了？"

倾城垂下脸，将他轻轻地推开，"没有……"

"倾城。"一声轻唤，上前一步将她紧紧地拥在胸前，"不要这样，好吗？"耳边轻语，倾城缓缓地闭了眼，乖乖地靠在他胸前，"为什么会这样……"

听她轻轻地低喃，萧奕然拢了拢她的发，"一切都结束了……"轻吻着她光洁的额，"我爱你！"

倾城一愣，离开那个会使人沉沦的怀抱，"青儿呢？她现在在哪儿？"似有些关心，又有些心不在焉。

"唔——我派人去过天牢了，发现青儿并不在牢中。"萧奕然轻轻地摆弄着身旁的一朵桃花，轻抚着它粉色的花瓣，嫩黄的娇蕊。

"怎么会？青儿不在牢中？"倾城很震惊，青儿不在牢中又会在哪里呢？难道瑾灏……不会的，不会的……她摇摇头，不敢再往下想。

萧奕然轻抚上她娇小的肩膀，柔声道："放心吧，我会再派人去查探的。"

"倾城姑娘，陛下对你可真好呢！"晴儿羡慕地对倾城说道，"晴儿还从没见过陛下对哪个姑娘这般好呢！听宫里的老嬷嬷说啊，陛下从小就天资聪慧，机智过人，但就是有些冷毅，而且和谁都不亲，连先王也是，就只与陛下的母妃德妃娘娘亲近。"晴儿将桌上的碗筷收起，"姑娘真是好福气，没准还能封个妃或什么的。"

"晴儿！"小楚对晴儿叫道，并向她瞪了一眼，示意她不要再说了。

"哦哦，倾城姑娘，你看我又多嘴了……"晴儿看着倾城有些歉意。

"不碍事。"倾城朝着晴儿微笑，却也不多说什么。

"说真的，倾城姑娘，你那日刚来时，脸色白得吓人，陛下更是找来御医，说要是治不好你，那他们就都得陪葬。晴儿可是第一次看到陛下这样呢！"见倾城并不责怪，晴儿又唠唠叨叨地说起来。

奕然，其实我一点都不值得你这样做。我是个不专情的女子，因为，我爱上了易瑾灏，我愧对于你，而你却一如往昔般地爱我，这不值得。

你是如此非凡的男子，我是配不上你的。所以，请不要再对我好了，好吗？我们两人注定没有美满的结局，也许当初的相遇本就是一个错误。

"真奇怪，陛下每月十五上完早朝后就一直在骄阳殿中，倾城姑娘你知道是为什么吗？"晴儿在一旁很是疑惑地问着正在发呆的倾城。

云裳散！倾城心中一惊，霍地站起。

"怎么了，倾城姑娘？"看见倾城这样，晴儿和小楚两人很是奇怪。

"今天是什么日子？"

"十五呀，怎么了？"晴儿狐疑着回答。

十五，今天是十五，怪不得今天午时奕然没有来小筑。"骄阳殿在哪儿？"倾城抓起晴儿的手紧张地问道。

"在，在花田前面。"晴儿被倾城这一突如其来的举动吓得不轻。

"花田前面。"倾城立刻向门边跑去。

"哎，倾城姑娘，你去哪儿？"

在一段小跑后，倾城来到一座殿门口，抬头仰望牌匾，骄阳殿。是这了，没错。

"奕然，奕然你在吗？"倾城朝殿中大喊。

"大胆！你是何人？敢在骄阳殿外大喊！？"门口的侍卫抽出大刀指向倾城。

"我……"正当倾城不知如何回答时，一个红色的身影从殿内走了出来。

"奕然！"

他微微一愣，朝门口的侍卫挥挥手，道："你们先下去吧。"

"是。"围绕在骄阳殿四周的侍卫便都纷纷退下。

"倾城，你怎么来了？"萧奕然很奇怪。

"奕然，今天是十五……"倾城看着萧奕然小心地说道。

萧奕然身体明显的一怔，"你……先进来吧。"

进了骄阳殿，萧奕然就将殿门关好，"是晴儿她们告诉你我在骄阳殿的？"

"奕然……"倾城并不回答，反而问道，"你……今天午时发作了？"

萧奕然背过脸，握了握拳，"嗯。"

"奕然，你为什么……"

"我不想让你担心。"淡淡的话语，却夹杂着浓浓的爱意。

倾城看着他的背影，心开始有些抽痛……

"好了，你先走吧，回湖心小筑去。明日我会去看你的。"转过身宠溺地揉揉倾城头上的软发，"乖，听话！"。

"我不要！"躲开他的手，倾城直直地看向他，"我要在这儿陪你！"

"回去吧，就算你在这，也是没有任何用的。"萧奕然将头撇到一边，"我习惯了……"

"我不走！"倾城说得很坚定。萧奕然呆呆地看着，她脸上的那份坚定，一如那日说要跟着他时的表情一样……

"好吧，既然你留下来，那就帮我一个忙。"萧奕然淡淡地看向她，"打晕我，这样我就感觉不到疼了。"

"奕然……"上前拥住眼前这个绝美的男子，虽然自己只及他的肩，但此刻她却想把她身上所有的温暖都给他。

倾城……萧奕然心中一柔，张开手臂，缓缓地绕上她纤细的腰肢。

"啊！"一声闷哼，萧奕然开始全身疼痛难忍。"啊——"他打掉了桌上所有的茶具。"奕然，你你……"看见萧奕然是如此的痛苦，倾城也不知如何是好。

"快……快将我打晕！呃啊——"萧奕然将拳头朝地面狠狠地砸去，却也缓解不了他身上的痛楚。

"奕然！"倾城上前紧紧将他抱住，任凭他身体在不停地颤抖，也将他紧紧地固定在身前。体温透过薄薄的衣衫传来，萧奕然感受着她身上的温度，也感受着背后的那两块柔软。

转过身，萧奕然紧紧将她搂进怀里，用大手将倾城的头牢牢扣在胸前。

虽然全身还是在剧烈地疼痛着，但似乎只要闻着她的发香，身上的疼痛就会减轻。

不知过了多久，倾城发现奕然不再颤抖，只是身体开始变得滚烫。她将萧奕然扶到床边坐下，青葱般的手抚上他的额头，"嗯？没发烧啊……"正当她准备摸摸自己的头时，手却被另一只手扣住。

只感觉腰肢上一坠，便被拉到了萧奕然身上。"奕，奕然……你你你……好了？"倾城看着萧奕然愈发炽热的双眸有些害怕。

"倾城……我想……"

"啊啊，奕然，很晚了，我要回湖心小筑去了。你明天不是还要上早朝嘛，也早点睡吧！"倾城一口气说完，急急地就想要离开，谁知却被萧奕然一翻身，压于身下。

"奕，奕，奕然……"不容倾城多说，一个炽热的吻便吻了下来，。

"呜！奕……"她的嘴被紧紧地堵住，不让她说出一句话来。

"倾城，我想要你……真的很想……"细密的吻不断地落下，轻柔地拂过倾城柔嫩的肌肤，从脖颈一路向下，沿路开下遍地的桃花……

"不要……嗯——"鼻腔溢出情不自禁的呻吟。

"倾城，我爱你，我爱你呀！"萧奕然并不停歇，双手在她腰间也不放松，急急地想要解开她的衣带。

"奕然不要！呃——嗯——"肌肤上的轻抚和细密的唇吻使她浑身颤抖。

"不要怕，呼——倾城，有我在，呼呼——"萧奕然满眼欲望，不停地喘着粗气。

"萧奕然……不要让我恨你……"倾城淡淡地说着，闭上眼，热泪从眼角轻轻滑下。

萧奕然停止了手上的动作，怔怔地看着她似乎有些平静的脸，俯下身一点一点吻干她脸颊上的泪水，然后起身，"对不起，倾城……"

"奕然，我们……"倾城突然顿住，将头又撇到一边。

"我只是因为太爱你了，所以……"萧奕然看着倾城有些懊悔。

"好了。"倾城起身，打断他的话，"奕然，我爱上了易瑾灏。"

萧奕然低下头，良久，又将头抬起，表情有些痛苦而又矛盾地看向她，"我知道……我都知道……"

"你……"倾城有些震惊，原来，他都知道！

忽然，萧奕然又露出他那招牌式的微笑道，"今晚，你就留在骄阳殿吧，我去外面吹吹风。"

"奕然……"这样对他是不是太过分了……

"放心睡吧，我会在外面守着。"萧奕然转身开门走了出去，随着关门声的响起，倾城的心儿也跌落到了最低点。

"晴儿，为何倾城姑娘还不回来呢？"小楚不住地看向门外，不禁有些担心。

"哎呀，你没听姑娘说要到骄阳殿啊！骄阳殿是什么地方？那可是陛下住的地方啊！说不定……嘿嘿"晴儿丢给小楚一个坏笑，

"倾城姑娘和陛下正在殿里缠绵呢！你在这瞎担心个什么劲儿！"

"是这样吗？可是，倾城姑娘好像对陛下不是太喜欢啊，爱理不理的……"小楚整理着床单说着。

"怎么可能！像陛下这样的美男子哪会有女子不喜欢的！除非她是瞎子！像陛下这样的奇男子，天底下会有几个？"晴儿眼冒红心，有些花痴地说着。

"嘿嘿，那你是喜欢喽。"小楚捅了捅晴儿。

"难道你不喜欢？"晴儿没好气儿地瞪了她一眼。

躺在奕然的床上，身边满满的都是他的味道，枕头上，床单上，被褥上，到处都是。

可是此时，倾城心里想的却是另一个男子。瑾灏，你现在很恨我吧，但我却很想你。虽然很伤心你那么地怀疑我，可是我还是很爱很爱你。不知何时，你在我心中竟留下了那么深的痕迹。

还记得那天湖畔初遇吗？记得吗？我骂你淫贼来着，你说我眼神不好，那日你白衣飘飘，美好得无可救药，我看见你的小虎牙和小酒窝，是那么的可爱，可是你的脾气却是那么糟糕……

还记得在戎城的时候吗？我们又在贾小姐抛绣球时偶遇，你说这是不是就是所谓的缘分呢？在我进宫后没想到又与你见了面，才知你就是翊国的九皇子。那时你整我，我真是气得牙痒痒，可是最后，却莫名其妙地爱上了你，连我自己都觉得有些匪夷所思。我想，这也许就是爱吧……想着易瑾灏，她轻轻地闭上了眼。

"瑾灏，救我！瑾灏……"

"倾城！倾城！"易瑾灏从睡梦中惊醒，他擦了擦额头的汗，原来是梦……该死！易瑾灏握紧拳头重重地敲床，我为什么还会担心她！？是她杀了二皇兄，无论怎样，她都不可饶恕！

可是，为何闭上眼，脑海里都是她的身影？开心的，不开心的，都是她……

"啊啊！"他紧紧地抓住自己的头发，"易瑾灏，你必须记住，是她杀了你的二皇兄！"易瑾灏朝窗外看去，"顾倾城，我一定会找到你的！"

"嗯——"倾城伸了伸懒腰，揉了揉眼睛。

"你醒了。"萧奕然走到倾城床边，坐下微笑地问道，好像昨晚什么事都没有发生一样。

"嗯？你没有去上早朝吗？"倾城看见眼前的萧奕然很是奇怪。

"上早朝？哈哈哈——早就下朝了，你也不看看现在是什么时辰了！"萧奕然看着倾城开心地大笑起来。

"很晚了吗？"倾城看向窗外，果然，太阳已经升得老高了！

"倾城……"看着正在梳妆的倾城，萧奕然轻声叫道。

"嗯？有事吗？"倾城看向镜中的他，萧奕然低下头，"嗯？怎么了，奕然？"

"易瑾灏登基了，随后举行了封后大典，封了玉蝶衣为皇后。"

沉默了片刻后，倾城仰起头强装笑脸道："啊啊哈——是嘛……好……很好啊……"说完便低下头，看着脚下，紧紧地拉扯着裙摆。

"不仅如此，他还封了淑妃……"萧奕然顿了顿，似乎有些挣扎，"是……青儿……"

"啪嗒。"手中的玉梳掉在了地上被摔得粉碎。

"对……对不起……"倾城低头看着地上的玉梳，泪一滴一滴地落下，她不想让奕然看见。

"倾城，你没事吧？"

"啊，我……我没事，我能有什么事？"倾城佯装自然地站起身，"我先回湖心小筑了。"说完便从骄阳殿跑了出去。

"唉——"萧奕然叹着气摇了摇头，倾城，你何必如此……

瑾灏，瑾灏你当真如此吗？你封青儿为妃难道是为了报复我吗？可是我还是要说，我爱你，瑾灏。

看来上天是真的不允许我们在一起吧！才会出现这么多的波澜……从现在，我会将对你的爱一直埋在心底，一直，一直……

"瑾灏哥哥！"玉蝶衣身穿一袭大红色的锦绣缎面凤袍嫁衣坐在龙榻前。

看着她，易瑾灏有些发呆，他不得不承认，眼前的女子真的很美，如花的笑靥，倾国倾城的面容，娇羞地颔首，含情脉脉的眼眸……可是，她不是倾城。

"瑾灏哥哥？"玉蝶衣试探地叫了他一声。

"啊？"易瑾灏回过神来。

"呵呵呵——"玉蝶衣用红丝绢掩面娇笑，心中窃喜，原来她的瑾灏哥哥也与别的男人无二样，对她这绝世无双的容颜没有丝毫的抵抗力。

"瑾灏哥哥，我们该喝合欢酒了！"

"嗯。"手臂相互交错，易瑾灏举起酒杯一饮而尽。

"瑾灏哥哥，春宵一刻值千金，不如我们……"玉蝶衣面色酡红，好像抹了上好的胭脂一般，双唇鲜红，娇艳欲滴。

易瑾灏有些迷茫，仿佛听不清玉蝶衣的说话，只是呆呆地坐着。

见易瑾灏没有动静，玉蝶衣便主动上前吻上了他的唇。

终于，瑾灏哥哥，我终于嫁给你了，从今天开始，我将是你的女人。玉蝶衣心中万分感慨，毕竟这是她从小的愿望。

易瑾灏就像木头人一般，呆呆地坐在床边，任由她摆弄。玉蝶衣将他的衣带解开，准备更加深入。

忽然，一股浓烈的水粉味儿涌入易瑾灏的鼻腔，不！她不是倾城！易瑾灏猛然觉悟，他起身将玉蝶衣推倒在龙榻上。

"瑾灏哥哥！"玉蝶衣很惊讶，她不知她的瑾灏哥哥是怎么了。

"玉蝶衣你放肆！"易瑾灏看着衣衫不整的玉蝶衣勃然大怒。

"瑾灏哥哥？我是你的皇后呀！"玉蝶衣泪眼婆娑地看着易瑾灏，眼中更是充满了委屈和柔情。

"你……从今晚起，我们都分房而睡！"易瑾灏将玉蝶衣从榻上拉起，推到了房门口。

"什么？分房而睡！瑾灏哥哥？"玉蝶衣瞪大了眼，不可置信地看着眼前她最心爱的男子。

"还有……"易瑾灏在关门之前顿了顿道，"就算你告诉了母后也没有关系，不过，不要让我更讨厌你！"说完后便毫不留情地关上了门，只留下玉蝶衣一人有些呆滞地伏在门边。

易瑾灏坐回到了榻上，"你是我的皇后？哼哼……"他冷笑了几声，微微眯了双眼，"我易瑾灏的皇后只能是她一人……"

他看向自己紧紧握起的手，"无论你逃到哪里，我都会把你抓回来！此生此世，你都只能是我的人……"

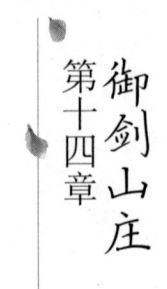

第十四章 御剑山庄

顾倾城看着镜中的自己,不免觉得有些可悲,这还是她吗?双眼凹陷,面色憔悴,已全无了往日的神采。

明知道与瑾灏是不可能的了,今生也无缘再见,但又是为何,自己会如此伤心?

她轻咬着唇,低低地垂下眼眸,长长的睫毛在脸上投射出淡淡的阴影。心隐隐地疼起来,纤细莹白的手紧紧地扣在胸前。

倾城向榻边走去,轻轻地俯倒在榻上,任由泪水无声地滑落……

"你说倾城姑娘今个儿是怎么了?"晴儿疑惑地问着小楚。

小楚也不解地搔搔后脑勺,"我也不清楚呀,倾城姑娘从骄阳殿一回来就这样了,会不会……"小楚顿了顿,"会不会和陛下吵架了?"

是夜,一个黑影进了湖心小筑。

萧奕然心疼地看着榻上的人儿,如海藻般的青丝凌乱地散落在雪白的枕巾上,小小的身躯蜷缩在一起,丝被却安静地躺在地上。

他上前拾起丝被,小心地帮她盖好。坐在榻边,端详着那张让他魂牵梦萦的脸庞,伸手,轻轻地擦拭那小脸上的泪迹。

突然,床上的人儿动了一下。

倾城紧紧地蹙着眉,好像很紧张害怕的样子,"瑾灏……瑾灏……"小嘴一张一合,却一直在叫着同一个名字。

"倾城……"萧奕然伸手想要抚平她蹙着的眉时,倾城紧紧地抓住了他的手。

"奕然……"倾城轻唤。

萧奕然听了心中一喜，倾城在叫着自己的名字！

倾城紧紧地握住他的手，呢喃道："瑾灏……瑾灏……我爱你呀……只爱！你……你早已代替了奕然在我心中的位置……"她甜甜一笑。

萧奕然微笑的脸骤然变冷，倾城……萧奕然有些痛苦地看着她，为何你要这般折磨我？

"啊——不！不！瑾灏！你不要走！不要走！"倾城忽然尖叫起来，死死地抓着萧奕然的手，小手微微地有些颤抖。

萧奕然静静地看着她，面色有些惨淡，"我在，我在……"他温柔地安抚道。温暖的大手轻轻地抚上她莹润的小手，"我不会离开你的……永远不会……"

"嗯。"倾城低低回应，表情显得很温柔。

良久，倾城的呼吸渐渐变得平稳。萧奕然轻轻地抽出手来，俯身为她将丝被掖好。细细的碎发不经意碰触到了倾城的脖颈。

"嗯——"倾城缓缓地睁开眼。

"奕然？"看见眼前的人，倾城不免有些吃惊，再四顾地望了望，失望的表情不禁浮现在脸上。

失望吗？萧奕然静静看着倾城。因为我不是易瑾灏吗？

"奕然，你怎么会在我睡榻前？"倾城支起身缓缓地坐起。

"我……"萧奕然温柔一笑，"因为我想你了。"对上奕然好看的眼眸，倾城顿时觉得没了与他对视的勇气。

她将头侧向一边，看着窗外的月亮，"奕然，你看外面的月色好美。"

萧奕然随着她视线的方向望去，天边，果然一轮皎洁的明月。

萧奕然温柔地看向她，"想更好地赏月吗？"

"嗯。"

"这儿的视线真好！看到的月亮又大又圆！"倾城坐在湖心小筑的房顶上，看着天边挂着的白玉盘。

萧奕然静静地看着月亮，眼里却多了些复杂。为何夺回了王位却怎么也开心不起来？心里变得空空的，好像被人挖去了一块……

初夏的深夜还是很冷的，倾城搓了搓自己的手臂。

"冷吗？"

倾城还没来得及回答，就被一件温暖的袍子裹了起来。

她看着萧奕然的侧脸，月光下，那张迷人的脸变得更加温柔。

倾城侧过头，轻轻地靠在萧奕然的肩头。萧奕然微微一怔。

"奕然……"

"嗯？"

"我们去医谷吧，或许能解了你的毒。"小时候曾听爹爹说过，越国与翊国的交界处有个医谷，里面有个怪神医，他脾气虽古怪，但医术却很高明。

"嗯。"萧奕然应允，虽然知道自己身上的毒有可能无解，但只要是倾城说的话他都会答应。

"怎么，风尘，有消息吗？"乾坤殿中易瑾灏似乎有些焦急地问着。

"属下无能。"风尘下跪抱拳，"暂时还没有消息。"

"继续加紧查找！"易瑾灏拍着书桌道。

"是！"

"嗯，你先下去吧。"易瑾灏靠在龙椅上，缓缓地闭上了眼。顾倾城，你到底在何地！？难道你是在存心躲我吗？不过不要紧，我说过，你，是我的。

沐浴着宫外的阳光，顾倾城觉得分外舒适，微微闭上眼，舒服地享受着这初夏的生机盎然。

"怎么？不舒服吗？"耳边传来好听的男声。

"嗯？"倾城微微睁开眼，"没有，而是觉得很舒服。"

"嗯，没有就好。"萧奕然温柔地看向她，微微一笑，"倾城，我们走吧。"

"嗯。"看着阳光下的萧奕然，倾城只觉得眼前舒服得晕眩。只是，她现在爱的是易瑾灏……

驾！一袭玄衣和一抹儿纯白消失在阳光的尽头。

翊皇宫，凤仪宫。

"来来来，蝶衣，让母后好好看看你！"肖淑云笑呵呵地向玉蝶衣招手，示意她来到自己跟前。

"是，母后。"玉蝶衣乖巧地行礼来到肖淑云面前。

"嗯——"肖淑云仔细打量了玉蝶衣一番，"蝶衣啊，怎么十几日不见，你反而瘦了呢？看看这小脸，啧啧——"肖淑云看得是满脸的心疼。

十几日前，肖淑云去天坛寺为易瑾轩烧香后便一直住于寺中，直到今日才回来。

"这……"玉蝶衣语塞，偷偷地看了看坐在一旁的易瑾灏。易瑾灏端坐在肖淑云身旁,正细细地品着茶。

"蝶衣啊,是不是灏儿对你不好?没关系,告诉母后,母后给你撑腰。"肖淑云疼爱地抚着玉蝶衣如丝般的发。

玉蝶衣浑身一颤,又看向易瑾灏,易瑾灏慢慢地放下茶杯。

"啊啊,没有,母后。瑾灏哥哥对蝶衣很好,只是……啊,只是蝶衣这几日处理后宫事务太累了,所以才会在母后面前显现病态。"玉蝶衣偷偷地瞥了一眼一旁的易瑾灏,易瑾灏并未看她,只是微笑地端起茶杯,又继续喝茶。

"是这样啊。"肖淑云点点头,转过身来对易瑾灏说:"灏儿啊,以后你多帮着蝶衣点,别让她太过劳累了。"

"是,皇儿谨听母后教诲。"易瑾灏放下茶杯颔首道。

"呵呵——"肖淑云轻拉着玉蝶衣的手,微笑着对她说,"蝶衣啊,什么时候让母后抱抱皇孙啊?蝶衣你长得这么漂亮,瑾灏也是一表人才,你们的孩子一定非常可爱,他将注定是天之骄子!"

"嗯。"玉蝶衣低下头不说话,肖淑云满眼笑意地看了看她,只以为她是不好意思了,却不知,她是为自己而悲伤,为这个可能永远不能实现的梦想而悲伤。

"是,皇儿一定不负母后的希望!"易瑾灏微笑地抱拳道。玉蝶衣猛然一怔,抬头看见满脸微笑的易瑾灏,这……还是自己以前的那个瑾灏哥哥吗?怎么会变得如此巧言令色……

"呵呵——好,好,好……"肖淑云在听了易瑾灏的回答后更是高兴。

离开凤仪宫后,易瑾灏来到宜安殿。在宜安殿门口站了良久,才抬脚进去。

"臣妾见过陛下。"青儿跪地向易瑾灏请安,显然,看到易瑾灏来到殿中她觉得很是高兴。

"嗯,起来吧。"在封了青儿为淑妃后瑾灏便把这宜安殿赐予了她,因为这有他与倾城满满的回忆,交与青儿来掌管也算是放心了。

"陛下,臣妾去泡杯茶。今早刚到的新茶,我拿与陛下尝尝。"青儿满脸温柔地看着易瑾灏说道。

"嗯。"易瑾灏并不看她,只是自顾自地打量着殿中的一切。

他在殿中逛了逛,最终在一棵桂树下停了下来。缓缓地,他抚上桂树有些粗糙的枝干,昔日的画面一幕幕闪现在眼前,一滴泪无声地落在地上。"倾城……"他伤心地低喃。

"陛下……"身后,青儿端着一杯茶,茶香悠悠地绕过鼻尖,"你在想姐姐吗?"

"我没有!"易瑾灏皱眉低声否认,"我没有……"他扬起脸,"是她杀了我二皇兄！"

"也许陛下你误会姐姐了……"青儿低眸。

"误会？"易瑾灏看向她，"那你告诉我什么才是真相？"

"我……"青儿对上他的黑眸，不知为何，她什么也说不出。

"算了……"易瑾灏看着她挥了挥手。他缓缓地牵起青儿的手，放在胸口，微微闭了眼，"这儿，很疼……"

"陛下……"青儿心中一怔，看向易瑾灏。蹙着的剑眉拧成了一个"川"字，无瑕的面庞有些苍白，多么好的男子，可却为何心只属一人……那人又偏偏是……姐姐。青儿被抓着的手微微地一颤。

"怎么了？"易瑾灏睁开眼，关心地看着青儿。

"哦，没事……臣妾没事……"青儿抽回手放在胸前，微微地将头扭向一边。

我……这是爱上他了吗？可是他是姐姐爱的人啊。从小到大我身为一个丫鬟，从未和小姐争过什么，而小姐也待我极好，从不把我当作丫鬟来看。

可是这一次，是我一辈子的幸福啊！纵使陛下很爱姐姐，但现在姐姐又在哪里呢？况且陛下现在如此地憎恨她，以为是她杀了二殿下。

陛下，青儿看向易瑾灏，浓黑的剑眉比任何一幅名字帖还要潇洒，那黑眸像是深深的湖泊，内藏着无尽的汹涌。

对不起了姐姐，这一生青儿只与你争这么一次，况且你现在不在宫里，所以青儿会帮你好好照顾陛下的……

"倾城，这儿就是越国的贸易重镇——中州。"萧奕然看着港口来往的船只说着。

"唔。"倾城微微点头，只看着那船只上货下货。

"我们去市集看看吧。"萧奕然转过头来向倾城提议。

倾城也转过头来，对上他的眼眸，"好。"

"冰糖葫芦！酸酸甜甜的冰糖葫芦儿！""上好的胭脂水粉！"市集上一阵阵的叫卖声此起彼伏，好一片热闹繁华的景象。

"倾城，这儿很热闹吧！"萧奕然笑着转身问倾城，他知道倾城最喜欢热闹的地方了。

"倾城？"他转身却看见倾城正向街边走去。他追了上去，她在一个彩带铺子前停了下来。

"怎么了，倾城？"萧奕然看着她疑惑地问道。

倾城并不回答，只是伸出右手轻拉着一条红色的绸缎，失神地看着那条红绸缎，思绪一下子回到了几个月前。

"你那是狗尾巴花！"倾城嘲笑地说

"什么呀！我那是国色牡丹！"易瑾灏瞪大了眼对她说着，以表示不满。

她手中微微一颤，瑾灏……

"姑娘，你要买吗？您真有眼光啊，这匹绸缎可是新进的货呢！"铺子老板吹嘘着自己的商品。

"啊——"倾城回过神来，目光落在了自己美玉般的手腕上，一道红黑色的伤痕突兀地显现在眼前。

她慌乱地收回手，赶紧用水袖将伤口遮掩好，支支吾吾地回道："不……不用了……"

她左手紧紧地抓着右手的手腕处，瑾灏……为何我又会想到他？那道伤痕就是我们再也不可能的见证，可是为何我会一次又一次地想到他？

倾城……萧奕然默默地看着她，他知道她在想什么。

"老板，我要这个……"

"好嘞！"

"奕然，我们走吧。"倾城回过神来。

"嗯。"

倾城默默地走在热闹的人群中，来来往往的行人却更加凸显出她的落寞。萧奕然静静地走在她身旁，也不说话，只是侧头默默地注视着她。

驾驾！

"倾城小心！"一阵马蹄声夹杂着些许风声呼啸而过，倾城还未反应过来便被拉到了一个怀中。

"没事吧？"萧奕然低头轻吻她的额头。

"嗯。"倾城仰面，静静地看着那张俊美的脸庞。萧奕然缓缓地放开紧环着倾城的手，拉起她的右手。

"不要……"倾城微微挣扎，想要收回手。

"没事的……"萧奕然温柔地说着，拉起了她的右手，从衣襟里掏出一条丝带。那是一条水蓝色的丝带，手感很好，透着丝滑，阳光下，丝带表面还泛着丝丝银光。

"这……"倾城看着萧奕然手中的丝带微微张口。

萧奕然并不说话，而是用丝带轻轻地绕上倾城如玉般的右手腕，一层一层，就这样掩盖住腕上的伤痕，最后还扎了个好看的蝴蝶结。

"好了。"萧奕然抬起头微笑地看着倾城，"现在看不到伤口了。"

倾城怔怔地看着手腕上的水蓝色蝴蝶结,"嗯。"她扬起头,看着萧奕然的脸,缓缓道:"谢谢你,奕然。"

"不用。"萧奕然将她拥进怀里,在她耳边轻轻地说了这两个字。

两人相拥地站在大街上,虽然周围人来人往叫卖声不断,但是仿佛一切都静止了……

从客栈出来,看着热闹的大街和明媚的阳光,倾城的心情似乎好了不少,她慵懒地伸了个懒腰。

"怎么,昨晚睡得不好吗?"萧奕然看着身旁那个藕色身影问道。

"没有睡得很好……"倾城微笑着看了看萧奕然。虽然说了谎,但她不想让他操心。

"嗯,那我们上马吧。"

"好。"

郊外树林,策马奔腾。

"奕然……"

"嗯?"

"还有几日到医谷?"

"大概还要个几日吧。"萧奕然回答着。这并不是他所关心的,他关心的只是和倾城在一起而已,哪怕自己的毒无药可解。

"哦,奕然,你看前面!"倾城指着前方的一大片建筑说道,"那是什么地方?"

"御剑山庄。"

"嗯?御剑山庄是什么地方?"倾城看着前面那华丽雄伟的建筑疑惑地问道。

"是江湖的聚首创立的一个山庄,江湖上的群雄都听其庄主号令,这是一个独立于朝廷的地方。"萧奕然皱着眉说道,毕竟在自己的地盘上称雄还是太抹自己面子了。

"哦——"倾城似懂非懂地点点头。

"倾城,天色不早了,我们就在庄上借宿一晚吧。"

"好。"

向管家表明来意后,管家便爽快地领了两人进庄。管家劝他们后日再走,因为明日庄上将举行英雄大会,到时候会有诸多的英雄豪杰前来,可以让他们开开眼界。

萧奕然虽不以为然,但也不想辜负老管家的一片热情,况且倾城这丫头也喜欢凑热闹,于是便答应了。

"奕然,这个御剑山庄好大啊!"倾城在老管家身后侧头小声地对萧奕然说。

"嗯。"萧奕然微笑,但心中却有一口闷气。这御剑山庄庄主把他越王当什么了?居然在他的地盘上建了这么个堪比越皇宫的地方!

老管家给他们两人安排了分开的两间房。因为是在御剑山庄内,所以倾城的安全萧奕然还是比较放心的。

用完晚膳后,老管家就带两人进了房。

萧奕然坐在桌前,看着窗外朦胧的月色,想着倾城的脸,他微微一笑,倾城今天应该累了吧?这会儿可能已经在睡觉了吧?

目光从窗外转移到他的手上,他看着手中的一束发,呆呆地出神。

倾城,我错了,我不该送你进宫的。如果不是当初,你又怎么会……怎么会爱上易瑾灏……

现在,看着这样的你,我的心也跟着疼痛不堪,这难道是上天给我的惩罚吗?惩罚我的弑叔之罪,还是惩罚我为了复国而送你进宫?

倾城,我不怨你爱上了易瑾灏,我只怨我自己,怨我没有好好抓住你,反而亲手将你送到了别的男人身边……

好无聊哦。倾城环顾四周,好多的名人字画,古董花瓶,虽环境优美,但总感觉没什么生气。哎——奕然怎么都没有来找我呢?害得我现在这么无聊!

她走到门前,轻轻推开门,月光便直直照了进来。今晚月色朦胧,却有着独特的意境。时辰还早,不如出去逛逛?这样想着,倾城便踏出了房门。

这御剑山庄真的好大,倾城绕了一绕就迷了路。这里一样,那里也一样,哎呀呀!怎么到处都一样啊!倾城气得直跺脚。

忽然,她看见拐角处的花圃里种着一簇花,那花是紫色的,每片花瓣的边缘都有一条金色的条带镶嵌,层层紫色花瓣里包裹着淡黄色的花蕊。

好漂亮的花呀!倾城欣喜,这样的花她还从来没有见过,就连奕然的花田里都没有这样的品种。于是,她走上前去,想要摘下一朵仔细观察。

"别碰它!"就在倾城的手快要碰触到那朵紫色的花时,一个冰冷的声音突然从身后传来。

"嗯?"倾城抬起头,看见月光下,一个黑衣男子站在自己的身后。

"为什么?"倾城好奇地问,这样好看的花为什么不能碰呢?她很疑惑。

"你听我的就是。"声音依然冰冷,不带一丝儿温度。

见他这样的态度,倾城有些不悦,"你是什么人?我为什么要听你的?"

"你!"还未等黑衣男子说出口,倾城的手早已碰触到了那株花。

"你看，没什么事啊！还想吓唬我！"倾城手里拿着那朵花，得意地看向他。

"吓唬我，没门儿！嗯？怎么那么晕呀……"倾城轻轻地摇了摇头，只觉脑袋变得越来越沉。

看着眼前软软倒下的人儿，黑衣男子无奈地低语道："都说了叫你不要碰的……"

第二日清晨。

"倾城，起身了吗？"萧奕然轻轻敲着倾城的门问道。

"倾城？"见屋内没有动静，萧奕然皱了皱眉，都什么时辰了，还没起身？那丫头不是说要去观摩英雄大会嘛。

"倾城，我进来了？"萧奕然轻推开房间的门，看见桌上放着一杯未喝完的茶，再往里，倾城的床上竟空无一人！萧奕然全身的神经顿时紧张了起来。

"老管家！"萧奕然找到老管家面色焦急地问道，"请问有没有看见昨天和在下一起来贵庄的那位姑娘？"

"那位姑娘？"老管家摇摇头，"没有，没有……怎么？那位姑娘不见了？"

"是，在下今晨在房中找不到她了。"

"咦——"老管家皱皱眉，"怎么会呢？庄里并无闲杂人等，要说有也是今日英雄大会时才有啊，应该不存在会有人劫持啊……"

这可如何是好，倾城，你到底去哪里了？千万不要有什么事才好……萧奕然心中充满了对倾城的担心。

"公子不必着急，待老朽带公子去问问少庄主。"老管家轻拍了拍萧奕然的肩说道。

萧奕然抱拳道："那劳烦老管家了！"

嗯——浑身怎么酥酥麻麻的？倾城轻轻伸了个懒腰，缓缓睁开眼。嗯？这又是哪里？记得昨天无聊，我便出来散步，然后看到一簇很漂亮的花……

"姑娘醒了吗？"

"嗯！？"倾城看见门前站了个人，"你是谁？"

"姑娘难道不记得在下了吗？"黑眸紧盯着倾城，口里的话语却是冰冷得怕人。

"你是？"倾城眯了眼打量眼前的男子：一袭藏青色长袍，丝毫掩盖不住完美的体型，面容俊美迷人，却没有一丝表情，只是冷冷地看着榻上的倾城。

"玄夜。"薄唇轻启，冰冷地蹦出两个字。

"没听过……"倾城坦白地摇摇头。

玄夜不知是该笑还是该怒，这个姑娘竟没有听过他的名讳，他可是堂堂的御剑山庄少庄主。他没有解释，只是坐到了桌边，轻轻地端起一杯茶。

还真是个美男子呢！只不过太过于冷峻，不讨人喜欢！倾城用那双明亮的眼睛肆无忌惮地打量着正在品茶的玄夜。

"我为什么会在这？"她终于想到了正事。

"我说过，不要碰那株花……"玄夜并不看她，只是自己安闲地品茶，"想必你就是昨晚来山庄借宿的人吧？"

"是你！"倾城指着玄夜瞪大了眼，"你你你……"只顿了半天也说不出话来。

"少庄主！少庄主！"屋外，老管家的声音传来。玄夜出门查看何事，毕竟今天是御剑山庄的英雄大会，父亲又去云游了，庄中大小事务都由他来处理，可不能出什么差错。

"何事，老许？"玄夜走到门口。

"是这样的……"萧奕然抱拳，"在下和一位姑娘昨晚在贵庄借宿，但今晨在下却发现她不见了，想问少庄主是否看到？"

萧奕然细细地打量着玄夜，竟是如此年轻俊美，听他刚刚从屋中走出却没有一点脚步声，就知道他武功是何等了得，只是看他的样子，为人似乎太过于冷漠了。

"公子请进。"玄夜将萧奕然带进房中，指着床上的人，道："可是这位姑娘？"

"倾城！"看着坐于榻上的倾城，萧奕然惊讶地叫道。

"奕然！你怎么来了！？"看到萧奕然，顾倾城显然也很高兴。

"看来是她了。"站在一旁的玄夜冷冷道。

"倾城……"萧奕然压低了嗓音，"你怎么会在少庄主的房里？"

"嗯？少庄主？"倾城看向玄夜，"奕然你说他是少庄主？"

"嗯。"萧奕然点点头。

"原来你是这儿的少庄主啊！"倾城打量着玄夜道，"怪不得你会知道那紫色的花有毒，你又不告诉我……"倾城看着他撇撇嘴。

"不是叫你不要碰吗。"玄夜淡淡地看了她一眼。

"我以为你是吓唬我的。"倾城嘟嘟嘴表示不满。

"倾城，这是怎么回事？紫色的花？有毒？"在一旁的萧奕然听着两人的对话，丈二和尚摸不着头脑，只觉得很疑惑。

还未等倾城开口，玄夜已先她一步说了出来，"昨晚她碰了我院中的紫酥花。"

"紫酥花！？"萧奕然心中一惊，"可是那种会使人晕酥麻痹的紫酥花？"

"正是。"

"原本以为那花早已绝种，但没想到会在少庄主的院中生根发芽。"

"怎么，公子也知道紫酥花？"玄夜冷酷的眼中闪过一丝异样的神色。

"啊？不不，在下只是在闲暇之余听别人说过。"萧奕然佯装只是平时从别人那里听过这紫酥花，他不想别人知道自己的真实身份，到时只怕不光倾城会有危险，而且自己也会陷入困境，毕竟想取自己性命的人还是有很多的。

"哦。"玄夜若有所思地答道。

"什么紫酥花呀？是那株好看的紫色花的名字吗？"倾城眨着灵动的眼儿看着两人问道。

"倾城……"萧奕然拖长了尾音，拉下脸看着倾城。

见萧奕然如此模样，倾城悻悻地低下头看向自己的手，"我只是……只是太无聊了……所以就出来走走。"

见她如此萧奕然也不忍再说什么，便无奈地摇了摇头，"唉——"

"老许。"一旁的玄夜突然开口，"以后不要带一些闲杂人等进庄。"

"这……"老许看了看萧奕然和顾倾城，又回禀道，"是，少庄主。"

"你未免也太没礼貌了吧！"倾城听见他的这番话很是恼火，不知是在说给老许听的还是在说给玄夜听的。

"倾城！"萧奕然拉了拉倾城的胳膊，示意她不要轻举妄动，毕竟这是在别人府上，况且他们是在此借宿的，所以还是不要惹事的好。

御剑山庄的花园里。

"奕然，你没看到他说那话时的样子，真的很讨人厌啊！"顾倾城一边说着一边跺着地上的树叶。

"你也是，怎么会跑到人家院子里了呢？"萧奕然没好气地戳戳她的小脑袋。

"不是说了嘛，我昨晚太无聊了，就出来散步，谁知就迷路了……"倾城嘟着嘴说道，忽然又抬起头说道："还不是因为你！不来找我玩，那么早就睡了害得我那么无聊！"

"怎么又变成我的错了？"萧奕然指着自己真是哭笑不得，不过，这样的倾城真好……

萧奕然拉过她的右手，水蓝色的丝带在风中飘舞，随即伸手环上她的腰肢，将她拉入怀中。

"奕然你……"

"不要动，这样，真好……"萧奕然闭上眼在倾城耳边轻声说道。

倾城浑身一颤，安静地靠在他的怀里。远处，杨柳拂动的岸边，一个藏青色的身影静静地看着两人。

"皇后娘娘，陛下近日总是去宜安殿淑妃那里……"玉蝶衣身边的老嬷嬷小声说道。

"淑妃？她还真当自己是个主儿了！不过是个宫女！哪里容得她在我这儿撒野！？"玉蝶衣大发雷霆，她想着，即使瑾灏哥哥不来她的芳华宫，但也决不能去宜安殿，去便宜了那丫头！

"那娘娘打算怎么办？"

"这……"玉蝶衣思虑了一会儿，又道："打发个人去宜安殿，就说是我说的，让淑妃到芳华宫来一趟。"

"是。"

"皇后娘娘叫我去芳华宫？说了有何事吗？"青儿问着来传话的小宫女道。

"没有。"

"好，你先回去吧，我梳洗梳洗就去。"不知皇后叫自己去她那是有何事呢？青儿想着，最近好像没得罪她吧……

芳华宫。

"青儿见过皇后姐姐。"青儿俯身行礼，抬起头一看，玉蝶衣身边竟还坐着肖淑云！"臣妾给母后请安。"

"母后？"肖淑云冷笑一声，"你这个宫婢出身的小小妃子也配叫我母后？"

"臣……臣妾见过太后娘娘！"青儿听了连忙下跪改口道。

"嗯——"肖淑云幽幽应道，"自与陛下成亲以来，你似乎还没有侍奉哀家喝过茶吧？"

"是是是，是臣妾的疏忽。"青儿前去倒了一杯香茗茶，缓缓走到肖淑云面前，"太后娘娘请用茶。"

肖淑云并不接过茶杯，而是看向了玉蝶衣，"先请皇后喝吧。"

青儿内心满是不服，玉蝶衣虽贵为皇后，但怎么说也和她平辈，现在自己反而要向她敬茶？然而又碍于肖淑云在，她缓缓调转方向，柔柔道："皇后姐姐请用茶。"

"嗯。"玉蝶衣淡淡应了一声，伸手来接茶杯。"啊！"滚烫的茶水一下子洒在了玉蝶衣的腿上。

"大胆！"肖淑云见状怒喝道。

"啊！臣妾知罪！"青儿连忙跪地请求饶恕。

"你是故意的对不对？来人！给我好好教训！"肖淑云却是看也不看她。

"太后饶命呀！"但任凭青儿如何求饶，肖淑云也丝毫没有饶恕她的意思。

"蝶衣，你没事吧？"肖淑云关心地问着玉蝶衣，"来人啊！快传太医！"

她，就是是故意的……青儿恨恨地看着玉蝶衣，刚才明明是她故意没有接住茶杯……

"母后，好疼啊！"玉蝶衣向肖淑云诉苦，眼角余光却偷偷瞥了一眼青儿，眼里闪过得意的精光，哼哼！跟我斗？

"啊！啊！"大殿里传来青儿凄厉的叫喊声。

"禀告太后娘娘，淑妃晕死过去了。"下面的人禀报。

"晕了？明明是个贱婢，竟然这么不禁打。把她抬回宜安殿吧。"肖淑云轻轻挥手道。

"可是母后……"

"唉——可以了，毕竟她也是个妃子，弄死了不好……"

"是……"

宜安殿。

为何，为何她就要承受这份罪？难道就因为自己出身不好，又没有一个当太后的姨母吗？青儿不服，浑身的疼痛时刻提醒着她，想要在宫中生存下去，就必须学会尔虞我诈！青儿想着，因为她不想成为后宫争斗的牺牲品！

"青儿？青儿你在吗？"屋外传来易瑾灏的声音。

青儿一惊，随后虚弱地叫道："陛下，青儿在屋中。"

一会儿门被推开，"青儿！你怎么成了这般模样！？"易瑾灏看着躺在榻上的青儿似乎已奄奄一息。

"陛下……"青儿柔柔地哭泣，"嘤嘤——都是臣妾不好……"

"怎么？是皇后？"见青儿如此，易瑾灏第一个想到的便是她。毕竟，他是在宫中长大的，小时候后宫什么样的斗争他没有见过？

"没有……没有……嘤嘤——臣妾怎么能逆太后的意呢。"青儿掩面，梨花带泪。

"还有太后？"易瑾灏一惊，"就知道玉蝶衣没那么大胆子！"

"陛下……"青儿拉过易瑾灏的手，"请陛下不要动怒，不要为了臣妾而破坏了陛下和太后的母子关系。嘤嘤——"

"青儿……"易瑾灏心疼地看着她，轻轻地擦干了她脸颊上的泪，"叫太医了吗？"

"嗯，已请太医来看过了，太医只说是伤了筋骨，开了点药就走了。"

"嗯。"

"陛下，可以帮臣妾擦药吗？"青儿涨红了小脸，小声问道。

"孤？殿中的宫女呢？"易瑾灏听了这话显然有些吃惊。

"今个儿是她们的宫假，都出去了。"

"哦，好……"

易瑾灏拿来药膏坐在床边。将青儿的衣物一点点地褪下，雪白的后背，一条条血红色的印记乍现眼前。

"现……现在还疼吗？"

青儿微笑着摇摇头，"不疼了……谢谢陛下……"现在的她是满心的甜蜜，只觉得自己在蜜罐里，丝毫感觉不到疼痛。

从前她总是羡慕陛下对姐姐那么好，而现在陛下也终于这般对自己了，她朝着身旁的人甜甜一笑道："陛下你真好。"

易瑾灏双手微微一顿，没有说话，缓缓地站起身，道："你好好休息吧。"

"奕然，今天是御剑山庄的英雄大会？怎么也没见几个人？"顾倾城坐在亭子的台阶上问道。

"可能是时辰还没到吧。"萧奕然边答边走向倾城，"起来，地上凉……"便顺势将她拉起。

"哦。"倾城和萧奕然一起坐在了亭中的石凳上。

"别动……"

"嗯？"萧奕然缓缓靠近她，微微仰头。倾城身体有些僵硬，奕然离她是那样近，近得都可以闻到他身上独特的香味……

萧奕然从她头上取下一片落叶，笑道："可能是刚才在花园里无意中落下的吧……"

"奕然……"

"嗯？"

"我不值得你这般……你不要再对我好了……"倾城垂下眸说道。她的确不值……奕然是个好男子，不该为了她……

"可是我愿意。"萧奕然轻握住他的手，慢慢地抚上她的面颊，"今生今世，我，萧奕然，只会爱你顾倾城一人！"他深情地看着倾城的双眸，"忘了他，好吗？"

"奕然……"倾城看着他，随后将头缓缓地转到了一旁。

"呵呵……"萧奕然看着她的侧脸勉强笑了笑，低低道："原来连骗我都是不行的……"

"奕然……对不起……"其实倾城心里也很痛苦，奕然爱她是那么深，可是她却……

"萧公子，原来你们在这啊！本庄的英雄大会快开始了，各路英雄都到得差不多了！"突然，管家老许跑来对二人说。

"嗯，谢谢老管家，我们这就去。"萧奕然转过脸来，微笑地看向倾城，"我们走吧！"

"嗯……"奕然，我知道你内心的痛苦，所以不要再装作这般开心了，好不好？我……会心疼……看着萧奕然微笑的脸庞，倾城才觉得自己是多么的罪孽深重……

"哟！赵大侠！许久不见，精神是越发的好了呀！"

"张英雄！听说前几日你在峰岭山将那黑风寨的老窝给端了？哎呀，真是为武林除了一大祸害啊！"

"过奖过奖！还不是七爷厉害！几日前竟抓到了那臭名昭著的采花大盗，救了多少黄花大闺女呀！"

"哪里哪里！"武林中人在院中不停地寒暄着。倾城不听那些话都知道他们是武林中人，都长得五大三粗……再回过头来看看奕然，嘿嘿，多赏心悦目！

翊皇宫，乾坤殿。

"陛下，有探子回报在御剑山庄发现了顾倾城的踪迹。"风尘跪地朝易瑾灏抱拳道。

"御剑山庄？她怎么会去那里……"易瑾灏玩弄着手中的白玉耳环自言自语道，忽地又抬头，"她与谁一起？"

"这……"风尘支吾。

"说！"

"越王……"

"萧奕然！……就知道是他……"他看向手中的白玉耳环，将它紧紧地握于手中，狠狠道："没想到你还会和他在一起……看来，那日救你的也非他莫属了。"

"风尘！"易瑾灏拍案而起，看着风尘道，"我要你把她给我带回来！"

"是！"

"谁！"易瑾灏目光一聚，朝门口看去。风尘拔剑而起。

"陛下，是我。"

"是青儿啊……不知这么晚了找孤有何事呢？"易瑾灏一看是青儿，警惕的心立刻放了下来。

"哦，臣妾也无事，只是夜深了却睡不着，便想来找陛下，"她看了一眼风尘道，"看来陛下还有事，那臣妾就不打扰您了。"

　　"嗯，也好。"易瑾灏微笑地看向她，"孤也累了，况且你身上还有伤，还是早点回去歇息吧！"

　　"是，臣妾告退。"

　　宜安殿。

　　姐姐在御剑山庄，陛下已经得知她的所在，并且派了人去找。虽然表面看起来陛下恨她入骨，但我知道，他是深爱着姐姐的，姐姐她要回来了吗？

　　可是，为何我却高兴不起来呢？如若姐姐回来，那陛下还会对我这般好吗？青儿眯了眯眼，如果是这样，那姐姐还是不要回来的好吧……

　　"小玉。"青儿轻声唤着贴身宫女。

　　"娘娘有何吩咐？"

　　"找些武士立马去御剑山庄……"

　　御花园。

　　父皇，瑾轩，为何你们都不在飘絮身边了呢？现在只有瑾灏了，可是不知为何，瑾灏最近好像变了个人似的，可能是因为近来受到接二连三的打击太大了吧……

　　父皇，瑾轩，飘絮好想你们啊！夜夜都会梦见你们，为何，好人总是不长命呢？

　　想起过往的一切，柳飘絮悲痛万分。她坐在连廊上，泪儿悄悄地滑落。

　　顾倾城！虽然瑾灏不说，但我知道一定是你！瑾轩的武艺那么高强，况且宫中侍卫众多，外人能进得宫来尚且困难，又怎么能轻易刺杀呢？所以，一定是你！你猜准了瑾轩不会防备于你，所以就对他下了毒手！

　　"呜呜——"柳飘絮伏倒在栏杆上恸哭。怎么可以这样？为什么要杀了瑾轩？他爱你！他爱你呀！为何？

　　"飘絮。"背后传来慵懒华贵的声音。

　　"飘絮见过太后。"柳飘絮回过头看见是肖淑云，便连忙擦了泪起身行礼。

　　"嗯。"肖淑云慵懒地应声，她理了理头上的发，上前用手轻轻地抬起柳飘絮的下巴，"在为你父皇伤心吗？"

　　"是。"柳飘絮颔首。

　　"嗯，我可怜的孩子。"肖淑云轻抚她的额头。

　　柳飘絮有些惊讶，这一点也不像平时的她……

忽然，肖淑云话锋一转，用侍从听不到的声音轻轻地道："那你为何不也跟了他去呢？"

"你！"柳飘絮恶狠狠地看着她，没想到，她还是像小时候一般不喜欢她。

绿柳阁。

柳飘絮坐在茶几前深思，肖淑云今日已经说得够明显了，她不希望我再出现在她的面前。

以她那样恶毒的人，过不了多久，就一定会对我下毒手，真是个恶毒的女人！那么讨厌自己，仅仅只是因为自己眼睛长得像叶雨眠，与其等她来下毒手，不如自己早些出宫吧！

这样，一来可以逃过她的毒手，二来也可以出宫寻找顾倾城的踪迹，为父皇和瑾轩报仇。

只是，柳飘絮默然，真的很舍不得瑾灏。我若一走，这偌大的皇宫里就再也没一个瑾灏亲近的人了吧！那他该有多么孤独！

可是瑾灏他是翊国的王，他一定要有这样忍受孤独的能力！柳飘絮看向窗外，瑾灏，我知道你可以的！收拾了行李，柳飘絮便准备起身离宫。

"飘絮姐姐！"柳飘絮转身，见易瑾灏正立于门边。

"瑾灏！"她很吃惊，为何偏偏是这时？

易瑾灏看着桌上的物品，抬头，有些悲伤地看着柳飘絮，"难道姐姐也要弃瑾灏而去吗？"

"我……"柳飘絮不忍，但却是非离宫不可，但这事却不能告诉瑾灏，她怕瑾灏会为她而和肖淑云翻脸，到时的麻烦是可想而知的了。

她看向易瑾灏，微笑道："怎么会！飘絮姐姐怎么会离开你呢！我只是在整理杂物，将一些不要了的东西整理出来。"她说完紧张地看向易瑾灏，这样蹩脚的谎话，他会相信吗？

易瑾灏定定地看了她一会儿，转笑道："就知道飘絮姐姐最疼我了，又怎么会离开我呢！"

"是啊是啊。"柳飘絮在一旁淡淡附和。

"嗯，那飘絮姐姐你先忙吧，瑾灏还有事要处理。"易瑾灏轻揽柳飘絮的肩，对她微笑说道。

"嗯，你快回去吧！"听到此话，柳飘絮便像见了救星般。

看着易瑾灏离开的背影，柳飘絮不禁潸然泪下，瑾灏，对不起！

柳飘絮用易南天生前御赐的金牌出了宫。她回头望望生活了这好些年的翊皇宫，尽管有太多的不舍，但她必须离开。

　　"再见了，瑾灏，再见了，翊皇宫……驾！"一声扬鞭，策马奔腾。

　　远处城门上，一个明黄色的身影正目送柳飘絮离开。易瑾灏看着离自己越来越远的柳飘絮痛苦一笑，"飘絮姐姐保重……"

　　御剑山庄。

　　"啊呀，赵兄！"

　　"哟！李兄！"

　　御剑山庄甚是气派的大院子里，江湖中有头有脸的人物都来了，互相寒暄着。

　　"很高兴各位英雄豪杰能在百忙之中抽空来到御剑山庄参加英雄大会，玄某万分感谢。"顾倾城闻声朝搭好的比武台上望去，玄夜一袭黑衣长衫，散发着慑人的气势。

　　玄夜看着院中的众人，道："下面不多说，英雄大会正式开始！"

　　"好！好！"台下的人们发出一声声呐喊，看得出，他们都很兴奋。要知道，谁能在英雄大会上夺魁，谁就能号令群雄称霸武林！就算不能夺魁，也可以斩露头角，提高自己的江湖知名度。

　　英雄大会开始了，一位位武艺不凡的江湖侠士纷纷上台，想一展身手。

　　"好！"倾城在台下饶有兴趣地看着。萧奕然微微地皱眉，看着周围高声呐喊的众人，他有些不适应。

　　天色渐渐地暗了下来。

　　忽然，一阵儿气流一闪而过，萧奕然心中一惊，朝屋顶看去，一个黑影在屋檐上飞过。难道有人知道了他们的踪迹？萧奕然思虑，可以确定的是不管是谁，都来者不善……

　　"倾城，你待在这儿，哪里都不要去。"萧奕然叮嘱倾城。

　　"奕然，你去哪里啊？"看着好像有事的萧奕然，倾城紧紧地拉着他的手。

　　萧奕然轻轻挣脱她的手，微笑道："放心，我不会离开你的。"说完便走出人群，踮起脚朝黑影的方向飞去。

　　到底怎么了？倾城再也没有心情看比武了，她担忧地看着萧奕然离去的方向，却不知，人群中，一个人正紧紧盯着她。

　　"啊！"顾倾城突然感觉背后一疼，整个人便腾空而起。

　　"嗯？李兄，你刚才看到什么了吗？"

　　"没有啊！"

"哦，可能是刮了一阵风吧，我们继续看吧。"

厅前的玄夜眯了眯眼，别人没有看清，可是他却看到了……

那人戴着纱帐帽，带着倾城飞了一阵后在御剑山庄的后山停了下来。

"你是谁？"倾城慌张地问道。

"你不必知道，你只要知道我是你生命的终结者。"那人冰冷地说着。因为有纱帐隔着，看不到他脸上的表情。

"你是来杀我的？"倾城的心猛然一颤，不是害怕，而是心痛。

会是瑾灏吗？他真的想要杀了我吗？倾城默默无语，随后抬起头，幽幽地问道："在我死之前能够告诉我是谁要杀我吗？"

"不能。"又一句冰冷的回答，"我们是赏金杀手，只要雇主给钱，杀谁我们都不会过问。"

倾城低眉，微微一笑，"好，那来吧。"

赏金杀手举起手中的武士刀，没有犹豫，刀刃寒光一闪，便朝倾城而去。

当！倾城只听见一声清脆的声响，连忙睁开眼，看见那人满手是血地倒在地上，身旁的武士刀被折成了两段。

"谁？"那人四周环顾，声音中似乎多了一些恐惧，毕竟昔日很少会遇到功夫这么高深莫测的人。

忽然，风沙四起，倾城用手捂住眼，待到感觉四周都平静下来的时候，她缓缓地放下手。似乎有什么东西堵住了喉咙，她吃惊地看着地上，因为那个赏金杀手早已断气。

"你没事吧？"背后传来冷漠的声音，倾城听着不自觉打了个寒颤。她转过身来，看见一袭黑衣的玄夜正站在自己身后。

"是你！"

玄夜没有回答，只是向她伸出手，"起来吧。"

"你怎么会知道我在这儿？"倾城看着那张冷毅俊美的脸庞问道。

"我不是瞎子。"冷冷一句，不苟言笑。

"大哥！"背后，传来几人悲痛的声音，"是你杀了我大哥？"

倾城回头，只见身后几人纷纷举起武士刀，恶狠狠地看向他们这边。

"玄夜！"倾城拽了拽玄夜的衣袖，小声叫着他的名字，但玄夜只定定地站在原地，并不回头。

"兄弟们，为大哥报仇！"其中一人大喊，几人便同时向他们举刀扑来。

"啊！"倾城捂着耳朵闭上眼大叫。忽然，她感觉身边又一阵风吹过，一会儿，又平静了下来。

她睁开眼，看看自己，嗯？居然没有事！再侧脸看看玄夜，依然是刚才那副样子。嗯？怎么回事？倾城回过头来，一阵尖叫。

"啊！"因为她看到了身后早已断气的几个赏金杀手，他们都静静躺在草地上，正"眼睁睁"地看着倾城。

"别叫了，吵。"

倾城赶紧闭上了嘴，咽了口唾沫。她看向玄夜，冷冷的月光照射在他无瑕的脸上，透着森森冷意。

倾城不禁打了个寒颤，这个玄夜的武功到底有多高深？好恐怖！

"你是谁？谁派你来的？"萧奕然用"射日"紧紧抵着风尘的喉咙冷冷问道。

风尘不回答，将头别了过去。

"那你来做什么？"萧奕然接着问。

他依然不回答。

"你可是想伤害倾城？如果是，我便绝不饶你！"萧奕然说着又将"射日"向他的喉咙逼近一分。

"主上只是让属下将倾城姑娘带回。"风尘将头转过来，毫无畏惧地看着萧奕然。

"是易瑾灏？"

"不许对主上无礼！"风尘瞪着眼企图站起身。

原来真的是他！萧奕然看向他，"谁都不要妄想从我身边带走倾城！"

渐渐地，风尘感觉抵在脖间的利剑收了回去，只听见萧奕然说道，"你走吧。"

"你……"

"走吧。"萧奕然说完，便转身离去。

风尘看着萧奕然远远离去的背影发愣。

倾城呢？萧奕然焦急地在院中的人群中寻找着，却始终不见倾城的身影。该不会？出什么事了吧？他心中滑过一丝恐惧，倾城，你，决不能出事！

"这位仁兄，敢问可知刚才在这里观看的女子去了哪里？"萧奕然抱拳问着一人。

"就是那个长得像仙女儿似的姑娘啊！咦？她刚才还在这的，怎么就不见了呢？"那人左右看了看，不解地挠了挠头。

"我记得刚才好像刮了好大一阵风，那姑娘就不见了。"身边的一人插了句话。

"风？"萧奕然皱眉。糟了！那阵风肯定是一个武功高强之人！是他将倾城掳走了！他看向厅中，怎么？那玄夜也不在？

后山。

"等等我，等等我！你别走那么快呀！"倾城在玄夜后面磕磕绊绊地跟着，叫苦连天，而玄夜却在前面走得飞快，丝毫不理会身后倾城的叫喊。

"怎么这样啊，"倾城揉了揉已经走得发疼的脚白了他一眼。"啊，这花好漂亮！"倾城看见身旁长着一株粉色的花，开心地凑上前去，"嗯！好香！"

"喂，等等我！"

女人果真是很麻烦的！玄夜无奈地摇了摇头。

"啊！"身后，那个比一般女人还要麻烦的丫头的声音再次响起，玄夜不耐烦地转过头，"你又怎么了？"

"我怎么觉得自己的身体不受控制了，"倾城努力摇了摇头，"而且，而且浑身感觉好热……"

玄夜走近倾城身边，看到她手上沾着的淡粉色粉末，皱着眉瞥了她一眼，"这坏毛病还真难改。"

"嗯，"从倾城的鼻腔溢出不经意的呻吟，"好热……"她眼神开始迷离，玉葱般的手不住扯着自己领口的衣服，身子向玄夜紧紧靠去。

玄夜皱着眉，将她打横抱起。

"嗯——好热！"在玄夜的怀里，倾城还肆无忌惮地在他胸口上乱蹭。她拉扯着自己的衣服，露出一大片雪白的玉肌。她只觉得全身都好热，特别是靠在玄夜的胸口，体内像是有一团火般在燃烧。

"玄夜！你在做什么？放下倾城！"玄夜向前看去，只见萧奕然用"射日"指着自己，愤怒地说道，满眼怒火，像是随时都要爆发。

"啊！嗯。"玄夜突然将手收回，倾城便重重地摔在地上了。

萧奕然快步走到倾城身边，将她抱起，看着玄夜道："你做什么？"

玄夜无所谓地看了一眼萧奕然，"是你叫我放下的。"

"你！"萧奕然刚想发泄怒火，突然感觉颈部传来苏苏麻麻的感觉，他猛然低头，是倾城！她，她正在亲吻自己的脖颈！

"嗯，好热，嗯——"倾城貌似有些难受地叫着，小手还不安分地在萧奕然的胸膛上游移。

"倾城，你怎么了？"萧奕然有些慌张。

"嗯，奕然，我好难受！好热……"倾城的眼中开始闪现出迷离的光。

"倾城！"

"她中了毒。"一旁的玄夜淡淡地开口。

"毒！？"萧奕然震惊。

"一种媚毒。"

"媚毒？"萧奕然不可置信地看向玄夜，愤怒道："你到底对她做了什么？"

"是她自己。真是坏毛病，看见漂亮的花就去碰，却不知花越漂亮毒性就越大……她中了慕春花的毒。"

"慕春花？嘶——"萧奕然倒吸了一口凉气，因为刚刚倾城竟轻咬了他的耳垂。他看向玄夜，"那现在该怎么办？"

"如果你想……就把她带回房，要不然她会全身灼热，力竭而死。"玄夜瞟了他一眼，淡淡地说。

"带她回房……"萧奕然低喃，怎么可以这样……她是倾城呀！

"还有一种方法……"玄夜拖长了尾音。

"是什么？"

倾城软软地倒在了萧奕然的怀里。

"你干什么！"

"还有种方法就是将她打晕。"玄夜轻瞥了萧奕然怀中的倾城一眼，不知为何，刚才竟有些心疼。

玄夜冷漠地走过两人身边。萧奕然只静静地看着倒在自己怀里的倾城。

萧奕然的指腹轻轻划过倾城嫩滑的脸颊。倾城，若我刚才将你带回房，你便会恨我吧？我知道你现在爱的人是易瑾灏，不是我。即使我像疯了般想要得到你，但，我却不想让你恨我……

第二天。

倾城睁开眼。"嘶——好疼……"她轻轻揉了揉脖子，怎么了？昨晚落枕了？眼光忽然落在床边的一头黑发上，奕然？

"奕然。"

"嗯？倾城，你醒了！"萧奕然起身，关切地看着她。

"奕然，我的脖子好疼哦！到底怎么了？还有，你为什么会在我房里啊？"倾城看着他疑惑地问着。

"昨天的事……你……不记得了？"萧奕然试探地问道。

"昨天？哦！你不知道，那个玄夜有多恐怖！唰唰唰，一个人一下子杀了好几个人！而且都是高手哦！"倾城夸张地比划着。

"玄夜杀人？杀什么人？"萧奕然这时更加疑惑了。

"来杀我的人……"她的眼中忽然丧失了神采。

"来杀你的？"萧奕然皱眉，"谁派来的？"按道理说倾城的仇家并不多才是。

"是……"倾城缓缓地低眸，轻咬着唇瓣，似乎经历了心中的千万道险阻，伤心地说道："是易瑾灏。"

"易瑾灏！"萧奕然惊呼，怎么会是他？如果是，那昨天的那人又是怎么回事？

"怎么了奕然？"倾城不明所以地看向他。

"啊——没没什么……"

"萧公子，顾小姐，你们慢走！"管家老许站在御剑山庄门口与两人道别。

"老管家，你就别送了，感谢几日来的照顾，代在下谢过少庄主。"萧奕然抱拳谢道。

"那就就此别过。"

"就此别过。"

"倾城，我们上马吧。"萧奕然微笑着看向倾城。

"嗯。"

看着两人离去的身影，老许微笑地点点头，真是一对璧人啊！"少主，你怎么来了？"

玄夜不回答，只是默默看着两人离去的背影。那白马上，白衣翩跹，流苏起舞。

"顾，倾，城。"从玄夜的齿间轻轻地蹦出了这三个字。

第十五章 医谷求药

瑾灏……你，当真这么恨我吗？恨得都想将我杀死吗？心，好疼——好像被撕裂，我似乎都能听到心在滴血的声音，就在耳畔，一滴，两滴……感觉比死了还痛苦。呵！真的好悲惨，没有能够在一起，还要被你这样恨着，恨得想要杀了我。

"倾城！"

"……"

"倾城！"

"嗯？奕然，有什么事吗？"倾城将脸微微转向萧奕然。

"唔——没有，只是看你走神很久了，有什么事吗？"

倾城看着他微笑地摇了摇头，"没有。"

"嗯——"萧奕然心中黯然，倾城，你不知，刚才我看见你的泪了，多想那滴泪是为我而流，只为我一人而流……

蝴蝶翩跹，鸟儿鸣叫，路两旁的风景变得出奇地好。

"奕然，就快到医谷了吧？"

"嗯，快了。"萧奕然从包袱里拿出两块人皮面具，一块递给了倾城，"去医谷前，要先戴上这个。"

"为何？"

"因为医谷在越国和翊国的边界，附近往来的人员复杂，我怕会有人认出我们来。"

一会儿，两人变身为了普通的赶路人，其貌不扬，相貌平平，丝毫不会引人注意。

乾坤殿。

"什么？没能将她带回来？"易瑾灏紧紧地蹙着眉头，将拳头狠狠地砸向桌面。

"是属下无能，请主上降罪！"风尘跪地抱拳道。

易瑾灏缓缓地坐上龙座，闭上眼道："也不能怪你，萧奕然的武功确实比你高太多了……你先下去吧，找个太医看看，疗疗伤。"

"谢主上。"风尘抱拳。

不一会儿，两人来到了一个长满各色花草的地方。

"奕然，你看！"倾城指向草丛中的一块木板。

"欲入医谷，下马步行。"萧奕然轻轻地念出了木板上的字。

"好奇怪啊！为何进医谷要下马啊？"倾城皱眉问道。

"不知。"萧奕然盯着木板上的字看了一会儿道，"我们就按它说的做吧。"

于是两人将马拴在了医谷外的树桩上，徒步进了谷。

越往里走，树木越茂密，树林里弥漫着瘴气，周围的气氛开始变得诡异。倾城紧紧拉住了萧奕然的衣袖，萧奕然反手，轻轻将她的手掌握在手心。

"啊！"顾倾城忽然看见迎面蹿出来一条蛇。萧奕然立马将她护在身后，拔出"射日"将那蛇劈成了两段。

随后，从四面八方，纷纷有蛇张着带有毒牙的大口朝他们扑来。

"奕然！"倾城大惊。萧奕然用手环着她的腰肢，在原地转着圈，用"射日"划出优美的弧线来，毒蛇纷纷被砍成两段儿落地。

"倾城，没事了。"萧奕然将她放下，安慰地说道。

倾城缓缓地睁开眼，只看见满地的短蛇，有的还在抽搐或吐着信子，"啊！好可怕！"她紧紧地抱着萧奕然的脖子，将头紧紧地靠在他的肩上。

萧奕然微笑着抚上她的纤背，轻轻地安抚。

倾城害怕地跳过地上一条条的"尸体"，小心翼翼，生怕一不小心碰着，那模样，可爱至极。萧奕然微笑地看着，看着他最爱的倾城。

两人又向前走了走，密林慢慢变得稀疏，瘴气也渐渐地消散了。

远处，一个人影正倒在树下。两人赶忙走上前去，是一位老人，看起来年纪已经很大了，头发全白，还有一把又长又多的白胡子，身边还散落着些柴火。

"老爷爷，你怎么了？快醒醒啊！"倾城将老人扶起，轻轻地摇晃着。

"水，水……"老人口中不停地叫着要喝水。

"奕然，你快去找点水来啊！"倾城赶忙对萧奕然说道。

萧奕然皱眉迟疑，这好生奇怪……

"你快去啊！"倾城催促道。

"哦，好。"

不一会儿，萧奕然取了水来，倾城喂了老人喝下。老人渐渐地苏醒了过来。

"谢谢你们啊，年轻人，要不是你们，我这把老骨头早就葬身在这里啦！"老人对两人很是感激。

"嘿嘿，不用。"倾城笑说，"老爷爷以后砍柴要小心点啊！对了，您的孩子呢？他们真不应该让您这么大年纪了还出来砍柴！"

"呵呵，老头我独身一人，无妻无子，平时只能靠种点地砍点柴度日。"

"老爷爷，您真可怜！"

"我该回去了！哎哟！"老人站起身却一下子跌坐了下来。

"老爷爷，您没事吧？"倾城关心地问道。

"我，好像扭伤了脚啊！"老人龇牙咧嘴地坐在地上。

"那我们送您回去吧。奕然，好吗？"她看向萧奕然。

"嗯。"萧奕然皱着眉，总觉得哪里有些不对劲。

"啊，到了。"老人指着前面的茅草屋说道，萧奕然将老人缓缓地放下。

"年轻人，到我老头儿的茅屋里坐坐喝口水吧！"老人笑眯眯地看着两人道，身上还飘来阵阵药香。

"不用了，谢谢老人家了，我们还要赶路，就不劳烦了。"萧奕然颔首礼貌地说道。

"唔，那这个给你们吧。这是老头儿我最宝贵的东西了，是家传之宝！"老人将一块翠绿的碧玉拿了出来，想要交给两人。

萧奕然赶忙拒绝，将碧玉塞进老人的手心里，"老人家，这东西太贵重了，我们不能要。"

"是啊，老爷爷，我们救你又不是为了钱。"倾城也在一旁说道。

"那，"老人挠挠头，"小老儿我真是过意不去啊！"

"老爷爷，您不用过意不去！我们能遇见你也是一种缘分啊！"顾倾城轻轻地挽住老人的胳膊道。

"年轻人，祝你们好运！"

"老爷爷再见！"

两人继续在前往医谷的路上行进。

"奕然，你怎么了？"倾城一路上都看着萧奕然眉头深锁，不禁疑惑地问道。

"倾城，你不觉得很奇怪吗？这荒山野岭的，怎么会突然有个小木屋？而且这里是医谷境内，怎么会有一个老人独身于此呢？"

"可是那个老爷爷并没有伤害我们啊，"倾城反说道，"他也没有从我们这得到任何好处啊，况且，我们还易了容，没有多少人会认出我们的。"

"是啊，"萧奕然深锁眉头，用手轻轻摸了摸下巴，"这到底是为何呢？"

"哎呀，你就别再想了！"倾城上前撒娇似地摇晃着他的胳膊，想让他放下心来。

"啊呜，啊呜——"远处，传来凄惨的叫声。

"奕然，那那那是什么声音啊？"倾城害怕地抓着萧奕然的胳膊，身体紧紧地贴住他。

"我也不知道，我们去看看吧。"说完，他便领着倾城往叫声传来的方向走去。

声音越来越清晰，这表示距离也就越来越近了。倾城紧张地抓紧了萧奕然。就是这个地方了，萧奕然将周围的杂草清除后，看见一只小银狐倒在草丛里，腿上还夹着捕兽夹。

"啊呜——"小银狐凄厉地叫着，看得出它很疼。

"好可怜啊，"倾城看向银狐的左腿，同情道，"好可怜的小东西！奕然，我们帮帮它吧。"

"嗯。"

"啊！"就在倾城将手伸向小银狐时，小家伙可能是因为害怕，竟突然转头咬了她一口。

"倾城，你没事吧？"萧奕然担心地拉过她的手，仔细查看着。

"嘶，我没事，快帮它吧。"倾城低头收回被咬伤的手。

"可是你的手……"

"不要担心，奕然，先救它。"倾城低下头看向小银狐，微笑道，"小家伙，你不要怕啊，我们是来救你的，不要怕。"说着缓缓地伸出手去，轻轻抚摸着小银狐头上的毛。

小家伙好像听懂了一样，温顺地看着她，"奕然，你看，它听懂了！"倾城看着萧奕然很高兴地叫道。

萧奕然上前用力将银狐左腿上的捕兽夹拉开，就在捕兽夹打开之际，小银狐突然嗖地一下蹿进了树林。

"奕然，它不是受伤了吗？怎么会跑得那么快？"倾城疑惑地看着萧奕然道。

"因为它是我的银儿啊！"不远处传来一个老人的声音。

两人循声望去，竟是他们刚才救的那个老人，老人脚旁，小银狐乖巧地坐立着。

"老爷爷，是你！"倾城开心地叫道。

"倾城！"萧奕然变得警惕起来，皱眉将倾城护于身后。

"奕然？"

"说，你是谁？"萧奕然拔出射日指向老人，似乎是蓄势待发。

"呵呵，"老人摸了摸长长的白胡子，笑呵呵道，"年轻人，不要太暴躁，这样不好。"

"快说！否则休怪我不客气！"

"说了别那么暴躁嘛，"老人满脸笑意地看向倾城，"那位姑娘刚刚可是被我的银儿所咬伤？若不及时服药，那毒便会迅速蔓延至全身，到时候可是大罗神仙也救不她了！"

"什么？"

"哝，"老人扔给萧奕然一颗棕色药丸，"让她服下吧。"

萧奕然稍稍迟疑了一阵，还是让倾城服下了药丸。

萧奕然看倾城服下后并无大碍，于是转身看向老人，抱拳问道："敢问您是？"

"呵呵，怪，神，医。"老人笑着对他说道。

"老爷爷，原来你就是那个脾气古怪的神医啊！"倾城高兴地眨巴着灵动的大眼睛。

"叫我鬼医好了。"老人笑呵呵地抒抒胡须说道。

"在下萧……扬，见过鬼医。"萧奕然说时顿了顿，还是越少人知道自己的真实身份越好。

鬼医撇了撇嘴，摇头道："萧扬？你连真面目都不肯示人，看来这名字也是假的喽。"

萧奕然有些震惊，随后便问道："前辈是如何得知的？"

"在你背老夫的时候老夫就看到啦！"鬼医笑说，转而又瞥了他们一眼，"不过，这人皮面具很上乘，若不仔细看，一般人还是很难看出来的！"

萧奕然听完后抱拳道："前辈心思缜密，晚辈佩服！"随后便撕下了人皮面具，又道，"在下萧奕然。"

顾倾城在看到萧奕然撕下人皮面具后也跟着撕下了。

"呵呵，真是郎才女貌啊！"鬼医上下打量着两人笑眯眯地说道，转而又看向萧奕然，"萧公子的才智也很过人啊！老夫还以为是毫无破绽，没想到还是被萧公子看出了其中的疑点啊。"

萧奕然抱拳道："前辈过奖。"

翊国皇宫。御花园。
"风尘参见主上。"风尘跪地抱拳。
"什么事？"易瑾灏将手中的鱼食洒向水池中，便立刻引来了锦鲤的争相抢食。
"回主上，属下的人跟踪萧奕然和顾倾城，发现他们去了医谷。"
"医谷？"易瑾灏皱眉，"他们去医谷做什么？"难不成是倾城受伤或是中毒了？自己怎么了，还在担心那个女人吗？那个可恶的女人……易瑾灏轻轻地甩了甩头。
"风尘不知。"
"叫人再去探，探明回报。"
"是！"

医谷。
鬼医带着两人徒步向医馆走着，一路上，小银狐上窜下跳，好像对新来的客人很是喜欢呢。
"不知前辈为何要这么做？"萧奕然恭敬地问道。
"江湖众人以及一些达官贵人多会来谷中求医或是求长生不老之药，而老夫有'三不医'：怕死者不医，贪财者不医，无同情心者也不医。而你二人皆一一通过了老夫设的关卡，所以，老夫才会亲自来带你们进医馆。"
哦，原来是这样啊！倾城暗自感叹，自己可是很怕死的！还多亏了奕然啊！
"到了，这就是老夫的医馆了。"
顾倾城和萧奕然惊讶地看着眼前成片的草屋，虽说是草屋，但却修筑整齐，外形考究，屋子周围开满了各色花朵，蝴蝶绕着草屋翩翩飞舞，屋内不时飘来阵阵药香。
"这么多房子，鬼医爷爷，您一个人住吗？"倾城看着连片的草屋问道。
"是啊，之前不就说过嘛，老夫无妻无子，独身一人，这个没有骗你们哦！"
"呵呵，好吧……"
"来，姑娘，坐下。"鬼医打开草屋的门让倾城到桌前坐下。屋内的架子上放着各种各样的药材。
倾城来到桌前坐下，萧奕然则静静地站立在一旁。
"把手放上来。"
倾城看了萧奕然一眼，便乖乖将被咬伤的手放到了桌上。

小银狐一下子跳上了桌子，在倾城的伤口上舔了起来。

"前辈！"萧奕然惊呼。

鬼医摆了摆手，"放心，银儿这是在给她解毒呢！"

"那刚才的药丸？"

"那药丸只可以减缓毒性却不可完全解毒。"

"所以说？"萧奕然看向小银狐。

"是啊，这解药也就是银儿的唾液。"

"晚辈谢过前辈救命之恩！"萧奕然抱拳。

"你叫银儿是吗？"倾城轻轻地抚摸着小银狐身上的银色毛发。

"呜——"小家伙儿舒服地躺在桌子上，任倾城抚摸，还露出一副很享受的表情。呵呵，可爱的倾城，萧奕然看着眼前的倾城，嘴角勾起温柔的弧线。

"唔——"鬼医捋了捋胡子，抬眼看向两人，问道："你们来医谷找老夫有何事啊？"

"啊！是这样的。"倾城从凳子上站起，小银狐也随即起身从桌上跳下，窜到了鬼医脚下。"鬼医爷爷，那云裳散的毒可有解？"

"云裳散？"鬼医听后眼睛一瞪，"你问云裳散？"

倾城见状不解，"是啊。"

鬼医垂下头看向脚边的银儿，"有解。"

"奕然！你听到没有！鬼医爷爷说云裳散有解哎！那你以后就不用再这么痛苦了！"倾城兴奋地拉起萧奕然的手。

但萧奕然只是静静地看着鬼医，因为鬼医刚才的表情实在是太不正常了。

"只是……"鬼医语迟，看向兴奋的顾倾城，"现在世上仅有一颗解药。"

"一颗？"倾城惊讶地看向鬼医，一颗也好，只要能救奕然，不管在哪里她都会去找！"那这唯一的一颗解药在哪里呢？"

"翊皇宫。"鬼医此话一出，倾城便顿觉五雷轰顶，欲哭无泪，这唯一的一颗解药，竟会在——翊皇宫！在瑾灏那里！

"那鬼医爷爷不可解此毒吗？"倾城将最后一丝希望投向鬼医。

鬼医惭愧地低下头，"老夫才疏学浅啊！虽耗尽毕生精力却始终无法解开此毒！是老夫的师父雌黄之术太过高明了！"原来云裳散竟是鬼医的师父研制出来的。

最后一丝希望破灭，倾城好像丢了魂一般，眼神空洞，呆呆地不知看向何方……

"倾城……"这样的倾城就好像当时刚刚苏醒时一样，脸上没有任何表情，萧奕然担心地看着她。

"谁？"萧奕然突然感觉气场有些变化，将"射日"提起，快步走到窗前，却不见有人，可是刚才明明……

"我说了年轻人不要太暴躁。"鬼医皱眉看了一眼紧张戒备着的萧奕然摇了摇头。

"可是……"

"不要可是了，我们并没有遇袭啊。"鬼医笑笑说道，"做人要平和，不要总有杀念。"

"是！"萧奕然颔首恭敬道，"前辈说得是。"太奇怪了，刚才窗外虽然有人，但却丝毫感觉不到他身上的杀气，难道，他根本就没想伤害我们？再看向倾城，依然有些呆滞。

"倾城？"萧奕然轻轻地唤了她的名字。

"奕然……"倾城回过神来看向萧奕然，但眼里却已闪出了泪光。

"怎么了？"萧奕然见状很是紧张，看着她关切地问道。

"对不起……"

萧奕然听了先是一愣，随后温柔地笑了起来，"这又不是你的错！"他将脸靠近了倾城，"难不成我的毒是你下的？"

"奕然！"倾城瞪了他一眼，真是！这时候了还这么不正经。

"倾城，"萧奕然将倾城轻轻搂在怀里，在她耳边低低道："没关系的，我只要有你就够了。"

翊皇宫。

"查明了吗？"

"是，他们去医谷是找鬼医解毒。"

"什么毒？"易瑾灏挑起了眉，到底是什么毒非得要去医谷找鬼医？

"云裳散，越王萧奕然很早之前中了此毒。"

"他中了云裳散？"易瑾灏顿了顿，挥了挥手，"好了，下去吧。"

风尘走后，易瑾灏慵懒地坐于龙座之上，斜斜地将目光落在手中的白玉耳环上。昏暗中，只见他朱唇轻启，意味深长地冷笑道："顾倾城，相信我们很快就要再见面了……"

"倾城……"医谷外，萧奕然有些担心地叫着倾城，因为自昨天知道云裳散唯一的解药在翊皇宫后，她便一直这般。

"嗯？嗯，奕然，不用担心，我没事。"顾倾城回过神来，朝萧奕然淡淡一笑。

真的没有事吗？萧奕然侧脸看着倾城，小小的脸上柳眉紧蹙，一副心事重重的样子。

　　倾城，不要这样好不好？如果要你每日都生活在不开心之中，那我宁愿永远不解此毒！我萧奕然不是贪生怕死之辈，我只要你每日生活得快快乐乐就够了。

　　两人骑马路过一个小村庄，这小村庄虽没有富丽堂皇的建筑，却也美得令人心旷神怡。村庄中的村民个个朴实憨厚，待人诚恳，见着他们不认识的两人也热情地打着招呼。

　　"奕然，我们下马走走吧。"倾城侧过脸来对萧奕然轻轻地说道。

　　"好。"

　　两人一路行走，观赏着村庄的朴实与美丽。

　　忽然，一个小孩子跑到了倾城面前，"姐姐，姐姐，你真漂亮！"说完还将一朵花放到了她的手里。

　　倾城看着小孩可爱的模样，开心地笑了，轻轻地摸了摸他的头，"小朋友，谢谢你的夸奖哦！"

　　看着倾城如此模样，萧奕然也露出了笑容，道："怎么都没有小孩给我送花呢？难道是我长得不够英俊潇洒？"

　　"噗嗤——"听见萧奕然的话，倾城一下子笑了出来，这个奕然，没想到还会说出这样的话来。

　　溪边，村妇在岸上捣衣，孩子们则在溪中嬉戏，多么温馨的画面，多么美好的生活。倾城微笑地看着，眼里充满了向往……

　　走着走着，倾城停下了脚步，她轻轻地闭上眼，微微地仰起头，"奕然，这儿好美，好宁静，是不是？"

　　萧奕然停下脚步，看向她，"嗯。"

　　夕阳微红，轻轻染上佳人美好的面庞，她长长的睫毛在眼下打上了一层阴影，微黄泛红的青丝随风飘动，发梢细细地亲吻着佳人俏丽的脸颊。夕阳下，那抹纯白早已变成了橘黄色，裙摆的流苏在风中起舞……

　　"倾城，我们在此住下吧？"萧奕然微笑着淡淡地说道。

　　"奕然？"顾倾城震惊地看向他。

　　"就我们俩……好吗？"他依然微笑，目光灼灼地看着她，双眸透着浓浓的温柔，仿佛周围的事物都已不存在，眼中就只剩下她一人……

　　"可是你是越……"

　　"好了。"萧奕然打断她的话，温柔地看着她，"现在，我不管什么国家了，我在乎的只有你。我再不会像之前一样，为了复国而将你亲手送到另一个男人的怀抱。就算世界都毁灭了，只要有你在怀中，我就感觉拥有着全世界。你，是我最在乎的人！只要有你在，我的世界便都在！"他轻轻地抚上她的脸，轻轻道："好吗？"

"奕然……"她呆呆地看着眼前俊美的男子，弱弱道："好……"

翊皇宫。宜安殿。

"青儿！"易瑾灏满身酒气地进了宜安殿。

"陛下！"青儿惊呼，"陛下您这是怎么了？喝了这么多酒？"

"嗯嗯嗯，不多不多！"易瑾灏醉醺醺地摆了摆手，"我心里难过啊！"

"陛下，您快躺下休息休息！"青儿将易瑾灏扶到了榻上，将他的龙靴轻轻脱下。

"陛下，喝点茶吧。"睡梦中，好像有谁叫着自己的名字，他仿佛看到了那个令他朝思暮想的女子，那个让他又爱又恨的女子，那个让他今晚如此痛苦、借酒消愁，他却始终忘不掉的女子……他再不要放她走了，不要！

易瑾灏一把将青儿的手腕抓住，另一只手在她纤细的腰身上一用力，

"啊！"青儿惊呼地跌倒在他的胸膛上，手中的茶水也洒了满地。

易瑾灏疯狂地吻上她娇嫩的唇，轻咬着，大手在她的全身不安分地开始了大扫荡。

"陛下……"青儿也明白了过来，满脸绯红地轻叫着，却也始终迎合着他的动作。"嗯……"脖颈上的酥痒令青儿陶醉着，双手轻挽上他精瘦健壮的腰身。

突然，一个挺身，青儿感觉下身一阵疼痛，但却又觉得很幸福。一波波的热浪传来，青儿不能自已地轻叫着，"嗯——啊——"

易瑾灏吻向她的耳边，轻道："我爱你，我爱你，倾城……"

倾城？青儿听到这个名字后浑身僵硬，他把我当作了姐姐？原来，我只是个替代品而已。泪水悄悄地滑过脸庞，青儿闭上了眼。是个替代也好啊，至少，现在是幸福的……

拭干泪，青儿吻上瑾灏的胸膛，什么时候，这里，才会有我？

"啊——"又一个挺身，青儿思绪全断，只能尽情地享受着现在。

很快，萧奕然在山下，村庄的边缘搭建起了一个小木屋，虽简陋得很，却也可遮风避雨。

倾城慵懒地靠在门边尽情享受着美丽的自然风光，心中却怎么也不能平静。

奕然，我知道越国对你来说意味着什么，那是你父王的毕生心血，是你母妃最珍贵美丽的回忆，是你最美好的童年回忆，但你居然为了我而放弃。你爱我胜于爱你自己，

可我却承受不起，我不配，真的不配！

"倾城。"熟悉的声音传入耳中，顾倾城睁开眼，不远处，一个高大健壮的男子闯入眼帘，他身着一身灰色麻布衫，手中提着一些山鸡野兔，向她露出好看的微笑。

"奕然，你回来了。"眼前的萧奕然虽褪去了一身华服，但他身上那与生俱来的超然气质却丝毫遮掩不住。

萧奕然听见倾城说出的话，竟不禁愣了一下儿，"嗯，我回来了。"普通的乡村夫妻可是这般？丈夫去上山打猎，妻子则在家中等候，也许还会有可爱的孩子从屋里跑出来，甜甜地唤着"爹——"萧奕然微笑，这样好幸福……

"倾城你看，我从山上打了这么多野味，今天可以美餐一顿了！"萧奕然开心地炫耀着手中的猎物。

"可是，我不会做饭啊……"倾城不好意思地低头怯怯道。

"我会啊！"萧奕然伸手扬起她的脸，"这便包在我身上了，我亲爱的倾城，你就等着享受美味吧！"说完，他就将猎物拎进了屋。

看着萧奕然进屋的身影，倾城默然，奕然，这真的……是你想要的幸福吗？

宜安殿。

睡榻上，青儿温柔地看着身边躺着的男子，潇洒的剑眉，英挺的鼻子，还有白皙的皮肤，有着世上男子最英俊的容貌，还有他的身份，他是尊贵的翊王，是天之骄子！

而昨晚，这个不凡的男子居然临幸了自己……

想起昨晚的缠绵，青儿便满脸泛起了醉人的红晕。轻轻地，她将头靠在了易瑾灏的肩头。

易瑾灏皱眉，头怎么这么疼？他用手轻轻地揉了揉。

"陛下，你醒了！"

易瑾灏看向身边，佳人虽用丝被裹着，但洁白嫩滑的肩头却露在外头。

"青儿，你……"易瑾灏愕然地看着身边的人儿，"你怎么会在这儿？"

青儿掩嘴一笑，"陛下，这里是宜安殿，难道陛下忘了昨晚……"

易瑾灏已感觉到了一丝不妙，"昨晚怎么了？"

青儿红了脸，轻轻道，"昨晚陛下宠幸了臣妾啊。"

"什么？"易瑾灏猛地支起了身，"我宠幸了你？"

"是啊。"青儿脸上滑过一丝笑意，"难道陛下您不记得了？"

"我，"易瑾灏看着她一愣，立即下了榻，将地上的衣服拾起，"青儿，对不起，孤昨晚喝多了……"

"来人！替孤更衣！"

朝堂上。

"陛下，据探子回报，今日江湖上的人都很不安分，特别是御剑山庄，还举办了什么英雄大会……"

"怎么会？我怎么会和青儿……"易瑾灏紧紧皱着眉，丝毫没有留意下面大臣们的启奏。

"陛下？陛下？"林文钦在朝堂下疑惑地叫着，陛下今天这是怎么了？这样心不在焉。

"啊？"易瑾灏回过神，"林左相，何事？"

林文钦一愣，微微摇头，"臣说最近江湖上很不安分，第一大庄御剑山庄还举办了武林大会，怕是会出什么事啊……"

"那依左相言，此事该如何去办呢？"

林文钦抱拳道："臣认为，应该打压打压江湖上那些人的士气，让他们知道朝廷才是最大的主儿！"

"嗯，就依左相而言吧。"易瑾灏捏了捏眉头道，"孤今日身体不适，你们就先退了吧。"

"可是陛下！"

"退朝！"

"臣等告退。"

乾坤殿。

我，真是该死！易瑾灏将拳头狠狠地砸向桌面，怎么会，和青儿……倾城可是拿她当亲妹妹一般啊！我怎么可以……

如今我该如何面对青儿？名义上她虽是我的淑妃，但实际上我拿她真的当妹妹一般，从没想过和她……娶她也只不过是为了报复倾城，而现在，怎么可以……若是她再怀上了龙子又该怎么办？自己怎会犯下这样的错？果真是酒后乱性。

晚风徐徐吹过，山头上，萧奕然轻轻地搂住倾城的肩，让她的头就这样靠在自己肩上，自己则用头轻抵着她的头。

"倾城……"萧奕然温柔地开口，热气悠悠地吐在倾城的头上，她觉得有些痒，"我们就这样生活一辈子吧……"

倾城微微一怔，没有说话，只是安静地靠在他的肩上。真的可以这样吗？

"倾城？你在听吗？"萧奕然低了低头，看见怀中的人儿安静地靠在自己肩头，满足地微笑。

"嗯，今天的饭菜很好吃。"倾城看着山下的房屋，星星点点地发出亮光。

萧奕然先是愣了愣，随后笑着说："那你怎么不会呀？要知道妻子都要给丈夫做饭的呀，你这个小笨蛋。"他亲昵地捏了捏她的鼻子。

"我——"倾城抬起头看向他，却怎么也说不出话来。

萧奕然温柔地看着她的眼眸，黑眸里闪出一丝光亮，轻轻地在她的额上一吻，柔柔地道了一声："我爱你……"

倾城闭上眼，轻轻靠在他的肩头，此刻，她什么也不愿去想，因为她不想辜负眼前这个深爱她的男子……

乾坤殿。

"倾城……"易瑾灏大叫着从梦中惊醒，他擦了擦额头的汗，呼——原来是一个梦……他轻轻将拳头展开，那个纯白莹润的白玉耳环安静地躺在手心里。

易瑾灏看着手心中的白玉耳环，有些痛苦，"倾城，我……"他将手心里的白玉耳环捏紧，"想你！"

"啪嗒。"一滴泪滴落在他的手背上。

瑾灏！倾城惊醒，刚才，她梦见瑾灏了！梦中的他很伤心，是为了自己吗？应该不会，他一定恨死自己了，倾城黯然。

一阵平稳的呼吸声传入耳中，她看向身边，萧奕然正安然地熟睡着，月光下，依稀可见他无双的面容。这样对奕然是不是太不公平了？两人虽同睡一张床，但他却从未对她做过什么过分的举动，可能是因为太爱她了吧，才会如此珍惜……

清晨。

"大娘好！"倾城微笑地朝一个村妇打着招呼。

"哟！小媳妇起得可真早啊！"村妇笑着说道。

"是啊，早上要起来洗衣服啊！"倾城说着便将衣服提起，走向溪边。不是她起得早，只是昨晚梦醒后就再也无法入眠，索性早些起来。

走到溪边，倾城看到许多村妇已在那边开始捣衣了。大家寒暄着，欢乐地交谈着。倾城找了一块凸起的大石头，将衣服放在上面，准备捣衣。

萧奕然感觉到阳光正照射在脸上，暖暖的，不知为何，昨晚竟睡得那么安稳……

阳光有些刺眼，他将眼睛眯起看向身边，倾城！身边居然空空如也！萧奕然一个起身，向屋外跑去。

倾城不会出什么事吧？应该不会呀，若是有人劫持昨晚我就应该发现。

萧奕然皱着眉在村庄里紧张地寻找，"大娘，你看见我娘子了吗？"萧奕然看见村头的村妇问道。在入住这个村庄时免得村民们起疑，两人便假用了夫妻之名。

"哦，你那小娘子大早就去溪边洗衣服了！"村妇笑着说道，"可真是个勤快的媳妇儿啊！小相公你真有福气啊！"萧奕然并没听完村妇讲的话，就急急忙忙朝溪边跑去。

溪水叮咚地流淌，萧奕然跑到溪边，看见很多村妇都在捣衣，却唯独不见倾城。

蓦地，一个小小的身影闯入他的视线。倾城正在一块大石头上捣着衣。她将袖子高高地卷起，一手拿着皂角，一手拿着捣衣棒，长长的秀发被简单地束在脑后，几缕海藻般的头发还挂在前额飘荡。

灿灿的阳光照射在她身上，满身的金黄，就好像传说中美丽的凤凰。

萧奕然微笑地看着，这样，真的好幸福……

"嗯？奕然？"倾城晾完了衣服回到小屋中，看见萧奕然也起了身，正坐在门前的台阶上等着她，"你怎么不多睡一会儿？"

萧奕然微笑，"没有你我睡不着啊！"

倾城看着他这副模样不禁轻笑，"没个正经……"

"奕然，今天我做饭吧！"倾城看向正在劈柴的萧奕然。

"你做？"萧奕然挑起了眉，"你会做吗？"

倾城撇嘴，"不会难道还不可以学嘛。"

中午，村边这个新屋子的烟囱中飘起了袅袅炊烟。

萧奕然看着桌上的菜，有些无奈，这都是些什么呀？

倾城兴奋地指着桌上一道道焦黑的菜说道："这是炒青菜，这是笋烧肉，这是炒鸡蛋，这是，嗯，这是……"看到一道菜却是连自己都叫不出名字，"奕然，你都尝尝吧！"

"倾城，"萧奕然咽了咽口水，却也不能打击她的自信心，"嗯，好……"随即夹了一块焦黑的不知是什么的菜放入口中。

"嗯！好吃！"萧奕然违心地夸奖道。

"你都没有嚼！"倾城不满地叉腰皱眉。

"我有啊！只不过比较快你没看到而已啊！"萧奕然还申辩道。

"真的？"

"真的！"

"哟哟哟！这是什么味儿啊！"浓烈的焦味引来了隔壁的村妇刘大妈。

"啊！是刘大妈啊！"倾城开心地说，"刘大妈，你来得正好，快来尝尝我做的菜！"

刘大妈晃悠到桌前，看了一眼桌上的东西，"唉呀妈呀，这都是些什么呀！还能吃吗？！"

"啊！刘大妈，我们还有事，您先请回吧！"萧奕然看倾城脸色有变，连忙将刘大妈赶了出去。

关上门，萧奕然看向倾城。

"奕然，刚才一定很难吃对吧？"倾城愣愣地看着桌上的菜，一脸失落的模样。

"没有，很好吃。"

"你骗人，刚才刘大妈都说了。"倾城嘟着嘴，有些难过，明明已经很努力了……

"真的，很好吃。"萧奕然说着又坐了下来，夹起了一块焦黑的菜放入口中，细细咀嚼了起来。

"奕然，"倾城低头，"你不用再骗我了……"

萧奕然微笑地说道："我没有骗你啊，真的很好吃哦！我吃的不是菜的味道，而是烧菜人的心意。吃到这样的菜，我觉得很幸福……"

"奕然，谢谢你。"

"倾城，"萧奕然拉起她的手，"你就是我的幸福啊！"

晚上，村庄的后山。

"奕然，这里好黑，我害怕。"倾城紧紧地抓着萧奕然的手，警惕地看着周围高高低低的杂草。

"嘘，不要说话。"萧奕然小心翼翼，害的倾城也将心给提了起来。

"奕然，我们来这里干什么？"

"保密！"

"……"

又走了一阵后，萧奕然将她拉到自己前面，"仔细看！"随即便将自己面前一人高的草给拉开。

"哇！"倾城看到眼前的景象不禁惊呆了，很多的萤火虫在草丛间飞舞，幽幽的亮光，满山遍野，好像进入了另外一个美妙奇异的世界。

"好漂亮！"倾城呆呆地说着，因为看到眼前的画面，她已说不出别的话来。

倾城快乐地跑进草丛中，萤火虫纷纷起舞。

"呵呵"银铃般的笑声传来，萧奕然微笑地看着她，看着这样美丽的仙子，他最爱的人，仿佛周围的萤火虫都在为她而舞……

他们坐在草丛中，被无数的萤火虫环抱着。一只萤火虫幽幽地飞来，倾城缓缓伸出食指，小萤火虫就这样轻轻地落在她的食指上，一亮一熄，仿佛像是在对她俏皮地眨着眼。

"奕然，很可爱吧！"

萧奕然微笑不语，因为，他不想破坏这样美丽宁静的画面……

"奕然，我跟你一起上山吧！"倾城晃着萧奕然的胳膊撒娇道。

"不行，你还是在家呆着吧，山上不安全！"萧奕然皱眉。

倾城更加用力地摇晃着他，"你就带我去吧！家里好无聊，况且不是有你保护我吗？"

看着倾城这样，萧奕然无奈，"那，好吧！"

山上。

"奕然，你看，好多漂亮的花哦！"倾城说着便要上前采摘。

"慢着，倾城！"萧奕然将她拦下。

"怎么了？"倾城看着他不解。

只见萧奕然走向那些花，仔细地观察了一阵，又凑上鼻子闻了一下，说道："好了，这花没有毒。"

说起花有没有毒，倾城又想到了御剑山庄的玄夜。她讪讪道："又不是所有花都有毒……"

萧奕然朝她瞥了一眼，皱眉道："倾城，凡事还是小心为妙！"

一路上，倾城看见很多很好看的花，但每次萧奕然都像第一次一样，待自己查探过以后才让她采摘。倾城虽不满，但知道奕然也是为了自己好，也就没有再说什么。

"好累哦，奕然，你背我吧！"倾城撒娇地看着萧奕然。

萧奕然无奈，"刚才叫你不要上山你不听，现在后悔了吧。"他蹲下身，"上来吧！"

"那我来喽！"倾城欢快地跳上萧奕然结实的背。

从山上下来，倾城已采了一大束鲜花，五颜六色，很是漂亮。她找了一个泥罐子，灌上水，将鲜花插在里面。看着这些鲜花娇艳欲滴，倾城满心欢喜。

"奕然，吃饭了！"倾城欢喜地叫着，因为几天的练习下来，自己做的菜已有了起色，至少可以看得出做的是什么了。

"来了！"萧奕然放下手中的活，走进屋。

"奕然，你先吃，我去盛饭。"倾城微笑地看着他说。

"好。"

萧奕然看着桌上的菜心情很好，我的倾城越来越像一个妻子了，突然，一阵剧烈的疼痛席卷全身。

哐当！倾城正在盛饭，突然听见身后传来声响，她回头一看，萧奕然正趴在桌上，而桌上的碟碗却已碎落一地。

"啊……！"萧奕然低吼，都是因为最近生活太美好了，他竟忘了今天是十五！

"奕然！"倾城扔下碗，快速跑到萧奕然面前，抱住他，"奕然，奕然，对不起，我竟忘了今天是十五！你……"

"倾城……"萧奕然想要安慰她，但巨大的疼痛却让他将倾城推到了地上。

"倾城……"萧奕然痛苦地看向她，倾城在他眼中，看得出心疼。他也不想的，只是毒发时，他根本控制不了他的身体……

"啊……！"萧奕然痛苦地捂着头，脑袋里的巨大疼痛更让他无法忍受，他跟跟跄跄走到柜子前，一拳砸向柜子。

哐当！一声碎裂的声响，放在柜子上插着鲜花的瓶子被摔成了碎片，瓶中的花儿散落一地。

好疼……倾城艰难地爬起，从背后紧紧地抱住他，想阻止他再伤害自己。

"奕然，不要这样！想想你的母妃！想想我！"

"呃……"萧奕然绷紧了全身，努力克制着，同时因为疼痛，身体也在不住地颤抖着。

倾城将萧奕然扶到床边，让他躺下，自己也紧紧地抱着他。时间一分一秒过去了，渐渐地，萧奕然不再那么难过，他慢慢地安静了下来。

"奕然？奕然？"倾城试探地叫着，换来的只是萧奕然安睡的呼吸声。

倾城松开了萧奕然，起身，看见满目的狼藉，目光落到了满地的碎瓷和残败的鲜花上。

倾城呆呆地，原来简单的幸福她和奕然也是不能有的……奕然身上的毒总会发作，而且她也不愿看到奕然这样痛苦。

奕然，我不愿让你这么痛苦！我要为你找到解药，所以，对不起，她看向熟睡中的萧奕然，那样安详。奕然，原谅我不能给你这样简单的幸福。

她从怀中掏出一炷香，缓缓点燃……

【木清歌】作品

一生一世 下
歌尽桃花

新世界出版社
NEW WORLD PRESS

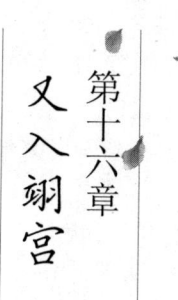

第十六章 又入翊宫

"吁！"倾城侧身下马，看着眼前高大雄伟的建筑，不禁感叹，翊皇宫，我又回来了……

"站住！"一声呵斥，一个官兵拦住她的去路，"干什么的？"

"我是进宫来当宫女的，请问兵爷，路怎么走？"倾城颔首礼貌地问道。

"哦，"官兵上下打量了她一眼，"前面向右拐，可别瞎跑啊！小心掉脑袋！"

"哎哎……"倾城连声应道。现在的她只是一个普通的女子，没有绝世的容颜，有的只是一张普普通通的脸。她将萧奕然包袱中的人皮面具取了出来，想着在翊皇宫还是越少人知道她越好，特别是易瑾灏……她只想平安地为萧奕然找到解药。

宫女报名处人头攒动。

"叫什么名字？"

倾城愣了愣，转眼看到身边一个宫女衣裙上的流苏，便道："流苏。"

招选宫女的老太监上下打量了倾城一番，满意地点点头，道："你就去服侍陛下的起居吧！"

"什么？"倾城大惊地看着老太监，竟然会让她去服侍瑾灏。

老太监笑笑说："这是皇后娘娘下的诏，说是太过美艳的宫女服侍陛下容易媚乱后宫，所以只让一些姿色平平的女子来当陛下的宫婢。说来像你这样的最合适！"

听完老太监的解释后倾城惨笑，原来是这样，玉蝶衣是害怕再有宫女像自己和青儿一般魅惑易瑾灏，她是害怕自己的地位受到动摇。

后宫女子就是这般，总是担心有一天帝王不再宠幸自己……可悲啊！所以无论怎样，自己都不要成为她们当中的一员！可是这样一来，自己不是就要见到易瑾灏了吗？而且还要服侍他的起居……这可怎么办？不！不要想这些了，帮奕然拿到解药要紧！

在惶惶不安中，倾城被老嬷嬷带进了内宫。

"倾城……"萧奕然昏昏沉沉地从床上起身，找遍了屋子，可是怎么也找不到倾城。

在床边的地上他发现了一支未烧完的香，蹲下用手捻了一些放在鼻前仔细闻了闻，是……安魂香！他在鬼医的屋子里见过！

这么说……是倾城……萧奕然猛然发现窗台上有一封信，他拆开信，是倾城的笔迹！

"奕然，原谅我以这种方式离开你。和你在一起的这些天真的很快乐，真的！只是，我不能就这样眼睁睁地看着你的毒一次次地发作，你一次次地难受，更不能忍受你有一天会毒发……

我不想你为了我而放弃生命，放弃你的越国！我知道你不是贪生怕死之徒，但我也知道你心里是放不下越国的。所以，回去吧，回你的越国去，好好当你的越王，一定要好好治理国家。

不要担心我，我会为你拿到解药的，无论用什么方法……

还记得我们的第一次见面吗？你从一个纨绔子弟手中救了我，那时的你，好像是俊美的天神，有着凡人所不能有的气质。后来，你又接二连三地救我于危难之中……呵呵，最后我还死皮赖脸地赖上了你，所以，现在是我该回报的时刻了！

答应我！不要担心！也不要来找我。对不起……原谅我不能给你你想要的幸福，再见了……奕然……"

"倾城……"萧奕然紧握着手中的信纸，身体缓缓地滑落瘫坐于地。

经过几天的训练，今天，老嬷嬷带着服侍陛下的宫女来到了乾坤殿。

乾坤殿的门缓缓地打开，满眼的金黄，从殿内闪出。倾城眯眼儿，看见一个人影儿正端坐于殿中央的龙座上。

"瑾灏……"倾城看着龙座上的男子，柳眉微微蹙起，胸口开始微微地疼痛起来。

"老奴见过陛下。"老嬷嬷跪身行礼。

"嗯，有何事？"易瑾灏皱了皱眉，抬起头来。

"这是皇后娘娘为陛下选的贴身宫女，负责陛下的起居。"

易瑾灏打量了倾城几人一眼，冷笑了一声，心想玉蝶衣，你真是用心良苦啊！"好呀，替我多谢皇后娘娘。"

倾城低着头，紧紧地咬着唇，心里想：你……和她，幸福吗？

"你们从今天起要好好服侍陛下，知道吗？"老嬷嬷瞪着眼对着倾城与几个宫女说道。

"是……"宫女们侧身回答。

易瑾灏从龙座上起身，缓步走到几个宫女面前，"你叫什么？"

"回陛下，奴婢叫阡熔。"

"嗯。"他又踱步来到另一个宫女面前,"你呢?"

"鸳儿。"

"嗯。"

他越走越近了……倾城有些莫名的紧张。

"你呢?"好看的眼眸看向倾城。

"奴婢……奴婢……"倾城慌张地低下头,"奴婢叫流苏。"

"流苏?"易瑾灏侧了侧头,这声音……他抬起头看着她的脸,一丝失望从脸上滑过。

不,她不是。"很好听的名字……"易瑾灏沉默了片刻,"和她的名字一样,很好听……"然后易瑾灏凑近了倾城的脸,缓缓地说:"告诉孤,你为什么不敢看孤?"

"奴婢……奴婢……"倾城一时语塞,竟不知该如何回答。

"为,什,么?"易瑾灏眯着眼一字一顿地说。

"因为奴婢不配观摩陛下圣颜……"

易瑾灏先是一愣,随后哈哈大笑起来,"哈哈哈……真是懂规矩!"随后,他走上龙座,一脸严肃地说道:"我告诉你们,你们到这儿来服侍我,就是我的人了,所以,就该听我的话!某些人……例如皇后娘娘的话,我劝你们还是趁早忘了的好!"

几个宫女齐齐跪下,"奴婢不敢!"

瑾灏为何会这样说?难道瑾灏不喜欢玉蝶衣?到底发生了什么事?倾城皱眉。

回到乾坤殿后院的屋子后,倾城收拾好行李便陷入了沉思。为何这段时间,瑾灏竟好像突然变了一个人?原本快乐善良的瑾灏不见了,取而代之的是一个沉郁冷漠的易瑾灏,好像对一切都冷血无情……到底是什么让你变成这样?是瑾轩的死,还是……我?

"陛下,用膳的时间到了……"倾城俯身低头说道。

易瑾灏坐在高高的龙座上抬起头来看向朝堂下,一个颔首的美丽倩影,这个身影……好熟悉……很像我的……倾城。

"陛下?"见瑾灏没有回应,倾城便试探性地问了一声。

"嗯?"易瑾灏看向她的脸,轻轻摇头,她,的确不是……他面无表情地摆摆手,"孤今晚不想用膳,都撤了吧。"

"可是陛下……"倾城不忍看他这么作践自己的身体。

"好了!孤说撤!"易瑾灏皱眉怒道。

"是……"倾城行了礼,缓步向门口走去,轻轻掩上门,回头再看一眼她心爱的人啊!龙座上,一个无比孤独的身影,与恍惚的烛火相伴,明黄色的龙袍再威严,也掩盖不住他的孤单,赤红色的御笔再有力,也抚不平他眉头上的那个"川"。

已经二更天了,倾城躺在床上却怎么也睡不着,满脑子里都是那个明黄色的身影,她轻轻起身,披了件披风,蹑手蹑脚地出了门。

远远地看见乾坤殿正殿的灯依然亮着。难道瑾灏到现在都没有睡？她慢慢走进乾坤殿。

"谁？"感觉气场有变，易瑾灏猛然抬起头，手腕一用力，朱红色的御笔便像箭一般从手中飞出。

"啊！"倾城被一股很大的冲击力向后推去，嗯？不疼？她不禁睁眼一看，自己的衣服被刚刚飞出的御笔牢牢地钉在了树上。她伸手使劲儿地拔着笔，却怎么也拔不出。

乾坤殿的门缓缓地打开，"怎么是你？"易瑾灏皱眉。

"陛……陛下！"倾城看见那个明黄色的身影便神色大变。

"说！要不然我把你整个人都给钉在树上！"

"我……我想看看陛下睡了没有……"倾城低头小声地说道。

"看孤睡了没？"易瑾灏走近她，伸手轻轻地抚摸粗糙的树皮，"我看你是不老实！"

"啊！"倾城扭头看向他，到底要怎么解释……她想了一会儿，道："陛下，奴婢其实是想来看看你要不要找皇后娘娘来陪……"

"你？"易瑾灏皱眉。

"啊！是您。呼——"倾城轻舒一口气，暗自擦汗。

"看来你真是玉蝶衣选进来的啊……这么为她着想，也难为你了。"易瑾灏轻拍她的肩。

"陛下能知道娘娘这么在意陛下就好。"倾城轻轻咬着唇低声地说道。

"你还真是大胆！"易瑾灏低沉着声音看着眼前的人。

"奴婢知罪！"倾城被他这么一说吓得一哆嗦，"陛下，您误会了，奴婢不是皇后娘娘的人。奴婢只是因为相貌普通，所以才被选来服侍陛下的。"

易瑾灏听了后缓缓地将倾城的脸抬起，仔细看了看，"还真是普通……可是……"他慢慢向她靠近，声音开始变得阴沉，"你一个刚进宫的宫女怎么会知道玉蝶衣是皇后娘娘的名讳？嗯？"

倾城看向满脸阴沉的瑾灏，"奴婢……奴婢听宫里的老嬷嬷讲的！"

他的脸色慢慢好转，"好了，你回去吧。"

"可是这个……这个……"倾城用眼神示意他，树上牢牢钉着的御笔。

易瑾灏一愣，随后莞尔一笑，将御笔拔出。

"奴……奴婢告退。"

他有些愣住，自己刚才是笑了吗？自从她离开，有多久没笑过了呢？易瑾灏摇摇头，转身走进乾坤殿。

还真是惊险呢……倾城轻轻地舒了口气，若是他知道了是自己，那该如何是好呢？唉——

第二日。

"奴婢替陛下更衣。"倾城颔首低声说着，心里却暗暗发着牢骚，都怪鸳儿那几个坏丫头，把伺候瑾灏的事儿都让她来做，而她们倒偷得清闲。

"喂！"一旁的易瑾灏在她耳边大嚷，"孤的手都伸了老半天了！"

"啊？哦！"倾城回过神来，"陛下恕罪！"遂将龙袍递上。

易瑾灏皱了皱眉，"真是个不合格的宫女……改天要拿培训你的老嬷嬷问罪。"

"啊！"

"淑妃娘娘到！"殿外，一声传报。

淑妃？岂不就是青儿？倾城的心开始紧张起来。

"陛下！"还没见人声音却已先到，随即一个美人跨进门槛，柳叶弯眉，薄粉微黛，眼波流转，衣裙婆娑。这是青儿吗？倾城不禁怀疑起来。眼前倾国倾城的美人丝毫看不出是以前那个天真烂漫的小丫头……

"青儿。"易瑾灏微笑着牵过青儿的手。她真的是青儿……在两只手接触到的那一刻，倾城的心儿就开始疼起来。

"你今天怎么来了？"易瑾灏侧着脸问青儿。

青儿嘟起小嘴，撒娇道："陛下你都好几天不来宜安殿了，臣妾很挂念你啊……"

"是吗？"易瑾灏挑起眉，微笑地看着身边人。

"是啊！青儿难不成会骗你吗？"青儿越发地撒起娇来。

"当然不会。"易瑾灏将青儿拉到榻前，示意她坐下。

"陛……陛下，奴婢有些不舒服，先下去了……"倾城捂住绞痛的胸口，低低地说道。

易瑾灏皱眉，"你下去吧。"

"奴婢告退。"

"陛下，她是谁啊？我怎么没有见过？"看着倾城离去的身影，青儿侧着头问道。

"哦，她叫流苏，是新来的宫女。"易瑾灏淡淡地回答。

"呜——"刚跨出乾坤殿的门，眼泪便奔涌而出，倾城想要擦拭，怎奈却是越擦越多。

青儿……瑾灏……你们……靠在栏杆边，她微微地闭上眼，泪还是止不住地往下流。是命运的捉弄吗？我和瑾灏早在一开始就注定了不能够在一起，可为何还要让我们在人海之中相遇？在相遇之后还要爱上？世界上最痛苦的事不是不能和所爱的人在一起，而是在一起之后最终却要无奈地分开……

倾城，不要再想了，你和瑾灏是不可能的了。你进宫来是为了帮奕然拿到解药，难道你忘了吗？青儿，瑾灏，祝你们幸福……"

入夜，倾城悄悄地出了屋子。

解药会在哪里呢？太医院？乾坤殿？还是别的什么地方？她开始犯难了，都不知道放解药的地方，还怎么找啊……倾城在乾坤殿的内院里晃悠着，思考着藏解药的地方。

"流苏，今天儿这么晚出来还是为了想让皇后来侍寝吗？"头顶上方传来一个幽幽的声音。嗯？倾城紧张地抬头四顾寻找。"别找了，在这儿呢！"她循声望去，只见易瑾灏坐在乾坤殿的屋顶上，一双黑眸正犀利地盯着她。

"陛……陛下！"倾城心里想着，"完蛋了……"

易瑾灏纵身从屋顶上飞下，倾城身边一阵风儿拂过，他来到她身边，直直地盯着她，那样的目光使她有些发毛，倾城低下头。"你的行迹很可疑啊……"易瑾灏看着她玩味地说着。

"陛……陛下，奴婢只是睡不着，所以才出来走走……"

"哦？是吗？"易瑾灏靠近了她，嘴角翘起一丝弧度。

"呃，是是……"倾城的头低得更低了，她呆呆地看着自己的脚尖。

易瑾灏围着她转了一圈，用手轻轻摸了摸下巴，"你还真是奇怪啊……"

倾城心里紧张，他该不会发现什么了吧……

良久，易瑾灏收回打量的眼神，点了点头，道："玉蝶衣还真是选对人了，你还真是普通啊！普通到钻到人群里就找不到了。"

倾城心中苦涩，只有这样，才会让你认不出我。

"喂，会喝酒吗？"

"什么？"

"问你会喝酒不会。"

"不会……"

"那陪我喝酒吧。"

"啊？"不等她反应过来，易瑾灏就把她拉进了乾坤殿。

"陛下，奴婢真的不会喝酒！"倾城连忙摇手，想要拒绝。

但易瑾灏却狠狠地看向她，"最好不要违抗孤的旨意……"

"来！"易瑾灏从书桌下拿出一坛酒。倾城哑然，御书桌下面是放酒的吗？倾城无奈地接过酒坛，却也不喝，因为她真的不会喝酒啊！易瑾灏也不理会她，独自一人举起坛子喝了起来。

"瑾灏……"见易瑾灏如此喝酒，倾城心里有些不舍。"瑾灏，不要喝了，伤身体……这样喝酒，难道，你有什么心事吗？"看着他蹙着的眉，倾城多么想上前抚平，她不想看见他如此忧愁哀伤……

咕嘟咕嘟，三两坛下肚，易瑾灏的意识开始模糊了起来，醉醺醺地放下酒坛，他看向倾城，"喂！那个叫流苏的，怎么不喝？孤命令你喝！"

"是……"倾城举起酒坛，将酒灌下。浓烈的辛辣味充斥着鼻腔，沿着喉咙向下，直至胃部，一路灼烧的感觉。

"你……怎么哭了？"易瑾灏侧过头眯着眼看着倾城。

"奴婢……"倾城微微皱眉，可是内心的痛苦和哀伤却令眼泪一直往下流，并且一发不可收拾。

"其实……"易瑾灏看着手中的酒坛顿了顿，"我也很想哭……可是我是翊王……一般男子都不可轻易落泪，更何况我呢？"他微闭了双眼，"可是谁又知道我心中的痛苦呢？永远在思念中煎熬着……而那个人……"他猛然睁开眼，"她就这样离开了我，没有一丝留恋。难道她从来就不曾爱过我吗？"他微微地叹了口气，"也许，她从一开始就没有爱过我吧……"

"瑾灏……"倾城泪眼婆娑地看着他，她宁愿痛苦的是自己。

"嗯？你……叫我什么？"易瑾灏用微醉的眼神看着她。

"啊……陛下，奴婢刚刚没有说话！"

"你……"易瑾灏缓缓地直起身来，晃晃悠悠地走近了倾城。"扑通！"在就快要到倾城面前时，他醉得倒在了地上。

倾城愣愣地看着倒在地上的易瑾灏，瑾灏……他，还爱我吗？她摇了摇头，不管怎么样，现在一切都不可能了……她将他扶到床上，替他盖好被子。倾城伏在他床前，静静地看着他，不禁伸出手，轻轻抚上了他的脸，低头，缓缓地印上他的唇，鼻息传来淡淡的酒气，一滴泪悄悄地落在了他的脸颊上。

"嗯？"易瑾灏支起身，头有些疼，他皱了皱眉，手不自觉地往脸上摸了摸，这是什么？一种很特别的感觉……他环顾周围，没有人呀！可是，自己昨天到底是怎么睡着的呢？

"来人！更衣！"

鸳儿走进房中，柔声道："陛下，奴婢来替您更衣。"

易瑾灏将手伸出，成"大"字形，他看了鸳儿一眼，漫不经心地问道："那个叫流苏的呢？今早为什么不是她？"

"回陛下，流苏她身子有些不适，所以奴婢便来代替她为陛下更衣。"

"哦。"

下朝了，易瑾灏漫不经心地在乾坤殿的后花园散步。闻着香，他走到一棵桂树旁，轻轻地折下一段桂枝。淡淡的桂花香幽幽地萦绕过鼻尖，易瑾灏思绪飘渺。眼前又浮现柔柔的月光和着淡淡的桂香，宜安殿的后院里，两人相互依偎。"瑾灏，我爱你……""倾城……"易瑾灏一脸黯然，"我还能再见到你吗？不是说你要云裳散的解药吗？我有，我有啊！无论你是想要救谁，萧奕然也好，我都不会阻止，只要你来找我，我就一定会给你……"

水连廊上，一个藕色的倩影，静静地倚扶着栏杆，易瑾灏心中一惊，倾城吗？良久，他自嘲地笑了笑，呵呵，她怎么会在这里……他悄悄地走近水连廊。

倾城看着水中嬉戏的锦鲤，鼻子一阵酸胀，为什么自己要是宇国的公主？而他，为什么要是翊国的皇子？如果有来生，她甘愿做一条锦鲤！即便生命短暂，且一生也只能在水中度过，可也胜过她如今的境地。任思绪流淌，泪悄悄地滑落，"啪嗒。"滴落在汉白玉的栏杆上。

"喂！你这个大胆的宫女！胆敢欺君说你身体不适！"倾城被身后突如其来的男声吓了一跳。

"陛……陛下！"她连忙拭泪跪下。

"你……"易瑾灏看着她低下的脸，缓缓地蹲下，"你哭了？"

"没有……"倾城将脸别到一边。

"喂!你当孤是瞎子吗?"易瑾灏皱眉看她。还真把他当瞎子了……

"奴婢不敢……"

"起来吧。"易瑾灏侧着脸看她,"那你为什么哭?有谁欺负你了吗?"

"没有……"

"那是想家了吗?"

"不是……"

"我知道了!"他忽然作恍然大悟状,"一定是想你的情郎了,是吗?"

"想……情郎?"倾城抬头看向易瑾灏,他那双好看的黑眸正炯炯有神地看着她。

"是啊……"倾城淡淡地说,"被陛下说准了呢,奴婢还真是在想情郎……"

"那……你为什么还要进宫来?"

她看向远方,"被迫……"

易瑾灏欲言又止,看着她没有再说话。

"陛下还有事吩咐吗?若没事,那奴婢告退了。"不等易瑾灏说话,倾城已走过了他身边。

"嗯。"易瑾灏皱眉,"还真是个奇怪的人。"

"然儿,这些日子你去哪里了?"蒙面人厉声问道。

"徒儿和……倾城在一起。"萧奕然低头。

"那她人呢?"蒙面人看向他。

"她……进翊皇宫了,说是要帮我找到解药。"

"哦?想不到她还是个重情重义的女子……"蒙面人沉思,低声自语,"也许……她真的可以帮你找回解药……"说着眼中竟闪过一丝阴狠。

"可是我不要!徒儿只是想她永远在我身边就好……为了她,徒儿甘愿放弃越国,放弃生命!"萧奕然有些激动地说着,"师父,徒儿想去翊皇宫救倾城出来!"

"堂堂男儿怎么可以说出这样的话来?"蒙面人怒道,"然儿,你太令为师失望了!果真是红颜祸水!就像当年……"蒙面人看了萧奕然一眼,突然停止了说话。

"师父,当年什么?"萧奕然看见师父奇怪的神色追问道。

"没什么。"蒙面人似乎在掩饰着什么,转而又厉声朝萧奕然道,"你好好待在房里想想!"

"师父到底怎么了?似乎当年在他老人家身上发生了什么事……萧奕然看着蒙面人离去的背影想着,想来师父的身份也很是神秘,不知他是什么时候来到越国的,也不知他是什么时候进的越皇宫。只知道从自己记事起,他就是自己的师父了。萧奕然皱眉,师父到底是什么人呢?为何会对倾城有如此的偏见?"

他从胸前掏出那一小束头发,愣愣地看着。倾城,难道,我又要再一次地失去你吗？他把头发缓缓地递到唇边，轻轻地吻了吻。闻着发上残余的清香，他闭上眼，在脑海中细细地描摹着倾城的模样……

翊皇宫。
乾坤殿后花园，倾城坐在湖边的石头上，看着水里的锦鲤。忽然，一只漂亮的玉色蝴蝶翩跹而至，轻盈地落在了她身边的粉色牡丹上。看着玉色蝴蝶，倾城微微地皱起眉，为何她进宫后的这段时间都没有在乾坤殿见过玉蝶衣？
忽然身边有了声响，她侧过头，看见玉色蝴蝶已被人擒入手中。
"奴婢参见陛下！"倾城起身慌张地行礼。
"起来吧。"易瑾灏逗弄着手中的蝴蝶说道。
"谢陛下。"
"哝。"易瑾灏将蝴蝶递给倾城，"送给你。"
"给我的？"倾城有些不可置信地看着他。
"嗯，你刚才不是一直看着它发呆吗？难道你不想要？"易瑾灏看着她挑起了眉。
"不是。"倾城看着手中的蝴蝶低低回道。
"陛下……"倾城犹豫，缓缓地问道："奴婢可以问您一个问题吗？"
"什么？"他折下身旁的粉色牡丹，将它拿在手中把玩。
"为何皇后娘娘从不来乾坤殿？"
易瑾灏猛然看向她，紧紧地捏着手中的那朵牡丹。
见状，倾城赶忙下跪道："陛下请恕罪！"
易瑾灏看着她许久，渐渐地抬起头，望向湖面，"因为我不许。"
"不许？"
"因为，我不爱她。"
倾城心中猛地一悸，愣愣地看着地面。易瑾灏又继续说着，"在我心里，她永远是我唯一的皇后！只有她才配……"
她？她是指谁？自己吗？还是……青儿？
"那……"倾城抬起头，看向他，"淑妃娘娘呢？"
"青儿？"易瑾灏微微一怔，垂下眼眸直直地看向倾城，"流苏，你不觉得身为宫女，你问得实在是太多了吗？"
倾城赶忙低下头，"是是，奴婢该死！还请陛下恕罪！"
"哼！"易瑾灏甩袖离开，只留下呆呆跪于地下的倾城。
感觉手心儿有些小动静，倾城轻轻地松开手，玉色蝴蝶便从她的手中翩跹地飞起来，一眨眼，就飞入了花丛中。
坐在书桌前的易瑾灏手捧着书，却是怎么也看不下去。怎么会……自己怎么会对一个宫女说这么多呢？他问着自己，微微皱眉，流苏身上总有让自己似曾相识的感觉。

轻轻地触摸着手中的白玉耳环，细腻而冰冷的感觉从指间直至心头，让他觉得有些疼痛。你，就真的一点都没有喜欢过我吗？为何你要这么狠心？枉我对你付出如此真心，换来的又是什么呢？不过是你的背叛和羞辱罢了。

　　那日，天牢里，只要你说出二皇兄遇刺的原因，我就会相信你……无论你是真的也好还是编造的也罢……可是你为什么就是什么都不说？并且还和萧奕然远走高飞……我的心在进天牢的那一瞬间崩塌，毁坏的牢门，你的余香，还有地上的这一只白玉耳环。

　　你知道心碎的感觉吗？就是这样，一瞬间支离破碎。明明心疼得要命，却不能流出一滴泪，你知道那是种什么感觉吗？白天，面对着满朝的文武大臣，我要假装精神，假装抖擞，假装什么事儿都没有发生过。可是一到晚上，夜深人静，脑海里还是会闪现出你的影子，那样挥之不去，整夜整夜地醉酒，却整夜整夜地想你，甚至，我将青儿当成了你……

　　"流苏啊！"鸳儿大叫着倾城。

　　"嗯？什么事？"

　　"哦，是这样的，太后娘娘最近睡眠不好，陛下让我去抓点安睡的药。我现在腾不开手，你帮我去吧。"

　　"嗯嗯，好，这事包在我身上！"倾城拍拍胸脯道。这可是个难得的机会，她可以光明正大地去太医院找找解药。

　　出了乾坤殿，七绕八绕之后终于来到了太医院。

　　"胡太医。"倾城给面前的老头行了个礼，这个胡太医她是见过的，那时她受伤可就是胡太医给诊治的。

　　胡太医眯了眯眼打量了一下倾城，"你是……"

　　"奴婢名唤流苏，现侍奉陛下。"倾城微微颔首道。

　　"是流苏姑娘啊！不知姑娘来有何事？"一听是陛下身边的人，胡太医便恭敬了起来。

　　"哦，陛下让我来抓点儿安睡的药给太后娘娘。"

　　"原来是太后娘娘凤体违和啊！老夫这就抓药。"

　　"胡太医！"这时院外有人叫喊。

　　"何事？"胡太医问着冲进来的小太监。

　　"淑妃身子不爽，还请胡太医去看看。"

　　"可是老夫还有事啊！要不叫别的太医去吧。"胡太医面露难色。

　　"哎哟！谁不知道这宫中就您医术最高了！"小太监凑到他耳边，"胡太医，你想想啊，现在谁最得宠？是淑妃啊！你要为你的前程着想啊！"

　　"这……"看得出，胡太医在犹豫。

　　青儿病了？倾城有些担心，没什么事吧？不过有胡太医在就应该没什么事，现在还是奕然的解药要紧。"胡太医，这样吧，你告诉我是什么药，我来抓就是了，你就去忙你的吧。"

"这……好吧。枸杞三钱，天麻三钱，南星两钱，白附两钱，麝香半钱。"

"好，我记住了。"

待胡太医走后，倾城就开始到药柜前翻找解药。

首乌？灵芝？辰砂？覆盆子？冬虫夏草？怎么都是这些药材？她有些焦急。嗯？那是什么？守宫？倾城打开抽屉一看，差点没吓死，所谓守宫，就是晒干的壁虎。她最怕这些蛇啊虫啊壁虎之类的东西了。她几乎将太医院翻了个遍，也没找到可能会是解药的东西。她累得瘫坐在地上。

"什么人？"突然有人大叫。倾城立即从地上爬了起来。

那人走近倾城，"你是什么人？为何在太医院乱翻？"

原来是王太医，他也曾经给倾城诊治过。"我……"她一时紧张竟说不出话来。

"不说？我喊人了啊！"

"不要不要！"正在倾城不知道怎么办的时候，胡太医回来了。

"啊呀，王太医！这是怎么了？"胡太医看向两人。

"哦，胡太医啊，这个宫女在太医院的药柜里乱翻，样子很可疑！"

"哦，是这样的，这流苏姑娘来替太后娘娘抓药，我正巧有点事，就把药方告诉她让她自己抓。"

"这样啊……"王太医点点头。

"是是是……"倾城赔笑道。

"可是话又说回来了，流苏姑娘啊，你抓药怎么这么长时间啊？我出诊都回来了，你还没抓好。"胡太医疑惑地问道。

"啊啊……谁叫这太医院抽屉这么多！我怎么找得到呢！"

"难找吗？"胡太医走到药柜前，看了看，"你看，这枸杞，南星，白附，天麻还有麝香不都在这嘛！"他指了指胸前的位置。

"我……我又不是太医，我怎么知道啊！"

胡太医和王太医面面相觑。

"鸳儿，这是太后娘娘的药。"倾城将手中的药递给鸳儿。

"我的姑奶奶呀，你怎么这么慢？简直要了人的老命！要是耽误了太后娘娘的病情，我就是有十个脑袋都不够砍的！"鸳儿向倾城抱怨着，指了指自己的脑袋。

"嗯？你们在这儿？"易瑾灏从乾坤殿出来。

"奴婢给陛下请安。"

"嗯，孤现在要去宜安殿一趟，你们随孤去吧。"

"陛下……奴婢要给太后娘娘送药……"鸳儿小声说道。

"唔……那就流苏和我一起去吧。"

倾城颔首道："是，陛下。"

走到宜安殿前，倾城不禁停下脚步，看着"宜安殿"三个朱红色的大字有些愣怔。

易瑾灏回头看向她，"你怎么了？为何不进来？"

"啊？"倾城回过神，"是是，奴婢这就来。"

踏进宜安殿，一切都是那么熟悉，可是这些都已成了曾经……

"陛下……"娇滴滴的声音传来，一个粉色的身影出现在眼帘儿，青儿一下子扑倒在易瑾灏的怀里。

"青儿，不是身子不适，为何还起来？"易瑾灏上前搀扶住她，脸上露出不悦。

"可是来人是陛下啊！"青儿委屈地嘟嘟嘴，却依然娇弱地靠在易瑾灏坚实的怀中。

"来，坐。"易瑾灏小心翼翼地让她坐下。

看着两人，倾城紧紧地咬着唇，抑制着自己快要崩溃的情绪思绪乱飞。看来，他所说的那个"她"，就是青儿吧……是不是他从一开始就不曾爱过自己，而是青儿呢？很悲哀吧，抛下深爱自己的奕然，一心想着的只有他，可到头来，他却心怀他人……

"怎么会不舒服呢？是不是吃坏了肚子？"易瑾灏关心地问着怀中的青儿。

青儿柳眉微皱，"臣妾也不知是怎么回事，只是今早一起来就觉得不舒服……"

"那要注意身体呀！"易瑾灏轻轻地拍了拍她的头。

又过了一阵，易瑾灏起身，"陛下要走了啊……"青儿嘟嘴儿。

"嗯，孤还有政务要办。"

"臣妾恭送陛下。"

"你好好休息吧。"

青儿露出甜甜的微笑，"好……"

回乾坤殿的路上，看着一路争奇斗艳姿态各异的花，易瑾灏默然。倾城，她最爱花了……青儿，爱她吗？不，原来自己一直在青儿身上寻找她的影子……

"流苏……"易瑾灏转头看向倾城，"你的嘴角怎么有血？"他看见她的嘴角渗出一丝鲜血，有些惊讶。

"嗯？哦，没事没事……"倾城回过神来，原来自己刚刚把嘴唇咬破了。一舔嘴角，一股腥气涌入鼻腔。

"真的没事？"易瑾灏凑近了些问。

倾城回过身，"没，没……没事……"

"流苏，你过来。"易瑾灏向她招招手。

"嗯？"

"孤问你，淑妃好看吗？"

"嗯……好看……若九天神女……"

"嗯……"他满意地点了点头，继续往前走。

倾城愣愣地站在原地，他，终究是爱她的是吗？

易瑾灏微笑地走着，他对流苏的回答很满意，因为，他的倾城比她还要好看！她是最好看的女子！她才是真正的九天神女！只可惜……嘴角边的微笑慢慢地消失，她离开了他……为了另一个男子而离开了他……

第二日。

易瑾灏处理完政务，看见桌上有一碟甜点，他拿起一块尝了尝，"嗯！不错！青儿一定喜欢！流苏。"

"是，奴婢在……"

"把这个送去宜安殿。"

"是，陛下。"

倾城端着一碟甜点去了宜安殿。一路上，碟子里的桂花香不断地飘进她的鼻子里，她享受地嗅了嗅，"嗯……好香！"

"奴婢给淑妃娘娘请安。"倾城向青儿行了个礼。

"嗯，有什么事吗？"青儿慵懒地躺在榻上，玉手将一枚夜明珠般的葡萄轻轻放进嘴里。

"是陛下让奴婢给娘娘送糕点来的。"

"你叫流苏？"

"是。"

"嗯，起来吧，拿来我尝尝。"青儿轻轻地挥了挥手。

倾城将糕点放在青儿面前。青儿拿起一块放进嘴里，咀嚼了一番，突然神色大变，一挥袖，将倾城手上的糕点挥到了地上。

"娘娘！"倾城赶忙下跪。看着地上散落的糕点，倾城有些可惜。"娘娘，不好吃吗？"

青儿喘了口气儿，"很好吃，只是，桂花味……"

"桂花味有何不妥吗？"倾城不解地问着。

"桂花味……"青儿自言自语，好像没有听见倾城说话，"他还是把我当作她……我在他心里终究是她的替代品吗？"

"娘娘？"

"嗯？"青儿回过神，"流苏，今天的事不准说出去，要是陛下问起来，就回我觉得很好吃！"

"皇后娘娘到！"殿外，小太监扯着嗓子喊着，青儿一惊，赶紧下榻迎接。

"臣妾参见皇后娘娘。"

"哎哟！妹妹！你快起来啊！"玉蝶衣假意忙上前扶起青儿，"听说妹妹身子不爽，今天我特地来瞧瞧！"

"姐姐哪里的话，可让妹妹折寿了！"青儿挽着玉蝶衣的手赔笑道。

倾城细细打量着玉蝶衣，几月不见，她却是更加高贵动人了。看着两人如此寒暄，她不禁觉得这后宫的确如人们所传言的那样，尔虞我诈，一个个口蜜腹剑，表面上亲密无间，暗地里却都各怀鬼胎！

"蓉儿。"玉蝶衣向贴身宫女招手，"妹妹，这可是千年的老山参茶呢！滋补养颜，趁热，赶紧喝了吧！"

"那谢谢姐姐了。"

玉蝶衣起身，蓉儿端着茶一步一步地走近青儿。倾城看着两人，隐约觉着不对劲儿，可却又说不上究竟哪里不对劲。在蓉儿快要走到榻前时，她整个身子向前一倾，滚烫的参茶就这样直直地朝青儿扑来。

"啊！"青儿闭上眼睛，却丝毫感觉不到灼烫的疼痛，她睁开眼，只见流苏挡在她面前。"流苏！"

"嘶……"倾城不禁倒吸一口凉气，只觉得背后一阵灼烫感。这样的疼痛似乎比上次的挨板子还要难以忍受……额头上的冷汗很快沁了出来，倾城脸色苍白。

"你这个臭丫头！叫你不小心！还好烫到的是个宫女，若是淑妃娘娘，你这小命算是不保了！"玉蝶衣狠狠点了点蓉儿的头，她气啊！关键时候，怎么又出来个宫女……这回算便宜那个小贱人了！

"是是是！奴婢该死！请淑妃娘娘饶命！"

"算了，你也不是故意的……"青儿看了看倒在窗前的倾城，"来人啊！快宣太医！"青儿暗暗想着，哼，不是故意的？我看，巴不得想刚才烫伤的就是我吧！幸亏有那个流苏，要不然啊，我这张俊脸可是真毁了！那个流苏还真是忠心呢！

"流苏！流苏你怎么了？"看着流苏被人抬回来，阡嶍和鸳儿一起围了上来。

倾城咬牙，满头是汗，却是说不出一句话来。

"要不要告诉陛下，求他给你找个太医来？"阡嶍看着床上虚弱的倾城担心地问道。

"不要！"倾城艰难地直起身，拉住正准备去找易瑾灏的阡嶍，"我……我没事……"

倾城一个人躺在床上，独自忍受着背后的灼痛。虽然太医已经处理过伤口，但她一个宫女，太医能给她用什么好药呢？背后的灼痛如巨浪般袭来，她没有后悔。在滚烫的茶水泼向青儿的那一刻，她心里只想着不要让青儿受伤，便义无反顾地扑了上去。

"陛下，奴婢给您更衣。"阡嶍举着龙袍柔声说道。

易瑾灏抬眼打量了她一眼，努努嘴，"流苏呢？"

"流苏她……"阡嶍支吾，"她身体不舒服……"

"身体不舒服？"易瑾灏皱了皱眉，这个宫女麻烦事儿还真多。

"嗯……"阡嶍的眼角沁出了泪滴。

"嗯？"易瑾灏看向阡嶍，"你怎么了？"

"陛下！"阡嶍一下子跪在易瑾灏面前，"请陛下救救流苏吧！"

"救她？她怎么了？"易瑾灏的剑眉拧成了个"川"字。

阡嶍哭着将昨天发生的事一五一十地告诉了易瑾灏。"什么？竟有这等事！"他大袖一挥，"摆驾！"

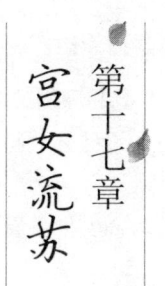

第十七章 宫女流苏

倾城艰难地舔了舔干裂的唇，自昨天出事起，她便什么也吃不下，现在身子虚弱得很。忽然听见门口传来声响，以为是阡熔回来了，便道："阡熔，帮我倒杯水吧，我好渴……"

水一会儿便送到了她面前，"谢谢……"倾城接过水。

听阡熔没有出声，她抬头看了看，"陛下！"手中的水杯瞬间掉在了地上。

"奴婢见过……"倾城支起身。

"别动！"易瑾灏连忙阻止，让她躺下，"让我看看。"他轻声说道。

"陛下……"

"别动。"

易瑾灏轻轻地拉开她后背的衣服，红色的水泡便突兀地出现在了眼前。那红色的水泡在雪白的背上尤显刺眼，易瑾灏不忍，缓缓伸手，轻轻碰触。

"嘶……"倾城倒抽一口凉气。

"疼吗？"他皱眉，脸上满是不舍。

转过头，倾城咬牙说道："不疼，谢谢陛下关心。"她强忍住眼中的泪水，害怕自己在他面前哭出来。

易瑾灏起身，"这样美好的背上若留下什么疤痕，那也太可惜了。你放心，孤会为你找最好的太医，用最好的药！"

第二日，胡太医果真就来了。

"流苏姑娘啊，怎么会这样？前几日见你还好好的。"胡太医为倾城诊治时，惋惜地说道，"不过，你还真是幸运，陛下居然让老夫给姑娘用只有皇室才可以使用的膏药，此膏药是用天山雪莲和雪狐的血以及多种名贵药材制成的，药效可是绝对的好！用了这药，老夫保证以后姑娘这后背啊还像原先一样！"

"嗯，谢谢胡太医。"倾城笑道。是幸运吗？她问自己。

宜安殿。

"青儿，此事为何你没有与我说！"易瑾灏对青儿怒道。

"流苏只不过是一个宫女，况且也没什么大碍啊！"青儿嘟嘴道，她觉得瑾灏说得没有道理。

"你！"易瑾灏甩袖，"没什么大碍？你去看看！那叫没什么大碍？人家可是舍命救你，可你却……"

"陛下……我怎么觉得你对那个流苏不一般啊……"青儿若有所思，绞着自己手中的丝绢小声地嘟囔道。

"你！哼！"易瑾灏甩袖离开。

她……到底是谁？易瑾灏坐在龙座上冥想，为何要易容？要不是今天去看流苏时，她转头道谢，他也不会看出她易了容，难道她来宫中另有所图？可是，她又为何要救青儿？究竟是敌是友？

过了几日，倾城已可以下床自由走动。

"流苏，那药还真是神了！"鸳儿赞叹地说道，"才不过几日，你便好得这般快！"

"是呀是呀！"阡嫆插嘴，"陛下对你可真好，居然会为你用这么名贵的药！要知道一般的贵族可是都用不到的呢！"

"好啦好啦……"倾城微笑地制止这两个丫头的羡慕和幻想。

"流苏姐姐，陛下请你过去一趟。"突然，一个小太监走到门口说道。

"陛下。"倾城在乾坤殿的大厅跪下，易瑾灏一人坐在龙座上。

"嗯，伤势好些了吧？"

"是，已经结痂了。"

"嗯，这就好。"

倾城皱眉，叫自己来不会就是为了说这些吧？

"你这次护主有功，想要什么？说吧，孤都会赏赐给你的。"

倾城颔首，"这是奴婢应该做的，奴婢什么都不要。"

"嗯？什么都不要？"易瑾灏身体前倾，皱眉道。

"是。"

"好。"他缓缓走下殿，慢慢地靠近她，蹲在她面前，"抬头。"

"是。"倾城微微将头抬起，却也不看他。

易瑾灏用两个手指捏住她纤弱的下巴，"你是谁？"

倾城心中一惊，猛然看向他一怔，随即又恢复，"奴婢是流苏啊。"

"流苏？它该不是你的真名吧？"易瑾灏轻笑道。

"陛……陛下说笑了，奴婢就叫流苏啊。"倾城的心儿开始剧烈地跳动。突然，她感觉下巴传来一阵疼痛。

"说！"易瑾灏满眼愤怒地看着她，他讨厌被人耍！

"奴婢还有事，先请告退！"倾城挣脱他的手，想要逃跑，谁知在慌乱之中，一个东西竟从她身上滑落。

"叮咚。"地上传来清脆的响声，易瑾灏朝那东西看去，那是一枚牡丹银簪。

"是你！"他愣在原地，倾城也站在那里不知所措。

突然，易瑾灏上前一把拉过倾城，将她脸上的人皮面具撕下，看着那张朝思暮想的倾世面孔，他缓缓地说道："果然是你。"

"瑾灏……"倾城痛苦地看着他。

"你终于回来了……而且还带着……"易瑾灏指向地上的银簪，"它！"这支牡丹银簪是倾城和萧奕然的定情信物，到今日，她居然还不忘带着它！

"不是的！"她想要解释，带那支银簪只是因为那是她和奕然的回忆罢了，而并没有什么别的含义。

"够了！"易瑾灏打断她的话，冷冷道："我不需要听。"

"流苏？哈哈——"他冷笑几声，看向她，"你觉得玩弄我很过瘾是吗？"

"我没有！"

"闭嘴！"易瑾灏靠近她，"我会在你身上加倍讨回来……"

"瑾灏……"倾城满眼含泪地看着他，现在无论她说什么，瑾灏都是不会相信的。

"来人！将此人带入雪海园！"

倾城流着泪看着离自己越来越远的人，没有再说一句话，只是静静地看着，看着……

倾城被人带到了雪海园。雪海园其实就是一座行宫，但园内的院子里种满了白梅，冬天白梅盛开时，这里就像是雪海一般，因此得名。只是看样子，这里已经荒废很久了。

倾城独自一人坐在屋中，没有点灯，因为她不需要，点与不点都是一样的，她的心中早已一片漆黑。瑾灏……你，还是这么恨我吗？黑暗中，倾城觉得脸上一阵温热，她伸手摸了摸，呵，原来是泪呀！液体缓缓地流进嘴里，苦涩不仅在口中蔓延，更在心里扩散……

乾坤殿。

易瑾灏从梦中被惊醒，他呆呆地看着手中的白玉耳环。梦中，那个身影一次又一次地出现，并且，倾城被带去雪海园之前看他的眼神，也在他脑中不断闪现。

"你终于回来了……"他看着手中的白玉耳环说道，"你知道我等这一天等了多久吗？好久好久，久得我都忘记了时间……回来了，终于回来了……回来了，请不要再离开，因为我不知道还能不能再次忍受没有你的日子……不管怎么样，我只要你在我身边……为何爱你如此之深？没有缘由吧！人世间的事原本就是如此，若凡事都有原因，那便也不能称为人世了。"

"陛下，此事事关重大，还需陛下三思！"林左相在殿下抱拳恳切地说道。而易瑾灏此时什么也听不下去，他起身猛地拍向桌子，"退朝！"

"可是陛下……！"

易瑾灏走到雪海园前，静默地看着。雪海园，曾经是他母妃住过的行宫。母妃生前爱梅花，而白梅则是她的最爱。自从母妃去世后，父皇便叫人封了园。想来父皇也是爱过母妃的吧，虽然后来得知，他最爱的是倾城的娘亲。而今，他竟让倾城住了进去……

在园外徘徊许久后，易瑾灏推开了雪海园厚实的门。

绕过早已枯萎的梅林，他来到正殿，伸手，将满是灰尘的门打开。

一道刺眼的光射了进来，倾城用手遮住，想让它不那么刺眼。一只明黄色绣着飞龙祥云的靴子踏了进来，倾城眯眼抬头看，是……是他。

"怎么？一夜没睡？"易瑾灏打量了坐在地上的倾城。望着倾城凌乱的发丝，疲惫的神色，虽然有些心疼，但还是努力克制住，唇齿间蹦出冷漠的话语。

她低着头，咬紧了嘴唇。如今的瑾灏，已不是原来的瑾灏……

"咳咳——"易瑾灏进门时带进的灰尘使她忍不住地咳嗽起来。

"孤知道你会回来的……"他轻扬起嘴角。

孤……他……自称是"孤"……倾城心中冰冷，胸口感到一些疼痛。

"你，回来是想要找到云裳散的解药。"头顶上的声音，毫无感情。

"你！"倾城抬起头，惊讶地看着他。

"孤没那么蠢！"易瑾灏居高临下地看着她，"对，孤派人跟踪过你们。"

"那……你能不能把解药……给我？"倾城看着他，咬牙问道。

"你！"易瑾灏紧紧地蹙起眉，一把将她拉起，死死地扣住她纤细的手腕，狠狠地说："现在你都自身难保了，还想着他！"

"瑾……陛下，求求你……"倾城恳求道。

她，叫自己"陛下"？易瑾灏有些揪心，却又怒火中烧，他将倾城死死地按在墙上。

"这是什么？"他注意到她手腕上的水蓝色丝带，想试图解开它。

"不要！"倾城惊恐地大叫："不要……"似乎是在苦苦哀求。

易瑾灏看了她一会儿，"又是萧奕然吗？"眉眼一聚，上前猛地将丝带扯下。

"啊！"她痛得叫了起来。

丝带缓缓地飘落，右手手腕的皮肤暴露在外。倾城赶紧捂住手腕，因为她不想让瑾灏看到……

"你还在掩饰什么?"易瑾灏越加愤怒,上前一把将她的手拿开,"这是……"丑陋的疤痕裸露在眼前,易瑾灏眼中充满了惊讶,"你……"

"你,是如何受伤的?"易瑾灏松开手,有些心疼地看着她。

倾城颔首不语。良久,她抬起头,直视易瑾灏,"可以……把解药给我吗?"

"你!"易瑾灏捏紧了拳头,骨节有些泛白。他一把将倾城推到墙边,然后上前用身体死死压住她,"你这个女人,怎么可以这般!"

"瑾灏……唔!"易瑾灏用唇紧紧地将她堵住,不让她说出一句话来。他能感觉到,那个小小的身体在无助地颤抖。瑟瑟的,好像秋风中的落叶。

"瑾灏……你放开我!"倾城用尽全力推着面前这个像猛虎一般的男子,可却丝毫不起作用,衣带被轻而易举地扯开,那双大手还想往里探进。

突然,唇边传来一阵疼痛,一股血腥味充斥了易瑾灏的整个鼻腔。他将她推开,"你……"他用舌尖舔了舔唇边的血。倾城咬了他,狠狠地咬了他,因为,他已经不是原来的瑾灏了……

易瑾灏死死地看着她,举起拳头。倾城看着拳头落下,闭上了眼睛。拳风在耳边呼啸而过,"嘭!"一声闷响,拳头狠狠砸落在她耳边的墙上。

她睁开眼看向易瑾灏,易瑾灏却还死死地看着她,眼神丝毫未移开。他收回拳,紧紧握着的拳无力地垂在身侧。"滴答……"血从指缝间滴下。倾城的心好疼,"瑾灏,不要这样,好吗?"

转身,他快步离开,任凭手中的鲜血滴落。脚步声渐渐远去,倾城知道,这偌大的雪海园又只剩下自己一人了……

"啊!陛下,你的手怎么了?"青儿看见易瑾灏鲜血淋漓的手大惊,"来人啊!宣太医!"青儿朝身旁的侍女大叫。

"不用了。"易瑾灏疲惫地躺倒在睡榻上。

"可是……"

"孤说不用了!"易瑾灏朝她怒吼道。

青儿觉得委屈,却又不能说什么。她心里纳闷,陛下今天到底是怎么了……再看看他手上的伤,青儿又不自觉地感到心疼。

易瑾灏受伤的手紧紧握住那枚白玉耳环,心里不住地问:"为什么要这般对我……"

"陛下?陛下?"青儿端来一杯茶,轻轻唤他。

良久,他淡淡道:"倾城回来了。"

"咣当!"青儿手中的茶杯碎裂在地上,她愣愣地站在原地。什么……姐姐竟回来了?

"青儿,你怎么了?"易瑾灏看见青儿这副呆愣的神情关心地问道。

"啊?没……没什么,陛下,你,打算……怎么办?"青儿看向易瑾灏试探地问着。

易瑾灏陷入了一阵沉默，是啊！到底该怎么办才好……

"青儿，你觉得真的是倾城杀了二皇兄吗？"他坐在榻上皱着眉问道。

"啊……臣妾也不知……"青儿低下头，想要掩饰自己的惊慌失措。

"你和她亲如姐妹，难道她什么也没有与你讲吗？"

"没……没有……"

易瑾灏看向结痂的拳头想着，倾城，你手腕上的伤到底是怎么回事？伤口那样深，一定很疼吧？你……知道我很心疼吗？你身上到底发生了什么？你和萧奕然，有没有……有没有……

"青儿，你去看看她吧……毕竟你们俩是姐妹。"

"是，臣妾遵旨。"

"嗯，那孤先走了。"易瑾灏突然站起身。

"陛下！陛下！"青儿想要让他留下，却来不及跟上他匆匆离去的步伐。

"吱呀——"雪海园正殿的门又被缓缓地推开。倾城抬头，"青儿，是你！"她的眼中充满了欣喜。

"姐姐！"青儿上前跪下，一把抱住了她，"姐姐，青儿好想你，呜呜——"

倾城抚摸着她的背，柔声道："青儿乖，不哭了哦，我不是又回来了吗？"

青儿伏在她的肩上假装哭泣，心里却在想"为何你要回来？为何你不一辈子都不回来！原本以为你不在，只要我努力，陛下就会慢慢地忘了你而爱上我。谁知，你竟然回来了！"

"青儿，姐姐也好想你！"

"姐姐，来……"青儿将她扶起。

"青儿，瑾灏他……过得好吗？"知道瑾灏爱的是青儿，也知道瑾灏恨自己，但倾城还是忍不住问青儿。

"不好……九殿下，哦，不，是陛下，真的很不好……"青儿顿了顿，"他，好像真的很恨姐姐你，恨你杀了二殿下。"

"你……没有跟他说吗？"倾城看着青儿。

"青儿知道姐姐你不想让陛下知道是萧公子杀了二殿下，而引起两国的战争，所以青儿并未告知。"

"嗯……"

"姐姐，是否青儿应该告知陛下？这样姐姐就不会被陛下误会而受这样的罪了。"

"啊，不！"倾城打断她，"不要告诉他！"

"可是姐姐……"

"青儿，算是我求你了。"

"好。"青儿抱住她，嘴角扬起一丝弧度……

"他，真的这么恨我吗？"

"嗯……"青儿点点头，又连忙道："都是陛下误会了姐姐才会这般的！"

"好了，你走吧！以后也不要再来了。"倾城轻轻地将她推开。

"她说什么了吗？"易瑾灏看到从雪海园回来的青儿便一把抓住她的肩。

"没有，姐姐什么都没有说……"青儿反抓住易瑾灏的手，"难道一定要对姐姐那样吗？把姐姐一个人扔在那个荒废的园子里，要知道姐姐最怕黑了，也不知道她晚上一个人是怎么过的……"

易瑾灏看着她没有说话。是啊，倾城她最怕黑了。还记得在戎城的时候，在客栈里，她说她最怕鬼了，当时他们俩是冤家路窄，然而也就是在那时，他们俩便一吻定情了吧……

"姐姐看样子真的非常爱萧奕然。陛下，不如放了姐姐吧……"

"混账！"易瑾灏猛然甩袖，差点将青儿掀倒在地，"我一辈子也不会让她离开我身边的！"

翌日，雪海园。

倾城看见很多人进了园，他们一进园就开始铺设起来。"你们这是……"

"奴才们只是奉了陛下的御命来整修雪海园的。"

整修雪海园？为何要整修？这荒废的雪海园不就是为了软禁她的吗？倾城不禁觉得疑惑。

在几十人的劳作下，雪海园一下子变得焕然一新。倾城惊讶，原来雪海园竟是如此美丽……雪海园一片明亮，虽然院外的梅花还没有开放，但她已经能想象出曾经的雪海园该是多么的美丽奢华。

"娘娘，听说陛下命人整修了雪海园。"青儿身边的宫女小玉对她说道。

"什么！"青儿大惊。没想到，他爱姐姐竟如此之深，竟不在乎她爱的是别的男人，居然还为她整修了雪海园。青儿握紧了拳，难道我就这么比不上她吗？茶几上的茶具被掀翻在地，地上一片狼藉。

倾城看着如此美丽的雪海园有些发愣。

"怎么？不喜欢吗？"一个好听的男声从门口传来。

她愣愣地看着他，那个她曾经深爱，也曾经深爱过她的男子！金冠束发，龙袍披身，脚踏祥云，华丽而耀眼，有着慑人的气魄。

"喜欢。"倾城低头，她不知瑾灏为何这样做，她一点也不知道他是怎么样想的。

"这里，曾是我母妃住的地方。"易瑾灏打量着正殿缓缓地说道。

倾城惊讶地看着他，这里竟是瑾灏母妃住的地方！"为何……"

"不要问孤为何。"他在正殿转了一圈看向她。还能为何？只是因为我爱你啊！易瑾灏心里大喊着，但嘴上却说不出。

"你娶了青儿！"倾城忍着痛说着。

"是。"

"为何？"

易瑾灏看着她，良久，缓缓道："因为孤爱她。"

"果然。他爱她……"倾城抑制住心里的疼痛。

"你爱萧奕然，为何孤就不可爱青儿？"易瑾灏挑衅地看着她。

现在的她百口莫辩，只能默默地承受这样的误会，她低下头，不再说话。

"抬起头来。孤要你抬起头来！"易瑾灏用大手钳住她的下巴，扬起她的脸。

泪流满面的倾城将眼闭上，努力不看他。

看着她满脸的泪水，他心疼。纤弱的下巴被他的大手钳得红肿，易瑾灏缓缓地放开手。

"你又在想萧奕然了吗？"他问道。就像当初她刚进宫时一样，她的心里想的念的是否都是萧奕然？

倾城看着他，没有说话。易瑾灏在倾城满是泪水的眼眸里看到自己的样子，他觉得自己像是个跳梁小丑。

"给我出去！"易瑾灏将倾城推到了门外。

"砰！"门被狠狠地关上。

倾城独自一人站在空荡的园中，秋风瑟瑟，但也不及她心中的颤抖。

易瑾灏坐在桌前，双手痛苦地捂着脸。母妃，灏儿到底该怎么办？灏儿现在真的好痛苦！爱一个人真的是这样的苦；而爱上一个不爱自己的人，更是生不如死……

夜深了，温度变得越来越低，倾城蜷缩着小小的身体靠在殿外的柱子上。秋风吹过，园内落叶飘舞。

"好冷……"她不自觉地吸了吸鼻子，忽然想起雪崩那日的情景，易瑾轩用身体保护着她，为她挡雪，为她取暖……还有他的冷峻和不苟言笑的脸庞，其实，他笑起来的样子真的很好看呢！有温暖人心的感觉。而如今，已是阴阳两隔……她不明白奕然为何那样做，也许是因为他是越国的王吧……二殿下，请原谅奕然吧！若是可以，倾城愿用自己的命来替他赎罪！还有瑾灏……

"轰！"一声雷鸣，天空下起滂沱大雨。倾城虽然躲在屋檐下，但狂风夹杂着大雨还是将她浑身淋得湿透了。雨中的她瑟瑟发抖，却还是沉浸在过去美好的回忆中。渐渐地，倾城觉得头有些晕儿，浑身也没了力气，眼前的一切开始变得模糊……

"你弄的那是什么啊！这么丑？"倾城看着那张自我陶醉的脸就想要打击，"狗尾巴花吧！"

"臭丫头！居然说我的花是狗尾巴花？我这可是正宗的国色牡丹！"易瑾灏气得脸都紫了，那丫头居然说自己的杰作是狗尾巴花！

"还国色牡丹？我看就是路边的狗尾巴花吧！哈哈哈！"倾城瞥着瑾灏手上的花说完后便哈哈大笑起来。

"你……"瑾灏气不过，拿起地上的花就朝她扔去。

"你扔我？好啊……"倾城也抓起身边的绸缎向瑾灏扔去，"叫你扔我……"

"倾城，我爱你……"

"轰！"又一声雷鸣，易瑾灏突然回过神来。外面下雨了吗？倾城！倾城还在外面！他慌乱地跑去打开殿门，只见一个小小的人儿蜷缩在柱旁，浑身早已湿透。

易瑾灏急忙上前抱住她弱小的身躯，"倾城，倾城！"轻拍着她的脸，他紧张地叫着，连忙将她抱进殿里。"都淋湿了……"易瑾灏皱眉，"湿衣服穿在身上会着凉的。"他想着上前解开倾城的外衫，连亵衣也湿透了，他缓缓地解开她的亵衣。易瑾灏努力不去看她，因为他怕自己看了后会再也控制不住……他脱下龙袍罩在了她的身上，将她安放在睡榻上，拉过洁白柔软的蚕丝被小心翼翼地为她盖上。

易瑾灏轻柔地擦干倾城脸上的雨水，看着那张瘦削的小脸，别提有多心疼了。他刚才一定是鬼怪附身了，才会像着了魔般将倾城赶出去。他伸手抚上那张美丽的脸庞，你瘦了……

易瑾灏微微蹙起眉来，现在的场景曾经也同样出现过，可是如今，你已不是你，而我亦不是我了……但，为何，爱你的心还是一如往昔般呢？我也开始不懂自己了。易瑾灏缓缓地低下头，轻轻地吻上倾城的额头。

倾城缓缓睁开眼，迷离地看着眼前的男子。瑾灏？这是梦吗？一定是，现在只有在梦中瑾灏才会对我如此温柔。看，他刚刚还吻了我……好想这样的梦一直不要醒来……倾城闭上眼，上前仰头吻上了易瑾灏的唇。易瑾灏呆愣住了，她……她在吻我？片刻后，他便更加热情地回应了她。

缠绵的吻，一旦开始便难以停息。易瑾灏拥着她，激吻着，仿佛要把这段时间来的相思苦都发泄出来。他想她，想得都快要发疯了……

倾城渐渐变得安静下来，静静地靠在他的怀里。

嗯？这是什么情况？易瑾灏有些疑惑地看向怀中的人儿，那人儿正在自己怀中安睡。平静的呼吸，恬静的表情。呵呵……他有些哭笑不得，这丫头，竟然睡着了。他将倾城轻轻放下，用蚕丝被将她裹好，然后坐在榻边静静地看着她的睡脸，静静地，就这么看着便好……

宜安殿。

青儿看着窗外的瓢泼大雨，心中有些烦闷。

"小玉，你来。"青儿朝宫女小玉招手。

小玉过来行礼问道，"娘娘有何事吗？"

"你现在去乾坤殿，去帮我看看陛下。"

"现……现在吗？"小玉看看窗外，要知道现在已经深夜了呀，况且还下着这么大的雨。

"是，就是现在。"青儿看着窗外。

"是……"

一会儿功夫，小玉便撑着伞回来了。

"怎么样？"青儿见小玉回来便上前问道。

"回娘娘的话，陛下不在殿中。"

"不在？那陛下去了哪里？"青儿心里有些烦躁和焦急。

"当班的侍卫说，陛下一下朝就去了……"小玉声音渐渐小了下去。

"去了哪？"

"陛下去了雪海园……娘娘！"

青儿一下子瘫坐在椅子上，其实在她的心里早就有了答案，可是她就是不愿相信。他终究还是去了……无论怎么样，他总还是爱她的！

倾城坐起身来，朝四周环顾了一圈，自己正坐在雪海园内殿的睡榻上。

"倾城姐姐，你醒啦！"倾城朝声音传来的方向看去，"小巧！"

"倾城姐姐！"小巧扑到了倾城的怀中。

"小巧！"后面又一个责备的声音，"别那么没大没小！"

"小灵！你也在？"倾城声音里洋溢着喜悦。

"倾城。"她闻声又朝后看去，"吟儿！燕儿！"倾城满心欢喜，毕竟曾经一起相处过那么长的时间，"你们……你们怎么会都在这里？"

"倾城姐姐，是陛下让我们来的！"

"瑾……陛下？"

"嗯，就是九殿下啊。"

瑾灏，他……为何让吟儿她们来陪我？难道他……"阿嚏！"

"怎么了，倾城你受了寒？"燕儿关心地问。

"没有啊。"倾城揉揉鼻子。受寒？昨天……倾城忽然回想起昨晚。还记得昨晚瑾灏将自己赶了出去，然后天就下雨了，自己便什么都不知道了……现在怎么会……倾城用手轻轻地抚摸腿上的蚕丝被。是瑾灏吗？一丝喜悦涌上心头。

"倾城姐姐，你没事吧？"小灵看着她疑惑地问道。

"啊？哦，没事……"

"倾城，饿了吧，来尝尝我做的香菇鱼翅粥！"燕儿端来一碗香味四溢的粥，递到倾城面前，"尝尝。"

一勺入口，倾城立即做出了享受状，"嗯！好香！果然还是燕儿煮的粥最香了！"

"倾城姐姐，你为什么会突然出宫呢？而且一走就是几个月，小巧好想你！"小巧拉着倾城的胳膊撒着娇。

"我也想你啊！"倾城宠溺地摸摸她的头。

"是啊，倾城，你为什么会离宫？"吟儿也皱着眉问道。

"这……这事说来话长……"看来瑾灏没有将那件事公布出去，"是因为家中有事。"

小灵和小巧点点头。

"可是……"燕儿突然放低声音，"青儿怎么会做了淑妃呢？真不知道陛下怎么想的……倾城你不知道比她漂亮多少倍呢！"

"燕儿！"吟儿对她一瞪眼，呵斥道，燕儿立马闭上了嘴。

倾城没有讲话。她知道吟儿为何这样，因为现在宫中最得宠的便是青儿，她们得罪谁也不能得罪青儿。

"吟儿……你，知道这雪海园吗？"

"雪海园？"吟儿努了努嘴，"听宫里的老嬷嬷说，这里本是陛下的母妃兰妃娘娘的寝宫。"

"兰妃娘娘？"

"是，兰妃娘娘本是当今太后娘娘的表妹，因太后娘娘的举荐而进宫。因为兰妃相貌出众，天资过人，不仅温柔聪慧，对国家大事也有着自己的独到见解，所以先皇很爱兰妃娘娘。"

"那后来呢？"

"后来先皇便微服出宫，不知道怎么的，就对兰妃娘娘渐渐地疏远了。兰妃娘娘便终日郁郁寡欢，最后就在诞下九殿下的时候去了，后来先皇后让人封了这雪海园，不允许任何人再踏入园中一步，并且将九殿下送给皇后娘娘寄养。"

原来，瑾灏的身世竟是这么悲凉……倾城开始心疼起易瑾灏来。"那……先皇为何会疏远兰妃娘娘呢？"倾城问道。

"我听说啊，是这样的……"燕儿插上话来，"先皇微服出宫时结识了一个青楼女子，好像叫做叶雨眠。后来先皇便开始频频出宫去看她，还为她打造了一把天下无双的琴，名叫'凤求凰'。渐渐地，也便不再去雪海园了。"

竟是……竟是自己的娘亲抢了瑾灏母妃的爱！是自己的娘亲造成了瑾灏的不幸……倾城默然，心里忽然堵得慌，不知是心疼还是自责……

"倾城，该用午膳了。小巧，别在那儿闹了。"吟儿对倾城和小巧说道。

"好，就来。"倾城又转过脸来微笑地看向小巧，"好了，去用午膳吧，过会儿再来玩。"

当倾城走到桌前时，看到桌上的菜，便惊住了。"吟儿，怎么……怎么这么多的菜？"倾城目瞪口呆地看着，满满的一桌子，都是名贵的菜肴。

"我也不知道，只是刚刚御膳房的太监送来这么多。"吟儿努努嘴道。

倾城看着满桌子的菜呆了一会儿，又对吟儿等人道："大家都来坐吧，一起吃！"

"嗯？怎么都不来坐？"倾城疑惑地看看原地不动的几人。

"倾城啊，送菜来的太监说了，这是陛下赏赐给你的……所以，我们不能吃的。"

倾城皱了皱眉，"啊呀，大家就都坐吧，不是说赏赐给我的嘛！我现在让你们大家都吃！"

"这……"几人犹豫。

"大家就别这啊那的了，都坐……"倾城将几人拉坐了下来，"大家都吃吧。"

"陛下驾到！"

"奴婢见过陛下！"吟儿燕儿几人吓得立即起身行礼。

"嗯，都坐下吧。"易瑾灏淡淡地说道，他看向倾城，微笑，"怎么样，饭菜还满意吗？"

"你这么做到底有何用意？"倾城冷眼看着他。

"倾城……"一旁的燕儿拉拉她的衣袖，小声地劝她。

"呵呵——"易瑾灏轻笑了几声，"孤有何用意？"他走到倾城身边，挑起她的一绺儿发闻了闻，"你说孤能有何用意？"

倾城皱眉，她不明白瑾灏心里到底在想什么，这般对她又到底是为了什么。

"好了，你们大家好好吃吧。"易瑾灏对着几人微笑，却看得几人心惊胆战。

"陛下回宫……"

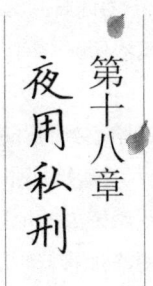

第十八章 夜用私刑

芳华宫内。

"彩旗。"玉蝶衣轻唤宫女的名字。

"是,皇后娘娘。"

"你去帮我查一下,陛下为何会重新整修雪海园。"

"是。"

一炷香后,彩旗回到芳华宫。

"怎么样,查到了吗?"

"是的,娘娘,听太监们说,陛下整修雪海园是为了一个女子,现在那个女子正住在雪海园内呢!"

"什么!竟有这等事!"玉蝶衣大惊,"好了,没你的事了,下去吧。"

"是。"

玉蝶衣暗暗想,到底是哪个女子会有如此大的魅力,能使得瑾灏让她住进雪海园,要知道那可是他母妃的寝宫,已经被封了十多年了,现在竟然会让一个女子住进去……她心里暗自忧愁,怎么一个青儿还没解决,又来了一个呢!这个女子到底是谁?她倒要会会……

傍晚时分。

"皇后娘娘驾到!"雪海园外传来太监的叫声。

什么!玉蝶衣?倾城心中大惊,她怎么会来?

一袭孔雀蓝霓裳羽衣,头戴九凤朝阳冠,十指戴着紫水晶蓝宝石红玛瑙戒,手腕环着翡翠玛瑙镯。来人贵气十足,盛气凌人。

"奴婢参见皇后娘娘……"燕儿等立即下跪迎接。倾城看着大家都已跪地,于是也跪了下来。

"嗯……"玉蝶衣巡视了一番跪在地上的几人，目光最后落在了倾城身上。"看来就是你了，你好大的能耐啊，能让陛下为你解封雪海园，还为你整修了一遍。给哀家抬起头来！"

倾城浑身一颤，缓缓地抬起头。

"顾倾城！"玉蝶衣在看了倾城的脸后顿时花容失色，"你……你怎么在这儿？"

倾城没有说话，只是看着玉蝶衣，看着她那张有些变形的脸。她忽然觉得很好笑，自己有那么可怕吗？怎么能让堂堂皇后娘娘如此惊恐？

慢慢地，玉蝶衣平静了下来，她冷冷地看着倾城。

"说！你是怎么混进宫的？你又是怎么用妖术魅惑陛下的？"

魅……惑？倾城瞪大了眼，愣愣地看着玉蝶衣。

"今天，哀家要整顿后宫！"玉蝶衣严厉地说道，"来人，把这妖女给哀家带到芳华宫去，哀家要好好审问！"

"皇后娘娘！"燕儿、吟儿、小灵、小巧等人眼睁睁地看着玉蝶衣将倾城带走却也无能为力。

"啊！"倾城被人重重地扔到了地上，看来，这就是芳华宫了吧。倾城心里感到了丝丝害怕。

"顾倾城，说！你是用什么妖术魅惑陛下的！"玉蝶衣高高在上，低眼看着殿下的倾城。

"我没有！"倾城辩解道。

"没有？没有瑾灏哥哥会对你那么好？让你住进他母妃曾住过的地方？要知道，那地方我都没有去过……"玉蝶衣有些失落地说道。

倾城看着她，她突然有些同情玉蝶衣，那么深爱一个人，而那个人却从来没有爱过她。虽然她有了这么高的地位，但她内心始终是空虚的，因为她爱的那个人不爱她。

"你不说是吧？好，我会让你说的……"玉蝶衣忽然回过神来，阴狠地看着她，"小若，你去天牢借几件刑具……"

"吟儿，你说怎么办？"燕儿焦急地问着吟儿。

"还能怎么办，快去找陛下啊！"

"对对！"

燕儿和吟儿一路小跑来到乾坤殿。

"你们是何人！"乾坤殿外的侍卫拦住了两人的去路。

"我们是雪海园的宫女，找陛下有重要的事！"

"陛下正在接见西域的使者，任何人都不得打扰！"侍卫一脸严肃，严厉陈词。

"怎么办呢？"燕儿急得在原地打转，她知道皇后娘娘的个性，倾城这次被带去芳华宫很可能凶多吉少，若是陛下再晚些时候去救她，那倾城真的是必死无疑了！

芳华宫。

一件件的刑具陈列在面前，倾城只感觉头皮一阵阵地发麻。

"还不说吗？"玉蝶衣的声音从倾城身边冷不丁地传来。

"我……我没有使用妖术！"

"来人！上夹棍！"

几个宫女上前强行将倾城的手放进了夹棍中。

"不要，不要！"倾城害怕地大叫起来，她知道这夹棍的威力。

"给我夹！"

"啊——"她失声地叫起来。十指连心，指指都传来剧烈的疼痛，她感觉自己的手指快要断掉了。

"燕儿，倾城对我们怎么样？"吟儿突然问燕儿。

"当然好了，她把我们当亲姐妹一般。"燕儿回答，她不明白吟儿的意思。

"这样便好。"吟儿看着她点点头，然后朝乾坤殿内大喊道："陛下！我是吟儿！倾城现在有危险！"

"乾坤殿外岂容你等喧哗！"侍卫怒看着两人，"来人，将这两名大胆的宫女拉下去！"

"是！"立即上来了几个侍卫来拉二人。

"陛下！陛下！"

"殿外何事？"易瑾灏走到乾坤殿门口皱眉问道。

"陛下，是两个宫女，说是雪海园的。陛下放心，奴才这就将她们带下去实施惩戒。"侍卫首领毕恭毕敬地对易瑾灏说道。

"雪海园？"他心中一惊，"快带进来！"

"陛下！"吟儿和燕儿跪在易瑾灏面前。

"怎么了？"

"求陛下救救倾城吧！"

"倾城？倾城她怎么了？"易瑾灏感觉到了一些不祥。

"倾城她被皇后娘娘带走了！"

"什么！"易瑾灏大惊，"快摆驾芳华宫！"

"停！"玉蝶衣命人停下夹棍。

倾城满头的冷汗，她虚弱地瘫坐在地上，手指还不断地传来钻心的疼痛。

"哼，骨头还蛮硬……"她走到刑具前细细地看了一番，道："不过总有一样会让你开口……用这件吧！"玉蝶衣拿起一块烙铁，放进火堆里。一会儿，烙铁便被烧得通红。

拿着烙铁走近倾城，"呵呵！"她掩面笑道："还不知道滚烫的烙铁放在身上是什么感觉吧？今天就让你试试……你这么好的皮肤，想想还真是可惜呢，要烙上疤咯！"

倾城眼看着那块通红的烙铁慢慢地靠近，"不……不要……不要！"

"不要……"通红的烙铁慢慢地逼近。

"住手！"

"陛……陛下！"玉蝶衣看到易瑾灏后大惊失色。

易瑾灏上前夺下她手中的烙铁，"玉蝶衣，你好大的胆子！竟然敢对孤的人用刑？"

他将地上的倾城紧紧地抱在怀里，"倾城，你怎么样了？"

"我没事……"倾城艰难地扯着嘴角。

忽然，易瑾灏的目光落到了倾城的手上，"怎么会这样？"原本青葱般的玉手变得肿胀淤紫，天哪，这还是倾城的手吗？

"我没事的……"

"这样还说没事？"易瑾灏将她拦腰抱起准备出芳华宫，他走到门口，又转身冷冷地对玉蝶衣道："这笔账孤会给你记着的！"

"皇后娘娘！"玉蝶衣看着易瑾灏抱着倾城离去的背影，突然扑通一声瘫坐在了地上。

易瑾灏将倾城带到了乾坤殿，立即命人召来太医。

"怎么样了？"经过诊治，易瑾灏黑着脸问道。

"回禀陛下，倾城姑娘的手，怕是……怕是……"胡太医哆哆嗦嗦地说着。

"怕是什么？"

"怕是……保不住了……"

"什么？"易瑾灏顿觉五雷轰顶，"你说什么？倾城的手保不住了？"

"是……"

"不，不……"易瑾灏自喃着，他看向胡太医，"孤命你无论如何都要将她的手治好！否则就拿你全家人的命来换吧！"

"陛下饶命啊！"胡太医跪地哀求，"想要救倾城姑娘，除非……除非……"

"除非什么？快说！"

"除非有西戎的灵药，黑玉膏。"

"黑玉膏？"这个黑玉膏他是知道的，是西戎的国宝灵药，是用九十九种最名贵的药材经过九十九天的炼制而成的。据说是每十年才能炼出一支来。而今，翊国与西戎正是剑拔弩张的时候，现在想要求得黑玉膏，着实不易。

"好了，这个孤会想办法，你先下去吧……"无论怎样，他都要将倾城的手治好，哪怕用整个翊国作为代价……

"来人，立即派人去请西戎大使！"

"翊王陛下，不知现在请在下来是有什么事呢？"殿下，西戎大使挑衅地问着易瑾灏。

"来人，给大使赐坐！"

"尊贵的使者，孤想向贵国借一样东西。"易瑾灏看向西戎大使正色道

"哦？借东西？贵国不是地大物博物产丰富吗？还要向我国借东西？"西戎大使眼里充满了嘲弄。

"说来惭愧，那东西只有贵国才有啊！"易瑾灏暗暗地握拳，脸上却露出淡笑。

"哦？还请翊王陛下说出是何物。"

"黑玉膏。"

"黑玉膏？"西戎大使顿了顿，"是，确实为我西戎所独有，可是……此灵药珍贵无比，连皇室都不能轻易使用啊！"

易瑾灏看了他一眼，他懂得，这是在让他出交换条件。"我翊国可以用东西与贵国交换。我翊国可以退出西南边境五十里。"

"五十里？"西戎大使笑笑。

"那依大使所见……"易瑾灏想，这一区区小国，他退出五十里已经算是莫大的仁慈了，这足以他们攻打十年的。

"八十里，外加城池五座。"大使狮子大开口。

"什么！"易瑾灏大惊，居然这么贪得无厌！

"翊王陛下不愿意吗？那我西戎国也不强求……"西戎大使呷了一口茶，"嗯，这翊国的茶就是香！"

倾城，我一定要把你的手治好……所以，无论什么代价……

"好！"

"陛下！您怎么能退出翊戎两国边境八十里呢？居然还让了五座城池给他们！要知道，于州可是我翊国的一大要城啊！"左相在殿下痛彻心扉地说道，"还请陛下三思！"

"请陛下三思！"听林左相这么一说，殿下的大臣都齐齐地跪了下来。

易瑾灏看着满殿跪着的大臣，眉头深锁。这些他又何尝不知，只是城池可以再打，但倾城的手却是再也换不回的。"孤此意已决，还请爱卿们不要阻拦！"

西戎国果然守信，在翊军退后八十里后，黑玉膏果然就送到了翊国。易瑾灏赶紧让胡太医为倾城上药。

凝脂般的脸上，长长的睫毛微动。"吟儿姐，倾城姐姐醒啦！"床边，小巧开心地叫喊着。

"倾城！"吟儿走到床边。

"吟儿……"倾城想要用手支起身，"嘶！好疼！"手指立刻传来钻心的疼痛。

"倾城，你慢点，药才刚刚替你上好。"吟儿将丝枕放在倾城的身后，让她靠在上面。

"吟儿,谢谢你们……"倾城看着她露出感激的微笑。

"你啊,不用谢我们!要谢就谢陛下吧!"端着热粥而来的燕儿没好气地说。

"陛下?"倾城微微一愣,瑾灏他,怎么了?

"多亏陛下用五座城池和退出边境八十里才向西戎国求得灵药黑玉膏,要不然啊,你那纤纤玉手怕是保不住了!"

倾城默然,瑾灏竟为了我花了这么大的代价,牺牲翊国,只为了我的手?他……还在意我吗?

乾坤殿。

玉蝶衣气冲冲地跑了进来。

"瑾灏哥哥!"

易瑾灏缓缓抬起正在看公文的头,冷冷道:"皇后,请注意你的身份!"

"陛下……你怎么能为了顾倾城而弃翊国于不顾呢?"

"这难道不是你搞出来的?"易瑾灏忽然充满怒气,玉蝶衣也被吓了一跳。"这笔账孤还没和你算,你自己就找上门来了!"

"陛……陛下……"玉蝶衣见易瑾灏如此动怒,也不敢再造次,行了个礼怯怯道:"臣妾知错……"

"下去!"

"是……臣妾告退……"

屋外秋风萧瑟,倾城静静地坐在榻上。

"陛下驾到!"突然一声,倾城回过神来。一个明黄色的身影闪了进来。

"倾城参见陛下……"她支起身,想要行礼。

"不必多礼,你只要乖乖躺着就好。"易瑾灏淡淡地说道。

易瑾灏来到桌边坐下,静静地看着她。倾城不敢对上他的眼神,便赶忙低下头。

沉默良久,倾城抬起头,轻声道,"谢谢你……"

"呃?"易瑾灏一愣后,道:"不用……"

"你想要孤怎么惩罚玉蝶衣?"他端起桌上的茶呷了一口,道。

"不需要,毕竟……她这么做也是因为爱你呀……"倾城低垂着眼眸,看着身上的丝被。

"那你爱我吗?"

心中一颤,倾城猛然抬起头,对上那双黑眸。她多想说,我爱你,只是,脑海里突然闪现出青儿的身影。所以,她只能忍痛。

倾城低垂下眼眸,缓缓地摇头,手轻轻地颤抖,心细细地疼着。

易瑾灏剑眉紧皱,强忍住心里的痛楚,没有说话,心中惨笑,果然还是不爱我啊……可是,为何,我就是如此深爱她呢?明知道她不爱我,可是为何还是只爱她一人?

"你……好好休息吧。"转身,不再看她。易瑾灏迈着沉重的步子走出雪海园。

看着瑾灏的身影消失在视线中,倾城再也忍受不住,大声哭泣起来。为何上天要如此捉弄她?为何她的命运要这般不堪?

易瑾灏失魂落魄地走在皇宫中。"陛下。"宫女太监向他请安,他却什么也没听见。不知不觉,他走到了宜安殿。

"陛下!"青儿看到易瑾灏来此不禁大喜,她没想到易瑾灏还会到她这里来。"来人啊,快去沏茶!"

"不用了,孤只想在这儿待一待。"他说着便向后院走去。

傍晚时分,太阳下山了,天边只留下一抹儿红霞,桂树也被照得通红。

"陛下。"青儿轻轻地拍了拍易瑾灏的肩,"陛下!"青儿惊呼,因为易瑾灏突然转过身来,将她抱在怀里。

青儿双颊绯红,安静地在他的胸前闻着迷人的香味。良久,青儿发现,拥着她的双臂有些发抖。

"陛下,你……怎么了?"青儿小心地问着。

"为何?为何她不爱我?为何我这么爱她,她却不爱我?"易瑾灏颤抖着。青儿感到脖颈处有些凉,仿佛是什么液体慢慢滑过,易瑾灏将脸埋在她的香肩上,轻轻地抽泣。

青儿心中一紧,原来还是为了姐姐……心中黯然,她忽然意识到,自己永远也不可能得到他的心。

越皇宫。

骄阳殿里,萧奕然坐立不安。也不知倾城现在如何了,他好担心,担心倾城会在翊皇宫出什么事……他起身,朝湖心小筑走去。

来到湖心小筑,这里还是几个月前倾城住时的样子,自她走后,一切都没有变过。他坐在倾城曾经睡过的榻上,闭上眼,深深呼吸,似乎还能闻到空气中她残留的发香……不!萧奕然猛然睁开眼,我要去翊皇宫!我要救出倾城!

一刻儿不停留,萧奕然立即准备前往翊国的事情。他小心翼翼,因为这事不能让师父知道,若是他知道了,是断然不会让自己去的。

几日过去了,倾城渐渐感觉手指不是那么地疼了,她轻轻地活动了一下。这西戎灵药还真是神奇呢!可是……倾城默然,那可是瑾灏用国家为代价换回来的啊!她不知瑾灏为何可以为她作如此大的牺牲,但她却知道他爱的是青儿而不是自己……

这夜,乾坤殿里,易瑾灏无论如何都看不下去桌上那一本本的文书。他已经好几天不去雪海园了,他想见倾城,想知道她现在如何,她的手是不是没有大碍了……他深深地皱眉,现在连自己也搞不懂自己了……

雪海园。

倾城忽然觉得有些渴,看看窗外,已经很晚了,她不想麻烦燕儿她们,便自己下床来倒水,忽然窗户被打开,一个黑影闯了进来。

"是谁?"倾城心里一惊。

"倾城!"熟悉的声音传入耳朵。

"奕然!"倾城惊讶地看着他,"奕然,你疯了!这里是翊皇宫,你怎么能进来!要是被人发现就完了!"

"倾城,我是来救你的。别的,我什么也不怕!我不要什么解药!我只要你!"萧奕然上前拉住她的手。

"啊!"倾城皱眉。

"你怎么了?"萧奕然关切地问,他轻轻地拉起倾城的手,"怎么……怎么会这样?易瑾灏到底对你做了什么?"

"没有,他什么都没有做……"倾城摇摇头。

"那你怎么会这样?"萧奕然心疼地看着她,"跟我走吧!我要你做我萧奕然的妻子,越国的皇后!"

"奕然,我……"

门突然被狠狠推开,月光下,一个人影屹立于门口。

"瑾灏!"倾城大惊。

萧奕然将倾城护在身后,"易瑾灏,你不要伤害倾城!"

易瑾灏冷冷地看着两人,冷笑了一声,"还真是郎情妾意呢!"眉眼一聚,他一掌狠狠地朝萧奕然劈来。萧奕然上前接掌,拔出"射日",刺向易瑾灏。房中一时间刀光剑影……倾城在一旁焦急地看着,因为无论哪一方受伤,都是她不想见到的……

"叮当。"在打斗中,一个白色的物体从易瑾灏身上掉落,他看着失了下神,萧奕然便利用这个有利的时机向他刺来。

"不要!"倾城上前,挡在了易瑾灏的面前。萧奕然看见倾城赶忙收剑,此时,易瑾灏伸出一掌,拍向萧奕然。

"噗——"鲜红的血从萧奕然的口中喷出。

"奕然!"倾城惊叫着,上前抱住倒在地上的他。

"倾城……你……你没事吧?"萧奕然虚弱地说。

"呜呜——我没事……奕然……奕然你怎么样了?"

"我……没事……"萧奕然费力地支起身,张开臂,将倾城护在身后。这一刻,他终于知道易瑾轩当时的心情了,就是无论如何也要保护好倾城,不能让她受一点点的伤害……

易瑾灏冷眼一步步地逼近,他飞身来到萧奕然身后,一把将倾城拉到自己身边。

"倾城！易瑾灏我警告你，不要做出伤害倾城的事……"萧奕然狠狠地说道。

"哈哈！萧奕然，你现在自身都难保了，还说这些话？未免太不自量力了！来人！"易瑾灏一声令下，从门外进来许多侍卫。

"瑾灏！"倾城一下子跪倒在他面前。

"倾城你……"

"瑾灏，求求你放了奕然吧！我求求你了……"看着眼前跪着自己深爱的女子，易瑾灏忽然觉得好心疼……

"你……"易瑾灏迟疑，"你杀了二皇兄，你觉得你还有资格求我吗？"

"什么？"萧奕然惊诧万分，原来易瑾灏一直以为易瑾轩是倾城杀的，怪不得……"易瑾灏，易瑾轩是我杀的，你不要错怪倾城！"

"是你！"易瑾灏眼中的瞳仁一聚，看向萧奕然。

"是，当晚的黑衣人就是我！"萧奕然无谓地说着。

"那好，今天我正好拿你来祭奠我二皇兄！"说着他便举起掌。

"不要！瑾灏，我求求你了，放了他吧！我答应你任何要求！"倾城抬起早已哭花了的脸看着易瑾灏。

易瑾灏的掌停在半空中，看着如此的倾城，他缓缓放下掌，微微叹了口气，"任何要求吗？"

倾城微微一愣，"是。"

"那做我的妃吧。"他淡淡地说道。

做他的妃？倾城愕然。

"倾城，不要！"一旁的萧奕然痛苦地叫道，"如若这样，我宁可死！"

"我……"倾城看向萧奕然，低下头，道："好。"

"可是我还有一个要求。"

易瑾灏眯着眼看她，"哦？不过，你没有资格和我谈条件。"

"把云裳散的解药给他。"

"倾城……"萧奕然瘫倒在地上，痛苦地看着她，他不要她来救！

"好。"易瑾灏答应得很爽快。

他快步走到萧奕然面前，萧奕然拔出"射日"想要刺他，却怎奈刚才受了伤，过于虚弱，根本就不是他的对手。易瑾灏对准萧奕然的脖颈一掌劈下。

"啊！你干什么！"倾城惊叫。

"他死不了，只是被打晕了。"易瑾灏云淡风轻地说着，从胸口的衣服里掏出一颗棕色的药丸，喂萧奕然服下。

"那是什么？"倾城问道。

"你要的云裳散的解药啊。"易瑾灏笑笑回答。

怪不得自己一直找不到解药，原来，解药一直都藏在瑾灏身上……倾城暗自懊恼，为何自己当初没有想到。

"来人啊,将他给孤好好送出皇宫。"

"等等,我怎么知道你的人会不会对奕然不利呢?"倾城皱着眉问道。

"因为,我不是那种言而无信,乘人之危的人……"他转过脸来看着倾城,邪笑道:"你不是应该很清楚嘛……"转身,威严正声道:"回宫!"

倾城瘫倒在地。奕然,欠你的我都还清了……你不要再想我了,好好做你的越王吧!祝你找到一个你爱的又爱你的人……

乾坤殿。

易瑾灏坐在书桌前。他紧紧地盯着桌上的白玉耳环,刚才就是因为它,自己才险些死于萧奕然的剑下,倾城居然是为了萧奕然才甘愿一直被自己误会的……易瑾灏皱眉,紧紧握了拳。

虽然倾城答应了做他的妃,可是他一点儿也不开心,因为,她是因为另一个男人而答应他的——为了萧奕然,她竟甘心做自己的妃,哪怕她不爱自己……

伸手,将白玉耳环紧紧地握在手里。顾倾城,我该拿你怎么办呢?

宫外,几个侍卫驾马车来到翊国与越国的边境。

"大哥,这小子可是越王,我们就这样把他给放了吗?"一个侍卫不甘心地说着。

"陛下的意思,我们只能照办啊,你也知道陛下的脾气,违逆陛下者必死啊!"另外一个侍卫有些害怕地说道。

"要不我们就把他放在这吧,反正这也到了越国的边境了。"

"对对,他伤势这么重,外面温度又低,就看他小子有没有这个福气活了!"

达成一致意见后,他们悄悄地将萧奕然从此处丢下,任凭他自生自灭。

边境除了一条小道就满是荒草,并且这么晚了很少有人路过。萧奕然昏迷着倒在小道旁,树上,猫头鹰咕咕地叫着,透露着一阵阵的阴森。

"驾驾!"远处一匹枣红色的骏马飞驰而来,马上,一个美丽的少女衣裙翩跹。

"吁!"远远地,借着月色,柳飘絮看见前面的小道旁似乎有一个人影,走到近处一看,果真是一个人!于是,她便下马去看个究竟。

"喂,你怎么了?"她轻轻摇动着那个人,将那人翻过身来一看,"啊!是他!"那个人正是她朝思暮想的萧公子,不,确切地说,应该是越王。

柳飘絮将他扶到马上,策马奔腾,向最近的市镇飞驰而去。

"大夫!大夫!"柳飘絮焦急地在外面敲着门。可是这个时辰,各家各户都已经睡下了。

"吱呀。"终于,有一家的门被敲开了,"什么事啊!这么晚了……"

"大夫,救人呀!"柳飘絮将萧奕然从马上扶下。

大夫定睛一看,看到萧奕然伤势太重,摇头道:"救不了了,救不了了……"便准备关门。

"大夫！"柳飘絮一看软的不成，便拔出剑，指着大夫的喉咙狠狠地道："他若不活，你也便去陪葬！"

"女侠……女侠饶命啊！"大夫被吓得跪在地上直磕头。

"还不快点救治！"

"是是……"

经过救治，萧奕然的伤势有所好转。

"女侠，小店的药材实在是不够啊！而且这位公子伤势较重，只怕需要许多名贵的药材啊！"大夫为难地说道。

"还要什么药材？哪里有？"柳飘絮什么都不管，她只要他活下来。

"路北的同仁药方，镇东的大齐药方，还有南边的保和堂里有。"大夫小心翼翼地说着。

"那都要些什么药？你统统给我写下来。"柳飘絮皱着眉道。

"是是……"大夫写下需要的药材后，柳飘絮便拿着药方去各药房抓药。

一个时辰过后，柳飘絮将一个大包袱扔在桌上。大夫打开一看，里面全都是需要的药材。

"呵呵，女侠的办事效率还真高！"大夫笑呵呵地说道。

"别给我废话，快治！"

"是是是……"

七天后。

"呃——"萧奕然动了个身，好疼……他睁开眼，这是哪里？

"你醒啦！"

他转过脸看向身边，"飘絮小姐？"

"没想到你还记得我啊！萧公子……哦，不，我是不是该叫你越王陛下？"柳飘絮露出狡黠的笑容。

"你……"萧奕然想要支起身，却浑身无力，"你到底有何目的？翊国的飘絮公主……"

柳飘絮向他眨眨眼，"我能有什么目的呀，单纯地想救你咯！况且，我现在也不是什么飘絮公主了，我逃出了翊皇宫……"

"那萧奕然谢谢飘絮小姐的救命之恩。"他支起身抱拳道，却感到胸口的剧烈疼痛。

"你就快躺下吧！"柳飘絮扶着他，让他慢慢地躺下，"好好休息。"

"倾城，吃点粥吧……"燕儿端着热粥站在倾城面前劝说道，倾城已经整整一天没进过一粒米了，像她这样原本就虚弱的身体是怎么受得了呢。

倾城摇了摇头，她紧紧地咬着苍白干裂的唇。

"倾城姐姐……"小灵心疼地看着她，却也没有任何办法。

"唉——"吟儿看着憔悴的倾城叹着气。

"啊，陛下！"小巧看着易瑾灏从门口进来，连忙行礼。

易瑾灏摆了摆手，示意不用多礼。"她……怎么了？"

"回陛下，倾城从昨天到现在都没有进过一粒米，我们好怕她……"

易瑾灏看着坐在床上的倾城，叹了口气，道："你们都下去吧……"

"是。"

易瑾灏接过燕儿手上的热粥，走到倾城床边坐下。

"吃点吧。"

倾城看向他，又转过头去。

他皱了皱眉，将勺子里的粥吹了吹，缓缓地送到她嘴边，柔声道："乖……"

倾城身体微微一怔，转过脸来，对上那双好看的黑眸，低眉，缓缓张口。慢慢地咽下口中的粥后，倾城缓缓道："你变了……"

手中的勺有些停顿，随后又缓缓地送到她嘴边，易瑾灏看着她长长的睫毛，"那也是因为你……"

倾城不再说话，只是安静乖巧地吃着粥。

易瑾灏喂倾城吃完碗中的粥后，将碗轻放在桌上，准备离开。他走到门口，突然停了下来，道："好好休息，后天大婚。"倾城咬紧了唇，丝丝痛意让她皱眉。

"倾城，你好些了吗？"吟儿关心地问道。

"啊呀，以后我们得叫倾城娘娘了！"燕儿嘟着嘴儿对吟儿道。

"是呀……不过这也是喜事啊！"吟儿扬起笑脸看向倾城。

"以后我们不能叫倾城姐姐了吗？"小巧嘟嘴皱眉说道。

"是啊……"小灵也嘟着嘴。

倾城看着她们微微笑了笑，"以后小灵和小巧还是可以叫我倾城姐姐的。"她转向吟儿和燕儿，"你们也一样，还是可以叫我倾城……"

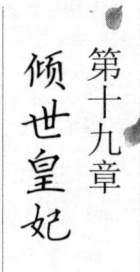

第十九章 倾世皇妃

萧奕然缓缓地睁开眼，明媚的阳光有些刺眼，又是早晨了……

"你好点了没？"柳飘絮看着床上的萧奕然关心地问道。

"嗯，好多了……多亏了飘絮小姐，要不然我萧奕然可就要被抛尸荒野了。"萧奕然笑笑。

"你说我们是不是很……有缘呢？"柳飘絮红了脸低头问道。

萧奕然满脑子都是倾城，他在想，倾城是不是答应了做易瑾灏的妃，要不然自己怎么可能还能活着出翊皇宫？他不要倾城为他牺牲……

"萧公子？"柳飘絮疑惑地看着他。

"哦，飘絮小姐说什么？"萧奕然看向柳飘絮，询问道。

柳飘絮早已涨红了脸，"没……没什么！我出去办个事。"转身，她逃也似的跑出了屋子。

"嗯？她怎么了？"萧奕然疑惑地问道，看着柳飘絮跑出去的背影，他摇了摇头。掏出怀中的一簇发，萧奕然呆呆地看着。倾城你在翊皇宫里一定要好好的，我会再去救你的……好好照顾自己……

"萧公子！"突然，柳飘絮急急地跑了上来。

"怎么了？"萧奕然问道。

"外面……外面来了好多官兵！"

就在这时，门被踹开，许多带刀的官兵闯了进来，将两人包围住。

"就……就是她！"柳飘絮看见官兵中还有几个老头。原来那几个老头就是柳飘絮抢药的那几家药房的掌柜。

"好啊，你这个女强盗！哎哟！居然还有同伙！来人啊，一起给我逮咯！"带头的官兵说道。

"大胆！你们胆敢造次？"萧奕然正襟危坐，怒道。

"哎哟，你这小子说的是什么话？还胆敢造次？你当你是谁啊？是越王？……哈哈哈哈！"

"哈哈哈哈！"官兵们都哈哈大笑起来。

"你过来……"萧奕然朝那个官兵招招手。

官兵停止了笑，看向他，"干什么？"便向萧奕然走来。

萧奕然从袖中掏出一块令牌，在官兵眼前一晃。

"哎哟妈呀！"那官兵当即跪下。

"哈哈哈哈！"其他官兵还在笑着，不知道发生了什么事。

"闭嘴！都给我别笑了！"官兵头领，朝身后大喊着，随后转向萧奕然，叩拜道，"吾王万岁！小的该死！"

其他官兵和药房掌柜先是一愣，随后齐齐跪下，"吾王万岁！小的该死！"

"嘻嘻——"看着眼前壮观的画面，柳飘絮笑嘻嘻地站在萧奕然身后，哎呀，可真威风啊！

"小的不知道王上在此，还请王上恕罪！"官兵头领不断地叩着头。

"嗯，这次饶过你……退下吧。哦，对了，不要让任何人知道孤下榻于此，知道吗！？如果有另外的人知道……"萧奕然故意拖长了尾音。

"小的知道，小的知道……"官兵头领点头如捣蒜状。

"嗯，退下吧。"萧奕然摆摆手。

"你可真威风啊！"待其他人都走后，柳飘絮打趣地说道。

"你没事吧？"萧奕然转头看向她。

他在关心我吗？"我……我能有什么事啊！"柳飘絮红了脸。

"你不回宫吗？"柳飘絮问道。

"暂时还不能，至少要等伤完全康复……"

"哦——"柳飘絮听后暗自高兴，因为要萧奕然伤好还有很长时间，那这样，他们就有许多时间相处了。

第二日。

柳飘絮从屋外进来，"你那些官兵还真不错，果然保守秘密。"她赞赏地点点头。

萧奕然笑笑，人都是这样，贪生怕死。他优雅地端起茶。

"哦，还有一件事……"柳飘絮迟疑。

"什么？"萧奕然看向她。

"瑾灏今天迎娶新妃还封其为倾妃，意为倾世皇妃……"

"呼！"手中的茶杯滑落，萧奕然喃喃自语，"倾妃……倾妃……"

"你没事吧？"柳飘絮试探地问，她不知道萧奕然为何有这般反应。

胸口像被钉入了钉子，疼得萧奕然喘不过气来。他扶着桌边跟跟跄跄地站起，想要走到门边。

"你要去哪？"柳飘絮连忙拦住她。

"我要去……找她……"萧奕然直勾勾地看着前方。

突然，他觉得两眼一黑，便倒了下去。

"萧公子！"

翊皇宫张灯结彩，满目都是大红绸缎编扎成的牡丹花。整个皇宫都笼罩在喜庆之中。宫中的太监宫女都在忙碌着，他们不禁有些好奇，这新娘娘是什么样的一个女子，竟然能让翊王陛下如此重视。

芳华宫。

"哼！"玉蝶衣扯下一朵大红色的绸缎牡丹，将它狠狠地摔在地上，"顾倾城……我不会让你好过的！"

宜安殿。

青儿安静地坐在屋中，听着殿外热闹的声音，她将手中的茶轻轻地放下，"姐姐，你为什么一定要逼我呢？"

雪海园。

倾城静静地坐在床边，透过大红的盖头，她环顾着四周。满眼的红色，红得喜庆，却似乎也有点惊心。她的手轻轻地颤抖着，到底在害怕什么呢？或者说，到底是害怕，还是紧张？

忽然，门被推开。一个人跟跟跄跄地走了进来，还带着满身酒气。

倾城心中一惊。从盖头下面，她看到一双红色的绣着金龙的长靴。

易瑾灏眯着眼看着眼前盖着红盖头的女子，这真的是他朝思暮想的那个女子吗？是的，是她，他终于如愿以偿地娶她为妻了，可她却是为了另一个男人而嫁给他的……他上前，一把揭下红盖头。

倾城被吓了一跳，有些惊恐地看着他。

易瑾灏低头看着她，惊恐的眼神，仿佛森林里的小鹿般，好不惹人怜爱！

"陛下，该喝交杯酒了！"身边的宫女提醒道。

易瑾灏点了点头，转身端起桌上的两杯酒，将一杯递给倾城，倾城接过酒。她低头，看着自己在酒中的倒影，晃晃悠悠。现在的自己就好像这杯中的倒影般，虚无、飘渺，像是在做梦。

易瑾灏在她的身边坐下，两臂相交，倾城闭上眼，将杯中的酒一饮而尽。

放下酒杯，他看着眼前凤冠霞帔的女子，有些晃眼。他觉得自己在做梦，她，真的要成为自己的妃子了吗？易瑾灏将她扫视了一遍，目光最终落在了她殷红欲滴的唇上。

倾城被这种眼光打量得浑身不自在，于是不自觉动了动身体。就在这时，易瑾灏一俯而下，吻上了她的唇。

"唔——"倾城挣扎着，拍打着他的身体。他却越吻越激烈，仿佛要将她的唇吸干。想着过往的种种，易瑾灏不自觉地加重了力道，最后竟轻咬那嫩唇。

"嗯——"倾城吃痛地叫着，却也丝毫不能阻止易瑾灏的索取。

大手开始游移，他放开了她的唇，慢慢地，吻到耳垂，吻到脖颈，一路向下，沿路开遍桃花……

"瑾灏！"倾城挣扎着，呼喊着。但易瑾灏却好像着了魔般，贪婪地索取着。大手利落地解开衣带，一把将喜服从倾城身上扯下。那双手像是蛇般灵巧，一下子滑进她的亵衣中。

"啊！"倾城浑身一个激灵，就感觉到那双火热的手在自己身上游移着。

一阵抚摸和亲吻后，易瑾灏显然已经不能满足，大手便伸向了那纤细的腰肢，解着她的腰带。他脑中只有一个念头，就是要她！解了很久还是没有解开，他显然已经觉得不耐烦了，皱了皱眉，"嘶啦！"粗鲁地一下将它扯开来。

"瑾灏！"倾城挣扎着，可这样的挣扎非但没让她得到解脱，反而让易瑾灏的欲火变得更加旺盛。看着身下挣扎扭动的胴体，他感觉身体里像是燃烧着一把火，他快受不了了！狠狠地俯身挺进。

"啊！"倾城厉声尖叫着。她不知道，这个原本是这样疼……

易瑾灏舒了口气，又继续挺身。他轻咬着她的耳垂，让她浑身颤抖。"啊——灏——"倾城轻叫着。这次似乎没有刚才那么疼了，感觉变得奇妙起来。虽然还是在挣扎，但是在易瑾灏的大手的圈箍下，倾城根本就没有任何办法。渐渐地，她的眼神开始迷离，开始顺应着他的节奏。

"嗯——灏——"易瑾灏满意地看向身下的人儿，轻吻着她的额。

"倾城……倾城……"昏迷中的萧奕然不断叫着倾城的名字。

柳飘絮拿下他头上的冷毛巾又帮他重新换了一块。听着萧奕然口中不断念叨着的名字，她皱了皱眉。倾城？难道是翊皇宫里的那个顾倾城？萧公子是否对她……她轻轻地咬唇，心中微堵。

"倾城……倾城不要……不要做他的妃！"萧奕然在梦中痛苦呢喃着。

"啊！"手中的毛巾陡然落地，柳飘絮的手停顿在半空中。原来，真的是她——原来萧公子爱的是她——顾倾城，也就是瑾灏新封的倾妃。因为如此深爱，所以他才会在听到顾倾城成亲后昏倒。柳飘絮的肩轻轻地颤抖着，自己深爱的男子居然有他深爱的人，还是那个导致父皇驾崩的凶手！低下头，看着萧奕然俊美的脸庞，不禁心中黯然……她缓缓地伸出手,想要抚摸他的脸颊。

"倾城!"萧奕然却一把抓住她的手,将她的手紧紧地握在手中。

"啊!"柳飘絮心中一惊,不禁想要抽回手,却被他握得更紧。

睡梦中,萧奕然在一片黑暗之中寻找着倾城的身影。"倾城!倾城!"一遍遍地呼喊,换回的只是冰冷的回声。正当萧奕然绝望地跪在地上时,一个人突然出现在他的面前。"倾城!"萧奕然欣喜,上前狠狠抱住她。"倾城不要做他的妃,不要!我求求你了!"

可是怀中的倾城却无情地推开了他,冷冷道:"不,我爱他。所有一切都怨你,当初为什么要送我入翊皇宫?是你亲手将我推入他的怀中的……都怪你……"

"是,都怪我……都怪我……"萧奕然无力地跪倒在地,"可是倾城,我真的很爱你——为了你,我可以放弃越国,放弃我自己——只求你不要离开我……"倾城看着他,冷冷地笑,"哼,来不及了……来不及了……"说着便离他越来越远……

"倾城!倾城!"萧奕然拼命呼喊着,但那个身影却慢慢消失了,他又陷入了一片黑暗之中……

"嗯?"柳飘絮有些吃惊,她看见萧奕然的眼角流下了一滴泪。"萧公子?萧公子?"萧奕然紧紧地蹙着眉,样子万分痛苦。

第二天。

萧奕然艰难地睁开眼,看向身边。柳飘絮正坐在自己的床边,而自己正紧紧地握住她的手。"啊!"萧奕然一惊,赶忙松开她的手,"飘絮小姐请恕在下失礼。"

"呵呵——"柳飘絮掩嘴笑了笑。

"敢问我昨天怎么了?"萧奕然问着她。

"哦,你昨天昏倒了,后来还发了热,可能是那天在山上受的风寒。"柳飘絮说着又拧了一块冷毛巾放在他的额头上。

"你昨晚一直这样?"萧奕然看见床边的铁盆不禁问道。

"是呀!"柳飘絮快乐地笑笑。

萧奕然一愣,后抱拳道:"真是劳烦飘絮小姐了。"

"你就别再叫我什么小姐了,就叫我飘絮吧!我也不叫你萧公子了,叫你奕然好吧?"

思绪似乎飘到了那两人刚相遇的时候……

"我……可以叫你奕然吗?"倾城有点害羞地低下头。

"唔。"萧奕然不知道要将自己的眼睛往哪里看。

可是……本来是属于自己的那个美好的女子,现在却在另一个男人怀里……萧奕然捏紧了拳。

"萧公子?怎么样?"

"啊?哦,好。"萧奕然回过神来。

"奕然，你饿吗？我去给你找点吃的回来。"柳飘絮欢快地笑着。
"哦，好。"

易瑾灏睁开眼，看向窗外，天已经大亮了，却没有人来叫他上早朝。其实这也是他事先就交代下去的，他不想在和倾城大婚的第二天还要去处理那些烦人的政务。

转过脸，看向枕边的人儿，脸上的潮红依然没有退去，雪白的香肩裸露在外，大红色的丝被更加显得佳人娇肤如雪。伸过脸，易瑾灏轻轻地在倾城脸上啄了一口。

倾城皱了皱眉，因为她昨晚实在是太累了，早就被折腾得不行了，直到快早上时才睡着。看着倾城可爱的模样，易瑾灏宠溺地笑了笑。

倾城感觉到了身边的异样，猛然坐起，看见易瑾灏正裸露着上身，撑着一只手看着她，她连忙蜷缩到了床脚。

"怎么，害怕孤吗？"易瑾灏扬起唇角，"那昨晚怎么还那么竭力地在孤身下承欢？"

倾城低头咬紧了牙，一句话也没有说。她也不知道自己昨晚是怎么了，怎么会……

易瑾灏看着她这般害羞的模样，想笑却没有笑出来。他掀开被子起身，"孤先起身了，你累的话再休息休息吧！"他看见倾城正呆呆地看着床单，于是也低下头来，他看见床单上，一朵鲜红的梅花开得正艳……他满意地笑了，转身，离开。

我……昨晚和瑾灏……倾城看着床单上的那朵鲜艳的红梅，不禁微愣。她挪了挪身子，想要起身，却只觉身子酸痛得很。倾城想了想，还是坐到了床边。

"呦！娘娘，您慢着点！"来伺候倾城的小太监看到倾城下床，赶紧上前来伺候着。

娘娘？是叫自己吗？是啊，现在自己已成了瑾灏的妃子了。能成为瑾灏的妻子不正是自己梦寐以求的吗？可是现在又为何这么失落？因为，瑾灏是王，王必定会有三宫六院……而她却不想与其他女人分享瑾灏！倾城黯然，她自嘲地笑了笑。

"姐姐！"青儿一袭粉红色小袄，披着纯白色狐皮披风，站在门口轻轻敲门。

倾城回过神看向门边，"啊，是青儿啊，外面冷，快进来。"

青儿笑盈盈地来到倾城身边，"姐姐刚才想什么想得那么入神？"

"没……没有……"

青儿在倾城身边坐下，转身轻轻抚摸着床单，笑道："可真喜庆啊！这……这是陛下睡的位置吗？还是热的。"她看向倾城，"姐姐昨晚一定度过了一辈子以来最美妙最难忘的一夜吧！"

"青儿……"看着眼前如此的青儿，倾城不禁觉得有一丝害怕。

"姐姐，青儿也是到今天也忘不了那一晚呢！"青儿仿佛丝毫没有听到她的声音继续说道。

"别说了！青儿！"倾城打断她的话，她不想听下去，不知是害怕还是难过。

青儿微微一愣，又恢复了原本乖巧的模样，笑道："姐姐不要在意，青儿刚才都是胡说呢！"

倾城看着她，她真的怀疑，青儿还是自己身边的那个天真烂漫的小丫鬟吗？

青儿见她不说话，也起了身，道："妹妹我先回了。哦，姐姐，不要忘了去芳华宫皇后姐姐那儿请安啊！"

倾城看着青儿离开的倩影，不禁想起两人的过往，原来环境真的可以改变一个人。

"娘娘，让小的来给您更衣吧！"小太监提着衣服，站在倾城身边毕恭毕敬地说道。

"啊……不不，我自己来吧。"倾城连忙摇手拒绝，虽说太监不是男人，但在自己换衣服时，倾城还是不习惯一个看似男人的人在自己身边。

"娘娘，陛下嘱咐了，让小的好好伺候您，您这不是让小的为难嘛！"小太监向倾城恳求。

见小太监真的好像很为难的样子，倾城又不忍因为自己的缘故而连累他，于是也就勉勉强强同意了。

梳妆台前。

燕儿和吟儿正在帮倾城梳妆。

"倾城……不，娘娘，今天您要梳个什么发式呢？"燕儿问道。

"噗嗤！"倾城一下子笑了出来，"你们还是叫我倾城吧！被你们这样叫，我还真不习惯！"

"可是……"

"别可是啦！"倾城拉住两人的手，"我还是以前那个顾倾城。"她转过身，"你们随便弄弄吧，只要不凌乱就行。"

"倾城，你可真美。"燕儿看着镜子中的倾城由衷地赞美道。

倾城微微一笑，看着镜中的自己，在燕儿和吟儿的巧手梳妆下，自己的确比以前美丽不少。可是，为何那镜中人却一点也不开心呢？

"倾城，今天就戴这套朱钗怎么样？"燕儿提起一个首饰盒问道。

"不要，倾城，还是戴这套吧，这套华贵！最适合你的身份了！"吟儿又提起另一个首饰盒提议道。

"就这套，这套高雅！"燕儿在一旁又说道。

"好了……"倾城转过身微笑着看着两人，"就现在这样就很好了。"

"什么？"燕儿和吟儿两人齐声叫道。

"那些都不适合我……"倾城看了看梳妆台上的首饰，轻轻道。

"可是你今天是要去向皇后娘娘请安的呀！"吟儿在一旁小心提醒道。

倾城微微笑，"不碍事……"

走在清冷的汉白玉大道上，看着周围萧瑟的景致，看着身边向自己请安的宫女太监们，倾城只觉得心里一片孤寂。寒风肆虐地吹过，卷起树上快要掉落的黄叶，她不自觉地缩了缩脖子，伸手将披风向前拉了拉。

路过宜安殿，倾城看到殿外的那棵大树依然那么挺立着。再抬头，她看见那树干上赫然有一个伤口。那是一个窟窿，是，那是被倾城的牡丹银簪扎出的窟窿，是当时因为奕然，瑾灏一气之下扎出的窟窿，一切都还在，一切也似乎都没有变。

可是又好像什么都变了！那个看起来冷峻无比却又内心温暖的二殿下呢？那个敢爱敢恨又深爱自己的瑾灏呢？那个永远快乐的自己呢？都已不在了。也许自己就是个不祥之人吧！到哪里都会给人带来不幸。

倾城穿着一身藕色衣裙，披着月白色披风来到芳华宫，头上没有插那些繁琐的配饰，只是嵌了根翠绿色的翡翠簪子，却也好看得紧。

"倾妃娘娘到！"

她踏进芳华宫正殿，看见玉蝶衣高高在上地坐在凤座上。

"倾城来给皇后娘娘请安。"倾城跪在地上向玉蝶衣请安，侧过身，从侍女手中端过一杯茶，恭敬地道："皇后娘娘请喝茶。"

玉蝶衣定定地看了倾城一眼，缓缓地走下来，走到倾城身边。她并没有接过茶，只是上下打量了倾城一番，忽然，她厌恶道："不知倾妃你为何要穿这么素？大喜的日子也不怕触了陛下的霉头！"

倾城听着没有说话，手轻轻地颤抖着，依然低着头举着茶杯。

玉蝶衣笑完过后，接过倾城手中的茶，提起盖子，将茶水一口气喝完。她把茶杯放到一边，缓缓地俯身，凑到倾城耳边，轻轻说："不要以为这样就没事了，我会让你知道的。不管怎样，我都是瑾灏哥哥的皇后。"话毕，又转身回到了凤座上。

倾城一怔，随即回过神。她起身，道："如果皇后娘娘没什么事的话，臣妾就先告退了……"

"嗯。"玉蝶衣没有看她，只是理了理自己的头发，"下去吧！"

"倾城！"一回到雪海园，燕儿便一把抓住倾城上下打量起来。

"啊呀，这是怎么了啊！"倾城看着她好笑地说道。

"哎哟！"燕儿跺了跺脚，"倾城你是不知道，在你去芳华宫的这段时间我是多么提心吊胆！深怕皇后娘娘会对你怎么样呢！你是不知道，皇后娘娘的为人啊！"

倾城笑笑，她的为人，我又怎么会不知道？

"倾城，这些是陛下今天让人打赏来的，你看看可漂亮了！"燕儿指着地上的绫罗绸缎和大堆珠宝说道。

倾城冷眼看着身边的赏赐之物，轻轻道："谁又会在意这些呢？"她看向燕儿、吟儿等人，"你们若是喜欢，就都给你们吧！"说完，转身进了房。

看着台上昨晚尚未烧完的红烛，倾城愣愣地发呆。

"倾城，该用晚膳了。"吟儿在门外说道。

"我不饿，你们先吃吧。"

"可是……"吟儿突然没了声。倾城笑笑，心想该是去吃饭了吧！

"吱呀——"门被轻轻地推开。

倾城皱了皱眉，"不是说你们先吃吗？我真的不饿……"

"不吃饭可是对身体不好哦！"一个男声从门的方向传来。

"是你！"倾城看向门口，慌忙起身。

易瑾灏笑笑，"孤就这么让你害怕？"

倾城听到那个"孤"字微微一怔，跪下身行礼道："臣妾见过陛下——"

易瑾灏看到跪在地上的倾城却收敛了脸上的笑容，压低了声音："你非要这样吗？"

"陛下说什么？臣妾听不懂。"倾城依然跪在地上。

"是为了他吗？"

"……"

"是为了他？"语气又加重了一分。

"没有。"垂着眸，语气冷淡，不卑不亢。

"那是为了谁？"易瑾灏提高了嗓音。

"什么人也不为。"倾城依然说得很淡然。但心想：可能是为了自己吧！抑或是，为了你。

"你……"易瑾灏上前拉住她的手腕将她一把拽起。

"啊！"倾城一个重心不稳倒在他的怀里。她想要挣脱他的怀抱，却被他用手紧紧地箍牢。

"不要害羞，孤昨夜看你不是还那么尽力吗？"易瑾灏看着她嘲讽地笑了笑。倾城听着这样的话更想赶快逃离，便使了劲，将易瑾灏一把推开。"你无耻！"

"孤无耻？你说孤无耻？"易瑾灏斜了斜嘴角，"你不是孤的妃子吗？孤和你谈谈房事是无耻吗？哈哈哈哈——"

看着面前的男子，倾城咬紧了嘴唇。

"若不是昨晚，孤还真是不知……不知你和萧奕然在一起这么长时间，原来还是处子之身！"易瑾灏眯眼看着她，嘴角有掩饰不住的笑意。他觉得很开心，从心底里的开心，倾城最终还是他的。

"啪！"响亮的声音，易瑾灏愣愣地站在原地。脸上有火辣辣的感觉，他看着眼前满脸愤怒的女子。

"你真的不是原来那个瑾灏了！你，怎么可以说出这样的话来！"倾城满眼含泪地看着他，眼中流火，异常愤怒。

易瑾灏愣怔地站在那里，他其实没有想那么说的，他只是为倾城还是处子之身感到高兴。可是没想到，说出的竟是那样混账的话，自己令倾城失望了吗？可是，这不是自己的初衷啊！易瑾灏心中暗自悔恨，不该说出那样的话。

"倾城……"易瑾灏轻轻地唤道。

倾城微微一怔,却还是冷冷地说道,"陛下日理万机,国事劳碌,还是先回宫休息吧!"

看着她这般冷淡,易瑾灏张了张嘴,"好。"然后甩袖,离开。

第二日。

"陛下!太后娘娘回宫啦!"小太监向易瑾灏通报。

"什么!"易瑾灏放下手中的公文,"快摆驾!"

凤仪宫。

"母后娘娘,儿臣向您请安。"

"起来吧。"肖淑云瞥了瞥下面的易瑾灏说道。

易瑾灏起身来到肖淑云身边坐下,"不知母后娘娘为何这么早就回宫啊?不是说还要住上一个多月吗?"

肖淑云看向易瑾灏,责怪地说:"灏儿啊,为何你纳妃却未通知母后啊?"

"啊,纳妃这等小事何必通知母后娘娘让您操心呢!"易瑾灏对她笑笑说道。

"纳妃岂能算是小事?"肖淑云看着他皱了皱眉,"那什么能算是大事呢?"

易瑾灏给肖淑云端上一杯茶,"儿臣只是不想让母后为儿臣操心,好让母后为二皇兄好好超度。"

"唉——"听见谈起易瑾轩,肖淑云不禁暗自神伤起来。片刻之后,肖淑云再次看向易瑾灏询问道:"你纳的妃是哪家王公大臣的小姐?"

易瑾灏低头,"都不是……"

"都不是?"肖淑云瞪大了眼看着他。

"是……"

"那是谁?"

"顾倾城。"

"咣当!"肖淑云手中的茶杯滑落到地上,碎成了好几片,"你……你说什么?是……是顾倾城?"

"是。"

"灏儿啊!你怎么能纳那个妖女为妃呢?"

"可是她现在确已是儿臣的倾妃了,还请母后谅解。"易瑾灏颔首抱拳。

肖淑云定了定神,舒了口气,"灏儿,你现在还学会先斩后奏了?"

"儿臣不敢。"易瑾灏起身,"母后,儿臣还有事,就先请告退了。"说完,便头也不回地离开。

"灏儿你……"肖淑云气得从座上一下子站起。

经过柳飘絮十几天来的照顾，萧奕然的身体已经好得差不多了。

"奕然，你……要走了吗？"柳飘絮看着萧奕然整理好着装，从桌上拿起"射日"。

"嗯，我离宫已有一段日子了，所以现在必须回宫去，否则被师父发现那可就糟了。"

奕然为何这么惧怕他的师父？他的师父到底是怎样一个人？柳飘絮不禁觉得有些好奇。

"飘絮？"萧奕然看着她发呆轻轻叫道。

"嗯？"柳飘絮看向他。

"不知你以后要怎么办呢？"

"啊——翊皇宫肯定是回不去了。所以，我只能漂泊在外，四海为家啦！"柳飘絮拨弄着衣带上的流苏假装自然地笑笑，内心实则很难过，因为，要和奕然分开了。若是这一分别，恐怕就没有机会再相见了吧！

"那不如……随我回宫吧。"萧奕然看着她试探地问道。

"啊？好啊！"柳飘絮听了满脸欣喜地回答道。

"嗯。那我们出发吧！"

"好！"

翊皇宫，雪海园。

书房中，倾城将几本书放回到原来的地方，伸手，看到手腕上的水蓝色丝带，她黯然。

不知奕然现在怎么样了？应该已经回到越皇宫了吧。想来瑾灏应该不会不守信用的，所以，奕然应该早就没事了。现在，奕然身上的毒也解了，是不是自己就不欠他什么了呢？倾城惨惨地笑了笑，可能还欠他一颗心吧……

坐在书桌前，她看着窗外的圆月缓缓地提起笔，柔软的笔尖在细白的宣纸上轻轻落下：

青青垂柳门外楼，晃晃圆月淡淡愁。为却心头相思苦，独看栏起细水流。

奕然，你一定要幸福……

易瑾灏来到雪海园。

"倾城呢？"他向燕儿问道。

"回陛下，娘娘她在书房呢。"燕儿低低地回答。

"书房？她去书房做什么？"

"娘娘说是待在房里闷，所以想去书房看看书。"

"哦——"易瑾灏听了便立即向书房的方向走去。

走近书房，便听见倾城轻轻的叹息声。易瑾灏停在门边，静静地看向里面，只见她坐在书桌前，提笔写着些什么。良久，她缓缓地放下笔，看了看窗外的月亮，又轻轻叹了口气，随后起身，向门边走来。

易瑾灏见倾城向门边走来，他屏住气息，躲在了墙角处。待倾城走后，他便走进书房。

走到书桌前，他看见桌上放着一张宣纸，上头题着几句诗，想来应该是刚刚倾城写下的吧。他好奇地拿着诗看起来。

萧奕然！她的这首诗居然是为萧奕然而写！要知道，她现在可是自己的妻子！她怎么可以！诗的内容乱了易瑾灏的心神，他怒火上涌。

"呲啦。"易瑾灏抑制不住内心的愤怒，将纸撕了个粉碎，他愤愤地走出书房。

"哎，陛下！"小巧和小灵不解地看着破门而出的易瑾灏。

一会儿，倾城从房中出来，来到正殿。

"你们这是怎么了？"倾城看着她们好奇地问道。

"陛下刚刚来过了，可是一会儿又很生气地走了。"

"嗯？"倾城纳闷，这是怎么回事？他怎么会很生气地走了呢？

易瑾灏紧紧地握住手中的小酒坛。为什么……为什么要这样对我？难道我对你的爱还不够吗？为什么，倾城……为什么你心里始终还想着他。举起酒坛，他仰首痛苦地喝下一口酒。

辛辣的烈酒在胃中灼烧着，但易瑾灏疑惑，为什么自己的心会这么地疼，难道是自己错了吗？是不是就不该将倾城留下？想起过往的种种，他觉得自己就快要死了——深爱着她，思念着她，心疼着她，可是她却这般不为所动，难道她的心真是石头做的吗！？

夜幕渐渐变深，殿外开始下起小雨。易瑾灏一坛接一坛地喝着，空酒坛散落了一地。为什么……为什么……他的眼神开始变得迷离，脑海里不断闪现着倾城的身影。

易瑾灏拿着酒坛跌跌撞撞地站起身，踉踉跄跄地走到莲花瓷盆前，看着瓷盆里的金鱼醉醺醺地道："你们说，她……她为什么就是……就是不……爱我！我好痛苦啊！"他将脸凑近瓷盆，"喂！你们……快说话！孤是……孤可是翊王！"易瑾灏看见水中，倾城正甜蜜地躺在萧奕然的怀中。"奕然……我好爱你……"倾城的粉唇缓缓贴近萧奕然。

"不！你胡说！你爱的是我！你胡说！"他一下子将面前的瓷盆掀翻在地。瓷盆碎了一地，瓷片到处散落，鱼儿艰难地在地上翻腾跳跃着却也无济于事。

"陛下！陛下！"侍卫冲了进来，以为刚刚发生了什么事，当看到地上一片狼藉后，都惊呆了。

"滚……都给孤滚！"易瑾灏对着他们大吼道。

"是是……"侍卫们连忙告退离开。

"啊！"易瑾灏长啸了一声，却踉跄地跌倒在地上。"不……你是我的妃子，是我的妻子！"说着，他踉跄地走出乾坤殿，独自一人在雨中行走着。

倾城正准备入睡，门忽然被猛地推开，她吃惊地望向门边，"是你。"倾城故意淡淡地说。

"怎么？你还想是谁？"易瑾灏似笑非笑地用迷离的眼神看着她。

倾城见状皱了皱眉，"你饮酒了？"

"是啊。"易瑾灏看着她挑了挑眉，"怎么，孤饮酒还要向你请示？"

她愣了愣，没有理睬，又回到榻边，铺着被。

易瑾灏上前一把抓住她的手腕，将她拉进怀中。

"你……你放开我。"倾城微微地挣扎着，却也始终不能挣脱。

"放开你？"易瑾灏好笑地说，"你可是孤的倾妃呀！孤怎么舍得放开你呢？"手指轻轻地划过倾城细嫩的脸颊，如此轻佻的动作让倾城不由得撇过脸皱起眉。

看着她美丽的容颜，易瑾灏不由得想起刚刚在瓷盆里看到的画面，他突然紧紧地卡住倾城的脖子，狠狠道："我那么爱你，为何……为何你还是爱他？"

"瑾灏……咳咳……"倾城难受得说不出一句话来。她好想说，我爱你，爱你呀，瑾灏，一直以来，我爱的都只是你。

"为何我得到天下，却得不到你的心？"易瑾灏仰天长啸，一把将倾城推倒在榻上，狠狠地将她压于身下……

"不要！"

夜，在雨声中继续着。伴随着的，还有低沉的喘息……

天已大亮，窗外的雨早已停止。

倾城整理着自己狼狈的模样，她披上月白色小袄，一如她在雪顶山随瑾灏狩猎时的美丽。她回头，看了看榻上依然熟睡着的易瑾灏。瑾灏，这到底是谁的错？是你？是我？还是命运……一滴泪从脸上悄悄地滑落。

"参见陛下！"朱雀门前，众侍卫向萧奕然行礼。

"都平身吧。"萧奕然淡淡地说着。

柳飘絮跟着萧奕然进了越皇宫。她虽从小就在翊皇宫长大，但还是感叹于这越皇宫的富丽与堂皇。

为了方便以及不被人察觉，萧奕然让柳飘絮乔装成男子随他进入越皇宫。

"飘絮，你先住在弦月宫吧。"萧奕然将柳飘絮带到了一个很华美的宫殿道。

柳飘絮笑笑，"我是随便啦，只要有一个容身之所就行，我不在乎有多豪华。"

"嗯。"萧奕然看着她微笑的脸庞，暗暗想，飘絮她虽贵为公主，但却不骄奢也不娇纵，性格这般地好，确实是个好女子。只是，萧奕然黯然……自己心中早就住进了那个人，一颗心，满满的都是她，纵使再好的女子，也无法进入。

"我平时有国事要处理，如若你觉得无聊，可以在宫中随意逛逛，不过，不要去湖心小筑。"萧奕然淡淡地说道。

"嗯，知道了。"柳飘絮看萧奕然这般模样便知道湖心小筑对他来说不一般。对她这个翊国公主，他没有不让他去骄阳殿，却让她不要去湖心小筑，这便可以得知了。

经过几日摸索，再加上柳飘絮的聪慧，越皇宫已被她摸得差不多了。对外，萧奕然说柳飘絮是他特意请来的棋师，专教越王下棋，也就是越王的老师，所以宫中的人都对她很尊敬。因而她在宫中总是畅通无阻。

这越皇宫我大致已知，接下来就只有一个湖心小筑了。柳飘絮想着，今天就去探探那个神秘的湖心小筑。

快要到湖心小筑时，柳飘絮看见有许多侍卫在那里把守。这可怎么办呢？她一下子可犯了难。忽然，灵机一动……

柳飘絮走到侍卫首领面前，侍卫首领将她拦下。"棋师大人，越王陛下说过，这湖心小筑除了里面原本的宫女，不许其他任何人进入。"

"我是奉越王之命来湖心小筑拿棋案的。"柳飘絮轻松地说着。

"那……大人可有陛下的谕令？"侍卫首领问道。

"没有。事出太急，陛下没来得及给我。"

"那还请大人恕罪，属下不能放您进去。"侍卫首领抱拳。

"你！啊，陛下还在等着和本大人下棋呢！陛下让我取了棋案速速回去。难道……你想让陛下久等吗？"柳飘絮轻挑着眉毛看着那个侍卫首领。

"这……"侍卫首领面露难色。

"我想陛下现在一定着急了……嗯，是这样。"柳飘絮假装思考着摸了摸下巴。

"好吧，大人，您快一点。"想来也是怕陛下怪罪，侍卫首领终于同意让她进去。

柳飘絮得意地大摇大摆地进了湖心小筑。向前走了一段时间，她便置身于一片花海之中。虽然已是深秋，但花园里的花却都竞相开放着。好美！柳飘絮被花朵包围着，有些醉心。

这里比御花园更美呢！她欣赏了片刻，又朝前走去。花园的前面是一片莲湖，枯败的莲叶莲枝散落在湖面。虽然都已残败，但她可以想象得出夏天时，这莲湖有多么美丽。她又向前，远远地，看见湖心有座小楼，她便走上水上连廊，向小楼走去。

登上小楼，一览眼前的景色，周围的莲湖，前方的花田，尽收眼底。柳飘絮感叹，这越皇宫怎么会有这么美丽的地方，如梦如幻。

"你是谁？"突然从屋里走出两个人来，一个女子问道。

"哎——"另一个女子向她摇了摇头，"晴儿，别这么没礼貌。"她看向柳飘絮，向他行了个礼，"请问公子是什么人？为何会来陛下已经禁闭的湖心小筑？"

"哦——"柳飘絮同样行了个礼，"我是陛下请来的棋师，陛下让我来拿棋案。"

"棋案？这里没有什么棋案啊！"因为倾城姑娘从来都只抚琴不下棋，所以这湖心小筑里并没有棋案。

"哦——可能是陛下记错了。"柳飘絮问道："不知这里住了何人呢？"

"走了，现在无人居住，只有我两姐妹打扫这里。"小楚有些伤感地说着。

"走了？"柳飘絮皱眉，"冒昧地问一句，走了的是何人呢？"

"冒昧你还问？"晴儿嘟了嘟嘴道。

"晴儿！"小楚瞪了她一眼，"还请大人不要见怪，她就是这脾气。"

"啊，不会不会……"柳飘絮连忙摇手。

"原本这里是一个叫倾城的姑娘住着，听说陛下登基后建这湖心小筑也是为了她，可是倾城姑娘却似乎不爱陛下，所以便出了宫。可是陛下还深深地爱着她，陛下时常会来湖心小筑看看，坐坐倾城姑娘睡过的榻，摸摸倾城姑娘抚过的琴。"

"陛下总说，这空气中还有倾城姑娘的味道……"晴儿说着不禁叹了口气。

原来这里竟是顾倾城住过的地方，奕然竟为她造了这么一座仙境般的湖心小筑。柳飘絮心中黯然，是不是她不可能进入萧奕然的心底？柳飘絮想着不禁又心生羡慕，她想，如若有一个男子也这么爱她，那她便死也愿意。

慢慢地走出湖心小筑，她心中五味杂陈，不知还要不要继续待在这越皇宫里，因为她爱的奕然早已心有所属。

"大人？"

"嗯？"走到侍卫把守处，先前的那个侍卫首领又走上前，柳飘絮看向他。

"您怎么没有拿棋案呀？"

"啊？没……没找到，可能是陛下记错了吧。"

"哦。"侍卫首领看着她挠了挠头。

柳飘絮思绪飘渺地走回弦月宫。

"飘絮，你去哪里了？何故这么久不见你回来？"一个好听的声音从内殿传出。

"你……你什么时候来的？"柳飘絮听了很惊讶，走到萧奕然身边。

"刚刚下了朝就来看看你，怕你有什么不习惯的。"

"哈哈……"柳飘絮爽朗地笑了笑，"我有什么不习惯的呀，我四海为家都可以，何况这条件优越的越皇宫？"

"呵呵，看来还是我多虑了。"和飘絮在一起时，萧奕然从来都不用孤自称。因为他一直将飘絮当作一个可以信赖的朋友。

"你……"柳飘絮犹豫，但想了想还是说了出来，"你为什么要禁闭湖心小筑？"

萧奕然喝茶的手停在半空，"你去过了？"

"是。"

"因为倾城。"萧奕然回答得很干脆，"那是只属于倾城的地方。"

"可是她现在是瑾灏的妃子呀！"柳飘絮有些气急败坏。

"我知道。"萧奕然眼眸低垂，神色黯然。"她是为了我……"

"为了你？"

"是。"

萧奕然将他与倾城的相遇以及后来倾城为救他而答应嫁给易瑾灏的事一一告诉了柳飘絮。

"没想到，她竟如此重情重义，怪不得瑾轩也会爱上她。"柳飘絮暗暗低语。

"她不仅是重情重义，她还善良单纯，她身上有种仿佛九天神女都不会有的气质。"萧奕然看着窗外正缓缓落下的夕阳，满满的金黄暖着人的心，一如倾城的微笑，纯真，暖人……

"还有……"萧奕然接着说，他看向柳飘絮，"其实是我杀了易瑾轩。"

"什么？"柳飘絮大惊，瞪大了眼睛，不可置信地看着他，"不可能……不可能……"

"是真的，而倾城为了不让两国发生战争使得两国人民受战乱之苦，她便承担了杀易瑾轩的罪名而被易瑾灏误会。"

"是你杀了瑾轩……"柳飘絮呆呆地自喃，"是你……"

"是。我知道你与易瑾轩情同兄妹，如果你想报仇就来吧，我不会还手的。"

柳飘絮缓缓地站起身，走到他身边。她的掌缓缓举于萧奕然的头顶，只要这一掌下去，萧奕然的天灵盖肯定粉碎。她的手微微地颤抖着，眼中噙满了泪水……良久，柳飘絮缓缓地放下掌，虚弱地瘫倒在萧奕然身边。

"飘絮！"萧奕然大惊起身。

柳飘絮目光呆滞地说："我没事。"终究，她还是下不了手啊！他是她所爱的人，如果可以，她愿为他赎罪。

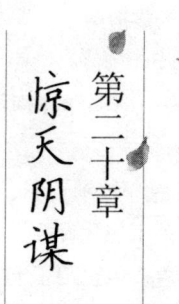

第二十章 惊天阴谋

深夜。

榻上的柳飘絮因为之前的事一直难以入眠,她翻来覆去,却毫无睡意。忽然,听见屋檐有人飞过,而后看见一个黑影到了另一个屋檐,她立即下床跟踪。

她跟着那黑影,不禁感觉那黑衣蒙面人的武功可真高啊!单从他的轻功就可以断定,这个人在江湖上是数一数二的高手,只怕打起来,萧奕然和她两人联手都不是他的对手。

黑衣人在骄阳殿外停下,从骄阳殿的窗户飞入,而四周的侍卫却是毫无察觉。柳飘絮也借机跟进了骄阳殿。

她躲在窗外的阴暗处观察着,如若黑衣人对奕然不利,她便立马援救,哪怕是搭上自己的性命。

"师父。"萧奕然朝黑衣人抱拳道。窗外的柳飘絮一惊,难道这黑衣人就是奕然的师父?

"嗯。"黑衣人低低地应了一声,"然儿啊,你这几天可好啊!竟然背着为师出宫!"

"师父恕罪!"

"你出宫又是为了那个顾倾城?"黑衣蒙面人扬声说道。

"是。"

"哼!"黑衣人重重地推了萧奕然一把。

"呃,咳咳——"萧奕然往后退了几步。

"怎么,然儿,为师看你身体不佳,来为师给你把把脉。"黑衣人说着便向萧奕然伸出手去。

萧奕然退后，"不用了师父。"

但黑衣人却一把将萧奕然的手拽过。"嗯？你前段时间受过很重的伤？"他皱眉，随即神色一变，"你……你体内的云裳散解了？"

"是，正是倾城为徒儿求来了药。"

"唔——好，好啊，解了就好……那你好好休息吧，为师先走了。"随即一个踮脚，便飞出了骄阳殿。

萧奕然看黑衣人飞出的背影却深深地锁着眉，为何刚才师父听见我将毒解了会如此震惊？还有他刚刚的表情，难道是他不想我解掉云裳散的毒？

柳飘絮看着黑衣人飞出，便趁着夜色也跟了上去。

只见黑衣人进了荒废已久的上阳宫，柳飘絮跟了进去。她看见黑衣人进了上阳宫的书房，然后转动了一个烛台，墙上便出现了一扇门，黑衣人左右看了看，便走了进去。

柳飘絮也照着刚刚黑衣人的样子，转动烛台，果真，那道门便又出现了。门里面黑漆漆的一片，但她还是壮着胆子进去了。

柳飘絮打量着四周，悄悄地跟在黑衣人身后，这里竟是一个密室。

"皇兄啊，饿了吧？你看我给你带什么吃的了。"黑衣人将手中的一袋东西扔到地上。

柳飘絮看到墙角蜷缩了一个人，那人满身污垢，脏乱不堪。

"你这个畜生！"那人激动地朝黑衣人叫喊着。她发现，那人的四肢好像都不能动。

"皇兄，不要这么动怒嘛！"黑衣人慢慢地解下脸上的黑布，柳飘絮惊讶地发现，他和地上的那人竟是那么神似！

"住口！你不配叫我！"地上的人浑身颤抖着，"你断我四肢，杀我妻子，你还算是人吗？"

想不到奕然的师父竟是如此狠毒，柳飘絮皱眉，他叫他皇兄，那他俩便是兄弟，但为何会如此，并且，这位皇兄又是哪位？该不会是奕然的父王吧！

"我不配？"黑衣人冷笑了两声，"我不配？难道不是你对不起我？对不起祖宗的基业？"

"你！你杀了我吧……"地上的中年男人喘着粗气冷冷道。

"不，我不会杀你。因为，我要让你生不如死！快了，时间就快到了！"黑衣人仰面大笑，"哈哈哈！哈哈哈哈——"

因为密室阴暗，柳飘絮不小心踩到一颗碎石粒，差一点跌倒。

"谁？"黑衣人眼神一聚，一股杀气涌了上来。

飘絮大惊，连忙往回走去。黑衣人一个飞身，朝她追来。

黑衣人飞到柳飘絮身前，将她拦住。

他看着柳飘絮问道："你是何人，为何会偷听我讲话？"忽然他又哈哈大笑起来，

"不管你是何人，今晚都是你的死期。"说完便一掌向飘絮劈来。

柳飘絮眼疾手快，接下了那一掌。黑衣人一看一掌落空，立即又举起掌向她劈来。那一掌却结结实实地落在了柳飘絮的肩上，"噗——"一大口血从飘絮口中涌出，飘絮跌倒在地上。她一看，自己实在是很难敌得过这个黑衣人，便准备逃走。

"哈哈，准备受死吧！"就在那一掌快要落下时，飘絮抓了把地上的土向他撒去。"啊！"黑衣人连忙掩面，飘絮乘机逃离。

夜半，萧奕然突然听见门外传来敲门声，他打开门。

"师父？你怎么这时候来了？出了什么事吗？"萧奕然问道。

"哦，你这里有没有进来什么可疑的人？"

"没有啊。师父，可是有什么人潜入宫中？"他担心地问。

"哦，没……没有……为师只是关心你罢了。没什么事，为师就先走了。"

"嗯，师父慢走。"

"唔。"萧奕然目送着师父离开。待黑衣人完全离开后，他立即走向内殿。

"飘絮！飘絮你怎么样了？"萧奕然看着嘴角流着血身体虚弱的柳飘絮担心地问，"你……你说的都是真的吗！？"

"呃……"柳飘絮刚想开口，又吐出一口血。

"好了好了，现在什么都别说了，我立即请御医来给你诊治！"萧奕然小心地将她扶上榻。

一会儿，御医从房中出来。

"怎么样了？"萧奕然焦急地问。

"唔——她受了很重的内伤，需慢慢调理才可恢复。"御医捋了捋胡子道，"切记，这期间可不能再用武了，否则……"御医没有说下去。萧奕然听了点点头。

"陛下，您休息一下吧……"小太监劝道。

萧奕然摇了摇头，他将柳飘絮的被子拉了拉，道："你们去歇息吧。"

"是……"

萧奕然坐在榻边，看着柳飘絮。他锁眉，飘絮说的都是真的吗？师父难道真的有什么不可告人的秘密？算了，无论是不是真的，自己都要照顾好飘絮，以报她对自己的救命之恩啊！

"嗯……"飘絮眉头动了一下，她睁开眼。

"你醒了？"萧奕然微笑地将她扶起。

"你……"柳飘絮有些脸红，她看着萧奕然离自己这么近，突然心跳加速。

"怎么？不舒服吗？"萧奕然见状关心地问。

"哦，没……"她低下头，"你……一直在这里？"

这时，萧奕然身边的小太监突然插嘴，"陛下可都照顾您三天了！"

"我……我昏迷了三天？"柳飘絮瞪大了眼。

"是。"萧奕然微笑。

"你……照顾了我三天?"她对上他的眼。

萧奕然淡然一笑,"你不也照顾我那么多天吗?这算是我对你的报答吧。"

"报答?"柳飘絮原本明亮的眼眸渐渐地暗淡了下去,"只是报答吗?"她喃喃。

"小顺,你先下去。"

"是。"

"飘絮……"萧奕然用罕见的严肃表情看着柳飘絮,"那夜你说的都是真的吗?"

"你觉得我在骗你?"柳飘絮有些气愤。

"不……只是,此事事关重大……"他看着茶几上的茶杯低低道。

"那我带你去看。"柳飘絮激动地直起身,"咳咳……"却止不住地咳嗽起来。

"哦,你快躺下!须等你伤好再说,而且,此事你不应再犯险。"

"你,在担心我吗?"柳飘絮看着他问道。

"算是吧!"

她微微一笑,"那我便更不能置身事外了,有你这句话,即便是上刀山、下油锅,我也不怕!"

萧奕然没有说话,只是深深地看着她。很好的女子,只是,他不能爱。

当晚,萧奕然安顿好柳飘絮后,便穿上了夜行衣,他想去看看这到底是怎么回事。

他按照柳飘絮说的,先来到上阳宫,后进入书房,他转动书橱旁的烛台,果然,一道暗门赫然出现在眼前。看来飘絮所说不虚,他暗暗想。

萧奕然从腰间掏出一个火折,打开吹了吹,将小道两旁的蜡烛点亮。晃晃悠悠的火苗,忽明忽暗的小道,透着说不出的诡异。再往里走,他看见一个小屋,上前,轻轻地推开门。

"你杀了我吧!你这个畜生!"萧奕然听见叫骂声,吃了一惊。他想着,这个"皇兄"该不会是自己的父王吧。

他进了屋,看见地上瘫坐着个人,他的手脚都被粗铁链拴着。那人抬起头来,"你是谁?"

萧奕然看清楚了那人的脸,不是父王。

"你是谁?"萧奕然也反问那人。

那人先是一愣,随后笑了起来,"哈哈哈,反正是残命一条,告诉你也无妨,也许你还能帮助我了结呢!我是江玄宇。"

"江玄宇?宇王江玄宇?"萧奕然心中一惊,"怎么会?江玄宇不是在十多年前就死了吗?"

"你不信?"地上人抬头看向萧奕然。

"不不……晚辈不是这个意思。"萧奕然连忙说道。

"唔——此事说来话长,也怪不得你不信啊!"那人低头缓缓道,"其实连我自己也不信。"

"那你是谁呢？"江玄宇又问道。

"我……"萧奕然有些犹豫，但想到对方已将身份如实相告，自己岂能欺骗？"晚辈萧奕然。"

"你……"江玄宇的声音有些颤抖，"你是萧奕然？是当今越王？"

"正是。"

"哈哈哈哈！"江玄宇突然大笑起来，他仰天道："真是天道有常，老天有眼啊！"

江玄宇将事情一一如实相告……萧奕然听着便不自觉地握紧了拳，拳上青筋一根根暴起。

"你……你说的都是真的？"萧奕然仍不敢相信。

"你可以选择不信我，可是我没有必要骗你。"

"前辈，我救你出去！"萧奕然拔出"射日"，想要砍断铁链，可几刀下去，却不见铁链有任何磨损。

"不必白费力气了，这是千年寒铁铸成的，刀砍不断，火烧不化。"江玄宇淡淡地说。

"那……"

"你就给我个了断吧。"

"不！"萧奕然拒绝，他可是倾城的父亲啊！自己怎么能……

"难道你想让我在这儿受折磨？"

"这……"

"算我求你了！杀了我吧！"江玄宇闭上眼。

萧奕然看着他，眉头紧锁。他将头别到一旁，挥出"射日"，剑锋在江玄宇脖颈上轻轻划过。将"射日"收回剑鞘，萧奕然看向江玄宇，他微笑着，脸上没有一丝痛楚，仿佛死对他来说是一种解脱。

倾城，请原谅我……

萧奕然离开密室。

江天宇来到密室，发现江玄宇已死。"到底是谁……"他暗暗地想着，那日被她打伤之人一定身受重伤，难道还有另外的人知道这里？看来事态有变，得小心才行。

萧奕然回到骄阳殿。

"你去哪里了？"柳飘絮坐在榻上看着他问道。

"密室。"萧奕然回答得很干脆。

"密室？"柳飘絮大惊，她很是气愤，"你难道不知道那儿很危险吗？"

"知道。"

"知道还去？！"柳飘絮很气愤，不过更多的，却是关心。

"谢谢你。"萧奕然转过脸来看着柳飘絮淡淡地说。

"谢我？"柳飘絮一片茫然，她不知萧奕然为何要谢她。

"如果不是你以身犯险，我也不会知道那个密室，也不会知道这个天大的秘密了。"

柳飘絮疑惑地看向他，"秘密？"

"他竟然是宇王江玄宇？而你师父竟是他亲弟弟？"柳飘絮表现得异常震惊。要知道，十几年前，宇王江玄宇和其妃叶雨眠早已坠入山崖，这是全天下都知道的事，连父皇都信以为真，难不成都是假的？

"嗯……师父以救二人为名，将二人引到山崖边，后将叶雨眠从山崖上推下，而后又将江玄宇囚禁起来。"

"天哪！天哪！原来这些事都是你师父做的！"柳飘絮非常震惊，想不到奕然的师父竟是这种人。

"嗯……还有……我所中云裳散的毒也是师父下的。"萧奕然淡淡地说。

"什么？"柳飘絮瞪大了眼连奕然中云裳散也是他所为。

"飘絮。"

"嗯？"柳飘絮看向他。

"你没有觉得，我和易瑾轩很像吗？"

"嗯？"她仔细看了看，点点头，"还真是很像啊！难不成……"柳飘絮脑海里闪出一个可怕的猜想，但她不敢说出来。

"是，他是我的亲哥哥。"

"怎么会……"

"江玄宇说，当年当今翊国太后肖淑云原本与江天宇是青梅竹马，可谁知肖淑云后来竟移情别恋，爱上了翊王易南天。于是，从此便种下祸根，直到在肖淑云诞下皇子时，江天宇便抱走了一个……"

"你是说……"

"是，当时肖淑云诞下的是双生子，而被抱走的那个便是我。"萧奕然顿了顿，"江天宇将我和我母妃的孩子掉包，后又在越皇宫以我的师父为名，帮我除掉了一个又一个皇子，为的就是我能够当上越王，这样他就能报复肖淑云了。"

"好可怕！"柳飘絮不禁打了个寒颤，怎么会有这样可怕的人？

"他还想报复江玄宇和叶雨眠。他恨叶雨眠红颜祸水蛊惑江玄宇，他恨江玄宇软弱无能，感情用事，因而导致宇国灭亡。他还恨易南天，恨他抢走肖淑云又不爱她，恨他出兵宇国……"

"他好恶毒，原本是最毒妇人心，现在却是无毒不丈夫。"柳飘絮暗暗地想着，他让父皇的亲生儿子去杀他，然后再杀了他的另一个儿子，这样的毒招看来也只有他想得出来。"

"可是他为何又给你下了云裳散的毒？"飘絮疑惑地问道。

"他是怕以后有一天控制不了我。可是谁知，我又将毒解了。所以那天他得知我毒已解之后的表情会是那般。"

"我们都是他的棋子，他让我将倾城送入翊皇宫就是为了杀易南天，他恨江玄宇和叶雨眠，自然也不会管倾城的死活。于是易南天死是第一步，第二步便是利用我对倾城的情感让我杀了易瑾轩。"萧奕然微微有些哽咽，"都是我……倾城才会……是我亲手将她推进翊皇宫的！"

顾倾城……柳飘絮微愣，"现在一切都清楚了。"她向他微微笑道说，"我们可以不受他摆布了！"

"可是……"萧奕然掩面，"我竟亲手杀了我的哥哥……"

"奕然，你不知情，不是吗？"柳飘絮心中不忍，伸手轻轻地抚上他的肩。

萧奕然看向她，淡淡微笑，"谢谢你，飘絮……"

柳飘絮知道他现在内心很痛苦，却又帮不上什么忙，于是只能在一旁静静地看着他，陪着他。

"呃——"倾城觉得胃里一阵难受。

"倾城，你怎么了？"燕儿走到倾城身边抚了抚她的背问道。

"哦，没什么，只是觉得肠胃有些不适罢了。"倾城微笑着对她说。

"还是请太医来看看吧。"

"恭喜娘娘，贺喜娘娘，您有身孕了！"胡太医抱拳恭喜着倾城。

倾城呆呆地坐在榻上，双手缓缓地抚上小腹，是……有身孕了吗？

"娘娘？"太医又叫了一声。

她回过神来，"哦，有劳胡太医。吟儿，送胡太医出去。"

"是。"

"倾城，要不要叫陛下来？"一旁的燕儿问道。

"不用了。"倾城淡淡地道。

傍晚。

"陛下驾到！"

"奴婢参见陛下！"燕儿几人赶紧跪下请安，只有倾城呆呆地坐着。

"娘娘！娘娘！"小巧小声叫着她。

"罢了罢了，都起来吧。"易瑾灏挥挥手，因为西征的战事连续报捷，所以易瑾灏今天很高兴。

"是。"

"你……"倾城回过神，看见易瑾灏依坐在了自己身边。

"怎么了？"易瑾灏问道。

"没……没什么……"倾城低下头。

"陛下，该用膳了。"燕儿柔声道。

"嗯。"

一道道丰盛的菜肴陆续上桌，倾城端起小碗刚想动筷，却闻到一阵油腻味。"呃——"顿时感觉胃海翻腾，连忙捂住口。

"倾城，你怎么了？"易瑾灏见状关心地问。

"我没事。"倾城摇摇头，"呃——"却又是一阵恶心。

她捂着口赶紧离桌。

"倾城这是怎么了？"易瑾灏问着燕儿一行人。

"这……"燕儿犹豫，毕竟倾城没有让她们告诉陛下啊！

"快说！"易瑾灏见众人支吾的样子，一声大吼。

"禀陛下，娘娘有孕了。"

"什么！"易瑾灏大惊，"倾城……倾城她……有孕了？"随即又变得大喜起来，他抓住燕儿，激动道："真的吗？你说的是真的吗？倾城她……她真的有孕了？"

"是……胡太医今早亲口说的。"

"好……好……太好了！"易瑾灏高兴得不知如何是好，倾城竟有了身孕！那是他们两人的孩子！

倾城对着面盆吐了一阵，觉得好受多了，便准备返回厅堂。

易瑾灏一听倾城回来了，便压制住心中的喜悦。

"对不起，我刚刚胃有点儿不舒服。"倾城淡淡地讲道。

"你……有身孕了？"易瑾灏也用淡淡的语调问道。

"你……"倾城看向他，又看向燕儿，燕儿立马低下了头。

"嗯。"

"嗯。"易瑾灏也淡淡应道，"此事不要声张，我也会与胡太医讲的。"

倾城惊讶地看向他，为何……为何他竟是这般模样？难道我有了我们的孩子，他不开心？心里有点疼，却没有过问，倾城低头缓缓地吃着饭。

"陛下！"燕儿、吟儿也都吃惊地看着他。

"你们照孤说的做就是。"

"是。"

"倾城，别在院子里了，外面冷。"燕儿心疼地看着倾城说道。

"嗯。"倾城转过头来，"我一会儿就进去。"

坐在园中的连廊里，倾城抬起头看着月亮，天雾蒙蒙的，月亮也是模模糊糊的，氤氲的光洒在园中，多了些许伤悲之感。她的手轻轻地抚上小腹，宝宝，你爹爹似乎不喜欢你……也许你根本就不该来……似有感触一般，倾城忽然一惊。不，宝宝，对不起，娘亲不该这么说的——你是上天赐给娘亲的礼物，是娘亲最宝贵的财富……起身，倾城走进屋中。

乾坤殿。

"倾城，谢谢你！易瑾灏轻轻吻上那枚白玉耳环，谢谢你有了我们的孩子，你要明白，我那样做都是为了你——如若你有孕的消息传出去，玉蝶衣和母后一定有所行动的，只怕到时候我也保不住你，我不希望我们的孩子有危险，更不希望你有危险。

易瑾灏微笑，他依然不敢相信，自己就快要当父亲了！而且那是他和倾城的孩子。

"姐姐！"

"青儿！你来啦！"倾城见到青儿很是高兴。

"青儿很想姐姐呢！"青儿亲昵地靠在倾城的肩上。

"姐姐也很想你哦！"倾城开心地牵着青儿的手。在这个冰冷的皇宫，除了她肚子里的孩子，青儿是她唯一的亲人了。

"姐姐，你在做什么？"青儿进门时看到倾城好像在用针线绣着什么，等她进来，倾城就把那东西收了起来。

"姐姐，你把青儿当作什么？连你在做什么都不告诉青儿吗？"青儿满脸悲伤地看着倾城。

倾城赶紧抓住她的手，"不是的，青儿！你永远是我的妹妹！"

"那姐姐你就告诉我吧！"青儿用大大的眼睛看着倾城道。

"嗯。"倾城从身后拿出一件只做了一半的小衣服。

"这……"青儿愣了愣，看向倾城"姐姐你……"

"嗯。"

青儿顿觉晴天霹雳，她稳了稳情绪道："姐姐，恭喜你呀！陛下知道了吗？"

"嗯。"

"陛下应该很高兴吧！"青儿笑着轻轻地抚了抚倾城的小腹。

倾城低头看着自己的小腹，没有说话。

回到宜安殿。青儿一进殿就将茶几上的茶壶和茶碟扫翻在地。

"娘娘！"宫女小玉叫道上前扶住青儿。

"滚开！"青儿一个巴掌甩向小玉，小玉跟跄地跌倒在地。

"为什么……为什么……"她坐着微微颤抖，为什么你的命会那么好？明明是宇国余孽，却从小受尽宠爱。明明落魄，却又能拥有萧奕然无私的爱。瑾灏明明知道你与萧奕然之事，为何还是对你念念不忘？还是那么深深地爱着你？现在你竟有了瑾灏的孩子……为什么什么好处都由你占得？

翌日。

芳华宫。

"妹妹见过姐姐。"青儿向玉蝶衣俯了个身。

"哟!妹妹快请起。"玉蝶衣走到青儿面前将她扶起,"妹妹可是稀客呀!可难得来芳华宫一次……"

"呵呵——姐姐这是哪的话呀!"青儿被玉蝶衣牵着坐到了长榻上。

"以前也不曾见妹妹来过,现在怎么有空来了?哦……一定是陛下现在去雪海园不去你的宜安殿了,是吗?"玉蝶衣面带微笑嘲讽着说道。

青儿气急败坏,可也没有什么办法,便道:"真羡慕姐姐的清闲,好像和陛下成婚后陛下就再也不曾踏进芳华宫了哦……"

"你!"玉蝶衣拍案而起。

"哎哟,姐姐,火气不要这么大嘛。"青儿媚笑道,"我们的事以后有得是时间解决……"

"你……"玉蝶衣不解地看着青儿。

"姐姐可知顾倾城有了身孕?"

"什么!"玉蝶衣满脸震惊,"你说顾倾城怀了陛下的龙种?"

"是。"青儿淡淡回答。

"你告诉我干什么?"玉蝶衣恢复了之前的神色。

"我只是不想让姐姐的地位受到动摇。"

"你什么意思?"玉蝶衣侧过脸问青儿。

"姐姐你是在装糊涂还是真糊涂呀?"青儿轻笑道,"若是顾倾城诞下龙子,母凭子贵,你觉得陛下还会让你当这个皇后吗?"

"这……"玉蝶衣蹙眉,"你是说……我们先合力除去顾倾城?"玉蝶衣低声问。

"哎呀,姐姐还真是聪颖,一点就通呀!"青儿掩唇轻笑。

玉蝶衣深思了一会儿,看向青儿,"我们该怎么做?"

她在玉蝶衣耳边轻轻地说了一会儿。

"这样行吗?万一陛下为了她甘愿牺牲翊国,那……"玉蝶衣皱眉道。

"不会,陛下为了先王也不会牺牲翊国的,相信我。"

"为何要帮我?"玉蝶衣看向青儿。

青儿轻笑道:"我不是为了帮你,我是为了帮我自己!"

玉蝶衣看着青儿定了一定神,豁然笑道:"你还真是恶毒呢!连自己的姐姐都敢这样算计!"

青儿掩嘴笑了笑,"在这后宫之中从来都是这样的,不是吗,姐姐?"

玉蝶衣一愣,随即又大笑起来,"哈哈哈——"

雪海园。

"倾城,这是陛下赏赐给你的补品。"吟儿打开箱子,燕窝、灵芝、冬虫夏草等名贵药材应有尽有。

倾城淡淡地扫了一眼，她不屑，她不需要这些。

晚膳时间到了，满桌子的菜肴，倾城却怎么也吃不下。

"燕儿，给我盛一碗燕窝粥吧。"

"嗯。"

一会儿，燕窝粥便端了上来。倾城接过粥刚想吃，却被吟儿给拦了下来。

"怎么了？"倾城问道。

只见吟儿拿出一根银针，她将针尖放入燕窝粥中。一会儿，将针拿出，看到针尖没有变黑才将粥重新放到倾城面前。

"吟儿，这是何故？"倾城不解。

"哦，是看这粥中有没有毒。"吟儿答道。

"为何这粥中会有毒？难不成会有人想害我？"

这时，燕儿走了上来，"倾城你是不知，这宫中哪个不是你想吃了我，我想吃了你的。"

"宫中的人真的有这么坏吗？"倾城眨眨眼问道。

"你看看那皇后娘娘就知道了。"吟儿没好气地说道。

倾城没有说话，只是安静地喝着粥。

"还有淑妃，倾城，怎么都不觉得青儿是好人！"燕儿也在一旁说道，"明知陛下是自己姐姐爱的人，如果她是好人就不会做陛下的妃了！"

"够了！"倾城猛然将手中的碗放下，"不许这么说青儿！"

燕儿和吟儿面面相觑，"是——"她哪里知道，青儿早已不是原来的那个青儿了。

"师父。"萧奕然抱拳道。

"嗯，然儿近来身体好些了吗？"江天宇道。

萧奕然颔首，"多谢师父关心，徒儿身体并无大碍了。"

"嗯，这就好。"江玄宇摸了摸胡子，看向萧奕然，"然儿听说你几日前带了个人回宫？"

"嗯，师父。"

"哦？不知是何人呢？"

"是一位棋艺了得的棋师。"

"棋师？"江天宇皱起了眉，"然儿也对棋艺有所喜好？"

萧奕然颔首道："徒儿也是近来才喜欢上棋艺的……"

江天宇捋捋胡子，似乎在思考什么，"唔——那能否介绍与为师认识呢？"

"这……"萧奕然犹豫，此时，一个人突然走了过来，萧奕然吃了一惊。

"陛下，您的棋还没下完呢！"柳飘絮走到萧奕然身边，看见江天宇，"陛下，这位是……"

"哦，这位是孤的师父。"萧奕然转过身，"师父，这就是徒儿带回的那个棋师。"

"哦？"江天宇皱眉打量了柳飘絮半天，道："敢问棋师贵姓？"

"小人姓刘。"柳飘絮装作惶恐地连忙行礼。

"刘？刘棋师年纪轻轻，想不到棋艺竟如此登峰造极，得当今越王欣赏。"

"在下雕虫小技而已，幸得越王陛下赏识呀！"柳飘絮故作谦虚道，"那大人要不要看看刘某同陛下下的棋局呀？"

"哦？甚好甚好！"江天宇便随两人进了内殿。

"大人看……"柳飘絮指向桌上的一盘棋局。

"唔——"江天宇原是不懂棋艺，也只是粗略地看了看。他进来看棋只不过是怀疑这个刘棋师的身份，现在看来并无可疑。他看向萧奕然，"然儿，为师还有事，就先走了。"

萧奕然连忙行礼，"嗯，师父慢走。"

"呃——"待江天宇走后，柳飘絮体力不支地倒在了萧奕然怀中。

"飘絮！飘絮你没事吧？"萧奕然担心地问。

"嗯——"柳飘絮缓缓地抬起眼，"我没事，不用担心……"

"可是你怎么会出来呢？你知不知道会有危险？"萧奕然责怪道，但语气中还夹杂着满满的关心。

"可是我不能让你有危险呀！"柳飘絮微笑着看向萧奕然。

"飘絮……"看着飘絮苍白虚弱的脸，萧奕然却不知说什么。

"那棋局又是怎么回事？"

飘絮微微笑道："时间紧急，那是我瞎摆的。"

"……"

"奕然……"飘絮轻声唤着。

"嗯？"

"抱我回去休息，可以吗？"飘絮苍白的脸上泛着些许微红。

萧奕然愣了愣，轻轻点头，"嗯。"

他将柳飘絮轻轻地抱回榻上，小心翼翼地帮她盖好丝被。

耳边忽然传来飘絮的轻笑声，萧奕然莫名地看向她。

"我觉得好幸福。"她脸上泛着红晕似有些害羞地说道。

萧奕然的手停在半空，良久，他收回手，"飘絮，对不起。"

柳飘絮静静地看着他，俄而微笑道："没关系，我可以等你忘记她。"

"不！"萧奕然突然起身，"我这辈子都不会忘记倾城——不会忘记。"

"奕然……"看着他渐渐消失的身影，柳飘絮神色黯然——奕然，我会等你……

看来真的是我多虑了？江天宇皱眉想到，可是那日发现密室的又是何人？萧奕然到底知不知道那个秘密呢？而且还有更大的担忧摆在眼前，如今萧奕然身上的毒已解，他还会听从我的命令吗？

"姐姐！"

"青儿！你来啦！"

青儿将斗篷解开让宫女拿着，坐到倾城身边。

"姐姐这几日身体可好？"

"嗯，就是胃不太舒服，常吃不下饭。"倾城有些皱眉，抚了抚自己的小腹。

"所以青儿今日就带了些开胃的小吃来！"青儿笑道，唤了宫女将蜜饯呈了上来，她挑了一个，"姐姐尝尝……"

"嗯。"倾城微微张开口。

"娘娘……"吟儿小声叫道。

倾城微微地怒瞪了她一眼，吃下蜜饯。"呀！青儿，很好吃呢！酸中带甜，很是开胃！"

"只要姐姐喜欢就好。"

"姐姐。"

"嗯？"她看向青儿。

"陛下这几日可来看过你？"青儿低声问着。

倾城低头，露出失落的神情，"没有，并且他还要我将怀孕一事保密。"

"没有？"青儿心中一喜，便生出一计。"按道理说，姐姐怀了陛下的龙子，陛下应是再高兴不过的了……怎么会……"

"我也不知。"倾城失落地看着手中的小衣服。

"难不成……"青儿支吾。

"难不成什么？"她心中一惊，连忙问道。

"难不成陛下对姐姐与越王的事仍心存芥蒂？"青儿微挑着眉，看着倾城。

"不……不会……"倾城难以相信地微喃。

翌日。

西戎与翊国的战事一触即发，战情不容乐观，翊王易瑾灏亲率军马，讨伐西戎。

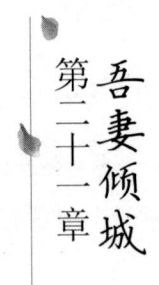

第二十一章 吾妻倾城

一计已成，再施一计。青儿见易瑾灏已离开了皇宫，便知道自己的计划就快要成功了。

在易瑾灏离宫的第二天，安静的午后，倾城坐在雪海园中晒太阳，心中正担心着战场上的易瑾灏。

"皇后娘娘驾到！"一声叫喊，倾城吓了一跳。

她忙侧身行礼，"倾城见过皇后娘娘。"

"顾倾城，陛下不在了，我看谁还保得住你！我不能对你用刑是吧？明日，我便请母后来量刑。"玉蝶衣俯下身，一字一句地从牙缝中蹦出，"我说过不会让你好过的——你，等，着，吧！"

当晚。

"青儿，怎么了？这样慌张？"倾城问道。

"姐姐，不好了！皇后和太后说要治你魅惑陛下的罪呢！"青儿慌张地说道。

"我知道。"倾城淡淡地回答。

"姐姐你也知道皇后和太后对你怎样，如今陛下又不在宫中……"

"青儿你什么意思？"倾城问道。

"青儿认为，姐姐为腹中的孩子也要暂时避一避，谁知道她们会使出什么样的恶毒招数呢？"

"这……"倾城犹豫。

"哎呀！姐姐你就别再犹豫了！青儿知道你爱陛下，现在你有了陛下的孩子，应该好好保护才是！此时陛下不在宫中，太后就是宫中最大的，若是太后要对姐姐及孩子怎样,那也是没有人敢阻止的!"

倾城紧紧地蹙着眉头,手轻轻地抚着小腹,孩子……

"姐姐,这样可好?青儿派人将你先送出宫躲避,等陛下回来青儿再派人去接你,怎样?"

"姐姐!你就别再犹豫了!再不出宫就来不及了!"青儿面色紧张地说道。

"好。"

当天深夜。

"姐姐,姐姐!"青儿在门外敲门道。

倾城去开门,"青儿,你来啦!"

"嗯,姐姐,都准备好了吗?"

"嗯。"倾城看看桌上的包袱。

"姐姐……"青儿凑近倾城。

"怎么?"

"姐姐可将这事告诉了燕儿她们?"青儿神色凝重地问道。

"自然是没有的。"她看向青儿。

"那就好……"青儿暗暗舒了口气,她抬头见倾城正疑惑地看着她,"哦哦,青儿只是不想连累她们。"

"嗯。"倾城点点头。

出了雪海园,青儿带着倾城来到了御花园。

"姐姐,这边。"青儿带着倾城小心翼翼地走在园中。

"青儿……"倾城疑惑地看向四周,"今天好生奇怪,为何我们所到之处都没有侍卫呢?"

"啊,姐姐放心,我早就打点好了。"青儿对倾城笑说。

"嗯。"

一会儿,两人来到轩辕门。

青儿将包袱递给倾城,"姐姐,出了轩辕门就安全了,我安排了人在外面接应。"

"嗯。"倾城接过包袱,握紧青儿的手"青儿,你要保重,要照顾好自己。"

"姐姐!"青儿一下子冲进倾城怀中,"姐姐你也要保重,青儿会派人去接你的。"

"嗯。"倾城轻拍青儿的肩,安慰道:"好了好了,青儿你也别担心了,快进去吧,被人发现了可不好!"

"嗯。"

"姐姐,保重……"

"嗯。青儿,好好照顾自己。"

看着倾城渐渐离去的背影,青儿的嘴角扬起了一抹冷笑,姐姐,再见——再也不见。回头,青儿大步走回宫中。

嗯?青儿安排的人在哪里?倾城走了很远也没有看到有接应的人。忽然,她看见一棵树后面停了一辆马车。

还未等她上前询问,车上便下来一个男子,问道:"您是倾妃娘娘吗?"

"嗯。"倾城看着眼前的陌生人,不知为何,心中很是不安。

"小的是淑妃娘娘安排来接倾妃娘娘的,娘娘现在就和我们走吧。"那人将倾城带到马车前,"来,娘娘,请上车。"

倾城端详着马车四周,没什么特别的,只是一辆普通的马车,车里也是很普通的装饰,只是似乎能闻到淡淡的腥臊味。她皱了皱眉,自己很讨厌这种味道。她撩开窗帘,看向窗外,天空中好似有瘴气一般,阴郁诡异。马车越来越快,她都快看不清外面的夜景了。

不对,一定有什么地方不对!倾城想着。

"停车!"她叫道。

"倾妃娘娘有何吩咐?"那人依然恭敬。

"为何你要带我向关外走?"倾城看向周围荒芜的山色。

"这……"那人支吾,"哦,因为关外更安全。"

"更安全?"倾城皱眉,"难道你不知道翊国与西戎正在交战?"

无人回应。"我要下车!"倾城拿起包袱准备下去。

"哎!娘娘!"那人却拦住她的去路。

"你要干什么?"

那人笑道:"还请娘娘好好和我走。"

"你要带我去哪里?"倾城有些恐惧地问道。

"西戎。"那人淡淡一笑。

"西戎?"倾城瞪大了眼,"我不去!我不去!"

"那可由不得你了,娘娘……"只见那人从身后掏出绳子,慢慢向倾城逼近。

她就这样被五花大绑地放在马车里。这到底是怎么回事?倾城不解,明明就是按照青儿说的,怎么会这样呢?难不成青儿……不会!不会!倾城猛地摇摇头,青儿就和自己的亲妹妹一样,怎么可能会害自己呢?一定不会!一定是这中间出了什么差错!倾城一个劲儿地对自己说着。

可是……心里那个可怕的想法却总是挥散不去。随着马车的颠簸,倾城觉得脑子越来越迷糊。隐约中,她觉着马车停了下来。

"人呢?"马车外,一个粗犷的声音询问道。"在车上呢!您放心!"驾马车的男子回答道。"嗯,干得好!"

一会儿倾城便被几人架着进了一个房间。

门被死死地关上，她努力地抬起眼，看了看周围。兽皮的地毯，牛骨的摆设……这不是翊国的陈设！难道……自己已经到了西戎？

倾城心中不禁打了一个寒颤。他们为何要抓自己来西戎？该不会……她安静了下来，如今，翊国与西戎正在交战，而她这个翊国倾妃被绑架至此，这么一来西戎目的就很明了了……他们想以自己为要挟，好借此来威逼瑾灏。

倾城苦笑，自己没能帮上瑾灏什么忙，反而还成为他的牵绊……原来自己真的不应该在瑾灏身边……

门忽然被推开，她循声望去，一个虎背熊腰的大汉踏着大步走了进来。

"你是谁？"倾城害怕得不断往后退。

"你就是翊国的倾妃娘娘？"那人不理会倾城，只问道。

"与你何干！"倾城朝他瞪道。

"哟！"那人笑笑，"脾气倒大得很嘛！嗯，很有性格，怪不得翊王那么怜爱呀！"

"你到底是何人？"

"我？哈哈——你不知道我是谁？"那大汉顿了顿，"我就是翊王的大敌——西戎王！"

"你……是西戎王？"倾城有些震惊，眼前的大汉居然就是西戎第一勇士西戎王！

倾城定了定，平静道："你抓我来想要挟翊王？"

西戎王微微一怔，赞赏地笑道："不愧是翊王喜欢的女人，不仅有漂亮的脸蛋还有机智和勇敢。"

"我看你是妄想！翊王其实一点儿也不爱我，你利用我是要挟不到翊王的！"倾城刚毅地说道，一脸平静。

"哦？难道淑妃娘娘给我的消息是错误的？她明明说你是翊王最爱的女人，翊王为了你会不惜一切……"西戎王把玩着手里的宝刀淡淡地说道。

"你说什么？"倾城突然惊讶地吼叫道。

"我说这都是你们翊国的淑妃娘娘告诉我的呀！也正是因为有她的帮助，我们才能将你带到这儿来啊。"西戎王笑着走了出去。

什么……倾城猛然一失神儿，真的是青儿？为何……她？为何这么做……心中万分地痛苦，是因为被最亲的人背叛，如此绝情如此彻底，倾城只觉喉头一咸，一口血便涌了出来。她舔了舔嘴角的血，悲惨地笑了笑，青儿，原来真的是你……

她猛然一惊，这样一来瑾灏必定受制于西戎！她该怎么办呢？她静静地坐着，忽然，嘴角露出淡淡的微笑，瑾灏，这次我不会再成为你的负累。

营中。

易瑾灏皱着眉，伴着烛台上晃晃悠悠的烛光，认真地研究着作战图。他用手比划着，从这儿到这儿，距离并不远，以翊国的兵力一定可以将西戎打败！目光流转，低头，他看着手中的白玉耳环，失了神。倾城，这么多日不见，你可还好？我们的孩子可还好？多想早点见到你们，希望青儿可以照顾好你们。他好看的嘴角微微上扬，明天，明天结束这最后一战，我就回到你身边，永不离开。

宜安殿。
青儿坐在榻上微笑。我倒要看看，陛下是爱你呢，还是爱翊国？姐姐，就算陛下再爱你，也不会用整个翊国来换你的！她邪笑道，姐姐，这回，我看你还回得来吗？"哈哈哈……"

第二日，白虎坡。
两军对峙。
易瑾灏对着远处黑压压的铁骑大吼："你们这些蛮夷之人，准备受死吧！"手中的长剑一挥——"啊！"身后的十几万大军一股脑儿地冲了出去。西戎王也示意作战。一会儿，战场上一片混乱，只有厮杀声和呐喊声。
西戎被翊军杀得连连败退，最后退到了悬崖边。
"将士们，再给这些蛮夷最后一击！"易瑾灏挥剑呐喊。
"哈哈哈哈！"只听西戎王大笑了几声。
易瑾灏皱眉，他摆了摆手，示意军队停下。
"你笑什么？"他吼道。
"我笑你今日必败！"西戎王一脸地轻松。
"就凭你？哈哈哈——"易瑾灏大笑几声，"你看看你现在的处境！"他的长剑指向西戎王身后的悬崖。
"不是凭我……"西戎王顿了顿，挥挥手，让后面的士兵让出一条道。
缓缓地，一个熟悉的身影出现在眼前。"倾城！"易瑾灏突然觉得心脏停跳了一拍。
西戎王继续说道："翊王，你最爱的女人在我手上！你是想她死在我的手上还是要让翊国臣服于我西戎？这都取决于你！"
西戎王走到倾城身边，示意士兵退下。他抓着倾城，宝刀渐渐挪上她白玉般的颈项。刀锋轻轻地滑过，鲜红的血无声地流下。
"不要！"易瑾灏大声喊着。
西戎王微笑着停下了手中的动作。"怎么？翊王考虑好了吗？"
瑾灏！不要！不要为了我……那么傻……倾城心中呐喊着。
西戎王看着倾城似乎有话想说，便一把扯开了她嘴上的布条。
"瑾灏！不要！我不值得！"倾城哭喊着

易瑾灏静静地看着她，眼中流露出疼痛，他看向西戎王，"你……你不要伤害她……"他无力地说着。

易瑾灏放下长剑，"你有什么要求，我都答应你……只求你不要伤害她……"

"陛下！"将士们都大惊。

"哈哈，没想到翊王一代枭雄，竟会受拘一个女人！"西戎王笑道，随后停了下来，说道："我要你翊国世代臣服我西戎！"

"什么！"下面的将士和士兵都大惊，连易瑾灏都愣了愣，想不到这个西戎王如此贪得无厌。

"怎么样？"

"不要……瑾灏！"倾城焦急地叫着，她不想瑾灏为了她而成为翊国的千古罪人！

"倾城……"易瑾灏看着远方的倾城低喃，我说过为了你，我什么都可以放弃……包括整个翊国。"好，我答应你！"

"啊？"西戎王先是一惊，随后哈哈大笑起来。"你们看，如此强盛的翊国就要臣服我西戎啦！哈哈哈！"

瑾灏，你怎么可以为了我……倾城心中一疼。她看着哈哈大笑的西戎王，眉眼一聚，猛地向前，推开西戎王，随后，向身后的悬崖跑去。

"倾城！不要！"易瑾灏大喊道。

走到崖边，倾城回眸，深深地看了一眼她深爱的男子，心里默默道，瑾灏，永别了……

"不要！"易瑾灏发了疯般地叫道，但那抹儿纯白，还是消失在了悬崖边。好像身体的力气一下子被抽光，易瑾灏瘫倒在地。

"不！"

西戎王呆呆地看着悬崖边，愣愣地，那女人，怎么会……

易瑾灏红着眼抓起长剑，用长剑支撑着站起身。他将长剑举起，一声吼道："杀！"

"杀！"身后的将士一齐呐喊，涌上前杀敌。

听到震耳欲聋的厮杀声，西戎王回过神，慌忙想要逃跑。

"杀！"西戎大军节节败退，西戎王与所剩无几的士兵慌忙逃往边境。

"回禀陛下，西戎残军已逃往边境之外，主力军已全部歼灭！"一个将领禀报道。

"是吗？"易瑾灏淡淡地问道。忽然，他感觉浑身无力，仿佛身体已不属于自己，随后两眼一黑。

"陛下！陛下！"

两日后。

"陛下你醒啦！"青儿看见易瑾灏醒来，赶紧放下药，扶他起来。

"我……睡了多久？"易瑾灏皱着眉头，只觉得头疼欲裂。

"两天了！您不知道，臣妾可是担心死了！"青儿轻轻地将头靠在易瑾灏的胸前。

"两天？"他一惊，"快宣陈将军！"

"西戎王呢？"易瑾灏坐在龙座上俯视殿下。

"回禀陛下，西戎王已逃往边境。"

"追！"他捏紧了茶杯，目光中满是冷酷。

"可是陛下，有道是穷寇莫追，如今西戎已溃败，实不宜追击呀！"陈将军抱拳恳切地劝道。

"孤说追，你难道还有什么话要说？"易瑾灏低下头，阴沉地看着他。

"是是……！"

"站住！"陈将军刚准备走，却又被易瑾灏叫住。

"陛下还有何事？"

"派人在悬崖下搜寻，务必找到倾妃娘娘。"

"可是陛下，从那么高的地方摔下去，可能连尸骨都找不到了呀！"

易瑾灏缓缓的，冷冷道："那你们就都得陪葬！"

"是是！卑职这就去！"陈将军慌忙地跑出了乾坤殿。

"倾城……"易瑾灏看向那枚白玉耳环，"你为什么那么傻？我对你如此，你为何还要为我而死。为了你，我宁愿放弃整个翊国！成为罪人又何妨？我易瑾灏连自己最爱的人都保护不了！"易瑾灏身体轻轻地颤抖着，泪滑过嘴角，那么苦涩。轻吻白玉耳环，倾城吾妻，一生挚爱……

忽然，他仿佛想到了什么。"来人！宣淑妃！"

不一会儿，青儿来到乾坤殿。

青儿走到易瑾灏身边，玉臂轻轻搂住他的颈，"怎么了陛下，这么晚宣臣妾来有何事？难道是想念臣妾了？"

易瑾灏拉开她的手，冷冷道："你可知倾城不在宫中？"

青儿听闻此言浑身一颤，"回陛下，臣妾不知姐姐不在宫中。"

"不知？"易瑾灏皱眉，死死地看着她，"你不是和倾城是姐妹吗？为何她三天不在宫中，你却不知？"

"我……"青儿微微发愣，"姐姐和我说她这几日身子不爽，所以臣妾也未敢打扰……"

"这样？"易瑾灏看着青儿，将信将疑。

青儿一看易瑾灏的表情有变，便知事情可成，便佯装大惊道："姐姐不在宫中吗？"

"她……"瑾灏见青儿如此模样，心里不禁笑了笑，怎么会怀疑她，她和倾城可是如亲姐妹一般呀！"她……"

"陛下，您快告诉我，姐姐她怎么了？"青儿焦急地问道。

瑾灏眼神黯然，"她被西戎王挟持，却不愿为难我，最后……"握紧白玉耳环，咬牙说道："她从悬崖上跳下去了……"

"什么？"青儿脸上顿时失了血色，她瘫倒在地，"怎么会……怎么会……姐姐！呜呜呜——"但她心里却在暗笑，此事她早已知晓，事情真是发展得太顺利了，原本还担心陛下真的会为了救她而答应西戎王的要求，现在可是彻底放心了！

"青儿，孤问你，孤不在宫里的这几天都发生了什么事？"

青儿擦干泪，想了想，"也没有什么特别的……倒是……"

"倒是什么？"易瑾灏一把紧紧地握住青儿的手腕。

"听说，之前皇后娘娘来找过姐姐，她还威胁过姐姐，说要请太后做主，对姐姐用刑！"

"什么！"易瑾灏瞪大了眼，竟有此事？看来此事与玉蝶衣脱不了干系！

"青儿无一句虚言！"

易瑾灏勃然从龙座上起身，怒道："来人，将皇后给孤押来！"

"瑾灏哥哥，你这是干什么呀？"玉蝶衣被侍卫押着带上殿却不知为何，所以惊慌地叫着："你们这些奴才，放开！放开！"

"大胆玉蝶衣！"易瑾灏一掌重重地拍向桌案，"你胆敢通敌！还将倾妃掳与西戎王做人质要挟孤王！"

"什么？"玉蝶衣听得很是诧异，"瑾灏哥哥，你说什么呀？我怎么听不懂？"

"事实俱在，你还要狡辩吗？"他满眼都是怒火，恨不得把眼前的人碎尸万段！

"我真的没有啊！瑾灏哥哥你相信我！"玉蝶衣挣脱开侍卫，来到瑾灏面前，紧紧地抱住他的脚。

"既然你不承认……那好……"易瑾灏看向下面一旁的青儿，"淑妃，你说。"

"是，陛下。臣妾当日去找姐姐，看见皇后娘娘正在姐姐的雪海园中。原本青儿以为皇后娘娘只是在和姐姐聊天，谁知娘娘竟恐吓姐姐，要同太后娘娘一起治姐姐的罪，还要对姐姐用刑！"青儿说着看了一眼一旁的玉蝶衣。

"不是的，瑾灏哥哥！不是的！"玉蝶衣紧紧地抱着易瑾灏的腿想要解释。

青儿见状又继续说："陛下若是不信，可以找别的宫女太监问话。那日好多人都看见了。"

易瑾灏点点头，缓缓地低下头，直直地看向玉蝶衣，"你还想说什么吗？"

"不是的！"玉蝶衣惶恐地摇晃着瑾灏的衣角，仿佛是被围捕的小兽般恐惧。

"那你敢说你没有去找过倾城吗？"他冷冷地说，不带有一丝儿温度。

"这……我是去找过她，可是……"

"好了！"易瑾灏猛然打断她，"这就够了！来人！将皇后押入天牢！"

"瑾灏哥哥！瑾灏哥哥！"任凭玉蝶衣怎样叫喊，易瑾灏还是满脸的冷酷。

"哼！玉蝶衣，你这下该彻底完了吧。我还真是聪明，一下就解决了两个——"一抹儿得意的神色在青儿的眼里稍纵即逝。

　　"陛下……"青儿青葱般的手指抚上瑾灏的肩。

　　"下去吧，孤累了。"易瑾灏缓缓地闭上眼，一副疲惫的模样。谁也不知道，他那是心痛，痛得无法呼吸。

　　"陛下……"

　　"下去！"

　　"臣妾告退……"

　　易瑾灏无力地坐在龙座上，心里只想着那个人。倾城……你不可以死……不要离开我……你就是我的全世界，如果你都不在了，那我的世界还怎么存在呢？没有你的世界，我该怎样过活？

　　越皇宫。

　　"奕然……"柳飘絮神色凝重地走进骄阳殿。

　　"嗯？"萧奕然抬起头，看向进来的柳飘絮，"你回来啦？怎么样？我越国的市集如何？"萧奕然微笑着说着，脸上带着惯有的温柔。

　　"奕然……"

　　"怎么了？怎么这副表情？"萧奕然不解地看着柳飘絮，疑惑地问。

　　"顾倾城她……"柳飘絮微微顿了顿。

　　"倾城？"听到倾城的名字，萧奕然一下子激动起来，"倾城她怎么了？"

　　看到萧奕然如此的模样，柳飘絮微微一狠心，"她死了。"

　　"怎么可能！"萧奕然暴坐而起，他快步走下殿，紧紧地抓着柳飘絮的肩摇晃着，"你骗我的是不是？你骗我的！"

　　"没有！没有没有没有！"柳飘絮挣脱开他的手，"我没有骗你！她真的死了！她跳下了白虎坡的悬崖——你觉得她还会活吗？"

　　"怎么会……怎么会……"萧奕然自语，突然，他抓住柳飘絮，"告诉我为什么？"

　　"她……她被西戎王抓住来要挟瑾灏，而她不想拖累瑾灏和翊国，于是从崖上纵身跳下……"柳飘絮说得有些儿悲伤，她没有想到，顾倾城竟是这样勇敢壮烈的女子。

　　"倾城……"仿佛失了魂魄般，萧奕然口中一直喃喃叫着倾城的名字。呆滞的表情，僵硬的动作，令柳飘絮看着有些难过。

　　雨夜。

　　倾城，你难道真的……虽然，我已派人调查过，也已有人证实。可是我不信！我不相信你会离开！原本以为，在易瑾灏身边你会幸福，没想到……又是我造成的，这一切又是我！我说了我不要解药，我宁愿死也不要让你离开我，可是现在却……你不欠我什么，爱你是我心甘情愿的！我愿意为你做任何事，包括死！爱上你我一点儿也不后悔，即使你不爱我……

"倾城！"雨夜中，一声歇斯底里的呐喊从骄阳殿传出。

"灏儿啊！你怎么会把蝶衣关进天牢呢？快……快放她出来啊！"肖淑云得知玉蝶衣被囚天牢的消息赶忙来问瑾灏，并恳求将她放出来。

易瑾灏高声道："母后娘娘可知她犯了通敌卖国的死罪？"最不可饶恕的是，她害死了倾城！

"什么？蝶衣通敌卖国？"肖淑云吃了一惊，她知道通敌卖国意味着什么，"灏儿啊，这一定是哪里弄错了！你再查查！再查查！"

"母后娘娘，您还是先回寝宫吧。"易瑾灏说着，并不看向肖淑云，"来人，送太后回宫！"

"灏儿……"

易瑾灏坐在龙座上疲惫地抚了抚额头。忽然，一阵强烈的气场直向他充斥而来。蓦地，一掌直直地拍在他的左肩上。

"噗——"喉咙一阵腥咸，一口血从口中喷出。

萧奕然微微一愣，缓缓道："你为何不躲？"

易瑾灏轻轻一笑，"躲有何意？"

"你……"萧奕然一时语塞。

"你害死了倾城。"冷漠的话语，从萧奕然的齿间蹦出。

"是。"易瑾灏也不辩解。

"该死！"萧奕然将"射日"抵住了易瑾灏的喉。

易瑾灏缓缓地闭上了眼，表情很平静。

这还是以前的易瑾灏吗？萧奕然不禁这么问自己，"懦夫！"

易瑾灏猛然睁开眼，"你说什么？"

"我说你是懦夫！"

"萧奕然，别忘了，你现在是在翊皇宫！只要我一声令下，这乾坤殿就会立刻被禁军包围！"易瑾灏眼中满是怒火！

"哈哈哈哈——"萧奕然仰天大笑，"原本以为倾城回到你身边会幸福，因为你是她最爱的人……没想到……早知如此，我就算死也不会让她回来的！"

"她……"易瑾灏有些愣怔，"她最爱的……是我？"

萧奕然不甘地将头撇向一边，"是，早在我救她出天牢时，她就说过，她最爱的人是你！"他顿了顿，继续说："你知道她手腕上那样深的伤痕是怎样弄的吗？"

易瑾灏忽然想起那日在倾城手腕上看到的伤痕。

"是在天牢，她怕你为难和伤心，为了翊国与越国的黎民百姓，自己忍着痛，用碎瓷割脉自尽……"

"倾城……"怎么会……怎么会这样……易瑾灏悔恨地握紧了拳头。

"可是……"这时萧奕然已哽咽，"你为何……还要这么对她！啊！"一拳重重地挥在易瑾灏的脸上。

易瑾灏踉踉跄跄地向后退着，浑身没有一丝力气，只是一直在喃喃自语，"是我……是我害了倾城，是我……"

萧奕然看着易瑾灏如此模样，似有些不舍，毕竟他也那么地爱着倾城，"九弟……"

"什么？"易瑾灏猛然回过神，"你叫我什么？"

萧奕然对着他灼灼的双眸，又轻声道："九弟。"

一个锁喉，易瑾灏两指扣住萧奕然的喉，"说！你为什么要叫我九弟？"

是时候该告诉他了……"因为，我与瑾轩是双生子。"

猛地一惊，易瑾灏紧了紧两指，吼道："你说谎！你说谎是不是？"

"没有。"那个声音依旧淡然。

"……"

"怎么会这样？"易瑾灏不敢相信，刚才萧奕然讲的话都是真的吗？他居然也是父皇的儿子，自己的哥哥！

萧奕然点点头，道："千真万确，不信，你可问飘絮公主。"

"飘絮姐姐？飘絮姐姐在你那里？"易瑾灏欣喜地问。

"是。那日多亏她救了我。"

"都是江天宇那个恶人！设计了那么多，要不是他，我们都不会如此……倾城也不会……"即使这样自己就不会遇见倾城，但只要她平安，就算从未相遇又何妨？

"我要将他碎尸万段！"易瑾灏愤怒地握着拳，他恨不得江天宇现在就死在他面前！

"瑾灏，我们还得从长计议。"

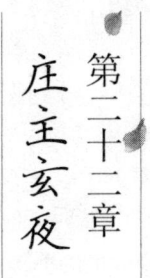

第二十二章 庄主玄夜

"庄主,我们这次南下对抗朝廷是不是太过草率了?"张毅在一旁询问着正在喝水的玄夜。自御剑山庄老庄主去世后,这庄主之位便由少庄主玄夜担任。

"不会。"冷冷的两个字。张毅皱了皱眉,说来他也习惯了这位庄主的惜字如金。

"庄主,你看那里!"张毅指着远处的河流中,远远地,看见一个人影倒在河岸边。

"救。"

"是。"

张毅将水边的人救了上来。那人面容姣好,甚是美丽,张毅不禁有些神迷。但女子苍白的脸色却让他回过神来,他向玄夜求助道,"庄主,她好像伤得不轻!"

玄夜悠然地走到张毅身边,看向他身边的那个女子。

顾倾城?居然是她!她怎么会在这里?而且还受了这么重的伤?他扶住她冰凉的身体,两指搭上她纤细的腕,碰触到手腕上的伤痕,他微微一愣。果然伤得很重,于是他将身前的人打横儿抱起,"快去找客栈!"

张毅愣愣地看着玄夜,这庄主是怎么了?难不成那女子是狐妖?会媚术?这也太邪门了吧……

"快去!"玄夜朝他一吼。

"是是!"

玄夜将倾城轻轻地放在床上,小心地掖好被子。他皱眉,这到底是怎么回事?萧奕然呢?怎么会没有保护好她?玄夜已经向她体内输了真气,但她的伤实在是太重了,只怕是他全身的真气都不足以救她。

"瑾灏……"玄夜回过神来,看向倾城紧紧蹙着的眉头,苍白的脸色,让人好心疼。

"瑾灏……"苍白的唇轻启。玄夜皱眉，为何，她叫的不是萧奕然？这个瑾灏又是谁？想起萧奕然，他不禁皱了皱眉，原来那个萧奕然就是越王，怪不得那日在他的院中，他还认得紫酥花。既然萧奕然是越王，那这个顾倾城会是什么人呢？玄夜疑惑的眼神儿投向倾城好看的脸颊。

"不要……不要走……"倾城皱着眉，手在空中无助地晃动着，额头上渗出涔涔的汗。

看着那两只在空中无助地挥动着的手，玄夜有些迟疑，她是别人的女人，而且她……已经有了身孕……早在刚才替她把脉时，他就知道了。但很快地，心里的某种感觉让他不由地伸出手，慢慢地握紧那双无助的手。

渐渐地，倾城安静了下来，呼吸也慢慢变得均匀。

玄夜静静地看着她，你到底是谁？居然会得到越王的垂爱……你到底又经历了什么呢？让你这样害怕不安……

"吱呀——"门被轻轻地推开。"庄主，休息一下吧，您都照顾她一天一夜了！况且您输给了她那么多真气，您现在身体虚弱得很哪！"张毅有些担心地劝着玄夜。

"不用。"玄夜头也不回，只是这样淡淡地说，"等等，将雪灵芝取来。"

"什么？那雪灵芝可是老庄主留给您续命用的啊！"

"取来。"强硬的口吻不容置疑。

张毅看着玄夜，摇了摇头，他知道，一旦是庄主决定的事，那便怎么也改变不了。

玄夜将雪灵芝煎成汤药。端着药碗，走到床边，将倾城轻轻地扶起。将勺子在嘴边吹了吹，小心翼翼地送到她嘴边。汤药从嘴角缓缓地流下，玄夜皱了皱眉头，犹豫了片刻，他将汤药轻轻地含入口中，薄唇温柔地印上那柔嫩的唇。

是夜，玄夜又搭起倾城的脉来，他点点头，雪灵芝已经起了效用。命虽然已保住，但还会留下什么后遗症，他就不得而知了，只有等她醒了以后才知道。

呃……头好疼……倾城缓缓地睁开眼。

"你醒了。"身旁传来冷冷的询问。

"这是哪里？"倾城揉揉疼痛的头问道。

"客栈。"

她看向那个声音的主人，"你是谁？"

声音的主人愣怔了一会儿，依然冷冷道："玄夜。"

"玄夜？"倾城皱眉，将这个名字在脑海里搜寻了一遍，却没有任何记忆。脑海里一片空白，什么都没有！"是谁？我……我又是谁？"

玄夜惊讶地看着床上那个一脸惊慌、手足无措的女子，难道她……失去了记忆？之前她一定遇到了令她痛苦的事，与其让她回到之前那个使她如此痛苦的人身边，倒不如让自己给她一个更加美好的生活……怎么可以！玄夜猛地摇头，他玄夜怎么可以用这样下三滥的方法将她留在身边？可是……她，现在如此痛苦，不是吗？内心的话语将他一点点儿说服。

"我是谁？"倾城一下子拉住玄夜的手臂，眼中露出恐慌，"告诉我！我是谁？"

玄夜一下子回过神，"你是……兰儿，我的妻子……"

倾城松开抓着他手臂的手，缓缓道："你的……妻子？"

"是。"

"那我脑海里为何会一片空白？"倾城看着他的眸，质问道。

"我们在游历途中，你不慎坠下山崖。"简单的话语，解释着疑问。

倾城点点头，不知为何，看着眼前自称是自己夫君的男子心里却很平静。

"呃——"倾城心中涌起一阵呕吐感，她疑惑地看向玄夜，"我……我这是怎么了？"

玄夜眼里一阵闪烁，这才缓缓道："你有了身孕。"

"我……"倾城顿时红了脸，轻轻咬唇，"我怀了你的孩子？"

"是。"

得到肯定的回答，倾城的脸更加红了，她将头低得低低的。因为如今，她记忆全无，现在眼前的男子完全是一个陌生人，自己居然怀了他的孩子！

"庄主。"这时从门口进来一个人。

倾城看向门口，"这是……"

"庄主，她醒了啊！"张毅掩饰不住心里的兴奋。

"张毅，夫人醒了。"玄夜黑着脸冷冷对着张毅说道。转脸，他看向倾城，"兰儿，他是我的属下。"

"庄主？"张毅不解，这女人怎么成夫人了？

"你先下去吧！"只听玄夜沉声道。

"是……"关上门，张毅摸着脑袋纳闷着，这到底是怎么回事呢？那个女人怎么就突然成了庄主夫人了呢？庄主这到底是怎么了？

"他叫你庄主？"倾城侧过头询问玄夜。

"我是御剑山庄庄主。"

"嗯。"倾城点点头，现在自己什么都不记得，他说什么便是什么吧，

"你还有哪里不舒服吗？"

"还好，只是头还有点儿疼。"

"嗯，那就好，你休息吧。"玄夜说完转身，离开了房间。

倾城看着他走出去的背影，他真的是自己的夫君吗？为何自己一点感觉都没有？

靠着客栈外的墙，玄夜轻轻地叹了口气。玄夜，这欺骗已经开始了，就没有余地再回头……倾城，我会好好对你的。

"庄主，这到底是怎么回事？"张毅不解地问道。

"从今天起，她叫兰儿，是我玄夜的妻子。"玄夜将手背在身后，看着远方的雄鹰

说道。

虽然有许多不解，但庄主的话不容置疑，张毅于是答道："是。"

"你……"倾城看着坐在桌前品着香茗的玄夜，一袭黑色锦衣勾勒出他好看的身形，"不用休息一下吗？"

听见倾城说话，玄夜看向她，那乌黑透亮的眸子里有些光在闪动。"你身体还没好。"

"你去休息吧！你看，我不是已经好了吗？"倾城坐直身体，精神地看着玄夜。他为了照顾自己已经很长时间没有休息了，即使是一个普通朋友，也应关心一下，更何况他还是自己的……脸微微一红，他是自己的夫君。

倾城是在关心自己吗？她对我会有感觉吗？玄夜看着倾城这样想着。"我不累。"淡淡的一句，他真的不懂得如何表达自己的感觉。

"嗯。"倾城低低应声。我到底是怎样认识他的，又是怎样成为他的妻子的呢？她好奇地想着，他这般的美男子还有这般大的家业，又怎么会娶了她呢？那自己的家业又是如何呢？会不会自己也是哪家达官贵人的千金呢？一连串的问题在倾城脑中浮现。

玄夜有些疲惫，他品香茗岂是为了闻香？只是想提提神罢了。只怕倾城变成这般还是会被人迫害，走到哪里都是危险，所以他要保持清醒，无论如何都要保倾城平安。现在只有回了御剑山庄，才是最安全的。他想着，等到倾城的伤好些了，便将她带回御剑山庄。

晚上，玄夜端了一碗药进了倾城房里。他轻轻地坐到倾城床前，用勺子搅了搅红黑色的汤药，将勺子放在嘴边吹了吹，"来，喝药。"

倾城只闻到一股刺鼻的苦药味，她将头撇到一边去，皱着眉道："我不喝，好苦！"

"良药苦口，不喝药你的身体不会好的。"玄夜依然将勺子靠近倾城。

"我不喝！"连续喝了那么多天的苦药，自己已经受够了，现在还要喝这么难闻的药，还不如让她死了算了！

玄夜静静地看着她，"你难道一点也不为孩子想吗？"

倾城猛然一怔。是呀，孩子！现在她已有了身孕，已是一个母亲了，难道一点都不为自己的孩子着想吗？这样自己还算什么母亲？

玄夜看她低着头不说话，微微叹了口气，准备将药端走。

"我喝。"说着她接过玄夜手上的药一饮而尽。"咳咳——"真的很难喝！口中弥漫着苦涩的药味，倾城有些想作呕。

"你没事吧？"玄夜看着她难过的模样询问道。

"嗯。"

也真是难为她了，玄夜看着床榻上的人儿有些疼惜。那孩子真的对她那般重要？心中又有些黯然，若那真的是他与倾城的孩儿该多好……

乾坤殿。

易瑾灏在殿中来回踱着步。

"参见陛下。"

"风尘，怎么样了？"易瑾灏期待地看着他的心腹。

"陛下……"

"还是没找到吗？风尘，连你也没有找到她吗？"易瑾灏悲凉地说着。倾城，你，真的离开我了吗？

"陛下赐罪。"风尘抱拳道。

"罢了，你下去吧。"易瑾灏无力地挥挥手。

"是。"

风尘走后，偌大的乾坤殿只剩易瑾灏一人。

"哈哈哈哈——"无力的笑声在空旷的乾坤殿不断回荡，凄凉悲伤，易瑾灏慢慢向后退着，最后瘫坐在龙座前的台阶上。

"簌——"一个身影从窗前跳到自己身边，缓缓地在身边坐下。

"你来了。"易瑾灏没有看那个人。

"九弟……"易瑾灏觉得自己的肩上突然多了双温暖的手，温暖的感觉传入心间，果真是血脉相连。

"你也没有找到吗？"

"嗯。"

听到这原本在自己意料之中的答案，此刻却狠狠撕扯着他的心。

两人沉默了许久。

"我们为倾城与二皇兄报仇吧。"

萧奕然抬头看向易瑾灏，顿了顿，微微点头，"嗯。"

"来。"玄夜将手伸给倾城，将她搀扶上马车，帮她放下布帘，准备驾车。

"玄夜。"玄夜微微一怔，这是这么长时间来，她第一次叫自己的名字。"我们回家吗？"

她有些愣怔，顿了半天，缓缓道："是，我们……回家。"

马车在树林中前行着，夕阳已在山头没落，树林中越来越黑。

缓缓地，马车停了下来。

"兰……兰儿，我们就在这儿休息一晚上吧。"玄夜掀开布帘询问着倾城。

"嗯。"倾城虽答应了，却还是皱眉，难道真的要在这树林山间过夜？

拿了厚毯子将倾城裹好，玄夜走出马车。

"你去哪？"倾城问道。

"不用怕,你安心睡吧,我就在外面。"

他睡在外面?外面很冷吧!倾城轻轻地掀开窗帘,一阵风儿便呼啸而过。不是夫妻吗?为何他不睡在里面?怎儿还有孤男寡女不可相处一室的感觉?难道其中有什么隐情吗?倾城打了个寒战,果然还是很冷。

"你进来吧,外面冷。"

"不用。"马车外,一个男声淡淡地说道。

"你……"倾城掀开布帘,一把将他拉了进来,碰触到他的手,冰凉凉的,一定是刚才冻的吧。

"我……我坐这儿就好。"玄夜收回手,昏暗的马车中看不清他的表情。

"嗯。"倾城皱眉,怎么了?难道我是瘟神不成?为何对我这般疏远?难道……我们成亲他却并不爱我?可是他明明很关心我啊,倾城努努嘴,好吧,反正自己什么也不记得了,随他吧。

"阿嚏!"半夜,倾城打了个喷嚏。

"怎么?你冷吗?"玄夜询问道。

"嗯。"倾城诚实地点点头。"这山林里的夜晚还真是冷呀!"倾城感慨道。

犹豫了片刻,玄夜慢慢地靠近倾城,伸手,轻轻地将她拥在怀里。

倾城害羞地靠在他的胸前,好暖啊,他的怀中果然很舒适。她在他怀中蹭了蹭,找了个最为舒适的位置,安心地依偎着。

玄夜环抱着她,心里变得火热。还记得那次,她也是在自己怀里……倾城又蹭了一蹭,玄夜有些笑意,这只可爱的小猫。

在我怀里的真的是那个自己曾思念过的人吗?下巴抵住她的头,闻着她好闻的发香,玄夜渐渐觉得有了些许真实感。不,她已经不是顾倾城了,她是兰儿,我的妻子。不自觉地紧了紧手臂,玄夜将倾城又搂紧了些。你是我的兰儿,只是我一个人的兰儿,好吗?

早晨,倾城轻轻地伸了伸懒腰。她发现马车正在轻轻地颠簸,看来正在行进途中,掀开窗帘,外面已是一片明媚。忽然,倾城的手碰触到一个东西,是一个水袋和一包干粮,抚着自己早已饿扁的肚子,她拿起干粮便狼吞虎咽起来。

约莫又行进了三个时辰,马车停下了。

玄夜掀开布帘,小心地搀扶着倾城下马车。看着玄夜,脸色有些憔悴,头发有些凌乱,脸上也出现了些青黑色的胡茬儿,倾城有些愧疚。她转向右边,一座雄伟的建筑赫然映入眼帘,"御剑山庄"四个大字闪耀地挂于青白色的屋檐下。

轻轻拉起倾城的手,玄夜侧过脸,"兰儿,我们到家了。"

安顿好倾城,玄夜便来到书房。张毅早已等候在那里。

"交代你的事都办妥了吗?"玄夜恢复以往的冰冷。

"是,属下已向全山庄的人交代了,庄主可放心。"张毅抱拳信心十足道。

"嗯，下去吧。"玄夜满意地点点头。

"是。"

倾城，原谅我的谎言吧——兰儿我的妻子。

倾城环视着四周。红木雕花的窗台与梳妆台，优美的雕花栩栩如生。梳妆台上立着一面铜镜，旁边是华美的梨木首饰盒。走近梳妆台，里面摆满了各式的簪子耳环等饰品。这是我以前用过的东西吗？手轻轻抚了抚一根碧玉簪子。又扭过头来环顾四周，这就是我以前住过的屋子吗？为何这么陌生……

倾城走向门口。"夫人。"门旁的两个小丫鬟乖巧地称呼。

"你们……"她眼里一片陌生。

"夫人，我们是您身边的丫鬟。"其中一个小丫鬟向倾城解释道。

"嗯。"倾城点点头，可她心中着实有些发慌，为何，还是什么都不记得。

"你们……可以带我逛逛吗？"

"是，夫人，随我们来。"

听着小丫鬟的介绍，倾城显得心不在焉。有时仔细看看也只觉得是第一次来，哪里都是那么新鲜，那么陌生。

逛着逛着，倾城来到了花园。

"我累了，在这儿休息片刻吧。"她淡淡地说道。

"是，夫人。"她走向湖边的小亭，弯下腰用丝绢拭了拭，便坐了下来。两个小丫鬟，一个叫小红，一个叫珠儿，年方十四，都乖巧伶俐，倾城很是喜欢。

湖面上残败的莲叶零星地散落着，不时有冷风吹过，寒冷而肃杀。

脑海里什么都没有，一片空白。倾城一阵黯然，我是一个没有记忆的人，没有记忆便代表着没有了过去。若一个人连她的过去都不知道的话，那她的人生该是多么悲哀……身体变得冰凉，其实倾城知道，凉的不是身体而是她的心罢了。

感觉肩上被披上了什么，她转过头来。

玄夜将七彩孔雀翎披风轻轻地披在倾城肩上，"你身体还没有完全康复，不能吹冷风。"

"我……"倾城低下头，"只是心里有些伤感。"

"伤感？"

"我没有了记忆……"

"你还有我。"

倾城抬起头看向玄夜，那双星辰般的明眸低垂地看着他，没有平时的冷傲，只有满满的温柔。

"嗯……"双手环抱住他的腰，将头轻轻地靠在他的胸前。不知为何，倾城觉得心里是那样的安详，没有了害怕，没有了失落。

"走。"玄夜轻轻牵起她的手，"我们去用膳。"

走在连廊上，玄夜觉得头有些晕眩，前面的路变得有些飘渺。有点感觉到身旁人的不对劲，倾城转过脸看向玄夜，涔涔的冷汗从他的额头上渗出。

"你……你怎么了？"倾城有些担心地问道。

玄夜摇摇头，"不碍事。"才刚说完，只觉得一阵剧烈晕眩，便倒了下去。

"大夫，我夫……君怎么样了？"倾城担心地问着刚替玄夜把完脉的大夫。

"唔，庄主夫人放心，庄主并无大碍，只是近来可能是受了风寒，只要吃几服药，再好好休息几日就可以了。"大夫捋捋胡子对倾城说道。

"小红，去陪大夫抓药。"

"是。"

是受了风寒吗？一定是昨日在树林中，他才受了寒，都是自己……倾城自责道。

"夫人，庄主醒了！"张毅欣喜地朝倾城叫道。

倾城听了忙放下手中的药碗，快步走到床榻边。"你醒了。"

"嗯。"玄夜皱了皱眉头，"我怎么了？"

"庄主，大夫说您受了风寒，要好生休养。"张毅在一旁说道。

"风寒？"浓眉又皱了皱，"只是区区风寒，还要休养什么！"便掀开被子就要起身。

"快躺下！"倾城拦在玄夜身前，将他的被子重新掖好，"好好躺着。"

玄夜呆呆地看着倾城，"兰儿……"

"你……躺着好好休息。"倾城有些语塞地说，毕竟都是因为她。

见倾城如此关心自己，玄夜只呆呆地看着她，木愣愣地说了句："好。"

看在眼中，张毅有些皱眉。自从遇见这庄主夫人，庄主就好像变了个人似的，好生奇怪。若放在从前，庄主一定早就下了床，并且还可能会发脾气。而这庄主夫人在则不同，庄主竟乖乖地躺了回去！这庄主夫人果真是奇人，连这么冷漠又难伺候的庄主都变得如此听话，真是佩服……

看着两人，张毅也自觉，"庄主，我先出去了。"

"嗯。"玄夜淡淡点头。

听着张毅关上了门，倾城转身从桌上端来药。她在床边坐下，用小勺轻轻搅了搅，将勺送到玄夜嘴边。"已经不烫了，喝吧。"

玄夜看着她，默默张口。虽然药很苦，但他喝来却有着一丝儿甜味。

很快，药喝完了。倾城将勺放在空碗里，从袖间掏出一条丝绢，轻轻地擦拭玄夜嘴边残留的药。

玄夜微微一愣，紧紧地握住倾城的手。"兰儿……"

倾城的手被猛然抓住，也微微一愣，不自觉地红了脸，轻轻地抽回手，"我……我把碗放回去。"

看着倾城有些脸红的模样，玄夜冰冷的嘴角边轻轻地泛起一丝儿微笑。

越国。

"师父。"萧奕然见江天宇来到骄阳殿连忙抱拳行礼。江天宇仍一袭黑衣蒙面打扮。

"嗯。然儿啊，最近越国的国事如何？"江天宇问道。

"最近越国国泰民安，没有什么大事发生，只是……"萧奕然的声音小了下去。

江天宇紧皱着眉，"只是什么？"

"翊王易瑾灏好像一直觊觎我越国，据探子来报，易瑾灏正在筹划吞并我越国之事。"

"然儿，你这消息可靠吗？"江天宇询问道。

"当然可靠，这是我的心腹传达来的消息，师父大可放心。"萧奕然胸有成竹地说。

"哦？就凭易瑾灏那个小娃娃？"江天宇笑了笑，"既然这样……"奸计浮上心头，我江天宇让你翊国死无葬身之地。"然儿，你先暗中准备，到时候师父定会助你，说不定还能吞并翊国。"

萧奕然听了连忙抱拳，"谢师父！"

"然儿……"江天宇突然转过头看向萧奕然。

"不知师父还有何事？"萧奕然恭敬地问道。

"你可知那顾倾城已坠崖身亡？"嘴角微微扬起，显示出他内心的欢喜。

萧奕然紧紧地握了拳，强忍住内心的愤怒，淡然道："徒儿已知。"

"哦？"江天宇上下打量了萧奕然一番，"可为师前些日子看你对那顾倾城可是爱得水深火热啊！"

"师父说笑了。"萧奕然低下头，"徒儿是越王，怎可被儿女私情牵绊？前些时日只是徒儿一时糊涂，还望师父原谅！"他对着江天宇抱拳说道。

江天宇定定地看了看他，突然哈哈大笑起来，"好好好！真不愧是我的徒弟！你这么想最好。为师还有事，就先离开了。"

"徒儿恭送师父！"低低地颔首，高高地抱拳，萧奕然直直地看着汉白玉的地砖。江天宇，我会叫你血债血偿！

御剑山庄。

"兰儿，来……"玄夜夹了一块肉放进倾城碗里。

"嗯。"倾城低下头看了看碗里的那块肉，油腻腻的，一阵恶心之感涌上心头。"呃……"她立即用丝绢捂着嘴。

"兰儿，你怎么了？"玄夜放下碗筷关心地问。

"嗯……没事。"倾城拭了拭嘴唇，朝着玄夜轻轻地笑了笑，"只是觉得胃有些不舒服。"

玄夜忽然恍然大悟，倾城现在已是有孕之身……眼中原本幸福的光芒渐渐地黯淡下去。

"你……怎么了？"

"哦，没什么。"玄夜抬起头重新看向她，"你觉得不舒服就先去休息吧，一会儿我让厨房给你做点清淡的。"

倾城看着他，轻轻地皱眉，是我做错了什么吗？"嗯。"

看着她离开的背影，玄夜轻轻地叹了口气。我不该这么想的，她现在不是顾倾城，她是我的兰儿，我应将她腹中的孩子看作是自己的孩子。

对！我怎么能那么想，那孩子就是我和兰儿的孩子！

"叩叩叩——"门外传来敲门声。

"进来。"

"夫人，这是庄主让我们为您准备的银耳燕麦粥、酸枣蜜饯，还有红枣莲子，补气血的。"丫鬟将物品一样样放好后毕恭毕敬地说道。

倾城心中一阵感动，"好了，你们先下去吧。"

"是。"

"夫人，庄主对您可真好！"小红羡慕地说。

倾城面露笑意，玄夜他真的很关心自己。

"以前奴婢可从没见过庄主这般关心过人！他总是冷冰冰的！"小红继续说道。

"以前？"倾城轻轻皱眉。

"小红！"珠儿拽了小红一下，示意小红不要再讲下去，否则就露馅了。

"哦哦……我是说庄主只这样关心过夫人！"小红补充道。

"嗯。"倾城看着她轻轻地点了点头。

总觉得有哪里不对，但也说不上到底是哪里，倾城摇摇头，可能是自己多虑了吧。

午后，倾城披上一件貂裘去了花园，今天的太阳不知为何如此明媚。坐在石凳上，她舒服地展了展腰身。在御剑山庄已住了一段时日，虽对周围的一切都熟了起来，却还是想不起以前的任何事。倾城轻轻地叹了口气。

"在想什么？"玄夜在倾城身边坐下，带来一阵好闻却不知是什么的味道。

倾城转头看向他，然后低下头，轻轻地摇了摇。

"过去的事吗？"玄夜看着她，满眼温柔。

倾城不语，只低低地看向自己莹润纤细的手。

玄夜默默地将她的手攥进自己的大手里，"过去已经不重要了，重要的是现在和将来。"温柔的唇轻轻地印上她的额，"我会一直在你身边，不管现在还是将来。"这是自己说的话吗？玄夜有些惊诧，原来，自己在不知不觉中已经变了，为了他的兰儿而变。

"夜……"倾城惊喜地看向他，将头深深地埋进他结实的胸膛里，"我知道的……"。心中满满的幸福仿佛玉樽中盛满的酒般溢了出来。耳朵贴在那温暖的胸膛上，听着那强有力的心跳声，她觉得一切都不重要了。

面前的这个男子，她的夫君，如此地爱着自己，自己心中早已满足……可是……不知为何，心里好像有一块地方是空的，脑海里经常会出现一个模糊的身影，他是谁呢？倾城很想知道，可是每次想起，心跳就好像漏了一个节拍。

翊皇宫。

"陛下，如今御剑山庄又开始不安分起来，居然组织了义军南下对抗朝廷！还恳请陛下想个法子平息一下此事。"林左相抱拳恳切地说道。

"是啊是啊……"朝堂下一片议论。

"是呀陛下，这御剑山庄实在是我翊国的一大患呀！"赵匀庭将军也赞同地说道。

"御剑山庄？一个小小的江湖门派有何可惧？赵将军也太过慌乱了吧！"易瑾灏笑着看向殿下抱着拳的赵匀庭说道。

"陛下，现在的御剑山庄可是一股不可小觑的江湖力量啊！要说几年前还是小打小闹，而现在可就不同了呀！若是动了真格的，只怕是……"林左相的声音慢慢小了下去，最后竟不敢说下去。

"只怕什么？"易瑾灏看着他扬声问道。

"只怕是我翊国也难以抵挡啊！"

"放肆！"易瑾灏猛地拍案怒道，桌案都有些轻摇。

"陛下恕罪！"林左相慌忙地跪在地上磕着头。

"连我翊国都难以抵挡？"易瑾灏眯了眯眼，"那就一举将御剑山庄灭了，如何？"

林左相抬头愣愣地看着他，不禁有些发颤。陛下的眼神好恐怖，冷漠无情，有着嗜血的渴望。

"此事无需劳烦各大人，孤会做处理的。"易瑾灏俯视着全殿的大臣们说道。心想，现在灭了江天宇才是最重要的。

御剑山庄。

"庄主……"张毅犹豫着，要不要将事情说出来。

"何事？"坐在书桌前的玄夜抬起眉，淡淡地问道。眼光掠过张毅不安的脸，心中似有些不好的感觉。

"因我御剑山庄势力越来越强大，现在不仅是越王容忍不了，就连翊王也似乎对我庄蠢蠢欲动……"张毅不安地说着，他知道这意味着什么，就算御剑山庄再强大，却也敌不过两国的力量啊。"

微微一愣，玄夜点点头，"此事我已知晓，你先下去吧。"

张毅看向他，抱拳道，"是。"

"等等。"玄夜又将张毅叫住，"将路大夫请来，我看夫人这两日精神不是很好，想请他来看看。"

"是，庄主。"

"叩叩——"传来一阵敲门声。小红和珠儿都被倾城差去市集上买布料了，因为她想给孩子做几件小衣服。虽说山庄里什么都不缺，但她却想亲手给自己的孩子做些衣服。倾城正准备放下手中的针线去开门，忙乱中，一个不小心，锋利的针尖戳进了手中。"啊……"

听见房里传来倾城的叫喊声，玄夜心中一惊，赶忙推开房门。"兰儿，你怎么了？"

"夜，我没事，只是不小心让针尖戳伤了手。不碍事的。"倾城向玄夜笑笑，将手背到了身后。自那日后，倾城便对玄夜改了称呼，她叫他夜，因为她觉得这样更加亲切。

"怎么会没事？……"玄夜一把抓过她背在身后的手，"都流血了……"鲜红的血从那个细小的针眼里涌出，不知为何，针眼很小，但涌出的血却很多。

"没事的。"倾城微笑地想抽回手去，却被玄夜紧紧地抓在胸口。

"夜……"倾城定定地看向他。玄夜俯下头，唇温柔地吻上那纤细的手指，轻轻吮吸。温暖的感觉从手指传来，有些酥痒，有些疼痛，但更多的却是幸福。

轻轻地放开倾城的手，玄夜温柔地看向她，"兰儿，我请了大夫来，正好帮你包扎一下。"

"大夫？为何？"倾城疑惑地看着玄夜。

"你最近是不是老是睡不好？"他微笑地问她。从前的玄夜从没对任何人笑过，即使是自己的父亲也一样，可是唯独对倾城，他是不一样的。

"你怎么知道？"倾城惊讶地看着他。自从失忆回到山庄后，她与玄夜都是分房而睡，因为玄夜说怕会伤着孩子，那他又是怎么知道的呢？自己还提醒了小红和珠儿，叫她们不要告诉夜，免得夜担心。

"看你的黑眼圈。"玄夜微笑着刮了一下她的脸。

倾城看着玄夜的脸，有些发愣，"夜。"

"嗯？"

"你笑起来真好看，应该多笑笑才是。"倾城由衷地说道。真的，夜笑起来的样子真的很好看。暖暖的，仿佛可以融化一切的寒冷。夜虽然有着一般男子所没有的外表和气质，但那样冷峻的脸却怎么样也没有生气，让人敬而远之。但只要他一笑，便仿佛可以温暖一切，倾倒众生。怎么会……一种熟悉的感觉涌上心头，这样的场景怎么这样熟悉？倾城愣住了。

"兰儿？你怎么了？"玄夜问道。倾城的样子好生奇怪。

"没什么。"倾城回过神来，"只是，这样的感觉觉得很熟悉。"

"嗯。"

"路大夫，夫人如何？"玄夜向路久霖询问道。路久霖是有名的神医，师承鬼医，医术精湛。

"唔，夫人并无大碍，腹中胎儿已有三月，只需好好养胎便可。"路久霖收拾起腕垫和绷带放进医箱里。

"可是为何内子夜夜难眠？"玄夜问道。

"哦，这个庄主不必担心，因为夫人是头一胎，还不适应，所以如此。"路久霖笑笑说道。

玄夜听了点点头，倾城没事就好。

"还有一个原因……"路久霖拖长了尾声。

"什么？"玄夜看向他。

路久霖捋捋胡子，"有什么重要的人或事让夫人牵挂着。"

重要的人或事……玄夜想着，难道倾城还牵挂着以前的事吗？

"庄主还有事吗？"

玄夜回过神来，摇摇头，"无事……来人，送客。"

"怎么样了，飘絮？"看到柳飘絮进了骄阳殿，萧奕然迫切地问道。他真的不相信倾城已经死了，但他现在实不宜派人大规模去寻找倾城，只得让飘絮代为寻找。因为一旦派人，那江天宇必然会知晓。要知道，现在这越皇宫里大部分人还是江天宇的心腹，毕竟他在宫中这二十多年的时间里也培养了不少得力的干将。

"对不起，奕然……"柳飘絮一脸歉意地看着他，"我几乎找遍了山崖下的村庄，可是就是没有发现顾倾城。"

萧奕然愣了愣，强撑起笑脸，轻轻地咧咧嘴，"这哪里能怪你呢，连易瑾灏都没有找到倾城的踪迹，更何况是你呢？你无需自责的。"

"奕然，你……也不要太难过了。"柳飘絮走到萧奕然身边，轻轻地拍了拍他的肩。

"嗯。"萧奕然看着她点点头。

"奕然。"柳飘絮看着他顿了顿，脸色有些沉，"你可是三天未进食了？"

萧奕然抬起头惊讶地看着她，随即了然地笑了，"又是小顺子那小子告诉你的？改天我要好好教训那小子一顿。"萧奕然说着比划着拳头。表情上虽看不出什么，但飘絮知道，他现在早已是痛彻心扉了。

"奕然。"柳飘絮双手握住了他的拳，满脸心疼的模样，"不要这样，好吗？"

萧奕然只愣怔地看着那双握住自己的莹白的手。

"奕然，不要这样好不好？"飘絮满眼恳求地看着他。

萧奕然微笑地看向她，"飘絮，我没事。"但说着却将头撇向一边去，轻轻地挣脱，想要抽回手。

"奕然！"握着萧奕然的手又紧了紧，"我知道你很难过，可是你也要为你的身体想想啊！"

萧奕然没有再说话，只是还是没有看她。

"奕然……"柳飘絮紧紧地拥住萧奕然，将头紧紧地贴在他的胸膛上。

"飘絮你……"他有些愣怔，他不知道飘絮怎么了，他伸出手，想要将飘絮拉离自己。

"奕然，我……我爱你……"手停留在半空。

"我爱你……"柳飘絮继续说着，"即使知道你爱的是顾倾城，我仍然爱你！虽然曾经告诉过自己不要爱上你，可是却早已欲罢不能。你可知，早在凤仪阁那次初见，你便从此住进了我的心里。"

"我……"萧奕然握着她的肩，好看的眸直视她的眼，"我做不到。"

"为什么做不到？"柳飘絮有些震惊地看着他。

"我一辈子只会爱倾城一人。"他说着，清澈的眼眸里没有一丝犹豫。

"可是她已经……"柳飘絮没有说下去，她只是看着他。

"没有，"萧奕然轻轻地抚了抚自己的胸膛，嘴角露出一丝微笑，"她在这里。"

"奕然。"柳飘絮握住他胸膛上的手，"你不要这样，看见你这个样子，我真的很难过。"

"飘絮……"萧奕然反握住她的手，她心中一片欣喜，"你会找到比我更好的人，而我，这辈子只会爱我的倾城。"

柳飘絮不可置信地看着他，微微地，手有些颤抖，"不要再作贱自己了，我知道你不愿相信，但她真的已经死了！"

"够了！"萧奕然打断她的话，猛地把她的手甩开，"我不想再听到这样的话了！"

柳飘絮心疼地看着他大吼道："萧奕然！你清醒点吧！顾倾城她已经死了！死了！就算她还活着，她爱的人也不是你！是瑾灏！易瑾灏！"

"啪！"一声清脆的声响在骄阳殿回荡开来，骄阳殿中一下子安静了下来，确切地说，是死一般的寂静。萧奕然的手停顿在半空中，似乎也忘了放下来。

柳飘絮瞪大了眼看着萧奕然，她不敢相信，他居然动手打了她！"萧奕然，你！"虽满脸的惊愕与愤怒，但泪水还是不争气地流了下来。

"飘絮……"萧奕然放下手臂，无奈握紧拳，轻轻起唇，满脸歉意。

"萧奕然，我恨你！"飘絮哭着转头跑出了骄阳殿。

"飘絮！"

萧奕然呆呆地回到桌前坐下。他伸出右手，自己怎么会打了飘絮？紧紧地握拳，狠狠地砸向桌子，"嘭！"的一声闷响。他缓缓地将手伸进胸口的衣襟里，掏出一束秀发。

倾城，萧奕然将发送到唇前，不要再玩捉迷藏了好不好？我认输……你快出来吧！我，好想你……即使你爱的是瑾灏，只要可以让我再看到你就足够了……

次日。

"高公公，这是最后一批了吗？"萧奕然审视了眼前的几个大汉问道。

"是，陛下，都在此了。"高德全恭敬地回禀道。高德全是太监总管，从小便照顾萧奕然，在整个越皇宫中，萧奕然可信赖的便只有他。

"嗯，有劳公公了。"萧奕然也礼貌地回答道。

"陛下这是哪里的话，为陛下效劳是奴才们的荣幸。那陛下无事，奴才就先行告退了。"高德全低头哈腰地在萧奕然身边说道。

"嗯。"

待高公公走后，萧奕然又重新审视了几人，道："既然能找到几位，也证明几位确实有实力。几位都有哪些绝技呢？"

"俺先来，俺先来！"一虎背熊腰的大汉听了萧奕然的话便想要跃跃欲试。面前的人可是越王，若是被他相中，那可是一辈子的荣华富贵呀！

萧奕然点了点头，默认允许。

"俺叫张奎，力大无穷，能空手劈断参天大树，只手打死老虎！"叫张奎的汉子骄傲地说道，眼中闪现出自豪之色。

萧奕然命几个小太监抬来一拳厚的石板。"嘿咻嘿咻——"几个小太监抬着那石板不断地喘着粗气，一副很吃力的样子。"轰——"将石板放于两石凳之间，一阵厚实的闷响立即传来，还伴随着些许灰尘。

只见张奎走到石板前，卷起袖子，脸色一沉，提起一口气大喊了一声："嗨！"掌落的瞬间传来一阵碎裂声，尘土便肆意飞扬起来。

"哇！"身后有人发出赞叹声。

萧奕然眯眼看了看满地的碎石，侧脸对小顺子道："带这位好汉去领些银子吧。"

听闻萧奕然这般说辞，张奎不禁有些急了起来，"越王陛下！俺还有绝活的！还有的！"但萧奕然却丝毫不听，转身朝其他人淡淡道："还有哪位高手，不妨出来让本王瞧瞧。"

"陛下……"

"张勇士，请吧……"小顺子走到张奎身边笑着说道，顺便找了人将他给"请"了下去。

听萧奕然这么一说，再看看刚刚被带走的张奎，其中的人不禁倒吸了一口气，面面相觑，都不敢站出来，这越王到底要找多么顶尖的高手啊……

萧奕然抬头看了看快要西下的夕阳，微微闭上眼，那些人一点声音都没有。心情有些低落，轻轻叹气，这已经是最后一批了。萧奕然自嘲，难道我泱泱越国连几个武功能与江天宇匹敌的人都没有？

"在下通州姚谦毛遂自荐。"突然一男子抱拳上前。萧奕然一怔，睁开眼看向他，打量了一番，在心里点点头，这个人倒是比刚才那个看起来靠谱多了，就是不知道武功怎么样。

"不知阁下都会些什么呢？"萧奕然挑眉问道。

"在下承蒙江湖朋友的高抬，因轻功略有所成，便被称为'燕子飞'"，姚谦还是抱着拳，谦虚地说道。

"轻功？"萧奕然摆弄着腰间的玉佩看向他，"轻功很好的人还有很多啊。"刚刚才有些希望的心突然降到谷底，他转过身朝刚回来的小顺子道："小顺子，你送几位下去吧，去财务房领些银子。"

"是。"

"陛下。"身后的姚谦突然开口，"草民还精通迷药催眠术等。"

"那不是江湖术士和采花贼才会的嘛……"其他几人听了姚谦的话纷纷议论起来，"对呀，此等卑劣之术没想到他会……""真是江湖败类啊……"

萧奕然突然停下脚步，转过身来，"迷药？"他眯了眯眼，又打量了姚谦一番，点点头道："你留下吧。"

其他人听了萧奕然的话全都呆住了，越王要这卑劣之徒作何用？难不成也想学这卑劣之术？

"小顺子，你带其他人下去。"转过脸，萧奕然又对姚谦道："你随孤来。"

姚谦一路跟在萧奕然身后没有敢说话，内心忐忑不安。他最后说出的话原本是没有抱任何希望的，没想到越王竟然将他留了下来。

"进来吧。"萧奕然将他带入骄阳殿。刚踏进殿内，"吱呀"一声骄阳殿厚实的赤红色大门便被高德全给关上了。

"陛……陛下……"姚谦不安地看着眼前穿着淡青色龙袍的人。

萧奕然背着手转过身来说道："从今天起，你，就是孤的老师了。"

姚谦一阵愕然，越王说…要他做……老师？

不管他的震惊，萧奕然继续道："从今日起，你要教孤迷药和催眠之术，孤不会亏待你的。"顿了顿，他又沉沉道，"不过此事决不可让旁人知道。"

姚谦似乎还是不敢相信，他只是一个普通的江湖中人，略懂武艺，为了谋生才钻研这迷药和催眠之术，没想到却得到了越王的赏识。

听身边半响儿没有动静，萧奕然挑挑眉侧眼看向他，"懂了吗？"

姚谦终于回过神来，"草民懂！"

第二十三章 兄弟同心

下了朝，易瑾灏觉得有些恍惚，屏退了所有侍从，独自一人就这么漫无目的地走着。走到一扇紧闭着的大门前，他停了下来。抬起头，看向门上的牌匾，"雪海园"三个大字突兀地出现在眼前。易瑾灏微微一愣，伸出手，想要碰触那冰凉的门面，手在空中停顿了一下，犹豫了一会儿，他还是推开了门。走进雪海园，眼前一片荒凉，只有满园未开的梅树。

"陛下……"燕儿见到易瑾灏突然出现在雪海园中吃了一惊。

易瑾灏没有看她，只是竖起手，示意她们都下去，他不想被打扰。燕儿看了，静默地俯了个身，便安静地走了下去。自倾城出事后，易瑾灏还是让燕儿几人待在园中，因为他相信倾城还会回来。

伸出手，推开门，"吱呀——"门轻响起来，但在易瑾灏耳中却变成了一种嘲笑。环顾倾城的卧房，一切都没有变。他没有让吟儿她们收拾，并下令说谁都不要进来这里。

走到睡榻前，易瑾灏看见榻上有一个小竹篮，竹篮中放着一些布料。弯腰，将竹篮中的布料拿起，轻轻展开，他呆住了，那是一件小衣服，做得精致细腻，只是纽扣还没有缝好罢了。

触碰着那柔软的布料，易瑾灏的手微微地颤抖着，那是倾城为他们的孩子亲手做的衣服，只是现在……腿上忽然觉得有些无力，他瘫倒在榻上。"宝宝……倾城……"轻轻低喃，他将小衣服缓缓地放在自己的唇边。他心里突然闪过一个念头，若他不是翊王，那他和倾城会不会过得幸福得多呢？

宜安殿。

青儿在殿中来回地踱着步。自姐姐走后易瑾灏已经十几日不来宜安殿了，她想着有些心烦，总不能一直这样。虽然除去了玉蝶衣，但陛下总不来自己殿中也不是个事。

"小玉。"青儿向一旁的宫女招了招手。

"娘娘有何事吩咐？"小玉毕恭毕敬说。

"来……"青儿招呼小玉靠近自己，贴着她的耳朵说了一阵。

"娘娘！"小玉惊呼。

"小声点！"青儿向小玉瞪眼怒道。

"娘娘……这……"小玉低下头有些为难。

"本宫叫你去办你就去！有事本宫担着！"

小玉有些害怕地看着青儿，弱弱地回道："是。"

乾坤殿。

门被轻轻地推开，夕阳从门缝中照射进大殿。易瑾灏皱眉眯着眼向夕阳深处看去，一个摇曳玲珑的身姿出现在眼前。

"青儿，你怎么来了？"

青儿手中端着一盅补品轻笑道："瞧陛下说的，难道臣妾就不能来看看陛下了吗？"摇曳着身姿，走到易瑾灏身边，青儿将手中的补品轻轻地放在龙桌前。"陛下，臣妾听闻这几日陛下尤为操劳，所以亲自去御膳房为您炖了这盅汤来补补身子。"青儿伸手轻轻地揭开盖子，香味儿便飘散了出来。

易瑾灏停下了手中的御笔，合起公文看向那盅补汤。陛下果真被这汤吸引了……青儿暗暗笑道，向易瑾灏又靠近了些，"陛下，臣妾这汤里可有很多名堂哦！有人参、鹿茸、当归、灵芝、蛇鞭、虎骨……快尝尝吧！"青儿用小勺盛了一碗递到易瑾灏面前。

"孤没胃口，不想喝。"易瑾灏皱了皱眉说道。

"陛下……"青儿轻摇着他的臂膀，撒娇道，"这可是青儿亲手熬的！青儿在那灶台前一天一夜，可把青儿给熏个半死呢！但是陛下却连喝都不喝一口……"青儿松开瑾灏，假装难过地掩面哭泣。

"好了。"一看青儿如此，易瑾灏便答应喝汤，这也不是什么大不了的事，也就是喝个汤而已，何况这汤还是青儿花了这么大功夫熬的。"我喝就是了。"

听易瑾灏如此说，青儿心中暗喜，赶忙将碗向前推了推，"那陛下就趁热快喝了吧。"

易瑾灏侧着脸疑惑地看着她，停顿了片刻，端起碗，一饮而尽。

"陛下，怎么样？"青儿在一旁试着询问道，她仔细地观察着易瑾灏的表情。

"嗯——"他点了点头，看向她，"还不错。"

青儿嘴角露出一丝不易察觉的微笑，"今晚青儿就在这儿陪着陛下吧。"

"不用了。"易瑾灏摆摆手，"孤今天还有很多奏折要看，会很晚，你还是回宜安殿去吧。"

"陛下日理万机，臣妾实在不希望看着陛下如此操劳，但悔在臣妾是一介女流之辈，且后宫不得参政，所以不能为陛下您分忧，如今臣妾只能在陛下身边，陪陪陛下了。"青儿说得义正言辞，一片恳切。

易瑾灏皱了皱眉，他实在不知道青儿会说出这么多大道理，所以也不知怎样推辞了。

"陛下。"青儿一阵娇嗲。

"好吧，你就留下吧。"易瑾灏最终无奈地说道。

易瑾灏继续批着公文，青儿则在一旁安静地替他掌着灯。

夜渐渐深了。

易瑾灏看着眼前的公文似乎有些模糊，他使劲摇了摇头。

"陛下，您怎么了？"青儿关心地询问道。

"我……"易瑾灏摇摇头，看向青儿，目光落到她洁白如玉的脸颊和颈项上，慢慢地，又滑向了那饱满的胸部，玲珑的曲线。他忽然觉得有些热。

青儿看药效已起，便缓缓地靠近易瑾灏，双手搭上他的肩，柔媚地唤道："陛下……"

易瑾灏一个激灵，身体却越来越热，"怎……么会这样？"

"陛下是否觉得燥热难当？"青儿媚笑着询问道，"呵呵……那陛下就用臣妾来消暑吧……"

"你……"易瑾灏忍受着难以忍受的冲动，一把推开青儿，"是倾城的妹妹……怎么可以！"

"可是臣妾也是陛下您的妃子呀！"青儿神色淡然地说道，慢慢地走近易瑾灏。

"可是孤娶你只是为了……"

"报复姐姐是吗？"青儿打断他的话接着说道。

"青儿……对不起……"

"臣妾不需要陛下的道歉，因为臣妾很开心可以陪在陛下身边。"青儿跪在他身边，探过身子紧紧地靠在他的胸膛上，伸手轻轻地托住他的脸。青儿的脸渐渐靠近，"我爱你……"热气轻轻吐在易瑾灏的脸上，身边被芳香的气味笼罩着，易瑾灏觉得下腹越来越热。

"陛下，求您要了臣妾吧！"媚语萦绕耳畔，易瑾灏的思绪越来越混乱。瑾灏两眼一混沌，眼前的人竟变成了倾城，易瑾灏再也控制不住，一个翻身，将佳人压倒在地。

第二日。

头好疼……易瑾灏艰难地睁开眼。

"陛下，您醒了。"甜甜的蜜语，易瑾灏循声望去，"青儿？"

"正是臣妾。"青儿低头媚笑。

他皱眉，昨夜的一切都浮现在眼前。只是他想不通，为何他昨夜会有那样的感觉？脑海中出现了那盅汤，难道是……一皱眉，易瑾灏拿起地上的衣服霍然而起，大怒道："大胆淑妃，胆敢对孤王下药？"

　　"陛下明鉴，臣妾只为陛下的身体着想，才出此下策。"青儿裹着白色的丝被恳切地回答道，丝被的一边还从她的肩上滑落，露出洁白莹润的香肩。"臣妾知道自从姐姐出事后，陛下就终日郁郁寡欢，连……房事都很少，臣妾担心会影响陛下的身体……"青儿眼角沁出一些泪珠，恳切地说道。

　　"你！"易瑾灏一时语塞，他实在不知如何回应青儿。

　　"而且……"青儿低下头，不知看向哪里，"青儿想要一个孩子……"

　　易瑾灏猛然一怔，直直看向她。说起孩子，瑾灏顿时想起了他与倾城那个还未出世的孩子，不禁黯然神伤。

　　青儿见瑾灏不语，接着说道："臣妾知道陛下爱姐姐，心里再也装不下任何人，臣妾也不奢望能够得到陛下的爱，可是青儿不想一辈子在这皇宫中孤独终老，青儿需要一个自己的孩子陪伴……"声泪俱下，连易瑾灏见了也动容。

　　嘴角动了动，易瑾灏没有出声，整理好衣服便走出了殿。

　　见易瑾灏离开，青儿擦干了眼角的泪水，嘴角露出一丝微笑。

　　走在御花园中，易瑾灏默默沉思。青儿她……易瑾灏懊悔地摇摇头，我真的不该封她为妃，哪怕当时只是为了报复倾城，这样自己可是害了青儿一生呀！自己愧对青儿，如今难道连她这一个心愿都不能完成吗？况且这宫中真的是……他又摇了摇头。

　　偶然间，易瑾灏走到一棵桂树前，眼前的桂树早已脱光了叶子，满树的灰色，一片死气沉沉，他慢慢抚上那粗糙的枝干。倾城，我好想你！

　　"啊！"房里传来一声尖叫。

　　"轰"的一声，房门被破开，玄夜快步走到倾城床前，担心道："兰儿，怎么了？"

　　"好可怕……"倾城冲进玄夜的怀里。

　　看着如此恐惧的倾城，玄夜伸出手环抱住她不断颤抖的身躯，"做噩梦了？"

　　倾城轻轻地点点头，无骨地依偎在他的怀里。

　　玄夜伸手轻轻地擦拭着她额头上的汗珠，安慰道："不要怕，有我。"

　　"嗯。"倾城点点头，又突然抱紧他，抬头看着玄夜的脸，"你会一直都在吗？"

　　低头，碰触到倾城依赖的眼眸，玄夜的心颤了一下，"嗯，一直都在。"

　　深夜，一个人影窜入乾坤殿。

　　"你来了。"

　　"嗯。"萧奕然答道。

"准备得怎么样了？"易瑾灏看向他，眼里闪现出一丝期望，他希望得到萧奕然的肯定回答，因为，他已经等不及了。

　　"都妥当了。"萧奕然也看向易瑾灏，眼神里露出些许兴奋。该是为倾城报仇的时候了，该是为父王报仇的时候了，还有易瑾轩，他的哥哥。

　　"好。"易瑾灏面露喜色，这是他自倾城坠崖后第一次笑，由衷地，发自内心地。

　　萧奕然点点头，"就后日吧。"

　　"嗯。"对上萧奕然的目光，易瑾灏笑了笑，他的想法正与自己不谋而合。江天宇，他恨不得越快将他碎尸万段越好。

　　"那我走了。"

　　"嗯。"

　　萧奕然刚准备翻出窗去，只听身后的人淡淡地说道："一切小心。"他顿了顿，心里的高兴自是不言而喻，嘴角扬起一丝微笑，"谢了，九弟。"

　　易瑾灏听了冷哼了一声，不自然地将头撇到了一边。毕竟他们也是血脉相连的亲兄弟，虽是因为倾城他们才结怨，但也是因为倾城，他们才能够相认。可是，倾城现在在哪呢？

　　第二日一早，江天宇便早早地来到了骄阳殿。

　　"然儿，怎么了？这么早叫为师来？"江天宇问道，顿了顿，他又说道，"听闻然儿你明日就要派兵攻打翊国？"

　　"不错，徒儿正是因为此事而找师父来的。"萧奕然毕恭毕敬地说道。

　　"哦？"江天宇捋捋胡子，"有何事？"

　　"师父也知，我越国兵力不及翊国，此番攻打胜败难定，虽有胜算，但徒儿又不想伤及太多将士的性命，所以徒儿想……"萧奕然停顿了一下看向江天宇，此时，江天宇正认真地听着萧奕然的话。"徒儿想，若是翊王一死，那翊国便群龙无首，翊国上下必然混乱如麻，自顾不暇，哪里还有时间来攻打我越国。到时候，我越国不但不会有太大损耗，还可能一举夺下翊国，师父说呢？"

　　"嗯——"江天宇想了想，"是个好办法……"

　　见江天宇赞同，萧奕然便故意犹豫地说道："但是……"

　　江天宇转过脸来看向他，"但是什么？"

　　"翊王身边守卫森严，且徒儿与他曾交过手，他的武功与徒儿不相上下，所以想要刺杀他很难啊！"

　　听了萧奕然的话，江天宇突然哈哈大笑起来。

　　萧奕然不解地看着他，疑惑道："师父为何笑？"

　　江天宇看向他，面露喜色，"刺杀翊王，这有何难！"

　　"这么说，师父有把握杀得了翊王？"听了他的话萧奕然喜问道，眼里似乎还闪出一丝期待。

"哈哈哈哈！"江天宇继续大笑，"这事就交与为师吧！"

萧奕然听后立即跪下，抱拳道："徒儿有幸得师父相助，我越国吞并翊国指日可待！"

"哈哈哈——"

看着远远离开的江天宇，萧奕然眼中闪出一丝阴狠，江天宇，过了明日我看你还笑得出！

辗转反侧，萧奕然怎么也睡不着，明天到底会怎么样，谁也不知道。第二天，天刚蒙蒙亮，他便起了身。在骄阳殿里，萧奕然来回踱着步，心里莫名地焦躁。

不知过了多久，江天宇来到骄阳殿。

"然儿很早就起了吗？"

"哦，徒儿是担心师父的安危，毕竟今日之事太过凶险，故徒儿一夜难以入眠。"萧奕然满脸疲倦，但又显得忧心忡忡。

"哈哈，然儿原来这么担心为师啊！"江天宇大喜，转而又说道，"可是为师的本事，然儿还不清楚吗？"

"是。"萧奕然抱拳，"是徒儿多虑了，师父武艺超群，断然不会把那些小娃娃放在眼里。"

"嗯。"江天宇满意地点点头，"那为师现在便出发了。"

"师父莫急。"萧奕然见江天宇要出骄阳殿连忙说道，他转过身从龙桌上端下一杯茶递给江天宇，"师父请用。"

"这是……"江天宇见萧奕然手中的茶犹疑道。

"师父，这是徒儿一早就去御膳房为师父亲自熬的参茶，补气怡神，也同祝师父旗开得胜。"

"好，说得好！"江天宇称赞道，他接过茶，"那为师自然也不能辜负然儿的一片苦心！"掀开黑面巾，一口气，将那杯参茶喝完。

喝完参茶，江天宇擦了擦嘴"那为师去了。"

"徒儿恭送师父。"萧奕然抱拳颔首。

待江天宇走后，萧奕然走到窗边，轻轻放出一只白鸽。

"咕咕，咕咕——"一只白鸽从帐篷的窗口飞进易瑾灏的军帐。翊国要与越国交锋，虽说是假，但这戏还是要做真了的好。易瑾灏将十万精兵带到这片空地上操练，以便之后的"战斗"。

他将鸽子拿到面前，轻轻地将鸽腿上的纸轴取下，一松手，鸽子便立即飞出，飞向蓝天。将纸展开，纸上只有寥寥的四个字：瓮中捉鳖。易瑾灏嘴角微扬，现在他只需在这军帐中坐等江天宇的到来。

江天宇来到易瑾灏的军营，躲在草丛中，一眼就看到了翊王所住的军帐，因为那是所有军帐中最大也最富丽堂皇的，所以那必是翊王的营帐无疑。可是为何军营中的巡兵如此之少？江天宇寻看过军营后疑惑道，难不成会有埋伏？眉头紧蹙，他冷笑一声，我就不信，还怕了那个乳臭未干的毛头小子不成！一个翻身，江天宇出了草丛，慢慢地逼向易瑾灏的营帐。

气场突变，有人！易瑾灏轻笑，他已经来了。片刻间，一个黑衣蒙面人翻了进来。

"你来了。"易瑾灏语调不惊，却使江天宇吃了一惊，"怎么，你知道我要来？"

易瑾灏没有说话，手伸向桌下，猛地拍案而起。"受死吧！"

他一剑劈向江天宇，江天宇举剑而挡，一时间剑光四起。江天宇瞥向易瑾灏手中的长剑，惊道："射日？"

"不错。"

江天宇猛然一惊，"那萧奕然……"突然了然，江天宇面露狠色，"他想害我？"

易瑾灏一剑刺向江天宇，"恶人！你死不足惜！"

"这么说，你们都知道了？"

易瑾灏冷笑，"若想人不知，除非己莫为！"又上前刺了一剑，"你早该死了！在害死倾城娘亲的时候你就该死了！"

"哈哈哈哈！"江天宇突然大笑起来，"就凭你？"他挡下一剑，蔑视地看着易瑾灏。

"是吗？"易瑾灏收回剑。

"啊！"突然从营帐外涌出许多士兵，江天宇大惊，原来易瑾灏真地设了埋伏！环顾四周，他不禁定了定心，以自己的功夫对付他们还是不成问题。

"以为自己脱得了身吗？"对面易瑾灏的声音传来。

怎么……突然，江天宇感觉一阵晕眩，浑身的力气顿时少了一半。这是怎么了？他忽然想起萧奕然给自己喝的那碗参茶，难道他下了毒？可是自己不会喝不出呀！是，他的确不会喝不出有毒，但萧奕然下的不是毒，而是姚谦教他调制的一种特别的迷药，这种迷药无色无味，就连江天宇这等高手都察觉不出。

他感觉越来越虚弱。易瑾灏一看药效已起，喊道，"上。"士兵便一拥而上。江天宇用剑奋力抵挡着，但随着体力的渐渐消失，他变得越来越吃力。他知道自己在此拼斗不是上策，一定要想办法逃离才行！打斗中，他瞥向帐窗位置，那里的士兵较少，可以从那里突破。

一看江天宇向左瞥的眼神，易瑾灏便知大事不妙，连忙大喊道："快守住帐窗！"士兵刚反应过来一起涌向窗口，却早已经来不及了，江天宇使尽全身力气破窗而逃。

"给我追！"

夜晚，将士来报，"陛下，我们搜遍了周围的山，都没有找到江天宇。"

"什么？"易瑾灏听后大怒，抬脚将那将士一脚踢到一旁，"都是一群废物！"

拳重重地敲向桌子，发出一声闷响，桌上烛台里的火苗猛地颤动了一下。怎会如此？易瑾灏懊悔，为何没有守住帐窗？为何会让江天宇逃走？难道自己和萧奕然那么长时间的计划就这么失败了吗？

一阵急急的脚步声传来。萧奕然走进军帐，急忙问道："如何？"

易瑾灏面无表情，"我们失败了。"他没有看萧奕然，确切地说是不敢看他。

"失败了？怎么会？"显然，萧奕然还是不相信，"难道是我的迷药有问题？"

"不，是我的防守不够严密。"易瑾灏低下头，"是我疏忽了。"

萧奕然看向他，重重地叹了口气，缓缓地走到易瑾灏身旁，拍了拍他的肩，"不是你的错，是我们太低估他了。"

"我走了。"萧奕然深深地看了一眼易瑾灏后转身离开。他知道没有杀了江天宇，瑾灏比自己还要难过。

易瑾灏看向他，嘴唇微启，"哥，谢谢。"

萧奕然全身一怔，顿住脚步，转过身来看向他。

易瑾灏见萧奕然转过身来看着自己，于是不自然地将头撇到了一边，看向烛台中闪动的火苗。"你快走吧。"

看着如此的瑾灏，萧奕然嘴角微微地扬起，转身离开。

江天宇气喘吁吁地倒在一棵大树下，他敞开衣服，发现胸口的伤足有一寸深，"射日"的威力还真是不容小觑啊。鲜血不停地从伤口中流出，江天宇忍痛用指封住了自己的经脉。看着伤口渐渐地不再流血，他稍稍舒了口气。

想不到那日潜进密室的人居然是萧奕然！可他明明看见是个女子……难不成他和那女子认识？原本还可以留萧奕然多活几年，如今那小子却这么不识抬举，自己找死，那就休怪他不念多年的师徒情分了！江天宇想着，当务之急还是尽快将自己的伤养好再说。

转眼四月，倾城的肚子已是浑圆，怕是还有一两月便要生产了。

她坐在湖边一块突起的大石上，看着湖中的鱼儿欢快地游来游去。春日照在身上暖暖的，倾城舒服地眯了眯眼，双手轻轻抚上自己浑圆的肚子，嘴角露出幸福的笑意，宝宝，我们就快见面了吧。

"兰儿。"远远地走来一个男子，黑衣挺立，器宇轩昂。

倾城侧过脸，"夜。"她微笑，眼睛眯成了弯弯的月牙状，很可爱，吃力地从石头上站起，走近玄夜，轻轻地拉起他的手。

"为何不叫小红和珠儿陪着你？你看你走路都这么吃力，小心点。"玄夜有些责怪地上前小心地扶着倾城，手臂从她的身后绕过，将她箍在自己的身旁。

倾城掩面轻笑，"夜，你变了好多。"

玄夜不说话，而是有些不解地看着她。好看的眼眸直直地看着她扑闪有神的大眼睛。

"一点都不像以前那般冷漠。"倾城微笑地靠在他的肩上，双手环着他健硕的腰，

"这样的你真好。"

玄夜不语，心中却满是幸福。自己是为兰儿而变，不知不觉，心甘情愿。拥着倾城，闻着那淡淡飘入鼻中的发香，玄夜微笑。兰儿，有你真好。

"庄主。"张毅来到两人身边。

"何事？"玄夜冷冷地问道，他轻轻地放开倾城。

张毅将一张大红色的请帖双手递上，说道："南岳派掌门南剑山明日成亲，特发请帖请庄主携夫人同去参加。"

同去？玄夜皱了皱眉，如今兰儿就快生产，实不宜外出，若是出了什么事，那后果不堪设想。

"夜。"好似明白玄夜心中所想，倾城挽上他的臂膀，"去吧。"

"可是你……"玄夜摇摇头，"一路上马车颠簸，我怕你会受不了。"

"夜……"倾城轻轻地摇晃着他的臂膀，低声喃喃道，"我也很想出去看看……"

玄夜看向她，轻轻点头，无论兰儿说什么他都会应允，"嗯。"

柳飘絮一人牵着马走在小道上。想想离开越皇宫已经四个多月了，不知奕然有没有担心她，有没有派人找她呢？这个可恨的萧奕然，她不满地嘟嘟嘴，那日她说的可都是实话，再说，她也是为他好啊，他怎么可以动手打她呢！愤愤地想着，可是深深的思念还是涌上心头。抬头见前面有一间破庙，看看天色已晚，今晚就在庙里过夜吧。想着，柳飘絮将马牵向破庙方向。

将马拴在外面，她又从外面找了些稻草铺好。环顾四周，这庙还真是破旧，哪里能和弦月宫相比，可是谁叫她赌气跑了出来呢，现在也只得认倒霉了。忽然，庙外传来沉重的脚步声，柳飘絮想不会是什么和自己一样的路人想来此借宿吧。她看向门口，血液一下子凝固，大惊道："是你！"

庙外的人闻声也看向庙内，"是你！那日我没将你杀了真是后悔啊！"江天宇拧着眉恶狠狠地看着柳飘絮。柳飘絮戒备地拿起剑，时刻准备与江天宇的交锋，可是她深知自己不是江天宇的对手。

"哈哈！不过也不迟，不如就让我现在了结了你吧！"江天宇狞笑地扑上来。柳飘絮奋力抵挡，可是双方实力相差实在是太悬殊了，才打斗了一会儿，飘絮便觉得体力不支，便开始躲闪。突然感觉胸口一阵疼痛，江天宇一掌重重地拍向柳飘絮。

"噗！"一大口鲜血从柳飘絮的口中喷出。江天宇突然顿了顿，心中大感不妙，因为胸口的伤因打斗而裂开了，血汩汩地流下，他紧紧地捂住胸口。柳飘絮一看江天宇有些异样，于是便抓住这个机会向外逃去。"想跑！"江天宇双眼一聚，捂着胸口朝飘絮追去。

快点跑，快呀！柳飘絮心中着急，她不想这么快就死了，她还没有见到萧奕然，还没有听他说喜欢她，她不可以死！她想着更加快了脚步。突然，脚下一滑，"啊！"一个重心不稳，便整个人朝山坡下滚去……

小路上，张毅架着马车往南岳派驶去。

双手紧紧地握住倾城的纤手，玄夜看着她关心地询问道，"兰儿，你感觉怎么样？"

"很好啊。"倾城微笑，她幸福地靠在玄夜的怀里。玄夜亲吻她的额头，道："若是感觉有什么不对，一定要说出来。"

"嗯。"倾城乖乖地点点头。

张毅忽然停了马车，朝车内叫道："庄主，夫人，前面有一个人。"

玄夜放开倾城，"我出去看看。"

"嗯。"

玄夜走近一看，竟是个受伤的女子。他蹲下仔细检查女子身上的伤势，气息很弱，如若不及时救治恐怕就来不及了——她眉头紧紧地皱着，胸口中有一掌，头部还有血迹。玄夜抬头往旁边的山坡上看了看，想着她怕是遭人追杀而不慎滚落撞伤的吧。

玄夜看那一掌不像是武功一般的人而为，怕是那人的功力与自己也是不相上下吧。到底要不要救？这女子尚有一丝儿鼻息，但毕竟兰儿就快生产，还是不要惹上这些事为好。

"夜，怎么了？"倾城走下车用手撑着腰问道。

"你怎么下来了！"玄夜有些责怪道，连忙过去搀扶。

"没事的。"倾城对他温柔地笑笑，"前面那女子怎么了？"

"恐是遭仇家所害又不慎从山坡上滚落。"玄夜说得淡淡地，没有什么情感。

"扶我过去看看。"玄夜依了倾城的话，将她扶到那受伤女子面前，看见那女子倾城忽然有种似曾相识的感觉，她是谁呢？"夜，我们将她救回去吧。"

"兰儿，这是江湖中的事，我们许是不该插手……"玄夜有些阻止，但更多的是对倾城的担心。

"在这里遇见也算是我们有缘，我们总不能见死不救。"倾城说的只不过是客套话，她会主动相救，真实原因是她觉得与这女子似是故人。

到了南岳派，倾城便叫张毅带了那受伤女子去休息，自己则与玄夜去正堂观看南剑山成亲。

满眼喜庆的艳红色。

"吉时到！"一声叫喊，锣鼓唢呐便应声响起。好热闹！倾城开心地看着。这时蒙着红盖头的新娘被喜婆牵了上来，喜婆将红绸缎的一头交给新郎。

"一拜天地……二拜高堂……"倾城看着不禁皱了皱眉头，为何，这么熟悉？

"夫妻对拜！"穿着大红喜服的两人各自转过身来面向对方深深地鞠了一躬。她看到那晃动的红盖头，鲜红鲜红的，有些晃眼，脑子里突然"嗡"地一下，重心有些不稳，不由自主地往玄夜身上靠了靠。

"怎么了，兰儿？"玄夜一手紧紧牵住她的手，一手牢牢环住她的腰，"觉得不舒服吗？"

好像……好像那红盖头曾在自己头上，也是这么一般……脑子里忽然闪过一个画面，她蒙着红盖头，看着自己跟前的地上出现了一双红色绣着金龙的长靴。

"兰儿？"

"嗯？"倾城回过神，看向玄夜，她发现玄夜正担心地看着她。

"你怎么了？"

"我……"倾城没有说下去，"我们成亲时也是这般热闹吗？"她看着玄夜问道。

玄夜将眼眸看向一边，"是，很热闹。"他不看她，因为，他又骗了她。

"真的吗？"倾城的眼里闪出熠熠的光，忽然，又失落下去。

"怎么了？"玄夜看向她，她的眸不再闪耀，而是黯淡地低垂着。

"我一点儿也不记得……"倾城嘟嘴喃喃，"我甚至连我们过往的一丁点儿都不记得……"忽然，她感觉自己的手被紧紧地攥住，暖暖的感觉将她包围。

"兰儿……"一声轻唤，她抬头看向玄夜，目光正对上那黑色的眼眸。"我会还你一个完美的记忆……"微微一愣，倾城浅浅地笑起来，无论她的夜说什么，她都会相信。

结束了宴席，倾城便觉得有些不舒服，她想念夜为她准备的那些酸酸甜甜的蜜饯了。"夜，我们回去吧。"

"嗯。"

坐上马车，玄夜搂着倾城的腰身，关心地问道："感觉累吗？"她微微地抿了抿唇，"怎么会？有你这样照顾怎么会累。"

"庄主，那个受伤的女子如何安置？"车外，张毅询问道。

倾城忽然想起那个似曾相识的受伤女子，自己怎么会将她忘了呢！"把她放在马车里吧。"

"兰儿……"玄夜有些皱眉，毕竟马车里的空间有限，兰儿又有孕在身。仿佛是知晓了玄夜心中所想，倾城轻轻地抚了抚他的手背，"没事的，反正很快就到家了。"

"嗯。"玄夜微笑地看向她，伸手抚上她的头，将她的头轻轻埋在自己的胸前。

马车在御剑山庄前停了下来。玄夜下车将倾城扶下，"张毅，你将那女子安置在客房中，请路大夫来为她诊治。"

"是，庄主。"张毅抱拳。

倾城坐在梳妆镜前，卸下了头上繁琐的头钗和饰物，她看着镜中的自己，为何我会觉得那女子熟悉？为何我的记忆中有一双绣着金龙的红色长靴？金龙，那不是帝王才能用的吗？还有，经常出现在我脑海中的那个人影又是谁……一连串的问题出现在脑海里，却没有任何答案。

"倾城……"眼前的男子满身是血，"倾城，好好照顾瑾灏和自己……"

"倾城……你知道吗？我……和瑾灏一样……爱你……"眼前的男子露出温柔的微笑。

倾城惊恐地看着他，却说不出一句话，她想说，你怎么了？你是谁？

"可以叫我瑾轩吗？咳咳——就这一次……"那男子虚弱地说着，慢慢地，手轻轻地滑落，身体开始慢慢地失去原有的温度。

"你不要死啊！不要死！"倾城无能为力，只能在心里着急。

"兰儿！"

"不要死！"

"兰儿，不要怕，没有人会死……"玄夜温柔地将倾城拥进怀里，轻轻地拍着她纤弱的后背。

"夜！"倾城紧紧地抱着他，好像那样自己才会有一点安全感。

怀里的人儿微微颤抖着，玄夜心疼地安慰道："不要怕，兰儿，那只是个梦……只是梦。"

"是……梦吗？"倾城紧紧地抿着有些发白的唇，可是为何那些画面如此真实，好像就发生在自己面前一般？

"嗯。"玄夜轻轻地吻了一下她的额头，"无论怎么样，我都会在你身边的。"

"嗯。"倾城窝在玄夜怀里乖巧地点点头。俄而，又抬头看向玄夜，"夜，可以留下来吗？"含情脉脉的眼眸，柔情似水。

"你就快要临产了，这……"玄夜支吾着，倾城快要临产是一个原因，但更重要的一个原因却在他心里……

"夜……"有些失望，倾城缓缓地低下头，"我知道了。"小手轻轻将那个温暖的怀抱推离自己。她不知道为什么夜总不愿与自己一起睡，她总觉得夜有什么事在瞒着自己，心头有一块乌云在缠绕，倾城觉得心中一阵烦闷。

"兰儿……"

"我没事。"眼眸低垂却满脸倔强。

玄夜深深地看着倾城，那单薄的身体有些颤抖，小小的脸白得有些吓人。

"睡吧！"他轻轻地叹了口气，"我陪你。"

倾城惊讶地抬头看向玄夜，"夜……"她只柔声地唤着他的名字，却说不出任何别的话。

玄夜重新坐回床边，扶着倾城慢慢躺下，帮她小心翼翼地掖好被子。倾城有些愣愣地看着他的脸，多么好看，那完美无瑕的侧脸。在倾城的愣怔中，玄夜已脱了靴子上了床。屋子里，烛光幽幽，忽明忽暗。

忽然，一阵风吹过，蜡烛被吹灭，屋子里顿时一片黑暗。"呼呼——"风还在吹着。倾城听见轻轻的脚步声，一会儿，便没了风的声响，自己的身边又再次温暖了起来。"还冷吗？"身旁传来低声的询问。"嗯。"倾城老实地应声。

突然，她感觉自己被一阵温暖包围，玄夜从身后将她紧紧地抱入了怀中。"夜。"倾城轻唤，但没有回答。黑暗中，只有重重的喘息声。倾城觉得脖颈后有一股热气，暖暖的，痒痒的，身体有些酥软。背后飘来阵阵好闻的味道，她说不出这是什么味，只是格外地好闻。

玄夜在身后紧紧地拥着她，他的兰儿。怀中的软玉柔软清香，有着说不出的舒服，黑暗中，他扬起嘴角。

第二日清晨。

"夜，你醒了。"倾城揉揉惺忪的眼，看向坐在床边的玄夜。

"嗯。"玄夜轻轻地点头，温柔地看着她。刚睡醒的她头发有些凌乱，睡眼也有些朦胧，但他却觉得这样的她更有一番韵味。"今天山庄有事需要处理，晚上可能不能回来了。"

倾城静静地听着玄夜说的话，"嗯。"她轻轻地点头，眼眸却垂到了地上，小小的脸上写满了失望。

她的神情他看在眼里，玄夜走到门口，"以后我每晚都会来陪你。"说完便走出了房间。听完这句话后，倾城满脸的失望顿时变成了喜悦。夜，他刚刚说什么？他说以后每晚都会陪我？夜，对我真的很好……倾城在心底里微笑，嗯，我也会照顾好自己的，照顾好我们的孩子。她轻轻地抚上自己浑圆的肚子，脸上浮着些许红晕，满脸的幸福。

"庄主。"

"何事这么紧急？"玄夜的黑眸淡淡地看向桌上的墨兰。

"江湖传言，越王将要平了御剑山庄！"张毅抱拳道。

"嗯……"蹙起眉，玄夜点点头，又看向张毅，"此事千万不要告诉夫人。刚准备走，又回过头来嘱咐道，"特别是越王的事。"

张毅抬头看了他一眼，抱拳道："是。庄主，我们该怎么办？"

"告诉其他人，随时做好准备，叫各地的当家都来见我。"

"是。"

玄夜独自一人走在小河旁，想起张毅刚刚说的话。为何萧奕然这时候要平了御剑山庄？难道他知道了倾城在自己这？不会不会，玄夜摇摇头，若是他知道，早就应派人来接倾城回去了，还会等到现在吗？难道真是萧奕然容不下我御剑山庄？英挺浓黑的眉紧紧蹙起，若是这样，那就休怪他玄夜无情了。

可是倾城她……如若她知道这一切都是他在骗她，那她还会和自己在一起吗？她该会恨死自己了吧！不！我说过要给倾城幸福？想起倾城早晨睡醒的样子，他就不禁轻笑起来，真是很可爱，我的兰儿。

越皇宫。

既然江天宇逃跑了，那也是没有办法的事。萧奕然想着，现在大臣们纷纷上奏，说要打压打压御剑山庄。虽说御剑山庄的玄夜曾经收留他和倾城，但毕竟他和御剑山庄太嚣张了，近年来其支部又在不断壮大，已经威胁到他越国的统治，所以这打压御剑山庄的箭已在弦上，不得不发了。

夜晚。

"兰儿，睡了吗？"耳边柔声传来。

"夜！"倾城一下子坐起身。"慢点。"玄夜朝她微笑，重新帮她盖好被子。他的微笑像和煦的春风，一下子吹过倾城的心房。

"你……你不是说今晚不回来的吗？"倾城看着他问道，一双大眼睛里充满了惊喜。

玄夜看着她，明黄的烛光下，她的眼里就像是装进了天上最闪亮的星星，闪闪动人。慢慢低头伏到她耳边，低声道："因为想你。"

倾城感觉耳边吹来一阵热气，身体微颤，"夜……"她看着玄夜，眼神有些迷离。玄夜微笑着，缓缓地低下头。温热的唇贴上她那柔软的粉唇，在碰触到的那一刹那，她的身体像是被电流穿过。感觉唇上轻轻地吮吸，无尽的温柔，倾城微微地闭上眼，双手环上玄夜的颈。舌尖的碰触，舌头的缠绵，鼻尖的点点幽香，玄夜也不禁深陷其中。

"兰儿。"玄夜站在门前轻轻地敲了敲门。黑衣临立，发带飘舞……

"夜，你回来啦！"倾城看见门前的玄夜，赶忙开心地放下手中的小衣，走到他面前。轻轻地拉了拉他胸前银灰色的衣襟，"夜，我很想你。"玄夜淡淡地笑了，伸手轻轻地捏了捏她的脸颊，"才不过分开一天而已。"

"可是人家就是想你嘛。"倾城撒娇地努努嘴，她抬起头，看向玄夜黑色的眼眸，"夜，你呢？也想我吗？"

玄夜莞尔一笑，"当然。"他走近床边坐下，伸手拿起身边的红色小衣，大手在小衣上轻轻地摩挲，仿佛怎样也看不够，嘴里喃喃，"做得真好。"

"真的吗？"倾城欣喜地看向玄夜，但却见他的目光有些失落。"夜……你怎么了？"

玄夜回过神，对上倾城的眼，嘴角扬起笑容，"没有。"蓦地，将倾城拉入怀中，缓缓垂下头。

"庄主！"张毅忽然闯了进来，看到眼前的一幕，不禁有些愣住了，"呃——"

"怎么了？"玄夜皱了皱眉，缓缓地放开倾城。

"哦！"张毅想起了正事，"庄主，那女子醒了。"

"醒了？"倾城听到这个消息显得有些兴奋，她看向玄夜，"夜，我们去看看吧。"

"嗯。"

"你醒了？"倾城来到柳飘絮的窗前。

"我这是在哪？你是谁？"柳飘絮警惕地问道。

"这里是御剑山庄，庄主是我夫君。"倾城一五一十地回答道，"我们在小道上看到了受伤的你，便将你救回了山庄。"

柳飘絮点点头，又道？"为何这里这么黑？我什么也看不见。"她摇摇手道。

"你……"倾城环顾四周明明亮堂得很啊，为何……她仔细看了看柳飘絮的眼睛，很漂亮，却没有神。难道……倾城看向一旁的路久霖，"路大夫，她这是……"

路久霖摇了摇头，"夫人，我已尽力了，这位姑娘滚下山坡的时候恐是碰到了头，脑中的淤血压迫到了视神经，她的眼睛恐怕是……除非是有什么奇迹，否则……"他重重地叹了口气。

倾城知道他的意思，路大夫是说，除非是奇迹，否则这位姑娘的眼睛怕是会永远看不见了。

"什么？"坐在床上的柳飘絮听了路久霖的话显然有些激动，"你说什么？我的眼睛看不见了？"她使劲将手在眼前晃了晃，果真是什么也看不见，难道说她就永远的失明了吗？她还没有见到萧奕然。

倾城见柳飘絮如此失落的模样，走到床边坐下，用手轻轻拍了拍她的背，安慰道："姑娘放心，我与夫君会想尽一切办法帮你复明的。"

柳飘絮一把抓住倾城的手，"庄主夫人，真的很感谢你救了我的性命。"

倾城轻笑，"这便是我们的缘分吧。"

听着倾城的声音，柳飘絮不禁有些愣怔，"你……"她微微皱眉，"你的声音好像我的一个故人。"

"真的吗？"倾城之前也觉得她眼熟，现在听她这么一讲便更加觉得两人有缘。

听着两人的对话，一直在一旁没有出声的玄夜有些皱眉，难道她认识倾城？心中不免有些担心，玄夜道："兰儿，天色不早了，你是有身子的人了，早点回去休息吧，也好让这位姑娘休息。"

"你有身子了？"柳飘絮有些惊讶。"嗯。"倾城不自觉地抚摸着肚子，露出幸福的神色，"还有一两月便要临盆了。"

"唔。"柳飘絮点点头，看来她不可能是顾倾城吧。

"姑娘且在庄上安心住下，我现在便回了，你好好休息吧。"倾城向柳飘絮打了招呼。

待倾城走后，柳飘絮紧紧皱着眉。她的声音真的好像顾倾城，只是她已与别的男子有了孩子，如果是顾倾城，那怎么可能？若是现在可以看到她就好了，想起这个，她的眼眸立即黯淡了下去。难道，我真的一辈子都只能是个瞎子了吗？奕然……

过了几天，柳飘絮便可以下床了，她一人摸索着走出了屋子。好像很久都没有晒过太阳了，暖暖的阳光照射在身上真的很舒服。

"姑娘，你觉得身体怎么样了？"前面传来那个相似的声音。

"原来是庄主夫人呀，我的身体已经没有大碍了。"柳飘絮笑笑，"只是……"她不再说话，只是用手使劲抠了抠雕花木门。

倾城见状安慰道："姑娘不要担心，我说过一定会帮你的！"

听了倾城的话，柳飘絮心里有些宽慰，"那谢谢夫人了。"

倾城微微一笑，拉起飘絮的手，"走，我带你去花园逛逛。"

"嗯。"柳飘絮凝重的脸上终于露出了笑容。

"庄主夫人，真的很谢谢你救了我，若不是你与庄主，只怕我早已抛尸荒野了。"柳飘絮对这位救了她的恩人真是感激万分。

"别再叫我'庄主夫人'了，听着怪见外的，你我相遇便是缘分，何故这么生疏呢？"倾城挽挽她的手，微笑地说道，"你就叫我兰儿吧！不知姑娘如何称呼？"倾城看向飘絮漂亮的脸庞问道。

柳飘絮一听倾城对她如此亲昵，便顿时觉得亲切起来。"我叫柳飘絮。"

"柳飘絮？好有诗意的名字，杨柳轻拂飞飘絮……以后我便叫你飘絮吧。"倾城开心地挽起她的手。虽然夜一直对她很好，但她在山庄里总是孤单一人，想找人说些女儿家的心思都不行，如今她在山庄里也算是有了个朋友。

"嗯。"飘絮微笑，与这位庄主夫人虽是萍水相逢，可是却有分外的亲切感，好似她们不是第一次见面，而是认识了很多年一般。

"兰……兰儿，你可是身怀六甲了？"柳飘絮问道。

"嗯，是呀。"倾城微笑起来，脸上散发出母性的光芒。

"可……可以让我摸摸吗？"柳飘絮憋了半天终于说了出来。

"呃？"倾城愣了一愣，随即有些好笑道，"好啊。"她拿起飘絮的手轻轻地放在自己的肚子上。柳飘絮感触着手心的感觉，自失明后，她的触觉便变得特别灵敏，她似乎感觉到了那个腹中即将诞生的小生命，感觉到了他的心跳。

"呀！"飘絮突然惊喜地叫了出来，"他踢我了！他踢我了！"表情欣喜，好不兴奋。

看着如此开心的飘絮，倾城也打心底里高兴起来。

陪着柳飘絮逛了一圈花园，倾城突然想起正事来。"对了飘絮，路大夫开了一些药，说是有助于你视力的恢复，晚些时候我叫小红煎好了给你送过去吧。"

"兰儿，真是谢谢你了！"飘絮握住她的手。

"看你，又见外了吧。"倾城努努嘴，"自你住进庄中，我便有了朋友，生活也就没那么单调了，说来，我还要感谢你呢！"

"呀！"倾城突然警到不远处的花丛中有一朵漂亮的花，花瓣呈淡蓝色，四周镶了白色的边，十几片花瓣错落有致地环绕着淡黄色的花蕊。"那儿有朵好看的花！"说到花，她便有掩饰不住的兴奋。

"好看的花？"柳飘絮说着皱了皱眉，现在的自己看不到，就算再好看又能怎么样呢？

飘絮的表情落在了倾城的眼里，"飘絮，对不起……别担心，你的眼睛一定能好的！路大夫可是神医！"她又瞥了瞥那朵淡蓝色的花，"飘絮，你等着。"

"兰儿？兰儿，你干什么去？"飘絮仅凭耳边的声音便知道倾城与她渐渐远离。"飘絮，你站在那不要动，我就来。"听见兰儿的声音，柳飘絮的心稍微安了安，现在的她什么也看不见，所以安全感极弱。

一会儿，倾城来到柳飘絮面前。"给。"飘絮感觉手里被塞了什么东西。"这是什么？"她询问道。

"你闻闻。"她微笑地让飘絮的鼻子伸到花前。

"好香啊！"柳飘絮感叹道，"这是什么？""呵呵，这就是那朵好看的花呀！"倾城轻轻握住飘絮的手，"飘絮，你现在虽然看不见，但你还有触觉，还有嗅觉，还有听觉……所以不要觉得难过与绝望。"

听着倾城的话，飘絮有些沉思，她点了点头，"嗯。"

"兰儿。"

倾城看向玄夜，"夜！"玄夜慢慢走过来，"姑娘也在啊。"

"嗯。"柳飘絮朝玄夜声音方向俯了俯身，"庄主好。"

"嗯。"玄夜看着她点了点头，目光便立即转移到了倾城的身上。"兰儿，今日感觉可好？"

"嗯，很好呢！"倾城挽着玄夜的胳膊幸福地笑着。"哦，夜，你看。"她指向柳飘絮手中的花，"看，多好看呐！还很香呢！"

玄夜看着柳飘絮手中的花，眉头越来越紧。"兰儿！"玄夜有些生气。

"夜……你怎么了？是我做错什么了吗？"倾城小声地问道，她不知道夜这是怎么了。"你不知，那花叫落离花。"

"落离花？"倾城皱眉。

"落离花……"玄夜刚想接着说下去，便被柳飘絮抢了先，"落离花对平常人并无毒害，可是对怀有身孕之人却是伤害极大，若是怀孕之人常常将此花带在身旁，便会导致滑胎。"

"什么？"倾城的手微微颤抖着，她不知道那花原来有这么大的危害。都是因为她，她险些害了他们的孩子……眼泪不知怎么的就流了出来，"夜……对不起……对不起……"倾城低着头，一味地说着"对不起"。

"兰儿……"玄夜揽她入怀，轻轻地抚摸着她的发，柔声道："兰儿乖，不要哭了，我没有怪你，以后注意就是了。"

"嘤嘤——"倾城还是小声地在玄夜怀中啜泣，她说过，要保护好他们的孩子，可是刚才，她差点害了他们的孩子！

"兰儿不哭……"听着玄夜对倾城温柔的哄声，柳飘絮微微露出了一丝微笑。听得出，玄夜是真的很爱兰儿，兰儿她真幸福，可是……飘絮的眼眸渐渐黯淡，我的幸福在哪呢？奕然，是你吗？

"兰儿。"柳飘絮来到倾城的别院中，笑吟吟地叫道。

"飘絮！你怎么来了？"倾城有些惊讶，连忙过去搀扶她，"怎么不叫丫鬟送你来呢？若是碰着了哪里……"

"兰儿你不要把我看得这么娇贵嘛！没事的，我是叫她们把我送到你的别院外才自己摸着进来的。"柳飘絮大大咧咧地笑着，她在房中着实觉得无聊得紧！

"嗯。"倾城点点头，关心地说道，"你还是注意点吧。"

"嗯！"飘絮跟着倾城坐下。"来，飘絮，喝茶。"倾城小心翼翼地递给她一杯温热的茶水。柳飘絮将杯子送到面前闻了闻，"嗯！这是什么茶？这么香！"随即便啄了一口，一茶入喉可真是余香满口啊！

倾城轻笑道："这是新近的雨前，若是飘絮喜欢，我送一些与你可好？"

"嗯嗯！"飘絮开心得直点头，她也是很喜欢品茶的，她喜欢香茗的芳香围绕着自己。说到喜欢品茶，她便想起了瑾轩，可是瑾轩他已经不在了……

倾城听着身边没了动静，便询问道："飘絮，怎么了？觉得不舒服吗？"

"没有。"飘絮回答，缓缓地低下头，那瓷白色的杯子里青绿的茶叶尖悠悠地漂浮着。"只是想到了过往的一些伤心事。"

"过往？"倾城喃喃地重复着，她想着，飘絮虽然失明了，但她好歹有着自己的过往，而自己呢？是个连回忆都没有的人，就是想回忆些伤心事都没有。

"兰儿？兰儿？"

"嗯？"倾城回过神，她轻轻地挽起飘絮的手，"飘絮，我给你抚琴可好？"

"嗯，好。"

听着琴音，虽然美妙动听，但飘絮听得出这琴音中夹杂着些许哀伤之情。"兰儿，你怎么了？有什么难过的事吗？"她询问道。

倾城听着飘絮的问话愣了愣，"没有……"她轻轻摇头，"没有的。"

"哦——"柳飘絮将信将疑地点了点头。

"兰儿。"玄夜从门口走了进来。

"夜，你来啦。"倾城站起身向玄夜走去。玄夜将她的手轻轻拉起，微微皱眉，"手怎么这么冷？看你穿得这么单薄，现在的早晨寒气重得很！"他微微有些愠怒地责备了倾城一番，看向珠儿，"珠儿，去屋中将夫人的孔雀翎披风拿出来。"

"是。"

珠儿将披风递给玄夜，玄夜温柔地帮倾城披好披风。倾城缓缓抬起头，对向玄夜的脸，夜的脸靠自己很近，几乎就快贴上来了。倾城的脸有些红晕，她略显羞涩地唤道，"夜……"

飘絮虽是失明，但她也感觉到了二人的状态，便识趣道："兰儿啊，我有些累了，就不打扰你们了。"

"嗯？"倾城好不容易将视线放到了飘絮身上，"嗯，小红，小心送柳姑娘回去。"

翊皇宫。

"陛下，淑妃娘娘觉得身体不舒服，还请陛下去看看。"胡太医跪在殿下说道。

"淑妃不舒服应该找你呀，为何来找孤？孤又不会治病。"易瑾灏皱了皱眉，不耐烦道，"你没看见孤正在看公文吗？要不要孤治你个妨碍公务之罪？"

"陛下饶命啊！"胡太医听了连忙跪下求饶，花白的胡子有些颤抖，"微臣这就走，这就走。"

宜安殿。

"娘娘，臣已经尽力啦！可是陛下就是不来宜安殿。"胡太医讪讪地说道。

陛下不来？青儿的眉头锁得更紧了，"嗯，你下去吧。"

"娘娘……"

"还有什么事？"青儿有些烦躁地看向胡太医。

"娘娘请恕微臣多嘴，既然娘娘已怀有龙子，为何不告诉陛下让他高兴高兴呢？"胡太医有些不解地问道。

高兴？青儿心里有些酸楚，他知道了会高兴吗？只怕会让她打掉还差不多！

"我自有打算。"她心里盘算着，嘴角扬起一丝笑意，"你只需听我的就是，待到哪日我成了皇后，不会亏待你的！"

胡太医听了很是高兴，连忙下跪谢恩道，"哎哟！谢娘娘提携！"

"嗯。"青儿摆了摆手，"下去吧。"

"是。"

青儿走到圆凳前缓缓坐下来，手轻轻地抚上小腹。她看向桌上的茶具，灏，我会让你接受他的。

到底该如何铲平御剑山庄呢？毕竟御剑山庄不是一般的江湖门派，若朝廷与其正面冲突一定会两败俱伤……易瑾灏坐在御花园的凉亭中思虑着。也许可以与越国联手……一个想法涌上心头。怎么又会想到与萧奕然合作，易瑾灏皱了皱眉，当初他可是自己的第一大劲敌呀！虽然他是自己的哥哥。唉——易瑾灏叹了口气，此事还是从长计议吧！

他起身准备回乾坤殿,走在汉白玉的小道上,突然看见了胡太医,见胡太医神色慌张匆匆忙忙的,便将他叫住。

"陛……陛下!"胡太医一见是易瑾灏连忙下跪,谁知一个药包却从他的袖口里掉了出来,胡太医见状惊慌地将那药包捡起。

易瑾灏眯了眯眼,"那是什么?"阳光下,他居高临下地看着胡太医。

"回……回陛下,只是普通的药包而已……"胡太医显然有些慌乱,结结巴巴地解释着。

"哦?普通的药包?"他的眼里随即闪过一丝厉色,"你当孤是傻子吗?还不从实招来?"

"这……这是包红花……"胡太医的眼神有些闪烁,易瑾灏看在眼里。

"红花?"易瑾灏紧紧蹙起了眉,他知道红花的作用,是用来活血散瘀的,也是用来堕胎的。

"这药是谁的?"

"陛下……您就别为难老臣了……"胡太医露出非常为难的表情。

"为难你?"易瑾灏俯下身看向他,"除了孤,还有谁让你为难?"嘴角闪过一丝戏谑。

"陛……陛下……"胡太医支支吾吾,还是没有开口说出那人是谁。

"哦,不说?"易瑾灏看着他扬起一丝笑意,胡太医看着不禁打了个寒颤,"不说可以啊,那就让你一家老小给你陪葬吧!"

"陛下饶命!"胡太医听了吓得立马跪下叩头,连声道,"臣说!臣这就说!"

"嗯。"他满意地点了点头。

"是……淑妃娘娘。"胡太医不得已说出了实情。

"淑妃?"易瑾灏有些不解,"她要这药做什么?莫非是她最近有碰伤瘀血?那大可以找孤来要散瘀散。"他看向胡太医,"你说,她要这药做什么?"

"陛下!"胡太医突然抱住易瑾灏的脚,痛哭流涕道:"请陛下恕微臣的死罪!"

"嗯。"易瑾灏不耐烦地点了点头。

一听有了易瑾灏的应允,胡太医便放心地说起来,"陛下,淑妃娘娘已有两个月的身孕,但不知为何,娘娘却执意将龙子打掉,所以才要微臣取了这包红花。"

"青儿她……有孕了?两个月了……两个月前,不就是……易瑾灏有些哑然。他弯下身拿起那包药就向宜安殿走去。

一见易瑾灏来到宜安殿,青儿很是高兴。"陛下,你来啦!你可是很久都没来了!"

"青儿,你说,这到底是怎么回事?"易瑾灏将一包药狠狠地砸在桌上。

青儿看着桌上的药先是一怔,随后嘤嘤地哭了起来。"既然陛下已经知道了,臣妾也就不再瞒您了。是,臣妾有了身孕,可是臣妾知道陛下心里只有姐姐,只想要与姐姐的孩子。臣妾知道陛下不会要这个孩子，与其让陛下心烦，还不如让臣妾堕了它，也不会让陛下徒增烦恼了，嘤嘤——"

"你……"易瑾灏看着她有些动容，"那可是你的骨肉啊……你怎么舍得……"

青儿擦了擦泪，但依旧泪眼婆娑，"是，臣妾的确不舍得！可是臣妾更不想让陛下烦恼忧心！"

易瑾灏定定地看了她一会儿，轻轻地叹了口气，"留下他吧。"

"陛下！你……你说什么？"青儿闪闪的泪花中透着些许激动的光芒。

"留下他吧。"易瑾灏又重复了一遍。

"真的吗？"青儿大喜，连忙跪了下来，"谢谢陛下，谢谢……"之后便又哭了起来。

"你为何还哭？"易瑾灏有些烦躁。

"嘤嘤——"青儿擦着眼角的泪，"臣妾真的好开心……原来陛下也是要我们的孩子的，嘤嘤——"

"好了好了。"易瑾灏摆摆手，"你就在宜安殿安心养胎吧。"

"是，臣妾遵旨。"青儿连忙俯了俯身。

"嗯，孤还有事，就先走了。"

"臣妾恭送陛下。"

看着易瑾灏远去的身影，青儿的脸上扬起成功的微笑，纵使眼角还挂着泪珠。没想到计划这么顺利……

御剑山庄。

雨一直下着，如倾盆般一泻而下，一直持续到傍晚。

"飘絮，把这药喝了吧。"倾城将药碗端起递给柳飘絮。

"我不喝。"飘絮将头转向一边，紧紧蹙着眉。

"飘絮，路大夫说这药对你复明很有帮助的。"倾城耐心地将药递到飘絮面前。

"有帮助？为何我喝了快一个月了，还是不见起效？"

"飘絮……"

"我知道我的眼睛是好不了了！好不了了！"柳飘絮有些疯狂地敲打着床边，泪也像屋外的雨一般泻下。

"飘絮，不要乱想了，会好的……"倾城轻轻拍了拍她的肩安慰道，说着将药又递近了些。"飘絮，喝了吧，总归是有好处的……"

"哐当！"倾城手中的碗被掀翻，药洒落了一地。柳飘絮情绪激动地摸索着快速从门口跑了出去。"飘絮！"倾城见飘絮跑了出去，也赶紧追了上去。

"飘絮！"倾城顶着大雨，在身后追着。"飘絮你不要跑了！雨下这么大，你这样跑很危险的！"

然而，柳飘絮却对倾城的叫喊声充耳不闻，她心中一片死寂，若是从今往后一直看不见，那活在这个世上还有什么意思呢！

"飘絮！快停下！"倾城迈着蹒跚的步伐追赶着，她只想快点追上飘絮，这样太危险了，她不能让她有事！"啊！"因为大雨的缘故，再加上倾城本身已有九月身孕，她一下子摔倒在地上。

"兰儿！"飘絮听见了身后倾城的叫喊声，心中一惊。"兰儿！兰儿你在哪里？"她回头摸索着。

"飘絮……"倾城虚弱地叫喊着，但声音却在大雨中淹没。她觉得肚子好疼，疼得不能承受，突然感觉两腿间一热，她看向身下，血已将裤裙染红，连身边地上的雨水都被染上了红色……

"兰儿！"飘絮感觉碰到一个东西，她跪下身，"兰儿？"她摸索着，突然，她好像摸到了什么黏黏热热的液体，心中猛然一惊，"兰儿！兰儿！"身边的人并没有回应，她突然慌了神，"来人啊！来人啊！"

玄夜闻声而来，却见着倒在地上的人儿，任由雨水的拍打，身下一滩血水令人惊心。"兰儿！"他立即将倾城打横抱起并向身边吼道："来人！快叫路大夫和稳婆！"

房里，玄夜无能为力地看着身边的丫鬟不断地进进出出，手里不时还端出满是血水的铜盆。兰儿，你一定不要有事……一定不要……

"路大夫，我夫人怎么样了？"玄夜一把抓住路久霖焦急地问道。

"夫人已经醒了……"路久霖皱了皱眉头，"但按照夫人如今的体质，想要顺利生产，恐怕……"

"路大夫，你一定要救救她！"玄夜的手有些颤抖，兰儿对他是多重要，没有人会知道……

"我只能尽力而为了……"路久霖虽为一代神医，却也不敢打包票保证。

"啊！"忽然屋里传来倾城的叫喊声，声音凄厉地传入玄夜的耳里。"兰儿！"玄夜走到屋子门前。"庄主您不能进去！"小红为难地阻止道。"滚开！"他以最快的速度走到倾城身边，紧紧地握住倾城的手，"兰儿……"

"夜……"倾城有些艰难地抬了抬眼皮看着他笑了笑，"不要担心……"嘴上虽是这么说，但满额头的汗却还是暴露了她的吃力与疼痛。

玄夜伸手小心地擦了擦她额头上的汗，心疼地说道："别说话了，别再说话了……"声音似是有些哽咽。

"夜……"倾城反握住了他的手，"答应我，无论怎么样……先……保孩子……"

"兰儿！"

"嘘——"倾城伸手捂住了他的嘴，"夜……求你……答应我……"

"兰儿……"玄夜看着倾城乞求的双眼，咬了咬牙，"好……"

倾城轻轻地笑道，"这就好……啊！"凄厉的叫声再次划过夜空。

"夫人，用力啊！"稳婆心急地叫道，急得满头是汗。

"兰儿！"

"庄主，您还是先出去吧！"稳婆催促道，"您在这里也没有用啊！还会妨碍夫人生产！"

"我……"玄夜看了看稳婆又看了看倾城，他对稳婆说道："好，我出去，我出去。"随后又深深地看了倾城一眼，兰儿，你一定要平安，一定……

"啊！"屋子里的叫声一遍遍地传来，听得玄夜坐立不安，同样不安的还有柳飘絮。听着倾城痛楚的叫喊声，柳飘絮很是心惊，双手不断摩挲着，兰儿，你一定不要有事，若是你有事，我会一辈子难安，我愿用我眼睛的复明来换你与孩子的平安！

"对不起。"飘絮朝着玄夜说道。

玄夜看向她，似是有些愤怒，恶狠狠道："若是兰儿有什么事，我不会放过你的！"

柳飘絮听了缓缓地低下头，喃喃自语道："我也不会放过我自己……"

第二十四章 瑾儿安之

"哇！"一声洪亮的啼哭声划破微亮的黎明。

"庄主，夫人生啦！"稳婆从屋中出来惊喜地说道，"是个白胖小子！"她又补充道，看得出，稳婆也是由衷地高兴。

"生了？"玄夜猛地站起身，"那她……没事吧？"他询问着倾城的情况，显得小心翼翼。

"呵呵，母子平安！"听着稳婆肯定的声音，玄夜悬着的一颗心这才缓缓放下。"抱小少爷去休息吧。"看过了孩子，玄夜一如往昔般淡淡地朝珠儿说道。

母子平安……柳飘絮稍稍舒了口气，太好了！若是兰儿真的出了什么事，就算玄夜不找她算账，她自己也不会放过自己的。现在，母子平安。柳飘絮站起身，默默地一个人摸索着出了厅堂。

"兰儿！"玄夜快步进到屋中，看见倾城安静地躺在那里，没有一点声响，似是呼吸也没有。"兰儿？"玄夜又唤道，但床上的人还是没有回应，他有些担心。"稳婆，你不是说母子平安吗？"玄夜回头朝稳婆问道。

"庄主请放心，夫人只是太过劳累，睡着了而已，不必担心。夫人刚生产完，身子虚得很，庄主可要将夫人照看好了，以免以后落下什么病根！"

"是是，一定一定……"玄夜连连应道，只要他的兰儿没事便好。

"兰儿……"他坐回床前，轻轻地握起倾城的手。他端详着眼前正在熟睡中的人儿，脸色有些苍白，脸颊上因为汗水黏住了些头发，但她却睡得很安心。

倾城做了一个梦，一个很美的梦。梦中，她独自一人在满是鲜花的湖边走着，不知不觉走到了一棵桂树下。她停了下来，桂树上开满了淡黄色的桂花，桂花的香味飘入鼻中……忽然，她听见有人在叫她，回头一看，一个如风般的男子站在她的身后，白衣临立，气宇轩昂。"瑾灏……"她不知怎么，便脱口叫了出来。那个白衣男子不说话，只是对着她浅浅地微笑，然后轻轻地牵起她的手，朱唇轻启，满眼真挚地对她说道："生死契阔，与子成说。执子之手，与子偕老。倾城，我不会再放开你的手了。"

"瑾灏……"

"兰儿，你醒了！"玄夜连忙来到床前。

倾城循声望去，看到一袭黑衣的玄夜来到身边，关切地看着自己。"夜……"

"兰儿……"玄夜一把将倾城抱进怀里，头埋在她的发间，"你醒了就好……醒了就好……"

"夜……我睡了多久了？"

"两天。"

"两天？"倾城皱了皱眉，"我睡了两天？"她俯下头看向自己的肚子，惊道："我的孩子呢？孩子呢？"双手紧紧地抓着玄夜的袖口。

"放心。"玄夜揉揉她的头，"孩子没事。"

"孩子没事？"倾城安静了下来，有些怀疑地看着他。

"嗯。"玄夜点点头，温柔地朝他微笑。

"我……想看看孩子。"

"嗯。"玄夜依旧微笑，将倾城扶着坐好，"你坐在这里乖乖的，我这就去让她们把孩子抱来。"

不一会儿，倾城便见珠儿走了进来，怀中还抱着个小娃娃。"夫人，这就是小少爷！"珠儿朝倾城开心地说道。

"来，我抱抱！"倾城伸出手，迫切地想要抱抱孩子。但珠儿并没有将孩子给她，而是看了看玄夜。

"兰儿。"玄夜走到她身边，"你身体还很虚弱，要好好休息。"

"可是我好想抱他……"倾城微微地乞求，眼里似有了泪水。

"兰儿……"一见倾城如此，玄夜便彻底没了辙，"好，好，让你抱。"

珠儿将孩子送到倾城跟前，她轻轻地将孩子抱到怀中，低下头，看着怀中玉雕粉琢般的娃娃，倾城有些不可思议。这真的是我的孩子吗？长得好可爱，白皙的皮肤透着粉嫩的红，长长的睫毛随着呼吸的韵律上下扑闪。倾城开心地笑了，这是她的孩子，她的孩子！

"兰儿，我们该给他取一个什么样的名字呢？"看着倾城如此开心，玄夜也变得高兴起来。

"名字？"倾城皱皱眉头，是呀，取什么名字好呢？眼光忽然瞟到窗台上的一盆三色堇，"夜，他的乳名就叫做瑾儿吧！"她朝玄夜笑道，"正名还是由你这个爹取比较好。"

"瑾儿？握瑾怀瑜……这个乳名取得好！"玄夜赞许地点点头。

"那他的正名叫什么呢？"倾城问道，眼里充满了期待。

玄夜想了一会儿，开口道："叫他安之可好？"

"安之？遇事安然处之……"倾城朝玄夜微笑道，"玄安之，是个好名字！"其实，她只想他平平安安就好。

"夜……"

"怎么了？"一旁的玄夜看向正抱着瑾儿的倾城。

"飘絮……她怎么样了？"倾城看着他询问道，因为她很担心飘絮。

玄夜看着她叹了口气，摇摇头说，"都是她你才会如此，她差点害了你与瑾儿，你还何必关心她。"

"夜。"倾城看着他，明眸闪烁，微微笑道，"我们这不是没事吗？"

玄夜定定地看了她一会儿，缓缓道："她没事，现在已经回屋了吧！你不必担心。"

"嗯。"倾城点点头。低头看了看瑾儿，抬起头柔情似水地看向玄夜，"夜，你开心吗？"

玄夜看着她与瑾儿愣了一会儿，点点头，"当然。"他走到倾城身边坐下，轻轻地将她揽入怀中，薄唇轻轻印上她的额头。"兰儿，谢谢你……"倾城依偎在他的怀中似是有些沉醉，她抱着瑾儿，只觉得自己好幸福，是这天底下最幸福的人。

接下来的一个月，倾城便在屋中休养。玄夜将她"软禁"在床上，什么事都不让她做，倾城觉得真是闷死啦！骨架都要睡散了！她唯一的乐趣就是与瑾儿逗乐，瑾儿虽小，但已经会和人玩了，这让倾城消遣了不少。

度日如年地过完一个月，她终于迎来了可以出房门的机会。"珠儿！"她将珠儿招呼过来，"将瑾儿给我抱吧。"珠儿将小瑾儿小心地交予倾城手中。倾城接过瑾儿开心地说："瑾儿啊，娘亲今天带你出去玩玩好吗？"

"夫人……"珠儿似有些阻止。

倾城的脸立即就黑了下来，看向珠儿，悻悻地说，"在庄里，可以了吧。"

她抱着瑾儿来到花园中。"瑾儿，你看那朵花漂亮吗？"她走过去将那朵花折下，放到瑾儿面前，"瑾儿，是不是很香？"小孩子的嗅觉很灵敏，瑾儿嗅了嗅，"阿嚏！"冷不丁地打了个喷嚏。倾城愣了愣，突然哈哈大笑起来，"瑾儿，你真是娘亲的好宝贝！"她抱着瑾儿坐到水池边，看着水中的锦鲤欢快地游着，瑾儿看了也依依呀呀地叫着。倾城仰了仰头，蓦地瞥到了翠绿的柳枝。飘絮……

走到飘絮的别院，倾城看了看，院中的花虽然都开了，却是没有赏花之人。再向里走，她看到在树荫处的石凳上坐着一个淡绿色的身影。"飘絮！"倾城唤出了声。

柳飘絮微微一愣，缓缓地回过身，"兰儿。"倾城走到飘絮身边坐下。"为何你这么多天都未曾来看望过我？"

"我……"飘絮缓缓地低下了头，"我怕你再也不想见到我……"

"怎么会！"倾城连忙说道，"我怎么会不想见你呢！"

飘絮眉目低垂，睫毛轻轻抖动着，"都是因为我，你才会……"

"怎么会呢？"倾城安慰她道："若不是你，我与小瑾儿也不会这么快就见面！"她低头看向怀中的小人，"瑾儿，是吧！""咦——呀呀！"瑾儿忽然眉开眼笑地看着倾城。

"他叫瑾儿？"飘絮听见倾城怀中的声响，有些开心地问道。

"嗯，小名叫做瑾儿，正名叫做玄安之。"倾城边说边逗弄着怀中的瑾儿，用手指轻轻地碰了碰他的小脸，瑾儿似是觉得痒，于是小手一把抓住了她的手指。

"瑾儿……"柳飘絮轻轻重复着，不知怎地，她竟想起了瑾灏。也不知瑾灏那孩子怎么样了，顾倾城死了他应该比任何人都伤心吧……"可……可以给我抱抱吗？"飘絮小声说着，声音似是有些乞求。

"当然可以。"倾城微笑着将瑾儿送到飘絮怀中。飘絮抱着手中那一个小肉团，心中却有一种很奇怪的感觉，亲切无比，就像小时候，她抱着瑾灏的感觉。"呀——"瑾儿伸手就扯飘絮的头发。"瑾儿！"倾城假装愠怒。"不碍事的。"柳飘絮微微地笑了，这孩子给了她安宁的感觉，这是她失明后所没有的。

"飘絮……"

"嗯？"柳飘絮抱着瑾儿微微抬起头。

"你知道吗？你是我最好的姐妹。"

柳飘絮愣怔了好一会儿，心房有些颤动，这是第一次有人对她这样说。自进宫后，除了父皇，瑾轩和瑾灏以外，就没有人对自己这么好过……

"嗯。"她微微点头，却不知应该说什么，恐是不习惯吧！可是心中，也早已将兰儿当成了自己的好姐妹了。

倾城轻轻地握住她的手，"飘絮，你就在庄中安心住下吧，我和夜会好好照顾你的，直到你的眼睛复明。"

"兰儿……"柳飘絮眼角微湿，没想到，她柳飘絮是如此幸运，可以遇上兰儿，"嗯。"她点头微笑。

"啊呀——"倾城忽然叫了起来。

"怎么了？"飘絮侧过头不解地问。

"还不知道瑾儿要叫你什么呢！"倾城微微嘟着嘴，怎么把这个给忘了！

飘絮一下子笑了起来，她无奈地摇了摇头，说道："不如瑾儿就叫我姑姑如何？"

一转眼，六个月过去了，夏末的太阳已经不那么刺眼了。

"陛下！"殿外，突然一个小太监跑了进来。

"怎么了？"易瑾灏皱了皱眉，"什么事如此慌张？"

"淑妃她……她……"小太监使劲咽了口唾沫，"娘娘她好像快生了！"小太监紧张地说道。他知道这是陛下的第一个子嗣，若是龙子便有可能被册封为太子，所以重要性可想而知啊。"

"什么?"易瑾灏心中一惊,忙丢下手中的御笔。"快!摆驾宜安殿!"自青儿有了身孕后自己便很少再去宜安殿,但毕竟青儿肚子里的可是自己的骨肉,自己怎么也不该如此不闻不问。易瑾灏摇了摇头,想想,自己还是在乎她肚子里的孩子啊!

"啊!"还未进宜安殿便听见青儿的叫声,他皱了皱眉,怎么生孩子会如此痛苦?

易瑾灏拦住一个从屋中跑出来的宫女问道:"淑妃怎么样了?"

那宫女看见易瑾灏连忙俯了个身,"回陛下,娘娘一切安好。"

"一切安好?那怎么会叫得如此凄惨?"他疑惑地问道。

"陛下不必担心,女子生孩子就是这样的……"

"哇!"正说着,一声啼哭从屋里传来。

"生啦!生啦!"小玉从屋里走出来,看到易瑾灏便立即跪下,"恭喜陛下,娘娘为陛下生了个小皇子!"

易瑾灏听了心中稍稍有些激动,点头道:"好好……这里所有人,孤都有赏。"

"谢陛下!"殿中所有人都跪了下来,感谢陛下的恩赐。大家觉得今天翊王陛下一定很开心,因为自倾妃娘娘过世之后,陛下从未高兴过,也从未打赏过什么人。

"嗯,都起来吧。"易瑾灏说完便走进屋中。

"臣妾给陛下请安……"青儿一见瑾灏便直起身想要行礼。

"青儿,你快躺下。"他连忙走到青儿身边让她躺下。

"陛下……"青儿顿了顿,"臣妾为陛下生了一个小皇子,陛下开心吗?"

易瑾灏微微地愣了愣,点点头道:"当然。"

青儿似有些满足地笑了,"陛下,谢谢……"

听着青儿的话,易瑾灏有些觉得不自在,他微微点了点头。看着榻上脸色有些苍白的青儿,他心有愧疚。

"陛下,抱抱他吧……"

易瑾灏一愣,上前将那襁褓里的小小人儿抱在了怀里。真可爱……嘴角不自觉露出微笑,可是,若他是我与倾城的孩子那该多好……

"陛下,你还未给小皇子取名字呢!"青儿忽然提醒道。

"呃?"他忽然回过神,看向青儿,"嗯,就叫谦儿吧。"

"谦儿?"青儿轻声念着,莞尔一笑,看向易瑾灏,"谢陛下赐名!"

御剑山庄。

"瑾儿,我是娘亲,叫我啊……"倾城趴在床上逗弄着瑾儿,想让瑾儿叫自己,但瑾儿偏偏就是不开口。倾城暗自纳闷,为何教了瑾儿那么久他还不会叫娘亲和爹爹?我的小瑾儿该不会不能说话吧……倾城被自己的这个想法着实吓了一跳。呸呸呸!她连忙打消这个可怕的想法,自己的小瑾儿怎么会不会说话呢!他不知道有多健康呢!

"倾城。"这时，玄夜推门进来。"你的脸色怎么这么差？"玄夜看着倾城问道，"不舒服吗？"

"啊！没有没有……"倾城连忙摇头。"爹……爹……"这时身旁发出了一个稚嫩的声音。倾城吃惊地看向瑾儿。"爹……爹爹……"瑾儿坐在床上，黑溜溜的大眼睛看着玄夜，伸出手要玄夜抱。倾城有些愕然，一般的小孩子开口会叫的第一个都是"娘"，没想到她的瑾儿第一个会叫的却是"爹"……

"爹爹……"瑾儿继续叫着，奶声奶气的声音。玄夜有些愣怔，似乎还没有回过神来。"爹……"瑾儿又叫道。"夜，瑾儿叫你呢！"倾城微笑着。

玄夜看向倾城，回过神来，扬起微笑，走到瑾儿身边，"瑾儿乖，爹爹抱……"说完将瑾儿抱了起来。"咯咯咯咯——"瑾儿在玄夜的怀里突然咯咯地笑了起来。玄夜也笑道，"爹的小瑾儿真乖……"

看着如此温馨的两人，倾城心中洋溢着满满的幸福。她故意嘟起小嘴道："看，小瑾儿只和你亲，都不和我亲了！果真是爹爹比娘亲重要啊……"

"兰儿……"玄夜看着如此的倾城无奈地摇摇头，伸手也将她拥进怀里。

"夜……"怀中的人儿轻轻唤着。

"嗯？"

"我觉得好幸福……"

轻轻抵着倾城的发，玄夜道："我也是。"

一转眼，瑾儿已经会蹒跚着走路了，虽然晃晃悠悠，但也走得有模有样。

"飘絮。"倾城抱着瑾儿来到飘絮的别院，笑吟吟道："今天天气好，别闷在房里了，与我们一同去花园逛逛吧。"

"姑姑……姑姑……"怀中的瑾儿也细声细气地叫起来，惹得飘絮一阵笑，点头道："好啊。"

花园里。

倾城与飘絮坐在湖旁的石凳上。

"瑾儿，走到飘絮姑姑那去。"倾城微笑地朝瑾儿说道。

瑾儿听了倾城的话，于是便蹒跚地朝飘絮走去。"姑姑……姑姑……"

"哎！我的小瑾儿！"飘絮笑着将走近自己的瑾儿一下子拥入怀中，低头问道："瑾儿，你喜欢姑姑吗？"

瑾儿看了倾城一眼，甜甜道："喜欢……"

飘絮听了更加开心道："姑姑也最喜欢瑾儿了！来，亲姑姑一下。"

"吧！"瑾儿乖巧地靠近飘絮的脸，在她脸上留下了很多口水。

忽的一阵风吹过，倾城觉得有些冷意，她朝珠儿说道："珠儿，将我房里的天蚕丝披风拿来与我。"

"是。"

不一会儿，珠儿便又过来了。"夫人，珠儿找遍了屋子也没有找到您要的披风……"

倾城想了一会儿，忽然想起那日瑾儿想抓那件天蚕丝披风，却没想到被他弄脏了，于是她找人清洗完毕后就将披风藏了起来，以免再被瑾儿看到。要知道，那披风可是珍贵无比的天蚕丝制成的，更重要的是，那是夜送与她的礼物。

"算了，我去拿吧。"倾城起身道，她转向飘絮，"飘絮，你与瑾儿先在这儿，我去去便来。"

"嗯。"飘絮点点头。

"下去……"怀里的瑾儿忽然变得好动起来，不停地要下去玩耍，飘絮拗不过他，只好将他放下。

"瑾儿不要乱跑哦。"飘絮叮嘱道。因为她看不见，不过有珠儿在一旁，应该也不会有什么事吧。

"珠儿姐……"一个小婢女来到珠儿身边，焦急道，"小红姐受伤了，珠儿姐，你快去看看吧！"

"什么？"珠儿一惊，小红与她十岁就来到御剑山庄，相处了五六年，自然是情同姐妹，如今小红受伤了，怎能不叫她担心？

"飘絮小姐，我想去看一看小红……"珠儿向飘絮试探着请示道。

"这……"飘絮有些为难，毕竟自己的眼睛看不到……但想想兰儿就快回来了，瑾儿在这么短的时间里应该不会出什么事的，于是答应道："好吧……你快去快回。"

"是。"

"瑾儿，不要乱跑哦，乖乖等娘亲回来啊。"飘絮微笑地叮嘱着瑾儿。

"嗯。"瑾儿点点头，微微答应。忽然，他听见有小鸟的叫声，于是循声望去，看见一只黄色的小鸟正在树枝上唱歌，但不一会儿，它便飞走了。正在瑾儿失望之际，他看到湖面上被阳光照射得闪闪发亮，很是好看，一阵风吹来更是波光粼粼，于是便朝湖边走去……

倾城绕过连廊，抱着披风朝飘絮处走来，忽见一个小小的人儿正向湖边走去。小人儿蹒跚而行，距湖只有一步之遥。"瑾儿！"倾城失声叫道。但瑾儿却还是朝前走着，已经到了湖的边缘，来不及了……倾城脸色惨白，身体有些瘫软。瑾儿刚想再向前走一步，便被一个人抱起，瑾儿回头看了看，"姑姑……"

这时倾城已经来到了两人身边，一把抱过瑾儿将他紧紧拥在怀里，低头不断亲吻他的小脸。"瑾儿，你要吓死娘亲吗？呜呜——你若有事叫娘亲怎么办呀？"她早已泣不成声，满脸的泪水显示出了刚刚她有多么恐惧。

飘絮看向拥在一起的母子二人，感慨万分。忽然她猛然一愣，我……我看得到了？她伸出手，在眼前晃了晃，一双洁白莹润的手，清晰地出现在眼前。她真的看到了！

"兰……兰儿……"飘絮的声音有些颤抖，"我……能看到了！"

"嗯？"倾城抱着瑾儿抬起头看向飘絮，"飘絮……你……你说什么？"显然倾城听到这个消息也异常激动。她恍然大悟，刚才若不是飘絮即时复明，那她的瑾儿……谢天谢地……

飘絮看向倾城愣住了，"是……你？"

见飘絮如此不寻常的模样，倾城疑惑地问道："飘絮，你怎么了？"

"你……"柳飘絮上下打量着她，没错啊，这的确是顾倾城啊！"你……是兰儿？"她又试探地问道。

"当然啊！飘絮，你没事吧？"倾城关心地询问道。她看着飘絮，心想着，该不会她眼睛复明了，别处又出问题了吧……

"飘絮，你怎么了？"倾城有些担心地问着她。

"我……没事……让我冷静冷静……"飘絮慢慢坐了下来，她仔细想着，顾倾城不是从悬崖上跳下来了吗？怎么会在这里？难道她不是顾倾城？可是她长得明明与顾倾城一样啊！并且连声音都一模一样，难不成……柳飘絮猛然一惊，难道她从崖上摔下，并没有死？

柳飘絮定了定神看向倾城，问道："兰儿，你是一直都叫兰儿吗？你与玄庄主是什么时候成的亲？"

被飘絮这么一问，倾城顿时愣住了，她要怎么说？难道要说她也不知道吗？

"兰儿？"

"嗯？"倾城回过神，看向飘絮，她想，既然自己将飘絮当成最好的姐妹，那么就应该将实情告诉飘絮，"飘絮，其实……我曾经从山崖上摔下过，然后便失去了记忆……"

"什么？"飘絮大惊，果然是这样……

"那……"

"兰儿，怎么了？眼睛怎又红又肿？"飘絮刚想问另外的问题，却被刚刚到来的玄夜打断。

"夜！"倾城看到玄夜忽然想起刚刚的一幕，不禁心中有点胆寒，她抱着瑾儿一起扑到玄夜怀里。"夜，刚刚瑾儿差点掉进湖中……"

"什么！"玄夜听了也大惊失色。"多亏了飘絮，她及时抱住了瑾儿……"倾城补充道。

"她？"玄夜不禁皱眉地看向柳飘絮。

"哦！"倾城看着玄夜疑惑的表情，又道："夜，你还不知道，飘絮已经复明了！"

"她复明了？"玄夜看着飘絮，眉头却越锁越深。

飘絮被玄夜的眼神看得有些不舒服，便朝倾城说道："兰儿，瑾儿也累了，你带他回去休息吧！我正巧也要回去了。"

"嗯。"倾城朝她笑笑，忽然又道，"飘絮，我叫夜让路大夫来给你瞧瞧吧。"

"哦，不用麻烦了，我想我已经好了！"飘絮拒绝道。

玄夜看着柳飘絮离去的背影，心中的疑团越来越深。她究竟是何人？接近兰儿有何目的？她怎么会这时复明？未免太巧了些……可是当日她身上的伤是真的，路大夫也可以证明她的眼睛是真失明，为何……

"夜。"

"夜？"

"嗯？"玄夜回过神看向倾城。

"我们回去吧。"倾城微笑地看着玄夜。

"嗯。"玄夜点点头，看向倾城怀中的瑾儿，"瑾儿，我们回去了。"

"爹爹……抱抱……"玄夜看着瑾儿伸出小手，微笑的小脸上露出一个小小的酒窝。

玄夜开心地笑了起来，"好，爹爹抱！"

柳飘絮回到房里。这到底是怎么回事？虽然没有证据，但我有直觉，兰儿一定就是顾倾城！若真的是这样……那么瑾儿……可能是瑾灏的孩子！怪不得自己对瑾儿会有那样的感觉！飘絮恍然大悟！

现在她该怎么办？告诉奕然吗？可是奕然那么爱倾城，若是他知道倾城还活着，那她……那告诉瑾灏呢？不，也不行，当时她背着瑾灏离他而去，现在还有什么脸面再见他呢？飘絮紧紧地锁着眉，到底该怎么办……她脑海里忽然想起奕然温柔的脸，不……她不能看着奕然一直伤心下去……所以，她要去告诉奕然，即使奕然再也没有可能爱上自己。

翊皇宫。

"淑妃娘娘到！"乾坤殿外，小太监扯着嗓子叫着。

不一会儿，进来了一个手抱娃娃衣着华丽的女子。"陛下。"

易瑾灏抬起头，皱了皱眉，"你怎么来了？"

青儿站在殿下抱着谦儿有些哀伤，"陛下，自从谦儿出生后，您就再也没有见过他……已经四个月了，他现在长大了，您知道吗？"语气中带着淡淡的哀怨与悲伤。

"孤国事繁忙，实在没空……"易瑾灏忽然觉得有些闷热，伸手扯了扯脖领。

"陛下……"青儿垂下眼帘，"青儿知道您想姐姐……可是……谦儿也是您的孩子啊！"

"孤……"他叹了口气，放下手中的文书，起身缓缓走下殿，伸出手，道："孤抱抱吧……"

"陛下！"青儿满眼惊喜地抬头看向瑾灏。

"嗯。"瑾灏点点头。

青儿将谦儿轻轻地递与瑾灏。瑾灏将谦儿抱在怀里,他看着怀中与自己酷似的小人儿,心中最柔软的地方不禁一动。"呀——"怀中的小人儿微微一动,皱着眉看向他,那模样别提有多惹人怜爱了。

"呵呵——"瑾灏看着谦儿微微笑了笑。

青儿见易瑾灏如此,似有些感触地说道:"原来陛下也是喜欢谦儿的,忘了姐姐吧!现在有青儿和谦儿陪着您……"

易瑾灏一愣,看向青儿,脸上的笑容顿失,他将孩子交与青儿,冷冷道:"淑妃带小皇子先回去吧,孤还有公文要批复!"

"陛下!"青儿有些慌张,"陛下恕罪,是青儿错了,青儿不该说那些……"

"够了!下去!"易瑾灏厉声道,剑眉紧皱。

青儿看着他默默俯身,轻轻道:"臣妾遵旨……臣妾告退……"

为什么……为什么你还是忘不了她?青儿看向怀中的谦儿,有些悲伤,谦儿,你的父王是否就真的对你我没有一点感情?原本想用你来拴住他的心,没想到却还是没有用……突然眼眸一转,她恶狠狠地看向远方,顾倾城,你到底在他心中留下了什么?让他对你如此念念不忘?

御剑山庄。

柳飘絮来到倾城屋中,看到倾城正在与瑾儿逗乐。"兰儿……"她缓缓地叫道。

"飘絮!"倾城见她来很是高兴,"这么巧你来了,瑾儿正想你呢!"

"姑姑……"瑾儿见飘絮站在门口便伸出小手甜甜地叫道。

"兰儿……"柳飘絮有些犹豫,咬咬牙,还是说出了口,"我要走了。"

"什么?"倾城大惊地看着她,这才看到她身后还背了个包袱。

"我真的要走了,我的眼睛已经好了,也不便再打扰。"飘絮低着头缓缓说道。

"你怎么这么说?"倾城站起身来,"我一点都没有觉得你打扰!"

"我……"飘絮抬起头,"我还有重要的事要做……"她看着倾城有些狠心地说道。

"飘絮……不能留吗?"倾城看着她,眼里已充满了泪水。"娘……"任瑾儿唤着她也没有理睬。

"我必须得走。"飘絮咬咬牙说,手紧紧地攥成了拳。

倾城默默地看着她良久,眨了眨眼,好使眼里的泪不落下,"好,保重……"

飘絮看着她微微一愣,然后道:"嗯,你也是。"

翊皇宫。

易瑾灏在乾坤殿的后园中独自喝着酒。他举起酒坛,第一口,很是辛辣,但一口下肚,便没了感觉。就这么一口一口,一坛一坛,他喝得醉倒在地上,但手中还依然抱着酒坛。

"倾城……"他喃喃自语。"倾城……你为什么要离开！"忽然，他将手中的酒坛扔了出去，酒坛碎裂成无数片，酒也四溅开来。"不……"他看向自己的手，"不是你……不是你……是我！是我让你离开的！"他站起身，一拳击在石桌上，轰然一声，石桌碎裂，尘土飞扬。

"滴答——"鲜血从指缝中流下，滴进泥土里。他用手紧紧地抱着自己的头，痛苦道："都是我……是我……"

"劈咔！"一道闪电划过阴郁的天空，"轰隆"一声巨响，天便下起了倾盆大雨。

"陛下，下雨了，回殿吧！"小太监打了伞来劝道，"陛下！"

"滚！给孤滚！"易瑾灏怒吼地说道。

"是是……奴才告退……"

"老天爷！你为什么要这么对我！"易瑾灏朝天怒吼道，"我不要皇位！也可以不要性命，只求你……"他的声音缓缓降低，最后只剩乞求，"只求你把她还给我……"

"让我进去！"宫门外，飘絮朝着把守宫门的侍卫喊着，"我认识越王！"

"你说认识陛下就让你进，若是别人都说认识陛下，那我们是不是就不要把守这宫门了？"其中一个侍卫好笑地说道。"哈哈哈——"其他侍卫听了也都大笑起来。

"快让我进去！我有要事找你们越王商量！"飘絮大喊着，她心里很着急，可是也没有别的办法。

"啊呀，真可惜啊！长得这么漂亮却是个疯婆子……"带头的侍卫夸张地叹息着摇了摇头，又道："疯婆子，快滚吧！这里不是你撒野的地方！"

见侍卫这般，飘絮急在心里，到底怎么样才能进越皇宫呢？就在这时，一个熟悉的声音在耳边响起，"你们都在吵什么？"声音庄重而威严。

"陛下……"宫门口的侍卫一下子都跪了下来。"奴才们该死，还请陛下恕罪！"

柳飘絮朝声音的方向望去，不远处，一袭明黄色的龙袍，映衬着无可挑剔的面容——那个她朝思暮想的人呐！"奕然！"飘絮惊喜地叫道。

萧奕然循声看来，惊讶浮现在脸上，"飘絮！"

柳飘絮走向他，缓缓道："是我！"

萧奕然定定地看着她，道："摆驾，骄阳殿！"

看着渐渐远去的两人，宫门口的侍卫都面面相觑，那女子果真是认识陛下的！若不是陛下与那女子不追究，自己就算是有几个脑袋都不够砍的！

"你们都出去吧。"萧奕然淡淡地说道。

"是。"

门被轻轻关上，柳飘絮看着他。"飘絮！"萧奕然一下子将她拥进了怀里。"这么长时间你去哪里了？我很担心你！"

"奕然……"柳飘絮被萧奕然这么突然的举动吓坏了。"你……"

"对不起……"萧奕然仿佛意识到了什么，放开飘絮，"我只是太高兴了。"

飘絮颔着首点了点头，眼睛不知道要看向哪里。他……担心我？心中暗暗欣喜，该不会他心里已经有我了吧！飘絮想着不禁有些高兴。

萧奕然看着她微微皱了皱眉，"怎么？飘絮你有话要对我讲？"

"我……"飘絮刚想说出倾城的事，被萧奕然这么一问，反而有些犹豫了。"我……"

萧奕然静静地看着她，等待着她的回答。

最终，她还是轻轻摇了摇头，"没什么事……"

"哦。飘絮，这段时间你去了哪里？我暗中派了好些人去找你都没有找到。"萧奕然疑惑地问着。

"我……"飘絮将她在庙中被江天宇所袭以及被救的事一五一十地告诉了萧奕然，只是，她没有说，那御剑山庄的庄主夫人便是倾城。

"原来江天宇受伤后逃往了那边。"萧奕然紧紧地皱眉。

"奕然，江天宇为何会受伤？"飘絮问道。

"以为我与瑾灏联手便能除去这个恶人，谁知……"萧奕然深深叹了口气，一脸懊恼，"还是让他逃走了……"

"你们……"飘絮面露惊讶之色地看着萧奕然。

"对。"萧奕然点点头，"我们想要为父皇报仇。"眼神渐渐黯淡，萧奕然看向地面，"也为倾城报仇。"

飘絮看着他的脸，心中却万般忧虑，只是倾城如今已这般幸福……奕然，你，会原谅我的吧！

萧奕然看着她露出笑容，"原本想要铲平御剑山庄，现在既然他们有恩于你，也便相当于有恩于我萧奕然，我便再宽限他们一段时间吧。"

"奕然！"柳飘絮瞪大了眼睛，震惊地看着萧奕然，"你……你要铲平御剑山庄？"

萧奕然看着飘絮如此震惊，以为她是不想看到她的恩人受到伤害，叹了叹气，"我知道他们于你有救命之恩，但这是国事，是早已商议好的，无法变更。"

"嗯。"飘絮无力地点点头。

御剑山庄。

坐在屋中，倾城轻轻地哄着瑾儿。瑾儿睡在小床上，白净柔嫩的脸上睫毛一瞬一瞬地随着平稳的呼吸扑扇。

她看向自己的右手腕，自她醒来，就看到自己的右手腕上有一道很深的疤痕。她问过玄夜，可是夜只是说是她不小心跌倒碰伤的，虽然心里有很多疑惑，但是她却不想让夜觉得她不相信他，便没有再追问下去。

"怎么，瑾儿睡了？"身后传来淡淡的声音。

倾城回过神，转过身，"嗯。"她轻轻点头，看向玄夜。

"兰儿，你怎么了？"玄夜走到她身边，轻轻地揽住她的肩，让她的头靠在自己的胸前。

"我没事。"倾城扬起头看向他，微微一笑。"夜，我想出庄去看看。"

"嗯。"玄夜点点头，"我陪你。"

市集上，玄夜挽着倾城沿着道路慢慢逛着。倾城看着路两旁叫卖的摊位与小铺开心地叫道："瞧，夜，多热闹！"

"嗯。"玄夜看着她微笑地点点头。

走到一个摊位前，玄夜停了下来。

"怎么了，夜？"倾城侧着脸看着他问道。

玄夜没有回答，只是弯腰拿起一条淡紫色的手环，阳光的照耀下，手环圆润的珠子发出淡淡的紫光。"老板，这个我要了。"转过身，牵起倾城的左手，将手环轻轻地套在她的手上。

"夜……"倾城抬着头看向他，眼里充满了幸福与感动。

玄夜像是欣赏着艺术品一般地看着她，点点头，微笑地说道："很漂亮。"

"快来看啊！从西域而来的上好丝绸啊！"不远处，小贩叫卖着。

倾城随着叫卖声望去，看见许多漂亮的丝绸挂在那里随风飘舞。忽然，一条红绸缎带刺痛了她的眼。

"你弄的那是什么啊！这么丑？"脑海中，一个女子嘲讽地说着，"狗尾巴花吧！"

"臭丫头！居然说我的花是狗尾巴花？我这可是正宗的国色牡丹！"一旁的男子气得脸都紫了。"还国色牡丹？我看就是路边的狗尾巴花吧！哈哈哈！"那女子继续说道，瞥了一眼男子手中的花后便哈哈大笑起来。

"你……"男子气不过，拿起地上的花就朝那女子扔去。"你扔我？好啊……"女子也抓起身边的绸缎向男子扔去，"叫你扔我……"厅中乱作一团，只有两个疯子和满屋的红绸缎。

倾城紧紧蹙着眉，觉得头好疼，那两个是什么人？怎么会如此熟悉？不能再想下去了，她痛苦地捂着头，好疼……疼得快要裂开了……

"兰儿！兰儿你怎么了？"玄夜将她揽在怀里担心地问道。

"头好疼。"倾城虚弱地说着，连眼睛都没有力气睁开。

"走，我们回庄！"玄夜将她拦腰抱起，迅速朝御剑山庄跑去。"让开！让开！"

倾城房中。

"路大夫，我夫人这是怎么了？"玄夜问着，语气中透着深深的担心。

"唔——"路久霖搭着倾城的手腕，皱了皱眉，"夫人并无大碍，只是气息有些不稳，休息几天就好了。"他站起身，"路某这就开几服安神的药方。"

"劳烦路大夫……"玄夜看向张毅，"张毅……"

张毅看了玄夜一眼便了然，"是，庄主。路大夫，这边请。"

"夜……"床上的人儿轻轻地唤着。

"兰儿！"玄夜连忙走到倾城床边将她扶起，"你怎么样了？还觉得头疼吗？"

倾城看着他轻笑，微微摇头，"好多了……"

"嗯。"玄夜放心地点了点头，"这就好，这就好……"

"夜。"倾城看向他。

"怎么了？"

"今天在市集上，我看见红绸缎，脑中出现了一些画面，可是我却怎么也想不起来……"她淡淡的柳眉微微地蹙着，眼眸低垂，睫毛的阴影打在白皙的脸上形成淡淡的暗影。

"后来呢？"玄夜心中有些忐忑，他紧紧地看着倾城。

"后来？"倾城看向他，眼若星辰，然后将头低下，微微摇了摇。

"嗯。"玄夜轻轻握了握她的手，"好好休息吧。"

"嗯。"

关上门，玄夜心中怎么也不能平静。兰儿是想起些什么了吗？眼眸有些暗淡，那，这样的日子，我们还有多少？好想你能一直在我身边，瑾儿——好希望他真的是我们的孩子，若然真的是这样，那我这一生便再也无憾！可是，兰儿，我只要你幸福就好，其他的我都不在乎。

玄夜走向瑾儿的房间，缓缓推门，看见瑾儿正睡得香甜，他走到小床边，爱惜地抚了抚瑾儿柔嫩的小脸，"瑾儿，我是爹爹……是爹爹……"他看着瑾儿喃喃着。

"这么晚来看瑾儿啊。"玄夜回头，看见倾城正站在门边，披着披风微笑地看着他。

"兰儿，你怎么起来了？"玄夜走到她身边，轻轻地揽住她的腰身。

倾城朝他微微一笑，看向小床上熟睡的瑾儿，"我也想他了。"

看完瑾儿，两人一起来到院中。凉风习习，月亮皎洁而明亮。

"夜，今晚的月色真美。"倾城抬眼看着天边的月亮，眼神里充满愉悦。

玄夜看向天边的明月，轻轻点头，"嗯。"伸手，将她肩上的披风朝前拉了拉。

"夜……"倾城深情地看着他，眼里仿佛映入了一轮明月。她抬起头，缓缓踮脚，柔嫩的唇轻轻碰触上玄夜有些冰冷的唇，轻轻一点，如蜻蜓点水般。

玄夜浑身一颤，感觉到了唇上的柔软与温存，但很快地，唇上的感觉慢慢消失。他睁眼，双手握住倾城的肩，低头又温柔地吻上她的唇。双唇紧贴，舌齿相碰，渐渐地，玄夜的呼吸开始变得粗重，倾城环上他的颈，纤弱的身体紧紧贴着他。月光下，紧紧相拥的恋人被染上一片柔嫩的黄……

"夜！"玄夜一把将她拦腰抱起，倾城惊呼。

玄夜将她温柔地放在床榻上，俯身，缓缓吻着。唇轻轻地掠过她的额头，到粉唇，再到脖颈。

"夜……"倾城柔声唤着他的名字，脸上浮现出淡淡的红晕，眼神也有些迷离。看着身下有些意乱情迷的人儿，玄夜再也控制不住自己。"兰儿……兰儿……"他呼唤着她的名字，声音有些粗重。

"嗯——"倾城用微弱的声音应答着，好像小猫的叫声般挠着玄夜的思绪。他微微直起身，伸手抽下床旁的丝带，淡黄色的床帐缓缓落下……看着身下那具迷人的胴体轻微地扭动着，他觉得心中有一种异样的感觉，他控制不住……俯下身，用唇细细地亲吻她每一处肌肤。

"夜……"倾城的声音变得有些魅惑，她用迷离的眼光看着玄夜，身体有些略微的轻颤，"夜……"她又唤了一声，好像是对玄夜的乞求。她闭上眼，玄夜将她的手紧紧地握在手中，猛地一挺身，进入那早已湿润的圣地。"嗯——"倾城轻叫着，迎合着他的动作。床榻轻轻地摇动，屋内一片喘息。

朦胧迷离的月光照进窗来，屋内染上一层暧昧的黄。

玄夜看着身边熟睡的人儿，嘴角微微扬起，脸上还带着一丝幸福的笑意。"兰儿……对不起……"他轻轻道，缓缓地低头，吻向倾城的额，"我爱你……"

"夜！"倾城轻轻地敲了敲书房的门。

"兰儿？"玄夜站起身，询问道："有何事？"

倾城想起昨晚的事情，"呃，那个……再几日就是瑾儿的周岁了……"

玄夜忽然想起去年瑾儿的降生，他点点头，"嗯，这么快，我们的瑾儿都要过周岁了……"他看向倾城，"一定要摆宴庆祝！"

倾城笑笑摇摇头，"不用这么铺张了，只要我们一家人在一起吃顿饭就可以了。"

玄夜认真地看着倾城，"我要让所有人都知道，因为他是我玄夜的儿子！"倾城看着他愣了愣，轻轻点头。玄夜再次微笑地看着她，"兰儿，你还记得那日我曾说过，我会还你一个完美的记忆。"

倾城瞪着大大的眼睛看着他，不知他是什么意思，只微微地点头，"嗯。"

玄夜微笑，将她轻轻拥进怀里。

接下来几日，倾城便不再见到玄夜。她只知道玄夜亲自写了请帖，发给江湖中各大门派，还布置御剑山庄，其他什么事情她倒是一概不知。

"夫人……"小红和珠儿进门来向倾城微微行礼。

"怎么了？"倾城问道，却见她手上拿了一根布尺。

"小红和珠儿是来给夫人测量腰身的。"小红解释着。

"测量腰身？"倾城问道，"又要做衣服吗？夜……庄主已经给我做了很多漂亮的衣服了，够了，无需再劳烦。"她摆摆手笑道。

"夫人，这是庄主吩咐的，还请夫人不要为难我们……"

"这个……"倾城看向满眼请求的两人，笑笑道："好吧好吧。"

"谢夫人。"

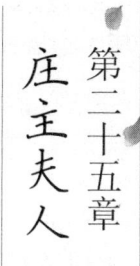

第二十五章 庄主夫人

翊皇宫。

易瑾灏独自一人坐在偌大的乾坤殿中,殿内一片寂静,忽然一阵风掠过耳际。

"有什么事?"他看着来人皱了皱眉淡淡地问道。

萧奕然没有说话,只是闲适地慢步走到他身边,轻轻地靠在龙桌旁。

"到底何事?"易瑾灏见他如此闲适悠然,有些不耐烦。

"御剑山庄庄主的儿子过几日满周岁,他向江湖中有头有脸的人物都分发了请帖。"萧奕然依旧淡淡。

"你是说……"易瑾灏看向他,没有说下去。

"嗯。"萧奕然轻轻点头,"我们可以利用这次机会混进御剑山庄,好探一下御剑山庄的虚实,知道它到底有多少实力。"

易瑾灏听着若有所思地点点头,"嗯,这是个好主意,可是……"他有看向萧奕然,"你为何要告诉我?"

萧奕然嘴角微微有些扬起,"难道你不想与我一起除掉御剑山庄?"

"我……就算是只我翊国也足矣。"易瑾灏还有些嘴硬地说着。

萧奕然微笑,却也不语。

"你!"易瑾灏看着他,脸上浮现出些许愠色,但随即又问道:"我们自己去?"

萧奕然看向他,略有深意地说:"难道还有比你我更合适的人选吗?"

易瑾灏点点头,此事实不宜打草惊蛇,也许只有他们自己去才会放心。

御剑山庄,一片灯火辉煌。

"夫人,庄主让您换上这身喜服。"小红手中抱着一件鲜红的衣服朝倾城说道。

"喜服?"倾城微微皱眉,她有些疑惑,"今天不是瑾儿的周岁吗?为何自己要换上喜服？"她不解地问道。

"奴婢也不知，只是遵照庄主的意思罢了。"小红低下头嘟着嘴道。

"嗯，知道了……放下吧，我一会儿就换上。"倾城道。她不知夜到底搞了什么名堂，明明是瑾儿的生辰，却让她换上喜服，但她说过，她相信夜，无论什么事。

"夫人，这是庄主让我送来的首饰。"珠儿走到倾城身边说道，打开首饰盒，里面满满的都是婚嫁用的饰品。

山庄内，各路英雄掌门云集。

"呦，李掌门，你来啦！"一个侠士模样的人抱拳道。

"是张大侠啊，幸会幸会！"道士模样的人也抱拳恭敬道。

"你看，庄主到了！"一个人指着正堂内说道。

"咦？为何庄主穿的是喜服？"另外的人看着说道。

"是呀是呀，今日不是庄主的儿子过生辰吗？那庄主为何会穿喜服？"另一个人也疑惑道。大家看向堂内纷纷议论起来。

"这是怎么回事？"易瑾灏皱着眉看向萧奕然。

萧奕然笑笑端起桌上的茶，脸庞不似原来那般俊美，而是与普通人毫无二样。他戴了人皮面具，毕竟他与玄夜曾经见过。"静观其变吧。"

忽然堂内的玄夜走了出来，"感谢各位英雄能抽空来参加小儿的生辰寿诞！"他发话了，冷毅的脸上似乎有一些笑意。"除了小儿的生辰，今日还有一事，玄某答应了夫人，要给她一个完美的记忆，现在，玄某便要与夫人重新成亲！"

下面的人先是愣了片刻，随即都鼓起掌来。

易瑾灏看向萧奕然，嘴角微微翘了翘，"想不到这玄夜对他夫人还真是情深呢！"

萧奕然没有说话，只是微微皱着眉看向堂前的玄夜。

"新娘子到！"不知是谁喊了一声，大家纷纷看向回廊。只见一个身着红色喜服的女子迈着莲步缓缓走来，女子身材有些单薄，但合身的喜服却恰到好处地将她玲珑的曲线勾勒了出来。裙摆的红色流苏随着步伐轻轻摇曳，腰间佩戴着的玉佩叮咚作响。

大家都想看清到底是什么样的女子能够让御剑山庄庄主如此倾心。女子头戴着凤钗，凤钗上一只栩栩如生的金凤展翅欲飞，金色的珠帘从金翅下垂落，微微遮住了她的脸。

倾城缓缓地走到玄夜身边，满眼感动地看向玄夜。她终于知道夜这几日都在做些什么了，是在筹备他们的婚礼，因为夜说过，要给她一个完美的记忆。

易瑾灏看着堂前着喜服的女子，微微皱眉，为何如此熟悉？萧奕然远远地望着，也心生疑惑，那女子，是不是在哪里见过……

"夜……"倾城微微启唇，红唇鲜艳，娇嫩欲滴。"谢谢你……"

玄夜颔首看着眼前的女子，嘴角轻轻地翘起，伸手，缓缓地撩起脸前的珠帘，低头，轻轻吻上她的脸颊。

易瑾灏猛然站起身，血液仿佛在那一瞬间凝固。是出现幻觉了吗？他紧紧盯着堂前的那个女子，怎么会如此相像？

"倾城……"萧奕然仿佛也在那一瞬失了神，只是呆呆地看着前面。

易瑾灏看着玄夜亲吻着那个女子，女子脸上，笑靥如花。不，不管她是谁，我都要搞清楚！他离开酒席向堂前走去。

"瑾灏！"萧奕然回过神，急忙拦在易瑾灏身前，他不能让瑾灏的莽撞坏了大事，也许……也许前面的人只是相像而已……

"让开！"易瑾灏朝他吼道。

"不要坏了大事……"萧奕然朝他低低地说道。

易瑾灏猛然将他推开，"我才不管什么大事，我只想知道，她是不是……我的倾城！"随即大步向堂前走去。

玄夜见一个男子到了面前，这个男子他是有印象的，因为流月派掌门身体不适，于是派了他的大弟子来参加。他冷漠却有礼道："易公子，若是无事还请回到座位上去吃些酒吧。"

易瑾灏仿佛根本没有听到他的话，只是紧紧地盯着他身旁的女子。

倾城也看向这个莽莽撞撞上前来的男子，一袭白衣，玉带束发，白皙的皮肤，浓黑的剑眉，鼻梁高挺，眼若星辰。她微微皱眉，为何，感觉这男子似曾相识？

"夜……"倾城被易瑾灏的眼神看得很不舒服，有些害怕地躲到了玄夜身后。

倾城……她是自己的倾城！只有倾城才会有这像小鹿般的眼神，只有她才会有如此好闻的发香！"倾城……"他看着眼前的女子轻轻唤出声。

听着易瑾灏唤出的名字，玄夜不禁一怔，难道，这易公子认识兰儿？他侧过头看向身后的倾城，倾城正皱着眉头上下打量着那易公子。

"倾城……"易瑾灏再次唤出她的名字。星辰般的眼眸，直视倾城。

"你……"倾城缓缓从玄夜身后走了出来，试着问道："你认识我？"

易瑾灏听着她的话猛然一怔，有些震惊，"你……不记得我了？"

倾城盯着他看了好一会儿，然而，她的回答却令易瑾灏的希望破灭。她摇摇头，"不认识。"

"倾城，是我啊，我是瑾灏！"易瑾灏摇晃着眼前凤冠霞帔的女子。

玄夜一愣，瑾灏？易瑾灏？难道就是兰儿梦中曾经叫过的那个名字？难道他就是兰儿曾经朝思暮想的那个人吗？突然左边的胸口有点疼，玄夜皱了皱眉。

"瑾……灏？"女子皱眉，努力思索着，却是什么也想不起来。

"易公子，请自重，她是在下将要过门的妻子。"玄夜见状挡在倾城面前，冷冷地看着易瑾灏说道。

"倾城……难道你都忘记了吗？"易瑾灏握着她的手，痛苦地说道。"都是我……都是我的错……"

"瑾灏！"这时他们身边又来了一个人，将易瑾灏从玄夜的身边拉开，"你认错人了！"

"可是她明明就是倾城啊！"易瑾灏有些疯狂地喊着。

玄夜看向萧奕然，皱眉，"这位公子是……"

"哦，在下，萧……萧扬。"萧奕然连忙抱拳道。

"哦。"玄夜点点头，也回礼道："原来是萧公子，幸会。"

"玄庄主，我问你，你与夫人几时成的亲？"易瑾灏看着玄夜质问道。

玄夜犹豫地看了倾城一眼，倾城也正认真地看着自己。

"怎么，说不出吗？"易瑾灏挑衅地问道。

"去年春。"玄夜淡淡说道。

易瑾灏看向他身旁的倾城，问道："哦？夫人，是吗？"

"我……"倾城一时语塞，什么也说不出来，最后低下头缓缓低声说道："我不知……"

易瑾灏又看向玄夜，嘴角扬起一丝笑意，"庄主，为何夫人不知呢？"

"兰儿……兰儿她曾经受过伤，所以失去了记忆……"玄夜有些吃力地解释道。

"失去了记忆……"易瑾灏缓缓重复，这么一来，便更能确定她就是倾城了！"那可以问庄主夫人与庄主是几时认识的，又是怎样认识的呢？"易瑾灏见状又乘胜追击。

"这……"玄夜犹豫，有些说不出话来。

萧奕然见玄夜的样子，心中便更加怀疑那兰儿就是倾城。他仔细打量着倾城，她的如藻般的发，如花般的面容，长长扑扇的睫，灵动的大眼睛……她哪里一处不是倾城？世上又怎么会有这么相像的人呢？正当玄夜说不出话，易瑾灏与萧奕然断定那是倾城时，一个声音扰乱了所有人的思绪。

"娘……"奶声奶气的声音从身后传来，易瑾灏与萧奕然同时看向后面，一个粉雕玉砌般的小娃娃在丫鬟的搀扶下蹒跚地走了过来。

"瑾儿！"倾城看到瑾儿便笑开了怀，过去将他抱进怀里。"半天没见到娘亲，想娘亲了吗？"

"嗯。"瑾儿乖巧地点点头，然后转过脸，看向玄夜，露出几颗小小的乳牙，咧嘴笑道，"爹爹……"

玄夜看向瑾儿，露出温柔的微笑，伸出手摸了摸瑾儿的头。

易瑾灏与萧奕然好像都被这个突如其来的状况搞得有些懵。"他……"易瑾灏指向倾城怀中的小娃娃有些震惊。

玄夜看了看瑾儿，又看了看易瑾灏，笑笑道："这便是小儿，玄安之，今日是他的周岁生辰。"

"不会……不会……"易瑾灏有些站不稳，倾城怎么会与其他人有了孩子？一定不会，要不然便是这个女子真的不是倾城……

"瑾灏……"萧奕然轻轻搭上易瑾灏的肩，拍了拍，在他耳边轻声道，"今日武林人士众多，实不宜在此闹事……"说罢便看向玄夜作揖道，"玄庄主请见谅，易公子刚刚喝了点酒，有些微醉，在此萧某代他向你赔罪，如有冒犯之处还请庄主多多包涵。"

玄夜皱了皱眉，道："无碍。"

"瑾灏，走。"萧奕然将易瑾灏强行拉了下去。

待两人走后，玄夜又朝向大家道，"刚刚之事还请众英雄包涵。"他端起一杯酒向众人敬道："在此玄某向大家赔罪！"说完便举起酒杯一饮而尽。随即，酒席上的人又恢复了之前的状态，酒席间觥筹交错。

屋檐上，一个人刚刚观看完了这一场戏，对他来说，这的确是一场戏。江天宇看着堂前穿着喜服的一对璧人，嘴角勾起一丝邪恶的笑……

宴毕，倾城将已熟睡的瑾儿送到小红手中，让小红带他回房睡觉。"夜。"她轻声叫道。

"嗯。"玄夜应了一声，看向她。

"那个……易公子，是不是认识我？"倾城看着他的眸问道。

"呃，兰儿……"玄夜似乎有些不敢看她的眼，"可能是他认错人了……"

"这样吗？"倾城疑问道。月光洒在身上，竟是有些凉。"夜，我们是怎么认识的呢？"倾城看着他的眼眸问道。

"这个……"玄夜想不到，倾城居然也会问自己这个问题，难道，她看出了什么端倪？"我们……"玄夜犹疑着。

"怎么，你……答不出？"倾城眼中一丝失望一闪而过。

"兰儿，我……"

"不好了！"正当玄夜要解释时，后院突然传来小红的叫声。玄夜与倾城立即向后跑去。

"小红，怎么了？"玄夜问着。

"小少爷……小少爷他……"小红跑得上气不接下气，说不出话来。

"瑾儿他怎么了？"玄夜眉眼一聚，拉住小红焦急地问道。

"小少爷他……他不见了！"

"什么？"玄夜与倾城顿时大惊。

"小红，你……你说什么？"倾城一把抓住小红，震惊地问道。

"夫人……我将小少爷放在床上后见桌上茶壶里的水没了，就去打了壶水，谁知回来时就发现小少爷已经不在床上了！"小红将当时的情况告诉了倾城，跪下道："是小红看管不力，请夫人责罚！"

"瑾儿……瑾儿去了哪里……"倾城一时失了神，身体有些瘫软地倒在了玄夜怀里。"兰儿！"玄夜环住她的腰让她支撑住身体。

"哈哈哈——"忽然，屋顶上传来一阵笑声。

"谁？"玄夜顿时警惕起来，身上浮现出杀气。只见屋檐上站着个人影，手中还抱着个孩子。

"瑾儿！"倾城朝着屋檐上发疯似地大叫起来。"快把我的瑾儿还给我！"

玄夜这时正紧紧地盯着上面的人，他不能轻举妄动，因为瑾儿在他手上。

"瑾儿？"那人皱皱眉，"易瑾灏？"他又看向倾城，笑道："不管你是不是顾倾城，你这个孩子对我的用处都是很大的，所以，想救你的孩子，就让你夫君与萧奕然、易瑾灏一起来找我吧！哈哈哈——"那人笑着一踮脚，抱着孩子飞离了御剑山庄。

"瑾儿！"倾城大叫，看着人影越来越远，她一下子晕倒在了玄夜怀中。

玄夜皱着眉看向怀中的人儿又看向远处，他对小红道："你照顾好夫人，我去救瑾儿！"他将倾城交到小红怀中，拔出长剑向山庄外追去。

客栈。

"瑾灏……"萧奕然轻拍了拍易瑾灏的肩。自从御剑山庄回来，他便一直这般，不说话，只呆呆地坐着，仿佛失了魂一样。

"萧奕然，她……是倾城，对不对？"易瑾灏看向他问道。

萧奕然犹豫着，到底要不要说……

"她是，对不对？"易瑾灏的眼底似乎透露着乞求，好像希望萧奕然能给他肯定的答案。

萧奕然看着他这般，实在不忍心骗他，虽然说要以大业为重，但是毕竟瑾灏的心情他也是懂的……他何尝不是如此伤痛？

"嗯。"萧奕然想了很久终于点了点头。因为那时，在倾城抓着玄夜躲在他身后时，他看到了她右手手腕上的伤痕！

"我就知道！"易瑾灏被萧奕然这一肯定的答案高兴得一下子跳了起来。"我就知道，她一定就是倾城！"无与伦比的兴奋在易瑾灏眼里闪烁着。

"倾城……"易瑾灏看着窗外轻轻自喃。他嘴角露出一丝微笑，仿佛看到了自己曾经与倾城一起时的快乐。

"可是……她现在已为人妻，并且……为人母……"萧奕然的一句话冰冷地将易瑾灏脑海里美好的一切击得粉碎。

"她是我的妻子！只是我一人的！"易瑾灏紧紧握起拳，浑身有些颤抖。他缓缓地低头，低喃道："我不相信她会忘了我……忘了我们的一切……"

破庙中，江天宇看着怀里的小娃娃。他仔细端详着，那眉眼，确实有点像易瑾灏，不过他还太小，一下子并不能辨别。江天宇轻轻笑了，不管是谁的孩子，他都有利用的价值。若他真是易瑾灏的孩子，那他便可用他来逼迫他退位，将王位传于他。就算他不是，那他也可威胁玄夜利用御剑山庄的势力，助他与萧奕然、易瑾灏抗衡。他看着瑾儿笑了笑，小东西，你还真是天之骄子呢！

"瑾儿！"倾城突然坐起身大叫着瑾儿的名字。

"夫人，你醒啦！"小红见倾城醒来，激动坏了，眼角还闪烁着泪花。

"小红！"倾城一见小红便紧紧抓住小红的手，激动地问道，"瑾儿回来了是不是？"

"夫人……"小红抽泣着低下头没有说话。

倾城看见小红如此神情，胸口沉闷异常，她强压着心中的恐慌，向小红问道："夜呢？他在哪里？"

"回夫人的话，庄主他已去追那贼人了。"

夜他去救瑾儿了？倾城不禁开始担心起来，那贼人看起来武艺高强，夜去了怕是会有危险……她紧紧蹙着眉，怎么办……她不可以失去夜，更不可以失去瑾儿。她忽然想起那贼人说过的话，连忙朝小红道："快去找张毅来！"

不一会儿，张毅便已到来。

"不知夫人有何事？"张毅抱拳恭敬地问道。

倾城皱了皱眉，看来此事张毅还不知晓。御剑山庄小少爷被掳，庄主去营救，这就等于告诉那些对御剑山庄虎视眈眈的人一个讯息——御剑山庄内群龙无首，此时正是来犯的好时机，看来此事还是不要让太多人知道的好。

"你可看见了昨晚上前来的那两位公子？"倾城耐着性子平静地问道。

"是，看见了。"张毅回答。

"那你可有办法在最短的时间内找到他们？"倾城期待地询问着。

"夫人有何事吗？"张毅皱着眉不解地问道。

"可以吗？"倾城没有回答，只是语调微扬。

张毅看了看倾城，有些惊讶，因为他从未见过夫人如此。他点点头，"只要两人还在附近，属下就一定找得到。"

"瑾灏，你去哪？"萧奕然一把拉住正要走出去的易瑾灏。

"放开！"易瑾灏朝他怒吼道，"我要去找倾城，我不相信她会忘了我！我会告诉她我们从前的一切。"

"瑾灏，你现在不能去！"萧奕然也有些恼怒。

"不能去？"易瑾灏看向他，"为何？你不是也说了她就是倾城嘛！"

萧奕然皱了皱眉，降低了语调，"经昨晚一事，我们已引起太多人的注意了，现在最好的办法就是立即回宫，再从长计议。"

"不可以！"易瑾灏甩开他的手，缓缓道："既然我知道了她是倾城，就不可能这么轻易离去。"

"瑾灏……"

忽然有一个人走到两人的跟前，"请问两位是易公子和萧公子吗？"来人恭敬地抱拳问道。

"你是……"萧奕然微微皱眉,警惕地问道。

"我是御剑山庄张毅,我们夫人请两位公子随我到庄里走一趟。"张毅向二人说道。

"倾城?"易瑾灏的眼神一下子亮了起来,他看向萧奕然欢快地说道:"倾城一定是想起我们来了!"他就是这样,平时处事机警,可是一遇到倾城的事,便完全没了平时的样子。

萧奕然心中虽也是一喜,但想来还是谨慎点好。

"两位公子请随我来。"

御剑山庄。

"倾城!"萧奕然看见眼前的女子缓缓叫出声。

反而易瑾灏却没了之前的激动与莽撞,他只是静静地看向她,虽然有太多话想说,但此刻,只要看着她便好。

看着眼前的两个男子,倾城有着说不出的熟悉感,可是却又什么都想不起来。男子将女子被风拂乱的发别在耳后,低头在她额头上轻轻一吻,深情道:"我也喜欢你。"鼻尖的桂花香轻轻飘过,桂树下两人紧紧相拥,夕阳照在两人身上,镀上了一片金黄,嘶——倾城倒抽一口凉气,身体开始有些站不稳。

"倾城!"瑾灏眼疾手快地扶住了她,萧奕然也忙上前,"你怎么了?"易瑾灏关心地询问。

倾城看着两人靠自己是如此地近,皱了皱眉,稳住身子让自己和二人保持一定的距离,摇摇头淡淡道:"只是头疼,是旧疾,不碍事。"

"倾城……"

倾城突然跪下,哀求道:"请二位公子救救我夫君与孩儿!"

"倾城!你快起来!"两人惊讶道。

"请两位公子答应,否则我是不会起来的!"倾城语气坚定地说。

"你……"易瑾灏皱了皱眉,"你的请求我又怎么会不答应呢?"即使是要了我的性命也无妨……

"那萧公子……"倾城看向一直没有说话的萧奕然。

"嗯。"萧奕然看着那双熟悉的眼眸,心中隐隐作痛,轻轻点头。

倾城将昨晚之事告于二人,二人皱眉。易瑾灏看向萧奕然,"难道是江天宇?"萧奕然愣了一愣,点头道:"极有可能。"

"那现在该如何是好?"倾城问着,眼里满是焦急与担心。

两人相视看了一眼,便默契地达成一致,现在最重要的是救出倾城的孩子。

"关键是该如何找到江天宇呢?"易瑾灏不禁苦恼起来,毕竟他们也不知道江天宇去了什么地方。

"只能凭运气了。"萧奕然淡淡地说道。

易瑾灏不赞同地看向他,"现在有东南西北四个方向,也不知那江天宇去了什么方向,这样找未免需要太好的运气了吧。"

听着易瑾灏的话,萧奕然点点头,他讲的也着实在理。

"两位公子请喝茶。"这时倾城端来了两杯热茶。

"倾城……"易瑾灏看见她缓缓站起。

听见他叫着自己毫无印象的名字,倾城礼貌地微微颔首,将茶分别送到二人面前。她看向愁眉不展的两人,问道:"不知两位公子有何难事,如此愁眉?有兰儿帮得着的地方吗?"毕竟这两人肯助夜救得瑾儿回来,她能帮忙的就一定帮。

听着倾城的话,易瑾灏忽然想起来,连忙问道:"昨夜,你在晕倒之前,可看到江天宇去了哪个方向吗?"

"这……"倾城微微皱眉,昨晚的画面慢慢重现在眼前。"对了!我记得他是往北方飞去了!"

"北方?"易瑾灏眼神瞬间闪亮起来,他看向萧奕然,"那我们就往北方查找!"

"等等!"倾城忽然叫住急着往外走的两人,"我也去。"

"不可以!"易瑾灏立即否决了她,皱眉道:"太危险了,不能让你去涉险!"

"可是……"倾城知道求易瑾灏无望,便请求地看向萧奕然。

萧奕然看着她也道:"是,你不能去。"

看着好说话的萧公子也阻止自己前去,倾城有些急。"我为何不能去?只是因为危险吗?可是被抓走的是我的孩子!你们说我怎么不能去?"眼眶有些红,可能是因为太着急了吧,倾城说着竟咳起来。

"你没事吧?"易瑾灏连忙伸手轻拍她的后背,看着易瑾灏如此自然地照顾着倾城,萧奕然将伸出的手缓缓收回。

"让我去吧?"倾城抬起头看向易瑾灏,明眸闪着泪花。"我好担心瑾儿……还有夜……"轻拍的手顿时停在半空,易瑾灏的心有些绞痛,不忍看倾城如此,他只好勉强答应。"好吧!"

三人迎着漫天火红的晚霞,踏上了北上之路。

一夜的快马加鞭,到了傍晚时分,三人终于来到了丰县。

"倾城,你要休息一下吗?"易瑾灏看着倾城有些虚弱的神情问道。毕竟他们在马上行进了一夜,像倾城这等柔弱的身子怎能受得住?

倾城摇了摇头,询问道:"无碍,我们继续前行吗?"她顿了顿,"还有……我不叫倾城,我叫兰儿……"倾城看向他的眸,清澈而洁净。

易瑾灏被倾城说的话一震,紧紧捏了捏拳,"我知道……"随后缓缓抬起头,"只是……我可以叫你倾城吗?"询问的语气,似乎还带着点乞求。

倾城愣了愣，点点头，"嗯。"

萧奕然皱着眉看向两人，淡淡道："还是先找个客栈休息一下吧。"

"我不……"还未等倾城说完，萧奕然看向她继续说道："就算你不累，马儿也累了，想要马儿快点跑，就要先喂饱它让它休息好。"

听着萧奕然的话也说得有理，倾城微微点了点头，"嗯。"她看着萧奕然的脸，想着，这萧公子样貌虽远远比不上那易公子，但却是显得比易公子更加稳重。

易瑾灏赞赏地看了萧奕然一眼，萧奕然轻轻瞟过他，眼神定格在那抹情影上。

找到了一家客栈，三人便一同走了进去。掌柜一看来了生意便热情招待起来，"哟！三位来住店啊？需要几间房？"

萧奕然想了想道："一间。"

"一间？"掌柜惊讶地瞪大了眼睛，"你们三人只住一间？"

"嗯。"萧奕然点点头。倾城也有些吃惊地看着他，但却没有说话，易瑾灏显然是懂得萧奕然这样做的用意，所以也没有发话。

掌柜看着他们不禁嘲讽地笑起来，小声道："看你们三人穿得这么光鲜亮丽，却没想到是些穷鬼。"

"你！"倾城听着他的话有些愤怒，易瑾灏则朝他摇了摇头，示意她不要说了。

到了客房，倾城愤愤地说道："那掌柜的真是尖酸，气死我了！"易瑾灏看着她气急败坏的样子不禁轻笑，她还是如以前的那般啊！

"你们说是不是？"倾城继续道。听闻无人理睬她，她便转过头来看向两人。"萧公子，你……"倾城指着萧奕然的下颌处，有些惊讶。

"嗯？"萧奕然疑惑地看向她。易瑾灏闻声也看向萧奕然，了然道："哦，你露馅了。"

"哦。"萧奕然摸了摸下颌，点点头，可能是人皮面具戴的时间太长了造成的。他伸手轻轻从下颌将面具撕下，一瞬间，一张全新的面孔出现在眼前。

"你易容！"倾城惊讶道。她看着那张脸，忽然从惊讶变成了惊艳，因为两张脸相差得实在太多了，之前那张脸的普通更加衬出了这张脸的俊美。英气十足的剑眉，高挺的鼻子，有些干燥但却优美的唇。

倾城一怔，那种熟悉的感觉又来了！她又看向易瑾灏，为什么会如此熟悉？为什么他们会叫我倾城？是不是我们真的认识？是以前？还是很久以前？那夜说的话呢？她摇摇头，夜是不会骗我的。

"倾城你怎么了？"易瑾灏看着她紧皱的眉问道。

"嗯？没什么……"她摇摇头。

倾城走到床前又微微皱了皱眉。

"怎么了？"易瑾灏走到她身边问道。

"呃，只有一张床，我们三人……"倾城脸色有些红，不好意思地看向易瑾灏。

"哦。"易瑾灏见她如此模样笑笑说道："我们在椅子上休息就行了。"

"嗯。"萧奕然也点点头，"你快些休息吧。"

"可是你们……"倾城面露难色，她撇撇嘴，"在椅子上怎么休息得好呢？"

易瑾灏呵呵笑道："这你就不用担心了，这样反而可以更好地保护你呀。"他笑得很好看，小酒窝若隐若现，露出可爱的小虎牙。倾城看着他有些愣怔，她忽然想到了瑾儿，她的瑾儿也有小酒窝呢！但是就不知他会不会长小虎牙了……夜没有虎牙，那瑾儿可能也不会长吧。想到瑾儿，她不禁有些担心，她的瑾儿现在不知如何，那疯子会不会伤害他？夜他还平安吗？倾城缓缓垂下眸，小声道："我睡了。"

半夜。

"瑾灏。"黑暗中，萧奕然低声叫道，"听见了吗？"

"嗯。"易瑾灏应声。

萧奕然拿起"射日"缓缓地走到易瑾灏身边，易瑾灏低沉着声音，"看来我们的身份已经暴露了。"

"嗯"萧奕然轻轻地搭了他的肩，"保护倾城。"

"不用你说。"易瑾灏轻轻摆脱肩上的手。

"呀！"突然听见窗户碎裂的声音，只见十几个黑衣人一起破窗而入。

倾城被响声惊醒，"易公子，萧公子！"声音有些颤抖，她很怕黑，就像现在一样。屋中一下子刀光剑影，她不断地听到金属撞击的声音，还有利器划过皮肉的声音……她紧紧抓住床边。

"不要怕。"一个温柔的声音传入耳中，身边变得温暖起来。

"易公子……"

易瑾灏揽住她的肩，让她尽量靠近自己。倾城忽然感觉有一股强烈的寒气与刀风向自己逼来，就在快靠近自己时，却听见"当"的一声脆响，刀锋划过皮肉，黏热的液体轻溅而出。易瑾灏只觉得左臂刺痛，"嘶——"他抽吸了一口气。浓重的血腥味扑面而来，倾城摸摸自己的脸，一种莫名的恐惧涌上心头，"易公子……"

"我没事。"易瑾灏朝她笑笑，黑暗中，她看见了他明亮的眼眸，她感觉肩上的手臂依然坚实有力，她安心了许多。

"瑾灏！"萧奕然朝他大喊着。易瑾灏听见萧奕然的喊声，便抵挡着黑衣人的刀锋，揽着倾城向他走去。

"瑾灏，我们撑不了多久的。"萧奕然低声说道。他想着，这次到底是谁，可以有这么多一流的杀手……

"嗯。"易瑾灏应着，呼吸却变得粗重。

借着残破的窗户照射进来的微弱月光，看见那些黑衣人站在他们前方，举着刀剑警惕地看着二人，他们也是对这二人的武功有些顾忌，不敢轻易动手。

"瑾灏，你受伤了？"萧奕然大惊，想来查看他的伤势。

"无碍……"易瑾灏推开他的手，将倾城送到他怀里，"保护好她。"说完冲向那群黑衣人。

"瑾灏！"萧奕然想要阻止却已来不及。

"易公子！"倾城只觉得肩上的温度骤然消失，她惊慌地叫着。

"快带她走！"易瑾灏在黑衣人中厮杀着，朝萧奕然大叫，"走啊！"

"瑾灏……"萧奕然看向倾城，狠了狠心，一把揽起倾城破窗而出。

看着飞窗而出的两人，易瑾灏欣慰地露出了笑容，转过头看向黑衣人，低吼道："受死吧！"那一刻，他仿佛地狱修罗。

"你干什么！易公子还没有出来！"倾城看着月光下的厮杀，连忙拉着萧奕然的衣襟焦急地叫道。

萧奕然并没有理睬她，而是带着她飞到了地面，将她拉到马圈道："快上马！"随后自己也跳上马背。

不知骑马飞奔了多久，看四周的景色，似是到了郊外。

"这里应该安全了，吁……"萧奕然说着将马缓缓停了下来，"先到这个破败的庙里休息片刻吧。"他将马拴好，将庙内的蜘蛛网清理净，掏出怀中的火折点燃干稻草，"好了，进来吧。"

倾城坐在地上，看着熊熊的火苗紧紧皱眉，"萧公子，易公子不会出什么事吧……"

萧奕然坐在了她身边，扔了节枯木进火堆，缓缓道："我也不知……"

听见萧奕然如此的回答，倾城心中紧紧地揪起，易公子不可以有事……一定不可以！

萧奕然微微瞥了她一眼，道："我们现在能做的就只有等。"

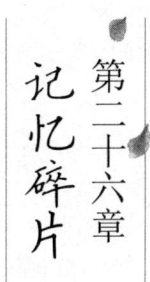

第二十六章 记忆碎片

"倾……"萧奕然顿顿,"玄夫人,玄庄主说你坠过崖……以前的事你一件都不记得了吗?"

倾城看向萧奕然,绝美的脸庞在火光下映得有点红,眼里闪着熠熠的光,"嗯……"她认真地点点头,"都不记得了……"

"哦——"萧奕然的目光又移到了火堆上。

"可是……"倾城缓缓说。

"可是什么?"

"我的脑海里老是出现一些画面和人,可是我都不记得呀,所以老是头疼,脑子就像快要裂开一样。"倾城说着,紧紧地蹙起眉,仿佛再次感受到了那折磨人的疼痛。

萧奕然静默地看着她,黯然,你竟然将我们都忘记了。是痛苦吗?还是不想面对?

"睡一会儿吧。"萧奕然看着她淡淡地说。

"可是易公子还没有回来。"倾城看着他皱眉,显示出浓浓的担心。

听了倾城的话,萧奕然重重地叹了口气,不知道瑾灏现在怎么样了。

"你们在担心我吗?"门口传来熟悉的声音。

萧奕然与倾城一起看向门边,"易公子!"倾城连忙站起身走到他身边,关心地问道:"你没事吧?"看到他还能这么笑嘻嘻的样子,萧奕然心里也就放心了。

"呵呵。"易瑾灏笑笑,倾城离自己是这么近,渐渐地,倾城的样子越来越模糊。

"易公子!""瑾灏!"

倾城眼看着易瑾灏倒下,立即将他扶住。"萧公子,易公子这是怎么了?"她担心地问道。

萧奕然没有说话,而是让瑾灏慢慢地平躺在地上,搭上他的脉搏,心里猛然一震,怎么会这么弱？再看看地上的瑾灏，脸色苍白，毫无生气。

萧奕然赶紧将易瑾灏的衣服敞开，才看到他的肋下被划了一道。仔细检查后，发现他一共伤了三处，一处手臂，一处肋下，最严重的是背后的一剑，差点就刺穿了心脏。

"啊！"倾城看着易瑾灏满是鲜血的身子，身体有些禁不住地颤抖。

萧奕然皱眉，现在这种情况先要止住血。

"萧公子，你去哪？"倾城看着向庙外走去的萧奕然有些惊慌。

"采点草药。"倾城听了他的话这才放下心来，蹲下身小心擦拭着易瑾灏的身体。看着他身上深深的伤口，倾城缓缓地流下泪来。为什么要这么保护我？为什么连性命都不要？我们只是萍水相逢而已，为什么要舍命相救？易公子，易公子……你一定不能有事啊！倾城在心里默默祈祷着。

萧奕然在庙外的草丛里找到了些可以止血的草药拿进庙来，"碾碎了给他敷上吧。"他朝倾城说道。

"嗯。"倾城擦着脸上的泪点点头。

萧奕然看向她，郑重道："你好好照顾他，记住，他现在受了重伤，一定不能让他受了寒。"

"嗯。怎么，萧公子，你要走？"倾城停住了手。

萧奕然叹了口气，"这些草药只能止血，如不用些特殊的药，他还是不会好的。"

"这……"

"我回去拿药，那些人一时半会儿还找不到这儿，你照顾好他。"

"嗯。"倾城看着萧奕然坚定地点点头，"萧公子，你放心。"

"嗯。"萧奕然向门口走去。站在庙前，他轻轻回头，看着庙中，女子正在小心地帮男子敷着药，眼里流露出满满的心疼。心里有些难过，他叹了口气，倾城，就算你失去记忆，心里还是只看得到瑾灏……黯然，转身，跨马，奔腾而去……

"易公子啊，不要担心，我会照顾好你的。"倾城边帮他敷药边说着，不知在对昏迷的易瑾灏说，还是在对自己说。敷完药后，倾城将易瑾灏的衣服小心翼翼地穿起，因为现在已是初冬，夜晚温度下降得很快，萧公子说他不能受寒的。

倾城坐在易瑾灏身边静静地看着他，他的脸是多么好看呀，虽然一脸惨白，但丝毫不会有损他的容颜。倾城就这么默默地看着，"你叫瑾灏，对不对？"她微微皱眉问道。

看着他，缓缓地，她竟情不自禁地伸出手，手指轻轻地抚上那浓黑的眉，慢慢地移到英挺的鼻梁，再到唇边，指腹轻轻地滑过有些干燥的唇。

"倾城……""啊！"倾城被猛然开启的唇吓了一跳，急忙收回手。她看向易瑾灏，"倾城……"他继续叫着，犹如梦语般呢喃地划过她的耳畔。

"倾城？你是在叫我吗？"白皙的手指指了指自己，倾城问道。"倾城……倾城不要跳……不要！"易瑾灏猛然睁开眼坐起身。

"易公子，你醒啦！"倾城在一旁开心地说道。易瑾灏摇了摇头，看向身边，"倾城！"他一把将倾城抱住，"倾城……你终于回来了……我好想你……"

　　"易公子，你……你放开我！"倾城微微地挣扎，想要离开那个坚实的怀抱。

　　"倾城，这次，不要离开，好不好？"

　　"易公子！放……"倾城有些愣怔，她感觉脖颈处有些凉意，有些液体缓缓流下。那是……泪，是易瑾灏的泪。

　　"兰儿，我爱你。"脑海里出现玄夜温柔的微笑，黑衣在风中飘舞。"放开我！"倾城推搡着眼前的男子。

　　"不！这次我不会再让你离开我！"易瑾灏说着更加紧了紧拥着她的手。"你放开！"倾城猛地一用力，推离了那个怀抱。

　　"呃——"一声闷哼，易瑾灏倒在了地上。

　　糟了！忘记易公子身受重伤了！倾城心里大喊不妙。"易公子？"她小心地叫着，"易公子？"地上的人却还是没有动静。

　　不会吧！他不会死了吧！心里的这个想法一出来，倾城便急了，"易公子！你醒醒啊！"她伸出手轻轻试探着他的鼻息，仔细感觉着，好像还有一丝气息。这时，倾城的心便稍稍定了定。

　　坐在火堆旁，她觉得眼皮越来越重。她摇摇头，不能睡呀，你可要照顾易公子的呀！她对自己说着。可是这哪里能抵挡得住一波一波的困意呢？渐渐地，倾城便睡着了。

　　"冷……"倾城好像听到了什么声音，她皱眉，是谁打扰了自己的美梦？

　　"好冷……"声音又再次传来。倾城猛地一激灵，易公子！她看向身旁地上的易瑾灏，"冷……"苍白的嘴唇微微开启。

　　"冷吗？"倾城皱了皱眉，看向火堆，火苗已经变得很小。她站起身，又拾了一些干稻草放进火堆，慢慢地，火势变得旺起来，她坐在火堆前烤着手。

　　"冷……""还冷吗？"倾城看向易瑾灏，她低头看了看自己，于是把身上的狐皮锦裘脱了下来，小心地盖在了易瑾灏身上。

　　一阵寒风吹过，倾城不禁打了个寒颤，她不自觉地朝火堆靠了靠。

　　"冷……好冷……"倾城侧过头看向易瑾灏，他侧过身子蜷缩着，狐皮锦裘被紧紧地裹在身上，身体不住地颤抖着，浓黑的眉拧成了一团。

　　怎么办？怎么办？萧公子说过，他不能受寒的……可是现在……她看看四周，根本没有什么可以利用的东西……再这么下去，别说他会染上风寒了，就算是冻死也是有可能的！

　　"冷……"地上的人依旧呢喃着。倾城紧皱柳眉，不知如何是好。

　　"冷……"倾城看着他，似乎下了很大的决心，缓缓地俯下身，将易瑾灏抱进怀里。渐渐地，怀里的人安静了下来，呼吸开始变得平稳均匀。

倾城却没有这么安心，她的心咚咚地跳着，除了夜以外，她哪里还与别的男子这般亲密过？近近地靠着他，闻到了一股龙涎香的味道，真好闻……似乎是久违的味道。倾城闻着闻着，就这样慢慢睡着在易瑾灏的怀中。

倾城漫无目的地走入一个花园，一曲悠扬的箫声传来，她静静地听着，不禁有些痴了。循着箫声望去，她看见一片紫竹林，一个男子正立于水榭吹着玉箫，微风掠起他金色的发带和黑色的衣角。似是感觉有人走了过来，男子缓缓转身。

倾城向他慢慢地走近，"二殿下，刚才的箫声很好听。"她露出动人的微笑。男子没有讲话，只是轻轻一笑，似是自嘲。

见男子没有说话，倾城走上前又道："二殿下，这是我亲手做的，尝尝吧。"男子看着倾城，正准备伸手，倾城微低着头说，"谢谢你上次救我……对不起，都是我，你才会……"男子的手顿时停在半空。他缓缓地放下手，冷冷道："不必了，你回去吧，我不需要别人的同情。"

"可是，二殿下……""你走啊！"男子朝她有些狂吼。倾城一愣，看了他许久，慢慢地转过身，准备离开。"不要！"倾城感觉被猛然拉入一个怀抱，"哐！"盘子和糕点都粉身碎骨，男子将脸埋入他的发中，"不要走……"低低的声音从肩上传来。

"瑾轩！"倾城猛然睁开眼，感觉被什么抱着，很温暖。她皱了皱眉，看向身边，易瑾灏正紧紧抱着她，而她正紧紧贴在他的胸前。

"啊——"倾城低低地叫了一声，轻轻地推开他，坐起身，看了看窗外，天已经亮了。

易瑾灏皱了皱眉，缓缓地睁开眼。"倾城！"他看着倾城叫着，眼里闪出莫大的惊喜。看着倾城有些愣愣地看着自己，他忽然反应过来，弯了弯嘴角，自言自语道："你失去了记忆，你现在不是倾城，是玄夫人。"

倾城看着他，也皱了皱眉，忽然想起梦中的那个男子，便脱口而出，"易瑾轩是谁？"

"你想起来了？"易瑾灏抓紧了她的双臂，眼里充满惊喜。

倾城皱眉摇摇头，"你认识他吗？"

易瑾灏看着摇头的倾城愣了愣，眼神顿时黯淡了下来，"是我二哥。"

"你二哥？易瑾灏，易瑾轩。"倾城点点头，忽然又抬起头问道："那他现在在哪？"

"他死了。"

"死了？死了……"倾城不断重复着，忽然想起曾经的那个梦，自己手里那个满是鲜血的匕首，心房被重重地撞击了一下，胸口一阵疼痛。

"你怎么了？"易瑾灏看她脸色不好，便问道。

"好多血……好多血……"倾城忽然慌乱起来，脸色煞白，泪如断了线的珠子般落下。

"倾城……"易瑾灏不知她是怎么了，看着她这般，也是慌乱无措。他出于本能伸手将眼前慌乱的人儿抱入怀中，轻声安慰道："不要怕……不要怕……"倾城靠在那个怀里渐渐地平静下来，不知为何，那个怀抱使人如此安心……不可以！不可以！她一下子反应过来，立即离开了那个暖人的怀抱，"易……易公子，对不起……"

易瑾灏愣愣地看着身旁的她，缓缓道："没关系的，你不用在意。"

倾城看向窗外，朝易瑾灏道："你饿了吧？我去找点吃的。"

"你？"易瑾灏皱了皱眉，道："我去吧。"随即想要起身，却感觉背部一阵扯裂的疼痛。

"你快躺下！"倾城见状紧张道，"你受了这么重的伤，连起身都困难，还找什么吃的呀！"

"我……"易瑾灏语塞，看着倾城，缓缓点头道："好吧……你……自己小心。"

"嗯。"倾城朝他留下一个欢快的微笑转身出了庙。

不到一炷香的功夫，倾城便回来了，裙子里盛着一些野果。"我只能找到这些了，你就将就着吃吧。"她看着易瑾灏，满脸的歉意。她走到易瑾灏身边蹲下，将水果放在地上，再用裙子一个个擦净，递给他微笑道："吃吧。"

易瑾灏看着她欢快的脸，也笑了起来，接过野果，咬了一口，道："真甜。"享受地一连吃了三四个，易瑾灏看向一旁的倾城，"你不吃吗？"

倾城朝他微笑，摇摇头。易瑾灏看着她，嘴唇有些酱紫，脸色也变得苍白起来，"你……怎么了？"

"没事。"倾城摇摇头，让他不要担心。

"没事？"易瑾灏皱眉，她现在的样子让他怎么能觉得她没事呢！他警觉地撩起倾城的衣袖，赫然发现他的手臂已经变得乌紫，手腕上还有两个深深的齿痕。"你中了蛇毒？"易瑾灏惊呼。

"我没事。"

"你！"易瑾灏不知如何说这个傻丫头，她难道不知中了蛇毒若不及时救治会丧命吗？

"你干什么？"倾城看他拉了自己的手腕就往嘴边送，但任凭她怎样挣扎，易瑾灏也不松手。"你快放开啊！"易瑾灏不理睬她，只是紧紧地扣住她的手腕，专心地吸着她伤口上的毒。

终于，倾城手臂的蛇毒被吸尽，看着她的手臂已恢复正常，易瑾灏松了口气。

"你为什么这么傻？"易瑾灏抬眼看着倾城，"为什么中了毒都不说？"

倾城努了努嘴，"你才傻，为什么帮我吸毒？"

"为什么？"易瑾灏呆呆地自喃，他看向倾城，"只是不想你再离开。"

看着易瑾灏悲伤的表情，倾城小声地说道："可是我并不是那个倾城呀。"

易瑾灏静静地看着她，没有说话。

弦月宫。

柳飘絮站在窗边看着外面淅沥的小雨，心中忐忑不安，奕然与瑾灏去暗查御剑山庄，那必然会知道兰儿就是顾倾城，若那时，奕然会怎么想自己呢？忧愁着，端起茶轻轻地抿了一口。

忽然，门口传来了脚步声，她有些疑惑，除了侍奉的宫女一般没有其他人会来弦月宫啊，她循声看向门口。"奕然！"她惊喜地叫出了声，"怎么会回来得这么早？是不是决定不铲除御剑山庄了？"柳飘絮看着萧奕然试探地问道。

萧奕然一脸铁青地看着她，眼里有着掩饰不住的愤怒。"你早就知道了，对不对？"

"啊？"柳飘絮愣了愣，脸却白得像张纸，"你……你说什么呀？奕然……"

萧奕然上前一把抓住她的肩膀，"你早就知道她就是倾城，对不对？"他狠狠地盯着眼前的人，双眼仿佛喷出火焰一般。

"哐当！"柳飘絮双手一松，手中的白玉茶杯掉在地上摔了个粉碎。"奕然……"柳飘絮满眼含泪地看着他。

"为什么要骗我？"飘絮感觉肩上的手在微微地颤抖，看向面前的萧奕然。萧奕然低着头，看不出他脸上的表情。

"奕然……"

"你难道不知道我对倾城的感情吗？"萧奕然的手缓缓地无力地垂了下来。

"我……"看着萧奕然这般，柳飘絮也难过起来，"我不是故意的。"

"那你为何入宫后不告知与我？"萧奕然质问道。

"我……"柳飘絮缓缓低眉，眼眸看向地面，"我只是想你能爱上我。"

"你……"萧奕然看向她，无奈地摇了摇头，"你不该的……"

"可是她早已忘了你呀！"柳飘絮看着他黯淡的黑眸，似有些不平，"她与玄夜生活得很幸福。"见萧奕然不说话，柳飘絮微微地叹了口气，"是她辜负了你。"

萧奕然轻轻摇了摇头，缓缓说道："你不知，是我辜负了她，是我亲手将她从我身边推开的。"仿佛又回到了往昔的痛苦回忆，他紧紧地蹙着眉，眼睛紧闭着。

柳飘絮见他这般痛苦的样子，伸手轻轻地搭上他的肩，安慰道："这不是你的错，都是江天宇那个恶贼。"

"飘絮，你……不该骗我的……"萧奕然抬头看向她的眼。

"我……对不起……"

萧奕然看着柳飘絮如此自责的样子，微微叹了口气，转身道："我该走了。"

"走？你去哪里？"飘絮疑惑地问道。

"瑾灏受了重伤，我回来拿药。"他顿了顿，"倾城在照顾他。"

"瑾灏受伤了？"飘絮吃惊地问道，"倾城在照顾他？"飘絮更加疑惑，"她恢复记忆了？"

"没有。"萧奕然摇了摇头，"她的孩子被江天宇带走了，江天宇说是要让玄夜、我与瑾灏去找他。"他向飘絮解释道，"谁知我们在御剑山庄暴露了身份，因而途中遇到了其他仇家的伏击。"

"瑾儿被江天宇抓走了？"飘絮大惊，她想了一想，道："江天宇让你们三人去找他必定有阴谋。"

"嗯。"萧奕然赞同地点点头，他早知这点。又道："可是那是倾城的孩子，无论如何我都会救出他的。"

"瑾儿……"柳飘絮犹豫了一阵，"瑾儿有可能是瑾灏的孩子。"

"什么？"萧奕然相当震惊，"怎么会……"他看向飘絮，"你如何知道？"

飘絮微微摇头，低眉，"我也只是猜测而已。"

萧奕然看向她，"好了，我要走了。"

"等等！"柳飘絮将他叫住，"我……我也同你一起去吧。"

"你？"萧奕然停下脚步，皱眉看向她。

"嗯。"飘絮点点头，"怎么说倾城也是我的救命恩人，瑾儿也叫我一声姑姑，所以我便非去不可。"

萧奕然定定地看着她良久，微微点了点头。

"易公子……"

"嗯？"易瑾灏看向一旁的倾城，等待她下面的话。

"我真的与那倾城很像吗？"倾城扑闪着大眼睛问道。

易瑾灏愣了愣，缓缓摇头，"不，是一模一样。"

"啊……"倾城低低地惊呼了一声，满脸惊讶，心想，这世上竟有与自己长得一模一样的人吗？她又看向易瑾灏"那……你能给我讲讲她吗？"

易瑾灏静静地看着她，那眼神，眼神有些迷离，又仿佛要将她看穿，易瑾灏微微点头，"好。"

一听易瑾灏愿意讲，倾城便来了精神，她向他身边靠了靠，一脸专注的神情。

易瑾灏见她这般模样，有些想笑，果然是倾城呵！如此可爱！看着倾城的脸，他的思想渐渐飘远，飘到了两人初遇的河畔。

"那个午后，我随二哥偷偷出来玩，趁二哥去买东西，我便在树下小憩了一会儿。突然，一声水声传来，我便循声望去，一个宛如仙子般的女子正沐浴河中。"易瑾灏微笑着，仿佛回到了那个时候。

"易公子你……"倾城有些脸红，"你偷看人家洗澡啊！"

"呵呵——"易瑾灏朝她一笑，"我也不是故意的，只是碰巧看到。"他眼神看向远方，继续说道："很快，她便上了岸，而我的出现让她有些措手不及。记得当时她的脸红扑扑的，看见我气急败坏地说我是淫贼。

"我也不恼，只当是与她玩耍，便对她说要对她负责，可以娶她当妾。"易瑾灏笑笑，"其实当时我还都尚未娶亲，说这话只是为了恼恼她罢了，而她那样子也着实有趣。后来她见说不过我，便气急败坏地走开了。殊不知，那日，她便在我心里住下了。"易瑾灏脸上浮现出幸福的表情，倾城看在眼里。

"也许是机缘巧合吧，几个月后，在戎城，我竟又遇见了她。"易瑾灏没有看倾城而是继续说道，"那时她身边已有另一个男子，看着那男子在她身边，我心里有些不好过，但还是与她斗气拌嘴，因为我喜欢看她嘟起嘴的可爱模样。许是缘分，我们同住在一家客栈。那晚，我们在楼道相遇，又开始斗起嘴来，激动之处她还将小拳头挥向我……"

倾城嘟嘟嘴，"怎么如此野蛮。"

易瑾灏看着她笑了一下，对着她说："这便是她的可爱之处。"眼神直直地看着她的眸，仿佛要将她映入脑中。"我也与她嬉闹，谁知，一个不小心，她将我拉倒，我便……"

"便怎么了？"倾城急切地问道。

"便……吻了她。"易瑾灏微微扬起嘴角，眼神看向窗外，仿佛回到了那个美好的时刻。

"啊！"倾城捂住了嘴，惊讶地叫了一声。

"那是我的初吻。"易瑾灏微笑，"见她的表情，也应是她的初吻。"

倾城想象着当时的画面，不禁觉得好浪漫。她回过神，看了一眼易瑾灏，示意他继续讲下去。

她专注地听着，听着易瑾灏口中的倾城。

"那你们现在为何分开了？"倾城不解地问。

易瑾灏眼神黯淡下去，他捡起地上的一根稻草，将它扯断，"她为我跳下了山崖。"

"啊！"倾城张大了嘴，"跳下山崖？那……她现在……"

"她现在……"易瑾灏看向她，眼神炽热。

"呃——"倾城被易瑾灏看得实在不舒服，不自然道："我……我出去一下，你好好休息吧。"

看着倾城离去的倩影，瑾灏微笑，"老天，原来你待我也不是那么薄！"

倾城靠在破庙外的墙边。为什么看着易公子的眼睛会紧张？为什么好像很想待在易公子身边？她皱了皱眉，真的不懂自己到底是怎么了。

易公子说那倾城跳下了山崖，夜说我是不小心掉下山崖才失去了记忆，易公子说我与那倾城一模一样……会不会……心中产生了疑虑，她猛然一怔，夜……他会骗我吗？想起玄夜，倾城感觉心房有些疼，她摇了摇头，夜是她的夫君，他们已有了瑾儿，她实在不应怀疑夜的。

山路上，玄夜骑着马，一路追踪，却还是丢掉了江天宇的踪迹。

月亮已跃上树梢，玄夜看着天边的山头，脑海中想起了倾城。不知兰儿现在如何，她身体一向不好，如今见瑾儿被拐，她会受得了吗？越想越担心。玄夜看向前方，现在没有了江天宇的踪迹，再追下去也是徒劳的，想来那人抓了瑾儿又开出那样的条件，应该不会伤害瑾儿才是，不如先回去从长计议。想着，他便调转马头。

一路风尘，玄夜回到御剑山庄。

快步进庄，来到倾城的别院。

"庄主！你回来啦！"珠儿惊喜道。

"嗯。"玄夜皱眉点点头，"夫人呢？"

"夫人……"珠儿突然支吾起来。

玄夜眉眼一聚，"兰儿怎么了？"

"夫人……"珠儿见玄夜如此激动，咽了咽口水说，"那日夫人醒来后便叫张总管去找了那萧公子与易公子。然后三人便一同走了。"

"萧扬？易瑾灏？"玄夜皱眉。不对，那日那人说是让萧奕然易瑾灏去找他，那这萧扬……玄夜猛然一惊，莫非他就是萧奕然！他那日竟是易容！可是为何他见了兰儿没有易瑾灏那么大的反应？玄夜不解。他又想起，若他是萧奕然，萧奕然是越王，那这易瑾灏的身份便也是特殊异常了……可这易瑾灏到底会是什么人呢？能与越王在一起？想来想去，脑海中一个身份浮现——翊王！

"庄主，你去哪？"

"易公子！"倾城从庙外回来，看见易瑾灏正准备起身，立即走到他身边让他躺下，"萧公子让我好好照顾你，你身上还有伤，切不可随意乱动！"她看着他一本正经地说道。

易瑾灏看着她这般严肃的模样只好乖乖听话，缓缓地躺下身。"我的伤已经没什么了。"他朝她说道，好让她放心。

"没什么？"倾城瞪大了眼看着他，"我明明瞧见你身上的伤口有那么深！"说着，倾城还用手夸张地比划着。

易瑾灏看着她的模样不禁扑哧一笑。

"你笑什么？"倾城看着他，不满地嘟嘴。

"笑你啊！"他继续笑着，"哪里有那么深，若真是那样，我现在还能与你说话吗？"

倾城满脸通红地说不出话来，只能不服气地哼了一声。低声道："伤得那么重，还嘴贫！"

庙外传来一阵马蹄声，易瑾灏收敛了笑容，立即警觉起来。

一个玄衣男子阔步走了进来，身上散发着王者的气息。

一见是萧奕然，易瑾灏便放下心来。

"萧公子，你回来啦！"倾城惊喜地走到萧奕然身边，萧奕然伸手，从怀中掏出一个精致的小瓷瓶，递给倾城。"喂他服下便好。"

"嗯。"倾城点头，正准备到易瑾灏身边，又一个脚步声传来，朝庙门口望去。"飘絮？"倾城瞪大了眼，看着门前的那人。

"兰儿，又相见了。"柳飘絮微微一笑。

"飘絮。"听见柳飘絮的声音，倾城竟流下泪来。

"兰儿，别哭。"飘絮走到她身边，安慰道。

"呜呜——飘絮……"倾城扑到她的怀里，纤弱的身体不停地颤抖，"瑾儿被人带走了，呜呜——"

飘絮轻轻地拍着她的背，温柔地说道："不用担心，我这不是来帮你了嘛！更何况还有奕然和瑾灏。"

听着飘絮的安慰，倾城渐渐地停住哭泣，安静了下来。

"瑾灏，你怎么样了？"萧奕然走到易瑾灏身边关心地询问着。

"好得差不多了。"易瑾灏努努嘴，将脸撇向一边。他还是不习惯萧奕然的关心。

看着易瑾灏这般，萧奕然无奈地摇了摇头。

"瑾灏。"飘絮柔声地轻轻叫道。

"飘絮姐姐。"易瑾灏不情愿地看向她。

"对不起……"飘絮说着，满眼的温柔与歉意，"原谅我抛下你独自一人。"

"我……都明白的。"

听着两人的话，倾城瞪大了眼，惊讶地指着三人，"你们……你们都认识？"

飘絮看向她，微微一笑，"是时候与你解释了……倾城。"

"你说……什么？"倾城有些不可置信地看着她。

"飘絮姐姐！"易瑾灏低声地叫道。

柳飘絮朝易瑾灏摇了摇头，道："你想等她恢复记忆，看样子不是易事，而且，此事她应该知道的。"她又看向倾城，"倾城，你随我来。"

倾城看着飘絮出庙，只得愣愣地跟在身后。

走到小河边，飘絮停了下来，她找了块光滑的大石坐下。身旁的小河在夕阳的余晖下金光粼粼，宛若一条金带。

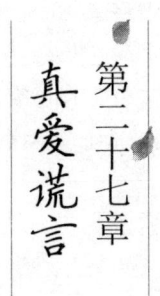

第二十七章 真爱谎言

"倾城,坐下吧。"飘絮朝她说道。

倾城在她身边老老实实地坐下,"飘絮……你为什么也和他们一样叫我倾城呢?"她平静地问道,心里却紧张得很,提着一颗心。

"你本名叫顾倾城,而你因为摔下山崖失去了记忆。"飘絮看着倾城道,脸上没有什么表情。

"我是摔下了山崖失去了记忆?可我是兰儿啊!"倾城有些急切地说道,"飘絮你不也是知道的吗?"

"不?"柳飘絮摇了摇头,"你是顾倾城。"

"我……可是夜……"

"他在骗你。"飘絮打断了她的话。

"夜……在骗我?"倾城愣愣地说,眼神空洞地看向飘絮的耳后。

飘絮点点头继续说道:"你是瑾灏的倾妃。"

"倾妃?"倾城重复着,更加疑惑。

"对!瑾灏他便是翊王。"

"啊!"倾城惊讶地轻叫了一声,小手捂住了嘴。

"你是为了他才跳崖的。"柳飘絮看着满脸惊诧的倾城正色说道,"当日在白虎坡,西戎王用你来要挟瑾灏,而你为了不让瑾灏成为翊国的罪人,趁着西戎王大意时,撞开了他自己跳下了悬崖。"

"这……这不可能……"倾城呆呆地摇头,仿佛飘絮说的是天方夜谭。自她醒来后,她的世界里便只有夜,后来还有了瑾儿。对了!瑾儿!"可瑾儿是我与夜的孩子啊!"仿佛抓住了一棵救命稻草,倾城赶紧说道。

"这……"飘絮脸色有些沉,"瑾儿……瑾儿有可能是你与瑾灏的孩子。"

"不!"倾城大惊,"不会的!"她站起身,"你们都在骗我!你们都是骗我的!"倾城歇斯底里地叫喊着,仿佛要将全身的力量都用完。

"倾城……"

"这肯定不是真的……一定不是……"倾城靠在墙边喃喃地自言自语。"夜……怎么会骗我呢?"心中慌乱无措,她紧紧地扯着下摆的裙边,泪一滴一滴从脸上滑落,滴到莹润的手背上。

"倾城。"身旁,一个好听的声音传来。

倾城转过身,"你?"她擦干脸上的泪水,看向他,"易公子……"

"你……没事吧?"易瑾灏问道。看着倾城这般地慌乱,他真的好心疼,他不想让她承受如此大的痛苦。若是这样,他宁可不被她记起。

"我……"倾城默默地低下头,她不知道该怎么办,到底是应该相信飘絮,还是应该相信夜。

易瑾灏看着她这样,咬咬牙道:"现在你什么都不要想,将瑾儿救出要紧。"

倾城看向他,微微地点头。

易瑾灏也点点头,朝庙里走,道:"我们上路吧。"

萧奕然皱了皱眉头,"可是你的伤……"

易瑾灏嘴唇微微地一翘,"不碍事。"

"不可!"萧奕然阻止道,"你受了这么重的伤,切不可劳累。"只是瑾灏不想让倾城担心,毕竟倾城的孩子还在江天宇手上,又道,"至少明天才可以动身。"

易瑾灏看向倾城,纤弱的身影立于庙前,"我说无碍。"

"易公子,你便听了萧公子的话吧!"倾城低垂着眸说道。心中只希望她的瑾儿没有事。

夜晚,月色氤氲。

"倾城,你早些休息吧。"萧奕然铺好稻草朝倾城说道。要知道倾城身体本来就不好,当年又为他中了一刀,更加导致她身体孱弱。

倾城摇摇头,"我还要替易公子换药。"

柳飘絮微微地笑道:"就交给我吧,你放心去睡吧。"

"这……"她犹豫。对上易瑾灏的柔情似水的眼眸,她轻轻地点头,"好吧。"

倾城背朝他们躺下,庙里很安静,只有从庙外隐约传来的虫鸣声,但她却依旧难以入眠。

想起飘絮说的话,她便感到莫名的恐慌与不安。她真的不相信夜会骗她,曾经,无论夜说什么她都信,为何现在,她竟怀疑了起来?闭上眼,脑海里浮现出瑾儿的样子。瑾儿,易瑾灏,两张脸越来越相像。怎么会这样?倾城疑惑,难道……不……她始终不愿相信。

深夜。

萧奕然轻声走到倾城身边，脱下外袍，轻轻地罩在她身上。他低头仔细看着她的脸，还是那么美丽，而且还多了一些为人母的慈爱之感。倾城……萧奕然静静地看着眼前熟睡的人儿。我不再会让你受到一点点伤害，我只要你幸福就好。

"瑾灏……"熟睡的人儿轻轻自语，小小的口一张一合。

萧奕然看着她，嘴角微微地扬起一抹儿苦笑，轻轻点头，"嗯，我知道了。"

第二日，天还未大亮，倾城便醒了。

"你醒了？"易瑾灏看向坐起身来的倾城。

倾城看向他，他正靠着身后面的石柱，眼眸看向自己，你……一夜未睡？"

易瑾灏朝她笑笑，"没有，刚刚才起身。"他想起昨夜见到的情景，萧奕然将衣袍小心翼翼地盖在倾城身上，嘴角的笑容渐渐地收敛。其实，萧奕然——哥哥，他真的很爱倾城。

两人相视着，默默无语。

脚步声传来，萧奕然从庙外进来，将衣服里的野果放下，看向两人道："今早便先将就将就吧。"

倾城回过神来，收回眼，定定地看向地上的野果。

"喔——"只听见一声懒腰，飘絮揉揉眼坐起身，"怎么大家都起来了？"

三人都没有说话，只是自顾自地做自己的事。

"我们马上便走吗？"倾城小声地问道。

易瑾灏看向她坚定地点了点头，"嗯。"

萧奕然将水袋放下，皱了皱眉正色道："现在最大的问题是江天宇带着瑾儿到底去了什么地方。"

听了萧奕然的话，大家都愣了一愣。是啊，谁知道江天宇去了什么地方呢？

"我……"倾城低眉，微微开口。

三人都看向她。

"我有感觉……"倾城看向远处的北方，指道，"瑾儿在那边。"

三人相互看了看，没有说话。只有易瑾灏缓缓地开口，"我相信倾城……我们就去北方吧。"只是他没有说，他的心中其实也有一些奇怪的感觉，好像北方在有什么指引他一般。这到底是怎么回事呢？

萧奕然定定地看了两人，点头道："好，就往北。"

一行四人驾马跋涉，终于来到翊国北方重镇江州。江州市集人来人往，车水马龙。北地天气虽寒，却不及北地人们的热情。

"不如我们问问这里的人吧！"飘絮提议道。

"嗯。"萧奕然点点头，现在也只能这样了。

"那我们便分头去问吧。"倾城提议。

"嗯。"飘絮看向萧奕然,"我便与奕然去这边,你和瑾灏就去那边吧。"飘絮指向前方,"傍晚在前边的悦来酒家相聚吧。"

倾城抬眼看向易瑾灏,又微微地垂眸,轻轻地点头,"嗯。"

"呼——"倾城将红红的小手放在嘴边吹了吹,真的好冷啊!这里的天气对于她这样常年住在南方的人而言是极难忍受的。

易瑾灏将她的动作看在眼里。上前,轻轻地将她的手攥进手中,哈着气在手里轻轻地搓揉。倾城微微一怔,不自然地看向易瑾灏,将手轻轻地挣脱。

易瑾灏一愣,回过神,失落地垂眸。

"请问有没有看到一个老者带了个刚满周岁的孩子?"

"没有没有。"男人摆摆手。

"请问有没有看见一个老者,他带了个刚满周岁的孩子?"

"没有。"女人摇摇头。

"请问……"

"兰儿。"不远处一个熟悉的声音传来。

倾城回过头望去,黑衣的玄夜正骑于白马之上,黑色的鹅绒镶于领边衣袖与衣摆。

"夜!"倾城惊喜。

玄夜一个翻身下马,快步走到倾城身边,"兰儿!"一把将倾城拥入怀中,轻抚她的发,柔声道:"你没事吧?"

"嗯。"倾城摇摇头。她在熟悉的怀抱中,忽然觉得多了些陌生,脑海里出现飘絮说的话,她心里微微地一凉,轻轻地推开玄夜,"我没事。"

玄夜看着她如此不同寻常的表现,很是奇怪。他注意到倾城的身旁还有一人,脸微侧,看向易瑾灏,"易公子?"

"嗯。"易瑾灏对他微微点头,"玄庄主。"

"不知易公子为何会与内人在一起?"玄夜看向易瑾灏,语气中满是敌意。

"我……"

"夜,是我让易公子与萧公子帮我找瑾儿的。"倾城解释道。

"萧奕然?"玄夜大惊。

"夜……你认识萧公子?"倾城问道,当她听到玄夜叫出萧奕然的名字时,心中就开始发寒。

"你……回忆起什么来了吗?"玄夜试探地问道。

"没有。"倾城微微地摇头。

"哦,只是曾经有过一面之缘。"玄夜有些心虚,他不敢看倾城。倾城该不会已经知道了吧?他们有没有告诉她?他是不得已的,他只是不想倾城离开自己。

"嗯。"倾城不再看他,她怕自己会问夜,更怕从玄夜口中得知事情的真相。

"兰儿。"玄夜将她轻轻地拥入怀中,轻声道:"其实我一人也可救出瑾儿的。"

微微地瞥了一眼旁边的易瑾灏，"你无需找他们的。"

"夜，易公子他们在帮我们。"倾城抬头皱眉仰望着玄夜。

玄夜低头看了倾城一眼，微微点头，"嗯。我们走吧。"

"我们与萧公子说好的，在悦来酒家碰面。"

"嗯，我认识的。"说完便揽着倾城离去。

倾城侧脸看了一眼易瑾灏，轻声道："易公子，我们走吧。"

看着前面紧紧地贴在一起的两人，易瑾灏微微皱眉，视线灰暗得很，仿佛有层纱蒙着眼。手轻轻地扶在胸前，胸口有些疼痛，是伤口裂开了吗？

"倾城！"进了悦来酒家便看见柳飘絮。瞥见倾城身旁的玄夜，飘絮皱了皱眉，"玄庄主？"

玄夜面无表情地朝她点点头，看向飘絮身边正坐着喝茶的萧奕然，果然是他。

"瑾灏呢？"飘絮关心地问道。

"飘絮姐姐。"门口进来一个人，飘絮一见正是瑾灏。

"瑾灏，你的脸色好不对劲啊！"飘絮走到易瑾灏身边微微地将他扶住。

"飘絮姐姐，我没事。"瑾灏朝飘絮微微一笑，脸色苍白得吓人，"定好房了吗？我想休息了。"

飘絮看着他，愣愣地点头，"嗯。"

"那我现在去了。"回头，朝玄夜与倾城微微地颔首，"失陪了。"

"易公子……"倾城微喃，想上前去。

玄夜紧了紧箍在倾城腰间的手。倾城抬眼看了他一眼，默默地低下头。

四人目送易瑾灏离去，又陷入了一阵沉默。

"玄庄主，我们又见面了。"萧奕然端着茶杯说着，波澜不惊。

"是啊，萧公子。"玄夜将倾城带到萧奕然面前，温柔地看了看怀里的倾城，缓缓地低下头吻在倾城的额上，道："感谢萧公子这几日对内子的照顾，玄某不甚感激。"

"夜！"倾城有些惊讶地抬头看着他，又看了看萧奕然。

萧奕然一怔，然后扬了扬嘴角，"好说，夫人这几日也对我们照顾有加啊。"

柳飘絮实在看不过去，她对玄夜原本就毫无好感，现在更是厌恶。"玄夜，我一直以为你是正人君子，原来你是小人！"

"飘絮！"萧奕然皱了皱眉。

嘴角轻扬，玄夜道："难道萧公子就是正人君子了吗？化名萧扬，又不以真面目示人，混入我御剑山庄所为何事？"

"你！"

"不好啦！上面有个人晕倒了！"一个小二从楼上下来慌忙地叫道。

倾城心中一惊，"易公子！"提起裙边一路小跑上了二楼。"倾城！"萧奕然与柳飘絮也都跟在身后追了上去。

"兰儿……"看着倾城的背影，玄夜失落地自喃。

"易公子！"倾城摇晃着地上的人。那人脸色如纸般苍白，嘴唇没有丝毫血色，一动不动，任凭倾城如何摇动，他还是安静地躺在地上。

"瑾灏！"萧奕然上前搭起易瑾灏的脉搏，紧紧拧着眉，将他背起。

"萧公子，易公子他到底怎么了？"看着床上毫无生气的人，倾城满是担心。

"他……"萧奕然皱了皱眉，"原本受了很重的伤，再加上一路的劳累，身体可能有些承受不住"他顿了顿，又道："可是不知为何，他的气息如此之乱。"

倾城没有说话，只是默默地看着床上的人。心中默念，易……瑾灏……

"兰儿……"倾城回过神，感觉一只手轻轻地搂在腰间，她看向身旁，"夜……"

"我们回房休息吧，你也累了一天了。"满眼的温柔，眼眸漆黑，深不见底。

倾城看着床上的易瑾灏。

"兰儿……不用担心，我想萧公子会照顾他的。"玄夜揽着她向门外走去。倾城回头，又看了一眼那床上安静地躺着的人。

回到房里。玄夜铺好被子，朝倾城唤道："兰儿，可以睡了。"

"兰儿？"玄夜朝窗边看去，倾城正站在窗前，眼神落在窗外，不知在看着什么。

"夜……"倾城轻轻开口，"我……兰儿真的是我的名字吗？"

玄夜猛然一愣，"当……当然……"

倾城没有说话，只是静静地看着他。缓缓地，走到玄夜面前，轻轻地环上他的腰，将脸深深地埋进他的胸膛，轻声道："你说，我便信。"

空中的手微微顿住，片刻，大手揽上纤腰，"嗯。"

床上，玄夜怎样都睡不着。只要一闭眼，眼前就出现兰儿看着那易瑾灏的眼神。看来那易瑾灏便是兰儿真正深爱的人吧！看着倾城熟睡的脸，玄夜有些迷茫。自己这么做是对是错？只是因为爱她，就想让她一直在身边，可是兰儿那么信任他，自己怎么可以……我只是不想兰儿受到伤害。

"怎么醒得这么早？"玄夜起身看向正在梳妆的倾城。

倾城看了他一眼缓缓地低下头，"我……我想去看看易公子如何了。"

"啊……这样啊……"玄夜朝她扯了扯嘴角，"我也陪你一同去吧。"

"叩叩叩——"

"进来。"屋内传来萧奕然的声音。

"萧公子。"倾城有些怯怯地叫道。

萧奕然抬眼看了一眼倾城身边的玄夜，冷漠道："原来是玄庄主和夫人。"

"萧公子……易……易公子他怎么样了？"倾城轻咬着薄唇弱声道。

"夫人放心，瑾灏他并无大碍。"萧奕然看着她淡淡地说道。

"倾城……"里屋传来易瑾灏虚弱的声音。

"是……易公子吗？"倾城张望着里屋问道。

"嗯。"萧奕然点点头,"自昨晚晕倒后便是如此,叫了一整夜。"

心被一种莫名的疼痛感笼罩,倾城感觉自己的脚似乎不受控制,竟径直往里屋走去。

"兰儿……"玄夜刚想上前,便被一只拿着剑的手拦了下来。萧奕然看着往里屋走去的倾城,朝他冷冷地道:"我看玄庄主还是不要进去的好。""射日"被紧紧地握着,似乎随时都会出鞘。

倾城在易瑾灏的床边缓缓地坐下,看着易瑾灏的脸,轻声道:"瑾灏……"突然不由得心里一惊,倾城愕然,我……在叫他什么?瑾灏……瑾灏……是这般地熟悉,仿佛已叫了千年万年。

"倾城……"倾城看着他苍白的嘴唇微张,轻轻地呢喃,"不要离开我……倾城……"手在空中慌乱地摸索着。"易公子……"倾城叹了口气,"啊!"倾城轻叫,看着易瑾灏紧紧地抓住自己的手。"易公子!"倾城有些挣扎,渐渐地,她平静了下来。看着紧紧抓着自己的手,手形很漂亮,只是骨节因为紧握而突出发白,突然,手上一使劲儿,倾城便倒在易瑾灏的胸膛上。"啊!"

"兰儿!"玄夜推开萧奕然闯进里屋,正看见倾城伏在易瑾灏的胸膛上,满面微红。

"夜!"倾城看向他不知说什么话,她用力地挣脱开易瑾灏,站起身。

"啊——"易瑾灏皱眉吃痛地叫了起来,可能是倾城的挣脱弄裂了伤口。

"易公子!"倾城赶紧坐下帮他查看。

易瑾灏微微地睁开眼,"倾城?"

"兰儿。"玄夜波澜不惊地叫道。

"夜……"倾城回头看看玄夜,又担心地看看易瑾灏。

循着倾城的眼光望去,看见玄夜与萧奕然正站在不远处,易瑾灏抿了抿嘴,不再说话。

沉默中,柳飘絮抱着早点进了屋。

"瑾灏,你醒啦!"飘絮放下手中的早点来到窗前。

倾城看着飘絮到来,起身让开位置。

"还感觉哪里不舒服?"飘絮关心地问道。

瑾灏摇摇头,朝她微笑道:"没有了。"他又看向倾城,"我们今天便起程去找瑾儿吧……我的身体无碍。"

"可……"

"萧公子……"门外有人叫道。

萧奕然转身看向门边,一个小二儿模样的人站在门口朝里张望,"进来吧!有事吗?"

"有人让我将这封信交给您。"小二毕恭毕敬地将手中的信封交到萧奕然手上。

萧奕然将信展开，默读了起来，眉头越锁越紧。

"怎么了，奕然？"飘絮问道。

"我知道瑾儿在哪了。"萧奕然淡淡道。

"真的？"倾城大喜，将他手中的信接过来。

"他在郊外的洞窟中！瑾儿他在郊外！"倾城拉住玄夜欣喜地叫着。

"这信……"易瑾灏皱眉。

"是江天宇的笔迹。"萧奕然道，与江天宇师徒这么多年，对他的笔迹还是很熟悉的。

"我们这便起程吧。"易瑾灏掀开被子淡淡说道。

一行人骑马来到郊外。四处寻找，却没有发现信上所说的洞窟。

"怎么会没有呢？"倾城有些着急，"我的瑾儿在哪里呢？"失魂落魄地寻找着，却没有一丝踪迹。

"兰儿。"玄夜将她拥进怀里，轻轻地吻上她的额头，柔声道："不要担心，瑾儿他会没事的。"

易瑾灏侧脸看着两人，心里一阵隐隐作痛，咬咬唇，道："我们再找找。"

"嗯。"萧奕然朝他点点头。

五人在树林草丛间耐心地寻找着。走过一片草丛，倾城似乎感觉踩到了什么，她蹲下身，小心翼翼地拨开草丛。一个规则的大石板出现在眼前，石板上有一个八卦形的石块。

倾城看向右边，玄夜正在不远处仔细寻找着。她又回过脸看向那个石块，伸手轻轻抚摸，她微微皱眉，抓住用力一拧，轰隆一声巨响，草地猛然间裂开来。"啊！"倾城脚下一滑坠入其中。

"兰儿！"玄夜循声而来，却已不见倾城身影。

萧奕然几人也听见巨大的声响赶来，却见玄夜纵身跳下一条沟壑，三人相视一看，也都跳了下去。

"好疼……"倾城揉揉手肘，爬起身朝四周巡视，漆黑一片，什么也看不到。"滴答……"她听到似乎有水滴的声音，背后吹来一阵阴风，顿时从脖颈凉到了脚上。"好黑……"倾城心里慌乱起来，"夜……"她叫了一声，"夜……夜……夜……"声音却在黑暗中回荡了起来，听起来更加阴森至极。

"啊！"一个黑影掠过头顶，倾城害怕得蹲下身来。"瑾灏……你在哪里！"她紧紧地抱着双臂，将头埋在双臂间，"瑾灏……我好怕……"她不知，在她极端害怕时，口中唤着的是易瑾灏。

"兰儿！"玄夜在黑暗中叫道。兰儿到底去了哪里？这里如此黑暗，兰儿一人一定很害怕，他一定要尽快找到兰儿！

"哎哟！好疼！"飘絮揉揉脚踝苦叫道。

"飘絮，你没事吧？"萧奕然一把将身边的柳飘絮扶起。

"呃……"这么近地贴着萧奕然，飘絮红了红脸，"没……没事……瑾灏呢？"飘絮大惊，他还有伤在身。

萧奕然心中一惊，叫道："瑾灏！瑾灏！"

"我没事。"不远处，传来易瑾灏淡淡的声音。他站起身，巡视着四周，周围很黑，但还是可以微弱地看个大概，这里很大，还有很多条岔道。"咳咳……"他轻咳了两声，道："我们分头去找他们吧。"

"你的身体……"萧奕然犹豫道。

"说了无碍。"易瑾灏冷冷地说道，"别再婆婆妈妈的……"顿了顿，又道："你不知道倾城怕黑吗？"

倾城蹲着哭泣了一阵，脑海里突然出现了瑾儿的小脸。"瑾儿！"她一怔，她不能待在这里，她要去找瑾儿，找她的瑾儿！她擦干了泪，起身摸索着石壁向前走去。"瑾儿，别怕，娘亲来了……"她边走便喃喃自语，脸上的泪流了又干，干了又流，她心中慌乱却又毫无办法。

"倾城……"易瑾灏在弯曲的石道中走着，心中满是担心。忽然，他撞到了一个东西。"啊！""谁？"他眉眼一聚，杀气涌了上来。

"嘤嘤——"脚边传来弱弱的哭泣声。"倾城？"他小心翼翼地唤道。

"嘤嘤——""倾城！"他上前，将眼前缩成一团的人抱进怀里。"呜——瑾儿……"倾城小声哭泣道。

"倾城不要怕！"易瑾灏轻拍着她的背，温柔地说道。

"呜——"倾城伸手抱紧他的脖子，哽咽道，"瑾灏……我好怕……好怕……"

易瑾灏浑身一怔，"倾城……"伸手微微扬起倾城的下巴，低头缓缓吻上香唇。倾城感觉到两片唇温柔地摩挲，慢慢地停止了哭泣，唇微微张开任凭那灵巧的舌头来回穿梭。

"唔——"易瑾灏慢慢地停止，呼吸着她的发香，轻轻擦拭着她脸上的泪水。

"易……易公子？"倾城微微惊诧，轻轻地推开他，让他远离。

"倾城……"易瑾灏不解。

"易公子……请恕兰儿无礼……"抑制着胸口的剧烈跳动，倾城轻声说着。

"嗯……"易瑾灏讪讪回应。原来……原来她还没有恢复记忆……

"起来吧，我们去找瑾儿。我想，这应该就是我们要找的石窟。"易瑾灏朝倾城道。

"啊！"黑影又飞了过来，倾城惊恐地躲进易瑾灏的怀里。

"别怕，只是蝙蝠而已。"易瑾灏柔声说道，轻抚她的纤背。

"把手给我。"

"嗯？"还未等倾城回答，她的手早已被攥进了温暖的大手中。耳边传来温柔的声音,蛊惑人心又带着些温暖之气,"这样你就不会害怕了。"

"这里好黑。"倾城嘟嘟嘴,身体却又向易瑾灏靠近了些。

"嗯。"易瑾灏紧了紧她的手,"有我在。"

"看,那里有光!"倾城指着前方叫道。

易瑾灏循着倾城的手指望去,前面真的有星火一样的光亮。"我们走!"

到那光的尽头,两人看到一大片深潭,深潭中间有一座小岛。那岛上躺着个小小的人儿,倾城定睛一看,正是在熟睡的瑾儿,惊慌地大叫起来,"瑾儿!"她看向易瑾灏,"瑾儿!瑾儿在那边!"

易瑾灏皱眉看向小岛,点了点头。

"瑾儿,娘亲来了!"说罢便准备下水。

"慢着。"易瑾灏将她拦了下来。"你会水吗?"

倾城一愣,摇了摇头。"那我们怎么办?瑾儿还在那边!"她焦急地问道。

易瑾灏小心地环顾四周,却什么也没有发现,按道理江天宇就在附近才是……

"兰儿!"

"瑾灏!"

在这时,萧奕然柳飘絮与玄夜同时从不同的岔路走了出来。

"夜!"倾城走到玄夜身边,指向深潭中间,"瑾儿……他在那边,呜——"

"不要担心。"玄夜轻抚她的头安慰道,"我这便去救瑾儿回来。"

"慢着!"易瑾灏将玄夜拦住。

玄夜充满敌意地看向易瑾灏,"易公子!"

"这潭水有古怪。"易瑾灏看着深不见底的黑色潭水皱眉说道。

"瑾灏说得对。"萧奕然也走到湖边。他指向墙边,"看,这边的墙上还长着爬山虎一类的植物,而靠近潭水的地方确寸草不生……"他抓起地上爬过的壁虎,丢入潭水中,壁虎不一会儿就变成了森森白骨。

"啊!"倾城掩着嘴大惊地叫起来,"那瑾儿……"

"那岛上应该没事……"易瑾灏观察后说道。

"哈哈哈——"一阵大笑声传来,大家都紧张起来。"你们都来了!"几人循声看向对面的岛上,突然多了一个人。

"江天宇!快将瑾儿还给我!"玄夜怒道。

"哈哈哈——"江天宇又大笑起来,他抱起地上的瑾儿,笑道:"这小娃娃我还真是喜欢,看这小模样……"他看向玄夜,"可一点都没有玄庄主的样子啊!"

"你!"玄夜气急,但碍于瑾儿在他手上,也不敢轻举妄动。

"你把瑾儿怎么了?"易瑾灏察觉不对,为何瑾儿没有醒来?

"翊王不要担心,老夫只是点了他的睡穴。"江天宇笑笑道。

"求你……将瑾儿还给我……呜呜——"倾城伏倒在地上痛哭。"他只是个普通的孩子，我们与你毫无瓜葛，为何要抓走他……"

"毫无瓜葛？"江天宇皱皱眉头，"说起来你还要叫我一声叔父呢！倾城侄女！"

"你……你说什么？"倾城猛然一颤。

"我说你是我的侄女呀。"他又指了指易瑾灏，不以为然道："还是这小子的妃子。"

倾城不敢相信地转头看向玄夜，"夜……"

"兰儿……我……"他痛苦地握紧拳，低下头缓缓道："是我骗了你……"

"夜……"倾城满眼含泪，"你怎么可以欺骗我？怎么可以……"她浑身颤抖着，脸色苍白，"那瑾儿呢？"

"瑾儿……他不是我们的孩子……"玄夜说着痛苦万分。

"我猜的果然没错，瑾儿是倾城和瑾灏的孩子！"飘絮兴奋地说道。

"瑾儿是……我的孩子？"易瑾灏瞪大了眼睛不敢相信这一切。

"那日，我在崖下发现，兰……倾城时，她便已有了身孕。"玄夜看向易瑾灏说着。

"夜，你为何要骗我，我那么相信你！"倾城瘫倒在地上，喃喃道："为何……要骗我……"

"倾城！我只是爱你！只是想让你在我身边，我……不想让你受到任何伤害。"

"你却不知，这才是最伤害了她。"看向玄夜，萧奕然淡淡地说道。

玄夜猛然一怔，喃喃自语道："我……伤害了她……"

"我再也不想见到你！"倾城朝他疯狂地吼叫道，指甲深深地掐进手心，传来钻心的疼。

"倾城……"

"我恨你！"倾城咬着牙对玄夜说道。她不知她为何如此恨他，可能是爱之愈深，恨之愈切吧！她如此信任他，他却偏偏欺骗了她。

"好了好了……"那边传来苍老的声音，不耐烦道，"我可不想听你们儿女情长。"

大家这时方才回过神来，看向深潭中心。

"你到底要做什么？这么大费周章地引我们过来，到底为了什么？"萧奕然阴沉着脸道。

"哈哈！越王果然是不同凡响！"江天宇笑道向萧奕然看来，慢慢地收敛了笑容，他道："然儿，你可真是为师的好徒儿啊！"眼神阴冷凶狠，"居然与易瑾灏这小子合谋害我！"

萧奕然微微一笑，却满脸冷意，令人胆寒，"你也不逊色，居然对我下云裳散。曾经我一直认为你是个值得尊敬的好师父，却没想到你是如此的卑劣！"

"我并未想要取你的性命。"江天宇说着，脸上居然浮现出一丝真诚。"我只是想让你听我的话。"

"可是你逼我杀了我的亲哥哥!"萧奕然握拳怒吼道,紧紧地握住"射日",他恨不得立刻了结了他!怒目圆睁,脖颈青筋暴起。柳飘絮很吃惊,她从未见过萧奕然如此地暴怒,看来瑾轩的死对他来说打击真的很大。

"那是她逼我的……"江天宇空洞地看着前方缓缓地说道。

"她?"柳飘絮皱眉,"肖淑云?"

"不要在我面前提她的名字!"江天宇朝她吼道。柳飘絮被如此的吼声吓了一跳。"这个薄情的女人!她如此薄情对我,枉费了我的一片真心!哈哈哈……"他突然又大笑道,"后来如何?嫁给易南天还不是得不到他的心?当上王后又如何?还不是独守着后宫?"

"住口!"萧奕然大声喝止,"不许你诋毁我母后!"

"你母后?哈哈哈——你母后?"

"我不管你们有什么恩怨,只要将我的瑾儿还与我就行了……呜呜……"倾城已经快接近崩溃,听了他们的对话,她觉得那人就是个疯子,瑾儿在他手上多一秒就多一分危险。她不管自己有着怎么样的曾经,如今,她只要她的瑾儿平安就好。

"倾城……"易瑾灏轻抚她颤抖的背,看向江天宇道:"快将瑾儿归还!否则休怪我不客气!"

江天宇低头看向怀里的瑾儿,温和道:"你们看呀,这小娃娃在我手里睡得多香啊!"他抬起头,看向对面,"要我放了他也可以,只不过……"阴毒的眼神扫过易瑾灏与萧奕然,"你只要将你们的王位转让与我便可。"他想着,既然这小娃娃不是玄夜的孩子,那玄夜自然也不会被他威胁。可是依照易瑾灏与萧奕然对倾城的情感,用这威胁他们是最好不过的了。

"什么?"易瑾灏和萧奕然大惊,他居然会提出这样的要求。这样一来,整个天下便都是他江天宇一人所有了。

"不可!"柳飘絮阻止道,她看向易瑾灏有些恳求道,"那是父皇一生的心血!"

"这……"易瑾灏犹豫,他看向身旁泪眼婆娑的倾城,那是他们的孩子!无论如何,就算是要了他的性命。"好!我答应你!"他回答得很响亮。

"瑾灏!"柳飘絮非常吃惊,她想不到易瑾灏真的会答应放弃王位的要求。

"那你呢?"江天宇看向萧奕然。

萧奕然眉头微皱,眼神循着倾城的方向看来,倾城也正期待地看着他。他曾经为了王位辜负了她,亏欠了她太多太多,若不是他夺回王位的欲念,恐怕倾城也不会如此,她的人生该会是怎样的美好,就算是他应还给她的吧!即使瑾儿不是他们的孩子。

"好。"

玄夜静静地看着,他想着,没有他,倾城也会很幸福的,因为有两个人如此地爱着她——两个王者!他们甘愿为了她放弃王位。是我错了!我不该以为只有自己才能给她幸福,纵使爱她入骨,但也终不及两个相爱的人在一起。

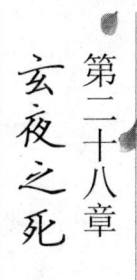

第二十八章 玄夜之死

"哈哈哈——"江天宇朝天大笑道："易南天，你的儿子也不过如此！居然为了一个女人，会放弃王位！"他抱着瑾儿轻轻踮脚，抓住石窟顶上一根隐匿于石缝间的藤蔓一跃而过，来到五人面前。

"瑾儿！"倾城正想要上前抱回瑾儿，江天宇却退后了一步。

易瑾灏有些怒目，"你说的条件我们都答应了，怎么，你想反悔？"

"哈哈哈！怎么会！"江天宇笑道，"只是……"

"只是什么？"萧奕然皱眉问道。

"我还有一个条件。"江天宇悠悠地说道。

"你居然得寸进尺！"易瑾灏将手中的长剑微微拨出，露出腾腾的杀气。

"什么条件？"萧奕然心平气和地问着，他想他们已经没有什么值得江天宇威胁的了，何必怕他。

"杀了肖，淑，云。"一字一顿地从江天宇嘴里蹦出来。

"什么？"众人都吃了一惊，萧奕然愣怔在原地，他不知江天宇居然会提出如此条件。

"奕然……"飘絮看向他，知道他现在内心正波涛汹涌，一边是深爱的人，一边是自己的母亲，如此为难，要他如何抉择？

"萧奕然……"易瑾灏皱着眉紧紧盯着他。肖淑云虽不是他的生母，但却从小抚养他长大，对她早已有了深厚的情感，如今连他都不忍，更何况是他这个亲儿子呢！可是瑾儿……易瑾灏看向江天宇怀里，那个正熟睡的小小人儿，他还那样小，他还未叫过他爹，他还没有看他长大，怎么可以就这样……易瑾灏紧紧握着拳。

"如何？"江天宇挑了挑眉看向萧奕然。

萧奕然低头，他实在不知该如何。肖淑云是他的生身母亲，他还未尽过孝道，如今却叫他杀了自己的亲生母亲，这是连禽兽都不会做的事，更何况是他？

"你不是说你爱肖淑云吗？如今却要杀了她，你还真是冷血无情！"柳飘絮在一旁气愤地说道。她愤恨江天宇怎么可以这般，一下说爱肖淑云，一下又要杀了她，难道这就是他所谓的爱吗？还是他根本就是个疯子？

玄夜冷眼看着江天宇和萧奕然两人，他看得出，萧奕然定然不会杀了自己的母亲，也不会不救瑾儿，但他实在不知如何抉择。他看向江天宇狰狞的笑容，现在瑾儿在他手上多一秒，就多一分危险。于是，他拔出长剑刺向正笑着分神的江天宇。

江天宇被突如其来的袭击惊得措手不及，将瑾儿高高地抛了出去，伸手抽剑来挡，眼看瑾儿就要掉进深潭里，"瑾儿！"倾城大惊，赶忙冲过去抱瑾儿。她将瑾儿紧紧地抱在怀里，却失去重心向潭里跌去。

"倾城！"易瑾灏也一惊，急忙上前拉住快要碰触到潭水的倾城。倾城眼看着那黑色的潭水离自己越来越近，猛然间却又远离，她抱着瑾儿跌进一个温暖的怀抱。

"倾城，你没事吧？"易瑾灏紧紧地抱着她。"嗯，我没事。"倾城低眉，离开他的怀抱，虽然，他是自己的夫君，但现在的自己仍是什么记忆也没有，他对自己而言，不过是个熟悉的陌生人而已。

"堂堂御剑山庄庄主居然偷袭我这个老头？"江天宇冷笑，抽剑上前与玄夜打斗起来。

"瑾儿？瑾儿？"倾城轻拍着怀中睡熟的瑾儿，她担心地看向易瑾灏，"易公子，瑾儿怎么还不醒？"

"我来。"易瑾灏接过瑾儿，用指轻轻在瑾儿身上一点，瑾儿缓缓地睁开眼，看见一个陌生人进入眼帘，他撇了撇嘴，想要哭泣，忽然转头，看见了倾城，便咧开嘴笑道："娘亲，抱抱。"

"瑾儿！"倾城从易瑾灏怀里一把抱过瑾儿，"瑾儿……"她将瑾儿紧紧拥在怀里喜极而泣，"呜呜——娘亲还以为再也见不到你了，呜——"

看着拥在一起的母子二人，易瑾灏一直蹙着的眉头总算舒展开来，只要他们平安便好。

"玄庄主！"倾城只听见萧奕然大喊了一声，她赶紧看向不远处。萧奕然也开始与江天宇周旋起来，"射日"与江天宇的剑擦出点点火花。只见旁边的玄夜虚弱地靠在石壁上，左肩中了一剑，正不停地有血流出来。

"夜！"倾城心里大惊。"哇——"这时她怀中的瑾儿看到如此吓人的一幕，也哭了起来。

"瑾儿不哭……瑾儿不哭……"倾城连忙哄着。

想不到江天宇的功力竟是这么高深，易瑾灏也拿起长剑冲向江天宇。

"瑾灏，你身上还有伤！"萧奕然用"射日"抵住江天宇的剑侧脸皱眉朝易瑾灏道。

"无碍！"易瑾灏来到萧奕然身旁，一脸正色，"今日就让我们一起将他铲除！"

"哈哈哈！"江天宇大笑起来，"无知小儿，真是不自量力！想杀我，就凭你们？"他用力一抵，将萧奕然的"射日"撞开，直直地朝萧奕然刺来。

"奕然小心！"柳飘絮见江天宇的剑直朝萧奕然，心中大惊，她此刻唯一的念头就是奕然不能有事，随即立刻扑上前去……

"飘絮！"江天宇一下刺中柳飘絮的右胸。

"飘絮姐姐！"易瑾灏怒上眉头，举起长剑提起全身的内力刺向江天宇。

"你！"江天宇被刺中腹部，不禁朝后退了退，他看了看自己腹上的伤口，蹙紧了眉，提了一口气，使伤口的血液流出得不那么快。他愤恨地说道："你们这些卑鄙小人，居然联手对付我……"

"飘絮，你怎么样了？"萧奕然抱着柳飘絮将她小心放躺下，伸手用指封住了她伤口周围的穴道。

"奕然，我没事……"飘絮朝萧奕然虚弱地笑了笑，苍白的脸上流下滴滴冷汗。

"你先在这里休息，等我收拾了江天宇便带你去医治！"萧奕然朝飘絮温柔地说道。说罢，便提起"射日"冲向正与瑾灏打斗的江天宇。

萧奕然与易瑾灏联手与江天宇打斗着，两人功力虽不及江天宇，但如今江天宇身受重伤，也可以与他相抗衡。江天宇眼看快要敌不过两人，便一剑砍在石柱上。"轰隆！"一声巨响，石柱轰然倒下。

"瑾灏小心！"萧奕然赶忙提醒道。易瑾灏看着石柱朝自己倒来，撑起剑迅速翻了个身，巨大的石柱倒在他身旁，险些将他砸到。"谢了！"易瑾灏看向萧奕然扬了扬嘴角。

两人肩并肩持剑立于江天宇面前，"瑾灏。"萧奕然看向易瑾灏，"嗯。"易瑾灏朝他了然地点了点头，两人一起举剑冲向江天宇。

"呼，呼——"江天宇觉得越来越吃力，他用剑支撑着身体，看向腹上的伤口，又开始流血了……

"哇——"瑾儿的哭声此时在江天宇耳中尤为明显，他侧脸看向倾城这边。

看着江天宇的目光突转，易瑾灏心中大惊，"不好！"

只见江天宇的剑突然调转了方向，直直地朝瑾儿刺来，易瑾灏想阻止却已经来不及了。

"啊——"倾城听见易瑾灏的叫声抬起头看见一把明晃晃的剑正朝瑾儿而来，她慌忙将瑾儿护在怀中。

"呃——"利剑刺穿皮肉的声音，耳边传来一声闷哼。

"夜！"倾城尖叫道，心脏骤停，剧烈的疼痛席卷而来。

"瑾灏，快！"萧奕然提醒着微微失神的易瑾灏。易瑾灏一怔回过神来，看着前方背对着自己的江天宇，一剑刺去。

"啊——"只听江天宇一声叫喊，"哐当。"他手中的剑掉落于地，嘴角缓缓渗出鲜血，猛地倒在了地上。

看着眼前倒下的人，易瑾灏长长地舒了口气，他，终于死了。

"爹爹……"怀里的瑾儿停止了哭泣，奶声奶气地叫着，"爹爹……"

"夜！"倾城赶紧将瑾儿放下，抱起倒在地上的玄夜，哽咽道："夜……你怎么样了？"

"我没事……没事的……"玄夜微笑地看着她，微微扯起嘴角，笑得很吃力却很好看。

看着他虚弱惨白的脸，倾城喃喃道："为什么要这么傻？"

"因为……我是你的夫君，瑾儿的爹啊……咳咳——"玄夜不知怎么剧烈地咳嗽起来。

"夜！你不要说话了！不要说了！"倾城慌乱地叫道，泪流满面。

倾城看着他满是鲜血的胸口，"夜！夜……我不要你有事！呜呜——"将头埋在他的颈间，害怕地哭泣起来。

"不要哭……"玄夜微笑着缓缓地伸出手，温柔地擦拭着倾城脸颊的泪水。"我……"笑容慢慢消失，玄夜愧疚地看着她，"对不起……我不该骗你的……我只是想要和你在一起……"

"嗯……呜呜——我知道……我知道……"身体微微颤抖，倾城紧紧地抱着玄夜，好害怕他就那么消失了。

玄夜温柔地看着她，缓缓摇头，"你不知道……早在与你第一面时，我便……爱上你了，咳咳——不听话的你不听劝告地碰了紫酥花……是你，将我原本枯燥的生活变得有趣……"

"夜……"

"你那么爱花，又那么好奇……在山上，你摘了那暮春花……咳咳——还记得当时你在我怀里的样子，靠在我的胸膛，可爱得像只小猫……"玄夜眼神渐渐迷离，好像回到了那个时候，嘴角露出幸福的微笑。

"爹爹……"瑾儿奶声奶气地叫着。

"瑾儿……"玄夜看向他，"再叫我一声……"

"爹爹……"瑾儿看着他乖巧地张口又叫道。

"乖……"玄夜疼惜地摸摸他柔软的发，"瑾儿……爹爹爱你……也爱你娘亲……"

瑾儿乖巧地扑在玄夜怀里，"瑾儿也爱爹爹……爱娘亲……"

"夜……呜呜——"倾城大哭起来，泪流不止。

温柔的眼光再次回到倾城身上，玄夜越来越虚弱，"可以……让我再……最后叫你一次……'兰儿'吗?"语气中满是乞求。

"你胡说什么?呜——"倾城紧紧抱住他,"呜——以后你叫多少次……都可以……夜……呜呜——"倾城泣不成声,却还是艰难地说出话来。

"兰儿……"眼神越来越温柔,倾城想起那晚的玄夜,月光下的他温柔地低下头,缓缓地吻上她的唇……

"兰儿……对不起……可是……我爱你……"手渐渐无力地滑落,倾城愣怔地瞪大了眼。"哇——"身旁的瑾儿不知为何大哭了起来。

"夜!"一瞬间释放,嚎啕大哭,"夜你醒醒啊!醒醒……"摇晃着怀中安静的身体,倾城大叫着,"你们快来救救他呀!"她看向一旁的易瑾灏与萧奕然。

萧奕然看着她无力地摇了摇头,易瑾灏心疼地看着她,低低地唤道:"倾城……"

"夜!呜呜——"倾城将头埋在他的胸前哭泣着,撕心裂肺。"倾城……"有手轻轻地搭在肩上,耳边响起好听的声音,"他已经死了。"

死了?他说夜死了?倾城停止了哭泣,有些呆呆地愣住。她缓缓地离开玄夜的胸膛,静静地看着他,眉眼紧闭,神色安然,他只是睡着了,睡着了而已……

那个花园里帮她披上七彩孔雀翎披风对她说,"还有我"的男子;那个默默地将自己的手攥进大手里说"过去已经不重要了,重要的是现在和将来"的男子;那个温柔地吻上自己的额头说"我会一直在你身边,不管现在还是将来"的男子;那个挽着自己的手郑重地说"要给自己一个完美记忆"的男子——已经不在了!

头一阵儿晕眩。

"倾城!倾城!"

"兰儿……"玄夜向她露出独有的微笑,"我要走了……我爱你。"眼前的玄夜渐渐变得模糊,倾城伸出手却怎么也碰触不到,只能无能为力地任凭他在眼前消失。

"夜!"一声尖叫划破安静的厢房,易瑾灏闻声立马赶了进来,"倾城,你终于醒了!"

"夜呢?夜呢?"倾城激动地抓住易瑾灏的手臂不断地摇晃。

易瑾灏一愣,缓缓张口,"他已经死了。"

张着嘴,倾城似乎忘记了合拢,微微地不断摇头,她自喃着,"不可能……不可能……"

"倾城!"易瑾灏握紧了她的双肩,看着她这样,心里真的很心疼,"接受现实吧!玄夜真的已经死了!"

"不会!不会的!"倾城发疯似地朝易瑾灏吼叫道,"夜怎么可能会死?他说过会一直陪着我!他说过的!"胸口剧烈起伏着,倾城缓缓地低下头,"他说过的……一直陪我……"

"倾城……"易瑾灏将她紧紧地搂在怀里,感受着纤弱的身体微微颤抖,好像风中的落叶般。将她的头轻轻按在自己的胸口,柔声说:"你还有我。"怀里的人渐渐安静下来。

呼吸着他怀中的空气，倾城嗅到淡淡的龙涎香味，淡淡的很安心。

"陛下……"这时，一个宫女走进来禀报道。

"何事？"易瑾灏侧脸看到，却依然将倾城抱在怀里。

"陛下，小皇子一直哭闹着要见娘亲。"宫女抬起头看向易瑾灏怀里的倾城眼睛不禁一亮。

"将他抱来吧。"

"是。"

一会儿，一个小小的人儿来到厢房。

"娘亲！"奶声奶气的声音说不出地惹人疼爱。

"瑾儿！"倾城吃了一惊，惊喜地看向瑾儿。"来娘亲抱抱。"伸出手将瑾儿抱进怀里。

"娘，瑾儿好想你……"瑾儿嘟囔着嘴靠近倾城，乖乖地窝在她怀里。

倾城有些不解，她看向易瑾灏。

"你已经昏睡五天了！"易瑾灏解释说："若是你再不醒，我可真不知道怎么办才好了！"

"五天了？"倾城皱眉想着，她猛然一惊，"那夜呢？夜去了哪里？"

易瑾灏看着她这样，叹了口气，"他真的已经死了，尸身在五天前已经送回御剑山庄了。"倾城到底怎么样才肯相信玄夜已经死了？易瑾灏为难着，毕竟她曾经与玄夜……他咬咬牙没有再想下去。

倾城失神地看着窗外，眼神空洞，没有一点灵气。

"娘亲……你怎么哭了？"小瑾儿不解地问道："瑾儿不要娘亲哭……"瑾儿撇撇嘴，好像也要哭似的。

"瑾儿，娘亲累了。"她摸摸瑾儿的头，"瑾儿乖，自己先去玩，娘亲想休息一下。"噙住泪水，她努力控制着。倾城看向易瑾灏，"麻烦你了……"

"嗯。"易瑾灏点点头，"瑾儿，我们出去玩好不好？"瑾儿噘了噘嘴看了一眼床上脸色苍白失魂落魄的倾城，点了点头。

易瑾灏微笑着道："瑾儿真乖。"便抱起瑾儿走出了厢房。

"吱嘎。"门被关上。

"夜……"泪水汹涌而出，像绝了堤的洪水般倾泻而下。"你怎么可以……怎么可以离开我……你不是最守承诺吗？为何……为何你最终却没有信守承诺？呜呜——"将头埋在膝盖里，倾城嚎啕大哭着。

宜安殿。

"哐当！"淑妃青儿将桌上的茶具狠狠地扫落在地。在摔砸了一阵后，她气喘吁吁地坐了下来，看着满地的疮痍，不禁恶狠狠地想着，顾倾城，你还真是命硬！坠下山崖居然都摔不死你！又被那多管闲事的玄夜给救了，最后竟然还和陛下相遇？青儿不甘地喝了口茶，"哐当！"手中的茶杯又被狠狠摔下。上天怎么就这么眷顾你呢？

"娘娘，倾妃娘娘已经醒了。"小玉回来禀报道。

"醒了？"她皱了皱眉，摆摆手让小玉先下去。这该如何是好？若是她告知陛下当日我将她哄骗出宫以致被西戎王所擒，那陛下还不将我处以极刑？纵使有谦儿，但就陛下对顾倾城的感情，绝不会顾念这一点可怜的亲情的……大难当头，我该怎么办？青儿咬咬牙，不能就这么干坐着，还是先去探探再说，兵来便将挡，水来便土掩。

"吟儿，你真的看到了吗？"燕儿焦急地问正在喝茶的吟儿。

"是啊是啊！吟儿姐姐，那个真的是倾城姐姐吗？"一旁的小灵小巧也都关心地问道。因为易瑾灏怕有人打扰倾城休息，更怕有什么人会再伤害倾城，所以命所有人都不得擅自去看倾城，因此，燕儿等人虽一直住在雪海园，但却连倾城的面儿也没有见到。

"真的！"吟儿将水放下，满脸兴奋地说道，"真的是倾城！我还看到了小皇子呢！今天陛下让我从奶娘那儿将谨儿抱与倾城。小皇子好可爱！和陛下长得像像的！"说起瑾儿，吟儿脸上显露出说不出的兴奋与开心。

"真的吗？"小灵小巧一听也兴奋起来，等不及地想去看看小皇子。

"谢天谢地！"一旁的燕儿合起手掌，"感谢老天，让倾城与小皇子平安！"

易瑾灏悄悄推开门，轻轻地走向床边，看见倾城正睡熟，藻般的长发凌乱无序地散落在枕上，脸上还留有泪痕，想是哭得太累了所以睡着了吧。

他上前，轻轻地拉了拉洁白的丝被，小心翼翼地为倾城盖好。手轻轻地滑过她的脸，指腹轻轻地触碰着因为哭泣而微微浮肿的眼睛，手指细腻地在眼睛周围摸索，滑过眼睑，掠过眼角，倾城——易瑾灏心里轻轻地呼唤。这张梦中时常出现的脸儿，这个时时刻刻出现在脑海里的女子，现在就在自己眼前。易瑾灏微叹，上天还是眷顾自己的吧，至少他又让倾城回到了自己身边。

"嗯——"床上的人儿轻轻地发出声。易瑾灏收回手，低头看着，那人儿微微皱眉。

床上的人微微睁开眼，半醒半寐。

"倾城。"易瑾灏轻轻唤道。

倾城一惊，坐起身。"易公子……"

易瑾灏愣了愣，微微点头，默默无语，俯下腰在倾城身后垫了一个靠枕。

倾城看着眼前的男子，又环顾四周，陌生又熟悉，"这里……是哪？"

"雪海园。"易瑾灏看着她，黑亮的眼眸泛着温柔。

"雪海园？"

"就是你以前的行宫。"

"我……"倾城眼神黯淡,"我不记得……"

易瑾灏微笑,温柔地摸摸她的发,"不急,慢慢来。"

"禀陛下,淑妃娘娘求见。"

易瑾灏看了看倾城,心想,说不定青儿来会对倾城恢复记忆有所帮助,便点头道:"让她进来吧。"

"是。"

不一会儿,进来一个珠光宝气、绫罗绸缎的年轻贵妇。倾城微微皱眉,怎么这样熟悉?还未等倾城再看清楚一点,那贵妇便上前一把抱住她,并哭泣道:"姐姐,你终于回来了!呜呜……青儿……青儿还以为再也见不到你了……呜呜呜呜——"

"你……"倾城似是觉得不舒服,便微微离身,轻轻地推开青儿。

"姐姐?"青儿见状大惊,心中暗想,该不会是顾倾城对自己出卖她的事如此记恨吧?

易瑾灏看见青儿愣在原地便解释道:"青儿,倾城她,失忆了。"

"失忆?"青儿大叫道。

易瑾灏看青儿如此大的反应,只以为她是为倾城担心,便点头道:"嗯,因为摔下山崖可能伤到了头部。"

"哦。"青儿点点头。她看向眼里满是陌生的倾城,心中暗暗庆幸,天还没有真的到要亡她的地步!顾倾城失忆了,便没有什么可担心的了,只需在她恢复记忆之前将她除掉便可。

她坐到床边紧紧地握住倾城的手,激动道:"姐姐,我是青儿啊!你……你不记得我了吗?"

"青儿?"倾城眉头紧蹙,脑中一片空白,她无力地摇摇头。

"怎么会这样……"青儿轻轻叹了口气。

易瑾灏在一旁安慰道:"她也同样不记得孤,不过放心,孤会让她好起来的。"

青儿黯然地点点头,心中却道,放心?你让她恢复记忆怎么会让我放心!

弦月宫。

"飘絮!"萧奕然一进屋看见柳飘絮微微支了支身,连忙走到床边将她小心扶起。

"奕然。"柳飘絮看向一旁神色紧张的萧奕然,眼眸微微地低垂,"我还以为再也见不到你了。"

萧奕然看着她扬起嘴角微微笑了笑,温柔地揉揉她的头道:"胡说什么,现在不是好好的吗?"

柳飘絮看着眼前的萧奕然,苍白的脸上露出淡淡的红晕。她看了看四周,忽然想起洞窟中的事,赶忙问道:"江天宇呢?"

"死了。"萧奕然淡淡地说道,脸上没有一丝表情。

"死了？"柳飘絮心中大喜，开心地咧开嘴，俄而，又收敛了笑容，"你有没有受伤？"说着便开始对萧奕然的胸和手臂左摸摸右摸摸。

"扑哧——"萧奕然忍不住笑出声，抑制道："飘絮，你在干嘛？"

"看你有没有受伤啊！"飘絮说得一本正经。

萧奕然看着她露出绝美的微笑，道："若是受伤的话，以江天宇的功力，我还能在这里吗？"

飘絮若有所思地点点头，"那瑾灏呢？"

萧奕然摇摇头，"也没事。"

"瑾儿呢？"

萧奕然微笑而不语。

柳飘絮看着萧奕然如此悠闲的样子便知道没事，她又试探地问道，"倾城？"

萧奕然依然微笑相对。

柳飘絮微微皱眉，自己问的不是废话嘛！若是倾城有事，奕然现在还会这么悠然自得地在自己身边吗？飘絮在心里嘟哝着。"真是太好了！"她喜道，"这次老天对我们真是太好了！大家居然都没事！"飘絮想，老天对他们真是太照顾了，都是老天有眼，会帮好人，江天宇作恶多端，多行不义，算他倒霉……以后啊，一定要多多做善事！

听着飘絮的话，萧奕然慢慢地收敛了脸上的笑容，因为有一个人……

"玄夜死了。"他淡淡说道。

柳飘絮微微一怔，"玄庄主死了？"

"嗯。"柳飘絮看萧奕然郑重地点头，不像开玩笑的样子。

柳飘絮低下头喃喃："怎么会……"

"他是为了救倾城和瑾儿。"

柳飘絮深深叹了口气，"他果然是真的很爱他们……"她顿了顿，"玄庄主也是个用情至深的男子啊！他如此深爱倾城，最后还为她送了性命……"柳飘絮深深地惋惜着。想着她住在御剑山庄时，玄夜虽对她不够友善，但他对倾城的情深却使她为之钦佩。

"嗯……"萧奕然轻轻点头。心想若是他，在那样的情况下也定会为倾城而死的。也不知倾城现在怎么样了，既然飘絮已醒，那他便可以抽身去翊国探望探望倾城了，还有，那个人——他的母后。

柳飘絮见他没有说话，抬头看向他，知道他又想起了倾城，便默默低下头，没有再说话。

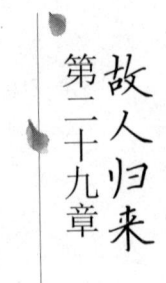

第二十九章 故人归来

翊皇宫,雪海园。

"倾城姐姐!"一声清脆的叫声传入倾城耳中,她看向门边,一个女孩开心地跑了进来。

"小巧,你等等我!"她的身后还有一个女孩,两人长得很相像,样子都机灵可爱。

"倾城姐姐。"叫小巧的女孩跪在倾城床前,倾城好奇地看着她。"陛下终于肯让我们来见你了,你不知道,我和燕儿姐姐她们有多想你!"小巧嘟嘟可爱的小嘴。

"在你掉下山崖后陛下在雪海园的后院里栽满了桂树,每一棵都是他亲手栽种的。你不知道,陛下的手都被磨得流血了呢!陛下几乎每天都会来雪海园小坐一会儿,每次闭上眼都会流下眼泪。都是青儿那个坏女人,勾引陛下……"

倾城看着她微微皱眉。

"小巧!"身后,那个叫小灵的女孩子朝着小巧轻嗲,"你忘了倾城姐姐失去记忆了吗?"

"啊哦!"小巧捂住了嘴,她转过头朝小灵扮了个鬼脸。

"你叫小巧?你叫小灵?"倾城露出微微的笑容问道。

"是呀。"两姐妹同时应声。倾城看着如此可爱的两人嘴角渐渐上扬。

"小灵小巧,在倾城面前不许胡说。"门外又进来两个女子。

"知道啦,吟儿姐!"小灵小巧朝那个叫吟儿的女子吐了吐舌头。

"倾城。"吟儿和燕儿走到倾城的床前,燕儿微笑,"饿了吧?这是你最爱吃的银耳莲子羹,陛下知道你爱喝,所以特意让我熬给你喝的。"

倾城看着两人没有说话,吟儿与燕儿见状便了然,吟儿朝她微笑道:"我叫吟儿,她叫燕儿，我们与小灵小巧以前都是你的宫女。"一旁的燕儿露出亲切的微笑补充说道："还是你的好朋友。"

看着她们，不知为何，倾城觉得很亲切，她朝她们露出友善的笑容点点头。

乾坤殿。

"既然事情已经结束了，你还来我皇宫做什么？"易瑾灏看着出现在眼前的萧奕然有些不满地皱了皱眉。

"我……"萧奕然看着他，垂下眸，"我想见见母后，顺便……"抬头对上易瑾灏的眼，"顺便看看倾城。"

"不可以！"易瑾灏突然打断。他看向萧奕然，发现萧奕然正默然地看着自己，顿时有些语塞，"呃……这个……你去看母后娘娘可以，倾城的话……便免了吧。"他不自在地将头转向一边。一切都已经结束了，纵然萧奕然是自己的哥哥，纵使以前倾城的事都是自己亏欠他的，自己什么都能给他，但是只有倾城不可以。

萧奕然看着易瑾灏微微叹了口气，"我……"缓缓地低下头，黑眸低垂，"这便是最后一面吧……以后，我再不会纠缠。"话语中带着些许请求。

易瑾灏有些惊诧地看向他，良久，微微点头，"你去吧。"语毕，紧紧地抿着唇，撇过头不看他。

萧奕然愣了愣，直直地看向易瑾灏，片刻，转身离去。

凤仪宫。

"轩儿……轩儿……"内殿里，一个中年妇人独自一人喃喃自语着，眼神呆滞地看向前方。

萧奕然踏进凤仪宫，四周望了望，这，就是我母后所住的地方吗？他又向里走了走，宫里一个人都没有，想是易瑾灏下了令吧，毕竟这不是什么光彩的事，还是越少人知道越好。

"轩儿……"萧奕然听到内殿有声音传来，远远地，他探头看去，一个戴着凤冠的中年妇人正坐于榻上，面容姣好却形神枯槁，那……便是自己的母后了吧……他忽然感觉自己的心怦怦直跳，怎么会如此紧张？他缓缓上前。

"母后……"萧奕然朝着肖淑云轻声呼唤。

肖淑云一愣，回过神来，目光开始变得有神。刚才有人叫自己母后吗？轩儿……是轩儿吗？她朝四周寻望过去，声音有些激动，"轩儿，轩儿是你吗？"

"母后……"听见易瑾轩的名字，萧奕然心里抑制不住地疼痛起来，都是自己，自己的同胞哥哥才会死。

肖淑云看向他，猛然一怔，"轩儿！"她纵身下榻，快步走到萧奕然身边，伸出颤抖的手抚摸上萧奕然的脸，"轩儿，终于肯回来看母后了！"

"母后。"萧奕然又唤了一声。

"呜呜——"肖淑云抱着萧奕然失声痛哭起来。"母后好想你……好想你啊……呜呜呜——啊!"肖淑云突然大惊,把萧奕然也吓了一跳。只见肖淑云发疯似地赶紧将内殿所有的窗户都关上了,边关边说道:"现在是白天,你不可以见到日光的!"

萧奕然看着这样的肖淑云内心非常痛苦,都是因为自己,母后才会这般……

待肖淑云将所有的窗户关好,才走到萧奕然面前松了口气,脸上露出放心的神色道:"这样就好了,不用担心了。"

萧奕然低下头:"我不是易瑾轩。"

肖淑云愣愣地看着他,"轩儿?"

"我不是易瑾轩。"萧奕然又重复了一遍,他将头抬起,直视肖淑云。

肖淑云定了定神,仔细地看着眼前的这张脸,眉眼好像她的轩儿,嘴唇也像……只是……他真的不是轩儿!"那你是谁?"肖淑云冷冷地问他。

"我是您的儿子啊!"萧奕然满心疼痛地说着。

"我的儿子?"肖淑云皱眉,她厉色道:"我的儿子就只有易瑾轩一人,你又是哪里冒出来的?"

"我……"萧奕然将所有的事情都告诉了肖淑云,包括他杀了易瑾轩。肖淑云听后紧紧拧着眉,满脸凝重。

"母后……"萧奕然试探地叫道。

"住口!"肖淑云厉声喝止,"你不要叫我母后!我没有你这样的儿子!"她将脸别到一边,闭上眼。

"母……"萧奕然硬生生地吞下了要叫出来的字。看着肖淑云这样,他的心如万剑穿刺一般,疼得快要窒息。

"我……"萧奕然还想说什么话,却被肖淑云无情地打断,"你走吧,我以后再也不想见到你。"

"母后!"萧奕然瞪大了眼睛,不可置信地看着肖淑云。

"快走啊!"肖淑云朝他大喝道。

"母后……"他痛苦地叫着,为何会这样……

肖淑云不禁感到一阵晕眩,她抚了抚额头。"母后!"萧奕然大惊,连忙扶住肖淑云摇摇欲坠的身体。

肖淑云皱了皱眉,推开他,"快走!"肖淑云将萧奕然推到门外,毫不留情地关上门。

"母后!母后!"任凭萧奕然怎么叫喊,里面就是没有动静。

不知在门外站了多久,萧奕然颓废地甩了甩头,转身,黯然地缓缓离开。

听着渐远的脚步声,肖淑云瘫倒在地,痛哭不止。对不起,原谅母后吧!只是母后现在没有办法面对你。孩子,母后相信,就算没有母后,你也会很坚强的。

萧奕然失魂落魄地挪动着脚步，为什么会这样？他痛苦地抚了抚头。撑着汉白玉雕花栏杆看着桥下流过的溪水，萧奕然想起了刚刚肖淑云对自己的样子，如此愤怒，是恨我杀了易瑾轩吧！微微地扬了扬嘴角，他自嘲道，看来这天底下最可悲的就是我了吧！被自己的亲生母亲憎恨。

听见不远处传来的箫声，萧奕然抬起头，看见那个秋千上满脸哀伤的女子，他不禁一愣，倾城！

远远地看着，看着她纤盈的手指轻轻地按动箫笛，看着她紧蹙的眉头，心忽然隐隐作痛，萧奕然皱眉。倾城，你还在为玄夜哀伤吗？眼神恋恋不舍地移开，萧奕然微微叹气，这不是你想要的吗？只要她开心幸福就好，可是，为什么心会这么疼？

微风吹过她的裙角，拂起白色的流苏。

夜，你现在快乐吗？我现在好悲伤，没有你，我大概连笑都不会了吧？你知道吗？瑾儿这几天老是在叫"爹爹"，他也好想你……你，是不是不疼他了？若疼他，为何还让他这么难过？倾城不能自已地留下泪。"咳咳咳……"她忍不住地轻咳起来。

箫声骤然而断，萧奕然看向那边，满眼的心疼，倾城……

倾城将箫放下，低头看着手上的箫，这只玉箫是易……瑾灏送的，他说这只玉箫叫作"墨竹"，很美的名字，可是不知为何，每次抚上"墨竹"，总会有心悸的感觉。

"倾城！"听见有人叫自己，倾城抬起头。

"萧公子！"倾城看见他吃了一惊，忙擦了泪，"你怎么会来这里？"

为了来看你啊……萧奕然在心里说着。他露出微笑，"只是顺道，没想到会看见你。"

倾城看着他也轻轻一笑，"真的好巧。"

"嗯。"萧奕然深深地看着她微微点头，"好巧。"

"你……""倾城！"萧奕然顿住了，他看向小道，走来一个宫女模样的人，"瑾儿醒了，闹着要找你呢！"

"燕儿。"倾城看向她，"我这就去。"她转过身看着萧奕然，"萧公子，我就先走了。"留下一个如花的笑靥转身离去。

"倾城……"看着她离去的背影，失声叫道，他伸出手，却挽留不住，萧奕然无力地叹气，一切，便都在这里结束吧。

突然，他感觉身边的气场突变，一个人影一闪而过，是什么人？他皱眉，不管是什么人，如此潜入皇宫都不怀好意，便一个翻身追了上去。

窗户一响，易瑾灏警惕地起身，看着殿下正站着一个人，"江天宇？"

"哈哈哈！"江天宇一阵大笑，"正是老夫！"

易瑾灏打量着他，满身的污泥与血迹，一副死里逃生的样子。那天，他明明是死了呀……易瑾灏皱眉。

"瑾灏！"萧奕然从殿外突然进入，他是跟着黑影尾随而来，见黑影进了乾坤殿，他怕瑾灏受伤便立即赶了进来。

"然儿，你也来了？"

"江天宇？"萧奕然看着眼前的人不可置信地瞪了眼，"你还没死？"

"哈哈哈！"江天宇大笑起来，"是老夫命大！或者说命不该绝！"他恶狠狠地说道，"那日我醒来后，实在饿得不行，于是慢慢爬到石壁边，艰难地扯下石壁上的植物来充饥。哦，你们还不知道吧，那石壁向上爬山虎一样的植物就是有'圣参'之称的山藤。吃完后，果真感觉体内真气开始沸腾。哈哈哈——你们说，我是不是命不该绝？"他看着两人，露出奸恶的笑，"我不仅没有死，而且还功力大增！今日我来，便是取你们两小儿的命！"

萧奕然见他眉眼一聚，赶忙提醒道："瑾灏，小心！"

江天宇踮脚提剑向易瑾灏飞来。易瑾灏心中一惊，避开江天宇刺来的剑。该死，他居然没有佩剑！

萧奕然见易瑾灏危机，立即拔出"射日"朝江天宇刺来。"当！"江天宇感觉到身后的杀气，一转身挡下萧奕然的"射日"，随即提起一掌拍向萧奕然。

"噗——"萧奕然只觉得胸口灼热难当，喉头一咸便喷出一口血来。

"萧奕然！"易瑾灏大惊。

江天宇一步一步逼近，他不屑地看着萧奕然挑挑眉道："你忘了你的功夫还是我教的了吗？"

"你……"萧奕然捂着胸口，胸口传来撕裂般的疼痛。易瑾灏见江天宇快要向萧奕然动手，眼疾手快地拿起地上的"射日"。就在剑快要刺中江天宇之时，他忽然转身，挡下易瑾灏的刺杀，易瑾灏反手给了他一剑，却又被他挡下。片刻后，易瑾灏觉得越来越吃力，他皱眉，没想到这江天宇的功力果然进步了很多，照这样下去，那他和萧奕然……易瑾灏喘着粗气。

"以你的功力是不可能胜过我的。"江天宇嘲笑道："识相点的趁早放下手中的剑吧！"

易瑾灏狠狠地咬牙，"休想！"提起剑又朝江天宇刺去。

"既然你这么不识相，那就休怪我了！"江天宇也迎面而上。

"当！"易瑾灏只感觉手中一疼，"射日"便从手中飞了出去。"滴答。"血沿着修长的手指一滴一滴地滴下。既然没有了兵器，那么，易瑾灏握紧了拳，猛地朝江天宇挥去。

"嘭！"一记拳猛烈地打在江天宇的脸上，江天宇撇了撇嘴，"你这臭小子！"怒地提起剑朝易瑾灏刺去。易瑾灏用力闪躲，只觉胸口一阵刺痛，剑拔出，易瑾灏觉得胸口有黏热的液体喷出。

"瑾灏！"萧奕然失声大叫。

江天宇回过头，笑道："哦，忘了，还有你……"

一步步地逼近，江天宇走到萧奕然身前，缓缓地提起剑，道："然儿，休怪为师无情了……"萧奕然咬紧牙关，眼看剑就要落下。

　　"住手！"身后传来一声喝止。

　　江天宇停下了手，看向身后，面容姣好的贵妇人身着绛红色牡丹九凤朝阳图凤袍，头戴凤冠，祥云髻上插着金凤钗，腰间配着千年古玉，随着步伐发出悦耳的叮咚声响。江天宇握着剑的手竟开始颤抖。

　　"别来无恙。"肖淑云淡然地看着眼前的江天宇。

　　江天宇听着她说话微微一怔，"你！"他恨得咬牙切齿，"你这个薄情寡义的女人，我今天就要在这里结果了你！"说着提剑便向肖淑云冲了过去。

　　"母后！""母后娘娘！"看着江天宇冲向肖淑云，萧奕然发狂似地大叫起来，易瑾灏也无比震惊。

　　江天宇的剑直指肖淑云莹润的脖颈，就在剑刃快要与她的皮肤接触时，他突然停了下来，冷冷道："你为何不躲？"

　　"为何要躲？"肖淑云直视着他说道："原本就是我欠你的，我现在还与你便是，至少……不会让我一直活在愧疚之中了。"

　　"你……"江天宇的眼神微微闪烁，"你……愧疚？"他的声音有些颤抖。

　　"是啊！"肖淑云缓缓地低下头，"二十几年啦，我每日都在愧疚与自责！"

　　"你……为何要自责？"江天宇看着她。

　　肖淑云深深地叹了口气，看向他，"自然是因为你。"

　　"我？"

　　"对。"肖淑云点点头："都是我当年辜负了你。"

　　江天宇一愣，又冷眼说道："既然知道辜负了我，那为何当年还离开我嫁给易南天？"

　　"我……"肖淑云看着他，"当年其实是我父亲，他为了保住自己的官位而逼我嫁给易南天的，他还用我母亲的性命相逼，所以我……"说着不禁垂下泪来。

　　"这……"江天宇的心有些震颤，"是……是……真的吗？"

　　"嗯。"肖淑云点点头，眼角又沁出许多泪水。

　　"那为何当时你不与我讲？"江天宇皱着眉问道。

　　"你当时只是宇国的王爷，手上并无实权，若是告诉你，我怕你会与易南天起冲突而伤了自己……"肖淑云说着低下头，用丝绢拭了拭脸上的泪水。

　　江天宇看着她的脸，缓缓放下剑，轻声唤道："云儿……"

　　"天宇。"肖淑云感动地看着他，轻轻拉起他的手，"好怀念你这样叫我。"

　　"云儿……"

　　"我每日都在想念你——天宇。"

　　"那……你不恨我派然儿杀了易瑾轩？"江天宇皱着眉怀疑地问道。

听到易瑾轩的名字，肖淑云微微一怔，缓缓地低眉道："那也是我欠你的。"

"你真的不恨我？"江天宇问道。

肖淑云真挚地看着江天宇的眼睛道："试问，我怎么会恨一个我如此深爱的人呢？"

"云儿……"江天宇眼神闪烁，有些动容。

"天宇，我们以后都在一起，好不好？"肖淑云满眼期待地问道。

江天宇看着她，缓缓地点了点头，眼神一转，"不过，要等我解决了他们俩！"

肖淑云心底一惊，但也不动声色，"好啊，你就杀了他们俩，然后坐上陛下的宝座统治翊国与越国。"轻盈的身体靠向江天宇，脸微微发红道，"我做你的皇后。"

"母后！"萧奕然听肖淑云说出这么一番话来异常震惊，他愣怔地看着肖淑云。

"可是萧奕然是你的亲生儿子呀。"江天宇看看萧奕然又看着肖淑云问道。

"亲生的又怎样。"肖淑云柔情似水地看着他，"在我心里，你是最重要的！"

"云儿！"江天宇心里大为感动，心中的戒备已完全消除，他搂着肖淑云的腰笑道，"好，我不会让你失望的——我的皇后！"说完，便提着剑向萧奕然走去。

"啊！""母后！"江天宇听到身后传来肖淑云的叫声，赶紧回过头来。见肖淑云倒在地上，他大惊地冲到肖淑云面前，将她抱起，"云儿，你怎么了？"

"天宇……"肖淑云紧紧蹙着眉，"我的头好疼……"

"头疼？"江天宇关心地看着她，"好好的怎么会头疼呢？"

"啊呀！好疼……"正在江天宇充满疑问之时，肖淑云又叫起来。

"云儿！"江天宇将她紧紧地抱在怀里，担心道，"云儿，你……你没事吧？云……"声音戛然而止，江天宇满脸震惊地看着眼前这个自己深爱的女子。

肖淑云的嘴角渐渐爬上笑意，她看着江天宇道："你早该死了！全都是因为你，我的轩儿才会死！也是因为你，然儿才会离开我那么多年！这是你应有的惩罚！"

"你……"江天宇满脸不可置信，"那你刚才……刚才说的话……"

扬起嘴角，肖淑云道："都是骗你的！我爱的一直都是南天！虽然，他最爱的不是我……"肖淑云的眼神黯淡下去。

"你这个骗子！"听了她的话，江天宇突然暴怒起来，脸上狰狞，想提剑却无力地倒了下去。

"哈哈哈！"肖淑云大笑起来，看着他恶狠狠道："只要你死，我怎么样都可以！"

"你……"江天宇躺在地上，他无论如何也想不到自己会死在心爱的女人手上，慢慢地，他缓缓地闭上了眼。

萧奕然愣愣地看着躺在地上的江天宇，胸口插着一把短匕首，已没有了呼吸。

易瑾灏微微地舒了口气，他只觉得浑身无力，好想睡觉，困意席卷而来，易瑾灏慢慢地闭上了眼睛。

"然儿！"肖淑云快步走到萧奕然身边，"你没事吧？"她关心地问道。

萧奕然瞪大了眼睛看着肖淑云，他不清楚这是怎么一回事。

"然儿？"肖淑云轻轻地摇晃着他。

"母……母后？"萧奕然试探地叫道。

肖淑云微笑地看着他，眼里满是温柔与疼爱。"然儿……"她将萧奕然温柔地搂在怀里，轻轻地抚摸他的头。

在肖淑云温暖的怀里，萧奕然感觉满心的温暖，这，便是他娘亲的怀抱啊！

"母后，你……你不恨我了吗？"萧奕然低着头问道。

肖淑云叹了口气，柔声道："一开始，我是恨你杀了轩儿，可是后来想想，这也许是上天给我的恩赐吧！他带走了轩儿，却又将你带到了我的身边，你也是我的心头肉啊！"

听着肖淑云的话，萧奕然内心无比感动，也紧紧地拥住她，"母后……"

母子俩相拥了一阵，萧奕然忽然想起受了重伤的易瑾灏。"母后，快叫人来救九弟，我怕再迟他会撑不住！"

肖淑云看向易瑾灏，怎么说瑾灏也算她的半个儿子，她点头道："嗯，然儿，你先在这儿，我这就去叫人。"

"娘亲……"小瑾儿坐在榻上朝着倾城依依呀呀地叫着。

"小皇子殿下，以后就不能这么叫倾城姐姐咯，要叫母妃，知道不知道？"小巧在一旁逗弄着瑾儿说道。

"母……妃？"瑾儿皱着眉，小嘴一开一合。

"哈哈哈，瑾儿殿下好聪明呢！"小灵开心地拍手叫道。

"倾城！"

倾城看向从门外急急忙忙进来的燕儿，笑问道："怎么了？这么急？"

"陛……陛下受伤了！"燕儿上气不接下气地朝倾城说道。

"什么！"倾城不自觉地心里大惊，"怎么会？"她也不知道自己为什么会如此担心，但此刻她迫切地想见到他，想知道他有没有事。

"好像是一个叫江天宇的刺客……"

"什么？"倾城一听到江天宇的名字便颤栗起来，她提起裙摆夺门而出。"倾城！"

到了乾坤殿的内殿，便看见许多宫女太监急急忙忙地走着，手中不时还端出满是血水的铜盆，再往里些，她看见了正躺在龙榻上的易瑾灏，太医已用白纱将他的伤口包扎好。

"倾妃娘娘！"胡太医见倾城来连忙行礼。

"易……陛下怎么样了？"倾城向太医询问道。

"回娘娘的话，陛下他……他……"太医支吾。

"他怎么了？"倾城感觉到一丝不安。

"陛下他……虽没有伤到心肺，但失血过多，又因为之前曾受过重伤，所以……"太医低下头。

"所以怎么样？"倾城感觉到自己的声音在颤抖。

"陛下可能永远醒不过来……"

"啊！"倾城低低地叫了一声，永远……醒不过来？怎么会呢？他是翊王，是九五之尊，怎么会这么轻易……

"那么臣先告退。"胡太医行礼道。倾城却丝毫没有听见，胡太医看了她一眼便走出了内殿。

倾城看向床榻上那个双眼紧闭的人，苍白的脸上没有一丝血色，你……真的会醒不过来吗？

"陛下！"从门外又仓皇进来一个人，那人扑倒在易瑾灏身边看着他失声痛哭起来，"陛下，你醒醒，看看我啊，我是青儿！"任凭她怎么摇唤，易瑾灏也还是紧紧地闭着双眼。

哭了一阵，青儿渐渐停止哭泣，她看向一边默然站着，没有一丝表情的倾城，"姐姐……都是因为你！"看着倾城，她满眼怒火，"都是因为你，陛下才会被江天宇所伤！若是……若是陛下有什么事，我不会放过你的！"

倾城默默地看着她，没有说话，紧紧咬着的唇传来尖锐的疼痛，口腔里充斥了血腥的气味，都是因为我吗？对，都是因为我，是因为我，夜才会死的，也是因为我，瑾灏才会受伤……这都是我造成的，都是我……自己是不是传说中的灾星？在哪里都会给身边的人带来不幸？握紧拳，指甲深深地嵌入手心，血沿着指缝落下，在洁白的汉白玉上盛开起嫣红的梅花。

"灏儿……"倾城看向门口进来的身影。"太后娘娘……"倾城微微俯身。

肖淑云看了倾城一眼，哼了一声，径直走向瑾灏床边。"灏儿？灏儿？"肖淑云看着床上的易瑾灏轻轻叫了几声，见易瑾灏没有动静，便看向一旁的青儿不客气地问道："陛下他如何了？"被肖淑云一问，青儿身体微微一颤，后又看向瑾灏，低眉伤心回道："胡太医说……说陛下失血过多，可能……可能醒不过来了……"

"什么……"肖淑云不禁朝后退了两步，"醒不过来？"她看向榻上脸色苍白、双目紧闭的瑾灏，心里微微颤抖起来。轩儿去了，难道连这个从小在自己身边长大的孩子也要离自己而去吗？想着，肖淑云眼角流下泪来。她微微地叹了口气，道："你们都好生照顾着。"华贵的面容朝向门口，"摆驾，回宫。"

"恭送太后……"

御花园。

倾城抚上石桥光洁的栏杆,到底什么时候才会恢复记忆?到底什么时候才会想起一切……她目光黯然,一头藻般的黑发在风中肆意飞舞。

"倾城。"听见有人在唤自己的名字,倾城回过神朝那个方向看去,萧奕然换了一袭素衣,捂住胸口看着自己。因为受伤的缘故,肖淑云坚持让他在翊皇宫里养伤,直到伤好。萧奕然也不忍违背自己离别多年的生身母亲,便答应住了下来。

见萧奕然的脸色也是苍白得很,便知他也定受了伤。"萧公子,你没事吧?"倾城关心地询问道。

萧奕然看着她微微摇头,无血色的唇轻启,"瑾灏怎么样了?"

"他……"倾城缓缓地低下头,眼神黯淡,"胡太医说……他可能会醒不过来了……"

萧奕然微微一愣,看见倾城如此神情,安慰道:"不用担心,瑾灏他会没事的……瑾儿呢?瑾儿怎么样了?"

"嗯。"倾城看向他,微微点头,"瑾儿他很好。"

看着倾城清澈的眼眸,萧奕然失神地点了点头,走到倾城身边,与她并排站立。两人同看着桥下潺潺的流水,静默地站着,各有所思。

夜半,看着小床上熟睡的瑾儿,倾城脑海里不知不觉就出现了易瑾灏的身影。他……现在如何了?双手紧合地扣在胸口,为何?会有种心痛的感觉。她回首看向窗外的明月,站起身,披上锦裘。

乾坤殿外。

"娘娘有礼。"乾坤殿外把守的侍卫向她行礼。"不知娘娘这么晚来看陛下……"侍卫首领抬眼看了看她,心里不禁微微一愣,怪不得陛下如此深爱这个倾妃娘娘啊,竟是如此绝色脱俗的美人儿。月光下,倾城浑身笼罩着淡淡的银晕,不施粉黛的脸上一双无辜的眼眸微微低垂。

倾城微微地柔声询问道:"这么晚……是不可以吗?"满脸的失落,眼眸黯淡。

"哦,不。"侍卫首领见眼前这般模样的女子,心里微颤,就算她不是娘娘,自己也不想要让她难过,更何况她是陛下最爱的倾妃娘娘呢?"属下不是这个意思。"他示意手下让路,恭敬道:"娘娘请。"

悄步进了乾坤殿,殿内黑暗一片,静悄悄的,没有一点声响。倾城环顾四周,想是胡太医说易公子需要静养,将宫女太监都撤走了吧。缓缓地走进内殿,灯火有些恍惚,倾城看到易瑾灏身旁一个侍奉他的宫女正趴在茶几上打着瞌睡。看了看榻上静躺着的易瑾灏,倾城走到宫女身前,轻轻地拍了拍她。

"娘娘!"宫女醒来惊恐地看着她。

"嘘——"倾城皱眉示意她不要吵,"你先下去休息吧,这里我来照看就行。"宫女瞪大了眼,惊讶地看着她,随后感激道:"谢娘娘!"

"小声点！"倾城压低了声音，看着她皱眉道。

"哦！"宫女捂住了嘴，悄悄退了出去。

倾城在易瑾灏的榻前缓缓地坐下，静静地看着他的脸。他安静地沉睡着，一脸安详。"水……"有些干裂的唇微微开启，倾城心中一惊，水，他说他要水！便连忙起身去倒。

走到茶几旁，她提了提水壶，居然没有水了。她皱了皱眉，将水壶放下，准备去外面倒点水。长长的衣带被她不小心压在了水壶下，倾城一转身，"哐当！"水壶被摔成了碎片，随着水壶的摔碎，倾城的思绪开始混乱起来。

自己这是怎么了？她摇摇头，皱眉看着地下的碎瓷片，周围的画面忽然转换：客栈的小楼梯，晃晃悠悠的烛光，"啊"的一声尖叫，女子看到眼前的人开始叫骂起来，那男子也不甘示弱。

女子气急败坏，小拳挥向男子，男子轻松躲闪，却不料被女子拉得失去了重心……紧紧相贴的两唇，紧紧相拥的两人……湖畔树下的白衣男子，露出微笑的调侃；草地上，环着自己有孩子般微笑放着纸鸢的男子；月光下，昏迷中看到的白衣临立的男子；桂树下，紧紧拥着自己的绝美男子……

"瑾灏……"倾城的唇微颤着。"萧公子，送你。"女子将一大束鲜花递给眼前着玄衣的男子。

"给我的？为何？"男子轻问。"因为萧公子你是我的恩人呀！"女子露出如花笑靥。莲湖旁，女子满脸红晕，"奕然，我喜欢你！"她抬起头鼓足了勇气说。微风拂乱了她的发。男子嘴角上扬走近眼前的人儿，伸出手，将她被风拂乱的头发别在耳后，低头在她的额头上轻轻一吻，"我也喜欢你。"

"奕然……"最后，画面转到了山崖边，女子回眸，深深地看了一眼她深爱的男子，纵身，从万丈悬崖跳下……倾城有些虚弱，跌坐在椅子上，脑海中原本模糊的画面都慢慢地清晰。她稍稍舒了口气平稳了一下心情，从外面倒来茶水，扶瑾灏慢慢喝下，看着依旧沉睡的易瑾灏，倾城默默道："瑾灏，我回来了！"

易瑾灏只觉得胸口沉得慌。"呃——"艰难地睁开眼，一袭如藻般的发披散在胸前，女子紧紧地闭着眼，易瑾灏爱怜地看着眼前的人儿，伸出手轻轻地抚上柔美的面颊。"倾城……"

倾城微微睁开眼，睡眼朦胧地看着易瑾灏，一脸茫然道："瑾灏？"猛然，她反应过来，"瑾灏！你……你醒了！"

易瑾灏听着倾城的声音身体微微一怔，"你……叫我什么？"他不可置信地问道："你恢复记忆了，是吗？"紧紧地握住倾城的双手，易瑾灏满脸激动。

倾城看着眼前的易瑾灏，眼神微颤，"我……"

"你怎么在这里？"尖锐的声音传入耳膜，倾城猛然站起身。

"青儿？"易瑾灏看着屋内的来人，皱了皱眉。

"我……"倾城刚想说什么却被青儿打断。"陛下醒了?"青儿走到榻前,优美地跪靠在易瑾灏的身边,柔声道:"陛下,臣妾带了谦儿来探望您……谦儿他也很担心他的父王呢!"说着,一个宫女便将一个周岁左右留着寿桃头的小娃娃领了进来。

"谦儿,来,到你父王这边来。"青儿朝着娃娃温柔地说道,小娃娃乖巧地走到榻前,青儿宠溺地笑道:"快叫父王。"

"父王……"小小的声音稚嫩而清澈。

倾城怔怔地看着,那孩子叫瑾灏父王……他是瑾灏和青儿的孩子!心底传来撕裂般的疼痛,她咬牙忍住,默默地低头。

易瑾灏有些不自然,他抬头看了看榻旁愣怔的倾城,眼神有些不知所措,解释道:"倾城……事情不是你想的那样……"

"易公子……"倾城看着他,"不……"她轻轻地低头,"请陛下恕罪,陛下的事不需要向兰儿解释的……"眼眸低垂,长睫微微地颤抖。

"倾城你……"易瑾灏不可思议地看着,满脸震惊,"你难道没有想起来吗?"

"嗯。"倾城轻轻点头,眼神逃避开易瑾灏的黑眸,"我不记得倾城的一切,我只知道,我是玄夜的妻子。"

"倾城……"

"陛下,兰儿想先去休息了。"倾城说着,朝他行了个礼便夺门而出。

看着倾城慌忙离开的背影,易瑾灏黯然失落,倾城,你真的什么都没有想起吗?

青儿看向门外,眯了眯眼,看来我得加快行动才行。

眼泪夺眶而出,汹涌澎湃。她深爱的男子竟与自己的妹妹有了孩子……纵然,九五之尊可以拥有佳丽三千,但他是她深爱的男子啊,怎么可以……她不需要什么名利地位,也不需要什么宫殿后冠,她只要能与自己所爱的人在一起就好,只有他们就好……倾城奔跑着,低头擦泪,长长的衣裙在风中飘舞,鹅黄色的衣裙好像风中折翅的蝴蝶。

突然脚下一斜,"啊……"她轻轻地叫了一声,跌进一个有力的怀抱,她缓缓抬头,勾人的黑眸映入眼帘。

看见满脸泪水的倾城,萧奕然担心地问道:"倾城,你怎么了?"

倾城看着那张熟悉的脸,泪水倾泻而下,"奕然……"萧奕然浑身一震,"你……叫我什么?"他不可置信地问着,然后又大喜起来,双手握住她的肩叫道:"你都记起来了是吗,倾城?"

"是。"倾城点点头。

萧奕然惊喜地看着她,满眼闪亮,片刻又恢复平静,"他……知道吗?"

倾城缓缓地低下头轻轻摇着。

"为何?"萧奕然问道,伸出手勾起她的下巴,将她梨花带雨的脸轻轻抬起,"你又为何哭泣?"

"他……"倾城双眸低垂,轻轻地咬了咬唇,"青儿才是他的妻子……他与青儿已有了孩子……"

萧奕然看着眼前伤心欲绝的女子愣了愣，缓缓点头，"嗯，他……"萧奕然看着倾城顿了顿，"那也是有苦衷的……毕竟，身为帝王……"

"不！"倾城尖叫地打断他的话，"我不要什么帝王，我只要我深爱的人！"身体虚弱无力地缓缓瘫倒，伏坐在地上，浑身颤抖着"我只要一个完全属于我的男子，难道这样的要求也不可以吗？"

"倾城……"萧奕然蹲下身，轻轻地扶住她，"我送你回去。"

雪海园。

"瑾儿……"倾城爱怜地抚着瑾儿熟睡的小脸，"瑾儿……"她喃喃地唤着，瑾灏，让一切都结束吧！这样对你，对我都好。突然很羡慕娘亲，虽与爹爹是苦命鸳鸯，却得到了爹爹忠贞不渝的完整的爱……娘亲，知道吗？你是幸福的！

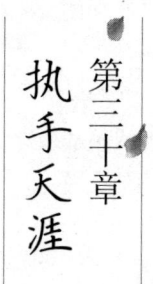

第三十章 执手天涯

天气晴朗,云淡风轻。

"陛下,来,慢点。"青儿小心翼翼地搀扶着身旁的易瑾灏来到景色秀丽的御花园里。初春的花朵含苞待放,甚是惹人怜爱。

易瑾灏皱着眉看了看天空。为何,这几日都不见她……倾城到底是怎么了?蓦地,一个月白色的身影闯入眼帘。

只见不远处的人儿低着头,若有所思地走着,纤细的指尖滑过一朵朵待放的骨朵,衣裙翩跹,青丝起舞。

"倾城!"

倾城心里微微一怔,抬头对上不远处易瑾灏的眼眸,停顿了半刻,倾城转身离开。

"倾城!"易瑾灏一愣,甩开青儿大惊地追上去。

"陛下!"青儿也跟在他身后追上前去。

易瑾灏捂着缠满绷带的胸口,艰难地朝倾城追去。"倾城……倾城,不要走……"虚弱的声音从喉咙里传出,带着绝望与乞求。

"瑾灏……"倾城强忍住心中的不舍与痛楚,依然前行着,每跨出一步,就好像在刀刃上走过一般。

"呃——"一声闷哼,易瑾灏因过于虚弱而摔倒在地。"陛下!"青儿大惊,赶忙上前。

倾城背对着他停下了脚步。"倾城……"倒于地的易瑾灏仍唤着她的名字,"不要走……"伸出手,卑微地乞求。

倾城狠狠地咬牙,提起千斤重般的脚,慢慢地离开。

易瑾灏绝望地看着那抹儿纯洁的月白,渐渐地消失在他的眼中。

"快！你们都快点啊！快送陛下回宫休息！"青儿朝着周围的侍从大叫道。"陛下，陛下你没事吧？"易瑾灏缓缓地回过神，失望地摇头。

顾倾城！你偏要这么逼我吗？青儿咬牙切齿地看着倾城离去的方向。

宜安殿。

"不知娘娘叫奴才来有何事？"胡太医恭敬地问道。

"你们都出去吧。"青儿吩咐左右侍女道。

"是。"

待侍女全部退出，青儿走近胡太医问道："胡太医医术高明，精通药理……"

"娘娘真是过奖了！"胡太医呵呵地笑着，样子却毫不谦虚。

"青儿有一事想求胡太医帮忙……"青儿朝他俯了个身道。

"啊哟！娘娘这可真是折煞奴才了！"胡太医连忙哈腰道："只要娘娘吩咐，奴才一定竭尽所能。"

青儿笑道："无需这么麻烦！"她看向胡太医，"不知胡太医那里有没有什么无色无味却又可致人死亡的毒药呢？"她眼眸阴狠毒辣，看得胡太医一惊，浑身冒起冷汗。

"娘娘，奴才哪里有这等毒药呢？"胡太医赔笑道。

"没有？"青儿挑起眉看向他，"别忘了，你帮着我哄骗陛下的事……欺瞒陛下，你知道是什么罪吧？"走到椅子前优雅地坐下，"我是陛下的宠妃，而且育有一子，陛下自是不能拿我怎么样的……可你呢？"青儿朝他笑笑，美丽的笑容，却让胡太医起了一个激灵，"我可没耐心听你胡诌。"

"娘娘……"胡太医额头已经渗出了涔涔冷汗，他用大袖在额上擦了擦，"奴才有是有，却不知娘娘是为何事？"

"这个便和你没有关系了，你只需将药交与我便可。"青儿道。

"这个……"胡太医支吾，"在皇宫中私用毒药是死罪啊……若有什么闪失，奴才……奴才这可担当不起！"

"你担当不起？"青儿看着他皱了皱眉，不以为然地说道："那就让你胡家的九族来担当吧。"

"娘娘啊！"胡太医跪了下来，"娘娘，求您饶命啊！"

"此事其实也不是很难，"青儿摆摆手，"你只要将药交与我，别的就装作什么都不知道就可以了，如何？"青儿又挑眉低头看向胡太医。

"是，娘娘……"

顾倾城……青儿狠狠地看向远方。

"瑾儿，来，到娘亲这里来！"倾城微笑地看着站在桌旁的瑾儿道。瑾儿看了看倾城，奶声奶气朝燕儿道："燕儿姑姑抱……瑾儿要抱抱……"

"好，燕儿姑姑抱！"燕儿弯腰抱起瑾儿，亲昵地在他脸上啄了啄。倾城既好笑又无奈地看着两人，笑说道："和你们在一起，现在这孩子都不与我亲了！"

"姐姐！"院外传来娇媚欲滴的声音，倾城的身体微微一怔，她看向门口，一个华贵至极的身影走了进来，上好的百花争艳绸缎衣裙，勾勒出玲珑有致的身材，淡粉色的披风更衬托出佳人的娇肤如雪。

"姐姐！"见倾城没有答应，青儿又叫了一声。

倾城看着她点了点头。

"姐姐这些时日可过得好？"青儿满脸含笑地向倾城问候道。

看着面前如花的笑靥，倾城打心底开始发寒起来。青儿她已不是原来那个与自己亲如姐妹的小丫头了，而是个内心恶毒的蛇蝎美人！如若不是她，自己也不会与瑾灏分别这么长时间，也不会如现在这样。

"这个便是瑾儿吧？"青儿看着燕儿怀里的瑾儿笑问道："瞧这小模样，真是与我们谦儿长得一模一样，与陛下简直是一个模子刻出来的！"说着便向瑾儿伸出手。燕儿看着她的手伸来，便往后退了一步。

青儿看向倾城，眉眼一弯，笑道："姐姐，你看燕儿，我又不会将瑾儿怎么样，他是陛下的血脉，你说我会伤害他吗？"

倾城冷冷地看着她，朝燕儿道："瑾儿要午睡了，带他下去吧。"

"是。"燕儿看着倾城心中大喜，倾城她果真是开窍了，再也不会被青儿这坏女人蒙骗了！

青儿听着倾城的话愣了愣，神色慢慢恢复，又朝倾城道："让瑾儿下去也好，我正想与姐姐单独聊聊呢！"

待燕儿走后，青儿走到倾城身边，轻轻地握住她的手问道："姐姐，以前的事，你真的不记得了吗？"

倾城侧脸看着她，青儿脸上满脸的期待与紧张，不知她又有什么阴谋……倾城心中暗想道。她眼神黯淡，摇摇头。

看到倾城的表情，青儿马上喜上眉梢，却又小心掩饰了起来，安慰道："姐姐，不要担心，慢慢会好的。"心里却恶狠狠道，但不会有那一天了！"那妹妹我就不打扰了，姐姐休息吧。"

倾城看着她点了点头。

看着如彩蝶一般的青儿走出房门，倾城开始警惕起来，小心翼翼地跟在青儿身后。

果不其然，青儿没有离开雪海园，而是去了雪海园的后院。倾城躲在墙角，只见她蹑手蹑脚地来到井边，四顾望了望，从衣襟里掏出一个小纸包来，然后将纸包中的白色粉末都倒进了井中。

倾城心中冷笑，幸是自己恢复了记忆，才知道青儿是何种人，若不是这样，那今天她雪海园中的众人都要成为阎王殿前的亡魂了！

她立马唤来雪海园中的众人,打了一桶水,又让吟儿取来了绣花银针。大家都不知发生了什么事,于是都在一旁木愣愣地看着。倾城当着众人的面将银针放入水中,银针则立马变得乌黑。

"啊!"燕儿不禁失声大叫起来。"有毒!"吟儿皱着眉,脸色凝重,道:"啊……"小灵与小巧也都惊叫起来。"怎么回事?"吟儿看向倾城问道。

"是青儿。"倾城看着她顿了顿,"我亲眼见她将药粉撒进井里的。"

"她想毒死我们!"吟儿大惊叫道。

倾城摇摇头,"确切地说,她想毒死的是我和瑾儿。"

"倾城你……"吟儿眼睛一亮。

倾城点点头,"对,我什么都记起来了!"

"真的吗?"燕儿惊喜地看着她,紧紧握住她的手,"真是太好了!"

"不过,你们要替我保密。"倾城看着她们,神色凝重地说道。

"为何?"燕儿不解地问道。

"因为我想看看青儿到底会怎样对付我?"也不想瑾灏再对我有任何眷恋。"

宜安殿。

青儿自信满满地坐在椅子上,心想,这次,雪海园怕是会再一次成为废园了。

青儿在宜安殿中徘徊,为何雪海园还未传来任何消息?该不会被发现了吧!一丝不好的感觉涌上心头,青儿皱了皱眉头,按道理来说,药粉撒了下去,不会不起效用啊?

第三日,青儿实在是坐不住了,便叫了小玉,一起去了雪海园。

"姐姐!"一进门,青儿便见倾城与瑾儿在屋中悠闲地玩闹着。

倾城抬眼看了她一眼,淡淡道:"是淑妃娘娘啊……不知道来雪海园有何事?"说着抱瑾儿站起身看向她。

"姐姐,青儿就是来看看你还有瑾儿。"青儿看着她浓黑的眼眸有些心虚。

"看我们?"倾城看着她微微挑了挑眉,微笑道:"我与瑾儿很好,不劳淑妃娘娘记挂。"语调中带着淡淡的不屑。

"姐姐这话说得就伤妹妹的心了。好歹我们姐妹一场。"说着青儿露出悲伤的表情看着她,眼角似乎还闪现出了泪花。

姐妹一场?姐妹一场还会想尽办法致我于死地?倾城心中冷笑。经历了那么多,自己已不是当年那个天真善良的女子了。"可是我现在什么也不记得。"倾城看着她说道。

青儿盯着她的眼看了一会儿,眼神微微瞥了一眼身边盖子敞着的水壶,眼睛微微一转,道:"姐姐,我从宜安殿一路赶到这有些口渴了……哎,怎么没有水了?"她看向倾城,"姐姐,还是去打点水吧!"

"不用。"倾城轻轻地摆手,袖臂上的丝带微微飘动。

"怎么不用？"青儿疑惑道，秀气的眉轻轻皱起。

倾城转身到柜上端下了一个小壶，放在桌上对青儿道："喝这个吧。"

"这是……"青儿皱眉狐疑着。

"这是我让燕儿她们去御花园收集的露水。"嘴角轻轻上扬，"尝尝吧。"倾城笑着对她说。

青儿看着倾城手中的水犹豫着。

见她没有动静，直直地看着小壶，倾城好笑道："放心，没有毒！"

听到"毒"字，青儿微微一愣，片刻又笑道："姐姐说笑了，这水里怎么会有毒！"

倾城微微笑了笑，提起小壶，倒下一些露水，道："那喝吧！"

"这……"青儿犹豫不决，眉头紧锁。

"你不是说渴了吗？"倾城皱着眉看向她，一脸疑惑。

"啊——"青儿的脸有些尴尬，"我……我现在又不觉得渴了！"吞吞吐吐地说道："妹妹宫里还有事，就先告退了。"

"嗯。"倾城看着她点了点头。

看着青儿匆忙离开的身影，倾城嘲笑地扬起嘴角。

走在回宜安殿的路上，青儿心里气急得很，她明明是想让顾倾城命人打来井水烧茶，然后同她一起喝水，而后自己再找个机会将毒水倒掉，好确保让顾倾城中毒。可是事情却是这样的，着实让她有些难以接受，难道是她发现了什么吗？青儿紧紧地扯着腰间的丝带，心中惴惴不安。

"倾城。"听到一个熟悉的男声，倾城抬起头。"奕然！"

她放好凳子让他坐下，"你，身体好些了吗？"看着他，黑眸闪亮。

"嗯，就快痊愈了！"萧奕然有些黯然，也意味着自己就快离开。

"嗯。"倾城扬起嘴角，"这样我便放心了。"

萧奕然怔怔地看着她，好想再次将她拥入怀中，就像在江府那样……眼眸黯淡，他们，再也回不到从前了……"你与瑾灏……"

"不要提他了……"倾城打断他，"我们……"她微微低下头，没有再说下去。"你呢？"她看向萧奕然，"你与太后娘娘怎么会是母子？"

萧奕然将一切事情都告与了倾城。知道事情全过程的倾城一脸震惊，良久又惋惜伤心，"瑾轩他……本不该离去的。"

萧奕然懊恼地锤向桌面，喃喃道："都是我的错！"

倾城轻轻地握住他的手，温柔地安慰道："一切都过去了。"

手背的温暖传入心底，萧奕然似乎觉得心底安心了不少。

"倾城。"听见声音，两人同时看向门口，只见易瑾灏正立于门前。

原本易瑾灏只是因为在床上躺得太久，想来看看他朝思暮想的倾城，从御花园那次，他就再也没有见她去看过自己。没想到，来到雪海园居然看到两人紧紧相握的手！

"你们……"看着两只紧紧相握的手，易瑾灏虚弱的声音有些颤抖。"瑾灏，不是这……"萧奕然刚想说话却被倾城打断，"是陛下呀。"倾城看着他微微一笑，"兰儿最近发现……自己爱上了萧公子……"脸上微微露出小女子的娇羞。

"倾城你！"易瑾灏怒气上涌，看着她的手又紧紧地握了握萧奕然的手，他顿时感觉胸口一阵滚烫，"噗！"一口腥咸的血喷涌而出，头突然变得晕眩，便两眼一黑。

"瑾灏！"看着易瑾灏倒下，萧奕然急忙站起身。倾城心中一惊，愣愣地看着地上的男子。在为易瑾灏把了脉后，萧奕然回过头来皱眉对倾城道："你知道吗，这样会害死他的！"

"我……"倾城呆愣愣地，脑子里一片空白，"我只是想让他忘了我……"

"你，唉——"萧奕然看着她摇了摇头，重重地叹了口气。

"他……他怎么样了？"倾城担心地问道，若是瑾灏出了什么事，那她也不会独活。

萧奕然没有说话，只是将易瑾灏扶坐起来，然后提起右掌朝他背后灌输了一股真气。片刻，他收回掌，舒了口气，道："他现在已经没事了。"

倾城看见萧奕然额头上渗出涔涔的汗珠，知道他的伤还没有完全好，关心地询问道："奕然，你还好吗？"

萧奕然微微扬起嘴角，摇摇头，"无碍。"他看向易瑾灏，"刚刚他急火攻心，所以迫使他吐出血来，若是没有我及时护住他的心脉，他现在就已经筋脉俱断了。"

"我只是想……"倾城想要说什么却停了下来，缓缓地低下头。

"不要自责了。"萧奕然伸出大手轻轻地拍了拍他的肩，语言柔和地安慰道。

"奕然……"倾城看向他，"带我走吧……"

"你……真的要离开他？"萧奕然郑重地问道。

倾城叹了口气，"这是解决现状最好的办法了！"

"傻丫头……"萧奕然满是溺爱地看着她，伸出手轻轻地揉了揉她的发叹息道。

倾城双眼看着地上的男子，眼里不禁泛起点点涟漪。

"倾城她怎么了？"吟儿看着紧闭的房门问道。

"她已经将自己关在屋子里一天了，一粒米也没进过。"燕儿重重地叹了口气，摇摇头道："不知身体受不受得了。"

"瑾儿还哭着要娘亲呢！"小巧嘟着嘴道。

倾城将自己一个人关在屋子里，坐在地上呆愣愣地看着满屋的红绸缎做成的牡丹花。她不知做了多少朵，只是一直做，一直做，连手都磨破了都不知道，直到所有的红绸缎都用完了她才停下，就这么愣愣地看着满屋的牡丹花。那满屋的红色红得惊心，红得动魄，像鲜血流过双眼。

第二日，宜安殿。

"姐姐，你怎么来了？"青儿看到倾城来到宜安殿，惊讶万分，连忙放下手中的香茗迎了上来。

"有些话，只能我们俩单独说。"倾城向她示意，让所有人都退下去。

"怎么？姐姐有什么话？"青儿不解道。

"若你想以前干过的事都被抖出来，让她们在这儿也无妨。"倾城耸耸肩，一脸的无所谓。

"什么？"青儿心里一惊，面露惊恐之色，"你……"她看向周围的侍女，慢慢平静了下来，淡淡道："你们就先下去吧。"

"是。"

看着所有人都退去，青儿看向倾城，"你……你恢复记忆了？"她试探地问道。

"对。"倾城看着她漂亮的眼眸直言道。

"你都记起来了？"青儿瞪大了眼，表情惊恐，漂亮的脸上有些狰狞。

"是。"倾城诚实地点了点头。

"啊……"听到倾城的回答后，她只觉得腿上一软，便跌坐在后面的椅子上。"你……都告诉陛下了？"

倾城淡淡地摇头，"我不会告诉他。"脸上仇视的表情开始缓和下来，"好歹我们姐妹一场，我只希望你能改过自新。"倾城脸上的神情又再度严肃起来，看着她道："要知道，多行不义必自毙。"

"姐姐……"青儿看着她，眼中的情感很是复杂。

"我要走了。"倾城叹了口气说道。

"你……"青儿一愣，向倾城走近了一步，看着她问道，"你什么意思？"

"我……"倾城低垂下眼眸，微微地叹了口气，"我要离开皇宫……离开他……"

青儿听见她的话，脸上露出惊喜的表情，有些不可置信地问道："你……真的会离开？"语气里充满了期待。

倾城点了点头，"我……希望你能好好照顾他……"艰难地说出，强忍着心中的疼痛。

青儿看着倾城愣怔了好一会儿，随后眉头舒展开来，连忙点头道："只要你能离开，我一定会照顾好陛下的！"

"嗯。"倾城叹了口气，转身道："我便回去了。"

乾坤殿。

易瑾灏躺在龙榻上，绝美的脸上没有一丝表情，漂亮的眼睛直勾勾地看着明黄色的绸缎帐，脑海里又出现紧紧相握的两只手，还有倾城看着萧奕然的娇羞表情。为什么她会对自己如此绝情？胸口一阵沉闷的疼痛，安放在黄色丝被上的手紧紧地握成了拳……

青筋突起的手颤抖着,最终却无力地松开。

这都是我的错吧……他想着,若不是自己对倾城的误会,她也不会离开翊皇宫;若不是自己没有保护好倾城,她也不会忘记一切;若不是自己,这一切的一切就都不会发生。易瑾灏深深地叹了口气,也许放开她,便是更爱她吧!萧奕然一定会比自己更能够照顾好她。缓缓地,他闭上眼。

"倾妃娘娘到!"易瑾灏忽然睁开眼,期待地看向门边,果然,一会儿,一个明媚的身影闯入内殿,纯白的倩影仿若天上的白云。

"倾城!"易瑾灏一下子坐起身。

"陛下!"倾城快步走到床边,行了个礼,"兰儿参见陛下。"

易瑾灏听着她自称是"兰儿"心中不禁一沉,"请……请起。"

"谢陛下。"倾城甜甜地说道。

"陛下……"倾城微启朱唇。

"有何事?"易瑾灏将目光转离她,面无表情地看向墙角的墨兰。

"兰儿要离开了……"倾城柔声说道,"与萧公子一起。"

"你!"易瑾灏的眼光猛然转向她,灼灼的目光仿佛要将她融化。

"请陛下不要动怒。"倾城低眉请求道:"虽然所有人都说我是顾倾城,可是,我却什么也想不起来……"抬起眼眸看向易瑾灏,"我只知道自己叫兰儿,是玄夜的妻子。至于萧公子,他是个好人,兰儿放心将自己的一生交与他。"宛若莲花的面颊露出淡淡的潮红,倾城看起来满脸幸福。"还请陛下恩准!若是陛下不同意,那便治兰儿的罪吧!"说着,一脸决绝。

双拳紧紧地握住,身体不停地颤抖,易瑾灏眉头紧蹙。"你……"看着眼前谈到萧奕然满脸幸福的女子,他深深地叹了口气,他不知还能用什么理由将她留在自己身边……

"好。"良久,他终于开口,"你与他走吧!"早已重伤的心又被狠狠地撒上盐,他忍着,不在她面前表现出来。

倾城心里一怔,在他说"好"的时候,为什么心会那么疼?不是自己要离开的吗?为何又会这么不舍?忍住痛,倾城优雅地行礼,"那……兰儿谢谢陛下了,兰儿告退,还请陛下好好养伤。"

看着那抹儿纯白的离开,易瑾灏冷笑一声,喃喃自语:"养伤?"微微叹气,"难道你不知道,你便是我心中那个永远也不会好的伤口吗?"

"你与他说过了?"萧奕然转身看向倾城失魂落魄的脸庞。

"嗯。"倾城点头,眼里没有一丝光彩。

"唉——"萧奕然重重地叹了口气,"你这又是何苦……"

三月初三。杨柳抽芽,万物一片生机。

"陛下！"燕儿与吟儿来到乾坤殿跪在大殿门前叫道。

"何事？"易瑾灏看着跪在门前的两人问道，"进来吧。"

"陛下，倾妃娘娘今天就要走了！"燕儿焦急地说道。

易瑾灏心中猛然一怔，然而却淡淡地摆手，"没有别的事了吗？若是没有，那便退下吧。"

"陛下不去追吗？"吟儿激动地站起身，"难道陛下宁愿失去倾城吗？"可能是过于激动，吟儿浑身竟都在颤抖。

易瑾灏看向她，大怒道："你放肆！不要以为曾经伺候过孤就恃宠而骄！"

"吟儿！"燕儿跪在下面小声地叫着，她生怕陛下真的降罪于吟儿。

吟儿被燕儿这么一叫，终于意识到自己是多么胆大包天，赶忙跪下道："陛下恕罪！奴婢只是一时失言，口不择言，还请陛下恕罪！"

"哼！"易瑾灏重重地甩了一下衣袖，道："都退下！"

"是。"燕儿与吟儿看着高高在上的龙颜随时可能大怒，便无奈地行礼退了下去。

"真的想好了吗？"萧奕然侧脸看着倾城。

倾城被萧奕然突如其来的一问显得有些愣怔，"嗯。"

"都放下了吗？"

放下？真的放得下他吗？想来，自己的后半生必会在想念中度过吧，倾城叹了口气，"既然选择离开，就必须放下。"

萧奕然看着正在收拾行李的倾城，藻般的长发从肩上顺滑地披散开，眉尖黛黛，鼻尖渗出少许汗珠。他微微发愣，嘴唇微微动了动，却没有发出声音。倾城，我想要你幸福呀……

"我们走吧。"

"嗯。"

手拂过汉白玉连廊，掠过鲜香百花丛与粗糙的桂树，心中的痛楚是无人能知的……

"奕然。"

"嗯？"萧奕然看向身边四处张望着的倾城。

"你有没有觉得今天这里好生奇怪？"

萧奕然看着她，示意她继续说下去。

"为何我们一路都没有看到巡逻的侍卫与宫女太监？"倾城道出她的疑惑。

"是瑾灏……他将我们这一路的所有人都调离了。"萧奕然顿了顿，"毕竟你是他的妃子，现在竟要带着皇子与另一个男子远走高飞，他总是要避人口舌……"他叹了口气，"唉，瑾灏也真……"

"太难为他了，是吗？"倾城低垂下眉眼，看向怀里的瑾儿。

"娘……娘……瑾儿要燕儿姑姑……"怀里的小身体扭动了一下，瑾儿抬眼看着倾城奶声奶气地说道。

"瑾儿乖……娘亲要带你去一个很远很远的地方。"倾城看着瞪着大大眼睛的瑾儿微笑说道。

"很远是有多远呢？永远也不回来了吗？"瑾儿眨着水灵灵的大眼睛不解地问道。

听了瑾儿的话，倾城忽然愣怔在原地，永远？永远吗？自己会一辈子再也见不到他了吗？

"娘？娘亲？"瑾儿伸出白嫩的小手拽了拽她的衣襟。

倾城这才回过神来，低头朝瑾儿略微苦涩地笑道："瑾儿长大了就知道了哦……"

"倾城……"萧奕然看向她。

"我没事……"她侧过脸向他浅浅地微笑。

"你……你知道便好……"萧奕然看着她淡淡道。

倾城与萧奕然步行到轩辕门口，穿过轩辕门，远远看见一辆马车停在前方。

倾城一步一回头，看着自己曾经生活过的翊皇宫——那个曾经有自己美好回忆的地方，那些只属于瑾灏与她的美好回忆。

站在乾坤殿前，抬头看向天空，乌云正密布，想是就快要下雨了吧！沉闷的天气就像自己的心情一样，灰蒙蒙的，看不见一丝希望。"呼……"易瑾灏长长舒了口气。

倾城现在应该已经与萧奕然走了吧？想是自己最终还是输给了萧奕然，输得彻彻底底。倾城走了，不仅带走了瑾儿，也带走了自己那颗曾经跳动的心。又再一次地失去了她——那个自己曾经深爱的女子。

不知不觉，前方已没了路，易瑾灏抬起头，他苦涩地笑了笑，原来到了雪海园。也罢，就进去看看吧，反正她……也走了……

踏进雪海园，满园的桂树已经抽出绿芽，一片生机勃勃的景象。看着这满园的桂树，易瑾灏叹了口气，想是倾城看不到满园的桂树飘香了。踱步到正殿，环视四周，闭上眼，感受空气中她残留下的芳香……这茶杯……易瑾灏轻轻地拿起桌上的小茶杯，在眼前端详了片刻，上面似乎还能感觉到她的体温……一切的一切，都有她的存在。不过，她真的已经走了，从自己的生命离开了。

伸手，轻轻地将倾城的房门推开，这……易瑾灏被眼前的景象惊呆了：满屋子的鲜红，红得刺眼，红得晕眩，用红绸缎扎成的牡丹花摆满了整个屋子。弯腰，捡起一个，牡丹花栩栩如生。倾城她……她记得这些红绸缎扎成的牡丹花……也就是说，她记得自己，记得他们曾经的一切！易瑾灏欣喜。可是……她为何又要装作没有恢复记忆呢？这到底是怎么回事？他紧紧地皱着眉，想着其中的原因。

"陛下！"一个声音打断了他的思绪。易瑾灏转过头看向门边，青儿正抱着谦儿站在门前。

"陛下，臣妾就知道你会在这里。"青儿叹了口气，"陛下您这又是何必呢？姐姐已经与越王走了，她不记得陛下了！"青儿见易瑾灏不说话，继续道："陛下放心，以后臣妾会一直陪在您身边，还有谦儿，他也是他父王的儿子，谦儿长大了一定会成为一个出色的皇子，为他的父王分忧解难的。"

易瑾灏皱着眉，看着眼前一大一小两个人。一个闪念掠过，青儿，谦儿……他忽然恍然大悟，他知道倾城为什么离开了！于是立即夺门而出。

"陛下！"

"呼呼……"易瑾灏喘着粗气，觉得头脑有些晕眩，却还是没有停下脚步，他拼命地向前奔跑着。倾城……倾城，你一定不要走……一定不要……

轩辕门外。

"倾城。"萧奕然温柔地叫道。

倾城回过头来看向他。

"上车吧。"萧奕然朝她微笑，优雅地伸出手。

"嗯。"

倾城……等我……易瑾灏只觉得脑里空白一片，但心里却有个信念支撑他继续迈步。

"参见陛下！"

"呼呼——"易瑾灏喘着粗气来到轩辕门，累得说不出一句话来。

"陛下……您……您没事吧……"守门的侍卫小心翼翼地问道。

"倾……倾妃呢？"易瑾灏双手撑着腿问道。

"娘娘？奴才刚刚来时，正见一辆马车离去……"侍卫如实禀报。

"离开了？"易瑾灏感觉身体有些瘫软，"她和萧奕然走了。果然还是迟了一步……"喃喃自语，整个身体仿佛被抽光了力气，"哈哈哈——"他仰天大笑起来，"难道这就是我们有缘无分？难道这就是天意？"

"陛……陛下……"守门侍卫有些担心地看着易瑾灏。

"哈哈哈哈——"易瑾灏依旧笑着，苦涩的笑声在空旷的轩辕门回荡……

"陛下……你看！"

听了侍卫的话，易瑾灏抬起头来，看向前方。远处，一个小点正慢慢变大，马车！易瑾灏心中一惊，那车前驾马的正是萧奕然！

"倾城！"满脸的欣喜，也不知哪来的力气，易瑾灏猛然站起身向马车冲去。

"吁！"萧奕然看见来人赶紧拉紧缰绳使马车停下。

"瑾灏……"

"倾城！"易瑾灏无视萧奕然的存在，走到马车旁。"倾城，我知道你在里面……"

马车里安静了良久，一只青葱般的纤纤玉手，轻轻地撩开布帘。衣裙翩跹的人儿缓缓地下了马车，手中还抱着个粉雕玉砌似的小娃娃，小娃娃正睁着亮闪闪的大眼睛看着他。"陛下……兰儿忘了东西在雪海园，所以请萧公子驾车回来拿东西。"白嫩的脸颊露出如花的笑靥。

"是这个吗？"易瑾灏看着她，从怀中掏出一个锦盒，缓缓地打开锦盒，一朵栩栩如生的用红绸缎扎成的小小牡丹花安静地躺在里面。

倾城心里一惊，但脸上的表情却没有太大的波动。

"这是我无意中在你床头发现的。"当时，这个锦盒就安静地放在枕边，若不是进了倾城的房间，自己也不会发现这个锦盒，易瑾灏继续说着："我知道，你恢复了记忆。"

倾城瞪大了眼睛看着他，良久，眼神从他的脸上移开。

"不要再逃避了……"易瑾灏看着她，说着，又上前一步，离她更近了些。

倾城低着头，她害怕看到瑾灏那双漂亮的眼睛，那双直射自己心魄的眼眸。

"记得草坪上的纸鸢吗？"易瑾灏双手握住她的肩，迫使她直视自己的双眼，"记得宜安殿的桂树吗？记得屋顶上的月光吗……还有满屋的红牡丹……"倾城呆呆地看着他的眼，满脸的讶异。

"还有瑾儿。"易瑾灏低下头看向她怀中的娃娃。"他是我们的孩子——是我和你的孩子！"他又看向倾城，道："难道你想让他成为没有父亲的孩子吗？"

"我……"倾城被他问得有些语塞。她低头看向怀里，瑾儿也正疑惑地看向自己，张开嘴，依依呀呀地叫着："娘亲……娘亲……"

"瑾儿，我是你爹爹呀！"易瑾灏俯下身靠近倾城怀里的娃娃。

"爹……爹？爹爹？"瑾儿看着他皱着眉叫道。看了一会儿后，竟露出欢快的表情，向易瑾灏伸出胖胖白白的小手来，"爹爹……抱抱……"

倾城听着瑾儿的声音竟开始不舍起来。易瑾灏伸手来抱瑾儿，倾城默默地松开手。

"瑾儿！"

"咯咯……咯咯——"听着瑾儿在易瑾灏手上传来开心的笑声，倾城默默地看着欢快的父子俩，她也许真的不该这样对瑾儿……在一旁一直没说话的萧奕然观察着倾城的表情，开口道："九弟。"并向易瑾灏示意地点点头。

易瑾灏会意地朝他微微一笑，他转身拉起倾城垂着的手，对她深情道："我会让你幸福的！你想要的，我都会做到！"

易瑾灏抱着瑾儿牵着倾城来到乾坤殿的正殿，他转过脸朝身旁的小太监道："宣孤旨意，命各文武大臣立即前来觐见，孤有要事商议！"

"是。"

"瑾灏……你……"倾城不解地看着他，"你要做什么？"

听见倾城竟叫了自己的名字，易瑾灏喜露于表，似有些兴奋地对倾城道："不要问，过一会儿，你就什么都知道了。"

倾城看着他如此兴奋的模样，竟不知他心里在想什么，静静地看着他与瑾儿，慢慢地等待瑾灏说的"一会儿"。

不到一盏茶的功夫，大殿下竟站满了文武大臣，那些大臣们个个都皱着眉指着龙座旁的倾城与瑾儿窃窃议论。

　　"呦！看，那不是倾妃娘娘嘛！果然是天香国色……"

　　"大殿之上岂是倾妃娘娘与小皇子能站的地方……"

　　"瑾灏……"倾城看着下面站着的文武大臣，怯生生地拉了拉易瑾灏的衣袖，"我和瑾儿还是先下去吧……这样的场合……"她微微地皱了皱眉，从瑾灏怀里接过瑾儿。

　　"不！"易瑾灏一见倾城如此怯怕的模样赶紧紧了她的手，露出微笑看向她，"你与瑾儿今日就站在这里。"他说着转过脸看向大殿下的文武大臣。"各位爱卿，孤今日有要事与各位商议。"听王上一发话，下面议论的声音果然立即就停止了。

　　易瑾灏审视了一眼下面的众人，正色道："孤今日宣布——退位。"他顿了顿，"孤将传位于二皇子谦儿。"

　　下面的众人似乎都愣怔住了，瞪着眼看着高高在上的天子。俄而，下面爆发出惊天的争议声。

　　"瑾灏！"倾城也非常震惊地看着他。

　　易瑾灏微笑地看着她摆了摆手，示意她先不要说话。

　　"陛下！请您立马收回刚才的话！此等大事可不是儿戏呀！"林左相第一个发话了，说得义正言辞。下面的人纷纷都赞同道，"是呀陛下！陛下还请三思呀！"

　　易瑾灏居高临下地俯视着群臣，微微一笑，"这便是我三思后的结果！"

　　"陛下！"林左相的脸又黑了一分，"二皇子还是个周岁多的幼童，岂能担任国主之位？"

　　"那便需要林左相此类的辅国大臣的辅佐啦！"易瑾灏满脸轻松地说道。

　　"陛下！国家大事岂能此等儿戏？"林左相更加激动。作为翊国的元老级大臣，林左相这些大臣们是把国家看得比生命更重要，正是看准了这一点，易瑾灏才放心让他们这些人来辅佐谦儿治理翊国。

　　"可是陛下！"

　　"孤此意已决！"林左相还想好生地劝慰一番，却被易瑾灏有些愠怒的声音打断。

　　"倾城……"易瑾灏看向身旁一脸震惊的倾城，缓缓地伸出手。

　　倾城愣愣地看着向自己伸出的漂亮的手，抬头看了看那张自己深爱的面容，没有犹豫，将手轻轻地放了上去。

　　易瑾灏微笑，比任何时候都欢快。手紧紧地一握，拉着倾城跑出乾坤殿，只留下一群还未反应过来的大臣。

　　看着两人离去，站在乾坤殿门口的萧奕然露出欣慰的微笑，看着远远离去的倾城，他轻轻道："倾城，一定要幸福……"

　　轩辕门外，那辆马车还在。

　　"倾城，来。"接过瑾儿后，易瑾灏微笑地将倾城拉上马车。

"瑾灏……"

"嗯？"易瑾灏看向他，好看的眼眸闪着熠熠的光，他似乎从来都没有这么轻松过。

"这样值得吗？"倾城注视着他，眼里的情感不知是期待还是别的什么。

"比起你和瑾儿，王位算什么。"易瑾灏笑着说道，伸手揉了揉倾城柔软的发。

倾城凝重着脸看着他，咬咬唇问道："那……你会后悔吗？"

易瑾灏看着她的脸缓缓正色道："此生无悔。"

"瑾灏……"倾城的脸上满是感动，泪花似在眼眶里打着转。

"傻丫头……"易瑾灏满脸温柔地轻轻抚了抚她的面颊，"那娘子，现在我们可以走了吗？"

倾城听易瑾灏这么一说不禁发笑，嘟了嘟嘴笑道："一切都听夫君的！"

风和日丽，云淡风轻，小小的马车围绕着暖暖的幸福……

"陛下！陛下！"身后突然传来青儿的声音。

倾城身体微微一怔，易瑾灏看向她，轻轻地抚了抚她的纤背，温柔道："你带着瑾儿先上车吧，我与青儿说完了话就来。"

倾城看着他的眼眸，露出浅浅的微笑，微微点头，"嗯。"

"陛下！"青儿一下子扑到易瑾灏怀中，嘤嘤地哭泣着。

"青儿……"易瑾灏将她温柔地从怀里拉开，看着她道："好好照顾谦儿，好好照顾自己。"

"陛下，呜呜——"青儿哭得愈加激动，她小小的身体不停地颤抖着，手紧紧地抓住易瑾灏的手，"陛下……我和谦儿不能没有你！呜呜——"

易瑾灏温柔地看着她，"你知道的，我只爱倾城一人。"

"陛下！"青儿哭得梨花带雨，不停地抽泣，"青儿……青儿只求能在陛下身边就好……青儿可与姐姐一起侍奉陛下……青儿可以的！呜呜——请陛下不要离开臣妾！呜呜——"

"青儿……"易瑾灏看着她缓缓地认真说道："可是倾城不可以，她需要的只是一份独一无二的爱，而我，要给她的，正是这样的爱。"说完，易瑾灏将手抽离，转身，离开。

"陛下！"感到手中的挣脱，青儿惶恐，她大叫道："陛下！不要走！陛下！"

易瑾灏跳上马车，拉起缰绳，"驾！"

"陛下！呜呜——"青儿看着马车离去，知是回天无力，缓缓地瘫坐在地上。

倾城微微撩开车帘，看着扑倒在地上痛哭的青儿，身影越来越小，她叹了口气，心里暗暗叹道，我虽没有告诉瑾灏青儿的阴谋，但青儿她却已经得到了应有的惩罚。心爱的人离去，只留下孤儿寡母，纵然谦儿可以继承王位，但还有何意义？轻轻地放下布帘，倾城将怀中的瑾儿又抱紧了些。

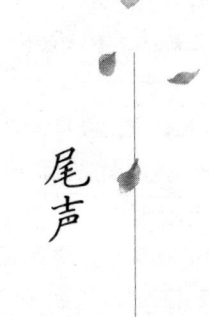

尾声

越皇宫。

萧奕然来到弦月宫，找了一圈都没有看到柳飘絮。飘絮会去哪呢？她身上的伤都好了吗？萧奕然皱了皱眉，一个宫女从他身边走过，"奴婢见过陛下。"

"你站住。"萧奕然将宫女叫住。"你看到飘……刘棋师了吗？"萧奕然想问飘絮，却突然想起飘絮是以刘棋师的身份进宫的，于是连忙改口道。

"刘棋师？"宫女掩面笑道，随后又正色说道，"刘棋师啊，她去了莲湖。"

"莲湖？"萧奕然有些奇怪，飘絮去那里干什么……

还未到莲湖，远远的就听到悠扬的琴声从湖心亭传来。

萧奕然走上水上连廊，来到湖心亭边。看向正在抚琴的女子，她背对着他，长长的发上嵌着荷花簪，莹润剔透的耳垂上吊着淡粉色的水晶石，水粉色的衣纱勾勒出曼妙的身材，在这青绿色的莲湖中央，仿佛是一朵初放的莲花。

萧奕然看着不禁有些痴，"飘絮……"两个字缓缓地从嘴里叫出。

听见萧奕然的叫声，玉指突然停住，妙音骤止。

"飘絮……"

柳飘絮缓缓起身，转过身来。

萧奕然看着她，她的脸上略施粉黛，却显得更加明媚动人。"你……"萧奕然也不知自己为何说话时会这般口齿不清，"飘絮你的伤好些了吗？"

柳飘絮看着他这般，不禁轻笑，"早就好啦！"

"哦。"萧奕然看着她点点头，"好了就好……"不知为何，眼光似乎很难离开飘絮的脸。

飘絮掩面微微一笑，"你今天怎么这么奇怪？"

"啊？"萧奕然惊讶地看着她，辩解道："有……有吗？"

飘絮笑了笑，"瑾灏和倾城他们好吗？"

萧奕然愣了愣，点点头，"嗯，瑾灏退位了，他会与倾城还有瑾儿一起无忧无虑地生活。"

"嗯。"柳飘絮欣慰地笑了笑，"这样我也放心了。"

低头沉默了片刻，飘絮抬起头，"奕然，我要走了。"

"走？"萧奕然心中一怔，"去哪？"

"去哪？"柳飘絮嘟了嘟嘴，摇摇头，"我也不知道，反正先离开越皇宫就是。"

"离开越皇宫？"萧奕然皱了皱眉，"为何？"

"呵呵。"柳飘絮有些苦涩地笑道："我知道你是不会喜欢我的，与其死皮赖脸地待在你身边，还不如去寻找那一个我爱他他也爱我的人！"她朝萧奕然俏皮地笑笑，"天大地大，我就不信找不到！"

"飘絮……"

"不要舍不得我！"飘絮朝他笑着，笑得阳光明媚。

"我……"萧奕然想说什么，却没有说出口。

"你要说什么？"飘絮睁着漂亮的大眼睛看着他。

萧奕然看着她，微微摇头。

"那我们就在这里分别吧，我收拾好行李，你就不用去送我了。"飘絮略微有些失望地说道，迈开莲步，与萧奕然擦肩。

"站住！"身后传来萧奕然的声音。

柳飘絮停住了脚步，却没有回头，"有事吗？"她用自己觉得尽量平静的声音问道。

"不要走。"

"为何？"

"我喜欢你。"

"什么？"柳飘絮猛然转过身，震惊地看着萧奕然。

"我喜欢你。"萧奕然又平静地说了一遍。

柳飘絮痴痴地走近他，仰望着他的脸，"真的吗？"

萧奕然刚想说什么，柳飘絮看着他认真的眼眸，突然捂住了他的嘴，道："不用说了，我知道你是不会骗我的。"说罢一头扑进萧奕然的怀里，"这句话，我等了好久……"

萧奕然从怀里掏了样东西放到飘絮面前，"玉佩！"飘絮惊讶道，"这是父皇送给我的玉佩！我还以为在和江玄宇打斗的时候不见了，原来是在你这儿。"

萧奕然点了点头，"那日，我打了你，你气得出宫后，我在骄阳殿发现的。那日起，我便一直将它带在身上……"

"奕然……"飘絮眼中闪出莹莹泪光。片刻却又破涕为笑道："原来你早就对我……"

萧奕然轻笑，伸手将她的头埋进怀中。

桃花源。

明镜般的湖水旁，一个别致的小木屋，袅袅的炊烟正从烟囱里升起。

"开饭了。"从木屋中走出一个女子，那女子虽一身麻布衣，却丝毫掩饰不住惊为天人的美貌。

"来了！"一大一小两个身影从一旁的小竹林里出来，小男孩稚气的脸上已显现出了不凡的样貌，可以预见，长大后定是俊美不凡。而他身旁的男子俊美无比的脸上却显现出成熟和魅力，他朝小男孩叫道："瑾儿，今天爹教你的拳会打了没有？"

"当然！"瑾儿回过头不屑地看向他，"我可是你儿子哎！"

瑾儿跑到倾城身边，从身后拿出一束鲜花，道："娘，送给你！"

倾城看着娇艳欲滴的鲜花开心地笑道："瑾儿真懂事！"接过花，凑上前闻了闻。瑾儿看着她奸笑，随即逃也似的跑开了。

"易安之！你给我回来！"身后传来暴怒的声音，"居然敢在花里放毛毛虫！看我捉到不揍哭你！"

"爹！爹！"瑾儿像小猫似地躲到易瑾灏身后。

"倾城……"易瑾灏走到她身边，揽过她的肩，"好啦！"

"这小子真是和当初的你一模一样！"倾城气呼呼地责怪道。

易瑾灏看着他笑了笑，"要不怎么说瑾儿是我儿子呢？"倾城看向他嘟了嘟嘴，"你啊……"

山顶上，依偎着的两人静静地看着月夜。

"倾城。"

"嗯？"

"萧奕然成婚了，明日举行封后大典。"

"皇后是飘絮吧。"倾城笑笑。

"你怎么知道？"易瑾灏惊讶地侧过脸看着她。

"早知道了！"倾城得意地弯了弯嘴角。

"那你怎么不告诉我？"易瑾灏不满地嘟了嘟嘴。

"因为我想看看你有多笨。哎哟！你打我干什么呀！"倾城揉着头痛叫道。

"叫你说我笨！"

"你本来就是笨啊！"

易瑾灏一把揽过她，狠狠地吻上她粉嫩的唇，"那我也要把笨传染给你……"

（全书完）